오르두엉

4

옥루몽

4

남영로 쓴

―리헌환 고쳐 씀

보리

겨레고전문학선집을 펴내며

우리 겨레가 갈라진 지 반백 년이 넘어서고 있습니다. 그러나 함께 산 세월은 수천, 수만 년입니다. 겨레가 다시 함께 살 그날을 위해, 우리가 함께 한 세월을 기억해야 합니다.

예부터 우리 겨레가 즐겨 온 노래와 시, 일기, 문집 들은 지난 삶의 알맹이들이 잘 갈무리된 보물단지입니다.

그동안 남과 북 양쪽에서 고전 문학을 되살리려고 줄곧 애써 왔으나, 이제껏 북녘 성과들은 남녘에서 좀처럼 보기 어려웠습니다.

북녘에서는 오래 전부터 우리 고전에 깊은 관심과 사랑을 보여 왔고 연구와 출판도 활발히 해 오고 있습니다. 그 가운데 〈조선고전문학선집〉은 북녘이 이루어 놓은 학문 연구와 출판의 큰 성과입니다. 〈조선고전문학선집〉은 가요, 가사, 한시, 패설, 소설, 기행문, 민간극, 개인 문집 들을 100권으로 묶어 내어, 고전을 연구하는 사람들과 일반 대중 모두 보게 한, 뜻 깊은 책들입니다. 한문으로 된 원문을 현대문으로 옮기거나 옛글을 오늘의 것으로 바꾼 성과도 놀랍고 작품을 고른 눈도 참 좋습니다. 〈조선고전문학선집〉은 남녘에도 잘 알려진 홍기문, 리상호, 김하명, 김찬순, 오희복, 김상훈, 권택무 같은 뛰어난 학자분들이 머리를 맞대고 연구한 성과를 1983년부터 펴내기 시작하여 지금도 이어 가고 있습니다.

보리 출판사는, 조선민주주의인민공화국 문예 출판사가 펴낸 〈조선고
전문학선집〉을 〈겨레고전문학선집〉이란 이름으로 다시 펴내면서, 북녘 학
자와 편집진의 뜻을 존중하여 크게 고치지 않고 그대로 내는 것을 원칙으
로 삼았습니다. 다만, 남과 북의 표기법이 얼마쯤 차이가 있어 남녘 사람들
이 읽기 쉽게 조금씩 손질했습니다.

　이 선집이, 겨레가 하나 되는 밑거름이 되고, 우리 후손들이 민족 문화
유산의 알맹이인 고전 문학이 지니고 있는 아름다움을 제대로 맛보고 이
어받는 징검다리가 되기 바랍니다. 아울러 남과 북의 학자들이 자유롭게
오고 가면서 남북 학문 공동체가 이루어지는 날이 하루라도 앞당겨지기
바랍니다. 그리고 이 자리를 빌려, 어려운 처지에서도 이 선집을 펴내 왔고
지금도 그 작업에 몰두하고 있는 북녘의 학자와 출판 관계자들에게 고마
운 마음을 전합니다.

2004년 11월 15일
보리 출판사

차례

옥루몽 4

옥루몽 1

선관 선녀가 달구경하며 술에 취하였구나
압강정에서 지기를 만나니
양 공자와 홍랑, 항주에서 엇갈리다
강남홍이 사내도 되고 계집도 되는구나
질탕한 뱃놀이, 떨어지는 꽃 한 송이
죽을 고비 넘기고 아득한 바다를 떠도누나
하늘소 타고 오던 길, 살진 말 타고 돌아간다
윤 소저와 혼례하자마자 귀양 길에 올라
벽성산에서 새 인연을 얻다
임금이 양창곡과 황 소저를 중매하다
여인의 간계가 더없이 흉악하구나
양 원수, 천기를 읽어 흑풍산을 불태우니
"양 원수가 넷 있음을 모르는고?"
소년 장수 홍혼탈
봉황 암수가 서로 겨루는도다

옥루몽 2

홍혼탈이 연화봉에서 달을 바라보다
축융 왕이 귀신장수를 불러내다
쌍창 춤추며 달려 나온 여장수 일지련
싸움길 반년에 승전고를 울리고
자객, 한 점 앵혈을 보나니
봄바람에 미친 나비, 꽃을 탐하누나
선랑은 은인을 만나고, 창곡은 또 싸움길로
자고새 소리 처량하구나
"쌍검아, 나를 도우려거든 쟁강 소리를 내어라."
북소리, 나팔 소리 천지를 뒤흔드누나
바람결에 들려오는 생황 소리

뜬구름이 밝은 해를 가리도다
"저는 충신이고 짐은 나라 망친 임금인고?"
창곡, 세 번 죽을 고비를 넘기니

옥루몽 3

"우리 임금 허황한 도를 믿으신다."
선랑이 음률로 임금을 깨우치누나
빈 도성을 틈타 흉노가 쳐들어오니
간신은 역신이라더니
동초가 일천 군사로 수만 흉노에 맞서다
임금도 군마도 굶주린 연소성 싸움
"삼 년 산중 옛정을 생각할지어다."
홍혼탈 홀로 수천 적병을 물리치누나
돈황성의 괴이한 죄수
노균은 두 쪽 나고, 선우는 목이 베이고
연왕의 진법과 홍 사마의 검술
추자동으로 쫓겨난 위 씨 모녀
지옥을 구경하고 오장을 씻어 내니
선랑과 창곡 운우의 즐거움이 무르녹아
덕으로 원수를 갚나니
상춘원 꽃놀이
연왕과 일지련 혼례를 올리누나
동초, 마달이 연옥, 소청과 맺어지고
여인들이 풍류를 겨루누나
벌주라도 즐거이 마시리

1. 《옥루몽 4》는 북의 문예출판사에서 2004년에 펴낸 《옥루몽 4》를 보리 출판사가 다시
   펴내는 것이다.

2. 고쳐 쓴 이와 북 문예출판사 편집진의 뜻을 존중하는 것을 큰 원칙으로 했으나, 맞춤
   법과 띄어쓰기는 '한글 맞춤법'을 따랐다.
   ㄱ. 한자어들은 두음법칙을 적용했고, 모음과 ㄴ 받침 뒤에 오는 한자 '렬'은 '열'로
   '률'은 '율'로 고쳤다. 단모음으로 적은 '계'나 '폐' 자를 '한글 맞춤법' 대로 했다.
   예: 래일→내일, 계률→계율, 비렬하다→비열하다, 퇴페→퇴폐

   ㄴ. 'ㅣ'모음동화, 사이시옷, 된소리 따위의 표기도 '한글 맞춤법' 대로 했다.
   예: 도리여→도리어, 부자집→부잣집, 난봉군→난봉꾼,

3. 남에서는 흔히 쓰지 않는 표현이지만, 북에서 쓰는 입말들은 다 살려 두어 우리 말의
   풍부한 모습을 살필 수 있게 했다.
   예: 갑자르다, 눈굽, 도간도간, 문보(커튼), 물물, 발볌발볌, 소슬비, 쏠어눕히다, 아수
   하다, 여직, 오돌차다, 지내(너무)

4. 북의 문예출판사가 펴낸 책에 실려 있던 원문을 그대로 실었다. 다만, 오자를 바로잡
   고, 표기를 지금 독자들이 알기 쉽도록 고쳤으며, 몇몇 낱말은 한자를 병기하였다.

옥루몽 4

남영로 씀
리헌환 고쳐 씀

동짓달의 우렛소리

밤이 깊어 잔치가 끝나고 모두들 물러갔다. 공주는 부인들과 손을 잡고 작별하였다.

"태후 마마께서 늘그막에 자식들이 멀리 떠나는 것을 허락지 않아 돌아갈 날짜를 정하지 못하였으니, 며칠 뒤에 다시 모일 자리를 마련하겠소."

그러자 철 귀비가 특별히 난성의 손을 잡고 놓지 않으며,

"제가 거친 사람이니 어찌 훌륭한 벗이 되겠소마는 그대를 사모하는 마음이 지극하오니 저버리지 말아 주시오."

하니, 난성이 철 귀비를 보며 웃었다.

"입에 발린 말이구려. 벗이 그토록 그립다면 한번 찾아오실 일이지요."

철 귀비는 그 말에 흔쾌히 응낙하고 돌아서서 반 귀비와 괵 귀비

에게 말했다.

"이 아니 반갑소? 우리 세 사람이 며칠 안에 연왕부에 가서 오늘 못다 나눈 정회를 펴 보십시다."

그러자 반 귀비가 낯빛을 달리하며 말했다.

"진왕께서 허락지 않으면 어찌하오?"

그러자 난성이 귀비에게 말했다.

"혹시 장안 청루에서 놀던 방탕한 습성을 버리지 못하시어 진왕에게 구속받는 것은 아니오이까? 연왕부 취봉루 붉은 대문이 바다 같고 이 홍혼탈은 고요히 정진하는 보살과 같으니 염려할 게 무엇이오이까?"

모두 손뼉을 치며 웃었다.

어느새 그들은 궐문에 이르렀다. 문득 길 비키라는 벽제 소리가 나니, 등불이 대낮같이 밝은 가운데 진왕과 연왕이 조정에서 물러나오고 있었다. 연왕이 진왕에게 내일 다시 만나자고 하고는 부인들을 데리고 수레에 올라 집으로 갔다.

며칠 뒤, 철 귀비가 진왕에게 말했다.

"홍 난성은 제가 마음으로 공경하는 벗이오라, 한번 찾아가기로 언약하였나이다. 내일 두 귀비와 함께 연왕부에 다녀올까 하옵니다."

"귀비들이 난성을 찾아가려 하오? 나도 연왕을 훌륭한 벗으로 여기고 있소. 내 나이 서른이 못 되어 벼슬이 높고 임금의 사위로 아들이나 다름없는 고로 조정에서 사람 사귀기가 어렵고 평생 벗이 없음을 한스러워했다오. 폐하의 은덕으로 잔치 자리에서 연왕과 형제의 의리를 맺어 남다른 사이가 되고 보니, 연왕은 문무를 다 갖추었고 충효는 물론 이름이 세상에 드높아 내가 연왕을 공경하고 있다오. 연왕부 상춘원이 경치도 좋다고 하니 좋은 술이나 장만해 구월 중양가절에 조용히 찾아가 우정을 더 돈독히 하려는데, 귀비들도 그때를 기다려 난성을 만나 보는 것이 좋을까 하오."

세 귀비는 대단히 기뻐하며 그리하겠다고 하였다.

세월이 절기를 재촉하여 국화가 늦도록 향기를 내뿜고 단풍잎이 봄꽃을 시기하니, 때는 음력 구월 구일이다. 연왕이 취봉루에 이르니 난성이 웃으며 말하였다.

"제가 국화주를 두어 말 빚어 중양절 흥취를 도울까 하는데, 손님이 적어 즐겁지 아니할까 하나이다."

"내 남쪽 고을 선비로 어린 나이에 과거에 올라 벗을 많이 사귀지 못하였으니 그대가 비웃는 것이 마땅하나, 요즘 새로 사귄 벗이 있어 오늘 조용히 만나기로 하였소. 마침 그대에게 별식을 준비하라 이르려던 참이었구려."

"참으로 반가운 말씀이오이다. 제가 이 집에 들어온 지 몇 해가 지나도록 상공이 벗을 청하시는 것을 보지 못하였는데, 그 친구가 뉘시온지요?"

연왕이 웃으며 말하였다.

"다른 사람이 아니라 진왕이라오. 진왕은 사람됨이 겉으로 보면 풍류 호방하나, 속이 깊고 멀리 볼 줄 알며, 찬찬하고도 슬기로워 우리가 미칠 수 없는 바가 많다오. 하여 내 앞으로 깊이 사귀고자 하오."

이러고 있는데, 여종이 와서 진왕이 오셨다고 알렸다. 연왕은 곧바로 몸을 일으켜 진왕을 맞이하였다.

"오늘은 중양가절이라 컬컬한 김에 형을 생각하고 이렇게 왔으니, 함께 흥을 나누십시다."

진왕이 연왕과 인사하면서 말하였다.

"저는 본디 서투른 서생이라 세월 가는 것도 모르고 있었는데, 누가 국화로 빚은 술을 한사코 권하기에 바로 형을 생각하던 참이오이다."

그러면서 연왕이 난성과 주고받은 말을 전하고는 진왕과 한바탕 웃었다.

상춘원 서쪽 석대에 자리를 마련하고서 연왕이 진왕 손을 이끄니, 붉은 단풍이 아침 햇빛에 빛나며 비단 장막을 드리우고 반쯤 핀 노란 국화는 그윽한 향내를 풍겼다. 두 왕은 대 위에 올라 서울 장안에 늘어선 집들을 굽어보며 성 밖 청산의 시원한 경치를 마주하고 앉았다. 아이더러 나뭇잎을 주워 차를 달이라 하고 즐거이 이야기하니 웃음소리가 끊이지 않았다.

이때 철 귀비가 반 귀비, 괵 귀비와 궁녀 두엇을 데리고 취봉루에 이르렀다. 난성이 선랑, 연랑과 함께 취봉루에 잔치를 베풀어 세 귀비를 접대하면서 상춘원에 음식을 내었다. 투호 놀이도 하고 쌍륙을 가지고 승패도 다투고 가무와 풍악도 울리며 손님 접대를 매우 극진히 하였다.

연왕과 진왕도 정답게 마주 앉아 서로 권커니 잣거니 마시니 얼굴들이 불쾌해졌다. 진왕이 연왕에게 말했다.

"양 형, 옛사람들이 중양절을 뜻 깊게 보낸 것은 양기陽氣를 아낌이 아니오? 천지 만물이 이 기운을 빌려 약동하니, 성인들이 성리학을 공부한 것은 이 기운을 길러 크게 쓰고자 함일 것이오. 헌데 이 사람은 한가로이 풍류로 날을 보내니, 형처럼 덕망 높고 공적이 빛나 옛 성인에 뒤지지 않는 사람이 어찌 나의 방탕함을 비웃지 않겠소?"

연왕은 진왕의 말에 호방하게 웃었다.

"제가 사람 볼 줄은 모르나 어찌 형을 방탕하다 하겠소? 형이 임금을 보좌하는 간관은 아니지만 나라와 더불어 기쁨과 슬픔을 같이하는 신하로서, 폐하 가까이에서 아버지와 아들처럼 이야기 나누며 나랏일 잘못 처리하시지 않도록 도우니, 그 또한 중요한 일이 아니겠소?"

"형의 말이 정말 귀한 말이구려. 마땅히 명심해야 할 바이오나, 내 깊은 궁궐 안에서 날마다 시녀들과 궁첩들에 둘러싸여 나랏일에는 상관 않고 귀 멀고 눈 어두운 사람으로 지내니, 어찌 형의 기대에 보답하겠소. 지금 폐하께서 정사를 잘하시어 백성들 살림이 넉넉하고 나라가 태평하니, 이 사람은 이런 때를 계기로 진왕의 자리를 내놓고 음풍영월로 여생을 보낼까 하오."

"형이 지금 젊은 나이에 속이 깊으니 제가 우러를 바요. 저 또한 시골 선비로 성은이 망극하여 벼슬이 분에 넘치고 아는 것도 없이 중임을 맡고 보니, 늘 마음이 불안하여 살얼음을 밟는 것 같소이다. 아무래도 폐하께 글을 올려 벼슬살이를 면한 뒤, 부모님을 받들어 시골로 돌아가 근심 걱정 없이 살아 볼까 하오."

그러자 진왕이 연왕의 손을 잡으며 말하였다.

"형은 서른이 못 되어 세상에 이름을 떨치고 권세가 조정을 기울여 화와 복이 손안에 있으니 진실로 나라의 대들보요. 형의 안위가 곧 나라의 안위이니 폐하께서 어찌 허락하시겠소?"

연왕은 진왕을 진정 어린 눈빛으로 바라보며 말하였다.

"요즘 친구 사이 도리가 없어진 지 오래더니 형이 저를 어리석다 하지 않고 이렇게 귀한 말로 깨우쳐 주시니, 그 살뜰한 우애에 머리 숙이는 바요."

이날부터 연왕은 진왕이 충직하고 신의 있다 탄복하고, 진왕은 연왕이 대바르고 겸손하다며 존경하여 서로 더욱 가까운 벗이 되었다.

세월은 빨라 어느덧 황제가 즉위한 지 아홉 해가 되었다. 이해 동짓날 천자가 자신전에 나와서 신하들의 조회를 받는데, 문득 "우르릉 꽝!" 하고 우렛소리가 전각을 울렸다. 황제가 크게 놀라면서 물었다.

"겨울에 우레 우니 변고가 아니오?"

한 신하가 나서 아뢰었다.

"동지에 첫 양기가 생기오니, 오늘 우레는 변고가 아니라 복되고 길한 일이 일어날 조짐인가 하나이다."

황제가 머리를 끄덕이니 숱한 관리들이 여기저기서 길한 징조라고 말하였다. 이에 연왕이 황제에게 글을 올려 아뢰었다.

신 양창곡은 들으니, 옛날 밝은 임금들이 변고를 말하고 상서로움을 묻지 않은 것은 하늘을 공경하여 덕을 닦고자 함이옵니다. 후세 임금들은 재앙을 듣고도 두려워하지 않으니 이는 다 신하들이 아첨하고 칭송만 하여서인가 하옵니다. 그렇게 나라를 병들이고 임금을 농락하니 이를 한탄하는 마당에 불행하게도 오늘 조정에서 쇠퇴할 기운을 다시 보니 신의 마음이 서늘하고 뼈마디가 놀라 감히 이를 말씀이 없나이다. 상서일지 변고일지는 폐하께 달렸으니 폐하 이제 스스로 생각하시어 인정 덕택이 온 백성들에게 고루 미치게 하면 그 어떤 비바람이라도 길한 징조로 될 것이옵니다. 그렇지 않으면, 상서로운 기운이 하늘에 나타나고 기린과 봉황이 땅에 가득하다 하여도 귀할 것이 없사옵니다.

이제 겨울 천둥은 변고인데도 아첨하는 무리들이 조정을 농락하니 어찌 한심치 않으리까. 신이 천지 음양의 도를 잘 알지는 못하오나 헤아려 보면 쉬이 이해할 수 있으니, 신이 먼저 하늘의 도리를 말씀 올리고 다음에 사람 세상의 도리를 논하겠나이다.

동지는 곧 음陰이 다하는 달이옵니다. 하늘과 땅이 막혀 만물이 땅속에 숨어 엎드려 있고 우레 또한 마찬가지니, 어찌 소리가 들리겠나이까. 《예기禮記》에 보면 삼월이 되어야 우레가 비로소 소리를 낸다 하였는데, 늦은 봄에 있을 일이 동지에 일어난 것은 때 아닌 변고인가 하나이다. 그리고 인간 도리로 말할진대, 전란을 겪은 뒤 백성들의 하루하루가 힘겨워 풍년을 만나도 주린 빛을 면치 못하고 흉년을 당하면 길거리에 나앉게 돼, 약한 자는 도랑창에 엎어지고 강한 자는 도적이 되옵니다. 헌데 대궐이 깊고 조정이 멀어서 참혹한 거동이 보이지 않고 백성들이 아우성 치는 소리가 들리지 않사옵니다. 허나 하늘의 해가 높이 솟아 밝히 비추거늘 어찌 모르시리까. 다사로움이 있는 곳에 비와 바람이 순조로워 음양이 조화를 이루고, 원통한 기운이 느껴지는 곳에 하늘과 땅이 막혀서 재앙을 내시니, 이는 다 떳떳한 이치옵니다.

오늘 겨울 우레에서 무슨 길한 징조를 바라겠나이까? 아, 원통하옵니다. 폐하의 신하 어찌 차마 하늘의 뜻을 속이고 임금을 농락함이 이 지경에 미칠 줄 알았사오리까. 바라옵건대 폐하는 오늘 표를 올려 길함을 말하는 자를 다스려 멀리 물리쳐 아첨하고 속이는 버릇을 징계하소서.

신이 다시 엎드려 생각하건대, 우레라 하는 것은 천지의 호령이라, 조화造化를 움직여 만물이 생겨나게 하는 것이옵니다. 이제 동짓날에 우레가 우는 것은 만백성이 엎드려 걱정하여 대한大寒 끝에 양춘陽春이 오기를 폐하께 바라는 것이옵니다. 하여 하늘이 겨울 우레로 폐하를 깨우치어 총명과 예지를 내어 나라의 질서를 바로잡도록 하심이옵니다. 부디 폐하는 온갖 정무에 힘쓰사 모든 일에 심사숙고하시어 삼가고 두려운 마음을 가지어 하늘의 뜻에 보답하소서. 신이 대신들 속에 있으면서 음양을 고르게 다스리지 못하여 재앙이 예사롭지 못한 지경에 이르렀사오니 소임을 다하지 못한 죄를 면할 수 없나이다. 원컨대 신을 파면하시어 조정 신하들을 깨우치소서.

황제가 연왕이 올린 상소를 다 본 뒤에 감탄하며,
"충정이 참으로 기특하도다."

하면서 곧 비답을 내렸다.

경이 나라를 사랑하고 임금을 사랑하는 정성이 글자마다 마음속 깊이 사무치니 어찌 짐이 경에게 바라는 바가 아니리오. 충간의 말 잊지 않으려니와 경이 사임함은 뜻밖이라 허락지 못할 것이니, 경은 더욱 충성을 다하여 짐의 허물을 깁도록 하라.

그러고는 겨울 우레가 길할 징조라 하던 자 십여 명을 자리에서 물러나게 하고 쫓아내었다.

한편, 탁당은 노균이 죽은 뒤 두렵고 겁이 나 은근히 한데 모여 흉계를 꾸미려고 하였다. 뜻밖에도 황제가 연왕의 말을 듣고 노균 문하에 출입하던 자들을 모두 용서하고 그 죄를 묻지 말라 하였으나, 호부 상서 한응덕, 간관 우세충을 비롯한 수십여 명이 또 다시 작당을 하였다.

"우리가 용서를 받았으나 탁당이라는 이름을 면할 수 없으니, 출세하기를 영영 포기하고 청산 백운에 여생을 보내고자 한다면 몰라도 다시 벼슬길에 뜻을 두고 부귀를 생각할진대, 어찌 방도를 찾지 않겠소."

한 상서가 탄식하며 말을 이었다.

"내 생각에는 온 조정에 가득한 청당이 다 무서울 것 없는데, 오직 노 참정의 재간으로도 당해 내지 못한 연왕이 문제오이다. 그자를 없애지 못할 바에는 차라리 무릎 꿇고 그 문하에 출입하는 것이 나을까 하오."

"상서 의견은 옳지 못하오이다. 굳이 나오지도 않는 웃음에 어깨 춤까지 추며 달랠 자가 따로 있나이다. 연왕은 나이 젊으나 무겁기가 큰 산이오. 예사로운 방법으로는 그자를 제거할 수 없을까 하오. 옛말에 이르기를, '임금의 신임을 얻은 뒤에야 제 할 일을 한다.' 하였으니 먼저 황제의 은총을 얻지 못하고는 소원을 이룰 수 없소이다. 군자는 정당한 수단으로 임금의 신임을 얻고 소인은 권모술수로 임금의 신임을 얻나니, 떳떳한 방법으로 못할 바에야 어찌 권모술수라도 쓰지 않으리오."

우세충이 이렇게 말하고는 가만히 상서 귀에 대고 말하며 또 웃었다.

"이는 노 참정이 항상 마음속에 둔 수단이니, 우리 또한 때를 기다려 써 보십시다."

이날부터 그들은 믿을 만한 심복을 곳곳으로 보내어 갖은 수단을 다하여 조정 동정을 살피게 하였다. 바로 이럴 때 우레가 운 것이다. 하늘이 무심치 않아 청천벽력이 소인들의 잔당을 깨우치려고 우레 한 소리로 자신전을 흔든 것이다.

연왕이 물러나기를 청하니

　한웅덕과 우세충 패거리는 노균의 잔당으로 나쁜 심보를 그대로 넘겨받아 구차한 말과 아첨으로 버젓이 변고를 상서로운 일이라 칭송하여 임금을 속이려고 하였다. 그러나 한 조각 뜬구름이 밝음을 가리지 못하니, 연왕이 올린 상소가 그 패거리에게 재앙이 되어 내리막길로 닫는 형세였다. 그러나 한웅덕은 오히려 버마재비가 수레바퀴를 막고 반딧불로 해에 맞서고자 우세충을 거느리고 상소를 지어 바쳤다.

　호부 상서 한웅덕 들은, 하늘과 땅이 처음 생긴 뒤 음양이 생기니 옛사람들이 양기를 붙들고 음기를 누르고자 함은 하늘의 이치를 가지고 조화를 행함이라 보옵니다. 시월을 양월陽月이라 한 것은 순전한 음기운의 달에 양기가 스러지는 것을 아쉬워하였기 때문이옵니다. 동짓달이 되면 밤 삼경에 양기가 비로소 생기기에, 옛 시에, '문득 한밤중 천둥소리 한 번에 모든 집들의 문이 차례로 열리도다.' 하니, 이는 우레 한 소리에 막혔던 기운이 열림을 기뻐함이옵니다. 이 것으로 보면 동짓달 우렛소리가 변고가 아님을 알 것이옵니다. 한나라나 당나라 풍속에 동짓달이 되면 집집마다 자손들이 잔을 받들어 부모님 장수를 빌고 복록을 비오니, 이는 옛것을 버리고 새것을 취하며 화기를 부름이 아니겠나이까. 이를 보면 표를 올려 상서로움으로 칭송한 것이 크게 어긋나는 일이 아니옵니다.

황제 폐하께옵서 문무 겸비하신 성덕으로 요순의 정치를 빛내시니, 비가 순조로이 내리고 바람이 고르옵니다. 하오니 나라가 태평하고 풍년이 들어 재앙이 가시고 길히 됨을 바라는 것은 신하들의 떳떳한 마음이옵니다. 천지 음양이 막힌 것은 가고 편안한 것이 오듯 동짓달 우렛소리가 양기를 돋우거늘, 폐하께서 겸양하시는 성덕으로 크게 놀라시어 변고가 아닌지 물으시매, 여러 신하들이 이에 우러러 아뢰고 조정 온 신하가 글을 올려 하례한 것이옵니다. 이는 폐하께서 갑자기 놀라심을 위로하고자 함이요, 또한 천지 운행과 지리를 밝힘이옵니다.

연왕 양창곡이 글을 올려 가시 돋친 말로 여러 신하를 논박할 뿐만 아니라 폐하를 억누르니, 이는 폐하를 속일 뿐 아니라 하늘을 속임이옵니다. 하여 신들은 그 뜻을 알지 못하겠나이다. 임금에게 칭송함이 다만 은총을 요구하여 부귀를 탐내는 것이라면, 임금을 위협하며 조정을 업신여기는 것은 그야말로 안하무인이 아니옵니까? 임금을 임금으로 여기지 않는 마음 아니옵니까? 신들이 듣사오니 둘레에 많고 많은 이민족들과 억조 만민이 다만 명나라에 연왕이 있음을 칭송하고 폐하의 은덕을 말하는 자가 없다 하옵니다. 이 어찌 나라에 복이 되겠나이까.

한림학사가 미처 다 읽지 못했는데 황제가 문득 소리쳤다.

"그만! 학사는 읽기를 그칠지어다."

황제는 노기 띤 낯빛으로 좌우를 둘러보았다.

"경들은 이 상소가 어떤가?"

누구도 대답하는 사람이 없었다. 그러자 황제는 구슬발 밖에 서 있는 진왕더러 물었다.

"경이 듣건대 한응덕이 올린 상소가 어떠한가?"

진왕이 황제에게 아뢰었다.

"폐하가 이미 해와 달 같이 밝은 총명을 지니셨으니, 누가 충신이고 누가 간신인지 거울같이 비추시려니와 신이 어찌 감히 말씀드리리까. 하오나 간악한 무리들이 이렇듯 무엄하니, 종이에 가득 늘어놓은 글의 뜻은 옛글을 끌어다가 폐하의 총명을 가리고 어진 신하를 모함하여 조정을 뒤엎으려 하는 것이옵니다. 그 음흉한 수단과 불측한 기세는 노균이 물려준 것인가 하나이다."

진왕이 말을 마치자 황제가 진노하여 영을 내렸다.

"짐이 지난날 노균 일당을 용서해 주라고 한 것은 진실로 연왕의 너그러운 마음에 감동하여 혹 그 가운데 인재가 있을까 봐 저어한 것인데, 이제 보니 그럴 일이 아니었도다. 흉악한 반역자 무리 안에 어찌 충신이 있겠느냐? 오늘 안으로 노균 잔당을 하나하나

다 파직하여 죽는 날까지 벼슬을 못 하게 하라. 상소를 올린 한응덕, 우세충을 비롯 패거리를 모조리 잡아들여 엄히 가두고 보고하라!"

영을 내린 황제가 연왕을 바삐 부르라 하였다. 연왕은 벌써 이 일을 알고 성 밖에서 죄를 기다리고 있었다. 황제는 연왕을 불러서 참담한 낯으로 말하였다.

"연왕의 충정으로 이런 비방을 듣다니, 짐이 연왕을 사랑함이 연왕이 짐을 사랑함만 못하기 때문이로다. 아, 기울어 가는 집에 짐을 앉히고 대들보를 뽑고자 하니 고금 천하에 이런 일이 또 있으리오."

황제는 책상을 치며 한림학사에게 쓰라 하고는 친히 불렀다.

어진 신하를 가까이하고 소인을 물리침은 선왕의 큰 정사라. 짐이 덕이 모자라 간신들이 조정을 농락하니 어찌 한심치 않으리오. 이제 짐이 나이 서른이요, 즉위한 지 구 년인데 간신들이 주제넘게도 충신들을 모함하여 짐을 농락하고자 하니 만일 이 버릇을 징계하지 않으면 장차 임금 없는 나라가 되리라. 짐의 오늘 이야기는 소인의 소인 됨과 충신의 충신 됨을 밝히고자 함이로다. 지난날 노균이 조정을 어지럽히고 나라를 병들여 종묘사직의 존망이 아침저녁에 달렸던 일을 생각하면 간담이 서늘하거늘, 한응덕과 우세충이 역적의 잔당인데도 너그러이 용서하여 자리에 그냥 두었더니 마땅히 나쁜 버릇을 고치고 백배 조심함이 옳거늘, 도리어 노균의 어리석음을 넘겨받아 아첨하는 말로 길할 징조라 칭송하니 짐이 비록 눈이 어두워도 두 번 속지는 않을 것이로다.

연왕의 열렬한 충성은 남만에 출전하여 나탁을 평정하고, 짐이 의봉정 앞에서 벌인 풍류를 꾸짖으며 죽음을 피하지 않은 일로도 이미 천지신명이 밝게 비추신 바 있노라. 노균의 참소를 곧이듣고 머나먼 험한 땅으로 충신들을 쫓아냈지만, 연왕은 다만 일편단심으로 나라와 임금을 위하여 생사를 무릅쓰고 표문을 올려 바닷가 행궁에서 꿈에 취해 있는 나를 깨우쳐 주고, 홀로 말을 달려 연소성 아래서 오랑캐를 무찔렀노라. 그러니 수백 년 종묘사직이 오늘날 끊어지지 않고 억조창생이 결딴 나는 것을 면한 것이 뉘 공이리오? 인자한 아버지와 효성스런 아들 사이에는 이간하는 말이 끼어들지 못하고, 속을 주고받는 벗에게는 훼방꾼이 없다고 하였는데, 지금 우세충 들이 짐을 앉혀 놓고 버젓이 연왕을 이렇게 비방하니 간신들의 대담함과 당돌함이 어찌 이러하리오.

한웅덕은 남해의 풀도 나지 않는 섬으로 귀양 보내고, 우세충은 북방 대유도로 귀양 보내되, 천하의 죄인을 다 풀어 주는 일이 있어도 이자들은 종신토록 놓아주지 못하게 하라. 그리고 그 아래 여남은 명 또한 살기 어려운 머나먼 땅에 귀양 보내라.

이제 이 글을 여러 곳에 널리 보내 방방곡곡에 걸어 놓고 충신을 가까이하고 간신을 멀리하는 짐의 뜻을 알게 하라.

황제는 이 글을 내리며 어서 귀양 보내라 재촉한 뒤 다시 연왕을 불렀다. 그러자 신하들이 아뢰기를, 연왕이 어명에 더욱 황송하고 불안하여 도성 밖으로 나갔다고 하였다. 황제가 탄식하였다.

"연왕은 짐의 뜻을 모르느냐? 짐의 정성이 연왕에게 닿지 못하는구나."

황제가 연왕을 찾아가려고 거둥을 재촉하였다.

연왕은 황제께서 친히 거둥하신다는 말을 듣고 할 수 없이 대궐로 들어왔다. 궐문을 나서던 황제를 만나 땅에 엎드려 죄를 청하였다. 황제는 반가워하며 연왕과 같이 다시 내전으로 들었다.

"짐이 경의 마음을 알고 경이 짐의 마음을 짐작할 텐데 어찌 이같이 자책이 심한고?"

"신이 불충하여 오늘 이러지도 저러지도 못하게 되었나이다."

연왕은 황제 앞에 꿇어앉아 아뢰었다.

"항간에 말하기를, 말이 아니거든 대답도 말라 하지 않았는가. 소인배의 근거 없는 말을 가지고 무슨 그런 생각을 하는고?"

"폐하가 항간이라 하시니, 무지렁이 백성들도 이웃집 아이에게 욕을 당하면 부끄러워 문 밖으로 나가지 않사오니 이웃 대할 낯이 없어서이옵니다. 신이 고관대작으로 있으면서 망극한 말을 듣고도 근거 없는 말이라고 태연히 조정에서 뭇 신료들과 일을 볼 수 있겠사옵니까? 신의 신세는 그만두더라도 조정의 수치는 어찌 하오리까?"

"한응덕, 우세충 따위는 모두 비루한 자들이라. 경이 평소 나라를 위하여 제 몸을 돌보지 않더니 오늘에 이르러는 몸을 아껴 나라가 위태로워지는 것을 안타까이 여기지 않는구려."

"가르치심이 이같이 간곡하시니 돌덩이인들 어찌 감동치 않겠사옵니까. 하오나 폐하, 우세충과 한응덕이 음흉한 자로 된 곡절이 무엇이옵니까? 부귀를 탐하고 은총을 바라서 염치를 돌보지 않기 때문이옵니다. 신이, 남이 비웃는 줄도 모르고 은총을 바라며 나아가기만 하고 물러설 줄을 모른다면 그것도 음흉한 것이니, 어찌 우세충이나 한응덕과 다르겠나이까. 폐하, 또 제가 제 몸을 아껴 나랏일을 걱정하지 않는다 하시나, 신이 재주와 학식이 깊지 못하고 거취와 진퇴에서 경중이 없사옵니다. 제 몸을 닦은 뒤 집안의 법도를 바로잡고, 집안의 법도를 바로잡은 뒤 나라를 다스리고, 나라를 다스린 뒤에 천하를 평정하나니, 신이 은총을 바라고 벼슬을 탐내어 염치를 돌보지 않을진대 이는 제 몸을 닦지 못한 것이옵니다. 신이 한집안의 법도도 바로잡지 못하겠거든 하물며 천하를 어찌 다스리리까. 폐하께서 신의 겉모습을 취하시어 구차히 상대하고자 하신다면 몰라도, 거친 재주와 학식을 쓰시어 나라를 다스리려 하신다면 부디 신의 처지를 생각하여 주시옵소서."

황제가 그 말을 듣고 잠시 말이 없다가,

"임금과 신하의 마음이 이미 거울같이 비추어 서로 그 마음을 알진대, 어찌 이리 고집하는고? 다시 조용히 의논하여 나아가고 물러감에 시작이 있으면 끝도 있음을 잘 생각해 볼지어다."

하니, 연왕이 황공하여 물러났다.

황제는 진왕을 보고 물었다.

"연왕이 벼슬을 내놓고 물러가려는 마음이 굳으니 어찌 된 일인가?"

"연왕이 비방과 참소를 인정하는 것은 아니나 물러갈 뜻을 품은

지 오래이옵니다. 그러하오니 폐하께서 성덕으로 말리시는 것이 옳을까 하옵니다. 만일 이런 때에 그를 내보내시면 간신들의 소원을 이루어 주는 것이요, 연왕을 예로 대하는 것이 아닐까 하나이다."

황제는 주먹으로 책상을 치며 탄식했다.

"나랏일은 어지럽고 충신은 물러가려 하니 짐이 누구와 더불어 천하를 다스리랴."

며칠 뒤 연왕은 다음과 같은 상소를 올리고 물러날 것을 거듭 청하였다.

신이 변변치 못한 재주로 하늘 같은 은총을 입사와 관직이 높고 부귀 지극하오니 늘 삼가고 두려운 마음이 간절하였사옵니다. 폐하께 간하는 말에 망령됨이 많았지만 그르다 아니 하시고 가르치시고 돌보아 주시니 신이 더욱 황공하여 몸 둘 바를 모르겠사옵니다.

신은 본디 남쪽 궁벽한 시골 선비로 집이 어렵고 부모님이 늙으시어 가난이나 면하자고 벼슬을 구한 것이지, 재주와 학식이 있어 임금께 충성하고 백성들에게 은덕을 베풀려고 벼슬한 것이 아니옵니다. 이제 나아갈 줄만 알고 물러날 줄을 몰라 욕심스레 더 잘되기를 꾀한다면 이는 위로는 성은을 저버리고 아래로 재앙을 부름이옵니다. 그 불효 불충함이 더할 수 없사오니 바라옵건대 폐하께서는 신의 뜻을 헤아리사 어서 조용한 시골로 돌아가도록 허락하시어 군신간의 은혜로움이 계속되게 하소서. 신의 나이 서른이 차지 않았사오나 몸에 병이 많사옵고 또 늙으신 부모 있어 늘 조용히 봉양하고 조섭함을 바라옵니다. 황제 폐하께옵서는 세상의 부모이시니 신의 처지를 불쌍히 여기사 관직을 거두시어 분수에 편안케 하시고, 고향으로 돌아가도록 허락하사 은총을 길이 보존케 하소서.

황제는 상소를 보고 좌우를 둘러보며 탄식하였다.

"짐이 연왕을 나라의 대들보나 주춧돌같이 믿고 나라를 다스리게 하였는데, 물러갈 뜻이 이처럼 급하니 이 어찌 짐이 바라는 바겠소."

다음과 같이 답하였다.

짐이 덕이 없어 그 무슨 말로도 경의 마음을 돌리지 못하는데 다시 이 상소를 보니 쓸쓸한 마음이 들고 귀중한 무엇을 잃는 것 같도다. 경의 지극한 충정으로 어찌 이를 생각지 않고 짐을 버리려 하는고? 경은 다시 생각하여 짐의 뜻을 저버리지 말라.

며칠 뒤 연왕의 상소가 또 이르렀다.

신이 듣사오니 임금이 신하를 예로 부리면 신하도 임금을 예로 섬긴다 하옵니다. 무릇 예라 하는 것은 꿇어 절하고 읍하고 사양함만을 이르는 것이 아니라, 나가고 들어오며 이르는 곳곳에서 근본을 잃지 않음을 말하옵니다. 엄한 명령으로 부르고 은혜로 달래서, 있는 힘을 다하여 제 한 몸 돌보지 않게 하면 이것이 아랫사람을 부리는 법이옵니다. 신이 군자의 도덕을 갖추었다 자처하지는 못하오나 어찌 천은이 망극함을 모르리까마는 한번 폐하 뜻을 받자오니 형세가 더욱 급박하고 말씀이 더욱 장황함을 깨닫지 못하오니, 부디 폐하는 불쌍히 여기소서.

상소를 다 본 황제는 다시 답하였다.

하늘이 짐을 돕지 않아 경의 상소가 두 번이나 이르니 이는 임금과 신하가 서로 믿지 못하는 것이라, 어찌 슬프지 않으리오.

그러나 연왕은 또다시 상소하였다.

부모가 자식을 사랑할 때 정을 누르고 종아리를 때리며 엄하게 꾸짖는 것은 옳고 그름을 가르쳐 죄를 짓지 말게 하고자 함이옵니다. 어찌 종아리를 때리며 엄히 꾸짖는다 하여 사랑이 없겠나이까. 부모가 늦게 본 외아들로 응석이나 부리며 자라 배운 것이 없으니, 폐하의 망극한 은덕이 뼛속까지 스며들어 부모와 조금도 다름이 없거늘, 폐하 또다시 자애로운 사랑에 가리시어 급급한 형편을 살피지 않으시니, 꿇어앉아 바라옵건대 신을 불쌍하고 가엾이 여겨 주소서.

연왕의 상소가 여러 번 이르렀으나 그래도 황제는 허락하지 않았다. 연왕은 할 수 없이 조정 일에 힘썼지만 몇 달 뒤 다시 상소를 올리니 그 상소가 무려 백여 차례에 이르렀다. 황제는 곧 연왕을 불렀다. 연왕이 엎드려 간절히 아뢰었다.

"신이 불충하오나 어찌 폐하가 극진히 아끼시는 은덕을 모르리까. 옛날부터 나가서는 장수가 되고 들어와서는 재상이 되어, 공을 세운 뒤에 물러나지 않고도 임금과 신하의 의리를 길이 보전한 자 적사옵니다. 신의 나이가 옛사람들처럼 벼슬에서 물러날 나이는 못 되나, 엎드려 비옵나니, 이제 십 년이라도 말미를 주시어 고향으로 돌아가 복이 지나쳐 재앙이 생기는 것을 면하게 하소서."

그러자 황제는 황제대로 다시 연왕에게 말하였다.

"짐이 덕은 없으나 경과 환란을 같이하고 안락을 저버릴 임금은 아니로다. 할 일이 많은데 어찌 홀로 편히 지낼 생각을 하느뇨?"

"신이 부귀를 탐내고 공명을 사모하여 만족을 모르고 위태함을 깨닫지 못한다 해도 폐하께서 불쌍히 보시어 길을 가리켜 주실 것이온데, 어찌 오늘 잠깐 물러가는 것을 허락지 않으시나이까?"

천자는 한숨을 지으며 탄식하였다.

"경의 시골집이 어느 고장인가?"

"동쪽 성문에서 백 리 밖에 있사온데 취성동이라 하옵니다."

황제 무엇인가 잠깐 생각하다가 좌우를 둘러보며 물었다.

"백 리면 하룻길이 아니냐?"

"그러하나이다."

"하늘이 나라를 돕지 않으시매 경의 뜻이 이처럼 굳건하니, 짐이 경을 예우하고픈 마음을 어찌 한결같이 고집만 하겠는가? 짐이 다만 세 가지 약속을 하겠노라. 첫째 십 년을 기다려 다시 부를 것이니 그때 사양치 말며, 둘째 벼슬을 그대로 지니고 녹봉을 사양치 말며, 셋째 십 년이 되기 전이라도 작은 일은 집에서 의논하고 큰일은 조정에 불려 옴을 사양치 말라. 취성동이 여기서 멀지 않고 경이 또한 청춘이라 춘하추동 네 계절에 바람도 쐴 겸 편한 차림으로 하늘소(나귀) 타고 동자 데리고 짐을 조용히 찾아와 만나도록 하라. 그러면 짐이 만사를 제치고 벗을 만나듯 서로 그리던 정을 나눌까 하노라."

하고는, 친히 해마다 정월 보름날과 수릿날, 한가위, 중양절에 오라 하며 날을 정해 주었다.

"오늘 짐이 경을 보내는 마음이 어찌 여느 군신의 이별과 같으리오. 집을 짓자 하니 의지할 대들보와 주춧돌이 없고, 인재를 잃으니 길흉화복을 뉘 보고 물으며, 거울이 멀어지니 얼굴이 곱고 미운 것을 어데 비추어 보리오. 조정 온 신하의 패옥 소리 끊이지 않아도 그 가운데 경의 얼굴, 경의 목소리 눈에 삼삼, 귀에 쟁쟁할 줄을 경이 아는가?"

연왕이 머리를 깊이 숙이며,

"신이 열여섯에 폐하를 섬기어 지금 나이 스물여섯이니, 온몸에 천은을 입지 않은 곳이 없사옵니다. 닭과 개, 소와 말 같은 무지한 미물들도 주인을 따르는데, 신이 어찌 살과 뼈가 부서져 가루가 되도록 길이 모시고자 하지 않겠사옵니까. 하지만 벼슬이 몸에 넘치고 일거일동이 다른 벼슬아치들의 본이 되어야 하니 언행을 삼가는 것이옵니다. 이제 도무지 어찌할 수가 없어서 폐하 곁을 하직하고 먼 산을 향하오니 어린것이 사랑하는 어미 곁을 떠나는 것과 같사옵니다. 폐하께서 말씀하신 세 가지 약속은 마땅히 명심하고 잊지 않겠사오나, 향리로 돌아가 쉬는 것은 부귀를 사양하고 조용한 곳을 찾아 분수에 맞게 소박하게 살고자 함이옵니다. 이제 벼슬과 녹봉을 그대로 가지고 양쪽 복을 다 겸하여 누린다면 염치가 없는 것은 물론이고, 조물주가 시기하는 것은 어찌하리까. 바라옵건대 신의 관작과 녹봉을 거두시어 외딴 시골 가난한 선비의 본분을 알게 하소서. 그리해야 위로 성덕을 노래하고 아래로 분에 넘치는 재앙이 없을 것이옵니다."

황제 웃으며 말하였다.

"그러면 우승상 벼슬은 사직을 허락하노니 연왕의 녹봉은 사양치 말라."

연왕은 하릴없이 명을 받들고 물러 나왔다.

이렇게 연왕은 부모를 모시고 식솔들과 함께 시골로 돌아가게 되었다. 바라는 바는 이루었으나 십 년 군신의 망극한 은총을 하루아침에 떼고 시골로 떠난다고 생각하니, 그리운 정과 뜨거운 충심을 어쩔 수 없었다. 그리하여 연왕은 임금에게 글월 한 장을 올려 하직을 고하였다.

신 양창곡이 불충하여 폐하의 은총을 저버리고 제 한 몸 편안하기를 꾀하여 궁궐을 떠나옵니다. 수레바퀴는 동으로 굴러가나 한 조각 붉은 마음은 궁궐에 남아 있사오니 어찌 구구한 말로 신의 마음을 아뢰리까. 삼가 생각하건대 폐하 총명하고 슬기로운 예지와 문무에 정통함은 옛 임금들에 부끄러울 바 없사오나 즉위 십 년에 태평성대를 이루지 못하여 백성들이 굶주리니 이는 신들이 불충하와 잘 받들어 모시지 못한 까닭이옵니다. 허나 뛰어난 목수에게는 버릴 나무가 없고 용감한 장수에게는 약한 군사가 없다 하오니, 이는 다 폐하께 달린 것이옵니다. 폐하께서는 나라에 인재 없다 걱정하지 마시고 폐하께서 인재를 등용할 것을 생각하시며, 신하의 불충함을 꾸짖지 마시고 폐하께서 더욱 부지런히 덕을 닦으시옵소서. 하늘이 사람을 내실 때 그 나라 사람으로 그 나랏일을 감당케 하셨나니, 밝은 임금이 위에 계신즉 충신이 조정에 가득하고, 어두운 임금이 나라를 다스린즉 간신들이 조정에 가득하게 되는 것이지, 어찌 인재의 많고 적음에 달렸겠나이까.

아, 산간벽지에서 재주를 닦아 때를 기다리는 자들이 귀를 기울이고 눈을 밝혀 조정의 기색을 살피거늘, 폐하 깊은 궁궐에 계시면서 조정 대신들과 백성들 목소리를 듣지 못하고 환관과 궁첩들의 자질구레한 말이나 가까이 있는 신하들이 으레 아뢰는 일들로 날을 보내시니 태평성대를 어찌 바라리까.

나라를 다스리는 데 가장 중요한 방도는 근본을 세우는 것이옵니다. 옛사람이 말하기를, "선비는 나라의 근본이다." 하였으니, 선비를 길러야 인재를 얻을 수 있으며, 인재를 얻은 뒤에야 나라를 잘 다스릴 수 있을 것이옵니다. 그런데 요즘 선비들이 타락하여 어찌해 볼 수 없는 지경에 이르렀사옵니다.

그러므로 오늘날 급선무는 먼저 과거 제도를 바로잡아 선비들을 기르는 것이옵니다. 방방곡곡에 조서를 내리어, 삼 년에 한 번씩 큰 고을에서는 열 명씩, 작은 고을에서는 대여섯 명씩 뽑아 문장으로 시험하고 경륜을 살펴 선발해 올리면 예부에서 다시 살피고 시험한 뒤에 폐하 앞에 올리는 것이 옳겠나이다. 폐하는 먼저 경전에 관한 지식을 묻고 다음 시부詩賦를 놓고 친히 뽑으사, 그중 경전과 시부에 참으로 뛰어난 선비는 그를 올린 지방관들을 표창하여 벼슬을 더하고, 써 보아 시원치 않은 자 있거든 또 그 추천한 자에게 책임을 물어 벼슬을 떨어뜨리면 되옵니다. 그러면 자연 지방관들이 고을 안을 샅샅이 뒤지고 찾아낼 터이고, 여남은 집 되는 작은 동네의 선비라도 한탄하는 일이 없을 뿐 아니라, 천하에 선비 된 자들이 저마끔 재주를 가다듬어 과거 시험을 기다릴 것이옵니다. 이리되면 없는 인재를 키우느라 애쓰지 않더라도 있는 인재를 버리지는 않을까 하나이다.

신이 이제 조정을 떠나 시골로 돌아가오니 이 한 몸은 한가하오나 마음속에 근심이 있사와, 옛적 황제들께서 인재를 중히 여긴 뜻을 가지고 오늘 이 나라의 정사와 교화를 돕는 근본을 아뢰온 것이니, 바라옵건대 깊이 살피소서.

황제는 그 상소를 다 본 뒤에,

"연왕의 충성은 옛사람을 넘는도다. 임금에 충성하고 나라를 걱정하여 몸이 조정에 있으나 시골에 있으나 그 마음은 조금도 다름이 없구나."

하고 탄복하였다. 그러고는 아래와 같이 답하였다.

경의 몸이 강호로 가되 마음은 대궐에 있으니, 옛사람들이 나가

도 걱정하고 들어와도 걱정한다고 한 말이 경을 두고 이르는 말이
로다. 경이 짐을 이렇듯 사랑하나 짐은 성의가 모자라 경을 머물게
못 하니 어찌 부끄럽지 않으리오. 인재 선발은 경의 안목이 아니면
뉘 능히 가리리오. 경이 인차 돌아와 짐을 도우라.

연왕은 연춘전에 가서 태후에게도 하직을 고하였다.
태후는 연왕을 보고 따뜻한 정을 쏟으며 말하였다.
"나이 젊어 물러가는 것이 신선이 되어 가는 것과 다름이 없으니
경이 가면 조정이 텅 빈 것 같겠구려. 폐하께서 경을 생각하는 마
음이 극진하고 경도 마땅히 폐하를 그리워 잊지 못할 것이니, 곧
돌아와 나라를 받들지어다. 이 늙은이는 서산에 지는 해와 같으
니 경을 다시 대할 날이 있을지 기약할 수 없구려."
태후는 무척 섭섭하여 한동안 말이 없었다. 연왕이 눈물을 머금
고 태후께 아뢰었다.
"신이 아무리 불충하오나 몸이 떠난다고 하여 은혜를 어찌 잊으
오리까? 부디 저 남산과 북두칠성같이 성수무강하시기를 우러러
비나이다."
대궐을 나선 연왕은 떠날 행장을 꾸렸다.
황제는 연왕이 떠나는 날 동문에 나가 작별하겠다고 내관들에게
알렸다.

보리밥에 들나물 산나물로 배부르고

　연왕이 떠나는 날 황제는 동쪽 성 밖으로 십 리를 나와 연왕을 배
웅했다. 온 신하가 다 조정을 나서니 말과 수레가 성문을 메웠다.

　황제가 연왕 손을 잡고,

　"조회를 끝내고 빈 섬돌을 대해도 서운한 마음 누를 길 없더니,
이제 산 넘고 아득한 곳 멀리 떨어져 있으면 그 쓸쓸함을 어찌하
리오."

하였다. 연왕은 마음이 느꺼워지더니 눈물이 앞을 가렸다.

　"신이 십 년 궁궐에 있었으나 예법이 엄숙하여 눈앞에 모시던 폐
하의 얼굴을 기억지 못하니, 시골로 돌아간 뒤에도 밤마다 어지
러운 꿈에 조회 가는 사람들을 따라 들어가 가까이 모셔도 폐하
얼굴이 어렴풋할까 하옵니다. 그러니 이제 잠깐 우러러 뵈옵고
가려 하옵나이다."

황제가 눈물을 머금으며 연왕에게 허리를 펴고 앉으라 하고는 진왕을 보고 탄식하였다.

"연왕의 젊은 용모 어찌 사직하는 재상이라 하리오. 마땅히 조정에 나와 빛냄이 옳겠거늘 녹수청산 낚시꾼이며 나무꾼들과 놀겠다 하니 어찌 아수하지 않으리오."

하고 인차 난성후를 찾았다. 난성이 바로 나아가 엎드렸다. 황제 술을 부어 연왕더러 주며,

"경은 부모를 모시고 맑은 복을 누리다가 빨리 돌아와 짐을 도우라."

하고, 다시 한 잔을 부어 난성에게 주며 말하였다.

"난성후는 이 술을 받아 연왕과 백년해로하고 아들딸 많이 낳고 복되게 살지니, 또한 짐을 잊지 말라."

연왕과 난성이 엎드려 술을 마셨다.

황제가 궁궐로 돌아가기에 앞서 좌우에 일러 길 떠나는 사람에게 노자가 있어야 하니 황금 만 냥을 보태 주라 하였다. 그리고 수레에 올라 거듭 돌아보며 슬퍼하였다.

연왕은 문무백관을 차례로 작별하였다. 황 각로와 윤 각로가 탄식하였다.

"연왕이 한창 일할 나이에 그렇듯 단호히 물러가니 늙은것이 흰머리를 수그리고 서성거리는 것이 오히려 부끄럽네."

그러자 연왕이 윤 각로에게 말했다.

"장인어른은 아직 그리 늙지 않으셨으니 폐하를 도와 백성들을 구하옵소서. 창곡은 처지가 달라 잠깐 황은을 저버리고 시골로

내려가니 이 어찌 일부러 할 바이겠나이까?"

연왕이 다시 황 각로에게 돌아섰다.

"장인어른은 벌써 옛사람들이 벼슬을 그만두던 나이가 지났으니 인차 사직할 생각을 하소서."

그러자 황 각로 웃으면서 대답하였다.

"이르나 늦으나 다 산 몸이구먼. 번화한 성시 생활을 몇 해나 더 하리오? 외로운 시골 생활은 내 본디 바라지 않으나, 그저 늘그막에 딸을 멀리 떠나보내자니 마음이 슬프도다."

연왕이 웃고 이번에는 진왕과 작별하였다. 두 손을 마주 잡고 한동안 아무 말도 못 하였다.

"형의 아름다운 풍류는 내 아는 바이오. 세상 시름 털어 버리고 좋은 계절에 벗을 찾아오겠소?"

"내 평생 좋아하는 것이 청산녹수인데 형이 먼저 골라잡았으니, 어찌 말을 달려 찾아가지 않겠소이까."

연왕이 다시 소 상서와 동초 장군과 마달 장군에게 작별하는데, 대장군 뇌천풍이 손자를 데리고 이르러 눈물을 글썽이며 말했다.

"소장은 늙은이라 다시 뵙기를 기약할 수 없으나, 상공의 오늘 모습은 아름다운 일이니 제가 슬픈 가운데서도 즐거움으로 여기오이다."

천풍이 또 홍 사마를 찾아 하직하였다.

"홍 사마께서 백운동에서 누리던 아늑한 재미를 이제 취성동에서 다시 누리게 되었으니 치하할 일이오나, 소장은 벌써 서산에 지는 해라, 언제 다시 뵈오리까?"

뇌천풍의 허연 수염에 눈물이 흘렀다. 난성이 위로하였다.

"옛날 주나라 강태공은 팔십 년 어부 되고 팔십 년 장수 되었다 하니, 장군은 십여 년 부귀를 더 누려 여든을 채운 뒤, 취성동 앞 산 좋고 물 맑은 곳에 자리 잡고 대삿갓에 도롱이 입고 다시 팔십 년을 더 살아 풍진 속에서 고생을 같이하던 정으로 함께 산수를 즐기기 바라오이다."

천풍이 크게 웃으며 사례하였다.

황제의 수레는 벌써 멀리 떠나갔다. 사람들도 연왕을 작별하고 돌아갔다.

연왕이 수레를 재촉하여 길을 떠나려 하는데, 문득 호화스레 꾸민 가마 십여 채가 성안에서 나오고 있었다. 가 궁인이 태후의 명을 받아 양창곡의 어머니 허 부인에게 음식을 전하러 오는 행차였다. 난성을 바래려고 오는 세 귀비의 가마도 있었다. 허 부인과 난성은 수레를 멈추고 은덕에 사례하며 이별을 설워하였다.

이때 또 성안에서 가마 한 쌍이 나오는데, 그 뒤로 군졸 여남은 명이 길가로 사람들을 물리느라 호령하고 있었다. 관동후 소실 옥랑과 관서후 소실 청랑이다. 청랑과 옥랑이 가마에서 내리며 눈물이 글썽하여 난성과 선 숙인의 손을 잡고 말하였다.

"연옥을 버리고 끝내 가시나이까? 저희가 댁으로 갔더니 이미 길을 떠났다기에 취성동까지 가려고 왔나이다."

난성은 눈물을 흘리며 꾸짖었다.

"너희 처지가 전날과 다르니 지아비를 따라야 하느니라. 어찌 나가고 물러감을 마음대로 하려느냐? 여기서 작별하면 될 것이니 어서 돌아가거라."

그러고는 가 궁인에게 말하였다.

"세상에 맺지 않을 것이 정이옵니다. 저희가 저 애들과 더불어 자라 주인과 종의 의리에 형제의 정을 더하여 외로운 신세를 서로 위로하다가, 이제 천 리 타향에 와서, 나도 부귀한 가문에 영화가 족하고 저도 이제는 공후 소실이 되어 부러울 게 없는데, 한때 헤어짐이 무슨 큰일이라고 며칠 전부터 저렇게 울며 따라가려 하니, 이게 될 법이나 하옵니까? 여필종부라 하는데, 어찌 옛정을 위해서 해서 아니 될 일을 하겠나이까. 달래고 꾸짖어 보냈더니 다시 여기까지 좇아왔구려. 그래 내가 인정이 박한 사람이라 정을 떨구어 두고 가려 하나 자연 마음이 좋지 못하나이다."

그러고는 소청과 연옥을 다시 달랬다.

"취성동이 예서 멀지 않으니 너희는 슬퍼하지 말고 따스한 봄날에 꽃이 피거든 둘이 함께 장군께 이야기하고 꼭 오너라."

말을 마치고 행장을 수습하여 길을 떠나자 하는데, 철 귀비가 난성 손을 잡고 말하였다.

"제가 한가한 때를 타 한번 가서 산수 경개를 구경하고 벗을 찾고자 하오이다."

철 귀비의 말에 난성이 웃으며 거듭 다짐받았다.

"헛말을 해서는 아니 된다오. 친구의 믿음을 저버리지 마십시다."

드디어 연왕이 일행을 재촉하여 길을 떠났다. 소청과 연옥이 멀어져 가는 일행을 아득히 바라보노라니 고운 얼굴이 눈물에 젖었다. 가 궁인이 위로하며 성안으로 데리고 들어갔다.

연왕이 젊은 나이에 명망과 이욕의 세계를 하직하고 푸른 산과 흰 구름으로 단호히 돌아가니, 길에서 구경하는 사람들이 입을 모아 칭찬하였다.

"현명하구나. 천자를 도와 태평성대를 이루고 오늘은 또 공명을 사양하고 시골로 돌아가니 그 청렴결백함을 어디에 비기랴."

수십 리를 오도록, 성안 백성들과 군사들이 풍악을 아뢰며 다투어 전송하는 소리로 떠들썩하다. 연왕이 수레를 머무르고 하나하나 인사를 하였다.

궁궐에 돌아간 황제는 연왕에게 술과 음식을 보태라고 황금 만냥을 또 주고 난성에게 오천 냥을 보냈다. 연왕과 난성이 북쪽을 바라 절하고 황송해 마지않았다.

서울에서 동남쪽으로 조금 가면 산골 마을이 하나 나온다. 이름이 취성동인데, 북으로 자개봉을 의지하고 남으로 금강수와 만나니 둘레가 수십여 리나 되었다. 산천이 아름답고 경치가 빼어나 명승지로 손꼽혔다.

연왕 일행이 취성동에 이르니 마을 백성들이 집집마다 어귀에 나와 맞이하였다. 연왕은 집을 치우고 거처를 정하였다. 자개봉 아래에 지은 집채가 검소하게 꾸려져 있었다. 안쪽 귀련당龜蓮堂은 천년 묵은 거북이 연잎 사이에서 노닌다는 뜻이니, 오래 사시라 비는 뜻으로 노부인이 거처하시게 하였다. 왼쪽으로 엽남헌饁南軒이 있는데, 지아비 밭일하는 곳에 점심밥 내가며 안해의 본분을 지킨다는 뜻이니, 윤 부인이 네 살 난 아들 경성慶星이와 함께 살게 하였다. 오른쪽으로 영지헌營止軒이 있는데, 온 집안 가득하니 처자가 편안하다는 뜻이니, 황 부인이 살게 하였다. 춘휘루春暉樓는 봄풀의 새싹이 아물거린다는 뜻이니, 아버지가 머물 곳으로 하였다. 연왕 자신은 은휴정恩休亭에 자리 잡았는데, 황제의 은덕을 기리는 뜻이다. 그렇게 정하고 나서 강남홍, 벽성선, 일지련에게 말하였다.

"별채가 수십여 곳 있으니, 자운루, 강운루는 자개봉 아래에 있고 태을정, 범사정은 금강 위에 있으며 생학루, 어풍각과 완월정, 관풍각과 침수정, 수석정과 중묘당, 우화암이 다 제가끔 경치 빼어나고 아름다우니 마음에 드는 대로들 고르시오."

세 사람 모두 좋아하였다.

며칠 지나서 연왕이 부모님을 모시고 부인들과 함께 별채를 하나하나 구경하였다. 자개봉이 둘러 있으니 산과 물이 아름답고, 나무 숲이 우거진 동산하며 시원스러우니 모두 아름답기 그지없었다. 종일 돌아다니며 구경하다가 달빛을 이고 돌아온 양 태공은 즐거움에 넘쳐 말하였다.

"내가 십 년 세속에 살던 흉금을 오늘에야 씻는구나."

이튿날 연왕이 세 사람에게 물었다.

"그대들이 이제 별원을 보았으니 마음속으로 정한 것이 있으면 말해 보시오."

난성이 먼저 입을 열었다.

"시골에 사는 재미가 산수에 있으니, 범사정泛榏亭은 너무 강가에 다가붙어서 장사치나 고기잡이가 거처할 곳이요, 우화암羽化

庵은 외따로 있어 중이나 도사가 살 곳이더이다. 산을 등지고 강을 보며 그 무엇에 매이지 않기로는 자운루紫雲樓가 제일이니 저는 자운루를 골랐나이다."

"산과 물을 즐기는 것은 성인이나 할 바요, 산으로 물가로 돌아다니는 것은 숨어 사는 사람이나 할 일이라, 저는 누에 치고 뽕 따고 술 빚고 밥 짓는 것을 좋아하니 관풍각觀豐閣을 주소서."

연 숙인의 말이었다. 연왕이 선랑을 보며,

"선랑은 왜 말이 없소?"

하고 물으니, 선랑이 웃으며,

"제 바라는 바는 두 사람과 다르오이다. 번잡함이 싫고 한적함이 좋으니 중묘당衆妙堂에 살고자 하나이다."

하고 대답하였다.

연왕은 그리하라고 한 뒤, 처소가 좁을 터이니 뜻대로 고치라 이르면서 황제가 내린 황금을 세 사람에게 나누어 주었다.

이때 난성이 연왕에게 말하였다.

"제가 황성에 있을 때는 녹봉을 사양치 못하였으나 지금 산중에 들어와서는 쓸데가 없으니, 이제부터는 난성부에서 다달이 받는 녹봉과 탕목읍 삼만 호와 황제께서 주신 황금 오천 냥을 다 상공께서 맡아 주관하소서."

연왕은 난성의 말에 허거픈 웃음을 지었다.

"내 벼슬을 버리고 시골로 돌아온 것은 한가히 지내려는 것인데, 이제 홍랑 밭에서 곡식 건사하는 이나 되란 말이오?"

홍랑이 대꾸하였다.

"이제는 저도 소쿠리 밥을 먹고 바가지로 물 마시며 해진 옷에 누더기를 걸칠지라도 선랑이나 연랑 같이 상공의 보살핌을 받고자 하나이다."

연왕은 웃고 허락하였다.

세 사람은 자기 처소로 갔다. 난성은 이제 다섯 살 난 아들 장성 長星이와 손삼랑을 데리고 남녀 종 여남은 명을 거느리고 자운루로 가고, 선랑은 자연과 종들을 데리고 중묘당으로, 연랑도 종들을 거느리고 관풍각으로 갔다.

몇 달 안 돼 처소를 다 손보고는 곧 잔치를 차리고 낙성식을 베풀었다.

연왕이 양친을 모시고 부인들과 자운루에 이르렀다. 때는 화창한 봄이라 늘어진 버들과 아름다운 꽃이 그림 같고 맑은 시내에 기이한 돌이 곳곳마다 놓여 선경을 이루었다. 양 태공이 경치를 살펴보니, 남쪽 먼 산들이 겹겹이 안개에 싸여 있고 앞에는 큰 강이 흘러 비단을 펼쳐 놓은 듯 거울을 펴놓은 듯한데, 취성동 수백 집이 한눈에 다 들어오고 자개봉, 천안봉이 눈앞에 솟아 있다. 웃으면서 말하였다.

"이는 이 마을에서 첫째가는 자리인데, 난성이 먼저 찾았으니 이 또한 복이로다."

누각 앞에 이르니 난성이 수수한 옷차림으로 장성이와 종들을 다 데리고 나와 맞았다. 날씬한 몸매에 당찬 기상이 봄바람에 피어난 꽃들과 향기를 다투는지라 황 부인이 윤 부인에게 속삭였다.

"난성은 보통 사람이 아니오. 저것 보소서, 산중에 들어온 뒤 용모며 자색이 더욱 곱고 젊어지는 것 같소."

집 안에 들어서니 무늬 놓은 듯 화려한 창문들에 붉은 난초가 피어 있고 비단 휘장과 구슬발이 곳곳에 걸려 있다. 앞뒤며 양옆에 층층이 높은 다락을 세웠는데, 동쪽은 중향각으로, 앞에는 복사나무와 오얏나무, 아름다운 꽃과 기이한 돌이 층층이 놓이고 흰나비 훨훨 오락가락하니, 봄 경치 보는 곳이다. 서쪽은 금수정으로, 온갖 단풍이 좌우에 벌여 있고 진기한 새 날고 기이한 돌이 층계 아래 가득한 가운데 돌단 아래 사슴 두어 마리가 오락가락하니, 이는 가을 경치를 구경하는 곳이다. 남쪽 다락은 영풍각이라, 녹음이 처마를 두르고 바위에 기대어 흐르는 물이 작은 폭포를 이루는데, 그 앞에 아담하게 꾸린 연못에는 물고기 뛰놀고 원앙새 쌍쌍이 물결 따라 희롱하니, 이는 여름 경치를 구경하는 곳이다. 북쪽 누각 이름은 백옥루니, 청송녹죽이 떨기떨기 섞여 있고, 만학천봉이 강 머리에 솟아 있는 속에 백학이 무리 지어 부지런히 오가고 옥매화 화분을 백 개 넘게 층계 아래 놓았으니, 이는 겨울 경치를 보는 곳이다.

양 태공이 경치를 두루 구경하고 자운루에 올라오니 잔치가 마련되어, 풍악 소리가 은은히 울리니 사람들마다 기뻐하였다. 상다리가 부러져라 차린 음식상에 둘러앉아 모두가 진수성찬을 배불리 즐겼다.

다음 날 연왕이 부모님을 모시고 부인들과 중묘당에 이르렀다.

산봉우리를 에돌아 구불구불하였다. 산도 푸르고 물도 아름답고 상쾌한 솔바람과 졸졸 흐르는 물소리에 마음속까지 시원하였다. 중묘당 둘레에 다다르니 동자 하나가 길을 이끌었다. 깨끗한 사립문이 바람결에 반쯤 열려 있고 그 안에서 선 숙인이 나오는데, 정숙한 태도며 청아한 기상에 보는 사람 누구나 선경에 이른 듯하였다. 윤 부인이 황 부인에게 탄복하며 말하였다.

"하늘나라 선녀를 인간 세상에서 보는구려."

선랑이 반가이 맞아들이고 중묘당에 자리를 정한 뒤 자연을 시켜 차를 들이게 하였다. 맑고 시원한 향내가 가슴속에 흘러드니 벌써 속세를 잊은 듯하였다. 모두가 차를 마시며 좌우를 둘러보니 하얀 벽이며 곱게 바른 창문이 다 선랑의 모습 그대로다. 문득 서늘한 바람이 불어오고 어디선가 풍경 소리가 은은히 들려왔다. 모두가 꿈속인 듯 얼떨떨해 있는데 양 태공이 이 소리가 어디서 나느냐고 물었다.

"동산 가운데 두어 칸 별당이 있나이다."

선 숙인은 곧 그리로 이끌었다. 수풀 사이로 구불구불 돌길이 펼쳐 있는데, 두어 칸 집이 말끔하고 깨끗하여 적막한 처마에 흰 구름이 머물고 나지막한 담에 청산이 둘렸으니 사람 자취가 조금도 없었다. 문을 열고 보니 책 한 권이 책상머리에 놓여 있고, 백옥으로 된 여의如意*가 벽 위에 걸렸으니 여느 사람이 사는 곳이 아니라 도를 닦는 도관이 틀림없었다.

이어 선 숙인이 보리밥에 팟국과 산나물로 낙성연을 차렸는데, 어느새 해는 서산에 떨어지고 달이 동산 위로 솟아올랐다. 소나무 사이로 부는 바람이 방으로 스며들고 산기운이 자리에 가득하여

---

* 법회나 설법을 할 때 승려가 손에 드는 물건.

정신이 깨끗하고 뼈가 서늘하였다. 난성이 상머리에서 거문고를 내려 한 곡 타니 선 숙인이 옥피리를 불어 화답하는데, 거문고 소리는 맑게 울리고 젓대 소리 가냘프다. 바람이 일고 달빛이 밝으니 동산의 쌍학이 소리 내며 날아와 춤추거늘, 태공이 감동하여 말하였다.

"진시황과 한 무제는 신선을 가까이 두고도 물 건너 멀리서 구하였으니, 만일 오늘 밤 이곳에서 이 경치를 본다면 신선이 멀리 있지 않음을 깨달으리라."

이윽고 밤이 깊어 모두들 달빛 아래 돌아갔다. 선랑이 배웅 나와 부모님을 바랬다. 모두 즐거운 마음으로 돌길을 걸어 얼마쯤 내려오는데, 문득 공중에서 옥피리 소리가 다시 들렸다. 태공이 어데서 나는가 물으니 난성이, 선랑이 달빛 아래 돌아가면서 부는 소리라 하였다.

태공이 걸음을 멈추고 한동안 듣다가 무슨 곡이냐고 물었다.

"이 곡은 '조원곡朝元曲'이라 하옵는데, 서왕모가 요지연을 끝내고 옥황상제께 조회하러 가며 지은 곡조이옵니다."

난성의 말에 태공은 감탄하였다.

"선랑은 틀림없이 신선이로다."

이튿날 모두 관풍각에 이르렀다. 홰나무와 버드나무 가지가 늘어져 골목을 이루었는데, 푸른 솔과 대나무로 울타리를 두르고 곳곳에 채마밭이 있고 집집마다 방아 찧는 소리가 정답게 들렸다.

사립문으로 가니 연랑이 간소한 차림에 소매를 걷어 올린 채 문밖에서 기다리고 있었다. 태공과 노부인을 맞아들이고 부인들을 맞아 중간 방에 나누어 앉게 하였다. 띳집 처마에 갈대발을 높이 걸어 올렸는데, 죽창을 반쯤 열어 보니 길쌈에 힘쓰고 남편 섬기기를 다하는 모양이 여자의 본색이요 농부의 풍모였다.

윤 부인이 쉼 없이 칭찬하니 연왕이 웃으며 말하였다.

"내 시골로 돌아와 크게 잘못된 일이 없으나, 다만 사랑하는 여인 하나를 잃고 시골 아낙네를 대하게 되니 참으로 아깝구려."

그러자 연랑이 웃으면서 말하였다.

"상공이 벼슬을 버리고 향리로 돌아오시니 이제 시골 늙은이가 아니오이까. 그러니 저 또한 어찌 시골 아낙네 되지 않으리까."

태공이 그 말을 칭찬하였다.

"연랑은 말마다 일마다 사리에 꼭 맞는구나."

이어 난성이 연랑에게 누에를 잘 키운다 하니 구경이나 하자고 말하자, 모두가 뒤로 들어갔다. 열 칸 잠실을 짓고 층층이 시렁을 매어 누에를 올렸는데, 한쪽에선 뽕을 뿌리고 다른 쪽에서는 고치를 따 눈빛같이 하얗게 널어놓았다. 황 부인이 하나하나 집어 보며 감탄하였다.

"여자 되어 그저 입기만 하다가 이제야 옷의 근본을 알게 되니 참으로 부끄럽구려."

허 부인도 연랑을 칭찬하였다.

"내 지난날 옥련봉 아래서 광주리 끼고 뽕잎을 훑어 고치 두서너 말과 무명을 짜면서도 고생으로 알았더니, 연랑은 부귀한 가문에서도 가난한 생애를 잊지 않으니 참으로 기특하구나."

연왕이 어머니를 이끌며 말하였다.

"그것은 기특하나, 연랑이 겉과 속이 다르옵니다. 겉으로는 소박한 척하고 속은 사치스러우니, 어머님은 뒤쪽 별당을 보소서."

별당에 이르니 아름답게 꾸민 벽과 창문에 구슬발을 늘이고 단청한 기둥과 아로새긴 난간이 그림처럼 둘렀는데, 그 사이로 반쯤 열려 있는 방 안을 들여다보니 비단 자리에 부용장을 걸었고, 백옥상 머리에 수놓은 함이 놓여 있다. 열어 보니 두어 폭 비단에 쌍봉을 수놓았는데 솜씨가 몹시 놀라웠다. 연랑이 말하였다.

"저는 본디 찬찬하지 못해, 국 끓이고 밥 지으며 김매고 바느질하기를 평생의 낙으로 아옵니다. 허나 상공이 매양 사치한 마음이 있으시기에 별실을 지어 놓고 상공이 드시면 바로 땀난 얼굴에 분을 토닥이고 호미 잡던 손으로 수놓는 바늘을 잡으며 재주를 피우옵니다. 그러다 그만 도리어 못쓰게 만들기도 하니 너무 흉보지는 마소서."

어느덧 점심때가 되었다. 계집종이 와서 모두를 관풍각으로 이끌었다. 연랑이 손수 부엌에 내려가 음식의 간을 보아 상을 내오니, 보리밥에 산나물, 들나물을 차리고 울 밑의 호박을 따고 마당가 닭을 잡았다. 창 앞에 덜 익은 술을 조롱박에 가득 담아 곁들이고 앞 시내에서 낚은 물고기를 옥소반에 올렸다.

태공이 노부인에게 말하였다.

"내 시골 음식을 맛본 지 오랜데 오늘 먹어 보니 과연 별맛이로 구려."

이날 연왕이 이웃들을 청하여,

"사람이 인심을 얻고 잃음은 음식에 달렸다 하니, 나물국에 찬

없는 밥을 탓하지 마소서. 어서 막걸리도 한잔 받구려."

하며 성의껏 대접하니, 정자 아래 가득 모인 어부들이며 촌늙은이들과 나무꾼들이 모두 배불리 먹고 취해 춤을 추고 노래하며 한껏이나 놀았다.

태공이 기뻐하면서 윤 부인과 황 부인에게 말하였다.

"내 저 세 아이들 수고로 며칠 즐겁게 보냈는데, 너희는 어찌 낙성연을 아니 하느냐? 내일은 귀련당에, 둘째 날에는 엽남헌에, 셋째 날에는 영지헌, 넷째 날과 다섯째 날은 춘휘루, 은휴정에 손님을 부르도록 하라."

두 부인이 그렇게 하겠다 말씀 올렸다.

날이 저물어 돌아오는데 연랑이 문밖에 나와 바래 드리니, 허 부인이 연랑에게 조용히 말하였다.

"동쪽에 사는 늙은 할미가 할 일이 없어 심심하니 너를 따라 길쌈이나 도우며 날을 보내고자 하는구나. 네 생각은 어떠냐?"

연랑이 미처 대답하지 못하는데, 태공이 웃으며 말하였다.

"그 할미가 말이 그렇지 일을 하면 얼마나 하겠나? 구경이나 시키면 몰라도."

연랑이 그제야 알아듣고 조용히 허 부인에게 아뢰었다.

"대엿새 뒤에 농부를 모아 김을 매고자 하오니 그때 구경하소서."

허 부인은 대단히 기뻐하며 그러마고 하였다.

다음 날 홍 난성, 선 숙인, 연 숙인이 귀련당에 모여 잔치를 차렸다. 마을 할머니들을 다 부르니 머리 세고 허리 굽은 늙은이들이 구름 모이듯 하였다. 손자 손을 잡고 온 늙은이며 증손주 업고 온 늙은이며 모두 복을 칭송하고 부귀를 흠모하니, 선랑과 연랑이 살갑게 대하며 술과 고기를 권하였다. 할머니들이 감격에 겨워 손을 들어 축수하였다.

"부디 저희 나이를 부인께 드려 천백 살까지 길이 누리소서."

이튿날은 엽남헌과 영지헌에 마을 여자들을 모아 이틀 동안 잔치를 하고, 그다음 날은 춘휘루와 은휴정에 동네 나이 든 어른들을 모셨다.

태공은 갈건과 베옷 입고 주인이 되고, 연왕이 하루 종일 아버지 곁에서 부드러운 말과 태도로 손님들을 맞으니, 보는 이마다 감동하여 효심을 본받았다.

연왕이 집안을 정돈하고 몸이 한가하니, 위로는 양친을 모셔 효성을 다하고 아래로는 부인들과 산수풍월로 날을 보냈다. 이야말로 산중재상이요, 세상 밖에 사는 사람이었다.

이슬비 보슬보슬 내리고 남풍이 따뜻이 불어오는 사월 초순, 하루는 연왕이 귀련당에 이르러 어머니를 찾으니 방문이 닫혀 있다. 계집종이 관풍각에 가셨다 하니, 연왕이 놀라면서 비가 오는데 어찌 가셨느냐 물었다. 연랑이 비옷을 가져와서 모셔 갔다고 하였다. 연왕도 도롱이와 삿갓과 삽을 가져오라 하여, 입고 쓰고 하고는 관풍각으로 갔다.

청산은 아득하고 물은 잔잔한데, 짙은 녹음에 비 기운이 어려 있다. 뻐꾹새는 슬피 울며 세월을 재촉하고, 바람결에 노랫소리 들려오는데, 여기저기서 농부들이 나라의 은덕을 칭송하며 무리 지어 김을 매고 있었다.

연왕이 두리를 보며 천천히 걸어가다가 어느 곳을 바라보니, 은은한 녹음 가운데 대삿갓과 도롱이를 입은 사람들이 서기도 하고 앉기도 하였다. 부인들이 어머니를 모시고 계집종들의 시중을 받으며 밭머리에 있었다. 연왕이 오는 것을 보고는 반겨 맞았다.

"학사의 공명이 한바탕 봄꿈이라, 비단옷에 옥띠로 대루원을 드나드시는 것과 삿갓에 도롱이 쓰고 관풍각을 찾으시는 것 중 어느 쪽이 낫사오이까?"

연 숙인 말에 연왕이 크게 웃었다. 그리고 허 부인에게,

"오늘 이런 구경을 하시는 것은 좋으나 어찌 소자 모르게 하시오이까?"

하자 허 부인이 대꾸하였다.

"농사짓는 집 늙은이는 한가하지 못하여 오늘 뒤로도 이럴지니 탓하지 마시게."

연왕이 좌우를 돌아보니 홍랑과 선랑, 연랑이 농사꾼 차림으로 삽을 짚고 녹음방초 위에 서 있으니 꽃들과 봄빛을 다투는 듯하였다.

"옛날 방덕공龐德公이 양양 땅에 숨어 살 때 방덕공은 밭을 갈고 안해는 들밥을 내와 지금까지도 아름다운 일로 전해오고 있소. 내 방덕공 같은 덕은 없으나 그대들의 풍채는 옛사람보다 못하지 않구려. 다만 그대들을 보느라, 밭 가는 자 쟁기를 잃고 김매는 자 호미를 잃을까 걱정이오."

"풀끝의 이슬 같은 인생이 복을 누려도 백 년 세월이 봄바람같이 덧없거늘, 구태여 산중 처사의 안해 되어 해진 베치마와 가시나무 비녀로 한평생 고생하길 바라리까?"

난성이 하는 말에 모두가 웃었다.

이때 농부들이 북을 치고 세 무리를 지어 호미를 휘두르며 농부가를 주고받았다.

산에 산에 꽃이 피고
들에 들에 풀이 푸르네.
때 고르고 풍년 드니
격양가나 불러 보세.

산에 꽃이 아름다워
새들이 지저귀고
밥으로 하늘을 삼으니
시골 살이 좋을시고.

백성들 힘을 내고
군자들 마음 다해
농사 힘써 배불리 먹을지니
농사철을 잃지 마소.

이때 관풍각에서 계집종이 점심을 내왔다. 닭고기에 술에 산나물

들나물을 상큼하게 무쳐 놓고 바위 위에 앉아서 꽃가지 꺾어 만든 젓가락으로 모두 맛나게 먹었다. 농사 이야기와 시골 이야기로 한참 즐기다가 관풍각으로 돌아왔다.

풍채는 아비를, 곱기는 어미를 닮았구려

이러구러 몇 달이 지났다. 하루는 관풍각에서 계집종이 와 연 숙인이 병이 나 다급하다 알렸다. 노부인이 크게 놀라 홍 난성과 선 숙인을 데리고 달려갔다. 가는 길에 난성은 걱정하는 노부인을 위로하였다.

"지내 걱정 마소서. 연랑이 잉태하여 열 달이 찼나 보옵니다. 곧 해산할 듯하나이다."

그러자 노부인은 낯빛을 고치며 말하였다.

"요즘 그 아이가 얼굴은 수척한데 몸이 나는 것을 보고 이상하다 하였더니 잉태를 하였더냐? 너희는 벌써 알았으면서 왜 말하지 않았느냐?"

"연랑이 부끄러워 조금도 기색을 드러내지 않아, 저도 안 지 겨 우 몇 달밖에 안 되었사옵니다. 연랑이 비밀을 지켜 달라 애원하기에 감히 아뢰지 못하였나이다."

난성이 바로 관풍각에 이르렀다. 여종이 달려 나오며 난성의 손을 잡고 눈물을 흘렸다.

"우리 아씨가 크게 앓은 일이 없는데, 오늘은 똑바로 앉지도 서지도 못하나이다. 어쩌면 좋으리까?"

난성이 여종에게 지내 떠들지 말라고 하며 방으로 들어갔다. 연숙인이 베개 위에 엎드려 있는데, 귀밑머리는 흩어지고 구슬 같은 땀방울이 얼굴에 가득하였다.

난성은 연랑을 보고 웃으며 말했다.

"불안해 마오. 조금만 참으면 아픔이 씻은 듯이 가실 것이라네."

그러더니 옷과 띠를 풀고 자리를 펴며 해산 준비를 맡아보았다. 조금 있더니 "응아!" 하고 아기 울음소리가 엄마를 부르는 듯 터졌다. 옥동자를 얻으니, 집안사람들이 모두 기뻐하였다.

사흘이 되자 양 태공과 허 부인이 와서 갓난아기를 보았다. 아버지 풍채에 어머니 모습을 빼닮아 아기는 깨끗하고 슬기로워 보였다. 시부모가 기뻐하며 아기 이름을 인성이라 짓고는 곁에서 떠날 줄 몰랐다.

세월은 살같이 빨라서 어느덧 일 년이 지났다.

어느 날 연왕이 안석에 기대어 잠깐 조는데, 어떤 미남자가 문을 열고 들어와 절을 하며 말하였다.

"나는 옥황상제께 죄를 짓고 인간 세상에 내려온 천기성天機星인데, 그대와 전생에 인연이 있어 몸을 맡기고자 하노라."

말을 마치자마자 한 줄기 금빛이 되어 품에 안겼다. 꿈이었다. 이상하다 생각하고 있는데 중묘당 선 숙인의 몸종이 와서 아뢰었다.

"선 숙인께서 어젯밤부터 몸이 불편하여 위급하옵니다."

연왕이 곧 중묘당으로 갔다. 난성과 연랑이 벌써 와서 구완하여 순산한 뒤였다. 난성이 웃으면서 연왕을 축하하였다.

"상공이 이번에는 특별한 귀염둥이를 보시었나이다."

연왕이 의아하여 물었다.

"특별한 귀염둥이라니, 그게 무슨 소리요?"

"이날 이때까지 이같이 고운 아기는 보지 못하였사옵니다. 여자보다 더 곱고 총명스러워 보이니 각별히 총애하지 않으리까?"

연랑도 나와서 수없이 칭찬하였다. 연왕은 아까 꾼 꿈이 문득 생각나 그 이야기를 하였다.

"천기성은 본디 고운 선관이니, 꿈이 거짓이 아니로구나."

사흘이 지나서 연왕은 중묘당에 와 갓난아기를 보았다. 먼 산 같은 두 눈에는 상서로운 기운이 어리고, 복사꽃 같은 두 볼에는 봄빛이 몽롱하며, 가는 눈썹은 새벽별이 비치는 듯하고, 붉은 입술은 앵두 이슬을 띠었으니, 얼굴은 신통하게도 선랑을 닮았고 기상은 연왕을 떠올리게 했다.

두 부인이 서로 마주 보며 기뻐하였다.

"월태화용은 여자들한테나 있지 남자들한테는 보기 드문 법인데, 과연 이 아이는 미남자로 인기를 독차지할 듯하오."

태공이 아기를 자세히 보고 나서 말하였다.

"천기성은 재능 있는 별이라. 아기가 눈이 맑고 얼굴이 아름다워 뒷날 재주가 뛰어날 것 같구나. 이름을 기성機星이라 하라."

허 부인이 선랑을 보며,

"네 자색이 천하에 짝이 없다 하였는데, 기성이가 아름다운 것을 보니 어미보다 낫구나."

하자, 선랑이 소곳이 머리 숙이며,

"남자 되어 여자 같으니 씩씩하고 점잖은 것만 못할까 하나이다."

하고 사례하였다. 그러자 옆에 있던 연랑이 부러워하였다.

"인성이 성품이 너무 어미를 닮은 데 없는 것이 분하오이다. 그러니 기성이와 바꾸사이다."

모두가 웃는데 양 태공이 연랑을 보며 말하였다.

"봄 난초와 가을 국화가 향기가 다르니, 두 사람은 아들의 앞날을 두고 보아라."

이런 말이 오가는 가운데 영지헌 계집종이 와서 황 부인에게 고하였다.

"황성 본댁에서 편지가 왔나이다."

황 부인이 받아 보니 황 각로 내외가 보낸 편지였다. 더하여 큰 광주리에 햇과일을 넣어 보냈는데, 황 부인이 부끄러워 어쩔 줄 몰라 하였다.

연왕이 웃으면서 말하였다.

"부인, 혹시 귀한 과일을 혼자 먹으려고 하는 것이오?"

그러고는 손수 광주리를 여니 채 익지 않은 과일이 소담히 담겨 있었다.

"승상께서 귀한 딸한테 살뜰히 보냈으니 분명 좋은 과일일 게요. 장인 장모 편지를 보지 못할 까닭이 없으리니 잠깐 보여 주구려."

연왕이 황 부인이 들고 있는 편지를 슬쩍 빼앗아 보니, 황 부인은 부끄러워 고개를 숙였다. 연왕이 편지를 부인들에게 주었다.

"구태여 숨길 것 없으니 그대들도 보라."

그러자 황 부인은 재빨리 편지를 받아 감추었다. 연왕이 웃으며 난성에게 물었다.

"젊은 부인이 병도 없는데 음식이 싫고 풋과일을 생각하니 이 무슨 증세인가?"

"이는 여자마다 있는 병인가 하나이다."

그러자 황 부인이 더욱 부끄러워 몸 둘 곳을 몰라 하였다. 윤 부인이 눈치 채고 웃으며 말하였다.

"여자가 잉태하는 것이야 예삿일인데 뭘 그러시오. 그래, 몇 달이나 되었소?"

황 부인은 고개를 숙이고 말하였다.

"그저 딸을 사랑하는 늙은 부모가 마당에 열린 과일을 보고 지난 일을 생각하여 보낸 것이오이다."

연왕이 웃으며 물었다.

"이 편지를 보면 부인에게 태기 있은 지 지금 네댓 달 된 듯하오. 내가 미처 챙기지 못하였다 하나, 아무도 몰랐소이까?"

세 사람이 미처 대답지 못하는데, 문득 황 부인이 베개에 쓰러졌다. 기색을 살펴보니 이마에 구슬땀이 솟고 몹시 숨이 차고 기침도

심하였다. 연왕은 크게 놀라 황 부인 손을 잡고 정신을 차리라고 큰 소리로 불렀다. 그러자 황 부인이 놀라 일어나는데 아파서 몸을 가누지 못하였다.

"잉태한 지 몇 달인데 어찌 이다지 견디지 못하오?"

한동안 말이 없던 황 부인이 겨우 입을 열었다.

"제가 천지신명께 죄를 짓고 자객 할멈에게 놀란 뒤로 가슴에 병이 생겨 늘 피를 토하고 정신이 어지럽나이다. 하여 아이 낳기를 단념하려는데, 다행히도 태기가 있어 기뻐하였나이다. 그런데 전부터 앓던 병이 도간도간 재발하여 아까도 피를 토하고 몸이 불편하였나이다. 제 스스로 만든 허물이니, 어찌하겠사옵니까?"

"그런데 어찌 지금까지 말하지 아니하였소?"

연왕이 놀라며 물었다.

"제가 살아난 것도 상공의 너그러운 은덕인데, 무슨 낯으로 지난 일을 말하여 제 부끄러움을 더하리까?"

연왕이 낯빛을 고치며 황 부인 손을 잡았다.

"나는 부인을 아나 부인은 나를 모르오. 내 어찌 부인 마음을 모르겠소. 부인이 쓸데없이 심하게 자책하여 하마터면 나를 옳지 못한 사람이 되게 할 뻔하였소이다."

그러고는 곧 약을 써 조리하게 하고, 그 뒤로 가엾이 여기며 더욱 살뜰히 돌봐 주었다.

때는 칠월 열엿새라. 연왕이 양친께 밤 문안을 하고 영지헌에 와 보니 계집종 두어 명이 밖에서 약을 달이고 있고, 황 부인은 몸이 노곤하여 누워 있었다.

"보름달이 참 밝구려. 오늘은 옛날 소동파가 적벽강에 배를 띄워 벗들과 놀던 날이라오. 사람 인생에 즐거운 때가 많지 아니한데, 어찌 이리 재미없이 누워 보내리오?"

"취한 듯 어리석은 인생이 세상 티끌을 벗지 못하였으니 좋은 철이 어찌 가는지도 모르나이다."

연왕이 황 부인과 웃으며 한동안 이야기하다가 엽남헌으로 갔다.

윤 부인이 몸종 둘을 데리고 달빛 아래 거니는데, 맑은 낯빛이 달빛과 다투고 자색이 고우니 가을 호수 같은 정신에 한 점 티도 없다. 그 모습을 이윽히 바라보던 연왕이 윤 부인에게 다가가 말을 건넸다.

"부인이 여기서 흥취를 즐기시는구려."

윤 부인이 연왕을 반겨 맞았다.

"옛사람이 이르기를 봄 달빛이 가을 달빛보다 낫다 하나, 그것은 아녀자들 이야기이고, 제가 보건대 티 한 점 없는 하늘에 한 조각 밝은 달이 세상을 비추니 군자의 기상이요, 달이 수없이 둥글었다 이지러지고 초승과 그믐이 끝이 없으나 마침내 밝은 빛을 잃지 아니하니 이 또한 군자의 절개이옵니다. 하물며 오늘 밤 구름 한 점 없고 가을 하늘 시원한데 저 둥근달을 바라보니 어찌 즐겁지 않으리까?"

그러자 연왕이 크게 웃으며 말하였다.

"부인 말은 녹록한 문인 재사도 당치 못하겠구려. 또한 난성이 지닌 기개와 선랑이 가진 풍류와 연랑이 갖춘 재주를 겸하였으니 옛 명인 재사도 부러울 바 없구려. 우리 술을 들고 자운루로 가 달빛을 구경함이 어떻겠소?"

윤 부인은 응낙하고 계집종에게 술을 들려서 자운루로 갔다. 관풍각을 지나다 연랑을 찾으니 중묘당에 갔다 하여 곧바로 중묘당에 이르니 당 안이 조용하였다. 연랑과 함께 자운루에 갔다고 했다.

"저들이 우리를 속이고 따로 즐기니 우리도 저들을 속여 보사이다."

연왕이 윤 부인에게 이리 말하고 다시 중묘당으로 들어가 옥피리를 찾아 소매에 넣고 나왔다.

"우리 자운루로 가지 말고 완월정으로 가 봅시다."

"완월정은 인가가 가까우니 불편할까 하나이다."

"밤이 깊어 강에 인적이 없으니 무엇이 불편하겠소."

서로 소매를 잡고 완월정에 이르니 사방이 조용하고 십 리 푸른 강이 거울 같다. 연왕이 난간에 기대어 옥피리를 꺼내 한 곡 부니 강 위 하늘이 더욱더 시원스레 열리는 듯하고, 서쪽에서 불어오는 바람이 산들산들하였다.

이때 난성은 연왕 오기를 기다리며 술상을 차려 놓고 선랑과 연랑을 불러 금수정에서 거문고를 타며 시도 외웠지만 밤이 깊도록 연왕은 오지 않았다. 난성은 기다리기 지루하여 계집종을 시켜 연왕이 오는지 보라고 했으나 계집종마저 소식이 감감했다. 난성이 거문고를 밀치고 선랑에게 말했다.

"상공이 풍류에 욕심이 없고 깨끗하긴 하나 오늘 같은 밤을 헛되이 보내지 않으시리니 무슨 곡절이 있나 보오."

"마음에 걱정이 있는 것이 아니라면 분명 몸이 불편하신 것이니 가서 뵈옵는 것이 어떨는지요?"

그럴 때 연랑이 고개를 숙이고 깊이 생각하다가 말하였다.

"몸이 불편하시면 우리에게 알리실 것이요, 무슨 근심이 있으면 바람을 쏘이고 거닐면서 잊으려고 할 터이니, 이때까지 오시지 않는 것은 우리를 놀리려는 것 같나이다."

말이 끝나자마자 대답이라도 하듯 동쪽 하늘에서 옥피리 소리가 처량하게 울렸다.

"상공이 건강하시니 연랑 말이 옳소이다."

난성은 웃으며 일어나 셋이 같이 산문에 나와 소리 나는 곳을 찾아보자 하였다. 이때 계집종이 마주 다가오며 소식을 알렸다.

"저희가 산문 어귀에서 반나절을 기다렸지만 아니 오시기에 엽남헌에 이르니 부인이 계시지 않아 영지헌에 가 보았나이다. 황부인이 몸이 불편하사 누워 계시기에 윤 부인 가신 곳을 물으니 상공과 달구경 하러 자운루에 가셨다 하옵디다. 돌아오는 길에 관풍각에 들르니 윤 부인과 중묘당에 가시더라 하기에, 또 중묘당에 들어가 물으니 아까 상공이 오시어 옥피리를 집어 가지고 어디로 가시더라 하였나이다. 그래서 여기 오셨는가 하였는데 지금 길에서 가만히 들으니 바람결에 옥피리 소리가 완월정에서 나는 것을 보아 두 분은 틀림없이 거기 계실까 하나이다."

그러고는 서로 보며 웃었다.

"내 아까 엽남헌 아이더러 물어보니 상공께서 부인과 섬돌 아래서 달을 가리키며 무슨 말인지 오래 하시다가 자운루로 가자 하시며 술 한 되를 들려 옛사람 이름을 부르면서 무슨 말씀인지 하시더라 하더이다."

난성은 그 말을 듣고는 웃고 말았다.

"너는 어찌 그리 말을 두서없이 하느냐?"

"상공이 기다리실 것이니 우리 어서 가십시다."

선랑이 난성을 재촉하자, 난성은 웃으며 말하였다.

"상공이 우리를 속이시니 우리도 무슨 수를 써서 상공의 흥을 돋웁시다. 수석정 아래 작은 배가 있으니 손삼랑을 데리고 악기 두어 가지와 술상을 싣고 완월정으로 내려가는 것이 어떠하오?"

선랑과 연랑도 그러자고 하였다. 곧 수석정에 와서 보니 물결은 고요하고 달빛이 명랑한데 조각배 한 척이 언덕 머리에 매여 있었다. 손삼랑을 시켜 노를 젓게 하고, 난성은 옥피리를 불고, 선랑은 거문고를 타고, 연랑은 시를 읊으며 물결 따라 천천히 완월정으로 내려갔다.

연왕은 완월정에서 옥피리를 불다가 문득 강에서 배 기척이 나자 옥피리를 그치고, 윤 부인과 함께 내려다보았다. 온 하늘에 가득한 별과 달이 강 위에 비끼고 모래밭에는 갈매기들이 오르내리는데, 한 조각 작은 배가 떠오고 있었다. 옥피리 소리와 거문고 소리가 어우러져 울리고 뱃노래는 시를 화답하며 울려 퍼졌다.

연왕이 얼 나간 사람마냥 바라보니 윤 부인이 말했다.

"채석강에 달을 건지려던 이태백도 아니고 적벽강에 배를 띄우고 놀던 소동파도 아니옵니다. 아마도 무산선녀가 상공을 속이는가 보옵니다."

양왕이 크게 웃으며 계집종을 시켜 배를 부르라 하니, 강남홍, 벽성선, 일지련이 웃으며 배를 저어 강 머리에 대고 정자에 올랐다.
연왕이 반기며 맞았다.

"오늘 밤 달빛은 오직 그대들을 위해 밝구려. 내 부인과 함께 나
머지 빛을 대하여 적막히 앉았는데 그대들이 이렇게 마음을 내어
찾아 주니 반갑구려."

"저희가 평상시 상공이 총애하심을 믿고 오늘 밤 달빛에 상공께
서 찾아오실까 하여 기다렸더니, 맑은 달빛을 누추한 사람들과는
아니 구경코자 정자에서 홀로 즐기시니, 강가를 오락가락하며 옥
피리 소리나 듣고 갈까 하였는데 이렇게 부르시니 황공하옵니
다."

난성이 웃으며 대답하자, 윤 부인도 웃으며 난성에게 말하였다.

"상공이 늙어 가며 옹졸한 마음이 많아져서 불청객이 될까 봐 그
리 가시지 못하였는지라, 하마터면 좋아하지도 않는 사람과 이
좋은 밤을 적적히 보낼 뻔하였구려."

모두가 한바탕 크게 웃었다. 난성이 계집종더러 배에 가서 술상
을 가져오라고 하여 몇 잔을 즐겁게 마시니 다들 취했다. 윤 부인이
난성에게,

"두 사람이 옥피리를 불면 짝이 맞아 자웅 같다 하니 선랑에게
벽성산 옛 곡조를, 또 난성에게 연화봉 낮은 소리를 잠깐 듣고자
하오."

그 말에 둘은 옥피리를 하나씩 들었다. 선랑이 난간에 기대 웅률
雄律을 먼저 아뢰니 서늘한 바람이 일어나며 층층이 놓인 구름이
강 머리에 흩어지더니 큰 파도가 치며 강을 뒤엎을 듯했다. 난성 또

한 생긋 웃고 다시 자율雌律을 아뢰었다. 그러자 푸른 안개 처마에 둘리고 바람이 옷깃을 날리며 큰 기러기 작은 기러기 훨훨 춤을 추거늘, 두 사람이 다시 자웅 소리를 합쳐 부르고 화답하니, 높은 소리는 하늘가에 울려 퍼지고 낮은 소리는 산천과 속삭여, 태평한 사람이 들으면 몸을 들썩이며 좋아하고 비통한 사람이 들으면 눈물을 머금을 것이었다. 마침 여기 모인 사람들은 다 기쁘고 즐거운 사람들이라 모두들 좋아하였다.

이때 황 부인이 해산이 닥쳐 연왕에게 알렸다. 연왕이 사람들과 영지헌에 이르니 벌써 아들을 낳았다. 갓난아기 생김새를 보니 훤한 기상이 부잣집 자제요, 부귀하기는 재상이라. 태공과 허 부인이 보고 기뻐하며,

"아기가 저리 훤하니 우리 집안의 복이로다. 하늘이 주신 바이니 이름을 석성錫星이라 불러라."

하니, 연왕이 웃으며 황 부인을 놀려 주었다.

"갓난아기 거동이 제 외할아버지를 닮았으니 뒷날 수명은 길까 하오이다."

모두가 크게 웃었다.

벗이 멀리서 찾아오니 이 아니 기쁠쏘냐

황제는 연왕을 보낸 뒤 진왕에게 자주 취성동 소식을 묻곤 하였다. 세월은 흐르는 물과 같아 여름이 가고 가을이 되었다. 진왕은 가을바람이 쓸쓸하고 하늘이 높아지자 연왕이 궁금하여 견딜 수 없었다. 황제에게 표문을 올려 시골로 돌아갈 결심을 아뢰었다.

황제는 연왕이 떠나 쓸쓸히 날을 보내고 있는데, 진왕이 또 표를 올리니 놀랍기도 하고 슬프기도 하였다.

"어머니께서 늘그막에 누이와 멀리 떨어져 살고 싶어 하지 않으시기에 경을 설득하여 서울에 모여 살까 하였는데, 서울로 오기는커녕 경의 뜻이 이러하니 내 어이 답답지 않으리오. 진왕의 자리는 거두려니와 강산으로 돌아가는 것은 허락할 수 없노라. 여기 뜨락이며 동산에 물도 있고 바위도 있으니 날마다 보고 거닐면 마음이 후련할 터인데 어찌 구태여 멀리 가려 하는가?"

"신이 본디 병이 많사와 매양 경치 좋은 곳을 생각하였나이다. 취성동 아래 자개봉이 경치 빼어난 곳이라 하옵고, 연왕은 신의 지기요 전부터 서로 언약한 바도 있사오니 이 짬에 몇 달 말미를 얻어 벗을 찾아보고 산천을 구경하고자 하옵니다."

황제가 웃으며,

"경의 말을 들으니 짐 또한 마음이 답답하여 녹수청산에 노닐고픈 흥치 불쑥 일어나나 가벼이 처신할 수 없으니, 경 혼자 세상 밖 멋을 혼자 즐기겠다는데 어찌 절통치 않겠나."

하더니, 몇 달 동안 쉬다 오라고 허락하였다.

진왕은 곧 나와서 공주와 세 귀비를 불렀다.

"이제 취성동에 가 연왕을 만나 보고 자개봉에 올라 울적한 회포를 풀고 올까 하오. 연왕은 내 벗이라, 형제같이 다정하여 한집안이나 같고, 자개봉은 깊고 아름다운 산골이니 귀비들과 함께 가려고 하오."

그러자 철 귀비가 크게 기뻐하였다.

"저희도 난성과 약속이 있었으니 명대로 하겠나이다."

공주가 웃으며 물었다.

"상공이 풍취를 즐기시어 벗을 찾아가려고 하실진대 마땅히 운치가 있어야겠거늘, 어떻게 하려 하시나이까?"

"행장을 소박하게 꾸려 가지고 세 귀비와 곧바로 취성동으로 갈까 하오."

"모레는 팔월 보름이라 둥근달이 뜨면 온 천하가 바다 같을 터이니 한 해 가운데 가장 달이 밝사옵니다. 상공은 작은 배 한 척에 다 옥퉁소와 두어 말 술을 싣고 달빛을 따라 취성동에 이르러 주인을 찾으시는 것이 어떠하나이까?"

진왕과 세 귀비는 대단히 기뻐하며 좋은 말이라고 칭찬하였다.

이튿날 행장을 준비하고 떠나기 앞서 먼저 천자께 하직하였다.

"연왕은 재능 있는 사람이라 시골집에 별난 즐거움이 있을 터이니, 경이 보고 하나하나 빠짐없이 기억해 두었다가 돌아오는 날 짐에게 전하여, 짐이 누워서 강산을 구경하는 재미를 보게 하라."

진왕이 황제의 명을 받고 나와 세 귀비와 같이 조각배를 타고 취성동으로 떠났다.

한편, 연왕은 벼슬에서 물러난 뒤 날마다 산수경개를 찾아 날을 보내더니, 하루는 자운루에 와서 난성과 선랑, 연랑에게 말하였다.

"내일은 팔월대보름이라 달구경하는 날이니, 완월정 아래 조각배를 띄워 놓고 가을 강의 밝은 달을 예사로이 보내지 말도록 하세나."

난성이 흔쾌히 응낙하였다. 다음 날 난성은 술과 음식을 갖추어 가지고 선랑, 연랑과 함께 완월정 아래 이르렀다. 마침 자그마한 배 한 척이 떠 있었다. 배를 강 가운데 띄우고, 마을 어부 수십 명을 풀어 그물을 치기도 하고 낚시를 드리우기도 하여 고기를 잡으라 하였다. 이때 강과 하늘이 고요하고 물빛은 하늘에 닿았는데 문득 부는 바람을 따라 사람들 말소리가 멀리서 들려왔다.

"이게 무슨 소리요?"

연랑이 귀를 기울여 이윽히 듣다가 웃으면서 말하였다.

"그 소리 처량하고 구름 사이에 사무치니 어부의 피리 소린가 하나이다."

"강촌에 밤이 고요하고 가을바람이 서늘하니 오늘 밤 달빛을 즐기는 사람들이 어찌 우리뿐이겠나이까? 강에서 뱃놀이하는 사람이 있어 서글픈 심회를 퉁소에 담아 부는가 보입니다."

난성이 하는 말에 또 선랑이 웃으며 말하였다.

"이 소리는 정말 이상하옵니다. 청산이 아득하고 녹수 잔잔하니 지기를 사모하는 것이요, 음률이 새롭고 맑으니 예사 사람이 부는 소리가 아닌 듯하나이다."

그 소리를 들으며 연왕이 탄복하였다.

"저 노래에 화답할 자 이 세상 그 어디에 있겠소?"

조각배에 달을 싣고 청강을 달리도다.
취성동 찾아가니 자개봉이 여기로다.
고기 잡는 어부들아, 양 처사 있거들랑
화 처사 찾아왔다 어서 빨리 알려 다오.

연왕이 뱃노래를 귀 기울여 듣더니 얼굴에 기쁜 빛을 띠며 말하였다.

"이는 진왕이 벗을 부르는 노래가 틀림없도다."

그리고 곧 홍랑과 선랑을 시켜 뱃노래에 화답하게 하니, 총명한 진왕이 또 어찌 귀에 익은 소리를 모르리오. 인차 세 귀비를 데리고 뱃머리에 나서서 크게 외쳤다.

"양 형! 베갯머리 취한 꿈을 깨고 강산풍월 한가한 복을 누리는 재미 어떠하오?"

"화 형의 소박함이야 내 이미 알거니와 오늘 행차는 참으로 뜻밖이구려."

두 왕이 서로 배를 가까이 대고 반가워하며 손을 잡고 인사하였다. 난성이 세 귀비를 반겨 맞아 이야기가 끊이지 않다가 갑자기 모두가 손뼉을 치며 웃었다. 두 왕이 곡절을 물으니 철 귀비가 대답하였다.

"난성이 오늘 밤 우리 상공 행색을 의심하며 이는 여느 장부가 생각할 수 있는 바가 아니라 하기에, 공주가 지휘하신 것이라 하니 모두들 웃었나이다."

두 왕도 웃었다.

두 배를 한데 이어 강 한가운데 띄워 놓고 홍랑과 선랑이 부는 옥피리에 꾁 귀비가 통소로 화답하고 반 귀비는 달을 읊다 노래하다 하였다. 물결을 따라 오르내리는 가운데 술상 또한 넉넉하니 마음이 시원하였다. 낭랑한 피리 소리 공중에 사무치니 맑은 바람을 타고 하늘에 나래쳐 올라 신선이 된 것 같다.

진왕이 취흥을 띠어 강산 풍경을 둘러보니, 갯마을 집들이 달빛 아래 보이고 강을 보고 앉은 정자가 곳곳에 어렴풋한데, 흰 구름이 푸른 산에 잠기고 아지랑이가 아물아물 피어오른다. 북으로 자개봉은 한 송이 연꽃이 깨끗한 기운을 머금은 듯하고, 취성동은 한 폭 단청을 펼쳐 무릉도원을 이루었거늘, 진왕이 연왕을 보며 탄식하였다.

"양 형이 싸움터에서는 장수 되고 조정에서는 재상이 되어 공명과 위엄을 천하에 빛낸 것은 재주와 학식이 있기 때문이라 내 바라지 못하는데, 이런 명승지를 구하여 산수의 낙과 향촌의 재미로 세상 밖 조용한 복을 누리니 이 또한 사람이 맘대로 못 할 바라, 하늘이 주신 것이 분명하니 제가 어찌 부러워하지 않겠소."

그러고는 임금의 뜻을 전하였다.

"황상께서 양 형의 지혜와 재주를 칭찬하사 반드시 별난 재미가 있으리라 하시더니 과연 그 말씀이 옳구려."

이럴 때 문득 두어 사람이 강 머리에 이르러 급히 배를 부르거늘 연왕이 아이를 보내 곡절을 물으니 서울에서 임금이 보내온 사신이었다. 사신은 황명을 받고 술 몇 말과 임금의 친필 편지를 받들어 연왕에게 전하였다. 그리고 공주가 보내는 술과 안주도 진왕에게 드렸다.

연왕이 임금이 계신 북쪽을 바라 네 번 절하고 임금의 편지를 떼어 보니 시 한 수가 쓰여 있었다.

십 리 동강 물결 위에 두 척 조각배
풍류놀이 아름다워 옥경의 신선인 듯
구슬 다락 옥 같은 집에 보름달 밝게 비쳐
쓸쓸한 이 궁궐을 생각이나 하는지.

연왕은 두 손으로 받아 들고 읽고 또 읽으면서 황제의 은덕에 감격하여 눈물을 흘렸다. 사신은 임금이 보내는 마노 술병을 받들어 건네며 황제의 뜻을 다시 전하였다.

"'경들이 벗으로서 다시 만나 좋은 밤의 밝은 달을 대하니 짐 생각을 하기나 하겠는지. 몇 잔 술로 흥취를 돋우노니 달 아래서 북녘을 바라 술 한 잔 부어 높이 들고 짐더러도 권하라.' 하시더이다."

두 왕은 북쪽을 바라보며 서운한 마음에 한동안 말이 없었다. 이윽고 진왕이 술을 기울이며,

"우리 이미 취하였으나 이 술은 폐하께서 주신 것이니 사양치 못하리로다."

하고 몇 잔을 마시고는, 다시 공주가 보내온 술과 안주를 연왕에게 권하였다.

"형은 어찌하여 배 안에 감춘 술을 아끼며, 음식을 자랑하지 않으시오?"

연왕이 웃으며 술상을 내오라 재촉하였다. 심부름하는 아이가 작은 배를 저어 뱃머리에 대니 여종 여남은 명이 술상을 차례로 올렸다.

엽남헌과 영지헌 종들은 윤 부인과 황 부인이 만든 음식을 드리고 자운루, 중묘당과 관풍각 종들은 난성, 선 숙인, 연 숙인의 음식을 드려 다섯 곳 음식을 받아 배 위에 가득 차려 놓으니, 그야말로 진수성찬이었다.

진왕이 세 귀비를 보며 웃었다.

"내 아까 공주가 준 두어 말 술을 자랑하였더니, 이제 부끄러움

을 금할 수 없도다."

"저희도 이 음식들을 보고 그 마음 씀에 탄복하였나이다."

철 귀비 말에 두 왕이 몸을 일으켜 배 안을 바라보니 음식이 넘쳐 났다. 한 배에서는 여종 예닐곱 명이 밥을 지으며 생선회를 치는데, 무럭무럭 푸른 연기가 강바람에 나부끼고 은빛 비늘 번쩍이는 물고기 달빛에 빛나 강과 호수의 특별한 맛이요, 즐거운 놀음이었다.

"그대들이 이렇게 즐거우니 오늘 밤 놀이는 그대들 몫이로다."

두 왕이 탄복하며 말하였다.

밤은 깊어 가고 모두 술에 잔뜩 취하였다. 두 볼에 술기운이 몽롱하고 고운 눈썹이 멋스러운 난성이 세 귀비를 둘러보며 물었다.

"우리는 풍류장에서 놀던 사람들인데 오늘 밤 달빛을 어찌 쓸쓸히 보내겠소? 저마다 한 곡씩 노래를 지어 울적한 회포를 푸는 것이 어떠하나이까?"

반 귀비와 꾁 귀비도 취흥을 띠어 소리 모아 찬성하니, 난성이 다시 웃으며 말하였다.

"허나 두 왕이 가까이 계셔 쳐다들 보시니, 우리 배를 풀어 저기 가운데로 가서 띄우고 마음대로 노는 것이 좋겠구려."

그러고는 손야차에게 노를 저으라 하여 강 가운데 배를 띄웠다.

"이 자리에서 노래를 짓지 못하는 사람은 큰 잔에 벌주를 주리라."

난성이 먼저 약속을 정하자, 철 귀비가 당황하며 말하였다.

"그대들은 풍류로 자라나서 입을 열면 비단 같은 글과 노래가 나오니 오음 육률이 어렵지 않겠으나, 저 같은 사람은 촌에서 자라 다만 밥 먹고 잠잘 줄만 아니 이 일을 어쩌면 좋소?”

“이 자리는 공자와 왕손의 풍류 마당이 아니니, 나물 캐는 노래와 고기 잡는 노래로 웃음을 자아내면 더욱 이채로울 것이오. 만일 사양한다면 자운루의 서 말 술을 다 마셔야 하리니, 귀비가 취하여 넘어져도 우리는 모르오.”

모두가 손뼉을 치며 웃었다.

양창곡과 화진은 멀리서 바라보며 여인들의 기색을 알고 웃었다.

“저들이 바삐 배를 옮겨 강 가운데 띄우는 것을 보니 반드시 별스러운 재미가 있을 터, 우리도 가만히 가서 구경해 보십시다.”

그러고는 쪽배에 올라 난성의 뱃머리에 대었다.

여인들이 선창을 닫고 서로 낭랑히 웃으며 말을 주고받다가 이윽해서 난성이 술병을 두드리며 가사를 한 곡 지어 높이 불렀다.

강과 하늘 고요한데 남으로 가는 저 까막까치야
달빛 밝아 놀랐느냐, 피리 소리 들었더냐.
팔월이라 대보름은 끊임없이 오가건만
영웅호걸 한번 가니 찾을 곳 바이없네.
동자야, 천일주 익었다 하니
어기여차 어서 쪽배를 저어라.

난성이 취흥을 띠어 목청을 한번 굴리니 맑은 곡조 강건하면서도 구슬퍼 모두 감동했다. 반 귀비가 그 노래에 이어 불렀다.

도성 큰길 위에 붉은 먼지 일어나니
구중궁궐 노래 춤이 지루하여라.
동산에 봄풀 푸르니 자고새 날아옌다.
아이야, 병에 남은 술 어서 부어라.
강 하늘에 밝은 달 넘어갈까 하노라.

"귀비의 소리가 맑고 화창한데, 가곡의 뜻 또한 새로우니 풍류가 예사롭지 않소이다."
난성이 반 귀비 손을 잡으며 칭찬하였다. 이어서 선 숙인이 불렀다.

벽성산 나는 구름 자개봉 비가 되니
금강수 흐르는 물에 조각배 띄워 놓고
월궁항아 벗을 삼아 맑은 바람에 취하니
아마도 인간 큰 복은 나 혼자 누리는가 하노라.

선 숙인의 즐겁고 청아한 노랫가락이 강가 멀리로 울려 가니 모두 감탄하는데, 반 귀비와 괵 귀비가 더욱 탄복하며 선 숙인을 치하하였다.
"선랑 일찍이 청루에서 뛰어났다더니 이제 보니 이 세상 사람이 아니로다."
괵 귀비가 또 한 곡을 불러 화답하였다.

청풍에 돛을 달고 십 리 청강 내려오니
강산도 빼어나고 풍경도 그지없네.
저기 저 밝은 달아 옥경 벗님께 전하여라.
인간 세상 견우직녀 여기 다 모였다고.

곡 귀비가 노래를 마치니, 철 귀비가 연 숙인더러 말했다.
"그대가 나이는 어리지만 손님을 대접하는 예로 먼저 부르오."
하였다.
연 숙인이 사양치 아니하고 곧 한 곡 불렀다.

강물로 술을 빚고 밝은 달로 촛불 삼아
명사십리 강산에서 취토록 놀아 보세.
청산아, 지는 달 멈추어 세워라.
남은 술 두어 두고 벗님께 갈까 하노라.

연 숙인 노래가 끝나자 반 귀비와 곡 귀비가 칭찬하였다.
"연 숙인은 풍류 가곡에 뜻을 둔 것 같지 않더니만 어찌 이리 능
숙하오? 천재로다."
이번에는 철 귀비가 한 곡 불렀다.

거문고 옆에 끼고 녹수청산 찾아가서
밝은 달 벗을 삼고 맑은 바람에 높이 누워
인간의 티끌세상 잊은 이 그 뉘던고.

나 또한 방탕하여 경치 찾아 예 왔노라.

그러자 난성이 손을 들어 술병을 치며 칭찬하였다.

"귀비의 한 곡 노래는 능히 옛사람들 노래와 견줄 만하오이다.

어찌 청루의 예사 가곡으로 당할 바이겠소?"

이때 손야차가 웃으며,

"이 늙은것은 강남 어부라 뱃노래 한 곡을 배워 둔 것이 있는데,

한번 불러 이 자리의 웃음거리가 될까 하나이다."

하고, 뱃전을 치며 노래를 불렀다.

노 저어라 노 저어라!

갈꽃이 날리고 강천에 달 돋는다.

큰 물고기 꿰어 들고 행화촌 찾아가자.

노 저어라, 무릉도원 어드메뇨 취성동이 여기로다.

영천수 맑은 물에 소 먹이는 저 사람아.

요순 임금 위에 계시니 네 절개 자랑 마라.

노 저어라 노 저어라!

버들 숲 시냇가에 빨래하는 저 처녀야

시절이 어지러우니 네 얼굴 곱다 마라.

노 저어라 노 저어라!

은하수 내린 물이 금강수 되었는가.

자개봉 상상봉에 신선이 내렸어라.

배 대어라 배 대어라, 취성동에 배 대어라.

천하강산 오가도 취성동이 제일이요

재자가인 다 보아도 이 자리 으뜸이라.

부용검 높이 들고 세상천지 바라보니

아마도 여중호걸은 하나뿐인가 하노라.

손야차가 노래를 끝내자 모두들 크게 소리 내어 웃었다. 연왕과 진왕이 그 모습을 보고 웃으며 돌아와 다시 남은 술을 마시며 달을 즐겼다. 뱃놀이를 끝내고 완월정에 이르니 서울에서 온 사신이 돌아가겠다 하였다. 연왕은 불을 밝히고 한 폭 종이를 받들어 시를 썼다.

안개 속 달빛 아래 배 한 척 타고 보니

꿈결에 넋은 벌써 옛 신선 무리에 있는 듯.

한없는 성은을 한 잔 술로 받들어 장수를 비노니

은하수 구슬 소리 구천에 흘러드네.

연왕이 시를 다 쓰자 진왕도 시 한 수를 지어 사신에게 주었다. 사신은 곧바로 하직을 고하고 황성으로 돌아갔다.

자개봉으로 산놀이 가십시다

연왕은 진왕과 같이 취성동 별채들을 구경하기로 하였다. 연왕이 먼저 가만히 난성 들과 약속한 뒤 진왕에게 웃으면서 말하였다.

"내 세 곳에 세 사람을 두었는데, 집안이며 뜰이며 제 마음대로 꾸미라 하여 제가끔 퍽 다르다오. 형이 집을 보고 주인을 알아맞히겠소?"

진왕은 기꺼이 응낙하였다. 연왕은 진왕을 인도하여 먼저 중묘당에 이르렀다. 산길이 깊어 솔과 대가 길을 이루고 기암괴석이 층층하니 참으로 별세계였다. 산문에 이르니 적막한 사립문에 흰 구름이 어려 있고 맑고 시원한 거문고 소리가 은은히 들렸다. 진왕이 말을 멈추고 감탄하며 말하였다.

"화진이, 연왕이 사랑하는 여인을 둔 곳을 구경하고자 왔다가 길을 잘못 들었도다. 이곳은 무릉도원일지니, 속된 생각이 가뭇없이 사라지누나. 어찌 이런 곳에 풍류스러운 여인이 살리오?"

연왕이 웃고 함께 대청에 오르니 시중드는 아이 둘이 향로에 불을 불며 차를 달이고 있었다. 진왕이 주인은 어데 갔느냐고 물으니 뒤채에 가셨다 하였다.

두 왕이 다시 별당에 이르니, 하얀 벽에 아름답게 꾸민 창문이 반쯤 열렸는데, 책 한 권을 책상머리에 놓고 선 숙인은 반 귀비, 곽 귀비와 이야기하고 있고, 홍 난성은 철 귀비와 거문고를 타고 있었다. 두 왕이 오자 모두 일어나 맞았다. 두 왕이 자리에 앉아 둘러보니, 향로의 연기는 사라지고 평상이 먼지 하나 없이 깨끗하며 백학 한 쌍이 뜨락을 어슬렁거리니, 아득한 도관 선당에 들어선 것 같았다.

곧 차와 함께 산과 들에서 난 나물 반찬과 술 한 병이 나왔다. 소박하고 신선한 음식에 뱃속이 꿈틀거렸다.

연왕이 진왕에게 물었다.

"오늘 화 형의 눈을 알아볼지니, 이 집 주인이 누구라고 생각하오?"

진왕은 세 사람을 유심히 살피다가 웃으면서 말하였다.

"여기는 옥경 청도와 같으니 신선과 인연이 있는 이가 사는 것이 분명한데 인차 알아맞힐 수 없으니, 마땅히 세 곳을 다 보고야 판단하겠소."

연왕이 웃으며 다시 자운루를 찾아갔다.

어귀에 이르니 진왕은 돌아보다가 웃었다. 연왕이 곡절을 물으니 진왕은 웃으며 말했다.

"내 이곳 주인은 벌써 알겠소이다."

"그래 누가 살 것 같소?"

"좀 더 생각해 보고 말하리라."

진왕은 자운루에 올라 경치를 찬찬히 둘러보고 칭찬하더니, 중향각, 영풍각과 백옥루를 차례로 다 본 뒤 금수정에 올라앉아 다시금 감탄하였다.

"내 너무 일찍 왔도다. 구월 경치가 얼마나 아름다울꼬!"

이때 문득 난간 앞에 여러 층 다락을 정갈하게 꾸려 놓았는데, 그 위에서 새매 한 쌍이 깃을 다듬는 것을 보니 정신이 하늘가에 오른 듯 깨끗해지거늘, 진왕이 무릎을 쳤다.

"내 이제 자운루 주인을 알았도다. 가을바람 쓸쓸하고 하늘이 높고 높은데, 새매 한 쌍이 푸른 하늘에 높이 솟아 빠른 눈이 백 리밖 터럭도 보며 당돌한 그 기세 구름을 박차고 난새와 봉황을 눈 아래로 보며 세상 온갖 새를 비웃으니, 이 어찌 난성후 홍혼탈이 평생 품은 바 아니리오. 난성이 아니면 번개같이 치솟아 나는 새매를 사랑할 사람이 없을 것이오. 이 화진이 아니면 난성 뜻을 이렇게 알아맞힐 사람이 어데 있겠소?"

두 왕이 서로 크게 웃으며 주인을 불렀다. 난성이 서둘러 술상을 드리며 진왕께 인사하였다.

"저희 집 자운루 달빛이 아름다워 완월정에 견주어도 특별한 운치가 있사오니, 상공은 오늘 밤 갑갑한 마음을 후련히 푸소서."

"내 이곳 경치를 마주하니 자연 돌아갈 마음이 없었는데, 주인이 손의 심정을 알고 성의껏 청하니 사양할 리가 있겠소?"

그러자 연왕이 말하였다.

"허나 관풍각을 마저 보고 옵시다."

연왕은 난성을 자운루에 머물러 두고, 선 숙인, 연 숙인과 세 귀비를 데리고 진왕을 이끌어 관풍각에 이르렀다.

그곳에는 들 가득히 오곡백과 물결치고 베를 짜고 방아 찧는 소리가 곳곳에 들렸다.

"양 형 시골 사는 재미가 바로 여기에 있도다."

진왕이 연왕과 함께 사립문을 열고 마당에 들어섰다. 삽살개 두 마리가 마당가에서 컹컹 짖으며 손님의 눈치를 살피고, 울타리의 닭은 "꼬끼오!" 하고 저녁을 알렸다. 정자에 돗자리를 깔고 앉은 연왕이 진왕을 보며 웃었다.

"형이 오늘 농가의 손님이 되었는데 집주인을 모르시겠소?"

진왕이 아무 대답도 없이 가만히 있는데 멀리서 여인들 웃음소리가 들려왔다. 어디서 나는 소리냐 물으니, 연왕이 웃으며 집 뒤에 별당이 있는데 거기서 노는 소리 같다 하였다.

진왕이 연왕의 손을 잡고,

"내 눈이 어두워 관풍각 주인을 찾지 못하더니 주인은 반드시 별당에 있도다."

하며 걸음을 옮겨 별당에 이르렀다. 방문을 여니 창문에 문보를 드리운 채 여인네들이 앉아 이야기꽃을 피우고 있었다.

"오늘 화진이 무례하여 축융 공주 궁중에 들었도다. 어찌 홍도왕의 부마도위 방이 아니겠소."

진왕이 두 손을 맞잡으며 말하니, 모두들 한바탕 크게 웃었다.

"형이 벼슬을 버리고 부귀를 하직하여 시골로 돌아오니 그 본뜻을 말할진대 복이 지나치면 재앙이 생기는 것을 두려워함이라. 관풍각의 검소함과 중묘당의 담박함이 없던들 어찌 이름만 있고 실속이 없음을 탄식하지 않겠소. 홍 난성은 유례없이 뛰어난 인물이요 하늘이 낸 사람이라 평생을 부귀로 지내도 지나치다 할 것 없겠으나, 선랑과 연랑은 부귀 문중 왕후 소실이 되어 하고 싶은 것과 보고 싶은 것과 듣고 싶은 것과 모든 향락을 못 누릴 것이 없겠거늘 오히려 도관의 적막한 운치와 시골집의 한적함에 재미를 붙여 이같이 꾸미었소? 이 어찌 형의 풍류 행각을 도울 뿐이겠소? 장차 복이 무궁하리로다. 연 표기는 전날 진남성에서 처음 보니 아름다운 여인들 중에서도 재주 뛰어나, 흔한 말로 다섯 가지 맛을 다 갖춘 사람이라, 어찌 한갓 농가의 낙만을 누리리오? 반드시 이러한 별당이 있음을 내 짐작하였노라."

이렇게 말하며 진왕이 세 귀비에게 물었다.

"귀비들도 세 사람의 별당을 다 보았으니 어느 곳이 마음에 드는지 각자 보는 바를 말해 보오."

세 귀비가 하나같이 대답하였다.

"봄의 난초며 가을 국화며 아름답지 않은 것이 없듯이, 처음 중묘당을 보니 속세의 마음이 사라지고 물욕이 없어지며 저절로 도 닦을 마음이 들고, 자운루에 오르니 가슴이 상쾌하여 풍류 호방한 생각이 불쑥 일어나며, 아래 관풍각에 이르니 즐겁고 조용한 생애와 재미스러운 삶이 또한 사람 세상의 낙을 깨닫게 하는지라, 어느 것이 더 좋고 못한지 분별하지 못하겠나이다."

두 왕도 호탕하게 웃고 나서 그 말이 옳다고 하였다.

연왕이 연 숙인을 보며,

"산중에 모처럼 찾아온 손님을 어찌 그저 보내겠소? 화 처사는 내 가까운 벗이니 보리밥에 토장국이라도 부끄러워 말고 저녁을 내오오."

하고 말하자, 진왕이 웃으며 말했다.

"화진이 사실 연왕을 찾은 것이 아니라 취성동 양 처사를 보러 왔더니 아직까지 재상집 기상이 있어 자못 마음이 상쾌하지 못하였소. 이제야 처사다운 곳에서 처사다운 말을 들으니 즐거운 김에 배불리 먹고 가겠소."

연 숙인이 세 귀비에게 물었다.

"상공이 어떤 음식을 즐기시는지요?"

"큰상에 진수성찬을 차려도 젓가락 대는 것이 적으니 특별히 즐기시는 것을 보지 못했다오."

연 숙인이 웃고 나서 팔소매를 걷고 몸소 부엌으로 내려갔다. 동산의 갖가지 산나물을 맛깔스럽게 무쳐 놓고 울 밑의 호박도 따서 지져 놓았다. 김이 물물 나는 밥그릇에서는 시골 냄새가 구수하게 풍겼다. 이윽고 연 숙인은 하얀 손으로 상을 받들어 공순히 드렸다.

진왕이 숟가락을 들더니 밥 한 그릇을 어느새 뚝딱 비워 버렸다. 그러면서 세 귀비에게 말하였다.

"내 궁중에 있을 때는 밥 반 그릇을 겨우 먹었는데, 오늘은 벌써 이렇게 그릇이 비었으나 배가 부르지 않구려."

날이 이미 저물어 주인과 손님이 사립문을 나서니 동산에 돋는 달이 나무 그림자를 옮겨 길이 어렴풋했다. 문득 앞쪽에서 아이 둘이 초롱에 불을 켜 들고 마주 오고 있었다. 난성이 보낸 아이들이었다. 길을 앞서 가며 이끌어 다시 자운루에 이르니, 난성이 잔치를 마련하고 기다리고 있었다.

정자 위를 올려다보니 처마 끝마다 구슬 같은 등을 별같이 걸었고, 열두 난간에 구슬발을 드리워 영롱하니 상서로운 기운이 뻗쳤다. 밝은 빛에 눈이 부시고 서늘한 기운이 가슴에 사무쳐 의연히 앉아 있으니 광한전을 바라보는 것 같다. 다락에 오르니 삿자리를 깨끗이 깔고 수정 쟁반에 유리 잔을 곳곳에 놓았으니, 달빛을 도와 더욱더 환하였다.

갑자기 여남은 명 기녀들이 곱게 단장하고 흰 비단 버선에 파릇한 깁 치마를 입고 달 같은 노리개를 울리며 쌍쌍이 나와 노래 부르고 춤추니, 청아한 소리가 하늘가에 울리고 소맷자락은 달빛에 번뜩여 두 왕이 넋을 잃었다. 연왕과 진왕이 기녀들 춤추는 모습을 정신없이 바라보는데, 난성이 날씨가 쌀쌀해지는 것을 느끼고 털옷을 내오라 하여 두 왕에게 입히고는 향로에 불을 피워 술을 데워 노래와 춤이 끝나자 술상을 내왔다.

진왕이 연왕더러 탄식하며 말하였다.

"내 어찌 오늘 밤 광한루의 월궁 선악을 볼 줄 알았으리오. 이 화진이 십 년 속세의 번거로운 꿈에서 깨어나 정신이 맑아지는구려."

이때 철 귀비가 말하였다.

"저는 보통 사람이라 선경이 이렇게 쌀쌀하다면 월궁항아가 되고 싶지 않나이다."

그러자 난성이 웃고 사람을 시켜 화로 백여 개에 불을 피우고 고기를 지지며 술을 권하였다.

"아까는 하늘 놀음이요 지금은 땅의 잔치니, 귀비는 술을 마시며 추위를 막으시오."

술과 고기로 모두가 거나해졌다. 찬 기운이 물러가고 화기가 가득하니 봄바람이 호탕한 홍치를 돋우었다. 세 귀비의 발긋한 두 볼에 봄빛이 무르녹으니 누구는 비파를 안고 누구는 거문고를 당기며 또 한바탕 풍악을 울렸다.

어느덧 밤이 깊어 자리를 마치면서 연왕이 난성에게 말하였다.

"내 이곳에 온 뒤 아직 자개봉을 구경하지 못하였는데, 이제 진왕과 세 귀비가 나의 홍치를 돋우니 내일은 자개봉에 놀러 가게 채비를 차리오."

돌아가는 길에 난성은 세 귀비와 선랑과 연랑을 보고 말하였다.

"내일 놀음에 분명 우리도 같이 갈 것을 명하실 터인데 두 사람은 재미난 일을 벌일 생각이 없소?"

"아무리 생각해도 신통한 방도가 떠오르지 않는데 난성이 좋은 방도를 내놓으면 우리 함께 응하리다."

철 귀비의 말에 난성이 웃으며 사람들 귀에 대고 가만히 말하자 손뼉을 치며 좋아라 웃었다.

이튿날 연왕은 진왕과 함께 자개봉에 구경을 갔다 오겠다고 부모님께 고하고 행장을 준비하였다. 이때 괵 귀비가 진왕에게,

"오늘 놀음에서는 흥이 깨어질 일이 적지 않을 것 같나이다."

하자, 두 왕은 놀라면서 그 곡절을 물었다.

"홍 난성, 선 숙인, 반 귀비 세 사람은 계속되는 밤 놀음에 바람을 맞아 온밤 머리가 아프고 오금이 쏘아서 몹시 앓는다 하옵니다. 모시지 못할 것이옵니다."

연왕이 난성과 선 숙인을 불러 물으니 난성이 대답하였다.

"제가 듣자오니 자개봉은 인간 선경이라, 조물이 저희가 신선 아님을 저어하여 모시지 못할까 하옵니다."

"난성이 아니 가면 저도 아니 가려 하나이다."

철 귀비가 난성 곁으로 다가서며 말하자, 곁에 있던 괵 귀비가 연왕을 보며,

"이는 억지로 권할 일이 아닌가 하오이다. 산으로 놀러 가자면 높은 데도 오르고 험한 데도 건너니 건강한 여자도 힘겨울 텐데, 하물며 앓는 여자가 어찌 따라갈 수 있겠나이까?"

하고 못 박았다.

연왕과 진왕이 어찌할지 몰라 하는데, 난성이 웃으면서 두 왕에게 말하였다.

"선랑이 풍치는 적으나 산수풍월을 싫어하지 않사오나 아픈 몸으로 억지로 좇아간다 해도 공연히 근심을 더하여 즐겁지 못할 것이옵니다. 연 숙인과 두 귀비가 두 상공의 흥을 도와 드리고, 저와 반 귀비, 선 숙인은 집에서 몸조리나 하겠나이다."

두 왕은 할 수 없이 연 숙인과 철 귀비와 괵 귀비를 데리고 떠났다. 이때가 팔월 중순이나 절기가 일러 가을바람이 소슬하고 찬 이슬이 벌써 내려 산국화 두어 떨기가 피어 있고 단풍이 누른빛을 띠고 있었다. 산골 처사 차림으로 연왕과 진왕은 앞서 걷고 두 귀비와

연랑이 뒤따라가는데, 하늘소를 타고 아이 녀석 대여섯이 술과 거문고를 가지고 따르니, 사람들은 연왕과 진왕인 줄은 알지 못하고 일행의 풍채가 아름다워 궁금한 빛으로 보았다.

이때 홍 난성과 선 숙인, 반 귀비는 두 왕의 홍치를 돋우려고 특별히 차리고 있었다. 홍 난성은 신선이 쓴다는 관과 옷차림을 하고 수정 막대를 들고, 선 숙인과 반 귀비는 신선 차림에 깃털 부채를 들었다. 다만 선동이 없어 걱정하고 있는데, 문득 수레 두 채가 어귀로 들어온다고 알렸다. 소청과 연옥이 궁인 둘을 데리고 오고 있었다. 소청과 연옥이 난성 앞에 나와 인사하였다.

"저희가 아씨를 뵈오러 오다가 두 궁인을 만났는데, 이들도 세 귀비를 뵈오러 오는 길이라 하여 같이 왔나이다."

난성이 반겨 소청과 연옥의 손을 잡고 웃으면서,

"하늘이 선동과 선녀를 보내시어 상공의 놀음을 도우시는구나."
하고는, 이리이리하라고 일렀다.

난성이 소청과 연옥에게 푸른 옷을 입히고 호리병을 채워 동자 모양을 차리니 참으로 절묘한 선동이 되었다. 궁녀 한 명에게는 도복을 입혀 생황, 퉁소를 불게 하고, 다른 한 명은 붉은 도포를 입히고 사슴 꼬리 모양으로 생긴 부채, 녹미선을 들게 하였다.

모두 이리저리 꾸미고는 마주 보며 깔깔 웃었다. 난성은 다시 종 두 명에게 옷을 갈아입힌 뒤 일행을 이끌고 자개봉을 향했다. 난성이 반 귀비에게 말했다.

"우리가 먼저 가 있어야 하니, 자개봉 가는 지름길을 잘 아는 하인을 앞세워 어귀까지 제가끔 가마를 타고 가사이다."

모두들 그렇게 하기로 하여 길을 서둘렀다. 큰길로 오륙십 리요, 지름길로 가면 이십 리 되었다. 자개봉 어귀에 이르러 가마를 돌려 보내고 하늘소 타고 낭랑히 웃으며 산중으로 들어갔다.

오언암에 신선이 버려졌나

　자개봉은 예부터 경치 좋기로 손꼽히는 명산이다. 둘레가 이백 리요, 멀리서 보노라면 그리 높지 않아 뵈나 올라 보면 명나라 전체를 굽어볼 수 있다. 삼십여 곳에 도를 닦는 오래된 절간이 있고 물과 돌의 경개가 빼어나 봄가을로 찾는 이가 끊일 날이 없다.

　이때 연왕과 진왕은 여인들과 함께 하늘소를 몰아 느릿느릿 산천 풍경을 살피며 앞서거니 뒤서거니 자개봉 동쪽에 이르렀다. 때는 이미 저녁 해가 서산에 걸려 있고 길은 흐릿하였다. 문득 수풀 사이로 노승이 나와 손을 모아 잡고 인사를 하는지라, 연왕이 답례하면서 노승에게 말하였다.

　"우리는 산놀이를 하는 사람들로, 오늘 밤 절에서 하룻밤 쉬고
　가려는데 어떻겠소?"

　"암자가 누추하나 깨끗하오니 쉬어 가소서."

연왕이 고맙다 인사하고는 일행을 암자에 쉬게 하였다. 그리고는 저녁 불공을 드린 뒤 노승에게 물었다.

"여기서 취성동이 몇 리이며, 이 산의 상상봉까지 올라가자면 얼마나 남았소?"

"취성동은 이십 리요, 여기서 가장 높은 곳까지는 잘 모르오나 사십 리라 하나이다."

연왕은 진왕을 보며 놀라움을 감추지 못하였다.

"우리가 종일 걸었는데 이십 리를 왔단 말이오?"

"상공은 큰길로 오시었소이다. 큰길로는 육십 리요, 지름길로 이십 리니, 이 산이 본디 길이 많아 여러 갈래로 갈라지오이다. 큰길로 오자면 소승 암자는 자개봉 어귀에 있고, 지름길로 오면 옥류봉이 자개봉의 시작이 되나이다."

연 숙인이 물었다.

"산놀이 하는 손들이 얼마나 되는지요?"

"단풍이 물들기 전이어서 사람이 거의 없소이다."

철 귀비도 물었다.

"대사의 연세 높으시니 옛일을 많이 아시겠소. 이 산 이름을 어찌하여 자개봉紫蓋峯이라 하옵니까?"

"제가 본디 여산의 중인지라 이곳 역사를 잘 모르나, 전하는 말이 옛적 산꼭대기에 신선이 내려 붉은 일산〔紫蓋〕과 구름발이 대낮에 어른거리고 기이한 향기와 신선의 음악이 들리기에 자개봉이라 한다 하오이다. 봉우리 위에는 이향암異香菴이라 하는 암자도 있나이다."

곽 귀비가 웃으면서 말했다.

"옛적에 있던 신선이 지금이라고 왜 없겠소? 우리도 이 길에 신선을 만나 보십시다."

"전설이 거짓 아닌 것 없다고 하나, 사람 세상에 무슨 신선이 내린다고 그러시오?"

하고 연 숙인이 퉁을 놓으며 웃었다. 두 왕도 따라 웃었다.

이튿날 노승과 작별하고 몇 리를 올라가니 맑은 시냇물이 바위 위로 돌돌 흐르고 낙락장송이 양쪽으로 벌여 있는데, 예스러운 돌벽이 동문을 이루고 돌벽 위에 붉은색으로 옥류동천玉流洞天이라는 글자가 새겨 있었다. 두 왕이 말에서 내리며 말하였다.

"이곳 경개가 신기하니 좀 쉬어 가야겠다."

물가 바위에 자리를 정하고 아이를 시켜 가랑잎을 모아 차를 달이라 하였다.

곽 귀비가 손을 들어 바위를 가리키며 연 숙인과 철 귀비에게,

"곳곳에 글제목이요 틈틈이 글귀구려. 이름난 재사와 미인들 이름을 다 기억하지는 못하겠지만, 그중에 반드시 기이한 글귀 많을 것이오. 한번 가 봅시다."

하며 이끌었다.

세 사람이 손을 잡고 바위 아래에 이르러 읊고 평하며 낭랑히 웃고 지껄이니, 두 왕도 몸을 일으켜 바위 위를 바라보았다. 그중 한 수는 필적이 새로 쓴 것 같은지라 모두 자세히 보았다.

　　난새 타고 학을 탄 지 천 년에

또다시 옥류 소동천을 지나도다.

옥피리 구슬픈데 사람 자취 없고

신령한 바람만이 안개를 몰아가네.

진왕이 이윽히 보고 나서 말하였다.

"이는 그저 산놀이 온 예사 사람이 쓴 글이 아닌 것 같구면."

그러자 철 귀비 웃으며 말하였다.

"이 산중에 신선이 오간다 하더니 혹시 신선들이 쓰고 간 것이 아니리까?"

그러자 연 숙인이 차갑게 웃었다.

"명산 바위 위에 저마끔 써 놓은 것들이 모두 신선의 옛 행적을 흉내 내 사람들을 속인 것이지, 무슨 신선이 있겠나이까?"

두 왕이 연 숙인 말이 옳다고 하면서 다시 하늘소에 올랐다.

몇 리를 더 가니 골짜기마다 흘러내리는 물소리가 옥을 바스러뜨리듯 귀에 쟁쟁하고, 곳곳의 기이한 바위는 이끼를 머금어 푸른빛을 띠었으니, 참으로 신선의 산천이요 사람 사는 데가 아닌 것 같았다. 돌부리가 높고 길이 차츰 험해졌다. 모두들 하늘소에서 내려 물을 따라 걸었다. 한 걸음 걷고 돌아보고 두 걸음 걷고 지팡이를 멈추면서 단풍나무 숲 속을 찾아 술을 마시기도 하고 흐르는 강물에 다다라서는 거문고를 타기도 했다.

그런데 홀연히 강물 위로 붉은 나뭇잎들이 떠 내려왔다. 연 숙인은 두 귀비를 보며 낭랑한 목소리로 시 한 구를 읊었다.

복사꽃 물에 떠서 흘러가니

별세계요, 사람 세상 아니로다.

괵 귀비가 흐르는 나뭇잎을 유심히 보다가 연 숙인에게 말했다.

"연랑은 다시 보오. 그 잎새는 예사 나뭇잎이 아니오."

그러자 철 귀비가 잎새를 집어 보며 말하였다.

"누가 글씨를 썼구나."

철 귀비는 아이더러 하나하나 건져서 다 가져오라 하였다. 그러고는 그 잎새들을 바위 위에 벌여 놓고 여럿이 보았다. 그냥 예사로운 사람이 지은 글 같지는 않다는 둥 아니라는 둥 여러 말이 오갔다.

이때 진왕이 다가오며 무엇을 가지고 그리 다투느냐고 물었다.

괵 귀비가 나뭇잎을 진왕에게 드리며 말하였다.

"상공은 보소서. 이 어찌 예사 사람의 필적이리까?"

진왕이 잎사귀들을 차례로 모아 놓고 자세히 보니 분명히 절구한 수였다.

진왕이 연왕을 바라보며 말했다.

"이 글이 과연 수상하오. 여러분들이 의심하는 것도 당연하지만, 어쨌든 첫 구 두 글자가 없으니 마저 찾아보아야겠소."

두 귀비가 물가를 오르내리며 말했다.

"조물주가 신선의 필적을 아껴 잎새가 이미 무정한 물을 따라 멀리 갔도다."

그러자 연 숙인이 쌀쌀히 웃으며 말하였다.

"어떤 실없는 선관이 썩은 잎사귀를 주워 필묵을 희롱하였겠사오이까. 이는 나무꾼 아이나 소 치는 아이들 장난인 것 같사오이다."

"신선이라고 보면 허황하나 글을 보니 예사 사람이 장난한 것이 아니라, 청렴결백하고 고매한 사람이 먼 산에 깊이 들어와 놀며 가을바람에 지는 나뭇잎을 보고 쓸쓸한 마음에 흐르는 세월을 노래한 것인가 하노라."

진왕이 이렇게 말하자 철 귀비가 웃으며 말하였다.

"이 글을 쓴 사람이 세상 사람이라면 이 산중에 틀림없이 있을 것이니, 우리 이 강을 따라 올라가 보는 것이 어떨지요?"

일행이 강을 따라 올라가기 시작하였다. 수십 걸음 올라가니 폭포 하나가 절벽에서 떨어져 백설을 뿜고 있었다. 그 아래 펑퍼짐한 너럭바위가 있는데, 바위 위에 차를 달인 흔적이 있고 기이한 향내까지 자욱이 풍겼다. 산놀이하는 사람들이 놀고 간 자리가 분명하였다.

괵 귀비가 연 숙인을 보고 말했다.

"이것도 나무꾼 총각이 장난한 것이오? 이상하구려! 차 달이던 자리가 아직 따뜻하고 앉았던 자리에 기이한 향내 코를 찌르니, 이 어찌 신선이 놀다 간 것이 아니겠소?"

"참으로 이상한 일이오. 옥류동 글귀와 물에 뜬 잎새야 허황한 자들이 의심할 수 있겠으나, 이 자취는 아무리 생각해도 짐작하기 어렵구려. 그렇다면 지금 세상에 신선이 있단 말인지요?"

이럴 때 아이종 하나가 잎사귀 두 장을 더 주워 가지고 왔다. 그

것을 보니 사람 인人 자와 일 사事 자가 새겨 있었다. 괵 귀비가 아까 주운 잎새들과 맞추어 보았다.

강물이 급히도 흐르네.
사람 일도 저렇듯 빠르도다.
꽃구름 피어나 웃고
흰 봉황과 다투도다.

모두들 보고 기이하게 여겼다. 이때 문득 동쪽 언덕에서 은은한 노랫소리가 울렸다.

파릇파릇한 붉은 지초여!
네 맛 좀 보자꾸나.
먼 산에 인적이 끊기니
가을 구름 떼 지어 날도다.

괵 귀비가 놀라,
"이 무슨 소리오?"
하는데, 웬 도사가 깃털 부채를 들고 약초 담는 광주리를 메고 솔숲으로 들어가고 있었다. 어찌나 빨리 사라지는지 한마디 물으려 하여도 이미 간 곳이 없다. 철 귀비가 크게 놀라면서 다급히 사람들을 불렀다.
"괵 귀비, 저기 보이오? 연 숙인, 저것이 무엇이오? 광주리는 왜 메며 부채는 무엇 하러 들었을까? 청산이 겹겹이 깊고 다른 길이 없는데 왜 오는 것을 못 보았을까? 간 곳도 모르겠구나. 연 숙인, 우리 따라가 보는 것이 어떻겠소?"

서로 손을 이끌고 언덕에 올라 사방을 돌아보니 솔바람은 소슬하고 흰 구름은 뭉게뭉게 피어오르는데 푸른 등덩굴과 오래된 나무가 우거져 찾을 길이 없었다.

뒤에서 두 왕이 웃으며 말하였다.

"그대들은 왜 신선을 좇아가려 하오? 우리 이미 높이 올라왔으니 조금만 더 가면 꼭대기에 오를 게요. 그곳에 가서 다시 신선 소식을 알아보면 되리다."

그들이 산봉우리를 보고 올라가는데 문득 생황 소리 공중에서 구슬프게 울렸다. 이상하게도 어데서 나는지 알 수가 없었다. 모두 걸음을 멈추고 섰는데 연 숙인이 이마에 손을 얹고 눈길을 이리저리 돌리다 한 곳을 바라보며 급히 소리쳤다.

"두 귀비는 저 봉우리 꼭대기를 보시오!"

모두 바라보니 빼어난 멧부리 소나무 아래 신선의 관을 쓰고 붉은 도포 차림을 한 선관 둘이 보였다. 한 선관은 깃털 부채를 들고 우뚝 서 있고 다른 선관은 생황을 불며 시름없이 앉아 있으니, 얼굴을 분간치는 못하나 옥 같은 얼굴과 아리따운 태도는 속세의 인물이 아님을 알 수 있었다. 진왕이 정신이 혼미하여 연왕을 보며 말했다.

"양 형! 이 어찌 하늘나라 신선이 내려온 것 아니겠소? 내 마음이 흩어지고 세상 생각이 사라져 부귀와 명예, 욕심이 한갓 뜬구름인 줄 이제 깨닫는도다."

"신선이 어찌 별사람이겠소? 명예와 이욕만 좇는 세상에서 끊임없이 득실을 따지고 세상 풍파 속에서 죽느니 사느니 헤매는 자가 오늘의 우리를 보면 또한 신선 같다 할 것이오. 이로 미루어 보건대 몸과 마음으로 애쓰는 자 평범한 사람이요 고상한 자 신선이며, 분주한 자는 속인이요 한가한 자 신선이니, 내 형과 더불어 벼슬을 버리고 산수간에 재미있게 놀지라, 이 어찌 오늘 자개봉의 신선이 아니겠소."

두 왕이 서로 크게 웃고 다시 봉우리 꼭대기를 바라보니 두 선관이 이미 가뭇없이 사라졌다.

두 왕이 여인들과 함께 이향암을 찾아 이르니 작은 암자가 바위에 기대어 아늑하게 자리 잡고 있었다. 암자에 갓 중이 된 사람이 있어 황망히 맞아들였다. 자리에 앉자 차를 들여오는데, 연왕이 그 중더러 여기서 산꼭대기가 얼마나 되는지 물었다.

"예닐곱 리밖에 아니 되온데 중간에 큰 바위가 있어 이름이 오선암이라 하나이다. 옛적에 선관 다섯이 내렸다 하는데 지금까지 선관들이 놀던 자취 또렷하고, 그 아래 암자가 하나 있어 상선암이라 하는데, 전하는 말이 하늘나라 신선이 불사약을 굽던 곳이라 하나이다."

"이 산에 신선이 어찌 그리 많소?"

연왕이 그리 말하고는 웃었다.

어느덧 해는 서산에 떨어지고 동산에 밝은 달이 둥두렷이 솟았다. 별들이 보석을 뿌린 듯하고 서늘한 솔바람이 흐르니 정신이 맑아졌다. 연왕과 진왕이 달빛을 따라 마당을 거니는데, 철 귀비가 연 숙인을 보고 탄식하였다.

"달빛이 이렇게도 명랑한데, 홍 난성, 선 숙인, 반 귀비와 함께 보지 못하는 것이 한이오."

말이 채 끝나기도 전에 젊은 중 둘이 황급히 물었다.

"상공, 저 소리가 들리시나이까?"

모두 귀를 기울이고 자세히 들으니 공중에서 생황 소리가 바람결에 들릴락 말락 구슬프게 울렸다.

철 귀비가 놀라면서,

"이건 아까 듣던 그 소리가 분명하구나."

하는데, 연 숙인은 우정 못 들은 체하며,

"이는 산꼭대기의 솔바람 소리오이다. 적막한 산에 인적이 없는데 누가 생황을 불겠소?"

하자, 진왕이 말하였다.

"솔바람 소리와 생황을 어찌 분간을 못 하오? 이는 옛 왕자 진晉의 곡조가 틀림없구려. 스님은 소리 나는 곳을 알아 오라."

두 사미승이 암자 뒤 석대에 올라 이윽히 듣고 돌아와 말하였다.

"오선암에서 나는 듯하오나 바람이 세어 분명하지는 않나이다."

"어떠한 신선 아이가 우리를 이렇게 놀리는고? 그 소리를 찾아 더 높이 올라가 봄이 어떠하오?"

연왕이 중들더러 길잡이를 하라 하고 함께 산문을 나서니 한바탕 시원한 바람이 불어 내려오며 생황 소리가 더욱 가까이 들렸다. 진왕이 두 귀비를 보며 말하였다.

"이상하도다. 이 소리 마음을 움직여 신선이 되어 훌쩍 날아갈 듯하니 어찌 여느 산놀이꾼 피리 소리겠소?"

"우리는 음률을 아는 바 없으나, 홍 난성이나 선 숙인이 듣는다면 그 가락을 듣고 부는 자를 짐작할 수 있을 것이옵니다."

픽 귀비가 말하고는 소리 나는 곳을 따라 스님 둘을 앞세우고 갔다. 문득 스님 하나가 손을 들어 가리키며 가만히 속삭였다.

"저 건너 대나무 사이로 은은히 보이는 바위가 오선암인데 그 바위를 잘 보소서."

모두가 바라보니 달빛 아래 숱한 사람이 서 있기도 하고 앉아 있기도 하였는데 몸가짐이 고상하고 날렵하였다. 첫째 자리에 앉은 자는 신선 차림으로, 얼굴 생김새는 알아볼 수 없으나 맑은 빛과 선연한 태도는 신선의 풍채요 세상 사람이 아니었다. 두 번째와 세 번째 자리에 앉은 이들도 역시 훤한 얼굴에 풍채 비범하고, 네 번째 자리에 앉은 이는 도관의 도사 차림으로 깃털 부채를 들었는데 그이의 행색 또한 여느 사람과 달랐다. 그가 바위 머리에 향로를 놓고 차를 달이는데 그 향내가 산 아래까지 풍겼다.

진왕이 속으로 놀라며,

'이게 다 신선이구나 하고 생각하면 허황하기 그지없고, 신선이 아니려니 생각하면 세상 사람으로 어찌 이런 사람들이 있겠는가.'

하며 망연히 바라보는데, 문득 첫째, 둘째 자리에 앉은 이가 소매에서 옥피리 한 쌍을 꺼내 달을 보며 불었다. 진왕이 듣고 당황하여 철 귀비를 보며 물었다.

"귀비는 이 가락을 모르겠소? 지난날 태후 마마 생신 잔치 때 상림원 달빛 아래서 듣던 곡과 어찌 이리도 똑같을꼬?"

여인들은 입을 다물고 대답하지 않았다. 진왕은 의심스러웠다. 이때 연왕이 먼저 사미승을 보내어 알아본 뒤 진왕과 함께 가리라 생각하고, 중 한 명을 그리로 보냈다.

조금 있다가 그 중이 바삐 돌아와,

"제가 이 산중에 있은 지 오래나 진짜 신선은 보지 못하더니 오늘에야 구경하였나이다."

하는 것이었다. 연왕이 미처 묻기 전에 연랑이 물었다.

"그게 무슨 소리요?"

"제가 산 고갯길로 올라서 바라보니 언덕이 높고 달빛이 희어 분명치는 않으나 봉우리 꼭대기에 신선 넷이 앉아 있더이다. 첫째 자리와 둘째 자리에 앉은 선관은 얼굴이 백옥 같은데 한 명은 수정 막대를 들고 있고 한 명은 생황을 불고, 셋째 자리에 앉은 선관은 수염과 눈썹이 다 하얗고, 넷째 자리에 앉은 선관은 얼굴이 괴이하며 낯빛이 눈빛 같아 세상에서 구경 못 하던 인물인데 양 옆에 선동 둘이 모시고 있었나이다. 넷째 선관이 차를 달여 기이한 향내 자욱한 가운데 태연히 생황을 불고 있기에, 제가 앞에 나아가 합장하고 인사드리니, 선관이 생황을 그치고 물었소이다.

'너는 어떠한 사람인고?'

'이향암에 있는 중인데 아름다운 소리를 들으러 왔나이다.'

그러자 그 선관이 웃더니,

'내 벌써 아노니 네 이 술을 가져다가 문창에게 주라.'

하고는 작은 백옥병을 주기에 가져왔나이다."

연 숙인이 황망히 받으며 말했다.

"사미승이 하는 말이 허황하나 그래도 술 맛을 한번 보소서."

취기가 아직 가라앉지 않은 연왕이 한 잔 부어 마시고 나서 머리를 갸웃거렸다.

"전날 천일주가 별미구나 했더니, 지금 이것이 홍 난성한테서 얻어 마신 술과 어찌 이리도 똑같을꼬?"

연 숙인이 자기도 한 잔을 마시고 나서는 연왕을 보며 말하였다.

"상공이 참으로 취하셨나이다. 이 술은 깨끗한 가운데 신기한 향내 있어 사람 세상의 술과는 다른가 하나이다."

그러자 연왕은 웃으며 연 숙인 손을 이끌었다.

"신선이 있느니 없느니 하지 말고, 달빛이 밝으니 산꼭대기에나 올라가 보는 것이 어떠하오?"

"저는 예사 사람이라, 갔다가 선관 선녀의 시기함을 입을까 두렵나이다."

연왕이 크게 웃고 스님들을 데리고 산꼭대기를 보며 몇 걸음 올라가는데, 문득 선관 둘이 옥피리를 들고 바위에서 내려 낭랑히 웃으며 말하는 것이었다.

"문창성은 그동안 무고하시나이까? 저희가 옥제의 명을 받고 자개봉 놀이를 돕고자 왔나이다."

진왕이 그들을 보고는 큰 소리로 웃으며 말하였다.

"화진은 보통 사람이라 다만 벗을 찾아 산천경개를 사랑하여 이곳에 왔더니, 방탕한 종적이 신선 세계까지 알려졌을 줄 어찌 알았겠소?"

그제야 난성이 웃고 나서 사례하였다.

"저희가 어리석으나 어찌 사소한 병으로 두 분 상공의 오늘 놀이를 따르지 않으리까. 그저 아무 준비 없이 따라와서는 흥을 도울 방도가 없기에 떨어져서 이리하였나이다. 두 분 상공께서 사랑하심을 믿고 잠깐 두 분을 놀렸으니 당돌한 이 죄를 용서받지 못할까 하나이다."

진왕이 난성을 보며 물었다.

"내 아직 얼떨떨하나니 그래 난새를 타고 왔소, 봉황을 타고 왔소? 어느새 우리를 앞섰는고?"

"신선의 행색이 세 번 악양루에 올라도 아는 사람 없다 하였나이다. 어찌 자개봉 지름길을 모르겠나이까?"

그러자 연왕이 말하였다.

"신선의 도술이 신통하긴 하나 옥류동 바위에 쓴 글씨와 묵은 잎사귀의 글이 빤히 본색을 드러냈거늘, 화 형은 아직도 깨닫지 못하고 꿈에서 깨어나지 못하는구려."

"봉우리의 생황 소리와 도사의 옛 노래를 들을 때는 양 형도 몹시 감동하여 어찌할 바를 모르더니, 이제 와서는 왜 나만 놀리는 게요?"

두 왕이 서로 크게 웃었다.

철 귀비가 손야차를 붙들고 웃으면서 말하였다.

"이 도사는 솔숲 가운데서 노래하던 도사로다. 이름이 무엇이며 약초 광주리는 어데 두고 다니오?"

모두가 또다시 떠들썩하게 웃었다.

그들은 다시 바위에 자리를 정하고 달빛 아래서 산천경개를 바라보며 이야기를 나누었다. 이야기가 끝이 없을 듯하였다. 이때 난데없는 퉁소 소리가 하늘가에 울리니, 깊숙한 골짜기에 숨은 새끼 용도 춤출 듯하였다. 모두 놀랍고 신기하여 이 또한 난성의 계교인가 하는데, 난성이 놀라면서 말했다.

"이상하구나. 이 퉁소 소리는 나무꾼이나 어부들이 부는 것이 아니니 가서 보고 와야겠나이다."

중들에게 앞서라 하고 소리 나는 곳을 따라가 보니, 솔숲에 언뜻 사람 그림자 비치고 산새들이 놀라 후드득 날아갔다. 자세히 보니 달빛 아래 두 사람이 머리에 선관을 쓰고 몸에는 붉은 도포를 입고 손에 부채를 들고 푸른 눈썹 하얀 얼굴에 웃음을 띠고 아이 둘과 지나가는 것이었다. 난성이 소리쳐 불렀다.

"저기 가는 저 선관은 잠깐 말을 들으소서. 우리는 세속 사람인데 산중에 들어와 풍경을 따라가다가 흐릿하여 갈 바를 알지 못하니 길을 보여 주소서."

두 사람이 걸음을 멈추고 손을 마주 잡으며 인사하였다. 모두 자세히 보았으나 어찌 알랴. 앞서 걷는 두 사람은 궁인이요, 뒤에 따르는 둘은 소청과 연옥이었다.

연왕과 진왕 들은 그들이 도착한 것을 보지 못하였으니, 희미한 달빛 아래 그 모양을 대하고 어찌 누구인지 짐작할 수 있으랴. 서로 당황하여 신선인지 속인인지를 깨닫지 못하는데, 난성이 웃고 진왕에게 고하였다.

"저 두 선관은 궁중에서 옥제를 모시고 있는 옥녀이온데 어찌 모르시나이까? 오늘 밤 견우성군의 흥을 돋우기 위해 아래 세상으로 내려왔나이다."

철 귀비와 곽 귀비는 벌써 깨닫고 두 궁인과 손을 맞잡고 반기며 그 곡절을 물었다.

"어찌 이곳에 왔소?"

궁인이 웃으면서 대답하였다.

"태후와 공주께서 귀비를 보내신 뒤 소식을 몰라 하시고 또 저희도 새장에 갇힌 앵무새같이 성 밖을 한 번도 나가지 못하여 명승지를 구경할 기회가 없기에, 이번에 귀비를 좇아와 후련히 바람이나 쐬어 보고자 왔나이다."

그러고는 두 왕에게 문안하니, 진왕이 궁인들을 가리키며 연왕에게 말하였다.

"저 둘은 태후궁 시녀들이오. 지난날 연춘전 놀이 때 본 적 있는 궁인들인데 기억하시겠소이까?"

연왕이 그제야 머리를 끄덕였다.

이때 차가운 산기운이 몰려들어 옷깃에 흰 이슬이 맺히니 연왕과 진왕은 다시 이향암으로 왔다. 두 궁인은 옥통소와 생황을 불고 홍난성과 선 숙인이 그에 맞추어 옥피리를 부니 세 귀비와 연랑은 시골의 노래로 화답하였다. 풍악 소리에 하얀 은하수가 머리 위에 비껴 있고 푸른 안개와 맑은 바람이 발끝에 일어났다.

"아까 홍 난성은 거짓 신선이었지만 지금 우리는 진짜 신선이로다."

두 왕이 서로 보며 웃었다.

그날 밤 암자에서 쉬고 이튿날 날이 밝기 전에 다시 산에 올라 해돋이를 구경하였다. 동쪽 하늘이 훤해 오고 바닷물이 이글거리는 가운데 둥근 해가 둥실 솟았다. 진왕이 손을 들어 오색구름을 가리키며 말하였다.

"저 둥근 태양이 아까는 바다에 있더니 지금은 구름 사이에 뚜렷하구나. 뜬세상 인생 백 년에 시간은 살같이 빨라 홍안백발도 순식간이니 참으로 허무하구려."

연왕이 웃으며 탄식하였다.

"저 둥근 해가 삼백육십 도를 돌며 오래오래 세계를 비추나 힘든 줄 모르는 것은 이치에 맞기 때문이오. 침침한 거리며 어두운 방이며 아니 비추는 곳이 없으니 도깨비들이 얼굴을 감추지 못하는 것도 다 해에게 사사로움이 없기 때문이라오. 다만 한스러운 바는 한 조각 뜬구름 따위가 자꾸 빛을 가려 천지만물이 번성함을 빛내지 못하게 하는구려. 내 어찌하면 큰바람을 얻어 하늘의 안개구름을 깨끗이 몰아내고 한 바퀴 둥근 해를 온전케 하리오?"

문득 끝없는 가을 하늘에 아침 안개 사라지니 세상이 밝고 백 리 밖이 한눈에 안겨 왔다. 술을 기울여 서로 마시며 멀고 가까운 산천을 굽어보고 있는데, 연 숙인이 멀리 남쪽 산을 가리키며 탄식하였다.

"저기가 남방이구나. 내 눈이 있어도 모국을 한눈에 바라보지 못하니 가을바람에 돌아가는 기러기가 부럽구나."

그러자 모두들 고향 산천을 그리며 서글픈 생각을 누르지 못하였다.

난성이 큰 잔을 들어 벗들을 위로하였다.

"옛 성인이 태산에 올라 보니 천하가 손바닥만 해 보인다고 하였소. 널리 보면 온 천하가 지척이요 우주가 눈앞이 아니리오. 남자가 공명을 탐내면 만 리에 벼슬길 얻어 이별하는 서러움이 있고, 여자가 가무를 즐기면 천대받고 버림받는 한이 있다 하였답니다. 저 또한 강남 사람으로 만 리 남해를 떠돌아다니다가 북쪽 변경에서 풍진을 무릅써 고초를 이겨 내고 위험을 다스린 뒤, 이제 이산에 올라 지나온 자취를 굽어보니 감회가 새롭구려. 그대들은 저 명나라를 보세요. 겨우 손바닥 같건만 예부터 영웅호걸과 재자가인이 여기서 나고 자라 여기서 죽었으니 그 기쁨과 슬픔을 어찌 다 말하리오. 그대들은 아녀자의 눈물과 구구한 말로 자연의 아름다운 풍경을 쓸쓸하게 하지 마오."

그러고는 낭랑히 웃으며 옥피리를 들어 한 곡 부니 그 소리가 넓고 넓은 공중에서 가을바람을 타고 아래로도 흩어지고 위로 하늘까지 사무쳤다.

진왕이 감탄하였다.

"난성의 생기발랄한 기상과 웅숭깊은 생각은 우리 같은 장부도 당하지 못할 것이니 이 자개봉 기상과 같도다."

이윽고 술상을 거두어 이향암으로 돌아왔다.

이튿날 아침 연왕은 중을 불러 물었다.

"내 벌써 산꼭대기는 보았는데 다른 경치는 어디가 좋더뇨? 길잡이를 하게."

두 왕과 일행은 중을 앞세우고 함께 도관이며 절이며 물과 바위들을 차례로 돌아보았다.

"산중의 옛 절로 말하자면 대찰은 대승사가 으뜸이요, 물과 돌로 말할진대 가섭암이 으뜸이옵나이다."

가섭암에 이르니, 과연 한 모퉁이에 물과 돌이 골짜기에 깔렸는데 층층 바위가 옥으로 병풍을 둘렀고, 흐르는 물은 수정 발을 드리워 돌이며 나무며 기이하고 아름다우니 참으로 선경이요 속세는 아니었다. 너럭바위에 자리를 정하고 차를 달이며 밥을 짓는데, 난성이 웃으며 말하였다.

"바위에 이름 새긴 것을 보니 이곳이 이 산중에 제일가는 경치인가 보오이다. 우리도 다녀간 자취를 남기고 감이 좋을까 하나이다."

연왕이 머리를 절레절레 흔들며,

"내 평생에 명산 고찰에 제 이름 새기는 것을 미워하노라."

하고 반대하였다. 그러자 난성이 또 말했다.

"저마다 시 한 수씩 지어 새기면 어떻겠나이까?"

연왕이 찬성하고 필묵을 가져오라 하여 먼저 시 한 수를 지었다.

자개봉 머리 새벽에 신선 내렸구나.

동쪽 바다 솟는 해를 황홀히 바라보는데

사미승이 손들어 동쪽을 가리키네.

가섭암 앞에 별천지가 있다 하더라.

난성도 시를 지었다.

　　구슬 바다 아득한데 달과 이슬이 둥글었으니
　　부용검 차고 푸른 난새 타고 가네.
　　둥근 해 솟아 삼신산 다다르니
　　한 곡조 생황과 노래에 푸른 하늘이 차도다.

그러자 선 숙인이 시를 썼다.

　　뎅그렁 옥패 소리 바람을 몰아오니
　　날이 새도록 물소리는 돌 위를 구르누나.
　　물과 돌 속삭임을 사람들이 즐기나니
　　정다운 이야기, 술잔에 담긴 흥 길고 길어라.

연 숙인이 지었다.

　　한 줄기 물이 일만 폭포 이루네.
　　장쾌하다 이 폭포, 눈이런가 우레런가.
　　천만 구슬 흘러 흘러 바다로 돌아가네.
　　아마도 바다 속엔 구슬 산이 솟았으리.

　진왕과 세 귀비도 저마끔 시 한 수씩 지어 바위에 쓰고, 중더러
새기라 하였다.

이때 연왕이 진왕을 보며,

"우리 산중에 들어와 산길 걷기에만 허덕지덕하고 조용히 앉아
술 한 잔 하며 흉금을 터놓지 못하였는데, 여기 물과 돌이 참으로
아름다우니 술병을 열어 강산 풍경을 즐기는 것이 어떻겠소?"

하고 말하자, 모두들 좋아하며 자리를 정하고 앉았다.

권커니 잣거니 하며 얼근해진 김에 연왕이 진왕에게 술을 권하며
말하였다.

"화 형, 인생 백 년에 낙이 무엇이오? 부귀는 뜬구름이요 공명도
한때인데, 이 한 몸 병 없고 근심 없고 신세 한가하여 강가의 맑
은 바람과 동산 위 밝은 달로 백 년을 보낸다면, 이게 바로 땅 위
의 신선이 아니리오! 제가 폐하의 은덕을 입어 분에 넘치게도 왕
후장상에 이르렀으나, 그 편안하고 즐거움을 말할진대 형과 한잔
기울이며 오늘 이렇게 물과 돌을 대하는 것만 못하다오. 이 어찌
이해득실을 따지며 평생을 살아온 사람과 말할 바이겠소. 취한
얼굴에 솔바람이 스치고 맑은 물소리에 속된 회포를 씻고 지난날
을 돌아보니, 위태롭지 아니하였던 때가 없구려. 임금께서 다만
몇 해만 쉬도록 허락하시고 극진히 대우하시니, 산수풍경을 누릴
날도 이제 얼마 남지 않은 듯하오. 그러니 형은 내가 어찌하면 좋
겠소?"

"형은 저 물을 보시오. 언덕을 만나면 흐름이 급하고 평지를 만
나면 흐름이 느긋하여 넘쳐남이 없으니, 이는 형세를 따라 순응
하며 가기 때문이오. 형은 다만 행장을 물같이 하여 천명을 공순
히 따르고 길흉화복의 이치를 어기지 마시구려."

"형의 말이 이치에 맞으나, 저 자개봉을 바라보시오. 벼랑이 높으나 사람마다 꼭대기에 오를 것을 바라니, 험준함을 헤아리지 않고 한걸음에 뛰어오르고자 한즉 반드시 떨어져 낭패하는 일이 생길 것이오. 지혜로운 이는 다릿심을 믿고 길을 찾으나 험한 데 이르러서는 걸음을 멈추고 위태한 곳에서는 걸음을 조심하여 발 벰발벰 나아가기 때문에 힘들지 않고 엎어짐도 적으니, 이것이 산을 오르내리는 법이오. 벼슬길이 위험한 것이 자개봉에 댈 바 아니거늘 제가 나이 어리고 덕이 없는 처지에 급한 걸음이 이미 마지막 끝에 올랐소이다. 그런데도 쉬지 않으면, 엎어짐은 면한 다 해도 어찌 어진 이들의 비웃음을 면하겠소? 이렇게 생각하면 자개봉 꼭대기에서 맘대로 오가는 구름과 가섭암 앞 맑은 물소리가 예사롭게 여겨지지 않으니, 인생이 어찌 가엾지 않겠소."

양왕과 진왕은 서로 탄식하며 푹 취하였다. 여인들도 달빛 아래서 쓸쓸한 생각으로 눈물을 머금고 있는데 선랑이 거문고를 당겨 한 곡 탔다.

해는 서산으로 달려가고
물은 동쪽으로 흘러가네.
인생 백 년 돌아보면 순간이라오.
술 한 잔 붓구려, 노래 한 곡 부르리로다.

두 왕이 노래를 들으며 서글픈 생각에 잠겼다. 달빛이 허공에 가득하고 가을바람 쓸쓸한데 풀벌레는 이슬을 원망하고 산새들은 달빛에 놀라니 마음 더욱 구슬펐다. 연왕이 종들을 암자로 보내 쉬도록 하였다. 그러고는 물과 달을 즐기다가 난성을 보며 탄식하여 말하였다.

"내 벼슬 없는 가난한 선비로 서른이 못 돼 공명이 다하여 소란스러운 세상을 피해 애젊은 그대들과 맑고 한가한 곳을 찾아 백년을 기약하였더니, 이제 폐하께서 다시 부르시면 사양치 못할지라. 앞으로는 오늘 같은 놀이가 쉽지 못할까 하노라."

난성이 웃으면서 대답하였다.

"상공은 저 물과 달을 아시나이까? 흐름이 아주 빠르나 분수에 넘침이 없고, 둥글었다 이지러지나 빛을 잃지 않기에 천추만세에도 달라지지 않으니, 부디 상공은 마음을 명월같이 가지시고 성품은 물결같이 행하사 천명을 순순히 따르고 생각을 너르게 가지소서."

그 말에 연왕이 낯빛을 바로 하면서 난성의 밝음을 칭찬하였다.

밤이 깊어 서로 소매를 나란히 하여 암자로 돌아오는데, 홍랑과 연랑이 술에 취하여 비틀걸음을 치니, 선랑이 앞서 가다가 돌아보며 웃었다.

"두 사람 다 아까는 그리 용기 있더니 지금은 어찌 그리 힘들어하오?"

그러자 홍랑이 웃으며 연랑더러 말하였다.

"나는 일찍이 험한 길에 고생이 많아 그러하나 그대는 어찌 그리 넘어지오? 천 가지 자태와 만 가지 애교로 옛날 미인을 본받으려하오?"

세 사람이 웃으며 걷는데, 연랑이 남다른 주량이 있으나 아직 나이 어리고 체질이 약하기에 정신이 어지러워 연왕의 소매를 붙들고 눈에 졸음이 가득 실려 어쩌지 못하였다. 연왕이 소청과 연옥에게 연랑을 부축하게 하여 암자에 이르렀다.

연왕이 이튿날 중더러 다시 물었다.

"이 산중에 절이 많다 하던데 어느 곳이 그중 으뜸이뇨?"

"여기서 이십 리를 더 가면 대승사라고 하는 절이 있으니 이 절이 제일 큰 사찰이옵나이다. 절 안에 대사 한 분이 있는데 도호가 보조국사니, 불교 교리에 통달하고 중이 지켜야 할 계율에도 탁월하나이다."

세 살 때 헤어진 아비를 예서 만났구나

황제가 진왕을 보낸 지 거의 반년이 되었다. 그동안 태후는 진왕을 지나치게 염려한 나머지 병이 날 지경이었다. 황제가 민망하여 진왕을 급히 불렀다.

진왕은 취성동에서 산수에 마음을 붙여 세월 가는 줄 모르고 있었다. 궁궐로 돌아갈 생각이 없었으나 마음 한구석에는 태후께서 걱정하실 것을 생각하며 죄송하였다.

그러던 어느 날 황제가 보낸 사신이 와서 진왕에게 빨리 오라는 황명을 전하였다. 진왕은 북쪽으로 네 번 절하고 서둘러 떠나려 하였다.

"제가 형을 벼슬길에서 만나 고결한 의리에 마음이 끌려 굳은 관계를 맺고 형을 위해서는 무엇이든 하리라 스스로 결심하며, 형이 머무는 별당에서 놀고 자개봉 동산을 오르내리면서 속세의 누추함을 잊어 돌아갈 마음이 없었는데, 이제 급히 떠나 헤어지려니 참으로 서운하오. 허나 형도 오래지 않아 조정에 들어올 터이니 그때 우리 오늘 못다 한 정을 마저 나누십시다."

진왕의 말에 연왕도 서운한 기색으로 말하였다.

"벗 사이에 신의 있음은 오륜 가운데 하나라, 정으로 말하면 형제와 무엇이 다르겠소? 제가 어리석긴 하나 옛사람들의 사귐을 어찌 모르리까. 관중과 포숙아가 맺은 믿음이 있고, 원진과 백거이가 서로 어찌 사귀었는지 알고 있소이다. 만남과 헤어짐을 헤아리기 어려우나, 종자기가 죽자 백아가 거문고를 놓아 버려 산과 물이 다 적막하였다더니, 예사로운 친구 사이라도 이별을 견디지 못하겠거든, 하물며 우리들 사이리오."

연왕이 술상을 가져오라 하여,

"서쪽으로 양관을 나서면 옛 친구 없으리."

하고 왕유의 시를 읊으며 몹시 섭섭해하며 술을 마셨다. 정자에 흩날리는 잎사귀와 작별하는 길에 돌아가는 구름이 이별의 정을 더하였다. 세 귀비도 눈물을 머금으며 작별하였다.

연왕은 진왕을 보낸 뒤 난성과 선랑, 연랑과 함께 하늘소를 타고 대승사로 갔다. 중이 길을 안내하였다. 봉우리를 돌고 돌아 굽이굽이 오솔길을 가니 나무숲이 하늘을 찌를 듯 솟아 있고 졸졸 흐르는 물소리가 솔바람 소리와 섞여 다정스레 들리는데 서늘한 바위가 안개에 젖었으니 짐짓 별세상이요 별스럽게 빼어난 곳이다. 예닐곱 리를 더 가니, 중이,

"여기서 동쪽으로 수십 걸음 가면 좋은 곳이 있으니 구경하실까 하나이다."

하여, 일행이 동쪽으로 나아갔다.

조금 가니 길이 험하여 연왕이 하인들과 하늘소를 어귀에서 기다리고 있으라 하고는 다시 산길을 뚫었다. 바위를 안고 등덩굴을 붙들고 하여 골짜기에 들어섰다. 골짜기를 둘러보니 네 면으로 둘러싸인 바위는 여덟 폭 흰 병풍을 두른 듯하고 한줄기 맑은 시내가 비단 몇 자를 건 듯하였다. 바위벽에 옥병동玉屛洞이라 새겨진 것이 보이고, 수풀에 세 줄기 돌이 우뚝 서 있는데 옥같이 흰 것이 높이가 오륙십 자나 되었다. 그 위에 철쭉이 세 떨기 피어 있다.

"이는 옥련봉이고 맞은편 바위는 망선대라 하옵니다. 전하는 말에, 세상에 미인이 나면 옥련봉 머리에 철쭉꽃 핀다 하더니, 십여 년 전부터 저 바위 머리에 철쭉이 피어 삼사월이면 붉은 그림자가 물 가운데 비치니 기이하다 하나이다."

중이 설명을 마치자 연왕이 세 사람을 보며 웃더니 물 가운데 두서너 층 높이로 쌓은 돌집을 바라보며 물었다.

"저기는 무얼 하는 집이오?"

"보조국사가 해마다 이곳에 와서 기도를 드리나이다."

중이 하는 말에 난성이 웃으며 말하였다.

"국사는 속세와 인연이 없을 터인데 무슨 소원이 있어 기도를 드린단 말이오?"

연왕은 잠깐 돌에 앉아 쉬기로 하였다. 연왕이 돌에 앉아 차를 마시며 말하였다.

"어제 가섭암 물과 돌은 웅장하고 화려하여 영웅 남아의 기상이 있더니, 오늘 옥병동 물과 돌은 아담하니 규중 미인의 태도로다."

얼마 뒤 연왕 일행이 다시 대승사 쪽으로 갔다.

어귀를 바라보니 오가는 사람들이 줄달아 그치지 않고 남자 중, 여자 중, 도사 들이 여럿 모여 서성거리는 것이 보였다. 난성이 무엇 하는 사람들이냐고 물으니 중이 대답하였다.

"오늘 보조국사가 대중을 모아 놓고 설법을 하나이다."

"우리가 빼어난 경치를 보면서도 잡념을 떨치지 못하였으니, 오늘 국사의 설법을 들어 심신을 맑게 하리라."

난성이 이렇게 말하고 하늘소를 바삐 몰아 산문에 이르니 중 둘이 나와서 맞았다.

"오늘은 석가세존이 열반에 드신 날이라 이곳 중들이 찾아온 대중을 모아 놓고 불경을 외고 설법을 베푸옵니다. 듣고자 하는 이가 많아 이루 다 영접하지 못하오니, 친절히 응하지 못하는 것을 용서하소서."

연왕이 하늘소에서 내렸다.

"우리는 산놀이 온 손님들이지 불경을 들으러 온 사람이 아니니, 이 절과 주변 경치나 좀 일러 주오."

중이 웃으며 안내하여 문에 다다르니, 이층 문루에 '제일동천 대승사第一洞天大乘寺'라 새겼다. 금벽 단청이 빛을 뿌리고, 붉은 난간이 공중에 솟아 세상을 굽어보고, 푸른 기와는 이끼를 머금어 무궁한 세월을 보여 주었다.

어린 중이 손을 들어 가리키며 말하였다.

"동쪽 백련봉과 남쪽 시왕봉은 아침 안개를 띠어 또렷지 않고 서쪽 수미봉과 북쪽 자개봉은 대승사의 주봉이온데, 자개봉 꼭대기는 구름에 가려 맑은 날이 아니면 보이지 아니하나이다."

연왕이 유심히 바라보다가 다시 절을 구경하였다. 긴 회랑을 지나니 선방들이 몸채와 이어져 빙 둘렸는데, 기둥마다 깨달음의 글을 붙이고, 처마마다 풍경을 걸었으며, 방방이 불경 외우는 소리가 귀를 흔들었다. 연왕 일행을 본 중들은 다투어 대청 아래로 내려가 인사를 하였다. 노승들은 청렴하여 물욕이 없고 젊은 중은 공손하고 겸손하며 계율이 엄하니 묻지 않아도 명산대찰임을 알 수 있었다. 나한전을 지나 칠보탑을 구경하고 석대에 올라 보니 자명종이 놓여 있다. 삼층 법당의 단청이 공교롭고 집집이 다 웅장하였다. 어린 중이 하나하나 가리키며 설명하였다.

"첫째 자리에 앉으신 부처는 석가세존이요, 왼쪽엔 관음보살이요, 오른쪽엔 지장보살이옵니다. 동쪽 그림은 염라지옥이니 이승에서 악을 쌓은 자는 지옥으로 가고, 서쪽 그림은 극락세계이니 이승에서 덕을 쌓은 자는 극락으로 간다는 것을 보여 주나이다."

연왕이 웃으며,

"나는 평생에 악업도 없고 공덕도 없으니 다음 생에 갈 곳이 없도다."

하니, 선랑이 웃으며 말하였다.

"악한 일을 한 게 없으면 그게 바로 공덕이옵니다. 상공은 극락으로 가실 것이니 부디 저와 같이 가소서."

연왕은 웃고 나서 난성에게 물었다.

"홍랑은 어찌하여 한마디 말도 없소?"

난성이 엷게 웃으며,

"저는 한가하여 산수 구경이나 하니 이것이 극락세계라 더 바랄
바 없나이다."

하니, 모두가 또다시 웃었다.

중이 다시 인도하여 법당 뒤로 돌아가니 상승암이라 하는 자그마
한 암자가 있다. 대사 한 사람이 지팡이 짚고 염주 들고 나와 두 손
을 마주 모으고 절하는데, 흰 눈썹이 이마를 덮었고 푸른 얼굴은 예
스럽고도 기이한 빛을 띠니 얼마나 공들여 수양했을지 첫눈에 알
수 있었다.

연왕은 승당에 자리를 정하고 대사에게 물었다.

"선사의 연세 얼마나 되셨소?"

"일흔아홉이로소이다."

"법호는 무엇이라 하시오?"

"무슨 법호가 있으리오마는 사람들이 보조輔助라 하나이다."

"이 절은 얼마나 되었는지요?"

"지어진 것이야 일천백 년이 되고 중수한 지는 백 년이 되오이
다."

"우리는 산놀이하는 사람들인데 우연히 지나가다가 오늘 대중을
모아 놓고 설법한다는 말을 듣고 구경하러 왔소."

국사는 황송하다고 손을 모으고 허리를 굽히며 공손히 인사하
였다.

이때 대승사의 보조국사가 대중에게 설법한다는 소문을 듣고 구

경하러 온 사람들로 절 문이 멜 지경이었다. 중들이 모두 가사를 입고 나와 법당 문을 환하게 열어젖히고 향불을 피웠다. 어느새 장내는 사람들로 가득했다. 연왕도 구경하는 사람들 속에 섞여 설법을 기다렸다.

이윽고 보조국사의 강론이 시작되었다. 불법이 깊고 호탕하여 막힘이 없으니 순식간에 듣는 이들의 심장을 틀어잡았다. 중들과 제자들이 합장하고 대뜰로 올라가서 향불을 피우고는 대중을 깨우치며 말하였다.

"눈에 보이는 것이 모두 공空이요, 공은 물物이 없는 것이니, 광대함은 어데 있느뇨?"

숱한 사람들이 잠자코 대답이 없었다. 이때 문득 군중들 가운데서 웬 젊은이가 웃음을 띠고 대답하였다.

"넓고 커서 한량이 없으니, 한량이 없은즉 형체가 없는지라, 눈에 보이는 형체를 어느 곳에 가서 찾으리오?"

국사는 대단히 놀랐다. 황망히 연화대에서 내려 두 손 모두어 잡고 절하고는 말하였다.

"기쁘오이다. 산부처께서 세상에 났으니 소승 깊은 불법을 듣고자 하나이다."

모두들 그 젊은이를 보니, 이름난 꽃이 이슬을 머금은 듯 아름답고, 새벽하늘에 밝은 별이 돋은 듯 눈빛이 빛나니 기상이 영활하고 담차 보였다. 홍 난성이었다. 국사와 난성은 몇 차례 더 선문답을 주고받았다. 난성은 쾌활하게 웃으면서 말하였다.

"지나가는 길손의 허튼소리니 허물치 마소서."

그러자 국사가 합장하고 아뢰었다.

"상공의 말 한마디에 사십팔만 대장경이 다 담겨져 있사옵니다."

본디 난성은 백운도사를 좇아 스승으로 섬겼으니 백운도사는 문수보살이라 그 밑에서 불법을 배운 난성도 자연 불법에 정통하나 그것을 평생 입 밖에 내지 않았다. 이날 국사가 설법하는 것이 비범하여 몇 마디 응수하였는데 국사가 대단히 놀란 것이다.

설법을 마치고 국사는 연왕 일행을 방으로 이끌고 난성의 손을 잡으며 물었다.

"황공하오나 상공은 어데 계시며 칭호는 뉘라 하시나이까?"

"저는 강남 항주에 있는 홍생이오이다."

옆에서 듣고 있던 연왕이 국사에게 물었다.

"설법을 듣고 대사의 존안을 대하고 보니 기상이 비범함을 알겠소이다. 어찌 이런 분이 불교로 이름을 감추고 평생을 적막히 보내시오이까?"

국사는 잠깐 말이 없다가 서글픈 빛을 띠며 말하였다.

"영예와 치욕, 곤궁과 출세가 다 운명이요, 속인이 되고 중이 되는 것도 또한 인연이오이다. 상공이 진심으로 물으시니 소승 어찌 마음을 속이리까. 소승은 본디 낙양 사람이온데 재산이 넉넉하고 풍류와 여자를 좋아하였나이다. 낙양에 오랑이라는 명기가 있었는데, 두추랑의 후손이었나이다. 그 여인을 천금으로 사서 딸 하나를 낳으니 얼굴이 천하절색이요 총명이 뛰어나 극진히 사랑하였지요. 그런데 그때 산동 지방에 도적이 크게 일어나 낙양에서 군사를 모을 때 소승도 뽑혀 갔다가 몇 달 뒤 고향에 돌아오니, 마을이 흩어지고 식구들은 간 곳을 알 수가 없었나이다. 도적에게 죽었다 하기도 하고 잡혀갔다 하기도 하는데 분명치 아니하나이다. 오랑 모녀를 죽어서나 만날까 하며 설워하다가 우연히 절에 들어 불경에 마음을 쏟으니, 지금은 속세의 근심이 거의 없어졌나이다. 그래도 늘 정이 끊어지지 않아 꽃 피는 아침과 달 뜨는 저녁마다 때때로 슬픔을 견딜 수 없나이다. 불법에 몸을 감춘 것이 어찌 기꺼이 한 바이겠나이까?"

이때 선랑이 국사의 말을 듣고 눈물을 흘렸다. 국사는 자꾸 눈을 흘겨보더니 선랑을 가리키며,

"저 상공은 어데 계시뇨?"

하고 물었다.

"나는 본디 낙양 사람이라 같은 고향 사람을 만나니 저절로 서글퍼지옵니다. 대사의 성은 무엇이오이까?"

"가씨이오이다."

"딸을 그리도 그리는데 이제 만난다면 무엇으로 알아보겠소이까?"

"겨우 세 살에 헤어졌는데, 본바탕이 어미와 비슷하고 천성이 총명하였소이다. 세 살에 이미 음률을 깨달아 어미의 거문고를 타며 소리의 높고 낮음에 빛깔까지 가려내니, 지금 살아 있으면 반드시 재주가 뛰어날 것이오이다."

선랑이 듣고 느껴 울기에 국사가 이상히 여겨 또 물었다.

"상공의 춘추 몇이오이까?"

"스물여섯이오이다."

국사가 놀라며 말하였다.

"세상에 얼굴 비슷한 사람이 많으나 상공 모습을 보오니 제 안해 두오랑과 닮았고 그 아이와 나이도 같으니, 마음이 격동함을 금할 수 없나이다."

연왕이 또 물었다.

"오랑의 얼굴이 저 젊은이와 어디가 닮았소?"

국사는 머리를 숙이고 불안한 기색을 짓더니 말하였다.

"속세를 떠난 사람이 할 바는 아니지만 평생의 회포라 숨김없이 말하리다. 군사로 뽑혀 나갈 때 오랑과 차마 이별할 수 없어 화상을 그려 품고 갔는데, 지금까지 잃지 않았으니 한번 보소서."

하고는, 궤 속에서 작은 족자를 꺼내어 벽에 걸었다. 미인도였다. 나이는 다르나 머리와 눈과 눈썹이 선랑과 신통히도 같았다. 선랑은 족자를 붙들고 소리 내어 울었다.

"나이며 성이며 고향도 다르지 않고 얼굴과 지난 일이 같으니 다시 무엇을 의심하겠소. 이분은 틀림없이 제 어머니로소이다."

연왕이 선랑을 위로하며 국사에게 물었다.

"천륜은 가벼이 말할 바 아니니, 몸에 다른 믿을 만한 표식은 없소이까?"

"제 양쪽 겨드랑이 아래에 사마귀가 둘 있어 남은 보지 못하지만 오랑이 알고 늘 말하되 아이 겨드랑이 아래에도 꼭 같은 사마귀가 있다 했소이다. 허나 소승은 미처 살펴보지 못하였나이다."

연왕이 선랑의 겨드랑이를 조용히 살펴보니 정말 사마귀가 있었다. 국사의 양 겨드랑이도 살펴보니 조금도 다르지 않다. 연왕이 신기하게 여기며, 선랑더러 국사에게 두 번 절하라 하였다. 선랑이 일어나 절하고 땅에 엎드러지며 흐느껴 울었다.

"제가 천지신명께 죄를 지어 세 살에 난을 만나 어머니를 잃고 떠돌아다니다 청루에 팔렸나이다. 본성이 가씨옵니다. 부모가 없는 줄로 알았더니 오늘 이렇게 아버지를 만날 줄 어찌 알았겠나이까."

그 말에 국사는 어쩔 줄 몰라 하며 눈물을 비 오듯 흘렸다.

"내 이미 네 얼굴을 보고 자못 크게 놀랐으나 남자인 줄 알았지 여자라고는 생각도 못 했구나. 이제 이십여 년 끊어졌던 부녀의 천륜을 다시 이으니 어찌 기이치 않으랴. 그때 네 어미가 어찌 되었는지 기억하느냐?"

"기억이 어렴풋하지만, 도적이 어머니를 사로잡아 가려 하니 어머니가 저를 안고 도망치다가 형세 급하여 저를 길가에 내려놓고 곁에 있는 우물에 빠진 것만 기억나옵니다."

"내 벌써 나이 팔순에 가깝고 출가한 몸으로 어찌 부부의 옛정을 못 잊어 하리오마는, 그래도 함께 살던 정이 두텁고 어린 딸이 그리워 이곳 옥병동에서 해마다 너희 모녀를 만나게 해 달라고 빌고 빌었구나. 오늘 너를 만남은 보살의 공덕이로다. 네 어미는 청루에 있던 천한 몸이기는 하나 참으로 백의관음보살이었느니라. 지조가 높고 자색이 뛰어나 이때껏 잊지 못하였다. 헌데 너는 어찌하여 남복을 하고 산에서 노니는고?"

선랑이 강주에서 연왕을 만난 이야기부터 앞뒤 곡절을 낱낱이 고하니, 국사가 다시 일어나 연왕에게 합장하며 사례하였다.

"눈이 있으나 연왕 전하인 줄 몰랐사오니 무례함을 용서하소서."

연왕이 웃으면서 말하였다.

"국사가 연로한 데다가 나에게는 장인이시니 너무 겸손치 마소서."

국사가 흔연히 연왕 앞에 가까이 가서 연왕 얼굴을 자세히 살펴보며 은근히 공경하고 사랑하는 빛이 얼굴에 가득하니, 연왕도 다정히 맞아 주었다.

국사가 난성과 연랑에게도 감사의 정을 표하니, 난성이 웃으며 말하였다.

"제자 인간 연분을 끝마치고 장차 선사를 따라 서천으로 가고자 하니 사부께서는 가르쳐 이끄소서."

"두 분은 귀인이라 오복이 무궁하리니 어찌 고독한 법계를 찾으리오. 빈도 나이 많아 언제 죽을지 모르던 터에 평생 그리던 딸애를 만나니 여한이 없소이다. 허나 몸을 이미 불문에 버렸고 뜻 또한 불가에 있어 다시 인간사에 참예치 아니할지니 의지가지없는 딸자식을 두 분께 부탁하나이다. 일찍이 딸을 위해 십 년 기도를 하였으니 이제는 죽는 날까지 연왕 전하와 두 분을 위하여 축원하여 은덕을 갚을까 하나이다."

난성과 연랑은 국사에게 사례하였다.

연왕은 선랑이 부녀의 정을 펴도록 대승사에서 묵다가 사흘째 되는 날 돌아왔다. 국사는 서운함을 가누지 못하여 지팡이를 짚고 멀리까지 나와 바래다주었다.

"불가 계율이 정근을 경계하나 부모 자식 간의 정은 불자나 속인이나 마찬가지니, 오늘 빈도의 구구한 정을 부디 잊지 마소서."

그러고는 다시 선랑 손을 잡고 말하였다.

"부디 지아비를 거스르지 말고 만복을 누리거라."

선랑이 차마 발길이 떨어지지 않아 눈물을 비 오듯 흘리는데, 국사가 돌아서서 산문으로 들어갔다.

연왕은 일행을 거느리고 옥류동에 와서 술상을 차리고 흥취를 돋우었다.

"돌아가는 지름길은 신선이 안내하라."

연왕이 농조로 말하자 난성이 웃고 일행을 이끌어 한결이 걸려 집에 돌아왔다. 귀련당에서 시부모에게 인사드리고 산놀이한 이야기와 선랑 아버지를 만난 것을 말하니 듣는 사람마다 치하하였다.

이튿날 연왕이 중묘당으로 와서 백금 이천 냥을 보내며 보조국사에게 편지 한 장을 써서 대승사를 중수하라 하고, 선랑은 옷 한 벌과 정갈한 소찬을 보내어 효성을 표하였다.

연왕이 벼슬에서 물러난 지도 어언 예닐곱 해가 지났다. 그새 황제는 황태자를 책봉하고 군신들의 축하를 받았다. 연왕도 표를 올려 축하하였다. 황제는 비단옷에 옥띠를 연왕에게 보냈다. 또한 과거를 베푼다는 조서를 내려 온 나라 많은 선비들이 다 모여 문무를 보이게 하였다.

충신은 효자 가문에서 구한다 하였으니

어느덧 맏아들 장성은 나이 열세 살, 둘째 아들 경성은 열두 살이 되었다. 하루는 연왕이 귀련당에 와서 어머니를 뵈니, 노부인이 웃으며 말하였다.

"아까 들으니 장성이와 경성이가 과거를 보러 가겠다고 하는데, 자네 뜻은 어떠한가?"

"그 애들이 지금 어데 있나이까?"

"엽남헌에 있는 것 같구나."

연왕은 두 아들을 불러 꾸짖으며 말하였다.

"너희는 아직 나이 어리고 글이 미숙하거늘 벌써부터 벼슬할 생각을 하니 참으로 놀랍구나! 그런 생각은 말고 어서 가서 학업에 힘쓰거라."

다음 날 연왕이 어머니를 뵈니, 허 부인이 웃으며 말하였다.

"어제 저 두 애가 아버지 명을 받들고는 경성이는 '예.' 하는데, 장성이는 볼이 부어 투정을 부리니 우스워 못 견디겠구면."

"두 애가 다 제 어미를 닮아. 경성이는 윤 씨처럼 유순하고 장성이는 난성처럼 당돌하나이다."

"내 이제 나이 많고 그 애들도 벌써 열 살을 넘겼으니 바라는 대로 과거 보러 가도록 허락하는 것이 좋을 것 같네."

연왕이 어머니를 보고 웃으며 말하였다.

"어머니께서 또 장성이 꾀에 넘어가신 것 같나이다."

허 부인도 따라 웃었다.

연왕이 그길로 자운루로 가 장성을 찾으니, 난성이 웃으며 말하였다.

"장성이가 요새 밥을 먹지 않고 과거 보러 가게 해 달라 조르더니 아까 춘휘루에 간 것 같나이다."

연왕이 웃으면서 말했다.

"속담에 처첩을 잘 둔 뒤 자식을 잘 둔다 하더니 그 말이 옳소. 장성이가 오랑캐 장수다운 풍모가 있어 몹시 사나우니 말리기 어려울까 하오."

"제가 듣기에는 열여섯 나이로 수천 리 밖에서 과거를 보겠다고 청하셨다니, 장성이가 공명을 탐하는 것이 어미를 닮아서가 아니라 아버지를 닮아서인가 하나이다."

난성의 말에 연왕이 대답을 못 하고 껄껄 웃었다.

밤에 연왕은 아버지가 계시는 춘휘루를 찾았다.

"아까 장성이 녀석이 와서 과거 보러 가겠다 하기에 나이도 어리

고 글도 모자라니 좀 더 공부하라 하였다. 그랬더니 펄쩍 뛰면서,
'옛적에 감라甘羅는 아홉 살에 상경上卿이 되었으니, 사람이 과
거를 보는 것이 오직 재주가 있느냐 없느냐에 달렸지, 나이 많고
적은 데 달린 것이 아니옵니다. 글이 모자라긴 하오나 이 앞에서
칠보시를 지어 보라 하여도 짓겠나이다.' 하더구나. 그 기상이
기특하여 내 허락하였으니 경성이와 같이 가게 하려무나."

연왕은 하릴없이 아버지 당부대로 이튿날 두 아이를 떠나게 하였
다.

윤 부인은 아들을 어루만지며 아무 말이 없으나, 난성은 과거에
필요한 것을 하나하나 갖추어 주며 장성에게 일렀다.

"남자로 태어나 과거 볼 생각을 아니 하면 몰라도 일단 하기로
마음먹었으면 반드시 한 번에 급제하여 이름을 떨쳐야 하리니 부
디 명심하여 삼가라."

장성이 공손히 듣고 황성으로 떠났다.

그날 저녁 연왕이 엽남헌에 이르니, 윤 부인이 근심 어린 얼굴로
앉아 있었다.

"부인이 아이를 보내고 벌써부터 근심이 산 같구려."

"아이를 사랑하여서가 아니오이다. 상공이 열여섯에 급제하여
서른이 못 되어 벼슬이 왕후에 미쳤으니 늘 집안이 지내 번성한
것이 걱정이었나이다. 이제 장성이와 경성이가 열두셋 어린 나이
로 공명에 사로잡혀 벼슬할 생각이 마음에 가득 찬 것을 말리지
못하였으니 어찌 걱정이 아니리까?"

연왕은 그 말에 머리를 끄덕이더니 그길로 자운루에 갔다. 거기

서는 난성이 선랑과 연랑을 불러다가 옥피리를 불고 거문고를 타며 한창 놀고 있었다.

"난성은 장성이와 헤어지는 마음을 풍류로 위로하고 있구면."

연왕의 말에 난성이 명랑하게 웃으며 대답하였다.

"제가 들으니 기상이 좋아야 모든 일이 뜻대로 된다고 하였나이다. 남자 나이 열 살이 넘었으니 세상에 뜻을 두는 것은 떳떳한 일이니, 잠깐 떠나는 것을 두고 어찌 못 견디게 그리워하리까. 그 애들이 이번 걸음에 영화롭게 돌아오리라 믿기에 두 사람을 청하여 이야기하며 풍류로 좋은 기상을 돋우고자 하옵니다."

연왕이 말하였다.

"난성은 기상이 빼어나고 오돌차서 남자들도 당해 내지 못하겠소."

한편, 장성과 경성은 서울로 올라갔다. 부모가 가르친 대로 곧바로 윤 각로 댁을 찾았다. 윤 각로 부부는 몹시 기뻐 둘을 양옆에 앉히고 머리를 쓰다듬으며 말하였다.

"너희를 본 지 벌써 여러 해로구나. 머리끝이 우뚝한 것이 장부의 기상을 이루었도다."

윤 각로 특별히 장성의 손을 잡고 물었다.

"네 어머니가 시골에서 무엇을 하면서 날을 보내더냐?"

"위로는 아버님을 받들고 아래로는 여러 어머님들과 풍류로 세월을 보내고 있나이다."

"좋은 일이로구나. 내가 네 어미를 낳아 기르지는 않았다만 늘

그립기가 경성이 어미 못지않다. 이제 너를 대하고 보니 네 어머니를 보는 듯하니 반가움을 어찌 말로 다하겠느냐. 내 이제 나이 많아 네 어미를 다시 보지 못할 것 같구나."

이렇게 말하며 윤 각로가 경성에게 엄하게 말하였다.

"네 나이가 열두 살이니, 학문이 어느 만큼 이르렀는지 모르나 이번 과거는 지내 이르구나."

"아버님은 허락하지 않았으나 할아버님이 보내셨나이다."

장성이는 결연하게 말하였다.

"조정에 들어가 임금을 섬기는 것이 학문 가운데 으뜸인데, 어찌 평생을 구구히 책상머리에서 세월을 보내오리까?"

윤 각로는 장성의 말에 감탄하였다.

"내 난성이 여자로 난 것을 서운해하였더니 이제 또 한 명의 난성이 났구나!"

며칠 뒤 황제는 근정전에 나아가 천하의 선비들에게 문과와 무과 시험을 보이었다. 장성과 경성은 시험장에 들어가 천자 앞에 엎드려, 붓을 멈추지 않고 점 하나도 더 찍지 않았다. 황제는 시험지를 보고 크게 놀라면서 장성을 갑과에, 경성을 을과에 뽑았다.

근정전 위에서 시험관이 크게 외쳤다.

"오늘 문과에서 시험을 친 자 가운데 문무 양쪽을 겸한 자 있거든 다시 나와 활과 화살을 잡으라."

누구도 나설 엄두를 못 하는데, 이때 장성이 큰 소리로 대답하고 자리에서 일어섰다. 황제는 다시금 놀라며 말하였다.

"장성이 이제 겨우 열세 살인데 어찌 또 무예까지 갖추었느냐?

짐이 친히 보리로다."

시험관이 활과 화살을 주어 쏘게 하였다. 임금과 여러 신하들, 그리고 모여 구경하는 사람들의 눈길이 장성에게 모였다.

장성이 소매를 걷고 활을 당겼다. 화살이 별같이 들어가 과녁 한가운데를 맞히자 둘레에서 칭찬하는 소리 물 끓듯 하였다. 장성이 연거푸 화살 다섯 개를 같은 자리에 쏘아 맞히니, 황제가 대단히 기뻐하며 칭찬하였다.

"장성이 문장에서는 아버지를 닮고 무예에서는 어머니를 닮았구나. 짐의 보배로다."

그러고는 장성을 무과 장원으로 뽑았다. 문무과에 합격한 자들이 차례로 들어오는데, 문과 장원에 양장성, 이등에 양경성, 삼등에 소유경의 아들 소광춘이었다. 무과 장원에 양장성, 이등에 뇌문경, 삼등에 한비렴인데, 뇌문경은 뇌천풍의 손자요, 한비렴은 한응덕의 아들이었다.

황 각로가 황제에게 아뢰었다.

"한응덕은 시골로 쫓아내 아직 죄가 풀리지 않았는데 그 아들이 어찌 과거에 응시하리까?"

황제는 그 말을 옳이 여겨 한비렴을 급제자 명단에서 삭제하고 문무 네 명만 취하여, 양장성을 한림학사 겸 우림랑을 제수하고, 양경성과 소광춘은 금란전 학사로 임명하고, 뇌문경은 호분랑을 제수하였다. 그리고 각각 꽃가지와 녹포야대綠袍也帶▪를 주고, 장성에게는 어구마御廐馬 한 필과 보개寶蓋▪를 더 주고, 양 학사 형제를 특별히 불러 만나 보았다.

"그대들의 아버지 연왕은 짐의 대들보 같은 신하인데, 너희가 또한 황태자를 도와 자자손손이 국록을 받는 신하가 되니, 어찌 아름다운 일이 아니겠느냐."

그길로 태자를 불러 두 학사를 가리키며 말하였다.

"이들은 네게 주춧돌 같은 신하로다. 뒷날 임금과 신하 모두 짐이 이토록 간곡하게 부탁하는 뜻을 저버리지 말라."

이때 황태후는 양장성이 문무 둘 다에 뽑힌 것을 듣고 기뻐하며,

"내 외손녀사윗감이로다. 내 만나 보려니 황상께 고하라."

전날 진왕이 취성동에 갔을 때 꾁 귀비의 딸 초옥楚玉의 인연을 장성으로 정하였던 것이다. 황제가 곧바로 명하여 장성이 연춘전에 들어가 보니 연춘전 위아래에 비빈과 궁녀들이 둘러서서 장성을 칭찬하였다.

"열세 살 난 아이가 어찌 저리도 숙성할까. 인물이며 낯빛이 홍난성을 꼭 닮았으니 참으로 반갑구려."

그 말을 듣고 한 늙은 궁인이 웃으며 말하였다.

"너희가 난성만 보고 연왕을 보지 못하였구나. 내 일찍이 황제를 모시고 연왕이 과거 급제하던 일을 구경하였는데, 그때 연왕도 열여섯 살로 용모와 풍채가 신통히도 저 장성처럼 빼어났느니라. 아들이 가풍을 이어 가니 그 아버지의 그 아들이로다."

황태후는 장성을 만나 보고 말하였다.

▪ 녹포는 품계가 낮은 벼슬아치가 입는 풀빛 도포이고, 야대는 과거에 급제한 사람이 증서를 받을 때 매는 띠.
▪ 어구마는 임금이 타려고 키우는 말. 보개는 영광스러움을 보이는 덮개나 일산 같은 것.

"너는 장차 내 외손자사위일 뿐 아니라 네 어미 홍 난성은 내가 딸같이 사랑하노라. 요즘 시골에서도 별고 없고 전과 다름없느냐?"

장성이 일어섰다가 다시 절하고 아뢰었다.

"어머니는 시골서 편안히 지내며 앓는 곳 없으니 모두 성은이로소이다."

태후가 앉으라 하고 음식을 베풀어 먹인 뒤 돌려보냈다.

이날 윤 각로가 두 형제를 데리고 집으로 돌아오니 노부인이 경성이 손을 잡고,

"네 어미가 멀리 있어 오늘 이 경사를 같이 보지 못하니 섭섭하구나."

하니, 윤 각로가 말하였다.

"너희 형제가 부모 뵈러 갈 일이 급하니 바삐 선배들과 친척들을 만나고 폐하께 아뢰어 내려가도록 하여라."

두 형제가 명을 받고 유가遊街하며 사람들을 두루 만나 보는데 곳곳마다 사위 삼으려고 하는 이가 많았다. 장성은 이미 화진의 딸과 정혼하였다는 것을 알기 때문에 감히 말하지 못하고, 경성에게 통혼하는 소리 빗발치듯 하여, 윤 각로 집으로 매파들이 몰려들어 장거리 같았다. 이에 앞서 화진은 진왕에서 물러나 초왕에 봉해져 공주와 세 귀비를 데리고 초나라로 갔다.

장성 형제는 이윽고 취성동에 다다랐다. 장성 형제가 온다는 반가운 소식을 듣고 태공과 연왕은 춘휘루에 이웃들을 모아 놓고 잔치를 베풀었다.

이윽고 연왕이 태공과 노부인을 모시고 부인들과 귀련당에 모여서 장성 형제를 기다리고 있었다.

두 형제가 녹포야대로 태공과 연왕에게 뵈오니, 태공은 환히 웃으며 두 손자의 손을 잡고 내당에 들어와 며느리들에게 보인 뒤, 양옆에 앉히고 기쁨에 겨워 말하였다.

"내가 네 아비를 늦게 보아 후손들의 영화를 보지 못할까 하였는데, 너희가 장원급제한 경사를 보다니 정말 기쁘기 그지없구나."

그러고는 윤 부인과 난성을 보며 말하였다.

"고금의 다시없는 경사니 예법대로 해야지. 더욱이 장성이 문무에 다 장원을 하였으니 더욱 그저 있지 못하겠구나. 그래 어찌하려느냐?"

윤 부인과 난성이 웃음을 머금고 머리를 다소곳이 숙이며 부끄러워하였다.

이튿날 춘휘루에선 많은 사람들이 모여 성대한 잔치가 벌어졌다. 그다음 날은 엽남헌에서 놀고 또 다음 날에는 자운루에서 놀았다. 경사로운 잔치로 취성동이 한참 들레었다.

하루는 연왕이 엽남헌에 이르니, 윤 부인이 조용히 말하였다.

"경성이가 과거에 급제하였으나 아직 나이 어리고 글도 모자라니 황상께 상소하여 한 십 년은 집에서 공부하도록 하였으면 좋을까 하나이다."

"내 마음도 그러하니 내일 상소하겠소."

그리고 다시 자운루에 이르니 자운루에서는 난성이 장성을 데리고 무슨 책인지를 보고 있었다. 연왕은 그 책을 얼핏 보고 난성의 뜻을 짐작하였다.

"그대가 자식을 가르치는 것이 그르구려. 군자가 태평세월에 재상을 바라면 되지 육도삼략을 가르쳐서 무엇 하려오?"

"사람이 앞날을 걱정하지 아니하면 반드시 근심이 가까운 법이오이다. 조정에 들어가 여러 정사에 참가하자면 어찌 글만 주장하겠나이까? 위로는 천문에 통하고 아래로 지리에 밝아 풍운조화를 마음대로 하게 하는 것이 좋을까 하나이다."

연왕은 그저 웃고 말았다.

천자가 즉위한 지 열여덟 해 되었다. 천하가 무사하고 백성이 안락하니 조정에 큰 걱정은 없으나, 정사를 논하고 학문을 논하는 데서 어그러질 때가 많으며 지방 벼슬아치들이 장부와 문서 꾸미기에 열중하니, 식견 있는 사람들은 이를 근심하였다.

하루는 황제가 근정전에서 조회를 마치고 뒷동산에서 신하들과 함께 꽃을 구경하며 고기를 낚고 글을 지으며 바람을 쏘이고 있는데, 문득 초왕이 올린 상소가 이르렀다. 황제는 급히 학사를 시켜 읽게 하였다.

초나라 삼천 리 밖은 예부터 명나라에 조공을 바치지 않고 풍속이며 인물이며 산천이 지도에서 빠졌으니 다른 나라로 생각하고 오랑캐로 치부하던 터이옵니다. 몇 년 전부터 바다를 떠다니는 배들과 낯선 사람들이 나라 지경을 넘으나 저 가는 대로 내버려 두고 아무 걱정 없이 지냈나이다. 그런데 올봄에는 배 만여 척이 알지 못할

병기들을 싣고 물에 내려 하룻밤 사이에 일곱 고을을 무너뜨리고 남방 백여 마을을 합치더니 산골짜기에 근거지를 마련하였나이다. 초나라 지경과 수천 리 떨어져 있긴 하오나 다가올 위험을 처음부터 물리치지 않으면 근심을 면하지 못할 듯하옵나이다. 하여 곧 성을 고쳐 쌓고 군마를 훈련하여 뜻밖에 일어날 변고를 방비하려 하옵니다. 태평한 시절에 군사 일에 힘을 쓰기는 쉬운 일이 아니오니, 감히 실정을 아뢰옵나이다.

황제는 상소를 다 듣고는 윤 각로를 불러 보였다.

"오랑캐가 지경을 넘어 소란을 피우니 어찌하면 좋을지 모르겠사오나, 연왕 양창곡을 부르시어 방략을 물으시는 것이 좋을까 하나이다."

윤 각로의 의견에 황제가 허락하자, 곁에 있던 전전어사 동홍이 아뢰었다.

"지금까지 천하가 탈이 없고 백성이 편안하온데, 한낱 해적 때문에 부산을 피우면 이는 바깥에 국력이 미약함을 드러내는 것이옵니다. 신이 밖에서 들려오는 소문을 들으니 나라에 큰일이 생기면 연왕을 부르신다 하옵니다. 이제 초나라 사신이 오자마자 연왕을 부르시면 자연 민심이 술렁거릴까 하나이다."

황제는 그 말에 또한 이러지도 저러지도 못하였다. 동홍은 본디 장안 사람으로, 말 달리고 제기 차는 재주로 황제의 은총을 얻더니 차츰 권세가 커져 조정 대신들도 감히 막지 못하는 형편이었다. 동홍은 다만 연왕이 조정에 다시 들어올까 두려워하다가 이때를 놓치지 않고 적극 반대하였다. 황제는 당장 연왕을 부르지 못하고 다시 초나라 소식을 기다리기로 하였다.

그런데 며칠 뒤 다시 초국에서 상소가 이르렀다.

신이 태평시절을 즐기기만 하고 군비를 소홀히 하여, 지난날 해적이 며칠 사이에 국경을 침범하여 다섯 고을을 깨뜨렸나이다. 형세가 급하여 초국 군사만으로는 당하지 못할지니, 바삐 대군을 뽑아 구원하여 주소서. 적의 동정을 대강 탐지해 보니, 적의 우두머리는 야선耶羨이라는 자로, 지혜와 도략이 비상할 뿐 아니라 청운이라는 도사까지 거느리고 있어 힘을 짐작하기 어렵나이다. 또 부하들 가운데에서도 용맹스러운 장수가 숱하다고 하오니, 황상께 아뢰는 바이옵니다.

황제는 크게 놀라 윤 각로를 불러 그날로 조서를 내려 연왕을 불렀다.

연왕이 윤 부인 말대로 아들 경성의 공부를 위하여 상소하려 하는데, 문득 사신이 조서를 가지고 이르는지라 북쪽을 바라 네 번 절하고 받았다. 황제의 친필이었다.

나라에 큰일이 생겨 경이 아니면 당해 내지 못할지니, 이 사신과 같이 올라오되 홍 난성을 데리고 오라.

연왕이 조서를 보고 난성을 바삐 부르니 난성은 아들 장성을 데리고 이르렀다. 연왕은 곧 난성에게 조서를 보였다.

난성이 그 조서를 보더니 한참 만에 연왕에게 물었다.

"상공은 어찌하려고 하시나이까?"

"폐하의 명령이니 지체하지 말고 당장 떠나야겠소."

그러자 난성이 말했다.

"날이 이미 저물고 또 상의할 일도 있을지니 내일 떠나는 것이 좋을까 하나이다."

연왕이 옳이 여기고 사신을 손님방에서 쉬게 하였다.

그러고는 내당에 들어가서 부모님을 뵙고 부인들과 두 아들을 불러 의논하였다.

"폐하께서 난성과 함께 오라 하시니 분명 전쟁이 난 듯하온데, 황성에 시급한 변이 있는 것은 아닌 듯하옵나이다. 만일 변방에 도적이 일어나 다시 출전하라 명하시면 신하로서 황명을 받들고 출전하는 것이 마땅한 일이나, 다만 또다시 부모님 곁을 떠나게 되니 불효막심함을 금할 수 없나이다."

아버지가 서글픈 얼굴로 말하였다.

"이 아비 건강치 못하여 너무 오래 떨어져 살기 어려우나, 네가 출전한다면 가족들 데리고 황성 집으로 가 있으려 한다."

난성이 태공에게 공손히 여쭈었다.

"상공이 출전할지 헤아릴 수는 없으나 이번에 황성에 올라가시면 쉽사리 시골로 돌아올 것 같지 못하니, 어쩔 수 없이 모두가 뒤따라 황성으로 올라가는 것이 좋을까 하나이다."

그러고는 연왕더러 물었다.

"장성이가 벼슬이 우림랑에 있으니 내일 갈 때 같이 가는 것이 어떻겠나이까?"

연왕은 그리하자고 대답하였다.

이튿날 새벽, 연왕은 난성과 아들을 데리고 황성으로 떠났다.

이때 황제는 안타까이 기다리다 연왕이 입성하자 몹시 기뻐하며 곧바로 만나 보았다.

"경을 본 지 여러 해 되었소. 나라에 또 큰일이 있어 바삐 부르게 되었으니 참으로 부끄럽도다."

"신이 불충하와 오래도록 뵙지 못하고 나라에 일이 있는 것도 아득하게 몰랐나이다. 천은이 망극하사 다시 불러 주시니 보답할 바를 알지 못하겠나이다."

황제는 연왕에게 초왕에게서 온 상소 두 장을 보여 주었다. 연왕이 보고 크게 놀라며 속으로 생각했다.

'남방 오랑캐는 제어하기 어려운 자들이로다. 초나라가 강한 나라인데도 며칠 사이에 다섯 고을을 잃었으니 형세가 급하도다.'

연왕은 황제께 아뢰었다.

"초나라는 남방 변경이라 소홀히 할 곳이 아니오니 오늘 온 신하들을 모아 놓고 방략을 의논하는 것이 좋을까 하나이다."

이렇게 되어 원임 각로 황의병과 연왕 양창곡, 우승상 윤형문, 병부 상서 소유경, 예부 상서 황여옥, 한림학사 양장성, 대장군 뇌천풍, 호분랑 뇌문경 들이 한꺼번에 들어왔다.

"남쪽 오랑캐가 창궐하여 초나라를 침범하니 물리칠 방도를 의논코자 불렀노라. 경들은 계책을 말하도록 하라."

황 각로가 먼저 입을 열었다.

"자그마한 오랑캐가 대국을 엿보니 그 죄 큰지라 군사를 파견하여 죄를 묻는 것이 당연할까 하나이다."

이번에는 윤 각로가 나섰다.

"지금 조정에 장수가 없으니, 바라옵건대 폐하는 인재를 뽑으실 때 유의하소서."

연왕이 아뢰었다.

"오늘 초국이 방비를 중시하지 않았다 하나 예부터 강국이요 또한 병사들이 남방 풍토에 익숙하니 구태여 군사를 많이 뽑아 민심을 소란케 할 필요는 없을까 하나이다. 제게 정병 오륙천을 주시어 초왕과 합세하여 치게 해 주소서."

병부 상서 소유경이 아뢰었다.

"초왕의 상소가 이른 지 벌써 며칠이 지났으니 군사를 보내는 것이 급하옵니다."

그러자 대장군 뇌천풍이 나섰다.

"폐하, 장수를 구하실진대 연왕이 아니면 없는가 하나이다."

그 말에 황제는 탄식하였다.

"연왕이 지난날 남방과 북방 오랑캐를 평정하느라 오래도록 수고하였는데 어찌 또 출전시키겠는가?"

소유경이 다시 아뢰었다.

"말씀이 지당하시나 남만은 용렬한 장수로는 당해 내지 못할 만큼 강성하옵나이다. 나라의 형편을 돌아보시어 연왕에게 출전을 명하시고, 또한 난성후 홍혼탈을 함께 가게 하소서."

이때 뇌천풍이 앞으로 나와 아뢰었다.

"소 상서의 말이 가장 좋은 방략이니, 만일 연왕과 난성후가 나가지 않으면 초나라는 폐하의 땅이 아닐까 하나이다. 폐하 두 사람을 다 쓰신즉, 신이 늙었으나 벼락도끼가 아직 있사오니 당당한 전부선봉이 되어 오랑캐 머리를 베어 폐하께 바치겠나이다."

뇌천풍의 서리 같은 털이 창대같이 일어섰다. 황제는 뇌천풍을 칭찬하였다.

"장하다. 짐이 이제는 베개를 높이 베고 근심을 놓겠도다."

이때 소년 하나가 앞으로 나와 아뢰었다.

"신이 용맹은 없사오나 아비를 대신하여 대군을 거느리고 나가 오랑캐를 평정하고 돌아오겠나이다."

모두가 놀라서 바라보니 한림학사 양장성이었다. 얼굴이 백옥 같고 두 눈은 불을 뿜는 듯하며 그 기상이 자못 당당하였다. 황제가 크게 놀라며 연왕에게 말하였다.

"경의 아들이 나이 어린데 저렇게 출전을 원하니, 예부터 자식을 아는 데는 아비만 한 이가 없다 하였으니, 경의 생각은 어떠한가?"

"철없는 것이 폐하께서 믿어 주시고 내세워 주시는 은총을 입사와 보답할 마음이 간절하오나, 아무것도 해 본 바 없는 소년이요 입에서 아직 젖비린내가 나는지라, 군사를 맡기심은 조정에서 인재를 쓰는 데 허물이 될까 하나이다."

말이 끝나기도 전에 상소 한 장이 올라왔다. 난성후 홍혼탈의 상

소였다. 황제는 대단히 기뻐하면서,

"그러면 분명 무슨 묘한 계책이 있으리로다."

하고 금란학사 소광춘더러 읽으라 하였다.

어리석은 남쪽 오랑캐가 감히 대국을 침범하여 폐하의 근심을 더하오니 오늘이야말로 신하 된 자라면 마땅히 충성을 다하여 보답할 때이옵니다. 제가 본디 떠돌아다니던 천한 몸으로 황은을 입사와 부귀영화를 누리고 있으니, 어찌 충성을 다하여 한 몸 바칠 마음이 없겠나이까. 그러하오나 아녀자가 두 번이나 출전하는 것은 다른 나라에 수치스럽사옵니다. 하여 제가 충심으로 장수를 폐하께 천거하려 하오니 굽어 살피소서.

제 아들 양장성이 나이는 어리나 일찍 제 어미를 좇아 병서를 배우고 천문 지리에 통달하여 옛 장수들 못지않은지라, 그 영웅 도량은 제 아비에 뒤지지 않고 용맹은 어미도 당치 못할까 하나이다. 그리고 호분랑 뇌문경은 대대로 내려오는 무관 집안의 자손으로 저에게 검술을 배워 만 사람도 당하지 못할 용맹이 있으니, 폐하 뇌문경을 쓰시어 장성을 돕게 하시면 한쪽 팔이 될까 하나이다.

황제는 다 듣고 크게 기뻐하였다.

"홍 난성은 임금을 위하고 나라를 위함에 사심이 없고, 어미가 자식을 걱정하는 마음도 돌보지 않으니 참으로 기특하도다. 난성의 사람 보는 눈이 뛰어난 것을 짐이 아나니 어찌 제 아들을 모르고 천거하리오."

그러고는 곧바로 명령을 내려 한림학사 양장성을 병부 시랑 겸 도원수로 명하여 사흘 뒤 출전하라고 하였다.

그러자 연왕이 나서며 아뢰었다.

"전날 무과에 급제한 바 있는 한비렴이 용맹이 뛰어나고 병법에 능하다 하오니, 바라옵건대 도로 급제시키시어 종군케 하소서."

"그가 용맹하다는 소문은 들었으나 지난날 그 아비 한웅덕이 역적 패거리이기에 낙제시켰는데 경이 이렇듯 천거하니 특별히 급제시켜 중랑장을 제수하여 종군케 하라."

이리하여 초나라에 군사를 보내는 회의가 끝났다.

양장성이 원수가 되어 폐하께 감사의 인사를 올리고 집으로 돌아오니, 장졸 여럿이 이미 문 앞에서 기다리고 부원수 뇌문경과 중랑장 한비렴이 이미 이르렀다. 뇌문경은 열여덟이요, 한비렴은 스물이었다. 양 원수가 한비렴에게 행군사마를 시키고 명령을 내렸다.

"내일 행군하겠으니 조금이라도 지체한즉 군율이 있으리라!"

한 사마가 명령을 듣고 물러갔다.

양 원수는 내당에 들어가 부모를 모시고 행군할 방략을 의논하였다.

"전쟁이란 짐작하기 어려울 뿐 아니라 남방 족속들의 속임수가 예측할 수 없으니 가벼이 대적하지 말라. 또 천하 백성이 모두 폐하의 자식이니 함부로 죽이는 것을 삼가라."

원수가 연왕에게 절하고 명령을 받았다.

그날 밤 난성이 등잔불을 돋우고 홀로 앉아서 병서를 보는데, 연왕이 와 보고 웃었다.

"어린 자식을 경솔히 천거하고서 무슨 묘계를 가르치려 하오?"

"장성이의 장군다운 지략은 저도 당해 내지 못할 것이니 근심이 없사오나, 다만 젊은 혈기에 군령이 너무 강하여 살육이 많을 것 같나이다."

이때 원수가 밖에서 들어와 어머니께 고하였다.

"소자 내일 군사를 이끌고 떠나려고 하온데, 어머니께서도 한마디 가르침을 내리시겠나이까?"

난성이 엄한 얼굴로 말하였다.

"네 끝내 제 어미를 아녀자로 아나니 어찌 그 말을 받아들이겠느냐?"

그러자 원수가 머리가 땅에 닿도록 절하였다.

"소자 불효하오나 어머님 말씀 잊지 않으오리이다."

난성이 웃고 연왕에게 물었다.

"오늘 밤 달빛이 좋으니 장성이와 함께 잠깐 뒷동산에 오르심이 어떠하시나이까?"

흔연히 웃으며 아들을 데리고 뒷동산에 이르니 때는 이른 봄이라, 둥근 달이 밝은 빛을 뿌려 동산에 가득한 꽃나무 그림자를 은은하게 비추었다.

난성은 계집종에게 쌍검을 가져오라 하였다. 계집종이 취봉루에 가 쌍검을 가져오니, 난성이 쌍검을 쥐고 홀연히 달빛 아래서 춤추며 꽃나무들 사이를 오가다가 문득 간 곳이 없었다. 다만 한 줄기 무지개가 뒷동산을 둘러 찬 기운이 몸으로 스며들고 나뭇잎이 어지러이 떨어졌다.

연왕이 원수를 보며,

"네 어미의 검술이 여전하구나."

하는데, 공중에서 부용검 하나가 날아와 쟁강 소리를 내니 나뭇가지 위 자고새 한 쌍이 놀라 동쪽으로 날았다. 그러자 부용검이 날아 동쪽을 막으니 새가 돌아서 서쪽으로 날았다. 부용검이 또 서쪽을 막자 자고새가 놀라 소리 지르며 둘이 헤어져 동서남북으로 갈팡질팡하였다. 그러다가 부용검이 공중에 가득 번쩍이니 갈 곳 없어 슬피 울던 자고새가 연왕 앞으로 날아들었다. 연왕이 웃고 소매를 들어 자고새를 가리니 난성이 공중에서 내려서며 웃었다.

"남방의 도적을 친다는 것이 뒷동산 자고를 놀라게 했구나."

　그러고는 원수를 시켜 떨어진 나뭇잎을 집어 보라고 하였다. 원수가 잎사귀를 하나하나 집어 보니 잎사귀마다 칼자리가 있었다.

"내가 칼을 쓰는 법은 첫째, '봉황새가 열매 쪼는 법'이다. 백만 대군을 만나도 죄다 머리를 베어 빠뜨림이 없는 법인데, 이것은 처음 쓰는 법이다. 두 번째는 '거미가 나비를 얽어매는 법'이니, 하늘로 오르고 땅에 들어가는 재주가 있어도 이 칼에서 벗어나지 못하느니라. 허나 내 평생 검술을 믿고서 위태한 일을 하지 않고 함부로 살인하는 일이 없음은 네 아버지가 잘 아시는 바이다. 무릇 장수가 되어 살육을 많이 하면 자손이 번성하지 못하고 나중에 반드시 비명횡사하나니, 너는 내 말을 명심하고 좋은 계책으로 치되 은혜와 위엄으로 항복을 받아 천하에 네 이름을 드날리거라. 이제 무예와 병법이 너보다 나은 자 없으나, 네가 용맹을 믿고 위험한 곳에 들어가, 강한 것에만 힘써 살육을 일삼는다면 군사들이 따르지 않을 뿐 아니라 신하 된 자가 충효의 마음으로 할 바가 아니니라."

원수는 어머니의 말을 깊이 명심하였다.

사흘째 되는 날 양 원수가 거느린 명나라 원정대가 드디어 출발하였다. 황제는 관례대로 남쪽 교외에 나와 친히 양 원수가 탄 수레를 밀어 주고 명하였다.

"황성 밖 일은 장군이 알아서 처리하여 큰 공을 세우고 빨리 돌아오라."

양 원수는 황제 명을 받고 출발하였다. 대오가 엄정하고 북소리며 나팔 소리가 천지를 뒤흔들었다.

황제는 밝은 얼굴로 연왕에게 말했다.

"양 원수의 군율이 경에게 지지 않을 것 같소."

연왕도 집으로 돌아와 난성에게 말하였다.

"오늘 황제를 모시고 장성이가 행군하는 것을 보니 군령이 엄숙하여 이 아비도 당해 내지 못할 것 같구려."

난성이 웃으며 말하였다.

"상공이 늘 장성이가 어미를 닮아 오랑캐 장수의 풍모가 있다고 한탄하시더니 오늘에야 이 어미가 가르친 공을 아시나이까?"

연왕이 크게 웃었다.

초왕은 두 번이나 상소를 올리고 구원병이 오기를 고대하나 소식이 없어 궁금하였다.

하루는 남군 태수가 오늘 밤 삼경에 적병 만여 명이 국경을 넘어와 성을 에워싸려 하니 위급하다고 아뢰었다. 초왕이 크게 놀라 신하들을 모아 놓고 의논하였다.

"남군은 중요한 곳이니, 지키지 못하면 이곳 왕성이 위태하리로다."

그러나 물리칠 방도를 말하는 자가 없었다.

이튿날 태수가 또 보고하였다.

"적병이 남군을 깨뜨리고 왕성으로 향하고 있나이다."

초왕은 놀라 낯빛이 달라져 어찌할 바를 몰랐다.

"안에는 재주 있는 장수가 없고 밖에는 적이 맹렬하니, 한 조각 외로운 성을 이제 어찌하리오?"

그러자 신하들이 아뢰었다.

"이곳 왕성은 지키기 어려우니 지자성을 지키면서 대군을 기다리는 것이 옳을까 하나이다."

지자성은 방성산에 있는데, 앞뒤 양옆에 가시 돋힌 탱자나무가 우거져 수풀을 이루었다. 성이 단단하긴 하나 지형이 험악하고 군량이 없어 초왕이 결심을 내리지 못하고 있는데, 한밤중에 고함 소리가 천지를 뒤흔들었다. 적군이 남문을 친 것이었다.

초왕은 놀라 공주와 세 귀비와 딸 초옥을 데리고 수천 군사를 거느려 북문으로 나와 왕성을 버리고 지자성으로 갔다. 적병들은 왕성을 깨뜨리고 군량과 보화를 빼앗고 다시 지자성을 에워쌌다.

초왕은 위험을 무릅쓰고 군사를 지휘하여 사흘 낮 사흘 밤을 지켰다. 적들은 높은 사다리를 무어 성안을 살피고는 양식과 말꼴이 없다는 것을 알아내더니 철통같이 에워싸고 더욱 조여들었다. 초왕은 급해맞았다.

"하늘이 나를 이곳에서 죽게 하시는구나!"

초왕은 마지막이라고 생각하고 몸소 말에 올라 성밖으로 나가 싸우려고 하였다. 그러자 초옥이 울며 소매를 붙들고 말렸다.

"폐하께 구원병을 청하였으니 며칠만 더 기다려 보소서."

초왕은 다시 성문을 닫고 지켰다.

이때 양 원수 대오가 초나라에 이르렀다. 마을은 쓸쓸하고 닭 울음소리며 개 짖는 소리도 들리지 않았다. 적들이 휩쓸고 간 것이 분명하였다.

원수가 군사들을 이끌고 줄곧 달려 초나라 왕성에 이르니 한밤중이었다. 달빛이 흐릿한데 성문은 열려 있고 적병들이 앉아 있는 게 보이며 등불이 여기저기서 깜박였다. 원수는 대군을 뒤로 물리고 몇 리 밖에 진을 친 뒤 장교를 불러 분부하였다.

"네 가만히 왕성 가까이에 가 남자든 여자든 초나라 백성을 데려오라."

얼마 뒤 웬 늙은이를 데려오니, 원수가 물었다.

"나는 황제의 군사를 이끌고 온 장군인데 초왕이 지금 어데 계시오?"

"지자성에 계시나 적병이 에워싸 들어갈 수가 없나이다."

늙은이가 눈물을 흘리며 말하였다.

"적병은 얼마나 되며, 적장은 어데 있는고?"

"적병이 몇 만인지 헤아릴 수도 없고, 적장은 지자성 아래 있나이다."

원수는 노인을 군중에 두고 부원수 뇌문경을 불렀다.

"장군이 군사 수천을 거느리고 군마에 재갈을 물리고 밤을 타서 가만히 왕성 아래로 가서 크게 소리 지르고 성을 치되, 성문으로 들어가지는 말고 성 밖에서 정찰하는 병사들을 많든 적든 잡아 오시오."

뇌문경이 명령을 받고 군사를 거느리고 왕성 아래 이르러 보니, 정말 성문은 활짝 열려 있되 지키는 자가 없고 다만 정찰병이 서넛씩 무리 지어 왔다 갔다 하고 있었다. 뇌문경이 벼락같이 달려드니 적병이 놀라 서둘러 성문을 닫고 성 위로 올라가 활을 쏘아 댔다. 뇌문경이 성을 치는 체하다가 적병 수십 명을 사로잡아 돌아왔다.

원수는 다시 명령을 내렸다.

"초왕이 지자성에서 위태하시다 하니 오늘 밤 출동하여 먼저 지자성을 치고 내일 왕성을 치겠노라!"

그러고는 사로잡았던 적병을 놓아주며 헛북을 치고 포를 쏘며 대군이 한꺼번에 함성을 지르니, 천지가 울리고 산천이 뒤집혔다. 적병이 어느새 걸음아 날 살려라 하고 줄행랑을 쳐 지자성으로 가더니 명진 형편을 자세히 고하였다. 적장은 깜짝 놀라 곧바로 왕성 안의 군사들을 불러내어 지자성을 단단히 지키게 하였다.

양 원수는 뇌문경에게 이리이리하라고 이르고는 쥐도 새도 모르게 군사들을 이끌어 왕성의 남문을 치고 들어갔다. 성안에는 늙고 허약한 병사들 수백 명과 장수 한 명뿐이었다. 양 원수는 그 장수의 머리를 한칼에 베어 북문에 달았다. 적진에서 이것을 바라본 적장은 그제야 왕성을 빼앗긴 것을 알고 두려워하였다.

원수는 다시 군중에 명령을 내렸다.

"초왕성은 나라의 근본이라 다시 되찾았으니 근심할 것 없노라. 이제는 날이 밝기를 기다려 싸움을 걸리라."

그러더니 삼군에게 분부하여 성문을 닫고 갑옷을 벗으며 안장을 떼고 창검을 뉘었다. 이처럼 성을 방비하려는 기색이 전혀 보이지 않자 사로잡힌 적병들이 빨리 도망가자고 의논하더니, 틈을 엿보아서 달아났다.

성을 넘어 본진으로 간 적병들은 저희 장군에게 명군의 실태를 낱낱이 보고하였다. 적장이 반신반의하여 북쪽 산에 올라 성안을 굽어보니, 달빛이 희미한데 등촉이 드문드문 켜 있고 시간을 알리는 종소리도 끊어졌다 이어졌다 하였다. 모두 곤하게 잠자고 있는 것이 분명하였다.

"명군이 먼 길을 달려왔으니 어찌 피곤하지 않으랴. 이때를 타서 성을 도로 뺏으리라."

적장은 군사 절반은 지자성을 에워싸고 있게 하고 나머지 절반을 데리고 왕성 아래 이르니, 문득 등 뒤에서 포 소리가 울리며 한 대장이 군사 수천을 거느리고 큰칼을 휘두르며 꾸짖었다.

"명군 부원수 뇌문경이 여기서 기다린 지 오래니 적장은 내 칼을 받으라!"

적장이 당황하여 어쩔 줄 모르는데 왕성 북문이 열리더니 또다시 한 대장이 긴 창을 들고 소리 지르며 달려 나왔다.

"명군 행군사마 한비렴이 여기 있으니 적장은 뛸 생각을 말라!"

두 장수가 앞뒤에서 서로 도와 공격하니 적장은 감히 맞서 싸울 생각을 못 하고 말을 빼내어 달아났다. 뇌문경과 한비렴 두 장수가 뒤쫓아 지자성 아래에 이르러 적장의 목을 베었다.

　두 장군은 다 젊은 혈기에 칼과 창을 번뜩이며 제가끔 수천여 명의 목을 벤 뒤 창검을 멈추고 사방을 둘러보니, 달은 서산에 떨어지고 동방이 푸름푸름 밝아 오는데, 적병이 까맣게 밀려들며 두세 겹 철통같이 에워싸고 있었다. 두 장군은 서로 돌아보며,

　"성이 난 김에 적진에 너무 깊이 들어왔으니 어찌 이 포위진을 뚫겠소?"

하였다.

　이때 문득 적의 장수 둘이 한꺼번에 창을 들고 말을 몰아오면서 외쳤다.

　"명장들은 이미 그물에 걸렸으니 빨리 항복하라!"

　뇌문경, 한비렴 두 장군은 있는 힘을 다하여 적장들과 싸웠다. 십여 합을 싸워도 승패를 가릴 수가 없었다. 적장들도 제일가는 명장들이었다. 한 사람은 소울지小尉遲 첩목홀帖木忽이라는 자로 큰 벼락도끼를 쓰고, 또 한 사람은 추금강醜金剛 백안첩白顏帖이니 큰 칼을 썼다. 소울지는 얼굴이 검고 키가 십여 척이요, 힘이 맹수도 때려잡는 장사이며, 추금강은 얼굴이 붉고 허리가 열 아름인데, 몸을 날리면 수십 길을 솟아오르니 만 사람을 능히 당해 낼 용맹이 있었다. 뇌문경과 한비렴이 두 적장과 맞서 창검이 공중에 번뜩여 백설이 흩날리듯 하고, 외치는 소리가 하늘땅을 울리며 벼락이 일어났다.

　이때 초왕이 황제의 군사가 온 것을 보고 반 귀비, 괵 귀비, 초옥

과 함께 지자성 남문에 올라 싸움의 승패를 바라보았다.

초왕이 초옥을 보며 말하였다.

"우리 부녀의 목숨이 이 싸움에 달렸구나."

네 장수가 맞서 승패가 나지 않고 있는데 문득 진 위에서 태산이 무너지듯 요란한 북소리가 울렸다. 그 소리에 소울지가 벼락도끼를 던지고 말에서 뛰어내려 맨주먹으로 삼십여 합을 싸우는데, 투구가 깨지고 갑옷이 벗겨졌으나 서쪽으로 뛰고 동쪽으로 달려드는 기세가 천지를 흔들었다. 초나라 사람들은 성 위에서 내려보다가 얼굴이 파랗게 질렸다.

이때 적진에서 화살이 날아와 한 사마의 팔에 꽂혔다. 한 사마는 적장과 싸우면서 입으로 화살을 뽑았다. 그러자 피가 흘러 땅을 적셨다. 뇌문경이 이 광경을 보고 추금강을 놔두고 소울지에게 달려드니, 소울지는 오른손으로 들어오는 칼을 받아 밀치었다. 뇌문경이 잠깐 손과 발이 황망하여 칼 쓰는 법이 어지러워졌다.

초왕이 보다가 놀라 말하였다.

"명군 장수가 적장을 대적하지 못하겠으니 어쩌면 좋으랴."

문득 괵 귀비가 얼굴에 반가운 빛을 띠며 북쪽을 가리켰다.

"저기 오는 저 장수를 보소서. 홍 난성이로소이다!"

초왕과 세 귀비와 신하들이 반가워 그쪽을 바라보니, 소년 장수 한 명이 붉은 옷에 쇠 갑옷을 입고 부용검을 높이 든 채 나는 듯이 달려오고 있었다. 별 같은 눈과 옥 같은 얼굴이 신통히도 홍 난성이었다. 초왕이 기쁜 빛을 띠며 급히 일어났다.

"하늘이 나를 살리도다. 난성이 왔으니 조그마한 적을 어찌 근심하리오."

이때 초옥이 눈길을 들어 이윽히 보다가 가만히 꾀 귀비의 귀에 대고 말하였다.

"어머니, 다시 보소서. 난성후와 닮았으나 얼굴이 크고 키가 커서 난성후는 아닌가 하나이다."

초왕이 다시 보고 놀랐다.

"과연 난성이 아니라 난성의 아들 장성이로다. 조정에 장수가 없다 하나 어찌하여 저런 아이를 전쟁마당에 내보내는고?"

이때 양 원수가 성문에 올라 동정을 살피니 두 장수의 형세 급하기에 직접 나와서 진을 충돌하며 크게 외쳤다.

"두 장군은 싸움을 멈추고 여기 칼을 쓰는 법을 보라!"

그리고 나는 듯이 춤추어 손에 든 부용검을 서너 바퀴를 돌리니 문득 오른손의 부용검이 공중으로 날며 추금강 앞에 떨어졌다. 금강이 몸을 공중으로 솟아 칼을 받으려 하는데, 원수가 또 왼쪽 부용검을 공중에 던지니 금강의 머리가 말 앞에 떨어졌다. 소울지는 놀라며 한비렴을 놔두고 바로 원수에게 달려들었다. 원수가 칼을 거두고 말을 돌려 달아나니 소울지는 성이 나서 쫓아가며 우레같이 외쳤다.

"명나라 장수는 도망치지 말라! 내 한번 싸워 추금강의 원수를 갚으리라!"

원수가 돌아보며 웃었다.

"네가 남방에서 나고 자라 천명을 모르고 못난 용맹을 자랑하는구나. 내 가엾이 여겨 죽이지는 않겠으니 빨리 항복하라."

그 말과 함께 화살 한 대가 날아가 소울지의 명치를 맞히니 소울지가 몸을 비틀며 말에서 떨어졌다. 원수가 소울지를 사로잡아 가자 적진에서는 소란이 일어났다. 그러자 한, 뇌 두 장수가 승승장구하며 적을 무찌르니 적의 주검이 산을 이루고 피가 흘러 내를 이루었다. 적의 백만 대군이 절반이나 죽었다.

초왕이 성 위에서 바라보며 괵 귀비에게 말하였다.

"장성이가 숙성하긴 하나 용맹과 지략이 저러할 줄은 몰랐소. 신통히도 제 어미의 풍모를 닮았구려."

초왕은 성문을 열고는 수하 군사 수천 명을 거느리고 원수를 맞이하였다.

원수는 말 위에서 몸을 구부리고 길게 읍하였다.

"갑옷 입고 투구 쓴 장수는 절하지 못하니 용서하소서."

초왕은 원수에게 답례하며 반가워하였다.

"원수의 얼굴을 본 지 여덟아홉 해가 되었는데, 어린 나이에 벌써 공명을 이루고 문무를 겸비하였구나. 오늘 이렇게 만나다니 참으로 뜻밖이구먼. 적병이 물러갔으니 잠깐 성에 들어가는 것이 좋을까 하노라."

원수 응낙하고 한비렴과 뇌문경에게 명하였다.

"그대들은 왕성에 들어가 군중을 진정시키고 소울지를 단단히 가두어 두시오."

지자성에 이르자, 초왕이 자리를 권하며 손님을 맞는 예식을 베푸니 원수가 사양하였다.

"내 덕이 없어 나라의 위태함이 터럭 같을 때, 원수가 황명을 받들어 수많은 목숨을 구렁에서 구하고 초국을 반석같이 만들었도다. 이는 폐하의 은덕이요 원수의 공이라, 내 어찌 보답해야 할지 모르겠노라."

"오늘 적을 물리친 것은 전하의 복이오이다. 어찌 제 공로를 말하겠나이까."

초왕은 웃으며 원수의 손을 잡고 말하였다.

"그대 아버지는 전원생활의 복을 누리시나 나는 어리석어 다시 벼슬길에 나섰으니 부끄럽구나. 그대 아버지 아직 연세가 한창이고 근력이 막강한데, 이제 자네가 큰 공을 세워 나라에 이름을 떨치니 치하할 만하도다. 그런데 지금 남아 있는 도적이 적지 않으니 어찌하려는가?"

"옛말에 풀을 없애려면 뿌리를 뽑고 사람을 죽이려면 피를 보라 하였으니, 적의 우두머리를 잡지 못하면 돌아가지 않으려 하나이다."

초왕이 기뻐하며 칭찬하였다.

이튿날 원수는 소울지를 잡아들여 장막 아래 꿇리고 꾸짖었다.

"내 황명을 받들어 남방을 평정하되, 덕으로 항복받으러 온 것이지 힘으로 누르려 온 것이 아니다. 제갈공명이 맹획을 일곱 번 사로잡았다가 일곱 번 놓아주었듯이 오늘 너를 살려 보내니, 어서 돌아가 적장더러 일러라. 다시 싸울 뜻이 있으면 군사를 수습해 가지고 오라 하라."

맨 것을 풀고 술과 고기를 대접하니, 소울지는 황송하여 거듭 사례하고 떠나갔다.

장수들이 원수에게 간하였다.

"소울지는 범 같은 장수인데 잡았다가 저리 놓아주니, 잡았던 범을 산에 놓아 버리는 격이오이다."

그 말에 원수는 엄하게 잘라 말하였다.

"남방이 임금의 교화가 미치지 못하니 힘으로 항복받지 않고 은혜와 위엄으로 감화코자 하오. 공들도 마음을 합쳐 힘쓰시오."

이때 적진에서는 적장 야선이 군사를 수습하여 청운도사와 함께 명군에 맞설 방략을 의논하고 있었다. 소울지가 돌아오자 야선이 무척 기뻐하였다.

이튿날 왕성 아래 진을 치고 다시 도전하였다.

양 원수는 한, 뇌 두 장수에게 말하였다.

"내 들으니 적진에 한 도사가 있다 하더이다. 오늘 요술을 부릴 것이 틀림없으니, 무곡진武曲陣을 쳐서 방비하고 동정을 보아 대책을 세우려 하오."

이때 적진에서 북소리 울렸다. 양 원수가 바라보니 군마의 호위를 받으며 작은 수레에 도사 한 명이 위풍스럽게 앉아 있는데, 얼굴이 백옥 같고 눈썹이 푸르러 티끌세상 인물이 아니었다. 원수는 속으로 의아하게 여겼다.

'어떠한 도사관데 저런 풍채와 모습으로 길을 잘못 들어 도적을 좇아왔는고?'

도사가 주문을 외며 칼을 들어 천지 사방을 가리키니, 푸른 구름이 일어나며 귀신장졸이 산과 들에 가득하였다. 원수는 진문을 닫고 반나절을 나가지 않았다. 도사가 귀신장수를 호령하여 사방으로 치나 꿈쩍도 하지 않으니, 도사 크게 놀라 귀신장졸을 거두고 다시 술법을 쓰려고 하였다.

그때 양 원수가 진 위에서 외쳤다.

"도사는 술법을 멈추고 내 말을 들으라!"

도사는 명 원수의 진세를 보며 예사 장수가 아님을 알고 기회를 보아 사로잡으리라 생각하며 수레를 몰아 진 앞에 나섰다. 원수 또한 쇠 갑옷을 입고 쌍검을 든 채 꾸짖었다.

"네 도술을 믿고 하늘의 명을 거역하나, 나는 정당한 도리로 싸우지 속임수로 승패를 다투지 않으리라. 네 만일 재주를 믿거든 내 쌍검을 막아 보아라!"

도사가 응낙하자 원수는 뒷동산 달빛 아래서 어머니가 쓰던 검술을 본떠 쌍검을 공중에 던졌다. 순식간에 부용검 천백 개가 적진을 둘러 냉기를 풍겼다. 도사는 크게 놀라 소리로 외쳤다.

"원수는 검술을 잠깐 멈추라! 이름을 듣고자 하노라!"

"네 다만 도술을 다하여 승패를 겨루면 될 것을, 이름은 알아 무엇 하겠느냐?"

말이 다 끝나기도 전에 갑자기 도사가 수레에서 내려 몸을 바꾸더니 도승이 되어 원수 앞에 나와 물었다.

"사형이 어찌 나를 모르시오?"

원수는 그 간계를 의심하여 칼자루에 손을 대고 크게 꾸짖었다.

"자그마한 도적이 어찌 허튼소리를 하느냐?"

도사가 당황하여 물었다.

"원수가 백운도사의 제자 홍랑이 아니시오이까?"

원수는 도사의 말을 수상하게 여겼다.

"그대는 대체 어떤 사람인가?"

"나는 백운도사의 제자 청운이온데, 원수의 얼굴과 검술이 우리 사형 홍혼탈 장군과 비슷하니 높은 이름을 듣고자 하오."

그러자 원수는 무슨 소리인지 짐작하고 웃으며 말하였다.

"나는 명나라 대원수 양장성이니라. 백운도사의 높은 이름을 들었더니, 제자라는 자 어찌 도적을 도와 천하를 요란케 하는가?"

도사는 부끄러워 본디 모양으로 돌아와서 사연을 이야기하였다.

"내 홍 형과 함께 백운동에서 백운도사를 섬겼나이다. 홍 형이 만왕 나탁을 구원하러 산에서 내려간 뒤 도사께서도 서역으로 가시니 나는 산중에서 약 캐기를 일삼았나이다. 적장 야선이 간절히 청하기에 마지못해 왔으나 좋아서 온 것이 아니오이다. 이제 도로 산속으로 돌아가고자 하거니와, 황송하오나 원수의 얼굴과 검술이 우리 사형과 어쩌면 그토록 같소이까?"

원수는 어머니가 어려울 때의 벗을 만나니 감동스러웠다. 그래서 조용히 말하였다.

"어머니가 젊은 나이에 떠돌아다니며 백운도사를 스승으로 섬겼다는 말씀은 들었소이다. 선생은 어머니의 벗이니 잠깐 앉으시어 이야기하소서."

도사가 반가워하며 원수의 손을 잡고 눈물을 머금었다.

"우리 사형이 산중에서 고생을 하셨으나, 원수같이 장한 아들을 두었으니 늘그막에 복이 크오이다. 다시 뵈올 기약이 없으니 참으로 슬프오이다."

"선생의 뜻이 그러하시면, 여기 군중에 머물며 도적을 평정할 방략을 가르쳐 주소서."

도사는 웃으며 말하였다.

"사람을 위하여 왔다가 그 사람을 해치는 것은 도리가 아니오이다. 나는 이 길로 돌아가겠소. 원수의 장략으로 어찌 조그마한 적을 근심하겠소? 공을 세우고 돌아가 어머니를 뵈옵거든 지난날 백운도사 앞에서 차 달이던 청운을 보았노라 하소서."

말을 마치고 몸을 공중에 솟구쳐 청학이 되더니 어디론가 멀리 날아갔다. 원수는 섭섭해 마지않았다.

양 원수가 무곡진을 바꾸어 기정팔문진을 치고 뇌문경, 한비렴 두 장수더러 싸움을 걸도록 하자, 야선이 맞받아 싸웠다. 야선은 본디 성품이 급하고 꾀는 없이 용맹하기만 한지라 두 장군이 몇 번 싸우다가 짐짓 패하여 달아나자 두 장수를 좇아 곧바로 명진 속으로 들어왔다. 원수가 팔문진 가운데 생문生門을 닫고 사문死門을 여니, 야선이 동서로 이리 부딪고 저리 부딪으며 벗어나지 못하였다.

이때 소울지가 야선이 위태로운 것을 보고는 벼락도끼를 들고 명진으로 달려들었다. 사방이 철통같은데, 문 하나만 열려 있기에 큰 소리를 지르며 들어가니 그곳도 사문이었다. 칼과 창이 수풀을 이루고 화살과 돌이 비 오듯 하여 길이 없었다. 깜짝 놀라 돌아서 나오려 하니, 문득 말이 함정에 빠져 사로잡히고 말았다.

야선이 그 꼴을 보고는 더욱 화가 치밀어 동쪽을 치니 동문이 열렸다. 그 문을 나가니 다시 문이 나왔다. 북쪽을 치면 북문이 열리고, 그 문을 나가면 또 문이 있었다. 하루 종일 육십사 문을 나가 보아도 진 밖으로 나가지 못하였다. 성이 꼭두까지 치밀어 범같이 날뛰는데, 문득 중앙에서 문 하나가 열리며 양 원수가 높이 앉아 호령하였다.

"야선아, 네 아직도 항복하지 않겠느냐?"

야선이 크게 성이 나 그 문으로 쳐들어가려 하니 양 원수가 웃으며 기를 들어 문을 닫는데, 칼과 창이 서릿발 같았다. 다른 길을 찾으니, 또 한 문이 열리며 양 원수가 높이 앉아 호령하였다.

"야선아, 네 아직도 항복하지 않겠느냐?"

야선이 다시 쳐들어가려 하니 문이 닫히고 칼과 창이 수풀을 이루었다. 이렇게 하기를 두서너 차례 하자 야선은 십여 군데를 창에 찔렸다. 그러자 야선은 스스로 나가지 못할 줄 알고 "악!" 소리를 지르며 말에서 떨어져 목을 찔러 죽었다. 양 원수는 그 머리를 베어 말에 달고 대군을 몰아 적진을 쳐부수었다. 흙담이 무너지고 기왓장이 벗겨지듯 치는 대로 쓰러져 시체가 산을 이루었다. 항복하는 자는 죽이지 않겠다고 하니 적병이 너도나도 투항하였다. 원수는 대군을 이끌고 본진으로 돌아와 소울지를 꿇어 앉혀 놓고 분부하였다.

"야선이 죽었으나 패잔병이 아직 많으니 네 다시 싸우겠느냐?"

소울지가 머리를 조아리며 사죄하였다.

"소장은 두 번 살아난 목숨이니, 원수께 의탁하여 개와 말의 충성을 본받고자 하나이다."

소울지가 손가락을 깨물어 피로 맹세하니, 원수는 그 뜻을 기특히 여겨 용서해 주고 항복한 적병들을 모아 놓고 말하였다.

"너희는 다 명나라 백성이다. 야선의 꾀에 빠져 죽을죄를 범하였으나 이제 도로 양민으로 돌아가 농사에 힘쓰고 다시는 반역할 마음을 갖지 말라."

모두들 머리를 조아리며 사죄하고 제 고향으로 돌아갔다.

이윽고 원수는 남방을 평정하고 승전고를 울리며 초나라 왕성으로 돌아왔다. 초왕과 괵 귀비가 원수의 전공을 축하하니, 원수는 사양치 않고 한껏 즐겼다.

하루는 원수가 생각하기를,

'내 우연히 이곳에 왔다가 안해 될 사람을 가까이 두고도 보지 못하고 돌아가면 어찌 남자라고 하겠는가?'

하고는, 한 가지 꾀를 내어 괵 귀비에게 뵙기를 청하였다.

"귀비께서 지난날 저희 집에 오시어 저를 사윗감으로 보셨고, 또한 어머님과 가까운 벗이니 오늘 뵙는 것이 그르지 않을까 하나이다."

귀비가 선뜻 허락하니, 초옥이 어머니께 조용히 간하였다.

"양 원수가 어제는 어린아이여서 보시어도 부끄러울 것이 없지마는, 이제는 다 자라 벼슬자리에 올랐으니 명색 없이 보시는 것은 아니 되올까 하나이다."

"내 난성과 형제지간일 뿐 아니라 앞날 사위 될 이의 간절한 청인데 어찌 아니 듣겠느냐?"

괵 귀비는 원수를 내전으로 청하여 인사를 나눈 뒤에 애젊은 나이에 큰 공을 세운 것을 치하하였다.

"다 황제 폐하와 초왕 전하의 큰 복이니, 무슨 제 공이 있으리까."

양 원수가 사례하자 괵 귀비는 정겨운 눈빛으로 말하였다.

"난성과 헤어진 뒤 언제 한번 만날지 기약할 수 없어 늘 쓸쓸하더니, 오늘 원수의 옥 같은 모습을 대하니 난성을 보는 것만 같아 반갑기 그지없구려."

원수가 거듭 사례하며,

"만리타국에 와서 이렇게 뵈올 줄은 생각지 못하였나이다. 이제 조서가 내려오는 대로 바삐 돌아가려고 하여 잠깐 뵈옵기를 청하였나이다."

하니, 괵 귀비가 웃으며 말하였다.

"내 난성과 관포지교의 정이 있고, 또 사돈의 정까지 겸하였는데, 오늘 이같이 찾아오니 더욱 다정하오."

이어 술상을 내다가 손수 잔을 들어 권하였다. 원수가 술을 마셔 얼굴에 벌겋게 술기가 오르자 귀비는 더욱더 사랑하는 마음을 이기지 못하였다.

한껏 취기가 오른 원수는 괵 귀비에게 말하였다.

"제가 풍류로운 마음으로 객관에서 며칠 머물자니 심심하옵니다. 들으니 초나라 여인들이 활 쏘고 말 타는 재주가 있다 하니, 내일 후원에서 궁녀들의 재주를 한번 구경하고자 하나이다."

"내 또한 그 놀이를 좋아하여 궁인들을 가르쳐 활 쏘고 말 달리는 자 백여 명이 있으니, 원수가 보고자 하실진대 무엇이 어려우리오."

귀비가 웃으며 허락하였다.

다음 날 꾁 귀비는 궁녀 수백 명을 뽑아 군복을 갖추고 후원에서 무예를 가르쳤다. 양 원수도 홍포 입고 활과 화살을 차고 대완 청총마에 올라 다다르니, 초나라 궁녀들이 원수의 무예 뛰어남을 알고 저마끔 화려한 옷차림으로 단장하고 재주를 다하여 겨루었다. 어지러운 칼날이 봄눈같이 빛이 나고, 흐르는 살이 새벽별처럼 번쩍이니 눈부신 비녀들과 노리개들이 말 앞에 떨어졌다. 그 치열하고 현란함에 원수는 거듭 칭찬하였다.

문득 까치 한 쌍이 날아갔다. 궁녀들이 다투어 쏘았으나 아무도 맞히지 못하자 자연히 장내가 소란하였다. 이때 초옥은 다락 위에서 구슬발을 늘이고 구경하고 있었다. 양 원수가 멀지 않은 곳에 있는 것을 꺼려 깊숙이 앉아 있었는데도, 원수는 곁눈으로 초옥이 있다는 것을 짐작했다. 한번 초옥을 놀래 당황하는 모습을 볼 생각으로 허리에 찬 화살을 빼어 까치를 쏘는 체하며 다락 위쪽으로 시위를 놓았다. 번개 같은 살이 구슬발 갈고리를 맞히니 갈고리가 깨지면서 구슬발이 떨어졌다. 공주가 당황하여 미처 피하지 못하니, 양 원수가 밝은 두 눈으로 뚜렷이 바라보았다. 아름다운 자태는 반달이 구름을 헤치고 방긋이 웃는 듯하고, 당황한 기색은 나는 기러기 바람에 놀라는 듯한데, 부끄러워서 몸을 돌려 들어가니, 양 원수가 웃으며 꾁 귀비에게 사죄하였다.

"제가 활 쏘는 재간이 모자라 구슬발 갈고리를 깨뜨렸으니 부끄럽나이다."

꾁 귀비는 크게 웃으며 말하였다.

"옛사람이 병풍에 그린 공작을 쏘아 천생연분을 맺었다더니, 오늘 원수가 구슬발 갈고리를 맞히신 것 또한 기이한 일이구려. 원수의 궁법을 더 구경하고자 하오."

원수는 흔쾌히 허락하였다.

"제가 본디 내기를 하지 않으면 쏘지 않사옵니다. 백 걸음 밖에 버들잎을 달아 놓고 쏘아 맞히지 못하면 천 금 가는 제 대완마를 귀비께 드리겠나이다. 제가 맞힌다면 귀비께서는 저에게 무엇을 주시겠나이까?"

귀비가 웃으며 말하였다.

"우리 초나라가 가난하긴 하나 원수가 바라는 대로 다 드리리다."

"다른 것은 말고 비단 천 필을 주소서."

귀비가 허락하니, 원수는 궁녀를 시켜 백 걸음 밖에 작은 창을 세우고 창끝에 버들잎을 달라 하였다. 동개살을 메워 한 살에 버들잎을 맞혀 떨어뜨리자 장내가 떠나갈 듯 환성이 터졌다. 원수가 웃으며 비단을 재촉하니, 귀비는 곧바로 무늬 놓은 비단 천 필을 가져다 주었다. 원수가 비단을 받아 가지고 궁녀들에게 가더니 그들에게 하나하나 나누어 주었다. 그러고 나서 풍류를 듣고 술을 마시며 날이 저물도록 즐겼다.

아들마다 요조숙녀와 맺어 주고

이때 황제는 양 원수를 보내고 승전보를 손꼽아 기다리고 있는데, 사신이 이르러 원수의 상소를 바쳤다. 황제는 다 보고 나서 크게 기뻐하며 신하들의 치하를 받고는, 연왕을 불러 손을 잡고 말하였다.

"경의 부자가 대를 이어 나라에 큰 공을 세웠으니 예나 지금이나 드문 일이오. 장성에게 병부 상서를 더하고, 경과 난성후는 식읍 오천 호를 더하리라."

연왕이 상소를 올려 사양하나, 황제는 듣지 않았다.

한편, 황태후는 장성의 승전 소식을 듣고 황제에게 말하였다.

"장성이 이미 공을 세웠고, 초옥의 나이 열셋이니, 그곳에서 아예 성례를 치른 뒤에 군사를 돌려 오게 하는 것이 좋을까 하오."

황제는 태후의 말을 듣고 곧 연왕을 순무사로 임명하여 초나라에 보내면서 초왕과 백성들을 위로하고 장성의 성례까지 치르고 오라고 하였다.

연왕은 집으로 돌아가 부모님께 전하고 난성에게 물었다.

"황제께서 태후의 뜻을 받들어 장성이 혼례를 재촉하시며 성례를 치른 뒤에 오라 하시니 감히 사양치 못하였소. 아직 모자라는 게 많은데, 그래 난성은 어미로서 어찌 생각하오?"

난성은 웃으며 대답하였다.

"오늘 일은 이미 짐작했던 바이오이다. 좀 생각할 바가 있으나 걱정할 것은 없나이다."

연왕은 기뻐하고 며칠 뒤 떠났다. 황제가 금과 비단을 넉넉히 내려 주었다.

양 원수는 대군을 초 땅에 머무르고 조서를 기다리고 있었다.

그런데 뜻밖에도 연왕이 순무사가 되어 온다는 소식이 왔다. 양 원수는 초왕과 함께 성 밖으로 나가 아버지를 맞이하고, 궁중에 잔치가 벌어졌다. 연왕이 황제의 뜻대로 군사들과 백성들을 위로하고는 초왕더러 말하였다.

"아이가 겨우 열네 살이라 혼례가 급할 것은 없으나, 황상의 명이 중하니 어서 예식을 차리고 대군이 빨리 돌아가게 하소서."

"내가 전쟁을 겪고 아직 다 정돈을 못 하였으니, 별수 없이 열흘은 걸릴까 하오."

그날로 사람을 불러 좋은 날을 받았다. 열흘 뒤 혼례를 치르기로 하였다. 초왕은 귀비에게 혼인 채비를 갖추라 이르고, 그날부터 날마다 연왕과 흉금을 터놓고 이야기를 나누었다.

혼인날이 되었다. 원수는 홍포 옥띠 차림에 나무 기러기를 안고 초옥은 봉관에 수놓은 연두저고리와 다홍치마를 입고 초례를 마쳤다. 초왕은 딸을 데리고 황성에 갈 채비를 서둘렀다.

왕비와 세 귀비는 초옥의 손을 잡고 헤어짐을 슬퍼하였다.

"여자들이란 부모형제를 멀리 떠나 살기 마련이니 어찌하겠느냐. 네 궁중에서 철없이 자라 부녀의 덕행을 배우지 못하고 지아비와 시부모 모시는 예절이 낯서니 다 에미 잘못이구나. 시집가서 공순하게 처신하며 남편 거스르지 말고 삼가고 조심해라."

초옥도 어머니 품에 안겨 눈물이 그렁그렁하였다. 차마 떠나지를 못하니 초왕이 재촉하였다. 초옥이 꽃수레에 오르니 궁녀와 하인들이 십여 리 밖까지 나와 바래다주고 들어갔다.

원수는 대군을 거느리고 먼저 가고 초왕과 연왕이 초옥을 데리고 뒤따라가는데, 깃발과 짐 실은 말이 십 리 넘게 달리고 구경하는 이로 길이 메었다.

열흘 넘어 서울에 이르렀다. 초왕은 딸을 데리고 궁궐로 들어가고 연왕은 갔던 일을 황제에게 아뢰었다.

황제는 수레를 갖추고 십 리 밖에 나가 적의 머리를 받는 헌괵례를 치렀다. 양 원수가 대군을 성 밖에 머무르고 개가를 아뢰니 북과 나팔이 하늘을 뒤흔들고 깃발이 해를 가렸다. 군례를 갖추어 야선의 머리를 받들어 드리니, 황제는 매우 만족스러워하며 군사들에게 좋은 음식을 베푼 뒤 궁궐로 돌아갔다. 원수는 진영을 풀어 흩어지게 하는 군악을 울려 병사들을 보낸 뒤 집으로 돌아왔다.

난성은 장성이 돌아온다는 소식을 듣고 비단신을 끌고 중문께로 나와 기다리고 있었다. 연왕이 그 모습을 보고 물었다.

"그대의 오늘 기쁨이 지난날 내가 승전했을 때와 견주어 어떻소?"

"지난날 상공이 공 세우신 것은 곧 저의 공과 마찬가지라 그리 기쁜 줄 몰랐나이다. 오늘 일은 특별히 기특하고 장하여 어찌할 바를 모르겠나이다."

이때 양 원수가 이르렀다. 늠름한 장수의 풍채로 부모를 뵈니, 난성은 기쁨에 겨워 아들의 손을 잡고 놓을 줄 몰랐다.

양 원수가 전장에서 겪은 일을 낱낱이 이야기하자, 난성이 얼굴빛을 달리하며 말하였다.

"네 이번에 승리한 것은 이 어미가 이미 믿었던 바이기는 하나 젊은 혈기에 무예를 믿고 경솔히 싸운 것은 잘한 일이 아니니, 앞으로는 삼가도록 하여라."

원수가 또 청운도사 만난 이야기를 하니 난성은 놀라워하다가 웃으면서 말하였다.

"청운이 본디 요망하여 잡술을 좋아하더니 아직도 그 버릇을 고치지 못하였구나."

황제는 온 신하들을 모아 놓고 공을 살펴 상을 내렸다.

도원수 양장성은 병부 상서를 더하고 식읍 만 호를 주었다. 부원수 뇌문경은 좌장군을 더하고 식읍 칠천 호를, 행군사마 한비렴은 병부 원외랑을 더하고 식읍 오천 호를 주었다. 그 아래 여러 장수들에게도 공에 따라 상을 주었다.

"초옥이는 짐의 조카이니, 오늘 신부를 데려가는 예식에 짐도 한 집안 식구로서 연왕 집으로 가 볼 것이로다. 그리 알라."

이때 초왕이 초옥을 데리고 궁궐로 들어가니, 태후가 반가이 맞았다.

"너를 대여섯 살에 보았는데 그동안 몰라보게 자랐구나."

그러면서 초왕에게 딸의 건강과 이런저런 일들을 자상히 물었다.

한편, 윤 각로가 연왕에게 말하였다.

"황상이 집으로 친히 나오시니 여러 가지로 군색한 일이 많을진 대, 자네는 어서 집으로 가 보는 게 좋을 것 같네."

그 말이 그럴듯하여 연왕이 곧 나가려고 하였다. 그러자 황제가 말렸다.

"경이 오늘 큰손님을 만나 손님 대접에 불편할 듯하군. 나는 그 저 친척들 가운데 앉아서 아무것도 허물하지 않겠으니, 부질없이 소란을 떨어 난처하게 하지 말라."

연왕은 황공하여 머리를 조아렸다.

집으로 돌아온 연왕은 부모님께 고하고 난성을 불러, 폐하께서 오시니 오늘 일을 손수 주관하여 음식 대접에 소홀하지 말라고 일렀다.

"제가 오늘 신부 덕으로 시어머니 체통을 차릴까 했더니, 상공이 또 못 하게 하시오이다."

난성이 웃으며 선랑과 연랑을 청하여 말하였다.

"우리 세 사람은 고락을 같이하는 처지가 아니오. 그대들이 며느리 맞는 날에 내 또한 수고를 아끼지 않으리니, 오늘 부엌일을 즐거이 해 주시구려."

그러고는 옷소매를 걷고 대청에서 내려와 음식을 만들고 간을 보며 아랫사람들과 수고를 같이하니, 민첩하기가 바람 같고 꼼꼼하기가 터럭끝 같았다. 순식간에 갖은 맛난 음식이 상 위에 오르니 조금도 부족할 게 없었다.

여종들이 서로 돌아보며 감탄하여 수군거렸다.

"우리 난성후께서 영웅호걸인 줄로만 알았더니, 오늘 보니 무슨 일에서든지 막힘이 없구나."

이윽고 문밖이 들레며 황제가 초왕과 초옥을 데리고 이르렀다.

조정 온 신하들이 화려한 예복을 차려 입고 수레며 말이며 구름처럼 밀려드니, 집 안이 물 끓듯 하였다.

내당에 자리를 깔고 태공이 남쪽을 보고 벽을 등지고 앉아 주인이 되고, 노부인은 그 곁에 앉았다. 연왕은 홍포 옥대로 서쪽을 보며 부모를 모시어 앉고 윤 부인과 황 부인은 동쪽을 보며 모시어 앉으니, 난성은 선 숙인, 연 숙인과 함께 두 부인을 따라 앉았다. 그리고 장성은 경성과 인성을 거느리고 연왕 곁에 모시고 섰다.

이윽고 화려한 수레가 들어서고 수레에서 신부가 내리니, 화려하게 단장한 초국 궁녀 십여 명과 연왕 집안의 시녀 수십 명이 앞뒤로 호위하여 당에 올랐다. 아리따운 모습에 보는 이마다 칭찬하였다.

신부는 먼저 시조부모님께 여덟 번 절을 하고, 연왕과 두 부인에게도 여덟 번 절을 한 다음 시어머니 난성에게 네 번 절하고, 선 숙인과 연 숙인에게 두 번 절하였다. 경성과 인성에게도 제가끔 인사를 마친 신부는 취봉루 옆 화월정으로 가서 쉬었다.

이때 황제는 사랑에 자리를 잡고 연왕 부자에게 안채에 들어가 신부의 예를 받고 나오라 하였다. 연왕 부자가 안채에 들어갔다가 나오자, 황제는 웃으며 말하였다.

"오늘 짐이 이곳으로 온 것은 오로지 난성후를 보고 치하하고자 한 것이니 바삐 부르라."

난성이 곧바로 나와 대청 아래에서 뵈옵고자 청하니, 황제는 대청 위로 오르라 하였다.

"짐이 난성의 현숙함에 탄복하여 제수씨로 대접하려 하오. 제수씨가 나라를 위하여 훌륭한 아들을 천거하여 오늘 짐의 형제가 이렇게 즐길 수 있으니, 다 제수씨의 공로라 어찌 갚아야 할지 모르겠구려. 오늘 짐이 불청객으로 참석한 것은 제수씨 며느리 보는 술이나 한잔 마셔 보자 함인데, 지내 크게 차린 것이 아니오?"

난성은 황송하고 부끄러워 감히 대답을 올리지 못하였다.

이때 초왕이 난성을 보며 말하였다.

"난성을 본 지 이미 일여덟 해구려. 초옥을 안고 놀던 때가 어제 같은데 세월은 흐르는 물과 같아 어느새 두 집이 사돈을 맺으니 기쁘기 그지없소이다. 딸애가 배운 게 없어 귀한 집안에 들어와 걱정 끼칠 일이 많을지니, 부디 딸처럼 생각하고 가르쳐 철없음을 용서하소서."

난성은 황송하여 몸을 굽혀 인사하였다.

이윽고 술상을 내오니 산해진미가 소담스럽고도 정갈하였다.

방에 가득한 손님들을 다 대접하고 궁녀와 하인들도 배불리 먹였

다. 모든 일들이 조용하면서도 규율 있게 움직이니 황제가 감탄하며,

"이 역시 난성이 전쟁마당에서 군사 쓰던 솜씨와 같구나."

하고 칭찬하였다. 황제는 연왕 부자와 한자리에 앉아 한집안 식구처럼 종일 즐기다가 날이 저물어서야 돌아갔다.

연왕이 손님들을 다 바래다주고 영수각에 이르니, 노부인이 며느리들과 함께 새 신부를 데리고 이야기하고 있었다.

연왕도 끼어 따스한 분위기 속에서 어머니에게 말하였다.

"오늘 장성이 혼사는 이렇게 지내었으나, 경성이도 나이 찼는데 마땅한 혼처가 없어 걱정이옵니다."

윤 부인이 말했다.

"요즘 들리는 소문에, 소유경 상서의 딸이 나이 열하나라 하는데 재주와 덕행이 뛰어나다고 하더이다. 헌데 소 상서가 한미한 집을 고르려 하여 경성이를 꺼린다 하니, 상공이 조용히 이야기해 보소서."

연왕은 그 말에 기뻐하며 물었다.

"소 상서에게 다 자란 딸이 있다는 말을 내 여직 듣지 못하였는데, 부인은 본 적이 있소?"

"여러 차례 보았나이다. 배운 것이 어느 만큼인지 모르나 외모는 뛰어나더이다."

연왕은 머리를 끄덕였다.

조금 뒤에 연왕이 나가니, 윤 부인이 난성을 보며 말하였다.

"난성은 사람 볼 줄 아는 눈이 있어 초옥을 한번 보고 저같이 현

숙한 줄 알았으나, 나는 눈 뜬 소경 같아 소 상서 아이를 여러 번 보았어도 잘 모르겠구먼."

그러자 난성이 웃고 경성을 보며 말하였다.

"학사가 부탁하면 내 소 소저의 집에 가서 선을 보고 오겠네. 내 보는 눈이 아마 천에 하나도 틀림이 없으리라."

"어머니가 선을 잘 보신다 하나 제 수단을 당하지 못할까 하나이다."

장성이 옆에서 말하고 새 신부를 곁눈질하였다. 선랑과 연랑이 장성에게 그 곡절을 물으니 소리 내어 웃으며 말하였다.

"선보는 사람들은 선보는 줄 알기에 만나도 부끄러워, 진짜 성품과 속마음을 알기 어렵나이다. 저는 초나라에서 이리이리하였나이다."

그러고는 까치를 쏘는 척하면서 구슬발을 떨어뜨리던 일이며 초옥이 놀라 피하던 거동을 생동하게 말하니, 온 사람이 허리를 꼬부리며 웃었다. 신부는 얼굴이 새빨개져서 어쩔 줄 몰랐다.

이튿날 소 상서가 연왕 집으로 오니, 연왕이 인사를 나눈 뒤 웃으며 말하였다.

"사람이 벗을 사귀면서 그 속을 사귀지 않고 겉만 사귀는 것을 어찌 생각하오?"

"옳지 않소이다."

"그러면서 형이 나를 겉으로만 대접하니 무슨 도리요?"

상서가 깜짝 놀라며 물었다.

"그게 무슨 말씀이시오이까?"

"내가 들으니 형한테 딸이 있고 우리 아들 경성이도 나이가 찼는데, 우리 부귀를 흠으로 여겨 혼인을 허락지 않는다고 하더이다. 무릇 부귀함은 사람의 겉이요 속에서 우러나오는 것이 사람의 마음인데, 이 어찌 나를 겉만 보아 소홀히 대하는 것이 아니겠소?"

소 상서는 그제야 웃었다.

"제 어찌 상공이 부귀하다고 푸대접하겠나이까? 다만 딸애가 배운 게 없어 귀한 집안에서 며느리 구실을 못 할까 저어하는 것이오이다."

그러자 연왕이 기뻐하며 말하였다.

"내 또한 여남의 가난한 선비로 분에 넘치는 공명이 넘쳐 늘 경계하리라 하고 아들애 혼사를 가난한 집과 하려고 했는데, 우연히 초왕과 혼인을 정하니 그것도 하늘이 정해 준 인연이라 사람의 힘으로는 못 할 바라오. 그러니 형은 고집 부리지 마오. 우리 아들이 어떠하오?"

"상공이 이렇듯 말씀하시니 사양할 뜻이 없나이다. 무슨 다른 말이 있사오리까?"

연왕이 몹시 기뻐하며 더욱 다정히 이야기를 나누는데, 바깥에서 초왕이 왔노라고 알렸다.

연왕이 초왕을 맞아 인사를 나누는 사이에 소 상서는 자리를 피하였다. 초왕이 연왕에게 물었다.

"문 앞에 수레와 하인이 있기에 큰손님이 왔는가 보다 했는데 어찌 이리 조용하오?"

"이부 상서 소유경이 왔는데 초왕이 오시니 자리를 피하였소이다."

그 말을 듣고 초왕은 소 상서를 청하였다. 소 상서가 나와 인사하니 초왕이 예를 차려 답하였다.

"내가 멀리 있어 조정의 벗을 가까이 못할 때가 많으나, 상공의 이름을 우레같이 듣고 한번 만나고 싶은 마음 간절하였는데 어찌 자리를 피하시오이까?"

"제가 어리석어 대왕께 인사드리지 못한 고로 감히 마주 서지 못하였나이다. 좋은 날을 받아 순조로이 혼례를 치르셨으니 축하드리옵니다."

연왕이 웃으며 초왕더러,

"오늘 둘째 아들의 혼사를 소 상서와 정하였으니 대왕께서 중매하소서."

하자, 초왕이 웃으며 말하였다.

"오늘 술 한잔이 있겠구려. 내 마침 잘 왔소이다."

그러면서 장성과 경성 형제를 불렀다. 장성과 경성이 나와 모시고 서니 초왕이 연왕에게 나머지 세 아들을 다 부르라고 하였다. 곧 인성, 기성, 석성이 차례로 나왔다. 인성은 열 살, 기성은 아홉 살, 석성은 일곱 살이었다. 초왕이 아이들을 하나하나 유심히 살펴보더니 칭찬하였다.

"기린의 아들이요 봉황의 새끼로다. 모두 대단히 잘나서 형의 집에 복이 쏟아지겠구려. 특히 인성이의 의젓한 거동을 보니 뒷날 크게 성취할 것 같소."

몇 달 뒤 초왕이 초 땅으로 돌아가는 길에 연왕의 집에 들러 조용히 이야기하였다.

"내 왕족의 항렬에 있어 구태여 조정 일에 참예하지 않는 것은 형도 아는 바이오이다. 이번에 조정에 들어가 몇 달 있으면서 보니 조정 기강이 너무 해이하여 나랏일이 한심하구려. 전전어사 동홍은 본디 천인으로 여러 가지 놀이를 좋아하여, 요즘 뒤뜰에 격구장을 꾸며 놓고 궁중의 날랜 청년 오륙십 명을 뽑아 격구교위라 하며 교만 방자함이 날로 더하니, 뒷날 근심이 적지 않을 것 같소이다. 하여 틈을 타서 폐하께 말씀드렸으나 듣지 않으시고 그저 대수롭지 않은 일로 여기시더이다. 형은 나라를 위해 방도를 생각하소서."

"저도 들었소이다. 요즘 도적을 다스리고 조정에 일이 많아 미처 말씀드리지 못하였으니 이제 상소하려고 하오."

초왕은 한동안 깊이 생각하다가 입속으로 말하였다.

"전날 노균은 간악한 무리에 지나지 않았으나 오늘 동홍은 음흉하고 대담하니, 형은 조심하는 것이 좋을까 하오."

연왕은 머리를 숙이고 대답이 없었다.

이튿날 초왕은 딸을 만나 보고 떠나갔다.

연왕 부자가 배웅하고 돌아오는데, 네거리에 이르니 한 재상이 말을 타고 하인을 거느려 길을 가득 메우고 있었다. 연왕부의 하인이 길을 비키라고 소리쳤으나 재상은 들은 체도 하지 않고 말을 달려 옆으로 지나치려 하였다. 연왕부에서,

"조정 규율에 이런 법도가 있는가? 아랫것을 잡아오라!"

하니, 그 재상이 비로소 말에서 내려 길을 양보하였다.

연왕이 지나오며 보니 동홍이었다. 속으로 무척 놀랐으나 작은 허물을 부풀릴 생각이 없어 말없이 돌아왔다.

이튿날 연왕 부자가 조회에 나가려고 대루원待漏院에 앉아 있는데 동홍이 늦게야 들어왔다. 온 벼슬아치들이 저마끔 앞에 나아가 다투어 인사하니, 동홍은 겨우 머리를 끄덕일 뿐이었다. 그러더니 주저 없이 연왕 앞을 지나 합문閤門으로 곧바로 들어가려 하였다.

연왕은 대루원 관리를 불렀다.

"합문이 열리지 않았고 대신들이 다 밖에 앉아 있는데, 먼저 들어가는 자 있으니 어찌 된 일인가?"

그러자 관리가 머뭇거리며 대답하였다.

"그전부터 전전어사 동홍 나리는 합문 출입을 마음대로 하였나이다."

그 말에 연왕은 크게 노하여 말했다.

"합문은 황제가 거처하는 곳으로 들어가는 중요한 문이니, 그 엄중함이 군영과 같다. 만일 함부로 들어가는 자가 있으면 군율로 다스리리라!"

그 말에 합문을 지키던 군사가 겁을 먹고 동홍을 막으니, 동홍은 들어가지 못하고 낯빛이 변하며 못마땅해하였다.

조회를 마치고 나오려 하는데, 황제가 장성을 찾으며 말했다.

"오늘 태후 마마께서 양 상서를 보고자 하시니 나가지 말라."

그리하여 연왕만 나가고 장성이 남았다. 황제가 양 상서를 편전으로 불러 보는데, 내관 대여섯 명과 궁녀 열 명쯤이 동홍과 함께 서 있었다.

황제는 양 상서 손을 잡으며 말하였다.

"태후 마마께서 후원에서 놀려 하시는데, 경을 부르시니 해가 진 뒤 나가라."

황제는 양 상서에게 술과 안주를 내다 먹인 뒤 소매를 이끌고 후원으로 나갔다.

후원은 사면이 탁 트여 넓고도 높은데 앞에 마당을 닦아 동서로 수백 걸음이요 남북이 천여 리나 되어 보였다.

"이곳은 짐이 소일하는 곳이라. 옛날 당나라 때부터 격구하는 법이 있노라. 성인군자가 일삼을 바는 아니나 무예를 닦는 곳이니라. 전전어사 동홍이 가장 재능이 높아 짐이 서로 승패를 다투나 늘 이기지 못하는구면. 경의 무예가 뛰어나니 한번 구경코자 하노라."

양 상서는 잠깐 머뭇거리다가 아뢰었다.

"신이 아직 격구하는 법을 배우지 못하였사오니, 오늘 놀이를 돕지 못할까 하나이다."

그러자 황제는 웃으며 말하였다.

"이것도 다 창검 쓰는 법과 같으니라. 짐이 친히 시험해 보리라. 경이야 한번 보기만 해도 다 알리로다."

황제가 동홍을 부르니 동홍이 융복을 차려 입고 격구교위 쉰 명 남짓을 거느리고 들어섰다. 황제도 융복을 입고 격구장으로 나가 친히 말을 달리니 동홍이 말을 몰아 들어가며 채구를 공중에 던졌다. 황제는 쌍봉을 들고 동으로 달리다가 서쪽으로 들이치며 동홍과 서로 채구를 주고받으니 채구가 공중을 나는데, 푸른 바다에서

용 두 마리가 여의주를 어르는 듯 한나절이 되도록 승패를 가르지 못하였다. 문득 동홍이 꾀를 써서 몸을 솟구치며 쌍봉으로 사납게 치니 채구가 공중에 별같이 올라갔다. 황제가 말을 달려 받으려 했으나 미처 받지 못하고 채구가 땅에 떨어졌다. 동홍은 북을 치며 승전곡을 아뢰었다.

황제는 억지로 웃으며 머리를 절레절레 흔들었다. 양 상서는 어이가 없었다.

'동홍의 무례함이 저런 정도이니, 조조가 임금 앞에서 사냥 솜씨를 뽐낸 격이로다. 그때 관운장이 조조를 베지 못한 것이 한이었는데, 내 오늘 이 기회에 함께 노는 척하다가 목을 베리라.'

양 상서가 폐하에게 아뢰었다.

"신이 재간은 없으나 동 어사를 대적하여 오늘 놀이를 돕겠나이다. 헌데 신은 오랑캐 출신이라 군령으로 하려고 하오니, 지는 자는 군율에 따라 벌하는 것이 좋을까 하나이다."

황제는 껄껄 웃으며 그리하라 허락하였다.

동홍은 기뻐 속으로,

'제가 무예는 뛰어나다 해도 격구 기술은 서툴렷다! 그 주제에 망령되이 군령을 말해? 내 한번 이긴 뒤에 그 꼴을 보리라.'

하고 쌍봉을 휘두르며 격구장으로 들어왔다. 양 상서는 짐짓 웃음을 띠며 융복을 가져오라 하여 차려 입고는 동홍더러,

"나는 쌍봉을 쓰지 못하니 칼로 대신하겠소."

하니, 동홍이 기꺼이 허락하며 속으로 웃었다.

'칼이 가벼워 채구를 받지 못할 것이니 첫 번에 낭패하도록 만들

리라.'

동홍이 채구를 공중에 던졌다. 양 상서가 피하는 체하며 칼로 받아 동홍에게 보내니, 동홍은 크게 소리치며 쌍봉을 들고 춤추면서 채구를 공중에서 놀리다가 힘껏 쳤다. 채구가 하늘로 솟아 양 상서 앞에 떨어지니, 상서 또한 몸을 피하며 칼로 받아 동홍에게 보냈다. 동홍은 상서가 무서워하는 줄 알고 기승을 부리며 있는 힘껏 쌍봉을 번개같이 두르며 채구를 희롱하다가 다시 힘껏 쳐서 양 상서에게 보냈다. 상서가 문득 쌍검을 번뜩이며 채구를 치니 채구가 하늘로 백여 길을 솟아올랐다. 동홍이 당돌히 받으려 하다가, 양 상서가 웃으며 칼을 하늘로 던져 내려오는 채구를 받아 또 수십 길이나 솟구치게 하니, 하릴없이 말을 멈추고 솟아오르는 것을 바라만 보았다. 상서가 또 칼을 던져 내려오는 채구를 받으니 다시 수십 길을 솟아올랐다. 상서가 이번에는 쌍검을 던지니 쌍검이 공중에서 춤추며 채구를 받아 한동안 희롱하였다. 동홍이 망연자실하여 말을 잡고 섰다가 채구가 갑자기 제 말의 대가리에 떨어지자 당황하여 쌍봉을 쳐들었으나 미처 받지 못하고 말았다.

양 상서는 크게 웃더니 손에 칼을 들었다.

"군율에는 농말이 없느니라."

말이 채 끝나기도 전에 동홍의 머리가 땅에 뚤렁 떨어졌다.

구경하던 사람들 모두 크게 놀랐다. 양 상서는 칼을 던지고 황제 앞에 나아가 땅에 엎드려 아뢰었다.

"폐하 젊음이 넘치고 원기 왕성하시어 온갖 일을 보시는 틈에 즐거이 시간을 보내고 싶을 것이옵니다. 즐기실 만한 일이 많을 터인데, 어찌 천한 자를 가까이 하사 옥체를 상하시며 듣는 사람들을 놀라게 하시나이까. 동홍이 방자하여 폐하와 자웅을 다투고 안하무인으로 흔들거리니, 이 버릇이 차츰 자라면 나라를 깊이 병들게 할 것이오라 신이 군령을 빌려 간신을 참하였나이다. 바라옵건대 폐하는 격구 놀이를 폐지하사 밝으신 정사에 가림이 없게 하소서."

황제는 참담하여 한참 잠자코 있다가 말하였다.

"짐이 경의 충성을 아나 동홍이 나 때문에 죽임을 당했다고 생각하니 불쌍하구나."

"간신 한 사람을 아끼시어 나라 안위를 생각지 않는다면 그 크고 작고는 물론 그 경중이 어떠하겠나이까?"

그제야 황제는 고개를 끄덕였다.

"경은 짐의 기둥이니, 앞으로도 다시 이런 허물이 있거든 이렇게 간하라."

상서는 황송하여 머리를 깊이 숙여 절하고 물러 나왔다.

집에 돌아가 아버지께 고하니, 연왕이 크게 놀라 낯빛을 붉히며 꾸짖었다.

"네 아직 철이 없어 임금을 섬기는 예법도 모르고 이렇듯 방자하구나. 벼슬이 상서에 이르렀는데 임금을 모시고 잡스러운 놀음으로 충성을 하였으니 그 죄 하나요, 궁궐 안 엄한 곳에서 사람을 칼로 베어 죽이니 그 죄 둘이요, 소인을 죽이는 법이 반드시 그 죄를 명백히 밝혀야 할 것인데 너는 놀음을 이용하여 분명하지 않게 죽이니 그 죄 셋이라. 아비가 자식을 잘못 가르쳤으니 아무리 폐하께서 용서하신다 해도 어찌 두려운 일이 아니겠느냐?"

그러고는 곧바로 관복을 차려 입고 궐문 앞에 나아가 죄주기를 기다렸다.

황제가 크게 놀라 바로 불러 만나니, 연왕은 머리를 깊숙이 숙이고 아뢰었다.

"신이 불충하여 철없는 자식을 일찍 조정으로 들여보내, 무례하게도 폐하의 눈앞에서 동홍을 죽였나이다. 신은 듣고 마음이 떨려서 무슨 말씀을 올려야 할지 모르겠나이다."

황제는 연왕에게 겸손히 사양하며 말하였다.

"이는 짐의 허물이니 경은 지나치게 자책하지 말라."

"폐하, 장성의 무례함을 징계하시어 벼슬을 떼고 격구교위를 없애소서."

"격구교위는 이제 없애 버리겠으나 장성의 관직은 더 돋우어 충성을 표창하려고 하노라."

연왕이 거듭 아뢰나 황제는 듣지 않았다.

세월은 흐르는 물과 같아 연왕이 다시 조정에 들어온 지 다섯 해가 되었다. 경성도 이제는 열일곱 살이어서 날을 받아 혼례를 치렀다. 소 소저의 현숙함이 초옥에게 지지 않았다.

연왕이 위로는 부모님 받들어 모시고 아래로 두 아들 며느리를 거느려 가정이 화목하고 복록이 늘어나니, 날마다 번창함을 근심하여 다시 시골로 돌아갈 생각을 하고 있었다.

이때 강서 땅에 흉년이 들어 민심이 소란하고 유랑민이 늘어나니, 황제가 걱정하여 태수를 임명하려고 하나 사람마다 구실을 대며 나서지 않았다.

어느 날 경성이 아버지께 고하였다.

"옛말에 서리서리 얽힌 어려운 일을 만나지 못하면 그 사람의 재능을 알지 못한다고 하였나이다. 소자 철부지이오나 나라의 한없는 은혜를 입고 보답할 길이 없사오니, 이제 강서 태수를 자원하여 은혜를 천분의 일, 만분의 일이라도 갚을까 하나이다."

"네가 그 복잡한 강서 땅을 어찌 다스리려고 하느냐?"

"부드러운 것이 단단한 것을 누르고 약한 것이 센 것을 이겨 낸다고 하옵니다. 백성들이 굶주림과 추위에 견디다 못하여 숲 속이나 바닷가에 모여 무기를 들고 날치니, 은혜와 덕으로 위로하며 먹을 것을 주고 믿음을 사는 것이 옳을까 하나이다."

아들의 장성함을 대견하게 여기며 연왕은 곧바로 상서를 올렸다. 황제는 기뻐하며 경성을 강서 태수로 임명하였다.

윤 부인이 경성의 손을 잡고 부탁하였다.

"네 나이 아직 어리고 강서 인심이 흉악하니 이 어미는 네가 무사히 돌아오기만을 기다리겠다."

"충실하고 미덥게 이야기하고 따스하고 존경하는 마음으로 대한다면 미개한 나라라도 통하겠는데, 하물며 강서 땅에서 통하지 않으리까. 못난 아들이오나 스스로 몸을 삼가 충효를 저버리지 아니하겠나이다."

이전에는 강서 태수로 가는 사람들마다 겁을 먹고, 위의를 엄히 갖추고 장사들을 뽑아 호위하게 하며, 강서 경계선에 이르러서는 만나는 백성들을 도적 다스리듯 하니 오히려 민심이 더욱 소란해졌다. 그러나 양 태수는 행장을 간단히 꾸리고 하인들과 영접 나온 수레들을 다 돌려보내고는 먼저 백성들을 위로하고 타이르는 글을 강서 고을로 보내었다.

　　강서 태수가 고을 백성들에게 전하노라. 강서 고을이 불행하여 양민들이 하릴없이 도적이 되니 그것이 어찌 본심이겠는고. 위로는 부모가 굶주리고 아래로는 처자가 뿔뿔이 헤어지니, 쌀 한 되와 돈 몇 푼을 바라며 도적 무리에 뛰어들고, 먹을 것이 없어서 얼굴을 가리고 남의 것을 훔치는 것이리니, 이는 다 태수의 탓이로다. 이제 황명을 받들어 내가 강서 고을을 다스릴 터, 비록 옛날 어진 태수의 부모 같은 자애로움은 없겠으나 우물로 기어드는 백성을 생각하면 어찌 불쌍하지 않으리오. 이제부터 백성들을 잡아 가두라는 영을 거두고, 도적 누명을 쓰고 감옥에 갇혀 있던 사람들을 놓아주고, 새로운 태수가 부임할 때까지 기다리라.

양 태수는 이 글을 먼저 강서 땅에 선포하고 말 한 필에 하인 두 사람을 데리고 강서 고을 경계에 이르니, 살림집이 드문드문하고 닭 우는 소리와 개 짖는 소리도 들리지 않았다. 곳곳에는 도적들이 무리를 이루고 패를 지어 칼과 창을 들고 숲에 숨었다가 길 가는 사람들을 위협하여 물건을 빼앗곤 하였다. 그러다 태수가 새로이 온다는 소식을 듣고는 죄지은 일이 두려워 한데 모여 변을 꾸미려 하다가, 태수가 써 보낸 글을 보고는 흩어져 신임 태수의 거동을 지켜

보았다. 정작 태수가 저 혼자 말을 타고 오니 모두가 속으로 경탄하였다. 문벌 좋고 잘사는 사람들은 부끄러워하고, 어려운 백성들은 후회하였다.

태수는 관가에 이르러 고을에서 권세 있는 사람 여남은 명을 골라 현승縣丞으로 삼고, 도적의 우두머리 백여 명을 조사하여 관아 뜰로 불러 타일렀다.

"너희가 다 나라의 백성들인데 굶주림과 추위를 참지 못하여 망령되이 죄를 저질렀으니 황제께서 태수를 보내시어 어진 인정으로 타이르노라. 죄를 고치면 용서하여 뒷날 복을 누리려니와 만일 고치지 않으면 나라의 질서를 어지럽히는 백성으로 처참한 죽음을 당하리라. 굶주림과 추위를 참고 목을 보존하는 것과 먹을 것을 위하여 목이 잘리는 것 가운데, 어느 쪽이 편안하고 어느 쪽이 위태로우며 어느 것이 옳고 어느 것이 그르겠는고?"

그 말에 도적들이 죄를 뉘우치고 허리를 굽혀 인사하며 아뢰었다.

"저를 낳아 준 분은 부모요 저를 살려 준 분은 사또시니, 어찌 양민으로서 도적이 되기를 바라리까? 앞으로 살아갈 길을 가르쳐 주소서."

양 태수는 그들을 위로하고 곧바로 곳간을 열어 양식을 내주었다.

이렇게 되어 온 백성들 생활이 편안해지고 다시 농사일에 힘쓰니 해마다 풍년이 들었다. 길가에 떨어진 물건을 줍지 않으며 밤에도 문을 잠그지 않으니, 관가에 송사할 일도 없어졌다. 가르침이 널리 미쳐 강서 온 고을이 평화로워졌다.

황제가 이 사실을 듣고 양 태수를 예부 시랑으로 불러올리자, 강서 백성들이 길을 막고 눈물로 환송하였다.

예부에 들어온 양 시랑은 식년대과式年大科를 맞이하였다. 그런데 과거로 선비를 뽑는 모양이 어지럽기 그지없었다. 양 시랑은, 시급히 바로잡지 않으면 안 된다고 황제에게 상소를 올렸다.

신 예부 시랑 양경성은 듣건대, 선비는 나라의 근본이요 과거는 선비의 벼슬길이라 나라의 흥망이 여기에 달려 있다 하였나이다. 하오나 오늘날 선비의 풍습이 해이하고 과거 법도가 어지러워 벼슬을 관장하는 자는 사사로운 정을 돌아보고 재주를 닦는 자는 요행을 바라고 있나이다. 그러니 한 번 과거를 치르면 사람들은 울분에 차 가슴을 두드리옵니다. 시험관들도 두려운 마음에 깐깐히 학문을 묻지 못하고, 또 급제하지 못한 자들은 과거 법도가 공정치 못하다고들 하옵니다. 어리석은 자들이 요행을 바라고 버젓이 남의 손을 빌려서 글을 짓고 쓰다 보니 과거장이 미어터질 듯하고 시험지가 더욱 많아졌나이다. 어진 사람은 이 일을 한심하게 여기고, 어리석은 사람은 속으로 좋아하옵니다. 시골 오막살이의 가난한 서생들만 시속을 몰라 구차함을 달게 여기고 글만 읽어 공명을 좇으니, 사람들이 그들을 보고 모두 손가락질하고 조롱하는 형편이옵니다. 이 어찌 과거를 보여 선비를 뽑고 나랏일을 하는 도리라 하겠나이까?

바라옵건대 폐하는 군, 현에 조서를 내리사 해마다 선비를 뽑아 올릴 숫자를 정해 주고, 예부에서는 그들을 모아 삼 년에 한 번씩 과거를 보이되 먼저 책문으로 경륜을 묻고, 다시 시로 문장을 시험한 뒤 급제자는 폐하께서 친히 시험을 보여 다시 인재를 고르소서. 폐하, 어지러운 과거 제도를 바로잡도록 하소서.

황제가 보고 크게 기뻐하며 비답을 내렸다.

두루 갖춘 옳은 의견이로다. 나라를 위한 마음이 매우 아름다워 그대로 비준하노라.

몇 해 뒤 다시 황제의 교지가 내렸다.

예부 시랑 양경성이 그동안 예부 일을 잘 보고 과거의 법도가 공정해졌으니, 공을 높이 보아 호부 상서로 올리라.

이때는 호부 상서 양경성의 나이 열아홉이었다. 위로 황제의 은혜에 감동하고 아래로 백성들을 근심하여 충성을 다하니, 황제의 사랑과 미더움이 날로 더하여 벼슬이 또다시 참지정사에 이르렀다.

하루는 연왕이 조회를 마치고 집으로 돌아와 부인들과 아들들을 불러 앉히고 말하였다.

"내 오늘 조정에 들어보니 참으로 두렵구려. 아버지와 아들 셋이 재상의 자리에 이르고 가까운 친척들도 조정에 올랐으니 어찌 시기하는 사람들이 없겠소. 이럴 때 깨끗이 벼슬살이를 걷어치우고 다시 시골로 돌아가려고 하는데, 모두들 생각이 어떻소?"

윤 부인이 웃으며 먼저 입을 열었다.

"상공의 말씀이 그러하오니 다행스러운 일이오이다. 서슴지 말고 어서 정하소서."

그러자 황 부인이 말하였다.

"두 아이는 장가들었으나 세 아이가 아직 혼인을 못하였으니, 혼사를 마친 뒤 물러나심이 좋을까 하나이다."

이때 난성이,

"상공이 조정에서 공명을 다하시고 산수의 맑고 한가한 복을 구하시니 조물이 시기하지 않을까 하나이다."

하고 말하니, 연왕이 웃으며 선랑과 연랑에게 왜 말이 없느냐고 물었다.

"일이 잘되든 못되든 걱정이든 기쁨이든 가리지 않고 지아비를 따를 생각이오니 다른 의견이 없나이다."

하고 선랑이 말하자, 연랑이,

"어젯밤 인성이가 저더러 조용히 말하였나이다. '우리 집이 지나치게 번창하거늘 아버님이 물러나실 생각을 아니 하시니 걱정인데, 어머니는 혹시 그런 눈치를 채지 못하였나이까?' 하였사옵니다. 참으로 다행스러운 일이옵니다."

하며 지아비를 따르겠다는 뜻을 말하였다.

연왕이 깜짝 놀라 인성을 보고 물으니, 인성이 대답하였다.

"옛 책에 쓰여 있기를, '학문이 높으면 벼슬하라.' 하고 '마흔에 벼슬하라.' 하였으니, 옛사람들이 이토록 신중한 까닭에 벼슬길에 낭패한 일이 없었나이다. 이제 두 형이 재주 뛰어나고 학문이 높으나 옛사람들에 견주면 미치지 못할 일이 많사옵니다. 스물이 못 되어 장상 반열에 이르니 평생을 지내도 어찌 옛사람의 길을 따르겠나이까. 또 생각건대 아버님 위풍이 나라에 빛나고 명망이 세상에 자자하사 군자가 우러러보고 소인은 동정만 살피고 있나이다. 몇 해 동안에 부자 형제가 재상 반열에 오르니, 나아갈 줄만 알고 물러설 줄 모른다고, 군자는 웃고 소인은 보름달이 이지러지기를 기다릴까 두렵나이다."

인성의 말을 들은 연왕은 아들 손을 잡으며 기뻐하였다.

"네 아비가 눈이 밝지 못하여 집안에 훌륭한 인재가 있는 줄을 여직 모르고 지냈구나."

이때부터 큰일이 생기면 인성과 의논하곤 하니, 인성의 나이 열네 살이었다. 하루는 인성이 아버지께 아뢰었다.

"공자는 천하를 두루 돌아다녔으되, 모르는 자들은 제후한테 벼슬을 얻고자 한 것이라 떠드나 실은 견문을 넓히고 도덕을 행하고자 하신 것이 아니겠나이까. 이런 까닭에 노자에게 예를 묻고 사양師襄에게 음악을 배우시며, 어진 벼슬아치 거백옥蘧伯玉과 안평중晏平仲과 교유하셨나이다. 제가 어리오나 세상을 두루 돌아다니면서 도덕과 문장을 배우고자 하나이다."

연왕은 인성의 제의를 기쁘게 승낙하였다.

인성은 어머니께 하직하고 하늘소 한 필과 시중드는 아이 하나를 데리고 단출히 문을 나서 바로 산동 땅에 이르렀다. 공자가 살던 궐리厥里를 찾아 사당에 참배하고 그 고을 선생을 만나 인사를 나누었다. 선생은 인성의 기상과 행동거지를 보고 놀라 그와 더불어 성리학과 하늘의 이치를 논하면서 학문을 물으니 인성이 사리정연하고 식견이 높아 선생을 크게 놀래었다.

"그대는 내 스승이며 나한테 댈 게 아니구면. 이 근처에 선생 한 분이 있는데 도학이 높으시니 한번 가 뵙는 게 어떠한가?"

"그분이 어데 계시나이까?"

"산동성 태산 아래 계시는 손 선생이라는 분으로, 송나라 손명복孫明復 선생의 후손이시네. 삼십 년 동안 구차하고 가난한 가운데서도 편안한 마음으로 도를 즐기며 산 밖에 나가지 않으나 학자들이 사방에서 구름같이 모여들었다 하네. 허나 선생은 더욱 겸양하여 스승으로 자처하지 않고 곤궁한 것을 탓하지 않으며 책을 읽고 있으니 한번 찾아가 보게."

인성은 곧 고을 선생을 하직하고 태산 아래 이르러 손 선생을 찾았다. 비바람도 막지 못할 듯 무너져 가는 두 칸짜리 집이 있어 문 앞에 이르니 글 읽는 소리가 낭랑히 들려왔다. 인성이 조심스레 문을 두드리니 어린아이가 문을 열었다.

"나는 황성 사람으로 선생의 높은 이름을 듣고 뵈옵고자 왔으니 선생께 아뢰어라."

그 아이는 들어갔다가 조금 있다 나와서 들어가 보라고 하였다. 인성이 초당에 들어 보니 흙벽에 돗자리를 깔았고 거문고 한 틀과 책 한 권이 놓여 있었다. 그런 가운데 손 선생이 해진 옷에 찢어진 관을 쓰고 앉아 있는데, 얼굴이 맑고 등이 꼿꼿하여 첫눈에도 도학자요 산골에 묻혀 사는 고결한 사람임을 알 수 있었다.

인성이 자리를 정하고 앉자 선생이 물었다.

"황성 젊은이가 왜 한사코 산골 사람을 찾소?"

인성은 자리를 고쳐 앉으며 대답하였다.

"제가 시끄러운 도시에서 나고 자라 본 것이 속될 뿐 아니라 배운 것이 없나이다. 선생님을 좇아 널리 배우고자 하나이다."

선생은 한동안 뚫어지게 인성을 쳐다보다가 다시 물었다.

"이름은 무엇이며 나이는 몇 살이오?"

"양인성이라 하옵고, 열네 살이옵니다."

"이 늙은이는 산중의 보잘것없는 선비인데 무슨 학식이 있어 남에게 미치리오. 젊은이 얼굴을 보니 뒷날 크게 성공할 재목인데 내 어찌 스승으로 자처하리오?"

그날부터 선생은 인성과 함께 문장을 갈고 닦으며 도덕을 논하였다. 인성은 하나를 들으면 열을 알고, 지난 것을 일러 주면 닥쳐올 것을 깨달았다. 그리하여 몇 달 사이에 학문이 몰라보게 발전하니, 선생은 제자를 더욱 사랑하고 제자는 스승을 더욱 공경하였다.

선생에게는 딸이 하나 있어, 덕망 있는 사위를 얻으려 하였다. 하루는 선생이 조용한 틈을 타 인성에게 말하였다.

"우리 집에 딸이 하나 있는데 잘생기지 못하고 배운 것도 없으나, 이 아비의 마음엔 너같이 재주와 덕망 있는 사람을 얻어 사위 삼을 생각이구나. 그런데 너희 집이 지체가 높아 한미한 우리 집과는 혼인하려 할 것 같지 않구먼."

그 말에 인성이 공손히 대답하였다.

"혼인은 인륜대사이니 가풍이 어질고 어질지 못한 것을 물을 따름이옵니다. 어찌 빈부궁달에 얽매이리까?"

선생은 아무 대답도 없었다.

어느 날 인성이 부모 곁을 떠난 지 오래이니 이만 돌아가야겠다고 청하였다. 그러자 선생은 서운하였다.

"이 늙은이는 세상에 나다니지 않는 사람이니 다시 만날 기약이 없구나."

"제가 한가한 때를 타서 다시 찾아뵈올까 하나이다."

선생은 인성을 보내고 돌아서려니 차마 걸음을 뗄 수 없었다. 그래서 대지팡이 짚고 동구 밖 몇 리까지 나와 바래다주었다.

집으로 돌아온 인성은 아버지를 뵈었다.

"네 산동 땅에 가서 무엇을 얻었느냐?"

"풍속이 퇴폐하여 거문고 타고 시 읊는 것은 보지도 못하였나이다. 태산 아래 손 선생이란 분을 뵈었는데 청렴결백하고 강직함이 세상에 제일이옵니다. 다만 쌀독이 비는 때 많으니 보기에 딱하옵니다."

"예부터 산골에 그런 사람들이 많으니 이는 우리 모두가 일을 잘못한 결과로다. 내 이제 조정에 천거하여 쓰려고 하는데 네 생각은 어떠냐?"

인성은 잠자코 생각하다가 말하였다.

"선생이 작별할 때 하신 말씀이 있나이다."

그러면서 손 선생이 딸을 혼인시키고 싶어 하던 말을 전하니, 연왕이 크게 기뻐하였다.

"내 평생 한미한 집과 혼인하여 자식의 복력을 아끼고자 하였으니, 내 바라던 바로구나."

"손 선생 인품이 고상하여 우리 집에서 천거한 줄 알면 좋아하지 않을까 하나이다."

연왕이 머리를 끄덕였다.

이때 전란 때문에 조정에 일이 많아 태학 입학식을 못 하였다. 황제는 이윽고 태학을 중수하고는 연왕을 황태자의 스승으로 임명하고, 좋은 날을 택하여 태학을 열도록 하였다. 온 나라에 조서를 내려 학문이 높은 선비를 부르니 연왕이 태산 아래 손 선생을 천거하였다. 황제가 예우하여 수레를 보내 부르니 선생이 여러 차례 사양하다가 산을 나와 조정에 들어왔다.

인성이 마중 나가서 반갑게 맞이하니, 손 선생은 인성의 손을 잡고 말하였다.

"이 늙은이가 늘그막에 그다지 기쁜 일이 없는데 오직 너를 만날까 하여 잠을 이룰 수 없더구나. 이곳에서 만날 줄이야 어찌 알았겠느냐. 내 이제 황제 폐하를 뵙고 너를 천거하고자 하는데, 네 생각은 어떠냐?"

인성이 깜짝 놀라면서,

"무슨 말씀을 하시옵니까? 제가 빨리 출세할 마음이었으면 아버님과 형님의 덕으로도 넉넉하옵니다. 스승님을 우러러보는 바는 도덕과 문장을 사모할 따름이온데, 오늘 이 말씀은 제가 바라던 바가 아니옵니다."

선생이 기뻐하며 칭찬하였다.

황제가 손 선생을 근정전으로 불러 만나 보는데 손님과 주인의 예절로서 대접하니, 공경대신들이 좌우에 모시고 섰다. 선생은 대신들 속에 있는 연왕을 보고 탄식하며 생각하였다.

'젊은 대신이 지혜롭고 사려 깊으며 행동거지가 예절에 꼭 맞으니 어떤 귀인인가?'

그 뒤 태학에서 연왕과 함께 입학식을 맡아 진행하며 더욱 탄복하면서 바로 그가 연왕 양창곡임을 알았다. 그래서 곧 만나려고 하였으나 틈이 없었는데, 예식을 마친 뒤 연왕이 몸소 찾아왔다. 선생은 반가워서 마당에 내려가 연왕을 맞이하였다.

연왕이 먼저 말하였다.

"선생은 세상 밖에서 뜻이 높으시고 저는 벼슬길에 골몰하여, 오늘 이때까지 높으신 성함을 미처 듣지 못하였다가 천은을 입어 이렇게 뵈오니 참으로 영광스럽소이다."

"초야에 묻혀 살던 몸이 늙어 쓸모도 없는데 은총을 입어 덕행이 높은 이를 우러러보게 되었으니 다행스럽나이다. 먼저 문하에 가 인사 드리지 못하였는데 이같이 걸음해 주시니 감사하옵니다."

"모자란 자식이 선생의 가르침을 받자와 더욱 존경하여 따르는 마음이 간절하옵니다. 부디 선생께서 끝까지 가르쳐 주소서."

"제가 나이만 많지 학문은 아드님이 저보다 뛰어나온데, 무슨 가르칠 것이 있겠나이까?"

이야기는 허물없이 번져 갔다.

"선생께 따님이 있어 제 아들과 맺어 주고자 하신다니, 사돈간의 정의를 허락하시면 저희 집안에 찬란한 빛이 될까 하나이다."

"제게 정말 딸 하나 있으니 부덕은 부끄러울 것이 없으나 외모는 아리땁지 못하며, 귀한 집안의 며느리 구실을 제대로 하지 못할 것 같사오이다. 헌데 상공께서 이렇게 허락하시니 참으로 영광스럽나이다."

연왕이 몹시 기뻐하며 집에 돌아와 부모님께 고하자 양 태공이 또한 선생을 찾아보았다. 선생은 연왕 집으로 와서 보고 그 가풍과 범절에 감탄하였다.

집으로 돌아간 뒤 선생은 성례할 날을 받아 연왕의 집으로 보냈다. 이리하여 말미를 얻은 연왕은 아들을 데리고 태산 아래 이르러 소박하게 혼례를 치렀다. 사흘 지나 신랑이 신부를 맞아 돌아오려고 하는데, 선생이 연왕께 청하였다.

"상공의 춘추 아직 늙지 않아 아드님이 곁을 떠나 있어도 어렵지 않을 것이니, 몇 년 동안 더 이 늙은이를 따라 한가히 학문에 힘쓰는 것이 좋을까 하나이다."

연왕은 기뻐하며 청을 들어주었다.

연왕이 아들과 며느리를 데리고 집으로 돌아와, 안팎 손님들을 모으고 신부에게 인사를 시키려는데, 연랑이 아들의 손을 잡고 먼저 물었다.

"신부의 예의범절이 어떠하더냐?"

인성이 부끄러워 대답을 못 하고 있는데, 연왕이 들어왔다.

연랑이 앞에 나아가 물었다.

"며늘아이가 어떠하시나이까?"

연왕이 웃으며 물었다.

"내 그대 의견을 먼저 듣고자 하오. 외모가 뛰어난 것과 속마음이 현숙한 것 가운데 어느 게 더 낫소이까?"

연랑이 기뻐하지 않고 물러서며 말하였다.

"상공의 말씀을 알 만하옵니다. 외모만 보고 사람을 말하는 것은 상서롭지 않을까 하나이다."

이런 이야기를 하고 있는데, 신부 태운 가마가 들어섰다.

계집종이 가마 문을 열고 보다가 크게 놀라면서 들어와 난성에게 고하였다.

"손 소저 얼굴이 손야차와 비슷하오니, 아마도 그 성씨들은 다 그러한가 하나이다."

"네 버릇없이 감히 주인더러 무슨 말이냐!"

난성이 엄히 꾸짖었다.

이러는 사이에 신부가 문으로 들어와 대청으로 올랐다. 온 자리가 놀라고, 잔치 자리가 빛을 잃었다. 모두 연랑의 기색을 살펴보니 태연히 기뻐하고, 윤 부인과 홍 난성은 차분히 신부의 거동과 모습을 살펴보았다.

새 신부의 처소는 별원 송죽헌으로 정하였다.

그날 밤 연왕이 윤 부인에게 물었다.

"부인은 신부를 보니 어떻소이까?"

"보아하니 신부는 행동이 예절에 바르고 기상에 인덕이 흐르며 여중군자이옵니다. 인성이 아니면 짝이 될 자 없을까 하나이다."

연왕이 또 난성에게 물으니, 난성은 서슴없이 대답하였다.

"말씀드리기 곤란하오나 신부를 대하니 제 얼굴에 드러난 요염함이 부끄럽사옵니다. 제가 그 아이의 부덕에 따르지 못할까 하옵니다.”

윤 부인과 난성 말을 듣고, 연랑이 웃으며 말하였다.

“부인과 난성이 저를 위로하려 하시나 이제 내 집 자식이 되었으니 좋다 나쁘다 해서 무엇 하겠나이까?”

손 소저는 집안에 들어와 사흘 뒤 비단옷을 벗어 두고 소박한 옷으로 갈아입었다. 그러고는 동녘이 밝기 전에 시할아버지 거처로 가 물을 뿌리고 깨끗이 쓸어 내고, 하루 세 끼 음식 한 가지, 반찬 하나에도 온갖 정성을 다하여 시어른들을 극진히 모셨다. 시어머니인 연랑이 말려도 언제나 한결같이 움직이며 싫어하는 기색이 없었다. 그러니 연왕이 사랑하는 것은 말할 것도 없고 집안 위아래가 탄복하여 감히 예절에 어긋나는 말이나 거만한 빛으로 손 소저를 대하지 못하였다.

두어 달이 지나 연왕이 인성을 손 선생에게 보내어 더 배우게 하였다. 인성의 학문이 더욱 깊어지니, 선생은 인성에게 도통을 전하고 호를 신암愼庵이라 하니, 산동 학자들이 그 학풍을 듣고 날마다 신암 선생을 찾아 구름처럼 밀려들었다.

이리하여 연왕이 세 아들을 장가들이니 기성과 석성만이 혼인 전이었다.

풍정에 몸을 맡겨 질탕하게 노는구나

연왕은 기성의 민첩함을 특별히 사랑하였다. 연왕의 다섯 아들 가운데 기성은 풍채가 몹시 아름다워 보는 사람들마다 미남이라고 칭찬하였다. 할아버지와 할머니도 기성을 더욱 애지중지하고, 난성도 장성 못지않게 기성을 사랑하였다.

어느 날 난성이 하인을 시켜 제가 타던 설화마를 취봉루 아래 매어 놓고 털을 다듬고 있는데, 기성이 뛰어와서 말 좀 타자고 졸랐다.

난성은 기성을 보고 웃으며 말하였다.

"네가 정 말을 타고 싶으면 나와 쌍륙을 쳐 이기거라. 그러면 말을 태워 주겠다."

기성은 기뻐하면서 쌍륙판을 받들어 앞에 놓았다. 난성은 기성과 맞두어 처음 한판을 이겼다. 그러자 기성은 다시 주사위를 집으며 난성에게 졸랐다.

"삼판 이승으로 승패를 정하사이다."

난성이 그러자 하여 다시 한판을 두었는데, 이번에는 난성이 지니 기성이 사기가 올랐다.

"이 판에서 어머니가 지셨으니 제 바람이 거의 이루어지려 하나 아직은 위태롭나이다."

기성이 셋째 판에서 주사위를 정신을 모아 던지고 형세를 보니 또 지게 되었는지라 언짢아하며 말하였다.

"어머니 쌍륙을 그만두시고 말을 한번 타도록 승낙하소서."

그러자 난성이 웃으며 말하였다.

"이미 내기를 정하였으니 네가 이겨야 태우겠다."

기성은 난성의 손을 잡으며 다시 말하였다.

"이 판을 끝내지 못할 곡절이 두 가지 있나이다. 하나는 제가 어머니를 이기면 도리가 아니고, 어머니가 저를 이기시면 제 사기가 떨어지옵니다. 그러니 그저 말 타기만을 허락하소서."

난성은 기성이가 기특하여 손야차에게 말을 단단히 붙들라 하여 기성을 말에 태우고 섬돌 아래를 두세 바퀴 도니, 기성은 좋아 어쩔 줄 몰랐다.

"이 말을 타고 어데로 가고자 하느냐?"

난성이 다정히 묻자 기성이 대답하였다.

"삼월 봄바람에 시냇가 버들이 푸르고 길가에 꽃이 활짝 피었으니, 오사모에 붉은 도포 입고 황금 채찍을 높이 들어 떨어진 꽃을 밟으며 '양류사楊柳詞'를 노래하여 술집과 누각 들에 풍광을 돋워 주며, 학사원과 임금 계신 곳에 가 조회에 참례하고 임금이 주시는 어주를 받아 마신 뒤 취흥에 겨워 돌아오고자 하나이다."

그러자 난성은 기성을 어루만지며 더욱 기특히 여겼다.

기성이 열세 살에 이르니 예부 상서 유공의劉公義의 딸과 혼인하였다. 유공의는 명나라 개국 공신 성의백誠義伯 유기劉基의 후손으로, 유 소저의 바른 예절과 단아한 몸가짐이 초옥이나 같았다.

이때 천하가 태평하고 조정이 평안하여 연왕이 다시 귀향할 뜻을 황제에게 아뢰었다. 그러자 황제는 연왕에게, 수백 년 나라의 앞날이 황태자에게 달렸으니 오늘부터 강연을 맡아 하라 명하였다.

이리하여 연왕은 태자태부로 있고 상서 형제가 강관으로 입시하여 세 부자가 날마다 입궐하였다가 밤이 되어서야 돌아오곤 하였다.

하루는 연왕 삼부자가 입궐한 뒤 기성이 할아버지에게 말하였다.

"봄기운이 따사롭고 날씨가 좋으니 문객 두엇과 함께 탕춘대에 올라 꽃과 버들을 구경하고 올까 하나이다."

할아버지가 허락하니 기성은 하늘소 한 마리와 시중드는 아이 하나를 데리고 문객 둘과 탕춘대를 찾아갔다. 뽀얀 먼지가 봄바람에 흩날리고 노랫소리 웃음소리가 곳곳에서 들려왔다. 장안의 젊은이들은 황금 편자를 박은 흰 말을 타고 쌍쌍이 청루를 찾고 술집을 묻곤 하였다.

기성이 하늘소를 몰아 가다가 한곳을 바라보니, 푸른 버들이 양옆에 굽이굽이 늘어지고 흰 담장에 꽃나무가 은은한 가운데 단청 칠한 집이 솟아 있었다.

구슬발이 반쯤 열린 한 집에 웬 미인이 앉아 있는 것을 보고 기성이 문객에게 물었다.

"이곳은 어떠한 곳이오?"

"이곳은 청루로서 창기가 있는 곳이오이다."

"내 청루라는 것을 책에서나 보았지 진짜 청루는 구경하지 못하였으니 한번 보고 싶소."

기성이 몸을 들썩이며 말하자 두 문객이 말렸다.

"이곳은 군자가 드나들 곳이 아니옵니다. 곧바로 탕춘대로 가사이다."

기성은 할 수 없이 하늘소를 채찍질하여 탕춘대에 이르렀다.

탕춘원은 본디 장안에서 가장 큰 동산이었다. 전각 둘레에 온갖 꽃과 나무를 심어 봄여름이면 장안 젊은이들과 부잣집 도령들이 기악을 갖추고 한껏 노는 곳이다. 기성이 하늘소를 느릿느릿 몰며 자세히 살펴보니, 곳곳이 꽃과 버들이요 음악 소리 들려오니 봄빛이 다 이곳에 있는 듯하였다.

웬 곳을 바라보니 호화로이 꾸민 수레들이 꽃나무 아래 연달아 있고 고운 안장으로 꾸민 준마들이 버들 사이로 오가는데, 오사모 쓰고 풀빛 두루마기 입은 사람들과 푸른 소매에 붉은 단장을 한 여인들이 봄바람을 희롱하며 취흥을 자랑하고 있었다.

"다 어떠한 사람들이오?"

두 문객이 대답했다.

"장안 소년들과 청루 기생들이 꽃놀이하러 다니는 것인데, 날마다 저러하나이다."

기성은 하늘소를 멈추고 한참 구경하다가 수풀 사이로 붉은 깃발이 나부끼는 것을 보고는 옛 시조가 생각나며 절로 흥그러워졌다.

"옛 시에 '저녁나절이 되니 술집 깃발이 바람에 나부낀다.' 하였으니 저곳이 반드시 술 파는 집이렷다. 우리 잠깐 들러 한잔씩 마시고 갑시다."

그러자 두 문객이 다투어 말하였다.

"청루를 찾으며 술집에 다니는 것은 방탕한 사람들이나 할 일이오이다. 상공께서 아시면 저희들까지 죄를 당하오리다."

기성은 듣지 않고 말하였다.

"옛날에 이태백도 장안 거리의 술집에서 잤다 하였거늘, 한잔 마시는 것이 무슨 그릇된 일이리오."

그러고는 하늘소를 채찍질하여 술집으로 들어갔다.

기성은 문객들과 함께 두어 잔씩 마시고 취기가 올라 술집을 나섰다.

돌아오는 길에 둘레 누각에 석양이 비쳐 벽들이 황금빛으로 빛나고 문 앞마다 버들이 우거져 있으며 수레와 말들이 번쩍거리고 번잡스러웠다. 기성은 호기심이 일어 하늘소를 천천히 몰았다.

문득 동쪽 누각에서 거문고 소리가 은은히 들려왔다. 기성은 일찍이 어머니한테 음률을 배워서 능히 알아듣고는 호탕한 마음을 견디지 못하여 두 문객에게 말하였다.

"내 술에 취하여 집에 못 가겠으니 잠깐 누각에 올라 거문고를 듣고 술이 깬 다음에 돌아가겠소."

두 문객이 애써 말렸다.

"본디 청루에는 무뢰한들이 많아 낯선 서생이 잘못 들어갔다가 는 욕을 당하기 쉬우니 들어가지 마소서."

"대장부 세상을 알고 좋은 일 나쁜 일을 맛본 뒤에 식견이 넓어 지는 법이라. 공들은 먼저 돌아가시오. 내 잠깐 구경하고 가겠 소."

이렇게 말하고 기성은 하늘소에서 내려 거문고 소리 나는 곳을 찾아 들어갔다.

황성의 청루에는 기생이 수백 명이나 있었다. 그 가운데 뛰어난 기생이 둘인데, 그 하나가 설중매雪中梅였다. 가무와 용모가 뛰어 날 뿐 아니라 손님을 살뜰히 맞고 보내는 솜씨가 뛰어나 청루 제일 가는 이름난 기생이다. 다른 하나는 빙빙氷氷이었다. 역시 용모와 재주가 뛰어나서 견줄 자 없으나 수단이 능숙지 못하여 이름을 날 리지 못하니 문 앞이 요란하지 않았다.

설중매는 부마도위 곽우진의 동생인 곽 상서와 정을 통하여 청루 제일방에서 손님을 맞았다. 곽 상서의 자는 자허로, 부유한 집안 출 신이라 어릴 때부터 풍류를 일삼고 방탕하여 장안 젊은이 패의 우 두머리였다. 나이는 서른한 살이다.

이날 곽 상서는 탕춘원에 봄놀이하러 왔다가 설중매네 음식을 시 키고 밤잔치를 약속한지라, 설중매가 술과 안주를 준비해 놓고 상 서를 기다리면서 거문고를 타고 있었다.

이때 한 젊은이가 취흥을 띠고 들어오는데, 용모와 기상은 밝은 달이 바다 위에 떠오르는 듯하고 봄꽃이 이슬을 머금은 듯하였다. 나이는 어리나 행동거지가 호방하여 설중매가 놀라면서 거문고를 밀어 놓고 일어나 맞이하였다.

기성이 자리에 앉으면서 설중매의 용모를 보니 얼굴은 가무잡잡하고 눈은 가늘며 붉은 입술에 하얀 이가 빛나고 매미 같은 머리에 나비 같은 눈썹이니 참으로 아름다웠다.

"나는 꽃구경하고 가는 사람인데, 거문고 소리를 듣고 왔구려. 낭자의 이름은 무엇인가?"

설중매는 또랑또랑하면서도 가는 소리로 말하였다.

"설중매라 하나이다."

기성은 호걸스럽게 웃으며 제 소개를 하였다.

"나는 방탕한 사람으로서 이름은 양생이라 하노라. 초면이지만 손님을 위하여 풍류 한번 자랑하여 보지 않으려나?"

기성을 보던 설중매는 거문고를 당겨 고운 손으로 줄을 골라 한 곡 타니 수법이 기이하고 음조가 정교하였다.

기성이 거문고 타는 것을 보며 칭찬하는데, 하인이 들어와 편지 한 장을 전하였다. 설중매가 편지를 펴 보더니 웃으면서 밖으로 나가 하인에게 무엇이라 말하고 보냈다.

기성은 바닥에 놓여 있는 편지를 집어 들고 읽어 보았다. 편지에는 오늘 밤 입궐할 일이 있어 가지 못하니 닐모레 만나서 봄을 보내는 잔치를 하자는 내용이 적혀 있었다.

이어 설중매가 들어와 계집종에게 술과 안주를 차려 들여오라 하고 기성에게 말했다.

"공자께서 소년 풍류로 꽃을 찾고 버들 따라 노시며 청루를 찾아 음악을 즐기시니 주량이 넓으신 게 틀림없나이다. 제가 드리는 술 한잔을 사양치 마소서.”

기성은 웃고 즐기다가 날이 저물어 해가 서산에 떨어지는 것을 보고 놀라 자리에서 일어섰다.

“내 부모가 있는 몸으로 잠깐 꽃구경을 나왔다가 이제 황혼녘이 되어 바삐 돌아갈까 하니 뒷날을 기약하노라.”

설중매는 몸을 일으켜 나가는 기성에게 은근히 눈길을 흘려 정을 보내며 말없이 앉아 있었다.

기성이 문밖에 나오니 두 문객이 반겨 맞았다.

“날이 저물었는데 어찌 돌아가실 일을 잊으셨나이까? 도련님 들여보내고 마음을 놓지 못하여 문 앞에서 주저하고 있는데, 두 젊은이가 준마를 타고 와 들어가려 하더이다. 도련님이 행여 실수라도 하실까 봐 우리가 그 젊은이들 소매를 잡고 손을 저으며 눈짓을 하였더니, 한 사람은 술에 취하여 시비하려 하는데, 다른 한 사람이 그를 말리며 조용히 묻지 않겠나이까. ‘오신 분이 누구요?’ 하기에 우리가 대답하기 어려워 그저 ‘그만하면 알지니 물어 무엇 하겠소?’ 하였더니 그 사람들이 우리를 아래위로 훑어보다가 서쪽 청루로 가더이다.”

기성은 그 말에 아무 대답도 하지 않고 길을 갔다.

집으로 들어오니 양 태공이 어찌하여 이리 늦게 들어오느냐 물었다. 기성이 그저 자연을 구경하느라 늦었다고 대답하자, 문 앞에서 기다리던 선 숙인이 꾸짖었다.

“아버지께서 돌아와 계셨다면 엄히 꾸지람을 들었을 게다. 왜 조심하지 않느냐?”

난성은 웃으며 아무 말이 없었다.

하루는 연왕 세 부자가 늦게야 집에 돌아오니, 태공이 연왕에게 말하였다.

"요즘 봄기운에 몸이 노곤하여 강변에서 노닐고픈 생각이 나는구나. 내일은 문객 두엇과 말벗 삼아 늙은이 한 명을 데리고 취성동에 가 수십 일 쉬려 한다."

연왕이 아버지 말을 듣고 안채에 들어가 부인들과 의논하였다.

"아버님이 내일 취성동에 가 수십 일 동안 바람을 쏘이시겠다 하는데, 아침저녁 공대를 종들에게 맡기지는 못하리니, 누가 따라가겠소이까?"

난성이 말하였다.

"연 숙인은 잉태한 지 여러 달 되었고, 선 숙인은 요즘 몸이 불편하니 제가 모시고 갈까 하나이다."

연왕이 그리하자 하고 태공께 아뢰니, 태공이 한동안 잠자코 있다가 말하였다.

"고작 수십 일을 못 견뎌 며느리를 데려가겠느냐? 정 데려가야 한다면 난성은 집안에서 의논할 일이 많을 테니, 선랑을 데려가는 게 좋겠구나."

연왕은 그리하시라 하더니 다시 물었다.

"시중드는 데 하인이 못할 일이 있을 텐데, 아이들 가운데 누구를 데려가시는 게 좋으리까?"

아버지가 웃으며 말하였다.

"인성이가 성품이 좀 소심하여 사내다운 기상이 적으니 같이 가서 바람을 쏘이는 것이 좋을까 한다."

이튿날 새벽, 연왕 부자는 궁궐로 들어가기 전에 하인과 가마를 하나하나 지휘하고 같이 가는 노인과 인성에게 매사를 놓치는 일 없이 살펴 하라고 일렀다.

그리고 벽운루에 가서 선 숙인에게 말하였다.

"아버님이 평상시 좋아하시는 음식을 그대가 잘 아니 집에 계실 때보다 더 잘하기 바라오."

숙인이 알았다 하고 이어 계집종 두 명과 함께 태공을 모시고 길에 오르니, 연왕 부자가 성밖까지 따라 나가 바래다주었다.

연왕과 상서 형제는 입궐하고 기성은 홀로 집으로 돌아왔다. 어머니가 있던 벽운루를 바라보니 문이 닫혀 있어 마음이 쓸쓸하고 떠나간 어머니가 그리워지면서 울적해졌다. 여러 날이 지나도 마음은 안정되지 않고 밥맛도 없어 책상을 마주하고 앉아 심란해 있었다.

난성이 그러한 기성을 보고 책방에 이르러 위로하였다.

"내 자운루에 있을 때 버드나무 수십 그루를 심었는데 요즘 어린 버들이 참 아름답더구나. 이제 네 어머니가 구경할 터이니 집에서 울적하던 마음이 풀리겠구나."

그러자 기성이 웃으며 말하였다.

"그 말씀을 들사오니 소자 어머니 생각하는 마음이 좀 위로되나이다."

그날 밤 연왕 부자가 대궐에서 나와 일찍 잠들었는데, 기성은 책방에서 촛불을 켜 놓고 책을 읽다가 문득 탕춘원에 갔던 일이 생각나 마음이 즐거워졌다. 기성은 책을 덮고 한참 있다가 속으로 말하였다.

'내 나이 이제 열네 살이라. 남녀의 즐거움을 이때 누려 보지 못하면 언제 기회 있으랴. 설중매의 태도가 옛날에 귤을 던지며 두목지의 눈을 끌려 하였다던 양주 미인과 같으니, 내 어찌 그때 두목지의 처지와 다르랴.'

그러면서 이리 뒤척 저리 뒤척 설중매의 거동을 생각하며 잠을 이루지 못하였다. 생각지 말자고 하나 생각지 않을 수 없었다.

기성은 일어나서 설중매를 찾아가려고 아이종 하나를 데리고 전날 같이 갔던 두 문객을 찾았다. 그러나 문객들은 머뭇거리면서 선뜻 응하지 않았다. 기성이 혼자 가겠노라면서 아이종에게 등불을 들리고 나가니, 문객들도 하릴없이 뒤따라 나섰다.

한편, 설중매는 양생을 한번 본 뒤로는 잊지 못하여 마음속으로 생각하였다.

'청루에 몇 해 있으면서 장안 젊은이 중 모르는 자 없고 공자왕손들 중 못 본 자 없으나 양생 같은 인물은 처음 보는구나. 그날 우연히 만났다가 훌훌 헤어졌으니 만일 그 사람이 다정한 남자라면 내 뜻을 알아차리고 나를 잊지 않으리라.'

그러던 어느 날, 밤이 깊고 달빛이 뜰에 가득한데 한 젊은 선비가 아이종 하나와 문객 둘을 데리고 들어오는 것이다. 양생이었다. 설중매가 기뻐 반겨 맞으니, 기성은 그의 고운 손을 잡으며 말하였다.

"탕춘대에 왔다 가던 길에 거문고 소리를 듣고 간 소년을 기억하느냐?"

설중매는 그 말에 짐짓 부끄러워하며 말하였다.

"마음속에 간직하였으니 어찌 잊으리까?"

그 말에 기성은 취한 듯 꿈인 듯 정신이 혼미해졌다. 아이종과 두 문객더러 밖에서 기다리라 하고 촛불을 돋우며 다시 설중매의 용모를 보니, 두 눈 가득 풍정을 띤 것하며 아리땁고 민첩한 모양이 족히 남자의 간장을 녹일 만하였다.

설중매가 술과 안주를 내오니 기성이 한 잔 마시고 나서 조금 취한 김에 거문고를 들고 한 곡조 탔다. 설중매가 노래로 화답하였다. 이렇게 노는 사이에 기성은 젊은 혈기에 취흥이 불같이 도두 올라 설중매를 어루며 운우를 즐겼다. 설중매가 취안이 몽롱한 가운데,

'양생을 한낱 미남자로 생각하였더니 풍정이 이렇듯 뛰어남을 어찌 알았으랴. 곽 상서 같은 자는 남자가 아니요 한갓 방탕한 자에 지나지 않구나.'

생각하고는 오히려 정이 모자란 듯 기성에게 물었다.

"이제 돌아가시면 어느 날 다시 만나 뵈오리까?"

"내 흥이 나면 다시 찾으리라."

"내일은 장안 젊은이들과 청루 기생들이 탕춘원에 모여 봄을 보내는 전춘놀이를 크게 벌이오니, 그리로 오시면 멀리서나마 다시 뵈올까 하나이다."

기성은 그리하자고 약속하였다.

다음 날 이른 아침에 연왕이 어머니에게 말하였다.

"황상께서 경연에 참여하는 신하들과 후원에서 전춘놀이를 하고자 하시니, 일찍 입궐하였다가 늦게나 나올까 하나이다."

그 말을 듣고 옆에 있던 난성이 말하였다.

"강남 풍속엔 전춘하는 것이 큰 놀이오니다. 물색이 번화하여 삼월 삼짇날 같나이다."

"황성에도 그 놀이가 있다 합디다. 내 보지는 못했소만 어찌 강남에만 있겠소."

연왕이 난성의 말에 대꾸하였다.

연왕 부자가 입궐하자 기성이 할머니에게 말하였다.

"제가 듣자오니 탕춘원에 장안 소년들이 모여 전춘놀이를 한다는데, 구경할 만하다 하옵니다. 잠깐 보고 오겠나이다."

할머니가 허락하며 말하였다.

"네 아버지와 형은 궐내로 전춘하러 가고 너는 탕춘원으로 전춘하러 가니, 나는 네 어머니들과 뒷동산에 올라서 봄을 보내야 할까 보다."

기성은 할머니의 허락을 받고 돌아와 난성에게 청하였다.

"소자 오늘 잠깐 호사를 부리고 싶으니 설화마를 빌려 주사이다."

난성은 웃으며 허락하였다.

난성의 총명함으로 어찌 기성의 방탕함을 짐작지 못하랴. 난성도 천성이 풍류 번화함을 좋아하니 자식더러도 엄히 금하지 않을 뿐 아니라 이따금 흥이 나도록 돋우어 주는 때가 많았다. 곧바로 하인을 불러 설화마를 손질하게 하고 손야차에게 새 안장과 굴레를 가져오라 하였다. 손야차가 황금과 보석으로 꾸며 휘황찬란한 황금 굴레와 산호 채찍을 가져오니, 기성은 기뻐하며 두 문객을 데리고 설화마에 올라 장안 큰길을 가로질러 설중매의 청루로 갔다.

설중매는 양생에게 빠져 정신이 혼미해지더니 더욱더 사모하는 마음이 간절해지며 오직 양생 생각뿐이지 곽 상서를 생각하는 마음은 티끌만큼도 없었다.

이때 곽 상서가 편지를 보내 왔는데 편지에는, 황제를 모시고 후원에서 전춘하기로 되었으니 약속을 어겨 낯이 없으므로 돈 백 냥을 보내니 오늘 놀이에 쓰고 내일 밤 만나자고 쓰여 있었다. 설중매는 편지를 보고 하인에게 두어 마디 일러 보내고는 탕춘원에 갈 채비를 하였다.

거울을 마주하고 단장을 시작하였다. 얼굴에 분을 바르고 초승달 같은 눈썹을 그리니 얼굴엔 복사꽃이 앉고 입술은 앵두가 분명하다. 머리엔 비취색 비녀를 비껴 꽂고, 귀밑머리 몇 가닥은 흐트러진 채 거두지 아니하였다.

"길에 탕춘대로 가는 젊은이가 얼마나 되던?"

설중매가 몸종에게 물으니,

"날이 채 밝지도 않았는데 말 탄 사람과 수레 탄 사람들이 길에 가득하니 올해 전춘은 맞던 중 제일이 될 듯하나이다."

하고 대답하자, 설중매는 마음이 흐뭇하여 거울을 들고 제 얼굴을 들여다보았다.

"장안 젊은이가 다 아니 와도 내 다정한 님만 오소서."

그러자 몸종이 웃으며 말하였다.

"곽 상서 어른이 벌써 못 오신다고 하셨으니 어찌 헛되이 기다리시나이까?"

설중매는 거울을 던지고 몸종을 꾸짖으며 말하였다.

"다정한 님인지, 박정한 님인지 무슨 알 바냐?"

그러면서 한동안 말이 없더니 웃으며 말했다.

"네 문밖에 나가 있다가 전에 오셨던 공자가 지나가시거든 일러라."

몸종이 얼마 있다가 들어와서 공자가 오신다고 알렸다.

설중매가 반기며 바삐 달려 나가 맞으니 양생이 아니라 곽 상서였다. 곽 상서는 문객 대여섯을 데리고 잔뜩 취하여 들어왔다.

"오늘 황상이 경연 신하들하고만 노시니 내 매랑을 찾은 것이니라. 아까 보낸 돈은 받았느냐?"

"감사히 받았나이다. 입궐하신 줄 알았더니, 이제 탕춘원으로 가시려 하시나이까?"

곽 상서는 웃으며 같이 온 문객에게 말하였다.

"문밖에 섰다가 이 장군, 여 시랑, 왕 원외 들이 오면 이르라. 내 잠깐 매랑과 이야기를 나누고자 하노라."

문객들이 나가자 곽 상서가 매랑의 손을 잡고 다시 보니 이리저리 꾸민 단장이 찬란하고 얼굴이 황홀하였다. 그 버들 같은 허리를 안으며 붉은 입술에 대려 하자 매랑이 말도 없고 웃지도 않고 박힌 듯 섰다가 몸종에게 물었다.

"시간이 늦어지는데, 탕춘원에 갈 가마와 가마꾼은 대령하였느냐?"

곽 상서는 매랑의 거동을 불쾌히 보며 말하였다.

"손님이 오자 주인이 나가니 이 무슨 도리냐?"

매랑은 곽 상서에게 눈길을 주며,

"상공은 어찌 수 년 친한 계집을 엊그제 사귄 사람같이 대하시나이까?"

하고 쏘는 듯 말하였다.

그리고 다시 좌우로 옷을 끼고 초록색 무늬 놓은 빙사 저고리에 원앙띠 두르고 풀빛 도는 금실로 짠 성성단 웃옷을 입고 푸른색 실로 복사꽃, 석류꽃을 수놓은 허리띠로 몸을 갖추니 칠보 명월패가 밖으로 둘렀고 비취 금향사가 속에서 은은히 빛났다. 실로 짠 띠를 한 쌍 봉황 머리처럼 동심결로 맺어 드리우고 마노 패물 차고 비단 버선과 수신을 신으니 울긋불긋 찬란하여 이루 형용치 못하였다.

단장을 마치고 거울을 마주하고 앞으로 굽어 보고 뒤로 돌아보며 한참 동안을 떠나지 못하니, 마치 푸른 물속 원앙이 그림자를 희롱하고 단산의 붉은 봉황이 나래를 다듬는 듯 온갖 아양과 자태가 그 속에 있으니, 곽 상서 그 모양을 보고 의심하였다.

'내 매랑을 친한 지 오래나 저렇듯 단장하기는 처음이구먼. 또 전에는 옷 한 벌 입으면서도 나를 돌아보며 천만번 묻더니 오늘은 한마디도 없으니 어찌 된 일일까?'

그러고 나서 스스로 위안하며 다시 돌이켜 생각하였다.

'단장을 공들여 하는 것은 구경하는 사람이 많기 때문이고, 나더러 묻지 않는 것은 이제 친할 만큼 친하니 묻지 않아도 뜻을 알기 때문이리라.'

이때 문객이 상공들이 지나간다고 알리자 곽 상서는 몸을 일으키며 매랑더러 탕춘원에서 만나자 하고 밖으로 나갔다. 매랑의 집을 지나던 여 시랑이 곽 상서가 나오는 것을 보고 웃으며 말했다.

"곽 상서께서 어이 먼저 가시나 했더니, 과연 미인을 만나시려고 바삐 오셨소이다."

그러자 이 장군이 빈정댔다.

"우리는 무인으로서 풍정이 쇠하였지만 곽 상서는 젊은가 보구려."

옆에 있던 왕 원외가 이 장군의 어깨를 치고는 웃으며 놀린다.

"장군은 곽자허가 풍류랑인 걸 모르시오?"

그들은 서로 웃고 놀리며 탕춘원으로 갔다.

이때 매랑은 양생을 기다리며 앉아 있는데, 꽃 그림자가 섬돌로 옮겨 가고 다른 기생들이 모두 같이 가자고 하니 할 수 없이 일어서 나가며 계집종에게 뭐라 이르고 탕춘원으로 갔다.

얼마 뒤 기성이 말을 달려 설중매 집 앞에 이르러 매랑을 찾았다. 계집종이 반기며 주머니에서 편지 한 통을 꺼내어 올렸다.

기성은 말 위에서 펴 보았다.

"봄을 보내며 그리운 님을 기다리니 기쁘기도 하고 슬프기도 하나이다. 기다리다 먼저 가옵니다."

기성은 웃으며 계집종에게 왜 주인을 따라가지 않았느냐고 묻자, 계집종이 대답하였다.

"낭자가 가시면서, '공자가 지나가시면 이 편지를 전하고 따라오되 만일 늦으시더라도 기다리라.' 하였나이다."

기성은 웃으며 말에 채찍질하여 돌아갔다.

서울이 명절을 맞으니 귀한 사람이든 천한 사람이든 모두 모여 탕춘원은 사람들로 붐볐다. 공자왕손이며 부잣집 도령들이 수레를 몰아 동구 밖 큰길에 구름처럼 모여드니, 기성도 사람을 헤치며 산호 채찍을 휘둘러 말을 몰아갔다.

눈 같은 갈기를 날리며 옥 같은 네 굽을 번개같이 던져 그 속을 지나니, 하늘의 신선이 옥룡마에 멍에를 메어 구름 밖을 날아가는 듯하여, 길가에 가득한 사람들이 바라보고 서로 우러르며,

"옛 시에서 '어여쁘구나, 사람과 말이 빛나도다.' 한 것과 같구나."

하면서 미소년의 풍채를 감탄하였다.

탕춘원에 이르니 녹음이 우거지고 꽃과 풀은 푸르러 아름다운데, 버들가지에 꾀꼬리 날아 울며 봄을 자랑하고 누르고 푸른 말들이 머문 곳곳에 미소년들과 수레에 앉은 미인들이 모여 있었다.

두 문객이,

"전춘놀이가 이리 북적거리기는 몇 년 새 처음이나이다. 여기는 좁고 붐비니 탕춘대로 가사이다."

하고 기성이 탄 말 고삐를 잡았다.

기성이 두 문객을 따라 삼사 리를 더 가니, 과연 사람과 말이 물 끓듯 하여 헤칠 길이 없었다. 말고삐를 잡고 천천히 가며 살펴보니 한 굽이 시냇물이 흘렀다. 냇가 언덕에 버드나무 수백 그루가 둘렸는데, 백옥 난간을 두른 무지개다리가 있었다. 그 다리를 건너니 널따란 마당이 나타났다.

그 마당은 앞뒤 양옆에 붉은 난간을 두르고 난간 밖으로 층계를 무어 장안을 굽어보게 하였는데, 층대의 아래위에는 자리마다 비

단 휘장과 수놓은 돗자리를 놓아 빛이 찬란하고 그 속에 벼슬아치들이 앉아 있었다.

황성의 풍속은 예부터 전춘놀이를 중히 여겼다. 이 놀이는 본디 기생들과 젊은이들이 만들었는데, 요즈음은 재상들과 귀인들도 기생집에 드나들며 사치를 마음껏 누렸다. 전에는 한나절 동안 춤과 노래로 마음껏 즐기다가 해 질 녘이 되면 기생들 머리에 꽂았던 꽃송이를 뽑아 물에 던지며 송춘사送春詞를 불렀다. 뒷날에 와서는 방탕함이 더하여 음식을 다투어 차려 가지고 나와 친구들과 기생들을 데리고 한바탕 먹고 놀았다. 기생을 놓고 인물의 우열을 가려서 남보다 잘나면 서로 칭찬하면서 매춘買春이라 하니 매춘이란 말은 봄을 산다는 말이요, 남만 못하면 서로 놀리면서 파춘破春이라 하니 파춘이란 말은 봄을 깨친다는 말이다.

기생 수백 명이 얼굴과 몸을 치장하고 머리에 꽃을 꽂고 나와 교방의 풍악을 울리니, 악기 소리 요란하고 노래와 춤가락이 질탕하여 탕춘원을 뒤흔들었다. 그러자 젊은이들이 일제히 대에 올라 제가끔 친한 기생들에게 눈길을 돌려 정을 통하였다.

매랑이 고운 눈매를 들어 좌우를 돌아보니 곽 상서와 여 시랑 같은 사람들이 대 위에 앉아 있는데 양생은 보이지 않자 마음이 쓸쓸하였다. 본디 매랑이 인물과 자태가 뛰어난 데다가 풍류장에 나서면 태도와 솜씨가 지혜롭고 민첩하여 장안 젊은이들은 매랑이 없으면 흥겨워하지 않았다. 오늘따라 매랑이 즐거워하지 않자 젊은이들은 술과 안주를 권하며 웃기기도 하고 놀리기도 하면서 흥을 돋우어 주었다. 그러나 오늘은 누구도 흥을 돋울 수 없었다.

이때 계집종이 나타나자 매랑은 반기면서 서로 귀에 대고 속삭이며 웃었다.

이어 기생들이 제각기 인물을 다투고 재주를 발휘하여 풍악이 요란하였다. 양생이 층계 위에서 굽어보니, 기생들이 어여쁜 얼굴과 울긋불긋한 옷차림으로 무리 지어 있는 것이 복사꽃, 오얏꽃, 모란꽃이 피어나고 구슬을 꿰어 늘어놓은 듯하였다. 미인들 중 가는 허리 나긋나긋하고 용모 빼어난 이가 있으니, 바로 매랑이다.

매랑은 양생이 탕춘원에 온 것을 알고 지루하던 마음이 봄눈처럼 사라져, 호탕한 풍정을 떨치며 춤추는 곳으로 나아가니 구경하는 사람들이 담을 이루었다. 그 가운데 한 젊은이가 단건녹포로 섰는데 팔자 눈썹에 청산의 서기 어려 있고 붉은 입술에 웃음을 담았으니 자나 깨나 잊지 못하던 양생이 분명하다. 매랑은, 알은체하면 곽 상서가 의심할 터이고 모르는 체하자니 마음이 허락지 않아 설레다가 기생들에게 다가갔다.

"내 치마끈이 자꾸 풀어지니 잠깐 옷을 고쳐 입고 오리라."

매랑은 계집종을 데리고 외진 데로 나와 옷 입는 곳에 이르렀다. 그리고 계집종에게 작은 병에 담은 술과 과일을 소반에 담아 주며 말하였다.

"이것을 가지고 양생 댁 하인에게 가서 양생에게 드리라고 이르거라."

매랑이 다시 한가운데로 나가니 계집종은 매랑이 준 소반을 들고 탕춘대 앞에 이르렀다. 한 곳에 양생의 하인이 설화마 고삐를 잡고 서 있기에 그곳으로 다가가 소반을 주며 공자께 드리라 하였다. 하인이 짐작하고 두 문객에게 주니 양생이 소반을 받고 웃으며 서로 한 잔씩 마셨다. 과일을 집다가 보니 소반에 글이 몇 줄 적혀 있었다.

사람들이 바다를 이루니, 눈앞에 보면서도 만 리나 떨어진 듯하나이다. 탕춘대 뒤에 작은 폭포가 있으니, 가무가 끝난 뒤 그리로 뵈올까 하나이다.

글씨가 흐릿해 분명치는 않으나, 아리따운 여인의 뜻을 어찌 모르랴. 양생이 웃음을 띠고 소매로 글씨를 지워 버리고 소반을 도로 내주었다.

이때 매랑이 다시 가무장에 나아가 한참 머뭇거리며 양생을 살피다가 양생이 소반의 글씨를 지우는 것을 보고는 그리움이 더욱 간절해졌다. 그리하여 춤가락이 저절로 나가니 북소리도 둥둥 가락을 맞추었다. 시퍼런 칼날을 번뜩이며 칼춤으로 넘어가자, 버들 같은 허리에 봄바람이 어리고 복사꽃 같은 두 볼에 향기로운 땀이 흘러내리니, 장안의 젊은이들이 환성을 올리며 칭찬하고 뭇 기생들은 부끄러워 얼굴을 붉혔다.

곽 상서가 매랑에게 취하여 혼절한 듯 앉아 있으니 여 시랑이 웃으며 놀렸다.

"매랑의 가무는 상공의 총애만 받기에는 꽤 아깝소이다."

그러자 옆에 있던 이도 말하였다.

"내 일찍이 춤과 노래를 숱하게 보았으나 매랑보다 나은 사람을 못 보았소이다. 상공은 과연 풍류 가인을 두었소이다."

"책상물림이 어찌 가무를 논하겠소이까. 풍류 마당 춤가락은 우리 무인들을 당치 못하리다."

이 장군도 감탄하며 한마디 하였다.

그러면서 서로들 음식을 권하며 벗과 기생들을 불러 앉히니, 곽 상서는 매랑을 불러오라 하였다.

매랑이 마지못해 대에 올라앉으며 눈을 흘려 양생이 있던 곳을 살피니 양생이 없었다. 폭포를 구경하러 간 것이라 생각하니 초조해서 술을 마셔도 즐겁지 않았다. 매랑은 일부러 얼굴을 찡그리며 허리에 둘렀던 수건을 풀어 머리에 동이면서 겨우 술 한잔을 따라 곽 상서에게 권하였다.

"제가 머리가 몹시 아파 오래 앉아 있지 못할 듯하옵니다. 잠깐 옷 입는 곳에 가서 쉬고 오겠나이다."

그러자 곽 상서는 매랑에게 술을 권하며 말하였다.

"아까 검무를 오래 추었으니 어찌 몸이 불편하지 않겠느냐. 이 잔만 마시고 가 보아라."

매랑은 이렇게 저렇게 사양하고는 탕춘대에서 내려 계집종과 함께 바삐 폭포를 찾아갔다.

한편, 기성은 가무를 보고 나서 두 문객과 탕춘대를 내려왔다.

"탕춘대 뒤에 작은 폭포가 있다고 하니 잠깐 가 보십시다."

기성이 탕춘대 뒤로 가니 나무숲 속에 바위가 둘러 있고 폭포 줄기가 바위를 따라 내리는데, 그 아래에 여남은 사람도 너끈히 앉을 만한 너럭바위가 있었다.

바위 위에서는 뉘집 하인들이 이끼를 쓸고 나무를 꺾어 차를 달이고 있었다. 기성이 폭포 쪽으로 다가가자 그들이 기성을 반기며 자리를 권하였다.

기성이 괴이하게 여겨 물었다.

"너희는 어떠한 사람들이냐?"

"저희는 매랑 청루에 있는 하인들이올시다."

말을 마치기 바쁘게 매랑이 계집종을 데리고 이르렀다.

"내 이제 조용히 폭포를 구경하려 하는데 어떠하신 분이 남의 자리에 먼저 앉으시나이까?"

양생도 웃으며 말하였다.

"아름다운 물과 돌에는 본디 주인이 없나니, 앉은 자 곧 주인인가 하노라."

매랑은 양생의 말에 뜻이 있음을 눈치 채고 말하였다.

"이 자리는 여러 사람이 앉는 자리인데 혼자 차지하려 하시옵니까?"

"향내 나는 꽃이라야 나비와 벌이 모이고 이름 있는 동산이라야 수레와 말이 모이나니, 이 물과 바위도 주인이 많은 것을 내 사랑하노라."

매랑이 웃으며 바위 위에 함께 앉아 물을 구경하였다.

이윽고 하인들이 갖가지 음식을 정갈하고 소담하게 담아 올렸다.

"술 한잔이면 될 터인데 이같이 성대하니, 이는 도리어 정이 아니로다."

"제가 오늘 전춘놀이에 흥미가 없어 아프다는 핑계로 피할까 하였는데 이같이 온 것은 이곳에서 공자를 뵈옵고자 함이옵니다. 작은 정성이니 사양하지 마소서."

매랑은 기성에게 술을 권하였다.

술자리가 무르익고 두 문객과 하인도 술에 흠뻑 취하자, 기성은 매랑과 함께 폭포 밑에 이르렀다. 손을 잡고 어깨를 겨루며 사랑을 속삭이던 매랑은 가만히 생각하였다.

'내 청루 기녀로 양생과 이같이 정이 깊을진대 곽 상서를 물리치지 않는다면 언제나 양생을 몰래 만날 수밖에 없구나. 허나 내 어찌 규중부녀처럼 숨어 다니리오. 내 이제 양생의 문장이 어떠한지 시험하여 보고 오늘 전춘원에서 양생의 풍류를 빛내어 곽 상서가 부끄러워 스스로 물러나게 하리라.'

매랑은 양생에게 웃으며 글 한 구를 지을 터이니 그 아래를 채워보라 하였다.

양생이 좋다 하며 어서 글을 지으라 하니 매랑이 시를 지어 읊었다.

꽃이 떨어지니 산이 쓸쓸하고
물이 흐르니 돌이 소리치더라.

양생은 그 글을 칭찬하더니 곧바로 화답하였다.

길고 짧은 봄을 아끼는 눈물이요,
얕고 깊은 바다와 같은 정이로다.

매랑은 양생이 얼굴 곱고 나이 어려 문장이 부족하리라 하였는데, 묻는 대로 곧 대구로 응하는 것을 보고 놀라고 흡족하였다. 손에 든 부채를 펼치고 빨간 입술을 열어 그 글을 노래로 부르니, 노랫소리가 산들산들 부는 산바람과 졸졸 흐르는 시냇물 소리에 섞여 더욱 아름다웠다.

노래를 마친 매랑은 양생에게 정 깊은 눈길을 주면서 말하였다.

"놀이판에 알리지 않고 그냥 나와 동료들이 의심할까 하옵니다. 이제 돌아가니 전춘교에 오시어 남은 전춘연을 구경하소서."

"전춘교는 어디에 있느냐?"

"아까 건너신 돌다리가 전춘교이옵니다. 기생들이 그 다리 물가에 모여서 봄을 보내옵니다."

기성은 응낙하고 매랑이 떠난 뒤 잠깐 앉아 있다가 전춘교에 이르렀다. 돌난간에 몸을 기대고 물을 굽어보니 취흥이 도도하였다.

한편, 곽 상서와 기생들이 매랑을 찾으나 간 곳을 알 수 없어 의심쩍어하는데, 저만치서 매랑이 오고 있었다. 고운 얼굴에 취기가 가득하고 손에 든 수건이 늘어졌으며 머리 장식이 기울어져 있었다. 기생들이 눈치를 채고 그 많은 사람 중에 누구일까 궁금하여 매랑이 눈 주는 곳만 살펴보다가 웃으며 물었다.

"매랑은 그새 어데 갔댔소?"

취중의 매랑이 웃으며 말하였다.

"오늘은 송춘하는 날이니 봄을 좇아갔댔지."

기생들이 소리 내어 웃으니, 곽 상서가 매랑을 불렀다.

"머리 아픈 건 좀 어떠한가?"

"아직 낫지 않았나이다."

곽 상서는 십 년을 청루에서 놀던 몸이라 매랑의 거동을 보고 의심하지 않을 수 없었다.

이어 기생들이 풍악을 울리며 전춘교 물가로 가니 곽 상서, 여 시랑 들도 자리를 옮겨 돌다리에 이르렀다. 저무는 해가 아름답고 봄바람이 화창한데, 맑은 물이 다리 아래로 흘러가니 아름다운 얼굴들이 거울처럼 물속에 비쳐 들었다. 악기 소리가 애달픈 듯 처량한 듯 울리는 가운데 기녀들이 머리에 꽂은 꽃송이를 빼어 들고 춤을 추었다.

문득 매랑이 기생들더러 말했다.

"우리가 즐거운 이 자리에서 풍류로운 상공들을 모시고 해마다 같은 노래로만 전춘하니 재미가 없구나. 오늘은 우리 상공들의 글을 받아 그 글로 노래하는 것이 어떠하냐?"

그러자 곽 상서가 손을 가로저으며 말하였다.

"매랑의 말이 좋긴 하나 해가 다 저물고 봄을 보내는 일이 바쁜데, 시 한 수를 어느 겨를에 짓겠느냐?"

"옛사람들은 일곱 걸음 걷는 동안 지었다 하지 않사옵니까. 제가 상공들 앞에서 일곱 걸음 걸으며 시를 청하겠나이다."

이 장군이 매랑의 말에 호응하며 호소하였다.

"매랑 말이 참 그럴듯하구나. 나 같은 무인은 의논할 바 없으나 상공들과 선비들은 재주를 다하여 뭇사람들의 흥치를 도우시구려."

매랑이 마노 벼루에 용향 먹을 갈고 청옥 필통에서 양털 붓대를 빼어 두 어린 기생에게 들게 하고 여섯 폭 붉은 비단 치마를 펼친 채 일곱 걸음을 걸어 곽 상서 앞에 이르니, 곽 상서가 얼굴을 붉혔다.

"내 과거에 오른 지 수년이라 책상물림의 서투른 재간 놀이는 그만둔 지 오래니 다른 사람에게 가 보아라."

매랑은 웃으며 여 시랑 앞에 이르니, 여 시랑 또한 한동안 말이 없다가 말했다.

"당나라 시인 왕발도 글을 지으려면 이불 덮고 벽 쪽으로 돌아누워 한낮을 생각하였다고 하는데, 나 또한 그러하니 다른 곳으로 가 보아라."

그래서 매랑은 또 다른 상공 앞에 이르렀다. 역시 눈썹을 찡그리고 먼 산을 바라보면서 생각하다가 언뜻 붓을 들고 쓰려 하나 글이 되지 않아 갑자르기만 하였다.

이어 매랑이 젊은 선비들 가운데 글 잘 짓는다는 재사들을 골라 가며 글을 지으라 하였으나, 그 자리에서 당장 글을 지어내는 이는 하나도 없었다.

매랑이 십여 군데 헛걸음하자 곽 상서는 속으로 다행하게 여기고 매랑을 놀려 댔다.

"이태백이 없으니 양 귀비 봉황 벼루 들고 있는 양이 부끄럽도다."

이때 매랑이 짐짓 추파를 던지며 둘레를 살피는 체하다가 발길을 옮겨 다시 한 곳으로 갔다. 모두가 그곳을 보니 애어린 선비가 풀빛 도포를 입고 취기가 몽롱하여 한 송이 연꽃이 아침 이슬에 젖은 듯

돌난간에 기대어 흐르는 물을 바라보는데, 매랑이 이르는 것도 알지 못하였다. 매랑이 큰 소리로,

"어떠한 도령이시관데 사람이 왔는데도 모르시오이까?"

하자, 그제야 돌아서서 바라보았다.

"시 한 수로 봄을 보내오니 흥치를 도우소서."

도령이 웃으며,

"내 지금 취하여 시를 지으라는 시령을 듣지 못하였으니 어찌 짓겠소?"

하자, 매랑은,

"시는 일곱 걸음 걷는 사이에 다 지어야 하고, 글 제목은 전춘인데, 첩의 이름이 매랑이니 매 자로 운을 달아 한 수 지어 주소서."

하며 붓을 주었다.

젊은이는 웃으며 붓을 잡고 먹을 흠뻑 묻혀 매랑의 비단 치마 위에 쓰는데, 솜씨 빠르기가 폭풍과 소낙비 같고 그 빛남이 용이 날고 봉황이 춤추는 것 같았다.

기생들과 사람들이 담벼락같이 둘러서서 저저마다 칭찬하였다. 매랑이 글을 받아들고 거듭 사례하며 잠깐 눈웃음을 짓고 물러나니 누구도 그와 매랑이 친한 것을 눈치 채지 못하였다. 곽 상서와 여 시랑 들은 놀라면서 그 시를 가져오라 하여 보았다.

　　노을 비낀 언덕에 붉은 먼지 일으키며
　　사람마다 봄을 보내고 오네.

봄을 보내고 봄이 이미 갔다 말하지 마소.

봄은 더 짙어져 눈 가운데 매화를 보누나.

곽 상서는 시를 보고 무안해서 얼굴을 들지 못하고, 여 시랑은 기세가 꺾여 말을 못 하니, 이 장군이 어떻게 칭찬해야 할지 몰라 그저 "천재로다!" 할 뿐이었다.

그 젊은이가 바로 양생이다. 기생들은 그의 문장을 보고 놀라고 그 풍채를 흠모하여 너도나도 다투어 비단 치마 펼쳐 들고는 시 한 수 지어 달라 청하였다. 기성은 취흥을 띠고 입으로 줄줄 읊고 손에서 붓을 떼지 않으며 순식간에 시 칠십여 수를 짓는데, 구절마다 구슬이요 글자마다 풍치가 있었다. 매랑도 그의 시재가 이리 민첩할 줄은 모르다가 이렇듯 지켜보노라니 놀랍고 기쁘고 애달프고 사랑스러웠다. 또 양생이 시를 많이 짓느라 고생하는 것이 걱정스러워 기생들에게 말했다.

"이제는 이 시들을 노래로 부르는 것이 좋겠구나."

허나 양생은 붓을 놓지 않고 큰 소리로,

"내 술 한 말을 마시고 시 백 수를 짓는 이태백과 같은 재주는 없으나 물러서는 설움이 없게 하리니 붉은 치마나 푸른 치마가 없는 사람은 종이라도 가져오너라."

하니, 또 기생들이 치마폭을 펼쳐 들고 모여 왔다.

그런데 한 기생만이 홀로 앉아서 한마디 말도 않고 웃지도 않으며 생각에 잠겨 있었다. 기성이 괴이하게 여기며 물었다.

"낭자는 어찌하여 글 받기를 바라지 않느뇨?"

그 기생은 부끄러워하며 대답을 하지 않았다. 기성이 붓을 멈추고 자세히 보니, 귀밑머리 흩어지고 얼굴이 파리한데 아담한 자태와 조용한 거동이 정묘하고 아리따워 한 송이 연꽃이 푸른 물에 솟은 듯하고 늦은 봄 향기로운 난초가 깊은 골짜기에 핀 듯하였다. 다만 옷이 초라하여 글을 씀 직하지 못하니, 기성이 그 뜻을 알고 웃으며 말하였다.

"해진 옷과 누더기를 걸치고도 갖옷 입은 사람 앞에서 부끄러워하지 않는 것은 군자도 못할 바라. 내 마음속에 시 한 수가 있으니 몽당치마를 펼쳐라."

그러자 그 기생은 눈물을 머금으며 말했다.

"이 옷도 제 것이 아니오니다."

기성이 마음속으로 가여워 이름과 나이를 물었다.

"빙빙이라 하옵고, 나이는 열네 살이오니다."

기성은 속으로 생각하였다.

'용모와 자색이 저리 뛰어나건만 장안 젊은이들이 따르지 아니하는 데는 무슨 곡절이 있으리라.'

기성이 붓을 들고 머뭇거리자, 다른 기생들이 손가락질하며 말하였다.

"빙랑은 지체 높은 양반댁 아씨처럼 교만 당돌하여 청루 젊은이들을 눈 아래로 대하더니 저 꼴이 되었구나."

그러자 기성은 대뜸 그 뜻을 깨닫고 제 한삼을 떼어 붙들라 하고 시 한 수를 썼다.

한 떨기 정갈한 물의 연꽃

향기 사라지고 이슬 말라도 어여쁘구나.

어차피 봄은 맞고 보내는 것.

수줍게 복사꽃 오얏꽃과 고움을 다투누나.

기성은 시를 다 쓰고 웃으며 빙빙에게 주었다.

"내 그대가 치마 없다고 위하는 것이 아니니, 무엇으로 갚으려 하느냐?"

"문장으로 주시니 노래로 화답하겠나이다."

빙빙은 붉은 입술을 가만히 열어 그 시로 노래를 불렀다. 맑은 소리가 옥을 바수는 듯 하늘가에 울려 퍼지니 물 끓듯 요란하던 탕춘원이 고요해지고, 기생들이며 젊은이들이며 놀라지 않는 이가 없었다.

"빙랑도 노래하는 날이 있으니 괴이한 일이로다."

저저마다 놀라며 한마디씩 하니, 매랑이 기생들을 재촉하여 전춘연을 계속하였다.

기생들이 한꺼번에 매화를 물 가운데 던지자, 무릉도원의 복사꽃이 떠내려오는 듯, 봉래산의 오색구름이 푸른 하늘에 널린 듯, 향기로운 바람이 일고 아침노을이 불타는 듯하였다. 단장한 기생 수백 명이 전춘사를 부르니 음악과 노랫소리 한동안 요란하다가 뭇 꽃잎들이 은은히 흘러 아득히 멀어지자, 기생들은 바로 음악을 바꾸어 방초사芳草詞를 부르며 제각기 숲 속으로 들어갔다. 제일 먼저 아름다운 꽃을 꺾어 오는 사람에게 축하를 해 주는데, 이것을 영하회迎夏會라 하니 곧 여름을 맞이한다는 말이다.

빙빙이 홀로 앉아서 움직이지 아니하니, 사람들마다 손가락질하며 풍치가 없다고 비웃었다.

기성이 빙빙에게 물었다.

"봄을 보내고 여름을 맞는 재미있는 놀이인데, 어찌하여 홀로 즐기지 않는가?"

"봄을 보내되 가는 곳을 알지 못하고 여름을 맞되 어디서 오는지 알지 못하니, 옛것을 보내고 새것을 맞이하는 일에 구태여 관심을 두어 무엇 하오리까. 이제 막 봄을 보내고 쓸쓸하던 마음이 돌아서서 다시 기뻐하니 저는 그런 것을 좋아하지 않나이다."

이때 설중매가 손에 난초를 꺾어 들고 오며 말하였다.

"가을 국화, 봄 난초는 언제 보아도 아름다운데, 봄을 보내고 여름을 맞는 이날, 아니 놀고 무엇 하리오."

기성은 크게 웃었다. 두 낭자의 말이 다 그럴듯하나, 빙빙의 단아함이 더 마음에 들었다.

날이 저물어 놀이를 끝내고 모두 돌아가는 길이었다. 장안 젊은이 가운데 호방한 사람이 둘 있었다. 한 사람은 뇌문성으로 대장군 뇌천풍의 둘째 손자요, 한 사람은 마등으로 파로장군 마달의 아들이었다. 두 젊은이는 용모 빛나고 성품 호탕하여 청루를 집으로 삼고 때 없이 드나들었다. 이날 탕춘교에서 양생의 문장과 풍채를 보고 속으로 놀랐으나, 그가 누구인지를 알지 못하다가 설화마를 타고 돌아가는 것을 보고야 뇌문성이 말하였다.

"저 말은 난성후가 타는 말이로구나. 저 젊은이가 연왕의 넷째 아들 기성인가 보다. 우리 할아버지가 일찍이 기성을 칭찬하시며 따라 배우라 하시더니 과연 예사 인물이 아니로구나."

그들은 곧바로 매랑의 청루로 가더니, 매랑에게 아까 전춘교에서 글을 짓던 젊은이를 아느냐고 물었다.

"풍류 가인이 어찌 한갓 글방 샌님을 알리까?"

매랑의 무관심한 듯한 말에 문성이 나무랐다.

"그 사람은 연왕의 넷째 아들이 틀림없다. 매랑은 장안 명기로 이런 풍류남아와 친할 생각이 없는가?"

이렇게 말하고 있는데 웬 젊은이가 들어왔다. 장풍이라는 자로, 건달에 난봉꾼이어서 기생들은 그를 장바람이라고 하였다. 장풍이 들어와 앉더니 뇌문성과 마등에게 말하였다.

"우리가 이제부터는 매랑을 자주 찾아보지 못하게 되었네."

두 사람은 무슨 소린가 하여 어리둥절하였다.

"이 바람이 또 무슨 바람의 소리를 하려 하나?"

장풍은 심각한 얼굴로 말하였다.

"곽 상서가 오늘 탕춘대에서 돌아와 매랑을 의심하면서 나를 부르더니 매랑 청루에 다니는 사람을 낱낱이 알아오라 하더군. 분명 풍파가 적지 않을 게야. 곽 상서의 위세를 누가 당하겠나?"

그 말에 문성은 웃고 마등은 장풍의 뺨을 치며 꾸짖었다.

"이 용렬한 바람아, 십 년 청루에 바람으로 살아가는 놈이 곽 상서의 위풍을 겁내니 참 딱도 하다."

매랑도 옆에 앉았다가 낯빛이 변하며 말하였다.

"기생집은 본디 높고 낮음이 없고 의기를 주장하는 곳이옵니다.

상서의 위풍은 조정에서나 통하지 청루에서는 당치 않나이다. 그렇게 겁나신다면 다시는 제집에 발걸음을 하지 마사이다."

그러자 장풍도 발끈 성을 내었다.

"내 호의를 가지고 전하는 말이거늘 이같이 푸대접하느냐? 장안에 청루가 숱한데, 네 집 아니면 갈 곳이 없겠느냐?"

그러더니 벌떡 일어서서 나갔다.

매랑은 본디 심약한 여자였다.

'양생은 귀공자요 곽 상서는 무뢰한이니, 만일 우리 집을 살피면 어찌 양 공자가 위태하지 않으랴.'

매랑은 뇌문성과 마등에게 말하였다.

"두 분께 제가 무엇을 속이겠나이까. 아까 탕춘대에서 글 짓던 공자는 제가 이미 친한 바 있나이다. 제가 양생을 진심으로 모시고자 하였는데 형편이 이러하니, 만일 곽 상서가 소란을 피우면 어찌하리까."

그러자 뇌문성이 웃으며 말하였다.

"내 이미 생각한 것이 있으니 너무 근심하지 말게. 우리 두 사람이 도와주겠네."

매랑은 기뻐하면서 주안상을 차려 두 사람을 대접하였다. 그리고 양생을 알게 된 일을 말하자, 두 사람은,

"설중매 자네가 비루한 곽 상서와 친하게 지내는 것을 절통하게 여겼는데, 오늘 양생과 만난 일은 참으로 재자와 가인의 만남이라 하겠네."

하였다.

한편, 기성은 젊은 혈기로 호탕한 마음을 걷잡지 못하여 풍류장에 드나들었다. 아버지가 입궐하고 나면 그 틈에 매랑을 찾아가 노래와 춤으로 시간을 보내니 그 소문이 퍼지지 않을 수 없었다.

어느 날 곽 상서가 장풍과 여러 젊은이들을 불러 술과 고기를 대접하고 금과 비단으로 꾀며 말했다.

"내 기생집에 발을 들여놓은 뒤로 자네들과 사귀어 노는 것은 어려운 날 서로 믿고 의탁하고자 함일세. 내 이제 매랑과 친하여 집안 재산을 다 날려 버리다시피 한 것이야 자네들도 잘 알고 있지 않나. 그런데 어떤 햇내기가 매랑을 꾀어 나를 저버리게 하니 자네들 마음에도 분하지 않겠나. 옛정을 보아서라도 그자가 드나드는 것을 살펴 내게 알려 주게나. 내 분풀이를 한번 해야겠네."

장풍이 옆에서 주먹을 흔들며 말하였다.

"신선 모르는 도술이 있으며, 부처 모르는 염불이 있으리까? 장안 백여 곳 청루의 숱한 기생이 눈 한번 깜빡하고 침 한번 뱉는 것을 어찌 이 장풍 모르게 하리오. 내 제일 먼저 와서 알려 드릴 테니 상공은 틈을 보아 분풀이를 하소서."

그러자 곽 상서는 기뻐하면서 장풍을 추어주었다.

이때부터 장안 젊은이들이 곽 상서의 위세에 겁을 집어먹고 매랑을 감히 찾지 못하니 매랑 청루가 한가하였다.

하루는 황태자의 생신날이어서 연왕 부자가 돌아오지 못하고 태자궁에서 밤 잔치를 하자, 기성은 달빛을 타고 매랑을 찾아갔다. 매랑은 자리에 누워 있었는데, 얼굴에 화장이 지워지고 눈물 자국이 아롱져 있었다. 그 모습이 더욱 어여뻐 기성은 곁에 가서 손을 잡으며 다정히 물었다.

"어디 몸이 불편하냐?"

매랑은 몸을 일으켜서 기성의 품에 안기며 흐느껴 울었다.

"이제 저를 어찌하려 하시나이까?"

"무슨 일이 있었느냐?"

기성은 제 가슴에 얼굴을 대고 우는 매랑을 달래며 물으나, 매랑은 말없이 눈물만 흘리며 다시 돌아누웠다. 기성이 거듭 곡절을 묻자 매랑이 다시 일어났다. 허나 촛불만 멍히 바라볼 뿐 말할 기색이 아니었다. 기성이 조급하여 손을 잡아 흔들며 재촉하니, 그제야 입을 열었다.

"옛적에 사마상여가 과부 탁문군을 기어이 제 여인으로 만들고는 좀 지나 한눈을 파니, 탁문군이 이를 한탄하는 시를 써 낭군의 마음을 고쳤다 하더이다. 한데 저는 탁문군과 반대되는 처지옵니다. 제가 청루의 천한 몸으로 불행히 공자를 모셔 쓸데없는 정을 맺었나이다. 이제 공자는 저를 저버리지 않으나 제가 공자를 저버리게 되었으니 참으로 한스럽나이다."

매랑은, 무슨 소리인지 몰라 어리둥절한 양생을 보며 계속하여 말하였다.

"제가 곽 상서와 친한 지 수년째인데 그 사람됨을 믿지 않았으나 창기의 몸이라 어찌하지 못하였나이다. 뜻밖에 공자를 뵈옵고 마음이 끌려 길이 모실까 하였으나 이제 곽 상서가 시기하니 어찌하면 좋사옵니까? 곽 상서가 제 청루에 드나드는 사람들을 낱낱이 살피는지라 장안 젊은이들이 그 위세에 겁을 먹고 저희 집 앞에는 얼씬도 못 하옵니다. 저야 두려울 것 없으나 다만 귀하신 분이 천한 몸을 가까이 한 탓으로 욕을 당하실까 저어하옵니다. 그러니 제 생각은 마시고 화를 면할 도리를 생각하소서."

매랑이 말을 마치고 눈물을 더욱 흘리니, 기성이 자못 놀라는 체하며 말하였다.

"나는 한낱 서생이고 곽 상서는 위엄 있는 재상일세. 내 한때 풍정으로 그대를 사귀었으나 이제 형편이 이러하니 다시는 찾지 않겠네. 그러니 그대도 옛 인연을 구실하여 쓸데없는 싸움을 걸려하지 말게."

매랑은 그 말을 듣고 놀라더니 낯빛이 변하며 아무 말도 하지 않았다. 그러자 기성은 입가에 웃음을 띠며 매랑의 손을 잡았다.

"동산의 복사꽃 오얏꽃이 청춘을 보내고 냇가의 버들이 녹음을 재촉하는데, 아가씨는 눈썹을 찡그리지 말지어다. 예부터 청루에는 주인이 없거늘 곽 상서가 어찌하리오. 어서 술이나 가져오게."

그러더니 왼손으로 매랑의 손을 잡고 오른손으로는 자리 위 거문고를 당겨 한 곡을 타니, 그 호방스러운 풍정에는 조금도 거리낌이 없었다.

곽 상서는 높은 벼슬자리에 있건만 그의 집을 드나드는 자들은 망나니 무뢰배들이었다. 이날 태자의 생일이어서 입궐하였다가 먼저 물러 나와 술에 취한 채 설중매의 집 근처를 지나는데, 장풍이 술집에서 나오며 가만히 일렀다.

"매랑이 웬 놈과 질탕하게 놀고 있나이다."

곽 상서가 크게 노하여 집으로 가지 않고 길가 문객의 집에 무뢰배 수십 명을 모아들였다. 밤이 깊자, 술에 잔뜩 취한 장풍이 앞장서고 무뢰배 수십 명이 몽둥이 들고 뒤따르며 매랑의 청루로 가니, 그 위세를 당할 자가 없었다.

매랑의 풍정과 빙랑의 지조

장풍 일행이 몽둥이를 들고 설중매의 청루로 가니, 기생집 골목에 모였던 젊은이들이며 구경꾼들이 한데 섞였다. 이때 뇌문성과 마등도 그곳에 있다가 기성을 돕기로 하였다.

기성이 매랑과 거문고를 타며 노는데 갑자기 문밖이 요란하더니 장풍이 크게 소리치며 누각으로 뛰어올랐다. 매랑이 놀라서 양생의 손을 잡고 말하였다.

"일이 급하니 잠깐 피하소서."

그러자 기성은 웃었다.

"내 방탕하여 몸을 삼가지 못하였으나 어찌 부산스레 굴겠느냐."

기성이 여전히 거문고를 뜯으니, 장풍이 올라오며 몽둥이로 기성을 치려 하였다. 이때 등 뒤에서 한 젊은이가 큰 소리를 내며 장풍을 들어 누각 아래로 내치고 날랜 발길과 센 주먹으로 때려눕혔다.

또 한 젊은이는 어둠 속에서 큰 소리를 지르며 동서남북으로 몸을 날려 때리고 치며 무뢰배들을 비바람같이 문밖으로 몰아내니 그 기세를 누구도 당하지 못하였다. 장풍을 내던진 청년은 뇌문성이요, 무뢰배들과 좌충우돌하며 싸운 청년은 마등이었다.

기성은 두 젊은이와 구경꾼들을 청하여 누각에 오르라 하여 술을 권하였다.

"예부터 청루에 이러한 일들이 있으나 그 가운데 또한 의로움이 있는 법이오이다. 곽 상서의 말 한마디에 장안 젊은이들이 청루에 드나들지 못하니 참 한심하오이다.

여기에 곽 상서와 가까이 지내는 자 있거든 돌아가 이르라! 태평 시절에 청루에서 풍류로 세월을 보내는 것은 있을 법하나 사람들을 모아 청루를 치는 것은 옳지 않은 일이라고."

젊은이들은 그 말을 듣고 저저마다 칭찬하였다.

마등이 매랑에게,

"곽 상서는 말할 것 없거니와 장풍이 앞장서서 날뛰었으니 참 괘씸하구면. 내 그 자식을 이 주먹으로 한 번 더 치지 못한 것이 분하네."

하니, 기성이 웃으며 말하였다.

"마 형은 너무 꾸짖지 마오. 내 그 위인을 보니 난봉꾼에 가까우나 꽤 쓸 만하오이다. 여러분들 가운데 아는 분 있으면 장 선생을 청하여 주시오."

끝자리에 앉았던 사람이 응하며 일어서 나갔다.

이때 곽 상서는 매랑 청루에 갔던 제 사람들이 얻어맞고 돌아오니 불쾌하여 장풍과 그 패들에게 행패를 부렸다.

"군사를 천 날 동안이나 먹이고 입히는 것은 한 번의 용맹을 위해서인데, 내 십 년 청루에 자네들에게 돈을 아끼지 아니하였거늘 이러한 때 아무 쓸모가 없으니 한심하구나! 이제부터 내 집에 나타나지 말라!"

곽 상서가 돌아가고 나자 장풍은 어이가 없어 마음을 진정코자 술집을 찾았으나 주머니에 돈 한 푼이 없었다. 이때 술친구 이 아무개가 불렀다.

"자네 어디 가는가?"

"술집 찾아가는 일이네."

"자네가 곽 상서 일을 제대로 돕지 못하였으니 참 변변치 않구먼."

"글쎄 일이 그리되었네. 헌데 아까 청루에 이르러 보니 그 젊은이 풍채가 신선 같고 얼굴이 미남이요 풍류 호걸이더란 말일세. 내가 설중매라 해도 곽 상서를 버리겠구먼."

장풍의 말에 이 아무개가 어깨를 치며 말하였다.

"자네가 바로 보았네. 그 젊은 선비가 이리이리하여 자네를 청하니 풍류남아의 마음이더구먼. 함께 가 보는 게 어떠한가?"

장풍이 놀라며 매랑의 청루로 가니, 기성이 반갑게 맞았다.

"형은 참 못났구려. 대장부가 청루에 드나들며 성내면 풍파가 일어나고 웃으면 봄바람이 불지니, 오늘 밤 청루 젊은이들이 다 모인 자리에 어찌 장바람이 빠지겠소?"

모든 사람들이 소리 내어 웃으니 장풍이 팔을 뽐내며 말하였다.

"내 비록 바람이지만 십 년 청루에 남은 것이 눈치뿐이오. 몽둥이를 들고 달려들어도 속은 그렇지 않은 줄 여러분들이 다 아실 게요."

기성이 매랑에게 잔을 들어 장풍에게 권하라 하자, 매랑이 웃으며 잔을 들고 말했다.

"청루에 바람이 없은 지 오래더니 오늘 여러 공들이 풍채를 빛내어 살풍경이 사라지고 화기 넘치옵니다. 이것이 다 장풍 선생의 호협한 성품 덕인가 하나이다."

모두 웃음을 터뜨렸다.

이리하여 장풍이 기성의 오른팔이 되니, 그 뒤로 기성 이름이 장안 청루에 널리 퍼지고 장안 청년들이 기성 밑으로 들어왔다. 그러니 기성은 청루 출입이 더욱 능란하여 뇌문성, 마등, 장풍 세 사람과 함께 장안 청루를 두루 밟았다.

청루 기생 중에서도 초운의 노래며 능파의 춤이며 학상선의 생황과 진진의 거문고, 연연과 앵앵의 자색으로 세월을 보내다가 기성이 하루는 탕춘대에서 본 빙빙의 단아한 자태가 생각났다. 그의 집을 찾아보려 했으나 아는 이가 없었다. 그래서 장풍에게 물으니,

"그 거렁뱅이 집을 찾아 무엇 하려 하오?"

하면서 시답지 않게 여겼다. 기성이 장생에게 그저 알려만 달라 하라 하니 고개를 외로 돌리며 말하였다.

"서쪽 교방 길가에 무너진 절간 같은 집이 있으니 빙빙의 청루라 하더이다."

기성이 이튿날 서쪽 교방을 찾아가니 길가에 정말 허술한 집이

하나 있기에 문을 두드려 주인을 찾았다. 노파가 나와서 뉘 집을 찾느냐 묻기에 빙랑의 집을 찾는다 하였다. 노파는 손을 들어 눈 위에 대며 세워 놓은 말과 안장을 살피고 기성의 얼굴을 보더니 당황하여 다시금 물었다.

"공자, 어떠한 빙랑을 찾으시나이까?"

"빙빙의 집을 찾노라."

노파는 웃으며 말하였다.

"그 공자 얼굴은 고우나 청루를 구경치 못하시었구려. 장안 허다한 청루 중 하필이면 괴팍하고 누추한 빙빙을 보시고자 하오이까? 이 집은 운중월雲中月 집이오이다. 절색이니 한번 보소서."

기성은 또 웃으며 말하였다.

"내 할 말이 있어 그러하니, 빙빙의 집이나 알려 주게."

노파가 돌아서며 손을 들어 두 번째 집을 가리키고는 혼잣말을 했다.

"아까운 공자가 부질없이 거렁뱅이 집을 찾아가네, 쯧쯧."

기성이 빙긋이 웃고 두 번째 집을 찾아가 둘레를 자세히 보니 문밖에 풀이 우거지고 인적이 끊인 듯하였다. 말을 세우고 소리쳐 주인을 부르니 다 해진 옷을 입은 계집종이 나오는데, 노닥노닥 기운 옷이 앞도 가리지 못했다.

"이 집이 빙랑의 집이냐?"

계집종이 부끄러워 돌아서며 대답하였다.

"그러하옵니다."

"내 주인을 잠깐 보고자 하노라."

계집종이 들어갔다가 곧 나오더니, 들어오라 하거늘, 기성이 말을 밖에 세우고 따라 들어갔다.

빙빙이 흩어진 머리채와 파리한 얼굴에 낡고 꿰진 옷을 입고 문 앞에서 맞았다. 기성이 그의 손을 잡고 말하였다.

"해 지는 전춘교 위에서 만났던 양생을 알아보겠느냐?"

빙빙은 태연히 대답하였다.

"백발이 성성하도록 오래 친하였어도 새로 만난 사이 같고, 오가다 길에서 만났어도 오래 사귄 사람 같다 하옵니다. 어찌 백골이 진흙 되어도 그 정을 잊으리까? 옛날에 어떤 선비가 다리를 지나는데 두 여인이 몸에 차고 있던 구슬을 뽑아 주며 연정을 표했다 하던데, 공자께서 어두운 밤에 구슬을 버리듯 저를 잊으셨나 하였더니, 이렇게 마음을 내시어 찾아 주시니 감사하나이다."

기성은 빙랑의 말이 쓸쓸한 가운데 다정하여 녹록지 않은 여자임을 느꼈다.

"그대의 고운 얼굴과 뛰어난 재주로 어찌 이리 가난히 지내느냐? 어찌하여 남들이 하듯 몸치장을 하고 나서지 않느냐?"

"공자께서 진심으로 물으시는데 어찌 속마음을 터놓지 않으리까? 저는 본디 황성 청루의 대대로 이름난 창기 집안 출신이옵니다. 제 어머니 위오랑은 누구도 따를 수 없는 명기로, 제게 늘 '창기가 천한 몸이다만 마음가짐은 양반집 여인들과 다를 바 없다. 창기의 지조는 군자의 도덕이요, 창기의 가무는 군자의 문장이나 같으니, 부디 지조를 천히 여기지 말고 가무를 닦아 대대로 전해오는 집안의 풍도를 잃지 마라.' 하였사옵니다. 저는 그 말을 금석같이 지켜, 배운 대로 들은 대로 하나이다.

제 나이 올해 열넷이옵니다. 세상을 살펴보니 풍속이 예와 지금이 달라, 지조를 지키면 구차하다 비웃고 가무를 말하면 제대로 아는 이가 없나이다. 그저 사내에게 눈길을 주면서 재물이나 낚으려고 교묘하게 꾸미며 세태 물정을 탐하옵니다. 제가 시속에 맞추어 고치려 해도 십 년을 보고 들어 굳은 것을 하루아침에 고치기 어렵고, 애젊은 여자이니 풍정이 메마르지는 않았지만 장안 무뢰배들 틈에는 들고 싶지 않았나이다.

그날 전춘교 위에서 공자의 아름다운 모습을 보고 마음이 설레었나이다. 하찮은 아녀자의 가엾은 모습을 군자께서 돌아보시지 않을까 걱정하였는데, 오늘 아름다운 풍채로 다시 찾으시니 죽는다 해도 다시 살 듯하나이다."

기성은 빙랑이 간곡하게 하는 말을 들으니 그 정경이 가엾고 재주가 아름다웠다.

"이 집은 어떠한 집인가?"

"집안 대대로 전해 내려오는 집이온데, 제 어머니가 있을 때는 가산이 넉넉하여 장안 청루 가운데 첫째갔나이다. 어머니 죽은 뒤 제 나이 어리고 일가붙이가 없어 무뢰배들이 재물을 빼앗고 집을 불태우니 옛 모습이 사라졌나이다."

기성은 탄식하며 계집종에게 산호 채찍을 내주며 말하였다.

"술집에 가서 이것을 맡기고 술을 가져오너라."

조금 지나 계집종이 술병을 가지고 오자, 기성은 빙랑과 마주하여 술을 마셨다.

"이름 높은 옛사람들의 누각들도 그 자취를 찾아볼 수 없으리니 하물며 위오랑의 청루가 남아 있을쏘냐. 내 그대를 위하여 집을 다시 고치려 하노니 사양치 말라."

빙랑이 머리 숙이고 대답하지 않으니, 기성은 몸을 일으켜 나오며 말하였다.

"오늘 그대를 찾은 것은 집을 알려 한 것일세. 내일 밤이 깊으면 조용히 오겠으니 기다리게."

빙랑이 나와 바래다주는데 말은 하지 않아도 마음속에선 봄빛이 흐르고 있었다.

기성은 집으로 돌아와 생각하였다.

'군자가 재주를 닦아도 때를 만나지 못하면 불우한 탄식뿐일지니 어찌 청루에 빙빙 같은 자 있는 줄 알았으랴. 장안 젊은이들이 눈이 없어 모를지니 내 마땅히 수습하여 자랑하리라.'

그리고 장안의 부자 왕자평을 청하였다. 왕자평은 연왕 문하에 드나들어 집안사람이나 다름없는 사이였다.

"내 마침 쓸 일이 있어 그러니, 백은 만 냥과 채단 백 필을 얻어 줄 수 있겠소?"

왕자평은 당황하더니 한참 만에 물었다.

"이같이 많은 재물을 쓰실 곳이 없을 터인데 무엇 하려고 하시오?"

"공의 재물을 내 거저 쓰지 아니하리다."

왕자평이 웃으며,

"내 무슨 의심을 하겠소이까. 다만 연왕 상공께서 아시면 죄를 물을까 걱정이오."

하자, 기성은 그에게 마음 놓으라 하며 말하였다.

"공의 말씀이 옳으나 내 방탕한 죄가 공에게 미치지 않게 하겠소."

왕자평이 응낙하자, 기성은 내일 하인을 보내겠다고 하였다.

이튿날 기성이 저녁 문안을 드린 뒤 아이종 한 명을 데리고 교방 큰길에 나섰다. 달빛은 명랑하고 북소리가 삼경을 알렸다.

이때 빙랑이 겨우 몇 잔 술을 얻어 놓고 기다리는데, 양생이 푸른 도포 차림으로 달빛을 타고 왔다. 빙랑이 반기며 나와 맞자, 기성은 그의 손을 잡고 나란히 앉았다. 기성의 깨끗한 풍채와 빙랑의 아담한 자태는 달빛 아래 더욱 아름다웠다.

계집종이 술과 안주를 올리니 기성이 말하였다.

"가난한 집의 손님 대접이 더욱 다정하니 이 술을 내가 부어 마시리라."

술을 몇 잔씩 마시고 빙랑이 옥병을 치며 노래 두어 곡으로 술자리를 즐겁게 하였다. 처음 노래는 따뜻한 봄날의 백설 같으니, 그 절절하고 간절함에 그 누구도 화답할 이 없어 안타까운 듯하고, 그 다음 노래는 높은 산에서 흐르는 맑고 깨끗한 물을 이제야 만난 것을 한탄하는 듯하였다. 기성이 탄복하며 말했다.

"아름답구나. 세상 사람들이 눈이 어두워 명인 명창이 이리 곤궁하니 천지조화가 공평치 않구나."

"창기는 색으로 사람을 섬기나니, 얼굴이 고운 자를 안색이라 하고, 자태 고운 자를 말하여 자색이라 하나이다. 초나라 왕이 허리

가는 여자를 사랑하면 허리 가는 자들이 으뜸이 되고, 위나라 왕이 눈썹 고운 자를 사랑하면 눈썹 고운 자들이 뽐내는 것이지요. 이는 다 때를 만남이 아니리까. 또 마음이 고운 자를 말하여 심색이라 하는데, 낯빛을 보고 사랑하기는 쉬우나 마음에서 우러나와 인연을 맺기는 어려운 일이옵니다. 저는 얼굴로 인연 맺기를 부끄러워하고 마음으로 사람 대하기를 바라옵니다."

기성이 칭찬하였다.

밤이 이미 깊었다. 둘이 사랑을 맺을새 옥을 안고 꽃을 꺾으니 즐거이 놀면서도 음란하지 않고 고우면서도 아양을 떨지 않아서 원앙새 달콤한 꿈이 다할까 아쉬워할 때, 멀리 닭 우는 소리가 들렸다.

기성이 봄비에 젖은 듯한 빙랑의 모습을 보고는 더욱 사랑스러워 손을 잡고 말하였다.

"내 돌아가 적으나마 은전을 보내리니 청루를 고쳐 지어 옛 모습처럼 되돌리고, 내 도움이 있었다는 말을 내지는 말게."

이튿날 기성이 백은 오천 냥을 빙빙에게 보내니, 빙빙은 곧 목수를 불렀다.

이 소문이 퍼지자 청루 기생들과 장안 젊은이들이 궁금하게 여겼지만, 누가 도와주는지 알지 못하였다.

선 숙인이 태공을 모시고 시골로 떠난 지 한 달이 되었는지라, 기성이 연왕에게 말하고 취성동으로 떠났다.

길을 재촉하여 취성동에 이른 기성은 할아버지를 뵌 뒤 곧 안채로 들어갔다. 선 숙인이 바삐 마주 나와 아들 손을 잡고 눈물을 흘렸다. 기성은 본디 지극한 효자로 그립던 어머니를 만나 어린애마냥 품에 안겼다. 숙인이 아들을 어루만지며 물었다.

"얼굴이 어찌 이다지 수척해졌느냐?"

"여러 날 오느라 고단하여 그런가 하나이다."

이때 인성이 들어와 형제가 서로 반기며 그사이에 있었던 일들을 말하며 즐거이 이야기를 나누었다.

다음 날 할아버지를 모시고 수석정에 가서 놀다가 해가 저물어서야 돌아와 어머니 앞에 앉으며 응석을 부렸다.

"제가 그사이 봄놀이를 다니며 주량이 커졌으니 술을 조금 주소서."

"네 천성이 구차하게 마시지 아니할 터인데, 많이 마시면 해로우니라. 할아버지께서 본디 술을 좋아하지 않아 집 안에 술이 없구나."

숙인은 여종을 불렀다.

"정자 아래 왕씨 할멈이 파는 술이 좋다 하니 한 병 사 오너라."

곧 여종 술 한 병을 가지고 왔다.

기성이 웃으면서 병을 기울여 서너 잔을 급히 마시니, 숙인은 놀라서 병을 빼앗아 감추며 못마땅해하였다. 기성은 웃으며 방을 나와 곧바로 인성이 있는 책방으로 갔다.

인성은 옷매무시를 바로 하고 앉아서 《대학》을 읽고 있었다. 기성이 책상 앞에 다가가 앉으니, 인성이 다정히 말하였다.

"그래 집에 있으면서 무엇을 하였느냐?"

"글도 읽고 여가에는 버들도 구경하고 벗을 찾기도 하였소."

"꽃 피는 봄날 버들 구경 좋지. 친구는 어떠한 사람을 사귀었느냐?"

기성이 웃으며 말하였다.

"지금 세상에 사니 지금 사람들을 사귀었소. 착한 사람도 못된 사람도 다 스승이라 하였으니, 어진 사람 어리석은 사람 가리지 않고 맑은 사람이며 더러운 사람이며 다 사귀었소."

인성이 기성을 눈여겨보니, 말이 방탕하고 얼굴에 술기운이 가득하거늘, 속으로 못마땅하게 여기고 얼굴빛을 바로 하여 말하였다.

"옛 성인들이 '술을 경계하고 벗을 가려 사귀라.' 하신 것은 마음을 바로 가지고 도덕을 강론하여 방탕하지 않기 위한 것이다. 네 지금 아무 사람이나 사귀고 술을 마시니, 그러다 보면 천성이 똑똑하고 심지가 굳은 자라도 밖으로는 음탕한 소리를 내뱉고 안으로는 천성을 버리고 의기를 뽐내게 되리라. 오늘 먹은 마음 내일 흐트러지고 오늘 흐트러진 마음이 내일 방탕할지니, 마음이 한번 방탕하면 수습하지 못할 뿐 아니라 스스로 방탕함을 깨닫지 못하여 한편으로는 그럴 수 있다 생각하고 한편으로는 스스로 자랑스럽게 생각할 게다. 그리되면 마음을 굳게 다져도 세월이 흘러 흰머리가 다 되도록 이루어 놓은 것이 없으리니, 자연 곧바른 사람이 되지 못하리라는 것을 어찌 생각지 못하느냐?"

기성은 인성에게 다시 말하였다.

"명심해 듣겠소. 헌데 제가 들으니 천지의 살아 있는 만물의 기상이 호탕하고 활발한 고로 만물이 생성하나니, 책상머리에 앉아 글과 틀에 박힌 기상으로 평생을 보내는 것이 어찌 혈기 넘치는 자가 할 바이겠소.

하늘과 땅이 생겨 일월성신이 나고 일월성신이 생겨 만물이 되니, 성인의 도가 이를 본받은 것이오이다. 그 가운데 무궁한 변화가 생기고 그 변화 속에서 맞물려 생기는 것이 이치라 하였소. 무릇 사람이 세상에 나매 어려서는 한마음뿐이니 이는 하늘땅이 생기기 전이요, 귀로는 듣는 것을 생각하고 눈으로는 보는 것을 생각하여 오륜五倫과 칠정七情이 생기오이다. 음식과 색은 사람의 본성인데 호방한 마음과 풍류 즐기는 마음이 어찌 없으리까? 마음과 몸이 완전히 잡히고 만사를 두루 겪은 뒤 바야흐로 서른이 되면 주견이 생기고, 마흔이 되면 흔들리지 않으며 더 성숙해지니, 이는 사물의 이치를 옳게 보아 지식을 온전히 하는 공부이오이다. 사람의 성품이 다르고 혈기가 완전히 다른데도 한 가지에 맞추어 마음의 즐거움과 칠정을 억누르니, 기품이 모자란 사람은 어려서부터 무기력한 기상이 있고, 기품이 넉넉한 사람은 겉치레만 할 뿐 속은 간사하여, 말과 거동을 보면 군자로되 그 마음을 살펴보면 보고 들은 것이 적어 세상 이치를 모르오이다. 이로 보건대 사람의 성취는 천 가지 백 가지가 다른지라 한 가지 잣대로 논하지 못할까 하오이다."

인성이 얼굴빛을 달리하며 말하였다.

"네 말에도 일리가 있으나, 그는 왕도王道가 아니라 패도霸道로다. 젊은 나이에 본받을 바가 아니니 내 말을 잊지 마라."

기성은 알았다고 대답하였다.

이때 할아버지가 창밖에서 두 형제가 말하는 것을 듣고 기뻐하면서 내당에 들어가 선 숙인에게 말하였다.

"내 기성 형제의 말을 엿들으니, 인성이는 단정하고 기성이는 쾌활하여 성품이 다르나 일을 성취함은 같으리로다."

하루는 할아버지가 기성에게 말하였다.

"네 여기 온 지 벌써 며칠이 되어 집안이 쓸쓸할 테니 내일은 돌아가거라. 나도 열흘 뒤에 돌아가려 한다."

기성이 말씀을 받들어 이튿날 떠나니, 선 숙인은 서운해하며 바래다주었다.

이때 빙랑이 목공들을 재촉하여 공사를 마치니 그 화려하고 정교함이 황성 청루 가운데 제일이었다. 양생을 기다려 낙성연을 하고자 하는데, 계집종이 밖에서 들어오며 말하였다.

"아까 매랑 청루를 지나는데 장바람이 저를 붙들며 말하기를 '너희 빙랑이 청루를 새로 꾸몄다 하니 내 한번 구경 가겠노라.' 하더이다. 만일 오거든 들어오지 못하게 하소서."

빙빙은 계집종에게 웃으며 물었다.

"네 무슨 원수 진 일이라도 있느냐?"

"전에 장안 젊은이들이 낭자를 찾지 않을 때는 길에서 저를 보고도 모르는 체하다가 오늘은 이리 다정한 체하니 참으로 괘씸하옵니다."

"때에 따라 인심이 바뀌는 것이야 예부터 있는 일이다. 내 전에는 가난하여 짐짓 거만하고 교만했지만, 지금도 사람들을 업신여긴다면 이 또한 장안 젊은이들 하는 짓과 다를 게 무엇이겠느냐?
이제부터는 내 마땅히 화평하게 지내도록 힘쓰겠다."

정말 며칠 뒤 장풍이 문득 찾아왔다.

"빙랑은 장바람을 알겠는고?"

빙랑은 웃으며 말하였다.

"제가 몸이 편찮아 손님을 모시지 못해 이제야 뵈오니 민망하옵
니다."

장풍은 빙랑을 먼발치에서 여러 번 본 적이 있으나 옷차림이 초
라하고 아양 부릴 줄도 몰라 신통치 않게 보았다. 그런데 오늘 보니
우선은 집안이 눈부시고, 둘째로 옷차림과 음식이 찬란하며, 셋째
는 말씨가 공손하면서도 부끄럼을 떨고, 몸가짐이 단아하면서 아
름다워 속으로 놀라며 생각하였다.

'자색이 매랑 못지않구나. 양생이 돌아오면 내 중매하리라.'

그리고 빙랑에게 말하였다.

"빙랑은 대대로 내려오는 명기니, 재주를 말하나 가무와 자색을
말하나 장안 내외 교방 청루 백여 채를 털어도 빙랑을 당할 자 없
겠구먼. 그러니 이제 젊은이를 골라 사귈 터인데, 매랑이 곽 상서
친하듯 하지는 말게."

빙빙은 장풍 하는 말이 우스우나, 짐짓 어쩌나 보려고 웃으며 대
답하였다.

"어떠한 이와 친해야 좋으리까?"

장풍은 눈을 꿈쩍이고 손바닥을 뒤집으며 말했다.

"지금 장안 젊은이들 가운데는 뛰어난 자가 없으나 내 마음속에

한 사람 생각해 두었네. 풍채 좋고 문장 좋고, 재산 또한 넉넉하고, 나이는 열넷이지. 그러한 남자는 다시없을까 하네."

빙랑은 양생을 말하는 것이라 짐작하고는 다시 모르는 체하며 물었다.

"그 사람이 누구이옵니까?"

장풍은 빙랑이 관심을 보이자 물러앉아 손을 저으며 말하였다.

"아직 아무한테도 밝히지 말게. 바로 연왕의 넷째 아들일세. 청루에 몰래 다니니 친하기 어려울까 하네."

빙랑이 웃으며 말하였다.

"선생이 솜씨를 다하여 청해 주소서."

장풍은 한나절 앉았다가 다시 오마 하고 돌아갔다.

한편, 기성은 집으로 돌아온 지 며칠 지나 설중매를 찾아갔다. 뇌문성과 마등이 먼저 와 있었다. 매랑이 양생에게 한 가지 소식을 전하였다.

"요즘 장안에 부유한 청루가 생긴 것을 아시옵니까?"

기성이 짐짓 모르는 체하며,

"내 서울을 떠난 지 한 달이니, 없던 청루가 생긴 것을 어찌 알리오."

하자, 뇌문성과 마등이 말하였다.

"빙빙이 옛 청루를 고쳐 지어 소문이 자자하오. 우리도 아직 가보지 못하였소."

매랑이 묘하게 웃으며 뇌문성과 마등에게 말했다.

"이미 이 자리에 빙랑과 친한 사람이 있는가 하나이다."

양생은 매랑이 눈치 빠른 것을 짐작하고는 매랑에게 말했다.

"빙랑이 빼어난 미인이니, 아름다운 꽃에 벌 나비 많은 게 당연하지. 나 또한 안면이 있네."

뇌문성이 손뼉을 치며 웃었다.

"내 빙랑이 청루를 고쳤다는 이야기를 듣고 양 형을 의심하였거니와, 매랑은 어찌 들었는가?"

"이는 제가 중매한 것이나 다름없나이다. 탕춘대에서 시령이 없었던들 어찌 빙랑의 재주를 알았겠나이까? 다만 서운한 것은 공자께서 저를 한낱 변변찮은 기녀로만 알아 제가 구구하게 시기하는 마음을 둘까 하여 빙랑과 친하다는 말씀을 아니 하시니, 이 어찌 지기知己라고 하리까? 옛말에 원숭이가 원숭이를 아낀다 하였나이다. 청루 젊은이들이 보는 눈이 없어서 빙랑 같은 재주 있는 미인을 알아보지 못하니 같은 기녀로 늘 아깝게 여겼나이다. 그런데 탕춘대에서 공자께서 한삼에 글을 써 주시는 것을 보고 저는 공자의 풍모를 더욱 흠모하게 되었나이다."

기성은 매랑을 정다운 눈으로 바라보며 말하였다.

"내 어찌 매랑을 속이리오? 우정 한번 놀리고자 한 것인데 매랑이 벌써 아니 재미없도다."

그러더니 뇌문성에게 물었다.

"그래 청루 공사가 어찌 되었다 하더이까?"

"얼마 전에 공사가 끝나 그 모습이 화려하니 청루 가운데 으뜸인가 하오."

이때 장풍이 들어와서 기성을 보고 반가워하더니 물었다.

"양 형이 언제인가 빙랑의 집을 물었는데, 그래 가 보니 어떠하더이까?"

"그날 가 보려다가 장풍 선생이 거렁뱅이라 하며 퇴짜를 놓기에 가 보지 아니하였소."

기성의 말에 장풍이 다시 말하였다.

"인간의 빈부가 수레바퀴 돌듯 하여 거렁뱅이도 부자가 되더이다. 그러니 제 말을 어찌 믿으셨소?"

그날 기성이 취하여 잠이 들자 모두들 흩어져 갔다.

매랑은 비단 이불을 내려 기성을 옮겨 눕히고 그 옆에서 잠이 들었다.

기성이 깨어 보니, 비단 휘장이 겹겹이 드리워 있고 향로엔 차 끓는 소리가 삼경에 소슬비 오듯 하였다. 한 미인이 옆에 누워 있는데, 옥비녀는 베개 곁에 떨어지고, 나삼이 가슴에 빗겨 있으며, 복사꽃 같은 두 볼엔 취흥이 몽롱하니 참으로 고왔다. 기성이 춘흥을 참지 못해 잠결에 어르니 매랑도 잠과 술이 깨었다. 옷을 거두고는 차를 권하며 한가로이 이야기를 나눌 때 기성이 매랑에게 물었다.

"내 빙랑과 이미 친밀해졌는데, 그대는 조금도 투기하는 마음이 없는가?"

"투기심이 있는지 없는지 알고 싶으시거든 공자의 마음이 어느 쪽으로 기울었는지 스스로 헤아려 보소서. 설중매를 더욱 사랑하시면 빙빙이 시기할 것이요, 빙빙을 더 사랑하시면 설중매가 시기하리니, 이는 다 공자께 달린 것이옵니다. 저에게 묻지 마소서."

그러자 기성이 웃으며 말하였다.

"내 동서 청루에 빙빙과 설중매를 두었으니 풍류 마당에서 할 일은 다하였도다. 다만 풍류의 비용을 도우려고 오천 금은 빙랑을 주었고, 남은 오천 금은 그대에게 주노니 사양치 말게."

"군자는 급한 것을 구하고 넉넉한 데는 보태지 아니한다 하였나이다. 빙랑이 청루를 고쳐 짓고 남은 것이 없을 터이니 오천 금을 마저 주소서."

"내 이미 말을 꺼냈으니 사양하는 것은 아니 되네."

"그리 말씀하시니 정으로 천 금만 받겠나이다. 사천 금은 빙랑에게 마저 주소서. 제가 가난하더라도 가무에 쓸 돈은 넉넉하옵니다. 또 청루 기녀의 풍기는 친한 남자의 낯을 세워야 제 이름이 빛나는 법이옵니다. 공자께서 빙랑을 고른 것을 제가 기뻐하는 바이니, 어찌 털끝만큼도 불평하겠나이까."

기성은 그러마 하고 마음속으로 감탄하였다.

'매랑이 명기라더니 헛이름이 아니로구나.'

매랑이 다시 웃으며 말했다.

"오늘 장풍의 눈치를 보니 상공과 빙랑을 맺어 주려는 듯하옵니다. 그럼 한번 놀려 보사이다."

기성도 웃으며 머리를 끄덕였다.

이튿날 기성이 천 금은 설중매에게 보내고, 사천 금을 빙랑에게 보내 낙성연 하는 데 쓰라 하였다. 빙랑의 집에 이르니 붉은 난간에 단청한 마룻대가 화려하고 한가운데 작은 누각을 하나 덧지었는데, 금 장막에 구슬발을 걸어 올리고 백옥과 산호를 갖가지로 장식하였다.

기성이 빙랑과 나란히 앉아 이야기하였다.

"누대가 성하고 쇠함이 정해진 바 없거늘 하물며 사람이리오. 지난날의 번화함을 내 본 적은 없으니 깨진 기와와 부러진 기둥이 눈 깜박할 사이에 이렇듯 바뀌니, 사람의 일생이 이 청루처럼 홍안이 백발이 되고 백발이 다시 홍안 되어 삼생의 인연이 끝없이 돌고 돌면 어이 즐겁지 아니하리오."

빙랑이 웃으며 말하였다.

"천지만물이 성하고 쇠하며 슬프고 즐거운 것이 없다 하나니, 성하는 것은 쇠하는 것의 근본이요 슬픔은 즐거움의 근본이옵니다. 젊은 얼굴이라고 기쁠 것도 없고 머리가 희었다고 슬플 것도 없거늘, 인정이 괴상하여 그 가운데 정을 붙이고 연분을 맺어 서로 성하고 쇠하며 슬프고 즐거운 것을 느끼게 하니 어찌 가엾지 않겠나이까."

기성이 물리가 깊은 속을 칭찬하니, 빙랑이 웃으며,

"공자가 늘 밤이 깊은 뒤에 오시니 낙성연을 어느 날에 하리까?"
하고 말을 돌렸다.

"닷새 뒤에 황제께서 원릉에 행차하시니, 내 그날 올까 하노라."

다음 날 기성이 늦게야 매랑을 찾아가니, 매랑이 난간을 기대어 못가에 노니는 원앙을 조용히 보고 있었다. 기성이 가만히 뒤로 가서,

"매랑의 풍정이 적지 않구나."
하자, 매랑은 깜짝 놀라면서 기성을 반겼다.

"닷새 뒤, 빙랑이 낙성연을 하니 청루의 기녀들을 다 부른다 하는데, 들었느냐?"

"아직 듣지 못했나이다."

이때 장풍이 들어오니 기성이 웃으며 말했다.

"빙랑을 한번 보고자 하였더니 닷새 뒤에 낙성연을 한다는구려. 그러니 선생이 다리 좀 놓아 주시오."

장풍은 매랑의 기색을 보고는 히죽 웃으며 말하였다.

"빙랑은 누각만 새로이 한 게 아니라 그 용모 또한 새로워져, 예전의 빙랑이 아니요 하늘 선녀라 하니 한번 볼까 하나이다."

매랑은 장풍이 노는 것을 보고 짐짓 못마땅한 기색을 보이면서 입을 다물고 있었다. 장풍이 웃으며 말하였다.

"빙랑이 그러하나 지금 청루에서 논하기를 매랑이 으뜸이요 빙랑이 둘째라 하오이다. 양 형은 약속을 잊지 마소서."

그러고는 몸을 일으켜 어디론가 가 버렸다.

매랑이 웃으면서 말했다.

"장바람이 빙랑에게 공자 오신다는 소식을 먼저 알리러 간 것이 틀림없나이다. 빙랑이 겉으로는 생각이 좁은 듯하나 속은 재치 있는 여자이니, 분명 바람을 농락하는 솜씨가 제법일 듯하나이다."

한편, 빙랑이 낙성연을 준비하느라 바삐 오가는데, 장풍이 얼굴에 기쁜 빛이 가득하여 들어왔다. 빙랑은 무슨 곡절이 있으리라 짐작하는데, 장풍이 웃으면서 말했다.

"낙성연 준비로 바쁘겠구먼."

"그러하옵니다."

"요전에 내 알려 주던 양생을 그대는 잊지 않았는가?"

빙랑이 부끄러워하는 체하며,

"어찌 잊겠나이까?"

하자, 장풍은 으쓱하였다.

"내 벌써 중매하여 낙성일에 오마 하였으니, 빙랑이 알아서 솜씨를 부려 보게."

양기성, 청루 발길 끊고 벼슬길에 올라

빙랑은 발끈 성을 냈다.

"양생이 저를 창기라고 천대하는 것이 분명하오이다. 마음이 있다면 먼저 조용히 찾아와 만나는 것이 옳지, 어찌 처음 만나는 여자를 여러 사람들이 모여 앉은 자리에서 알은체를 하리오."

장풍이 웃으면서 빙랑을 달래었다.

"그런 게 아니라, 양생이 글방 샌님이라 혼자 오기 부끄러워서 그러는 것일세."

그러자 빙빙이 또 말하였다.

"수줍음은 여자의 본색이거늘 남자가 그러하다면 무엇에 쓰겠나이까? 선생은 다시 가서 오늘 밤 조용히 데리고 오소서. 주안상을 준비하여 기다리겠나이다. 만일 기꺼이 오지 아니하거든 그만두소서."

장풍은 그러마 하고 다시 나갔다.

이때 기성은 매랑과 함께 쌍륙을 쳐서 술내기를 하고 있었다. 매랑이 연이어 두 판을 지니 한편으로는 술을 사 오고 다른 한편으로는 주사위를 던지느라고 여념이 없었다. 이 판에 장풍이 바삐 들어오니, 매랑이 낯빛을 바꾸고 짐짓 소리를 높여 주사위를 굴리며 말했다.

"선생은 아무 말도 마소서. 내 오늘 밤을 새워서라도 이 분을 풀고야 말리로다."

장풍은 빙랑의 말을 전하러 왔다가 형편이 이러하니 마음이 조급했다. 그래도 아무 말 못 하고 옆에 앉아 있는데, 매랑이 또 졌다. 장풍은 간신히 틈을 타서 기성에게 조용히 말을 하였다.

"제가 지금 빙랑을 만나고 오는데, 빙랑이 전하는 말이 있소이다."

매랑이 재빨리 또 주사위를 던지면서 말했다.

"빙랑인지 얼음랑인지 지금 초나라와 한나라가 창을 맞대고 승패를 겨루고 있으니 말 시키지 마소서."

장풍은 몹시 당황하여 조바심을 쳤다. 저물녘이 되어도 매랑이 주사위를 놓지 아니하니, 장풍은 별수 없이 일어나려 하였다.

그러자 기성이 웃으며 쌍륙판을 밀치고 말하였다.

"빙랑이 무슨 말을 전하라 하였소?"

장풍이 가만히 말했다.

"이러이러하니 오늘 밤 기다리마 하더이다."

"내 집으로 돌아가 밤 문안을 드리고 갈 테니 빙랑 집을 알려 주시구려."

장풍은 곧 방바닥에 그려 가면서 알려 주었다.

"이리로 가면 서교방 큰길이고 저리로 가면 학상선 청루이니, 그 다음 새로 고친 집이 바로 빙랑의 청루로소이다."

기성은 알았다 하고 장풍과 헤어진 뒤 집으로 돌아갔다.

밤이 깊자 다시 매랑을 찾아갔다.

"같이 빙랑 집으로 가서 장풍이 하는 꼴을 보세나."

매랑이 좋다고 하여 둘이 함께 빙랑의 집으로 갔다.

매랑이 먼저 빙랑에게 장풍의 일을 말하니, 빙랑이 웃으면서 말했다.

"장바람이 저물녘에 와서 공자를 기다리다가 혹시 집을 못 찾으시나 하여 공자 댁으로 갔나이다."

"바람이 곧 다시 올 터이니, 제가 그를 속이는 것을 보소서."

매랑이 이렇게 말하고 기성의 귀에 대고 가만히 말하니, 기성은 그저 웃기만 하였다.

이윽고 장풍이 오며 문을 열라 외치니, 매랑이 촛불을 돌려놓고 마중 나갔다. 장풍이 놀라면서 물었다.

"낭자가 어찌 여기에 왔는가?"

매랑은 웃으며 풍의 손을 이끌고 조용한 곳에 이르러 말하였다.

"우리 장안 청루의 일거일동을 어찌 장 선생한테 숨기리오. 빙랑이 어찌 청루를 고쳐 지었나 의심하였더니, 웬 강남 부호와 친하여 오천 금을 얻었다 하더이다. 차츰 이 소문이 퍼지니 빙랑이 일이 조용하지 못할 줄 알고 아까 저한테 사실대로 말하였는데, 그 부호가 제 소문을 듣고는 한번 만나기를 청한다 하더이다. 제가 요즘 곽 상서를 버리고 돈이 쪼들리는지라 한번 만나면 오천 금을 얻을까 하여 왔으니, 부디 양생 귀에 들어가지 않게 해 주사이다."

장풍은 이 말을 듣고 혀를 차면서,

"그대가 오히려 나를 모르는구면. 내 어찌 이런 일을 양생에게 말하리오. 허나 오늘 밤 양생을 이리 오라 하였으니 어쩌나."

하고 안절부절못하였다.

"선생은 참 수단이 없소이다. 방이 많은데 무슨 걱정이외까."

"그러하지만 인심은 헤아리기 어려우니, 돈 많은 부자라고 미인을 속이는 자들이 있으니 몸을 허락지는 말게. 내 마땅히 먼저 수작해서 그 속을 알아보겠네."

그리고 방 안으로 들어가려 하거늘, 매랑이 놀라는 체하며 장풍의 소매를 잡아끌었다.

"다 된 일에 부질없이 꽃밭에 불 놓듯 하지 마소서."

그러자 장풍이 웃으며,

"내 십 년 청루에 눈치로 늙은 사람일세. 내 솜씨를 구경만 하라고."

하고 방 안으로 들어갔다.

한 남자가 촛불을 돌려놓고 벽 쪽으로 누웠다가, 장풍이 기침을 연거푸 크게 하고 들어가니, 기지개를 켜면서 일어나 앉았다.

"빙랑과 매랑 두 사람은 어디에 가고 온다는 장풍 선생은 어찌 오지 않느냐?"

장풍이 그 소리에 당황하여 어찌할 줄 모르다가 비로소 속은 줄 알고 웃으며 앉으니, 모두가 손뼉을 치며 웃었다.

이어 빙랑이 장풍에게 물었다.

"미남자를 중매하신다더니 어찌 아니 하시오이까?"

그러자 또 매랑이 웃으며 물었다.

"선생이 강남 부호를 떠본다 들어오시더니 어찌 가만히 계시오이까?"

"미남자는 곧 강남 부호요, 또 강남 부호는 곧 미남자라. 장자가 나비요, 나비가 장자인 것과 같으니, 장풍이 평생 거짓말은 아니하네."

장풍의 말에 모두 또다시 웃었다.

기성이 술을 가져오라 하여 장풍에게 권하면서 빙랑 청루를 고치게 한 일을 말하니, 장풍은 칭찬하며 말하였다.

"낙성연에 젊은이들과 장안 기녀를 다 청할지니 그리 알라."

이때 황제가 날을 택하여 원릉에 거둥하시는데, 연왕 부자가 모시고 떠났다. 이날이 곧 빙빙이 낙성하는 날이라 기성이 할머니에게 말하였다.

"황상의 능 행차를 구경하고 오겠나이다."

그리고 매랑 집에 이르니 장풍과 마등, 뇌문성이 다 모여 낙성식을 의논하고 있었다. 기성이 먼저 세 사람을 빙랑의 집으로 보내어 낙성식을 주관하게 하였다.

세 사람이 빙랑 집에 다다르니 장안 젊은이들과 청루 기생들이 벌써 절반이나 모였는데, 오륙십 칸 청루에 다시 들마루를 깔고 비단 휘장과 꽃 병풍을 구름안개같이 둘렀으며, 알락달락한 돗자리며 비단 방석엔 꽃을 가득 수놓았다. 그리고 열두 마디 대발에 옥구슬이 영롱하고 칠보로 장식한 금화로에선 향기로운 연기가 몽롱하게 피어올랐다. 산호 책상에는 붓과 벼루가 차분히 놓였으며, 대로 만든 상머리에는 거문고와 생황이 말쑥하게 세워져 있고, 조각한 등받이 의자와 색칠한 걸상들을 동서로 갈라놓은 것이 남녀로 나누어 놓은 것 같았다.

젊은이들도 금빛 옷으로 번쩍이게 치장하고 화려하게 단장한 기생들의 거동에 놀라, 처음 오는 자는 온갖 꽃이 활짝 핀 곳에 들어선 듯 눈이 부셨다.

기성이 매랑과 같이 이르러 인사를 마치자 금동이의 아름다운 술과 갖가지 안주가 요란히 들어오고, 난새 노래와 봉황 소리 들레니, 장풍이 소매를 떨치고 일어나 궁둥이를 휘두르며 둥실둥실 춤을 추었다.

"백전노장에게 남은 것은 창법이니, 내 장단을 보라."

장풍이 춤을 추며 들어가자 온 사람이 크게 웃었다.

"우리 빙랑의 춤을 보지 못하였으니 빙랑은 오늘 재주를 아끼지 말라."

기성이 웃으며 빙랑과 매랑에게 마주 보며 춤을 추라 청하였다. 두 낭자가 노래 한 곡을 부르니 모든 사람들이 겹겹이 둘러서서 풍류를 더 하라고 재촉하였다.

첫 장을 아뢰니 완만한 소매와 단아한 자태가 북소리에 맞추어 구름 사이 쌍학이 나래를 펼치듯, 물속 쌍조개가 구슬을 토하듯 하였다. 제삼장에 이르러 푸른 옷소매 너울거리며 연화보蓮花步로 들어가고 붉은 치마 펄럭이며 또 능파보凌波步로 물러서니 봄날의 나비와 벌이 꽃향기를 어르는 듯, 모이를 찾는 봉황이 대열매를 쪼려는 듯하다. 옥패 소리 쟁쟁하고 음악 소리 빨라지며 제오장에 이르니 버들같이 가는 허리 바람 앞에 휘늘어지듯, 파뿌리 같은 고운 손길 공중에 번득이니 너른 들 향기로운 풀에 제비가 깃을 잇닿아 날며 지지배배한다. 원앙이 푸른 물 위에 떠서 목을 빼고 서로 다정히 놀듯 몸놀림과 가락이 맞아 아름다운 난새와 상서로운 봉황 중 어느 것이 형이고 동생인지 분간키 어려웠다.

북소리 한 마디에 동서로 나뉘어 서로 화사하게 웃으며 추파를 흘리니 구경하는 자들은 넋이 나가고 마음이 무르녹았다. 사람들이 비로소 빙랑의 가무와 고운 얼굴을 칭찬하여 마지않으니, 교방 청루에 그 이름 널리 퍼져 재상 귀인이 저마끔 한번 만나 보고 싶어하였다.

주안상을 물리고 나서 빙랑이 나와 기성과 모든 사람들에게 말하였다.

"제가 대를 이어 가던 청루를 오늘 손질하니 이는 다 여러 상공들 덕분이옵니다. 부디 몇 줄 상량문을 써 주시어 오늘의 성대한 일을 후세에 남기도록 해 주사이다."

장풍이 일어서며 큰소리로 말하였다.

"오늘의 이 모임은 양 형이 주인일세. 게다가 양 형 같은 문장을 자리에 앉혀 두고 누가 감히 문장을 자랑하리오. 내 마땅히 양 형의 신발을 벗겨 주는 신하 되리니, 빙빙은 벼루를 들고 설중매는

먹을 갈며 연연과 앵앵은 부채를 펴고 학상선과 초운은 촛불을
잡아 양 형의 가슴속에 가득 찬 시흥을 도우라."

기성이 취흥에 겨워 왼팔을 책상에 걸치고 오른손으로 붓을 빼어
드니, 연연과 앵앵이 설도전薛濤牋▪을 펼쳐 들고 봉주 벼루에 용향
먹을 갈았다.

기성은 붓을 들고 일필휘지로 써 나갔다.

붉은 언덕 붉은 티끌에 봄의 자취 뚜렷한데
붉은 난간 푸른 기와 그 몇 번을 고쳤던고.
언뜻 들린 처마는 꿩이 나래 펼친 듯
들보 위의 제비는 서로서로 축하하네.

주인은 청루의 명성 높은 후손이라
붉은 방의 풍치도 새롭구나.
명기의 따님이라 가무에도 능하고
뛰어난 인물에 지조도 높더라.

울긋불긋 비단옷 입고 춤추던 마당에
쓸쓸한 비바람이 건듯 불어 들 제
무너진 담 깨어진 벽을 보며 버들잎 눈썹 찡그리고
기운 난간 거친 대를 수심 속에 거닐었네.

▪ 당나라 기녀 설도가 만든, 질 좋고 아름다운 종이.

문 앞에는 수레와 말 그림자도 없고
복사꽃 오얏꽃은 절로 피고 절로 지네.
사향노루 지나가니 풀숲에서 향기 나고
꽃은 말하지 않아도 나비 날아오네.

아름답구나.
재자가인 서로 만나
붉은 누각이 다시 빛을 뿌리니
봉황은 다락을 지나고 원앙은 못에 쌍쌍 노닐어라.

한때 풍정이 인연 되어 십 년 문호를 바로잡도다.
옛날도 이같고 지금도 이같이 하여
어머니 옛 명성을 튼튼히 이어 놓고
예서 노래하고 춤추며 길이 전하라.

기성이 붓을 멈추지 않고 쓰니 그 글자 하나하나 힘이 솟구쳐 용이 꿈틀거리며 하늘로 오르는 듯하였다.

기성이 이어 여러 기생들에게 일렀다.

"내가 술에 취하였으니 들보에 붙일 글귀 여섯 편은 그대들이 뒤를 이어 지으라."

먼저 설중매가 지었다.

어기여차 들보를 동으로 던지니

해 솟는 바다에 둥근 해 붉어라.
거울 앞에 바로 앉아 몸단장을 하고 보니
연지분 무르녹아 꽃떨기 헤치노라.

다음은 빙빙이 이었다.

어기여차 들보를 서으로 던지니
잔치도 끝나고 밤빛이 쓸쓸하구나.
원앙 이불 고이 펴고 낭군 좇아 누우니
창가의 달그림자 유정도 하구나.

그다음은 초운이 이었다.

어기여차 들보를 남으로 던지니
남산의 푸른 산 첩첩이 다가앉네.
골마다 절승이라 선녀들 내려오니
꿈같이 만난 기쁨 꿈이라면 깨지 마라.

또 학상선이 뒤를 이었다.

어기여차 들보를 북으로 던지니
한줄기 찬 바람에 깁 적삼이 싸늘하네.
홍안도 자랑 말고 황금도 자랑 말고

한 곡조 비파 소리 들어나 보소.

그다음은 앵앵이 이었다.

어기여차 들보를 위로 던지니
하늘 가득 서기 어려 날씨조차 화창하네.
봄바람 건듯 불어 구슬발을 흔드니
푸른 학이 떠돌고 제비가 오르락내리락하네.

연연이 또 뒤를 이었다.

어기여차 들보를 아래로 던지니
비단 자리 비단 이불 곱게 펴서 깔았구나.
옷장 속에 여섯 폭 부용 치마
낭군 위해 차려 입고 낭군 위해 벗으리라.

기성이 덧붙여 마무리하였다.

엎디어 바라노니 상량한 뒤에
푸른 말 붉은 말을 대문 앞에 매어 두고
언제나 거울 속에 밝게 밝게 웃으면서
검은 머리 변치 말고 고운 얼굴 늙지 마소.

기성은 다 쓰고 나고 말하였다.

"청루 인물이 녹록지 않도다. 그대들의 문장이 이같이 아름다우니 드문 일이라. 상량문을 다같이 읽도록 하라."

매랑이 말하였다.

"상량문은 들보를 올릴 힘을 합쳐 사람들을 돕는 소리라 하옵니다. 하여 한 사람이 먼저 부르면 다른 이들이 화답하나니, 저희가 먼저 한 곡 부르면 여러분들이 다 같이 화답하여 흥을 돋우소서."

모두가 응낙하고 서로 노래를 주고받으니 청아한 곡조와 호탕한 소리가 청루를 흔드는 듯 금채찍이 부러지고 옥병이 깨지는 소리도 깨닫지 못하였다.

문득 장풍이 팔을 뽐내며 말하였다.

"빙빙이 뛰어난 가무와 재주로 오래도록 주인을 만나지 못하다가 이제야 재주 있는 이를 만나니 하늘의 도움이라. 무너진 집이 하루아침에 훌륭한 집으로 바뀌니 천지간 만물이 쇠하고 성함이 이 같을지라. 오늘부터 매랑과 빙랑 두 사람이 동시에 이름을 나누어서 지기로 합하고 투기하지 않으면 어찌 풍류 마당의 아름다운 일이 아니리오. 용이 구름과 비를 얻어 하늘에 오르듯 높은 벼슬에 올라 이름을 빛낼 때 청루엔 발길이 끊어지리니, 이 또한 즐거우나 슬픈 일이로다."

이 말에 온 사람이 잠자코 말이 없는데, 기성이 웃고 술을 마시며 풍악을 울리라 하였다.

밤이 깊은 뒤에야 잔치가 끝났다.

한편, 연왕은 태공이 취성동으로 간 지 어느덧 몇 달이 되자, 아버지를 그리며 수레와 말을 보내 모셔 오라 하였다.

어느 날 기성이 책방에 누워 있다가 거울을 보니 얼굴이 파리하고 기색이 방탕하여 전과 같지 않았다. 자리를 차고 일어나 앉으며 탄식하였다.

'내 부모 형제 모시고 있으면서 방탕한 마음을 걷잡지 못하고 한때 풍류 마당에서 놀았다 하여 어찌 얼굴이 이토록 바뀌는 지경에 이르렀는고. 대장부 세상에 나서 할 일이 끝없거늘, 임금에게 몸을 바쳐 백성을 다스리며 공을 세우고 이름이 역사에 올라 길이 빛나도록 하지 못하고 주색에 빠져 있으니 참으로 한심하구나. 또한 자식으로 부모를 속인 일이 없더니 방탕해진 뒤로 종적이 허탄하고 형을 속이며 위험한 일을 많이도 저질렀구나. 엄하신 아버지와 자애로운 어머니는 이런 줄도 모르고 보옥같이 사랑하시고 믿으니 어찌 효성에 어긋나는 일이 아니랴. 고운 계집과 흥겨운 풍류는 맛난 음식과 같아 한번 배불리 먹으면 드디어 맛을 모르는지라, 내 이미 반년을 호탕하게 다니며 청루 재미를 다 보았으니 지금 발길을 끊지 않는다면 쓸모없는 사람이 되리로다.'

기성은 그 뒤부터는 문밖출입을 삼가고 학업에 힘썼다.

기성이 그 뒤 과거에 응시하려고 아버지에게 청하였으나 연왕이 허락지 않았다.

"우리 집안은 본디 보잘것없는데 오늘날 지나치게 번성하니, 너는 학문에만 힘쓰고 조급히 벼슬에 오르려는 마음을 두지 말거라."

기성이 순순히 그러겠다 하고 나가자, 홍 난성이 연왕에게 말하였다.

"상공이 기성이를 사랑하신다면 과거를 보도록 허락하소서."

"그게 무슨 말이오?"

난성이 생각하다가 대답하였다.

"기성이는 천성이 조용하지 않아 딴 일에 정신을 팔까 하나이다."

연왕은 본디 난성의 말을 무심히 듣지 아니하는지라 이윽히 생각하다가 기성을 불러 과거 보는 것을 허락하였다.

기성은 책방에 나와서 과거 볼 준비를 시작했다. 날이 맑고 달빛이 밝은지라 부모님께 저녁 문안을 드리고 돌아와 생각하였다.

'내 우연히 풍류 마당에 드나들며 여러 기생들과 정을 나누었으니, 이제 마음을 바로잡고 돌아섰으나 한 줄기 정은 남아 있구나. 만일 이번 과거에 들면 다시 그네들을 찾지 못할지니 이 또한 얼마나 서운한 일이랴. 한번 찾아가 내 뜻을 말해야겠구나.'

곧 달빛을 타서 빙랑의 집으로 가면서 매랑더러도 오라고 알렸다.

빙랑과 매랑은 기성을 보고 반가워하면서도 나무랐다.

"요즈음 공자께서 찾지 않으시기에 우리를 잊으셨나 하였나이다. 오늘 밤 이렇게 오시니 뜻밖이옵니다."

기성은 빙랑과 매랑에게 말하였다.

"부모를 모시고 있는 몸이니 오래도록 드나들 수 있겠느냐. 또 이제 과거를 보고자 하니 만일 천은을 입어 과거에 오르면 다시는 이곳에 오지 못하겠기에 오늘 밤 그대들을 찾았느니라. 그래, 그대들은 내가 등과하기를 바라느냐, 낙방하기를 바라느냐? 어디 한번 말해 보아라."

매랑과 빙랑은 그 말에 대답지 않고 술을 가져오라 하여 한 잔씩 마셨다. 조금씩 취기가 돌자 매랑이 한 곡 불러 대답하였다.

꽃 보고 오는 나비, 갈 줄 몰랐던가.
봄빛이 저무니 기쁨이 오래 가랴.
아이야, 술 한잔 바삐 부어라.
가는 나비 멈추고 놀아 볼까 하노라.

빙랑도 한 곡조 불렀다.

보거든 꺾지를 말고 꺾거든 버리지 마소.
보고 꺾어 버리니
내 길가에 선 버들인 탓인가 하노라.

노래를 마치고 빙랑은 슬픈 빛으로 말이 없는데 매랑이 기분 좋게 웃으며 입을 열었다.

"예부터 기생이란 낭군이 벼슬에 오르면 다시 돌아보지 않을 줄 알면서 정을 나누옵니다. 어찌 남자가 한평생 풍류에 젖어 공명을 뜻하지 않으리까. 다만 다시 오지 못하시더라도 정만은 잊지 마소서.”

양생은 매랑의 쾌활함을 칭찬하고 나서 밤이 깊어서야 돌아왔다.

드디어 과거 날이 되었다. 기성이 경서經書, 시부詩賦, 책문策問의 세 번 시험에 연달아 합격하니, 황제는 크게 기뻐하며 좌우의 신하들에게 말하였다.

“충신은 효자 집안에서 구한다 하더니, 양창곡의 아들이 어찌 임금을 보좌할 재주가 없으리오.”

그리고 급제자들 이름을 어서 부르라고 재촉하였다. 이윽고 급제자들 이름을 부르는데, 문과 장원이 양기성이니 곧 연왕 양창곡의 넷째 아들이요, 두 번째는 황승룡으로 상서 황여옥의 아들이며, 무과 장원엔 뇌문성으로 뇌천풍의 둘째 손자이고, 두 번째는 마등으로 파로장군 마달의 아들이었다.

황제는 그들을 탑전에 불러 꽃가지와 의복과 수레와 말을 내려주었다. 그리고 기성에게는 한림학사를 제수하니 양 학사는 홍포옥대로 황제께 인사를 드리고 말에 올라 풍악을 울리며 집으로 돌아왔다. 연왕과 상서 형제가 그 뒤를 따라 장안 큰길에 나서니 구경하는 젊은이들이 줄을 서서 그 영화로움을 칭찬하였다. 교방의 큰길에 들어서서 풍류를 아뢰니 모든 기녀들이 구슬발을 걷고 다투어 매랑과 빙랑을 부러워하고 축하하였다.

뇌문성과 마등도 말 머리를 나란히 하고 풍악을 잡히며 가는데 대장군 뇌천풍과 파로장군 마달이 앞에서 이끌었다. 기생들이 다투어 과일을 던지며 놀리자 두 젊은이도 은근히 눈길을 주어 알은체하였다.

장풍이 어디에선가 나타나 마등의 말고삐를 잡으며 말하였다.

"네 지난날 나와 술집을 찾아 뽐내더니 오늘은 체모를 차리느라 청루를 그저 지나는구나. 네 공명이 좋다 하나 이 장바람의 거칠 것 없는 방탕함만 못하리로다."

마등이 채를 들어 장풍의 어깨를 치며 웃으니, 뇌천풍이 마달을 돌아보며 말하였다.

"내가 열아홉 살에 등과하여 청루를 지날 때 누각 위에서 기생들이 물건을 던져 어사화가 떨어지고 술친구가 소매를 끌어 말에서 떨어졌는데, 오늘 우리 손자가 그 일을 또 당하는구먼."

양 학사가 집에 이르니 할아버지 할머니께서 기뻐하시고 선 숙인이 더할 데 없이 좋아하였다.

한편, 황제에게는 자녀가 둘인데, 맏딸 숙완 공주는 열세 살로 아직 혼인 전이었다. 하루는 황후가 황제께 아뢰었다.

"궁인들이 과거장에서 급제자 이름을 듣고 와 이르기를, 연왕의 넷째 아들 기성의 풍채가 장성보다 더하더라 하오이다. 형을 보고 아우를 알지니, 연왕의 다섯째 아들로 딸아이 혼사를 구하는 것이 좋을까 하나이다."

"짐 또한 그 생각이 있었으니, 어디 한번 물어보리다."

다음 날 아침 연왕을 따로 부르시어 한담하다가 황제가 물었다.

"경에게 다섯째 아들이 있다 하니, 나이 몇이나 되오?"

"열세 살이옵니다."

"짐의 딸도 열세 살이니, 오늘 임금과 신하로서 다시 사돈간의 정을 맺는 것이 어떠하겠소?"

연왕이 황공하여 사양하자, 황제가 웃으며 말하였다.

"경의 아들 장성이 짐의 누이동생 사위가 되었으니, 짐의 딸이 또 경의 며느리가 되면 좋은 일이 아니겠소?"

그리고 황 각로를 보며 말하였다.

"경의 외손을 사위로 삼을지니, 앞으로 친척 간 정이 더욱 각별하겠구려."

황 각로가 황감하여 말하였다.

"신의 외손이 못났사오나 태어날 때부터 활달한 기상이 있었나이다. 황상께서 금지옥엽 따님을 허락하시니 황공하옵나이다."

황제는 크게 기뻐하며 곧바로 날을 받아 혼례를 올렸다. 위의가 대단함이야 말할 것도 없었다. 공주는 품성과 용모가 단정하고 곧으며, 남편 잘 섬기고 시부모 잘 모시니, 사람들마다 연왕 양창곡이 복이 많다 칭송하였다.

양장성, 북방 오랑캐를 누르다

이때 북방의 흉노가 여진과 몽고의 백여 부락과 연맹을 맺고 변경을 자주 침범했다. 여러 번 물리쳤으나 끝내 항복받지 못하였다. 몇 년 새 흉노가 더욱 강성하여 제 아비를 죽이고 하란산에 자리 잡고는 국경을 침노하니, 황제가 매우 근심하였다.

하루는 그곳 태수의 장계가 올라왔다.

흉노가 몽고, 여진과 합세하여 만리장성 북쪽에 궁성을 세우고 우리 군사를 살피더니 문득 격서를 보내었나이다. 그 말이 흉악하고 이치에 어그러지며 차마 입에 담을 수도 없을 지경이라, 급히 보고하옵니다.

그 격서에 쓰여 있기를, "천도天道가 바뀌어 명나라 운수가 저물어 가니, 짐이 사해를 통일하고자 하노라. 하늘에 순종하는 자는 흥하고 거역하는 자는 망하리로다. 빨리 항복하여 천운을 어기지 말라." 하였나이다.

황제는 크게 노하여 백관을 불러 모으더니 흉노를 친히 정벌하겠다고 하였다. 그러자 연왕이 아뢰었다.

"북방 오랑캐는 남방 오랑캐와 달라 본성이 흉악하고 새와 짐승처럼 날래옵니다. 변경을 침노하여 성공하면 재물을 빼앗고, 실패하면 달아나는 것들이라, 사람이라 여겨 꾸짖을 가치도 없는 자들이옵니다. 하여 옛날 어진 임금이 병장기를 들지 않고 늘 은혜로 위로하고 무마하였나이다. 한고조가 웅대한 지략과 용맹스런 장수들로 싸워 이기고 빼앗았으나, 산서성 백등白登에서 이레 동안 갇혀 위태로웠고, 한 무제도 끊임없이 싸웠으나 한고조가 당한 수치를 시원하게 씻어 버리지 못하였나이다. 존엄하신 폐하께서 한갓 미친 말과 하찮은 언행을 참지 못하시고 몸소 싸우시면, 그 위태로움은 말할 것도 없고 미련한 흉노들이 어찌 가벼이 알지 않겠나이까. 부디 폐하께서는 그 고을 장수들에게 명하시어 굳게 지키면서 섣불리 군사를 일으키지 말라고 하시면 자연 물러갈 것이로소이다."

그러나 황제는 듣지 않고 친히 정벌할 것을 결심하니, 연왕은 더 간하지 못하였다. 황제는 영을 내려 연왕에게 태자를 보호하여 잘 살피라 하고, 병부 상서 양장성으로 부원수를 삼고, 대장군 뇌천풍으로 전부선봉을 삼았다. 황제는 친히 도원수 되어 중군中軍이 되고, 좌익장군 뇌문경과 우익장군 한비렴과 좌사마 동초와 우사마 마달과 후군대장 소유경 등 일대 명장과 백만 대군을 이끌고 호호탕탕히 행군할새, 깃발이 하늘을 찌르고 나팔소리 천지를 뒤흔들었다.

황제가 지나는 고장마다 백성을 위로하고 형편을 물으니, 민심이 편안하여 길가의 어린이며 늙은이며 모두 목을 늘이고 눈을 부비며 구경하고, 젊은 황제의 거룩한 덕과 영웅다운 기상을 칭송하였다.

스무 날 남짓하여 산서성에 이르니 서울에서 이천여 리라. 며칠 쉬면서 대군을 정돈한 뒤 다시 대엿새를 행군하여 안문雁門 땅에 이르렀다.

황제가 이곳 군사를 부르니 군사와 말이 수백만이라, 짐수레가 백여 리에 늘어서고 날짐승 길짐승이 모두 그림자를 감추었다.

황제는 붉은 도포에 쇠갑옷으로 선우대單于臺에 올라 흉노를 꾸짖어 조서를 띄웠다.

네 천자의 위엄을 모르고 감히 국경을 침범하니 짐이 백성들의 고통을 차마 앉아서 볼 수 없어 대군을 이끌고 선우대에 올랐노라. 싸우려면 즉시 나오고 그렇지 않으면 항복하라.

흉노는 조서를 보고 하룻밤 사이에 군사를 거두어 자취 없이 달아나 버렸다.

황제는 대군을 몰아 만리장성 밖으로 나가서 미륵산 아래 군사를 머무르고 북으로 호왕성胡王城을 바라보니, 천 리 사막에 사람 하나 없는지라 군사들은 만세를 불렀다.

　황제는 웃으며 부원수 양장성에게 정예군 일만을 거느리고 천산에서 북쪽으로 몽고의 진을 보고 오라 하고, 동초와 마달에게 일만을 거느리고 천산 서쪽으로 옥문관까지 가서 흉노의 종적을 살피라 하였다. 그리고 남은 군사들로는 사냥을 조직하였다.

　이때를 틈타 흉노는 하란산 북쪽에 매복해 둔 군사 수만 명으로 돌격하여 황제를 에워쌌다. 또 여진 병사 백만이 사흘 동안 밤낮으로 두세 겹으로 에워싸고 양식이 올 길을 막으니, 황제의 병사 만여명이 죽었다.

　뇌문경과 한비렴이 있는 힘을 다하여 흉노 장수 십여 명을 베었으나 에워싼 것을 헤칠 길이 없으니, 대군이 굶주리고 황제도 끼니를 걸렀다. 들짐승을 잡아 군사를 먹이나 형세가 매우 위급하였다. 문득 동쪽이 요란스러워지더니 군마 한 떼가 몰려왔다.

　한편, 양 부원수가 군사 일만을 거느리고 하란산 동쪽 몽고 진영에 이르러 보니 오랑캐 군사는 보이지 않고 머물렀던 자리만 곳곳에 남아 있었다. 군사들이 돌아오다 오랑캐 군사 한 명을 사로잡아 왔다. 그자의 품속에 몽고 병사를 청하는 격서가 들어 있었다. 그자를 심문하다 머리를 베려 하니, 실상을 털어놓았다.

　"북 흉노가 방금 미륵산 아래 명 황제를 에워싸고 몽고 병사를 요청하러 가오."

　부원수가 크게 놀라서 그 오랑캐 군사를 베고 바삐 달려 미륵산에 이르러 보니 오랑캐 군사들이 산과 들에 가득하고 명나라 군사는 한 명도 보이지 않았다. 황제가 어데 계시는지 알지 못하니 양 부원수가 노하여, 진을 바꾸어 장사진을 이루어 오랑캐 진영으로 쳐들어갔다.

양 부원수가 부용검을 빼어 길을 열고 오랑캐 장수 몇 놈을 베니 군사들도 사기가 올라 미륵산을 흔들듯 일당백으로 싸웠다. 흉노 군사들은 적이 강한 것에 크게 놀라 군사를 두 떼로 나누어 양 부원수를 에워쌌다. 이러다 보니 자연 오랑캐진이 요란하여 황제는 틈을 타서 소유경과 뇌천풍을 거느리고 포위를 뚫고 남으로 빠져나와 돈황성으로 들어갔다. 군사를 수습하니 죽은 자가 만여 명이었다.

황제가 소유경과 뇌천풍에게,

"오랑캐 군이 포위진을 푼 데는 반드시 곡절이 있을 것이다. 동초, 마달 두 장수가 구하러 왔거나 양 부원수가 온 것일 터이니, 그러하다면 그들이 오랑캐들에게 포위되었으리라. 뉘 가서 구하겠느냐?"

하자, 두 장수가 아뢰었다.

"동북쪽이 소란스러웠으니 부원수의 군사가 온 것이 틀림없나이다. 저희가 군사를 이끌고 나가 구하겠나이다."

이때 양 부원수는 오랑캐 군사들에게 둘러싸여 황제가 계신 곳을 모르니 당황하여 군사들에게 말하였다.

"우리가 황상 계신 곳을 모르니 제 몸을 돌보지 못하리라. 너희가 나를 좇으려거든 힘을 다하여 따르고, 좇지 못하겠거든 흩어져 돈황성으로 가 모이라."

말을 마치고 부용검을 높이 들고 말을 채찍질하여 오랑캐 군사가 진 친 곳만 바라보며 달렸다. 양 부원수가 오랑캐 장수 칠십여 놈을 베고 휘하를 돌아보니 따르는 군사가 백여 명밖에 없었다. 하늘을 우러러 탄식하며 말하였다.

"신이 불충하와 진중에서 임금을 잃고 무슨 낯으로 고국에 살아 돌아가리오."

다시 칼을 날려 십여 놈을 베니 흉노가 진 위에서 양 부원수의 모습을 보고 놀라면서 말하였다.

"내 백만 대군으로 한낱 젖내 나는 아이를 사로잡지 못하고 어찌 천하를 평정하랴."

그러고는 직접 몽고 병사 가운데 용맹한 자 오천을 뽑아 거느리고 명진으로 쳐들어와 부원수와 맞섰다. 흉노 족속은 본디 만 명이라도 당해 낼 만한 용맹이 있으며, 구겸창鉤鎌槍을 잘 쓰는데 그 무게가 수백 근으로, 창끝에 미늘이 있어 사람이든 짐승이든 찌르고 당기면 그 미늘에 걸려 빠지지 않고 끌려오니, 이는 북방의 맹수 잡는 기계다. 흉노가 구겸창을 춤추며 양 부원수와 맞붙었다. 삼 합을 겨루어 보고 부원수는 그 창법이 특이한 것을 의심하여 자꾸 몸을 피하였다. 그때 갑자기 흉노의 뒤쪽에서 함성이 크게 일어나더니 두 장수가 달려오며 외쳤다.

"명나라 좌익장군 뇌문경과 우익장군 한비렴이 여기 있으니 적장은 빨리 항복하라!"

양 부원수와 두 장수가 앞뒤에서 함께 공격하니 흉노는 창을 휘두르며 돌아서 한비렴을 찔렀다. 비렴은 말 위에서 몸을 솟구치고

비렴의 말이 찔렸다. 흉노가 창을 빨리 빼지 못하여 쩔쩔매고 있는데 머리 위에서 쟁그랑하며 칼이 날아들었다. 황급히 말 위에 엎드려 피하였으나, 또 한 칼이 날아오더니 흉노의 머리가 땅으로 떨어졌다.

양 부원수가 흉노의 머리를 말 위에 달고 두 장군과 힘을 합쳐 뒤를 치니 오랑캐 병사들이 저희 우두머리가 죽은 것을 알고는 흙담 무너지듯 한꺼번에 흩어졌다.

몽고 장수 삼릉발도三菱拔都는 키가 십 척이요, 힘이 장사였다. 삼릉창을 잘 쓰니 가는 곳마다 대적할 자 없는 것을 믿고는,

"나는 흉노의 부하가 아니니 어찌 흉노가 죽었다고 낙담하여 달아나리오?"

하면서 병사를 몰아 양 부원수와 맞서 싸우려 하였다.

그러자 양 부원수는 뇌문경, 한비렴 두 장수에게 말하였다.

"우리 병사들은 지쳐 있고 몽고 병사는 힘이 막강하니 가벼이 맞서 싸울 수 없네. 길을 찾아 나가서 황제 폐하를 뵈옵고 다시 군마를 정돈하여 싸우도록 하세."

양 부원수가 부대를 이끌고 남쪽으로 나오는데, 웬 노장이 벼락도끼를 들고 말을 달려오며 삼릉발도를 위협했다. 바로 대장군 뇌천풍이었다. 뇌천풍은 황제가 뇌문경과 한비렴을 보낼 때 마음이 놓이지 않으니 저도 따라가서 돕겠다고 청하였다. 황제가 나이도 있으니 가벼이 나가지 말라 하자 뇌천풍이 벼락도끼를 들고 일어나 간절히 아뢰었다.

"신이 불충하오나 늘 나라를 위하여 싸우다 죽으려 하옵나이다.

게다가 뇌문경은 신의 손자이온데 생사를 모르고 있나이다. 신이 말을 타고 나가 두 장군을 구하고 흉노의 머리를 폐하 앞에 바치겠나이다."

뇌천풍은 말을 마치고 말에 올라 싸움터로 달려갔다. 황제는 노장의 날랜 행동을 칭찬하면서 소유경에게 군사 삼천을 거느리고 뒤따르게 하였다.

뇌천풍이 오랑캐진으로 달려가다가 삼릉발도와 맞닥뜨렸다. 삼릉발도가 크게 소리쳤다.

"일흔 먹은 늙은 병사가 괜히 주검을 보태지 못해 그러느냐? 너희 천자는 얼마나 장수가 없기에 관에 들어갈 귀신을 다 내보내느냐?"

말을 마치고 삼릉창을 들어 뇌천풍을 치려 하니, 뇌천풍이 하늘을 우러러 껄껄 웃었다.

"조그마한 오랑캐 새끼는 주둥이 그만 놀리고 노장의 벼락도끼 맛이나 보아라!"

뇌천풍이 벼락도끼를 들어 삼릉발도의 머리로 내리쳤다. 삼릉발도가 미처 피하지 못해 벼락도끼 끝에 머리 뒤를 맞고 피를 토하였다. 삼릉발도는 눈알을 부라리고 다시 휘두르며 뇌천풍에게 달려들었다.

이때 양 부원수와 뇌문경과 한비렴이 길을 찾아 나오다 이 광경을 보았다. 뇌문경이 말을 달려 구하니 양 부원수와 한비렴이 합세하고, 또 마침 소유경이 이르러 앞뒤 양옆으로 우레같이 소리치며 번개같이 달려들었다.

삼릉발도가 조금도 겁내지 않고 맞서는데, 창법이 더욱 악착해졌다. 부원수가 허리에서 화살 두 대를 꺼내어 연거푸 쏘았지만 삼릉발도는 창을 휘둘러 다 막아 냈다.

부원수가 소유경에게 말하였다.

"적장이 꽤 영특하오이다. 내 투구를 쏘아 벗길 터이니 머리를 맞힐 수 있겠소이까?"

소유경이 그리하겠다고 하자 부원수는 짐짓 활을 메우고 당기면서 시위 소리를 내며 소리 질렀다.

"오랑캐 장수는 살을 받으라!"

삼릉발도가 창을 둘러 날아오는 화살을 막으려 하는데 연이어 화살이 날아와 머리에 쓴 투구 꼭지를 맞혀 벗겼다. 삼릉발도가 정신없이 헛창질을 하는데 화살 하나가 또 날아와 삼릉발도의 머리를 맞추었다. 삼릉발도는 비명을 지르며 손으로 화살을 빼면서 말에서 떨어졌다. 일어나 달아나려 하니, 뇌천풍이 달려들어 벼락도끼로 머리를 찍었다.

삼릉발도의 머리를 말에 달고 다섯 장수가 한꺼번에 적들을 쓸어 눕히니, 몽고 병사들 주검이 산을 이루고 피가 흘러 내를 이루었다.

이때 동초와 마달 장군이 또 이르니, 일곱 장수가 하란산 아래 적들을 다 죽이고 돈황성으로 돌아와 황제께 보고하였다.

"신들이 재주 없고 충성이 모자라 폐하께서 포위를 당하게 하였사오니 죄를 주시오소서."

말을 마치고 흉노와 삼릉발도의 머리를 올리니 황제는 크게 기뻐하며 잔치를 베풀어 군사들을 위로하였다.

이튿날 선우대에 오른 황제는 기를 세워 흉노와 삼릉발도 머리를 높이 달고 다시 몽고와 여진, 토번 왕에게 조서를 내렸다.

짐이 이미 흉노의 머리를 깃대에 달았으니 너희가 열흘 안에 항복하지 않으면 대군을 몰아 흉노와 공모한 죄를 묻고 북해까지 가 너희 소굴을 쳐 없애고 승리를 이루어 돌아오리라.

조서를 받고 당황한 세 나라는 소와 염소, 낙타 따위를 가지고 와 머리를 조아리며 용서를 빌었다. 그러자 황제가 용서하고 돈황성에 이르러 장수들과 세 호왕을 데리고 크게 잔치를 차렸다. 잔치 자리에서 몽고 왕이 곁에 있는 사람들에게 물었다.

"부원수 나이 몇이시오?"

"스물이오이다."

"벼슬이 무엇이오?"

"지금 병부 상서이시오."

몽고 왕은 머리를 기웃거리며 말하였다.

"장군들 말을 들으니 명나라 명장 가운데 양 부원수의 용맹과 무예는 듣도 보도 못할 만큼 뛰어난데, 지금 얼굴을 보니 한갓 어린 선비에다가 모습이 여인 같으니, 참으로 이상하오."

그때 곁에 있던 여진 왕이 또 물었다.

"흉노를 벤 장수는 누구요?"

"부원수이시오."

여진 왕이 혀를 내두르며 감탄하였다.

"뛰어난 영웅이로다!"

이튿날 황제가 세 왕과 함께 사냥놀이를 하였다. 황제는 세 왕에게 진을 치는 법을 보여 주면서 명나라가 군사를 쓰는 법이 북방에 대면 어떠한지 물었다.

"작은 나라의 패잔병이 어찌 큰 나라를 당하리까?"

세 왕이 머리를 조아리며 말하자 황제는 웃으며 양 부원수에게 팔문진을 치라 명하였다.

세 왕이 또 아뢰었다.

"우리 북방 풍속은 말 타고 달리며 부딪치는 것이나 잘하지, 진법은 알지 못하옵니다. 오늘 진 치는 것을 보니 참으로 굉장하나이다."

황제는 머리를 끄덕이며 이번에는 무기를 시험하리니 활을 쏘라 하였다. 마침 고니 한 쌍이 높은 하늘 구름 사이로 날아가고 있었다. 동초가 호왕들에게 말했다.

"북방 사람들이 새를 쏘는 법이 신통하다던데 한번 구경시켜 줄 수 없겠소이까?"

토번 왕이 웃더니 말에 올라 달리며 활을 당겨 연거푸 화살 세 개를 날렸다. 그러나 새는 살에 맞지 않고 더욱 높이 솟아 거의 보이지도 않았다. 그러자 양 부원수가 살을 빼어 들고 웃으며 말하였다.

"내 세 왕들을 위해 한번 쏘리다."

이윽고 시위 소리 나자 구름 사이를 날던 고니 한 마리가 하늘에서 떨어졌다.

세 왕은 동시에 놀라면서 손을 모아 잡고 탄복하였다.

"부원수는 신기한 인재외다. 북방 사람이 새 사냥으로 늙었으나 저리 높이 나는 것은 감히 맞힐 생각도 못하는데, 부원수 활 쏘는 법은 세상에 당할 사람이 없을까 하나이다."

뇌천풍이 껄껄 웃었다.

"양 부원수는 열네 살에 싸움터에 나가 적 괴수 야선耶單의 목을 베고, 적장 소울지小尉遲를 무릎 꿇렸으며, 그때 벼슬이 병부 상서에 올랐소이다. 천문 지리와 병법에 통달하였으니 어찌 당할 자가 있겠소이까."

세 왕이 두려워 말을 못 하였다.

이때 숲 속에서 이리 두 마리가 뛰어나와 호왕들 앞을 지나갔다. 호장 세 사람이 우루루 창을 들고 쫓아갔으나 잡지 못하고 돌아왔다. 몽고 왕이 크게 성이 나 군사를 풀어 뒤지니 이리들이 놀라 다시 뛰어나왔다. 몽고 왕이 곧 창을 들고 말에 올라 쫓으니, 성난 이리들이 사납게 달려들었다. 토번 왕이 놀라 창을 들고 몽고 왕과 함께 이리들을 에워싸고 찌르려 하였으나 짐승의 날래기가 바람 같아 창을 피하며 달려들었다.

양 부원수가 이를 보고 웃으며 말하였다.

"북방 짐승이 사나워 잡기 어렵다 하더니 헛소문이 아니오이다. 내 부용검을 시험해 보리라."

그러더니 말을 몰아 이리들 쪽으로 달려갔다. 양 부원수가 오른손으로 칼을 공중에 번뜩이니, 이리들은 성이 나서 앞발을 들고 달려들었다. 부원수가 말을 돌려 옆으로 달리며 쌍검을 한꺼번에 던지니 번개같이 날아가 이리 두 마리를 쓰러뜨렸다.

부원수가 웃으며 칼을 거두고,

"북방 이리가 너무 약하도다."

하며 말을 달려 돌아왔다.

세 왕이 넋이 나가 소유경에게 말하였다.

"우리는 머나먼 산간벽지에서 나서 자라 명나라 사람들을 귀로만 듣고 눈으로 보지 못하였는데, 오늘 양 부원수를 보니 인간 세상에 내려온 하늘 신선 같소이다. 옛 명장들 가운데도 이런 인물은 없을까 하오이다."

뇌천풍이 다시 크게 웃으며 말하였다.

"여러 왕들은 양 부원수만 보시고 연왕과 난성후 홍혼탈 장군을 보지 못하였소이다. 그분들의 크고 뛰어난 재능과 지략을 양 부원수가 어찌 우러러 바라리오."

그러자 세 왕이 놀라며 물었다.

"연왕은 뉘시며 난성후는 누구시오?"

"연왕은 지난날 남방을 평정하신 양 승상이시고, 홍 난성후는 그때 원수로 출전하였던 장수이시오."

세 왕이 다시 물었다.

"그 나탁을 무릎 꿇리고 남방을 평정하여 지금까지 이름 높은 양 도독과 홍 원수 말씀이오이까?"

"지금 양 부원수가 그 자제올시다."

그러자 세 왕은 머리를 기웃하며 물었다.

"홍 원수의 우레 같은 이름이 북방에까지 드높은데, 이번엔 어찌 출전하지 않았소이까?"

"연왕과 난성후의 춘추 서른이 넘어 한창 나이오나, 이번은 폐하께서 출전하러 오신 길이 아니라 북방 여러 나라를 죽 돌아보러 오신 것이오이다. 만일 연왕과 난성후가 오셨던들 대왕들께서 어찌 오늘에야 복종하였겠소이까?"

뇌천풍 말에 오랑캐 장수들은 두려워 몸을 떨었다.

다음 날 황제가 미륵산에 올라 비석을 세우고 공을 기록하였다.

세 왕이 양 부원수에게 하직하려 하자, 양 부원수는 그들의 손을 잡고 작별하였다.

"싸우면 적국이고 사귀면 친구라 하더이다. 앞으로 만날 날이 더 없으리니 서운하고 아쉽소이다."

세 왕은 부원수의 용맹무쌍함을 우러러 흠모하더니, 헤어질 때도 부원수가 다정하고 간곡히 인사하자 눈물을 흘리며, 자손 대대로 다시는 이런 일이 없도록 하겠다고 맹세를 다졌다.

황제는 군사를 이끌고 돌아와 장수들의 공을 표창하였다. 부원수 양장성은 진왕을 봉하고, 전부선봉 뇌천풍은 식읍 이만 호를 더 주었으며, 우사마 마달과 좌사마 동초, 좌익장군 뇌문경, 우익장군 한비렴은 각각 벼슬을 한 급 올리고 식읍 삼천 호를 더하여 주었다. 그리고 후군대장 소유경은 식읍 이만 호를 더하였다.

황제는 특별히 진왕의 공로를 표창하여, 홍 난성을 난성후 겸 진국 태후로 봉하면서 연왕에게 말하였다.

"경의 부자가 나라를 위하여 충성하니, 짐이 남북을 돌아보는 근심이 없게 되었노라. 여기서 홍 난성의 공이 제일이구면. 장성을 진왕으로 봉한 것은, 진국이 북방에 가까워 그들을 눌러놓기 위해서이니, 장성에게 나라를 다스리게 하고 난성을 함께 보내어 진국 태후의 영화를 누리게 하라."

황제가 남만을 평정하고 북 흉노를 베니 다른 나라들도 황제를 찾아와 엎드려 조공을 바쳤다.

하루는 나탁과 축융 왕이 남방의 물산을 가지고 와서 황제를 뵙고자 청하였다. 황제가 허락하고 각별히 예로 대하자, 나탁과 축융 왕이 황송하고 감격스러워 술잔을 받들어 올리며 장수를 빌었다.

"경들이 우리 나라에 들어와 아는 자 없으나 오직 연왕만이 구면일까 하노라."

나탁이 머리를 조아리면서 말하였다.

"신이 천은을 모르고 하늘에 용서받을 수 없는 죄를 지어 목숨을 보전치 못할 줄 알았다가 폐하의 끝없는 은혜와 연왕과 난성후의 덕을 입어 지금껏 복을 누리옵나이다. 그 감격을 말하면 하늘땅같이 넓고 크며 바다같이 깊사옵나이다. 신이 연왕을 조용히 만나서 회포를 풀고 싶으나 타국 사람이 사사로이 찾아가는 것이 미안하오니 감히 아뢰옵나이다."

황제는 웃으며 말하였다.

"짐이 들으니 축융 딸이 연왕 소실이라 하니 정으로 말할지라도 딸을 만나러 가야겠구려. 경도 함께 가는 것이 좋으리로다."

두 왕이 물러나와 대루원待漏院에서 황 각로와 윤 각로를 비롯한 여러 재상들과 인사를 나누었다. 그리고 연왕에게 특별히 인사하면서 말하였다.

"얼굴을 뵈온 지 오래외다. 남북으로 멀리 떨어져 있어 마음은 밤낮으로 간절하나, 오가기 힘들어 이제야 뵈오니 미안하오이다."

연왕도 반갑게 인사하였다.

"대왕이 남방을 진정시키고 조공을 폐하지 않으시니 이는 천은에 보답하고 제 부탁을 저버리지 아니한 것이라, 제가 더욱 감사하오이다."

다음 날 나탁과 축융 왕이 함께 연왕 집으로 갔다. 연왕이 정성껏 대접하였다. 또 둘은 연왕의 아들들을 보고는 몸을 굽혀 예를 표하면서 말했다.

"참 고금에 드물게 다복하신 분이외다. 특히나 맏아드님의 재주와 지략이 북방을 뒤흔들더이다. 얼굴을 뵈오니 마치 홍 원수를 뵈온 듯하여 더욱 기쁘오이다."

연왕이 웃더니 인성을 불러 축융 왕에게 보였다.

"이 애가 제 셋째 아들이자 대왕의 외손자이옵니다."

축융이 인성의 손을 잡고 말하였다.

"네 예의를 숭상하는 높고 큰 집안에서 이처럼 자라도록 혈육의 정을 펴지 못했으니 내 부끄럽도다."

인성은 축융 왕의 손을 받들며 인사하였다.

"산이 막히고 길이 아득해서 세상에 나서 십여 년이 넘도록 뵙지 못하여 죄송하옵니다."

인성의 손을 잡고 놓지 못하며 기쁨에 겨워하던 축융 왕이 연왕에게 말하였다.

"상공의 맑고 깨끗한 덕으로 오랑캐 자식을 소실로 두시니 감사하오이다. 하늘이 도덕군자를 내시고 또 우리 딸에게 인간 세상의 복락을 주시니 다 상공의 덕택이오이다. 과인이 이제 외손이라 말하기 쑥스럽소이다."

나탁이 백배사례하는 축융을 보며 한마디 하였다.

"늙은 오랑캐 음흉하여 아름다운 딸을 명나라 대신의 소실로 주더니 오늘 영화를 누리는도다."

모두가 웃으며 즐거워하였다.

한편, 연 숙인은 천리만리 헤어졌던 아버지가 오셨다는 소식을 듣고 기쁘고 반가워 어쩔 줄 몰랐다. 난성과 선 숙인도 같이 반가워하는데, 연왕이 인성을 데리고 축융 왕을 이끌어 연 숙인 처소에 이르렀다.

연 숙인은 아버지의 품에 안기며 울음을 터뜨렸다. 축융 또한 소매로 눈물을 씻으며,

"내 너를 보내고 죽었는지 살았는지도 몰라 북녘 하늘을 바라보며 애를 태웠는데, 이리 부귀영화를 누리고 있었구나. 홍도국 왕인 아비보다 영화롭게 살고 있으니 이제 죽어도 여한이 없다."

하니, 연 숙인은 눈물을 거두고 아버지를 바라보며 말하였다.

"이십 년 만에 뵈니 아버님 얼굴이 늙으셨나이다."

"먼 길을 오니 길독이 나서 그런 게다. 천은이 망극하고 연왕 덕분에 축융동을 버리고 홍도국에 온 뒤로 부귀가 그지없는데, 어찌 지난날만 못하겠느냐."

연 숙인은 명나라에 와 있다가 난성의 도움으로 연왕의 소실이

된 이야기를 하였다. 축융은 난성의 은혜를 고마워하면서 전날처럼 난성을 만날 수 없는 것을 아쉬워하였다.

축융은 딸이 주는 술을 마다하고 나탁이 있는 곳으로 나왔다. 나탁은 축융과 함께 연왕에게 자기들의 마음을 털어놓았다.

"과인이 이미 명나라에 들어와 어찌 홍 원수를 못 뵈옵고 가리오. 축융은 이미 바깥 사람과 다르고, 나탁은 전날 싸움터에서 항복한 사람이니 잠깐 뵈온다고 무엇에 어긋나리까?"

"정 그러면 돌아가기 전에 한번 만나 보소서."

연왕이 웃으면서 허락했다.

한편, 초왕 화진이 나랏일에 바빠 오래 떠나 있다가 새해를 맞아 황성에 들어왔다. 황제는 초왕과 연왕을 불러 앉혔다. 군신과 남매 간의 정으로 서로 웃으며 정이 오가는 가운데 초왕이 연왕에게 말하였다.

"연왕의 권세와 복은 당나라 곽자의郭子儀에도 부럽지 않소이다. 두 부모님 건강하게 살아 계시고, 다섯 아들이 다 왕후장상의 자리에 올라 용과 같고 범과 같으며, 황상 폐하의 사돈이 되시니 세상이 우러러보고 있소이다. 폐하를 모셔 대우 융숭하시니 뒷날에도 복이 끝이 없으리다. 한번 잔치를 열어 우리같이 멀리서 온 벗을 배불리 먹일 법도 한데, 연왕이 인색하니 어찌 탄식할 바가 아니리오."

그 말에 연왕이 대답도 하기 전에, 황제가 웃으면서 앞질러 말하였다.

"초왕의 말은 먹을 것을 내라 함이니 짐이 알 바 아니지만, 나라에도 경사가 있으면 잔치를 마련하는 것이 떳떳한 일인데, 연왕이 몇 달 사이에 집안에 경사가 여러 가지니 한번 낼 만도 하구먼. 양장성이 큰 공을 세웠고 기성이 과거 급제하였으며 석성이 혼인한 것도 작지 않은 경사요. 초왕이 오고 만왕도 찾아왔으니, 초왕은 사돈이고 만왕은 장인이라 어찌 그저 있으리오. 연왕은 이제 피할 수 없으니 잔치 차릴 비용이 모자라면 내 넉넉히 부조하겠노라."

초왕은 더욱 졸라 댔다.

"내 나랏일이 바빠 곧 돌아가야 하오. 어느 날 잔치를 베풀겠소?"

연왕은 초왕에게 웃으며 말하였다.

"며칠 뒤에 찾아 주소서."

이튿날 황제는 호부에 전하여 황금 천 냥과 소, 양을 연왕 집으로 보내고 악공과 교방 기생을 뽑아 보내게 하였다. 이는 명나라 음악을 두 만왕에게 보이고 또 연왕을 예우하는 뜻을 타국에 자랑코자 함이었다. 연왕이 어찌 천자의 뜻을 모르랴.

연왕은 정월 보름날로 정하고 잔치에 초왕과 두 남방 왕, 황 각로와 윤 각로, 뇌천풍, 소유경과 여러 장수들을 청하기로 하였다. 그날 밤 부인들을 불러 말하였다.

"닷새 뒤 정월 보름날 잔치를 베풀어 손님들을 청하려 하오이다. 이 잔치는 곧 세 숙인에게 경사요. 장성이 관작을 더하여 받았으니 난성에게 경사이고, 기성이 과거에 급제하여 한림학사 되었으니 선 숙인에게 경사이며, 이십 년 동안 헤어졌던 아버지를 만나 천자께서 잔치를 차려 주시니 연 숙인의 경사가 아니오. 그러니 잔치에 정성과 힘을 다하시오."

연왕이 다시 난성과 선 숙인에게 말하였다.

"황상께서 기악을 내려 보내시니 그대들은 황성 청루의 물색을 구경하리로다."

그 말에 난성은 기성이 일을 생각하면서 속으로 웃었다.

'기성이 거동을 보니 분명 청루에 친한 기녀가 있을 게야. 내 충동하여 오게 하리라.'

밤이 되니 기성이 취봉루에 와서 밤 문안을 드렸다.

난성은 시치미를 떼고 기성에게 말하였다.

"아까 아버님 말씀을 들으니 황상께서 기악을 보내신다 하더구나. 기녀는 우리 집에도 많으니 구태여 교방 기녀들을 부를 필요가 있겠느냐?"

그러자 기성은 바빠하면서 대답하였다.

"어머님은 잘 아시면서 그런 말씀을 하시나이까. 어찌 우리 부중 기녀들이 청루 인물을 당하겠나이까?"

난성이 웃으며 물었다.

"그렇다면 나도 한번 보고 싶구나. 그중 이름난 기생은 누구냐?"

"가무는 설중매이고, 지조는 빙빙이라 하옵니다."

"빙빙과 설중매를 부를 수 있겠느냐?"

난성이 다시 물었다.

"황상께서 음악을 내리시면 절로 따라올까 하나이다."

기성이 대답하자 난성은 기성을 보고 웃었다. 그러자 기성은 난성이 자신을 떠보았음을 알고 슬며시 웃으며 나갔다.

한편, 빙랑과 매랑은 기성이 과거에 급제한 뒤로 은근한 편지를 이따금 주고받았으나 만날 수는 없었다.

하루는, 전날에 다니던 기성의 하인이 창루에 와서 편지를 전하였다.

관세음보살이 다시 오시도다

빙랑과 매랑은 기성이 보낸 하인을 보니 반가운 가운데 기성의 편지를 읽고 나서 더욱 기뻐 어쩔 줄 몰라 하였다.

요지瑤池의 파랑새 소식을 전하려 하나 은하수 오작교 끊어져 얼굴 본 지 까마득하고 꾀꼬리 소리 어렴풋하니 안타까운 생각이 혼을 녹이노라. 내일모레 대보름날 천자 잔치를 베푸시고 기악을 내리신다 하니 그대들이 자연 오려니와 내 기다리며 기뻐하노라.

매랑과 빙랑은 몸단장을 하며 만날 날을 손꼽아 기다렸다.

대보름이 되니 연왕의 집에서 잔치가 열렸다. 넓고 넓은 대문이 활짝 열리고, 방들이 그윽하고 다락집과 연못은 꾸밈새 굉장하고, 구슬발이며 장막이며 병풍에는 비단과 구슬들이 번쩍거렸다.

대청 아래 뜨락에 동서로 주인과 손님들의 자리를 갈라놓고, 대청 위 비단 자리에 차례에 맞추어 자리를 벌여 놓았다. 연왕은 가운데 앉고 진왕 양장성과 상서 양경성이 양옆에 앉았다. 인성이 쪽빛 도포를 입고 손님들을 맞아들이니 학사 기성과 부마 석성도 삼가며 점잖이 손님을 맞았다. 양 태공은 손님 접대하기가 힘들어 별원에 들어가 있었다.

날이 밝자 가장 먼저 초왕이 이르고, 그 뒤를 이어 황 각로, 윤 각로와 여음후 소유경, 관내후 뇌천풍과 관동후 동초, 관서후 마달과 아들 마등, 부마도위 곽우진과 동생 곽 상서, 전 행어사대부 한응문, 만왕 나탁, 홍도국 왕 축융이 차례로 이르렀다. 황 각로, 윤 각로는 태공 처소로 인도하고, 초왕은 서쪽으로 앉고 여음후는 동쪽으로 앉으며, 곽 도위 형제는 초왕과 함께 앉았다. 그리고 윤 각로의 아들 윤 상서와 황 각로의 아들 황 상서는 여음후와 같이 앉고, 한 어사는 곽 도위 다음에 앉았으며, 관내후 뇌천풍은 동초, 마달, 뇌문경, 한비렴, 마등을 거느리고 서쪽을 보고 앉았다. 나탁과 축융은 동쪽을 보고 앉고 그 밖에 문무백관과 친척들, 옛 벗들과 문객들이 자리에 모여 앉아 붐비는 중에도 위풍이 엄숙하였다.

이때 진왕 장성과 상서 경성이 나아가 손을 마주잡고 서서 손님을 맞으니 손님들이 몸둘 바를 몰라하였다. 그러자 뇌천풍이 연왕에게 말하였다.

"오늘 우리가 사사로이 모였다 하나 폐하의 명으로 조정 벼슬아치가 다 모였으니, 조정 체면을 보지 않을 수 없소이다. 진왕과 상서가 내내 모시고 섰으니, 우리가 어찌 감히 자리에 편히 앉아 있으리오?"

그러자 연왕이 말했다.

"아이들이 분수에 넘치는 관직에 있으나, 제 아비 여기 있으니
어찌 그저 앉아 있으리오. 장군은 편히 계시오."

그래도 천풍이 끝내 자리에 앉지 않자, 초왕이 웃으며 연왕에게
말하였다.

"관내후 말이 그르지 아니하니, 진왕 형제를 물러가게 하는 것이
좋을까 하오이다."

"초왕과 뇌 장군이 각별히 청하니, 너는 물러가 따로 자리를 정
하고 젊은이들은 그리 이끌어라."

연왕이 진왕에게 이르니, 진왕과 상서 여럿이 나가고, 앉아 있던
젊은 축들도 따라 맞은편 사랑채로 옮겨 갔다.

이때 황제가 잔치에 술을 보내고 따로 초왕에게 전교를 내렸다.

　　딸아이가 차려 주는 음식을 맛있게 먹으라. 또한 내 생각도 하라.

초왕이 황공하여 머리를 숙이니, 연왕이 곧 진왕을 불렀다.

"초라한 음식이라 황상께서 드실 바 못 되나 전교를 받았으니 빨
리 궁으로 들여보내고, 궁에서 온 사자를 대접하라."

이때 이원의 악공들과 교방의 기녀들이 황명을 받고 이르렀다.
연왕이 맞이하고 앉아서 이름을 하나하나 물었다. 기녀들은 차례
로 설중매, 빙빙, 초운, 학상선, 연연, 앵앵이라 인사하였다. 연왕은
활짝 웃으며 기녀들에게 말했다.

"내 일찍이 청루의 미인들을 구경하지 못하였는데, 오늘 그대들을 보니 폐하의 은덕이로다."

초왕은 빙랑과 매랑을 불러 매랑의 손을 잡으며 연왕에게 말하였다.

"우리 초나라가 예부터 물색의 고장이나 도무지 황성을 당하지 못하겠소. 내 돌아갈 때는 이 매랑을 뒤에 태우고 갈까 하오."

이때 기성이 옆에 모시고 섰고 곽 상서는 자리에 앉아 있었다. 이 말을 듣고 기성은 눈을 흘려 매랑을 보고 조용히 웃고, 곽 상서는 골이 난 얼굴로 부루퉁하였다.

연왕이 악공과 기녀에게 명하여 풍류와 가무를 아뢰라 하니, 빙랑과 매랑이 아름다운 소매를 떨치며 청아한 소리로 반나절 동안 즐거이 재주를 뽐냈다. 초왕과 연왕이 칭찬하여 마지않으며 나탁과 축융 왕에게 물었다.

"남방의 기악은 어떠하오이까?"

"촌구석에서 떠들썩하게 지껄여 대는 모양을 어찌 풍류라 하리오. 명나라의 가무를 보니 참으로 하늘의 음악인가 하나이다."

나탁이 웃으며 말하였다.

이윽고 연왕이 웃으며 노래와 춤을 끝내고 기녀와 악공들에게 쉬라 하니, 앉아 있던 손님들도 물러 나와서 난간에 기대어 서기도 하고 바둑을 두거나 투호를 하였다.

곽 상서는 매랑에게 준 정이 잊히지 않다가 가무를 보고는 더욱 새로이 피어났다. 말이나 한번 걸어 보려고 매랑을 불렀다.

매랑은 한바탕 춤과 노래를 마치고 지쳐 있는데 그 모양이 더욱 어여뺐다. 쉬려고 하는데 곽 상서가 부르니 눈썹을 찡그리며 마지못해 그리로 갔다. 가면서 얼핏 보니 양 학사가 끌끌하게 잘난 모습으로 연왕을 모시고 섰거늘, 매랑이 잠깐 웃어 정을 보냈다. 곽 상서 앞에 가서 말도 않고 웃지도 않고 서 있으니, 곽 상서는 정색을 하고 한참 있다가 말을 건네었다.

"매랑을 못 본 지 몇 날인가?"

그래도 매랑이 새침한 기색으로 말이 없자, 여 시랑이 웃으며 말했다.

"곽 상서도 며칠 있다가 잔치를 차리고, 우리와 매랑을 청하시구려."

곽 상서가 그 말에 선뜻 응해 나서니, 뇌문경과 마등이 매랑을 보며 말없이 웃었다.

이윽고 술상과 음식이 나왔다. 상이 아담하고 정갈하였다. 술잔을 기울이고 음식을 들고 난 연왕이 매랑과 빙랑에게 내당에 들어가 보라고 하였다. 둘은 이미 난성의 소문을 듣고 한번 만나 보고 싶어 하던 차여서 기뻐하며 일어나 내당으로 들어갔다.

내당에 들어가 보니 대청 위에 노부인이 앉아 있는데, 인자한 얼굴과 다복한 기상이 묻지 않아도 연왕의 어머니 허 부인임을 알 수 있었다. 또 한 부인이 왼쪽에 앉아 있었다. 그윽하고 고요한 모습하며 얼음 항아리에 비친 가을 달인 듯 고결해 보이니 윤 부인이었다. 오른쪽에 앉은 부인은 고귀한 기상을 띠고 아리따운 자태에 왕후의 품위가 있으니 황 부인이다. 또 한 부인이 수수하게 단장하고 여종들을 지휘하여 술상을 차리는데, 기상이 영민하고 빼어난 미색

에 맑은 눈과 화사한 두 뺨에 풍정이 어려 있었다. 매랑은 속으로,

'이분이 홍 난성이 틀림없구나.'

생각하였다. 또 한 부인은 깨끗한 자태에 빼어난 얼굴로 두 계집종을 데리고 음식의 간을 보고 있는데, 생김새와 동작이 기성과 꼭 닮았다. 두 사람은 그가 바로 선 숙인임을 알고 반가워하였다. 그리고 한 부인이 난간을 기대어 앵무새를 희롱하는데, 나이가 가장 어린 듯하니 연 숙인이었다.

두 사람이 부인들께 인사를 여쭈니, 부인들이 반기며 대청에 오르라 하였다. 매랑과 빙랑은 조심히 난성의 앞에 가 앉았다. 난성은 가꾸지 아니한 모습에 도리어 신선 같은 풍정이 비껴 있었다. 화려하게 치장한 자신들이 오히려 그 빛에 가리니, 둘은 속으로 감탄하였다. 난성이 아름다운 눈길을 흘려 물었다.

"누가 빙랑이고, 누가 매랑인고?"

빙랑과 매랑이 놀라며 이름을 말하자 난성이 붉은 입술에 웃음을 띠우고 말했다.

"자네들 칭찬하는 소리가 드높더니 과연 헛소문이 아니구나."

그리고 노부인에게 두 사람의 춤과 노래를 보시겠느냐고 물었다.

"시골 늙은이가 춤과 노래를 알겠느냐? 소경이 그림 보듯, 보아도 모르니, 마음대로 하거라."

선 숙인이 계집종을 불러 양 학사를 모셔 오라 하니, 기성이 내당으로 들어왔다. 난성이 웃으며 기성에게 말하였다.

"매랑과 빙랑의 가무를 보려 하는데, 이원의 악공들을 잠깐 불러 풍류를 아뢰는 것이 어떠하냐?"

학사는 웃으며 말하였다.

"어렵지는 않사오나, 이네들도 음률을 아니 악기만 가져오게 하여 재주를 뽐내라 하소서."

난성이 기뻐 승낙하니, 학상선, 초운, 앵앵, 연연은 풍악을 아뢰고, 빙랑과 매랑이 일어나 춤을 추었다.

두 사람은 속으로 생각하였다.

'바다를 본 사람 앞에서 물을 이야기하는 격이로구나. 홍 난성, 선 숙인 앞에서 어찌 춤을 추리오.'

그래도 성의를 다하여 옛 궁녀의 절요무折腰舞와 칼춤을 차례로 추었다. 회오리바람같이 날래고 놀란 기러기 늠실거리는 듯하니, 난성이 칭찬하며 말하였다.

"두 사람은 쌍제비, 쌍나비요, 누가 낫고 못함이 없구나. 매랑의 춤은 화려하면서 시원하여 춤을 아는 자든 모르는 자든 다 즐거워할 것이요, 빙랑의 춤은 정묘하고 근엄하여 예부터 내려오는 춤의 가락이 배어 있는 듯하구나."

그러자 매랑이 자랑하였다.

"저는 어려서부터 교방에서 배우며 자라 조금이나마 스스로 터득하였고, 빙랑은 대대로 내려오는 명기 위오랑의 딸이라 가풍을 이어받았나이다."

그러자 선 숙인이 반가워하며 말하였다.

"내 일찍이 청루에 있을 때 위삼랑에게서 가무를 배웠으니, 삼랑은 곧 위오랑의 형이라. 그러고 보면 빙랑은 나와 같은 가르침을 받았구나."

선 숙인이 빙랑에게 앞뒤 이야기를 두루 묻고 대답하며 어여삐 여기니, 난성이 기성에게 말하였다.

"효자는 부모가 사랑하면 따르지 않을 수 없거늘, 선 숙인이 빙 랑을 저리도 어여삐 여기는데 네 어찌 사랑하는 마음이 없겠느 냐."

빙랑은 부끄러워 어쩔 줄 몰라 하고, 기성은 그저 웃기만 하였다. 난성과 숙인이 술을 가져 와 빙랑과 매랑에게 권하면서 말했다.

"우리 두 사람도 예전에 청루에서 놀던 사람이니, 두 사람은 이 따금 찾아와 적적함을 달래 주도록 하여라."

두 사람이 황공하여 명을 받들었다. 그 뒤부터 두 사람이 연왕 집 에 드나드니, 기성 또한 자기 집 기녀처럼 여기면서 총애하였다.

이튿날 연왕이 난성에게 말했다.

"초왕께서 그대가 진국의 태후 된 예를 받으려고 내일 아침 일찍 올 것이니 알아서 처리하시구려."

난성은 연왕에게 물었다.

"몇 명이나 더 오시나이까?"

"만왕 나탁, 축융 왕, 여음후 소유경, 뇌천풍 장군이 다 전쟁마당 에서 함께 고생하던 사람들이라 각별히 그대를 보고자 하니 함께 올 듯하오."

그러자 난성은 낯빛을 달리하며 말하였다.

"초왕과 축융 왕은 자별하지만, 나탁은 구태여 보고 싶지 아니 하옵니다."

연왕은 난성을 보며 웃었다.

"먼 곳에서 온 사람일 뿐 아니라 오랑캐라고 만나지 아니하면 저를 괄시한다 할 것이오. 내 이미 허락하였으니 그리 아시오."

난성은 눈살을 찌푸리며 대답하지 않았다.

다음 날 연왕은 난성부를 정돈하고 그곳으로 손님들을 청하였다. 초왕과 소유경, 뇌천풍 장군과 황 상서, 나탁, 축융 왕 말고도 대여섯 명이 더 왔다. 황 각로와 윤 각로는 태공의 처소에 모였다.

난성이 노부인에게 말하였다.

"제가 윤 각로 댁 소 부인을 어머니처럼 알아 사이가 각별하옵니다. 오늘 손님을 청하여 조졸한 음식상을 마련하니, 이 기회에 어머님께서 황, 윤 두 분 각로의 부인도 청하시는 것이 좋을까 하나이다."

노부인이 기꺼이 응낙하며 두 계집종에게 제가끔 두 부인을 모셔 오라 일렀다.

이윽하여 두 부인이 난성의 집에 이르렀다.

난성은 음식상을 요란스럽게 차리지 않고, 그저 연자병蓮子餠과 은설회銀雪膾*를 비롯 서너 가지를 정갈히 차려 손님들을 다정히 대접하니 모두 감탄하였다.

만왕 나탁이 연왕에게 치하하며 말하였다.

"과인이 돌아갈 날이 멀지 아니한데, 홍 원수를 뵈옵지 못하오니 참으로 아쉽소이다."

그러자 연왕은,

▪연자는 연꽃의 열매이다. 은설회는 농어를 눈처럼 친 회.

"오늘 이 자리에 난성을 보지 못할 분은 없으리다."

하고는 진왕을 불렀다.

"오늘 여기 모인 분들은 지난날 흙먼지 속에서 고생을 같이한 분들이라. 네 어머니를 보려 하니 어머니께 전하여라."

진왕이 곧바로 내당에 들어가 난성에게 전하니, 난성이 몸단장을 깨끗이 하고 화려하게 차려입은 뒤 온갖 패물로 꾸미니, 눈이 부실 지경이었다. 선 숙인이 웃으며 말했다.

"꽃 같은 모습과 달 같은 자태가 갈수록 젊어지시오. 진국 태후라 하기는 자깝스러우니 그저 연국의 소실이라 함이 좋을까 하오."

그러자 윤 부인도 웃으며 말하였다.

"난성이 나탁 보기를 좋아하지 않더니, 어이 이리 눈부시게 단장하는 게요? 들으니 황여옥 상서도 와 있다 하는데, 옛 모습을 보면 심사가 어지러울까 하오."

온 자리에 웃음이 터지니, 황 부인이 무안해하며 윤 부인더러 말하였다.

"제 오라비가 젊었을 적 허물을 고치고 군자가 되었으니, 지난 일을 들추어 부끄러움을 돋우지 마소서."

난성은 더욱더 옷매무시를 바로잡으며 말하였다.

"강남홍이 한낱 여자에 지나지 않으나, 한번 장수 된즉 백만 대군이 모두 우러러보고, 한번 여자 된즉 영웅 열사도 애간장을 끊을 것이오이다. 그 변화무쌍한 수단으로 손님들을 한번 놀래려 하나이다."

모두가 또다시 웃음을 터뜨렸다.

난성이 손야차와 계집종을 데리고 사랑채로 나오니, 자리에 앉은 사람들이 모두 인사를 하였다.

초왕이 난성을 보며 치하하여 마지않았다.

"천은이 망극하여 아드님이 진왕으로 승급하고 태후의 지위에 오르시니, 과인의 마음도 기쁘기 그지없소이다."

난성은 사례하고 말하였다.

"아들을 왕으로 봉하여 주신 것도 과분한데 분수에 넘치는 영광이 저에게도 미치었으니, 황공하고 불안함을 무어라 말할지 모르겠소이다."

뇌천풍이 몸을 고쳐 앉으며 난성에게 말하였다.

"소장이 진왕을 모시고 먼지 속으로 함께 다니면서 보니 진왕의 기개가 홍 원수와 같더이다. 그래도 삼릉발도와 흉노를 벨 때 홍 원수의 부용검을 몇 번이나 생각하였는지 모르오이다."

여음후 소유경도 말하였다.

"지난 싸움에서 흉노가 폐하를 미륵산 아래서 에워싸는 바람에 벗어날 방략이 없어 위험할 뻔하였소이다. 만일 난성후께서 거기 계셨더라면 어찌하였겠소?"

난성은 슬며시 웃으며 말하였다.

"아녀자가 무슨 방략이 있겠나이까. 다만 병법으로 말할진대, 겉이 허하면 속이 실하고 겉이 든든하면 속이 허한 법이오이다. 흉노가 여진과 몽고, 토번을 아우르며 쳐들어왔으니, 천자의 군사가 온다고 어찌 쉽게 도망하리까. 이는 허즉실 실즉허라, 이를 방비하지 아니하니 어찌 낭패가 없으리오. 지혜로운 장수는 미리 방비하나니 낭패한 뒤에 그 계책을 물으면 이름난 전략가라 해도 할 수 없겠거늘, 홍혼탈이 어찌하리까?"

모두가 그 말에 탄복하였다.

나탁과 축융 왕은 자리를 옮겨 난성에게 인사하였다.

"원수의 존안을 뵙지 못한 지 벌써 이십 년이오이다. 다시 살아난 몸이 북쪽 하늘을 바라보며 뛰어난 기상과 인자한 도량을 죽기 전에 다시 보기를 바랐소이다. 천자를 뵈옵고 그저 돌아가기 섭섭하였는데, 이렇게 뵈오니 황감하여이다."

나탁이 말을 마치자, 축융이 말하였다.

"과인이 못난 딸로 원수께 걱정을 끼치었는데, 극진히 거두어 같은 반열에 두시니 이 은혜를 살아생전에 갚을 길이 없소이다."

난성은 사례하며 말하였다.

"두 대왕께서 조정에 드셨다는 소식을 듣고 반년 풍진에 고생하던 일이 어제 같더이다. 뵈옵고 싶은 마음 간절하오나 오늘의 홍난성이 지난날의 홍혼탈이 아니니 자연 부끄러운 바 있어 마음뿐이었사온데, 이렇게 뵈오니 반갑나이다."

"나탁이 지금까지 분하고 마음이 괴로운 것은 원수가 연화봉 달밤에 아무 말도 아니 하고 명나라 진영으로 가신 것이외다. 과인이 분함을 참지 못하여 백운동에 가서 도사에게 분을 풀까 하였더니 도사도 사라지고 없더이다. 참, 그 뒤 도사의 종적을 들으셨나이까?"

"소식은 듣지 못하였소이다. 제가 그때 대왕을 구하러 산을 내려

간 것은 고국에 돌아가기 위해서였나이다. 홍혼탈이 어찌 오랑캐 땅에서 늙으리오."

나탁이 다시 크게 웃으며 말하였다.

"과인이 지금까지 아깝게 여기는 것은 두 마리 사자방獅子尨이오이다. 사자방을 죽이던 칼이 지금까지 있나이까? 다시 구경하고자 하나이다."

난성이 웃고는 손야차에게 칼을 가져오라 하여 쌍검을 나탁에게 보이니, 초왕이 물었다.

"사자방은 무엇이오이까? 그 자세한 이야기를 듣고 싶소이다."

나탁이 쌍검을 어루만지며 말하였다.

"사자방은 과인의 궁중을 지키는 개오이다. 남쪽에 사자라 하는 짐승이 있고 헐교獦狡라 하는 사냥개가 있는데 서로 쌍붙어 새끼를 받아 그 이름을 사자방이라 하였나이다. 얻기가 힘든 개인데 고생 끝에 겨우 두 마리를 얻었소이다. 날래기는 날짐승 길짐승을 가리지 않고 잡을 만큼 날래고, 표범과 호랑이만큼 사나우며, 수백 걸음 밖의 수상한 자취를 알 정도로 총명하고, 그 영악함은 창검도 뚫지 못하였나이다. 홍 원수가 한밤중에 눈 뜨고 앉은 과인의 머리 위에서 산호 꼭지를 떼어 가다가 사자방 두 마리를 소리 없이 죽였나이다. 몸에 온통 칼 자리가 나 있고 뼈는 부서져 가루가 되었으니, 과인은 지금까지도 그때 일을 생각하면 몹시 오싹하오이다."

초왕과 온 사람들이 크게 놀라며 탄복하였다.

조금 있다가 난성이 나탁과 축융 두 왕에게 간곡히 작별하니, 두

왕이 아쉬워 눈물이 그렁하여 말하였다.

"과인이 비록 오랑캐 땅 사람이오나 보는 눈은 있소이다. 원수를 살아서는 다시 만날 수 없으리니 참으로 서운하오이다."

난성도 무척 섭섭해하며 방을 나왔다.

난성이 다시 안채에 들어와 노부인과 두 각로의 부인을 모시고 앉으니, 윤 부인과 황 부인, 선 숙인과 연 숙인이 다 모여 앉았다. 소 부인이 난성을 보며 말하였다.

"이 늙은이가 난성을 사랑하여 친자식과 같이 대하는 것은 그 용모 자색과 지혜가 뛰어나서가 아니라 사람됨이 훌륭해서라오. 내가 항주 땅에 가 보니 강남에서 가장 번화한 곳이요 인물 또한 장안보다 낫더이다. 협기 있는 젊은이들과 원님들이 사모하여 천금을 아끼지 않으며 난성의 웃음을 사고자 하였으나, 난성은 다 물리쳤지. 평생 우리 집을 드나들면서 한 번도 눈을 들어 좌우를 살피지 않았소이다. 재주도 뛰어나고 인정이 많아 우리 딸애를 양 원수에게 천거하여 백년가약을 맺게 하였으니 어찌 여자의 마음으로 할 수 있는 일이겠소. 우리 상공이 늘 말씀하시기를, '연왕이 아니면 난성의 장부 될 이가 없으리라.' 하시니, 연왕과 난성은 하늘이 낸 배필인가 하오."

노부인도 사람들을 돌아보며 말하였다.

"이 몸은 산과 들에서 나고 자란 늙은이외다. 늘그막에 외아들을 두었더니 못난 여자라도 자식을 둔 부모는 그저 자식을 사랑할 뿐이니, 어찌 며느리들의 우열을 논하리오. 허나 난성이 우리 집안에 들어온 뒤로 화기가 넘치고 위아래가 화목하며 한마디 잡소리가 귀에 들리지 아니하니, 다섯 가정의 번성함이 모두 난성의 덕인가 하오이다."

위 부인도 웃으며 말하였다.

"딸아이가 집으로 올 때마다 난성을 칭찬해 마지않으며 말하기를, 아름다운 가운데 마음이 곱고, 사랑스러운 가운데 공경하는 마음이 생긴다 하더니, 오늘 보니 참으로 예사 사람이 아닌가 하나이다."

이렇게 이야기를 주고받고 있는데, 연왕이 손님을 보내고 들어왔다. 어머니와 장모들을 모시고 재롱도 부리고 우스갯소리도 하니, 소 부인이 웃으며 말하였다.

"우리 사위같이 참으로 대바른 사람으로 어찌 강남 청루의 홍랑을 찾아갔을꼬?"

"색계에는 영웅 열사 없다 하지 않나이까. 저 홍랑의 달 같은 자태와 꽃 같은 얼굴을 보소서. 세상 남자가 아무리 철석간장이라 해도 어찌 천성을 지킬 수 있겠나이까."

그러자 난성은 눈길을 들어 연왕을 보다가 선 숙인에게 말하였다.

"상공이 일찍이 산골 선비로 길가에서 도적을 만나 갈 곳이 없어 저희 집에 들었으니, 밥을 얻어 먹으러 온 사람과 같은지라, 어찌 풍정으로 첩을 찾으셨다 하나이까."

그러자 선 숙인이 웃으며 말했다.

"그런 말씀 마사이다. 제가 들으니 압강정 위에서 양 공자는 글을 지어 강남홍을 읊고, 강남홍은 노래로 양 공자를 희롱했다 하더이다. 이 어찌 풍정으로 친해진 것이 아니리까?"

소 부인과 위 부인은 손뼉을 치며 웃었다.

그러자 연왕이 또한 웃으며 말하였다.

"나는 그때 홍랑을 유심히 보지 않았으나 홍랑은 가만히 나를 눈여겨보았으니, 누가 강남홍의 지조가 높다고 하리오."

"남들은 상공이 정직하시어 풍류로 방탕한 마음이 없다 말하나, 황주성에서 술 파는 할미에게 제 청루를 물었으니, 이 어찌 책방 도령이 할 일이겠나이까?"

난성도 웃으며 연왕을 놀려 대자, 선 숙인이 난성 곁으로 다가앉으며 물었다.

"압강정 위에서 한때 지나가는 도령에게서 무엇을 보고 마음을 허락하였소?"

그러자 난성이 선 숙인에게 되물었다.

"선랑은 귀양 온 나그네가 벽성산 초당으로 들어왔을 때 무엇을 탐하여 지기知己로 사귀었소?"

선 숙인은 머리를 숙이면서 말하였다.

"예부터 귀양 온 나그네 가운데에는 풍류로운 인물이 많았지요. 그나저나 홍랑은 옷도 초라하고 먹을 것이나 바라고 온 수재의 마음을 어찌 알고 의심치 않고 속을 주었소?"

난성이 말하였다.

"옷은 초라하나 조금도 부끄러워하지 않는 태도를 보았고, 또 문장이 뛰어나더구려. 내 여러 가지로 시험하였소. 내 들으니 선랑은 달밤에 비파를 안고 봉황곡을 타다가 풍정을 걷잡지 못하여 지나가는 나그네를 마주하였으나, 나중에 후회하는 일이 있을까 하여 허락지 아니한 것은 알겠으나, 그래도 그렇지 어찌 재간 있는 선비와 아름다운 미인이 몇 달을 가까이 지내면서도 어찌 아무 일도 없을 수 있소?"

위 부인이 난성의 말에 끼어들었다.

"선 숙인의 심사는 이 늙은이가 말하겠소. 선 숙인 팔뚝에 그 앵혈이 아니었던들 어찌 환난에서 벗어났으리오. 이는 우리를 가르치어 다시 사람들 속에 끼이도록 하신 것 아니겠소."

이때 윤 부인의 유모 설파가 곁에 앉았다가 가만히 위 부인 앞에 이르러 선 숙인을 가리키며 말하였다.

"저다지 현숙한 사람을 부인께서는 어찌 해치고자 하시었나이까?"

윤 부인이 눈을 흘기며 나무랐다.

"부인들께서 말씀 나누시는데 할멈은 어찌 그리 무례한가!"

위 부인은 입가에 웃음을 담고 말하였다.

"지나간 일이 한바탕 봄꿈 같으니, 한번 말하여 심심풀이하는 게 무에 부끄럽겠소이까."

그러면서 허 부인을 보며 탄식하여 말하였다.

"여자란 괴벽한 데가 있어 별수 없소이다. 선 숙인이 현숙한 것이야 우리 아이도 모르는 바 아니요, 딸아이가 그른 것을 이 늙은이가 모르는 바 아니로되, 그리 현숙하니 투기심이 더하고, 그른 것을 알기에 악한 마음이 생긴 것이니, 어찌 여자의 좁은 소견을 꾸짖지 않으리오."

자리에 있던 사람들은 숨기는 마음이 없는 태도에 탄복하였다. 연왕이 연 숙인에게 말하였다.

"그대는 어찌 말이 없는고?"

난성이 웃으며 말하였다.

"저희는 다 상공을 예로 만나지 않은 사람이라 스스로 발명하느라 바쁘지만, 연 숙인은 동방화촉의 예를 갖추어 공자를 맞았으니 점잖이 앉아서 잠자코 남들 꼴사나운 것이나 비웃는 게 아니겠나이까?"

연 숙인은 부끄러워하면서 말하였다.

"저는 머나먼 남의 땅에서 난성을 남자로 알고 좇아온 사람이니, 어찌 예법을 말하리까? 부끄러워서 말을 못 하는 것이오이다."

연왕과 모든 사람들이 크게 웃었다. 술을 들여오라 하여 즐거이 마시더니 연왕이 취해 가고 나니 모두들 흩어져 갔다.

그날 밤 난성은 취하여 옷도 벗지 않고 책상에 기대어 잠이 들었다. 문득 정신이 황홀해지고 몸이 둥둥 뜨더니 웬 산에 이르렀다. 높고 낮은 봉우리들이 깎아지른 듯하고 바위는 층이 지어 울퉁불퉁하니 한 가지 연꽃이 물에 피어난 듯하였다. 난성이 가운데 봉우리에 이르니 웬 보살이 지팡이를 짚고 섰다가 난성을 맞았다. 눈썹이 푸르고 얼굴은 백옥 같으며 비단 가사를 입고 있었다.

"난성은 인간 세상의 재미가 어떠한고?"

난성은 무슨 영문인지 깨닫지 못하여 물었다.

"도사는 뉘시며 인간 세상의 재미란 무엇을 이르는 것이옵니까?"

도사가 웃으며 손에 잡은 지팡이를 공중에 던지니 그 지팡이가 한 줄기 무지개가 되어 하늘에 닿았다. 도사가 난성을 이끌고 무지개를 밟으며 공중으로 올라가니, 앞에 큰 문이 나서고 오색구름이 서려 있기에 난성이 물었다.

"이는 무슨 문이옵니까?"

"남천문이니 그대는 문 위에 올라가 보라."

난성이 보살을 따라 올라가 보니, 해와 달이 명랑하고 눈부신 가운데 누각이 하나 허공에 솟아 있다.

백옥 난간이며 유리 기둥은 영롱 찬란하고, 누각 아래에는 푸른 난새와 붉은 봉황이 쌍쌍이 노닐었다. 선동 두엇과 시녀 서넛이 신선 차림으로 난간머리에 서 있었다. 누각 위를 보니 선관 하나와 선녀 다섯이 술에 취하여 동쪽으로 쓰러지고 서쪽으로 넘어져 자고 있었다.

난성은 보살에게 물었다.

"이곳은 어떤 곳이며, 저 선관 선녀는 어떠한 사람이옵니까?"

"이곳은 백옥루요, 저 앞에 쓰러져 있는 선관은 문창성군이고, 차례로 누워 있는 선녀는 제방옥녀와 천요성이요, 홍란성과 제천 선녀, 도화성이로다. 홍란성이 곧 그대이노라."

난성은 속으로 놀랐다.

"저 다섯 신선들은 하늘에 사는 선관들인데, 어찌 저렇게 취하여 누워 있나이까?"

보살은 문득 서쪽을 보며 합장하더니 시 한 구절을 외었다.

정이 있으면 인연이 생기고

인연이 있으면 정이 생기도다.

정이 다하고 인연이 끊어지면

일만 생각이 함께 비는도다.

난성은 그 시를 듣자 정신이 상쾌해지며 문득 깨달음을 얻었다.

"저는 본디 하늘의 별로 문창성과 인연을 맺고 잠깐 인간 세계에 내려갔나이다."

그러고는 물었다.

"저 선녀들은 언제 잠이 깨리까?"

보살은 지팡이를 들어 공중을 가리켰다.

난성이 찬찬히 살펴보니 십여 개 큰 별이 사뭇 황홀한데 모두 백옥루를 비추며 정기를 드리웠거늘, 난성이 이상히 여기며 보살에게 다시 물었다.

"저 별은 무슨 별이며 어찌 광채를 누각에 드리웠나이까?"

"그중의 큰 별은 하괴성河魁星이요, 그다음 별은 삼태성三台星이요, 덕성德星과 천기성天機星과 복성福星이니 벌써 인간으로 탄생하고, 그다음 큰 별 예닐곱 개는 또 장차 차례로 인간 세상에 내려가 인연을 맺은 뒤에야 백옥루의 취한 잠에서 깨리로다."

난성이 무슨 말인지 깨닫지 못하나 묻지 아니하고 또 남쪽 하늘을 바라보니 별 두 개가 빛나는지라 보살에게 물었다.

"저 별은 무슨 별이옵나이까?"

"이는 천랑성天狼星과 화덕성火德星이라. 그대와 한바탕 악연이 있었으나 끝내는 그대를 도울지니, 이것이 다 인연이라. 다른 날 자연 알리로다.”

“그러하면 저도 별의 정기라, 이미 여기 왔으니 다시 인간 세상에 돌아갈 마음이 없나이다.”

보살이 웃으며 말하였다.

“하늘이 정한 인연을 사람의 힘으로 어찌할 수 없도다. 그대 아직 인간 인연을 마치지 못하였으니 빨리 돌아가라. 사십 년 뒤 다시 와 옥황상제를 뵈옵고 천상의 즐거움을 누릴지어다.”

“보살은 뉘시오이까?”

난성이 물었다.

“빈도는 남해 수월암의 관세음이라. 석가모니 명을 받고 그대를 일러 주러 왔노라.”

말을 마치고 지팡이를 들어 공중에 던지니 오색 무지개 일어나며 갑자기 우렛소리가 울렸다. 난성이 놀라 깨어나니 취봉루의 책상 앞에 누워 있었다.

꿈이 하도 이상하여 연왕, 윤 부인과 황 부인, 선 숙인과 연 숙인에게 낱낱이 말하니, 다섯 사람이 다 꼭 같은 꿈을 꾸었다는 것이다. 허 부인이 듣고 난성에게 말하였다.

“내 고향에 있을 때 늦도록 자식이 없어 옥련봉 부처에게 기도하고 연왕을 낳았으니, 그 부처님이 곧 관세음보살이라. 그 헤아릴 수 없는 은덕을 갚지 못하였더니, 관세음보살이 네 꿈에 오셔 불사를 권하는 것이로구나. 선랑의 아버지 보조국사가 자개봉 대승사에 있어 불법에 정통하다 하니, 대사를 청하여 옥련봉 부처를 위하여 암자를 하나 짓자꾸나. 또 대승사에서 백일제를 올려 관세음보살의 대자대비하신 공덕을 갚고자 하노라."

선 숙인이 기뻐하며 곧바로 보조국사를 청하여 재를 올리고 재물을 넉넉히 보내어 옥련봉에 암자를 세웠다.

태공과 노부인은 그 뒤 오래오래 부귀를 누리며 여든 넘도록 살았다. 연왕은 다시 나아가서 장수 되고 돌아와 재상으로 지내며 여든 넘도록 살았다.

그리고 윤 부인은 세 아들과 두 딸을 두고 일흔 살까지 살았고, 황 부인은 두 아들과 두 딸을 두고 예순을 살았으며, 홍 난성은 다섯 아들에 세 딸을 두고 일흔 넘도록 살았다. 선 숙인과 연 숙인도 각각 세 아들과 두 딸을 두고 일흔 넘게 살았다.

연왕이 낳은 아들딸이 모두 스물여섯 명에, 아들 열여섯 명은 제가끔 입신양명하여 부귀영화를 누렸고 딸 열한 명은 제후와 고관의 부인이 되어 아들딸 많이 낳고 복을 누렸다. 연옥과 소청, 자연도 다 먹을 것이며 입을 것이 넉넉하여 길이 복을 누렸다. 이 어찌 고금에 희귀한 일이 아니랴.

옥루몽 4 원문

〈옥루몽〉에 관하여

제50회 상춘원의 단풍과 국화가 지기를 만나고
자신전의 겨울 우레 간악한 무리를 깨치다
賞春楓菊遇知己 紫宸冬雷破奸黨

각설却說, 난성이 공주를 대하여 왈,

"고시古詩에 운云하되, '일음일양지위도一陰一陽之謂道요 음양불측지위신陰陽不測之謂神이라.'[1] 하니 신묘지리神妙之理를 구설口說로 형용치 못하오나 대범大凡 세간에 세 가지 도가 있으니, 왈 유儒, 도道, 석釋 삼교三敎라. 유도는 정대正大하여 도리를 주장하고 도, 석은 신묘하여 허황한 데 가까우니, 이제 검술은 도가지류道家之類의 작은 술업術業이라. 만일 사람이 정대한 도리를 닦아 평생이 화길和吉한즉 검술의 신묘함을 무엇에 쓰리이꼬? 연고로 정인군자正人君子는 이를 유의치 아니하나니, 첩이 표박漂泊 종적으로 명도命道 괴이하여 총명 정신聰明精神을 잡술雜術에 모손耗損하니 지금 도리어 추회追悔하는 바라. 어찌 족히 들으실 게 있으리이꼬?"

공주 개용改容 칭찬하시며 그 말이 정대함을 더욱 탄복하더라.

야심 후 연석宴席을 파하고 모두 물러날새 공주 양 부인과 제랑諸娘의 손을 잡고 작별 왈,

"모후母后 쇠경衰境에 멀리 떠남을 허하지 아니하시므로 아직 귀국할 지속遲速[2]을 정定치 못하였으니, 우리 마땅히 이같이 다시 모이리라."

철 귀비 특별히 난성의 손을 잡고 놓지 아니하며 연연하여 왈,

"첩은 추솔麤率한 인물이라. 어찌 고인故人의 지기知己를 바라리오마는 애연哀然히 사모하는 심사를 능히 저버리지 않을쏘냐?"

난성이 소 왈,

---

1) 한 번은 음이 되고 한 번은 양이 되는 것을 도道라고 하고, 음과 양의 작용을 헤아릴 수 없는 것을 신神이라 한다. 《주역》에 나오는 말이다.
2) 늦고 빠름. 여기에서는 언제라는 뜻.

"이는 오히려 순설脣舌 간의 허언虛言이라. 진개眞個 그러할진대 어찌 후기後期를 머물러 고인을 한번 심방尋訪치 않으리오?"

철 귀비 쾌락하고 반, 곽 양 귀비를 보며 왈,

"우리 삼 인이 마땅히 수일간 연부燕府에 가 금야 미진한 정회를 펴리라."

반 귀비 왈,

"만일 진왕이 허하지 아니하신즉 어찌하리오?"

난성이 소 왈,

"귀비 일찍 장안 청루靑樓의 방탕한 구습을 버리지 못하므로 진왕께 조속操束³⁾을 받음이나 연왕부 취봉루의 주문朱門이 바다 같고 난성후 홍혼탈이 입정入定한 보살과 다름이 없으니 무엇을 염려하시리오?"

하니, 모두 박장대소하며 걸음이 궁문 밖에 이름을 깨닫지 못하더니, 홀연 갈도喝道소리⁴⁾나며 등촉이 휘황한 중 진, 연 양왕兩王이 또한 퇴조退朝하여 서로 소매를 연하여 합문閤門⁵⁾으로 나오거늘 제랑諸娘이 망망히 작별하고 수레에 오르니, 연왕이 또한 진왕과 명일 다시 봄을 말하고 부인과 삼랑三娘을 데리고 수레를 연하여 부중으로 오니라.

수일 후 철 귀비 진왕께 고 왈,

"홍 난성은 첩의 심열성복心悅誠服⁶⁾하는 붕우라. 한번 심방尋訪할 언약이 있사오니 명일 양 귀비와 같이 연부에 가 다녀올까 하나이다."

진왕이 소 왈,

"낭 등은 난성을 심방코자 하나 나는 연왕을 익우益友⁷⁾로 아나니, 내 나이 삼십이 못 되어 관작이 높고 부마도위駙馬都尉로 친왕親王과 무이無異한 고로 외반外班의 교유交遊함이 적어 평생에 벗이 없음을 한탄하더니, 천은을 입사와 수일 연석에 연왕과 형제지의兄弟之義를 맺어 흉금이 무간無間할 뿐 아니라 문무雙전하고 충효 겸비하여 짐짓 개세군자蓋世君子⁸⁾요 풍류 인물이라. 장차 지기知己 허심許心하여 금석지교金石之交를 맺고자 하노니, 연왕부 상춘원이 좋다 하니 중양가절重陽佳節을 기다려 용산龍山 배주杯酒⁹⁾로 종용 심방할지라. 낭 등도 그때를 기다려 난성을 회사回謝¹⁰⁾함이 무방할까 하노라."

---

3) 단단히 잡아 단속함.
4) 높은 관리가 나다닐 때 그 하인이 사람들을 물리치느라고 외치는 소리.
5) 임금이 평상시에 거처하여 정사를 처리하는 편전便殿의 앞문.
6) 마음에 진정으로 좋아하며 정성스러운 마음으로 따름.
7) 유익한 벗.
8) 기상이나 재능이 뛰어나 이름을 세상에 떨치는 사람.
9) 용산의 술. 용산은 중국 호북성 강릉현에 있는 산인데 진晉나라 환온桓溫이 중양절에 이곳에서 손님을 청해서 즐겁게 놀았다고 한다.

삼 귀비 대회 응낙하더라.

여류광음如流光陰이 절서節序를 최촉催促하거늘 노포老圃 황화黃花는 만향晚香을 토하고 상엽霜葉은 이월화二月花를 시기하니[11] 차시는 구월 구일이라. 연왕이 취봉루에 이르매 난성이 소 왈,

"첩이 두어 말 국화주를 빚어 중구重九 가절佳節의 가흥佳興을 도우실까 하오니, 다만 공 북해孔北海의 좌객坐客[12]이 없어 낙모落帽하는 풍채[13]를 보지 못할까 하나이다."

연왕이 소 왈,

"내 남방 수재秀才로 소년 등과登科하여 붕우의 교유함이 없으니 낭의 조소함이 비록 마땅하나 근일 새로 사권 붕우 있어 한번 조용히 모임을 언약하였으니 낭이 능히 불시지수不時之需[14]를 꾀할쏘냐?"

난성이 흔연欣然 대對 왈,

"이는 귀한 말씀이라. 첩이 부중府中에 들어온 지 몇 해에 일찍 상공의 붕우 상종하심을 뵈옵지 못하였더니, 감히 묻잡나니 누구시니이까?"

연왕 왈,

"이는 별인別人이 아니라 이에 진왕이니, 진왕의 위인이 겉으로 본즉 풍류 호방하나 중심을 말할진대 심원한 생각과 침잠沈潛한 지견智見이 우리로 당치 못할 곳이 많으니, 내 장차 깊이 사귀고자 하노라."

언미필言未畢에 좌우 보報하되 진왕이 밖에 오셨다 하거늘, 연왕이 즉시 몸을 일어 외당에 나와 좌정 예필坐定禮畢에 진왕이 소 왈,

"금일은 중양 가절이라 객관客館 배준盃樽[15]이 심히 무료하더니, 홀연 형을 생각하고 왔으니 형이 능히 등고登高 소창消暢[16]할 흥치 있을쏘냐?"

연왕이 소 왈,

"제弟는 본디 소졸疏拙한 서생이라. 담연히 절서節序의 감을 잊었더니, 추한 소첩이 있어 황화백주黃花白酒[17]를 신근辛勤히 권하기에 바로 형을 생각하였는데 형이 능히 불속

---

10) 사례하는 뜻을 표시하는 것, 또는 그 인사.

11) 묵은 밭에 국화가 늦은 향기를 뿜어내고 서리 맞은 단풍잎이 봄꽃보다 붉으니.

12) 좌객은 손님. 동한東漢의 북해 태수 공융孔融이 친구 사귀기를 좋아하여 언제나 손님이 끊일 새가 없었다고 한다.

13) 진晉나라 때 맹가孟嘉가 중양절에 환온桓溫이 베푼 잔치에서 즐거워하다가, 낙모 곧 모자가 바람에 날아가는 것도 몰랐다고 한다.

14) 갑자기 하게 되는 음식 바라지.

15) 손님이 머무는 집에서 마시는 술.

16) 높은 곳에 올라 답답한 마음을 풀어 후련하게 함.

지객不速之客[18]이 되었도다."

하고, 인하여 난성과 수작한 말을 하고 서로 대소하며 좌석을 옮겨 상춘원 서편 석대石臺에 자리를 베풀고 연왕이 진왕의 손을 이끌어 원중에 이르니, 난만한 단풍은 아침 날에 비치어 비단 장帳를 드리웠고 반개半開한 황국黃菊은 서로 빛을 띠어 그윽한 향내를 보내니, 양왕兩王이 대상대臺上에 올라 황성 만호萬戶의 즐비한 물색을 굽어보며 성외城外 청산의 통창한 경개를 바라보아 각각 정좌 후 일변 가동을 명하여 낙엽을 주어 차를 달이라 하고 미미한 담소 끊기지 아니하니, 이때 철 귀비 또한 반, 곽 양 귀비와 수삼 궁녀로 더불어 이미 취봉루에 이르렀거늘, 난성이 선, 연 양 숙인으로 취봉루에 연석을 배설하여 안으로 삼 귀비를 접대하고 밖으로 상춘원에 배반杯盤을 진배進排하여 혹 투호投壺와 쌍륙을 가져 승부를 다투며 또한 가무와 사죽絲竹을 들어 대객對客함이 여류如流하더라.

차시, 양왕兩王이 국화 가지를 꺾어 굉주觥籌[19]를 삼아 서로 서너 배를 마시매 진왕이 자못 취하여 연왕을 보며 왈,

"양형이 고인이 중양 가절을 칭도稱道함은 양기陽氣를 아낌이 아니냐? 천지 만물이 이 기운을 빌어 생동 활발하나니 고지성인古之聖人이 성리지학性理之學를 말씀하여 침잠함을 공부함은 장차 이 기운을 길러 크게 쓰고자 함이라.

화진花珍이 오륙 세에 말을 배우고 십여 세에 글을 읽어 고금 사적과 성패 흥망을 흉중胸中에 강마講磨함은 장차 치군택민致君澤民하고 논도경방論道經邦[20]하여 고요직설皐陶稷契를 자기自期함[21]이러니 우연히 소년 등과하여 십육 세에 부마도위 되니, 천은이 망극하사 부귀 비록 극진하나 국조國朝 고법古法이 괴이하여 도위는 계제階除 없는 작품爵品이 높은지라, 훈척 종실勳戚宗室과 다름이 없으니 비록 구구한 은포隱抱[22]가 있으나 무엇에 쓰리오?

고인이 말하되, '나물 뿌리를 맛본 후에 백사百事를 가히 경영한다.' 하였으니, 이제 기환지복綺紈之服과 고량지미膏粱之味[23]가 사람을 그르쳐 화진으로 하여금 퇴타頹惰 무료無聊[24]한 몸이 되게 하니 어찌 우습지 않으리오? 송나라 왕진경王眞卿은 재학才學이 겸비하나 부마 된 후로 조정 일을 참석지 아니하고 완호지물玩好之物로 평생을 독락

---

17) 국화로 빚은 술.
18) 청하지 않았는데 온 손님.
19) 술잔을 세는 산가지.
20) 임금에게 충성을 다하고 백성에게 은혜를 베풀며 도리를 논하고 나라를 경영함.
21) 중국에서 나라를 잘 다스렸다는 고요와 직, 설과 같은 사람이 되기로 스스로 약속함.
22) 가슴속에 숨긴 포부.
23) 비단옷과 기름진 음식.
24) 해이하고 게을러 일이 없어 심심하고 지루함.

獨樂하니 모르는 자는 왕 도위의 풍류 다재함을 칭찬하나 유식자有識者는 마땅히 그 평생을 차석嗟惜할지라. 화진이 비록 왕진경의 재학은 당치 못하나 또한 그 뒤짐을 자기自期치 아니하리니, 이제 본국에 가 정사를 맞지 못하고 교화 유택敎化遺澤이 미처 백성에게 이르지 않았으며 태후는 멀리 떠남을 초창怊悵하사 다시 취국就國함을 허하지 아니하시니, 각골刻骨할 천은을 도보圖報할 땅이 없으나 화진의 독서讀書한 본의는 아니다.

연고로 무료한 흉금을 풍류로 소일하니 양 형은 덕망이 고명하고 사업이 훤혁烜赫하여 고인에 양두讓頭치 않을지니 어찌 화진의 방탕함을 웃지 아니하리오?"

연왕이 소 왈,

"창곡이 비록 조감이 없으나 어찌 화 형을 방탕하다 하리오? 다만 구구 소망은 화형이 비록 대신 간관大臣諫官의 보도 직간輔導直諫함과 출척黜陟하는 직책職責이 없으나 또한 국가로 휴척休戚을 같이할지라. 종용 연지從容燕地²⁵⁾에 천안天顔을 가까이 모셔 가인家人 부자같이 담소談笑 풍간諷諫함은 외조外朝 재상宰相에 더함이 있을지니 이 또한 사업이라. 어찌 스스로 마음을 해태懈怠하리오?"

진왕이 개용 답 왈,

"형언兄言은 금석지언金石之言이라. 마땅히 잊지 아니하려니와 내 또한 심궁深宮에서 날마다 시녀 궁첩을 대하여 조정 득실에는 귀먹고 눈 어두운 사람이니, 어찌 양 형의 부탁을 감당하리오? 방금 성천자聖天子 재상在上하사 가급인족家給人足²⁶⁾하고 사방이 무사하니 화진의 소원은 장차 차시此時를 타 진왕秦王 인수印綬를 바치고 시주詩酒 풍류와 강산풍월로 여생을 보내고자 하노라."

연왕이 탄 왈,

"형이 이제 청춘소년으로 잡은 뜻이 이같이 노성老成하니 창곡의 우러를 바 아니로다. 창곡은 본디 남방 포의布衣로 성은이 망극하사 남작濫爵이 과분過分하고 노무魯莽한 재학才學²⁷⁾이 직책을 저버려 계구지심戒懼之心²⁸⁾이 전전긍긍하여 박빙薄氷을 밟은 듯하니, 마땅히 상표上表하여 관직을 사면한 후 양친을 받들어 전원에 돌아가 달이 이지러지고 해 기우는 탄식이 없게 하리라."

진왕이 이에 연왕의 손을 잡고 탄 왈,

"고인古人이 지기知己를 중히 앎은 그 충곡을 속이지 않음이라. 화진이 무엇을 알리오마는 형이 삼십이 못 되어 출장입상出將入相하고 공명 훈업이 일세에 진동하니 권세 조정을 기울이고 화복이 장악掌握에 달렸다 할지니, 우리 황상의 일월지명日月之明으로

25) 조용하고도 편안한 자리.

26) 집집마다 먹고사는 게 넉넉하고 사람이 많아 나라가 융성함.

27) 거친 재주.

28) 경계하고 두려워하는 마음.

비록 풍운어수風雲魚水의 제우際遇[29]가 융숭하나 정히 지식 있는 군자의 경공자퇴敬恭自退[30]할 때라. 화진의 이 말이 다만 붕우를 사랑하고 국가를 돌아보지 아니함 같으나 양 형은 국지동량國之棟樑이요 민지표준民之表準이라. 양 형의 안위는 즉 국가의 안위니 화진의 사귐이 옅고 말이 깊음을 괴이히 여기지 말라."

연왕이 이 말을 듣고 구연瞿然히 옷깃을 바로잡으며 감루感淚를 머금어 왈,

"근일 붕우지도朋友之道 없은 지 오래더니, 화 형이 창곡의 불민不敏함을 버리지 아니하고 그 불체不逮[31]함을 지도하니 약석지언藥石之言을 어찌 옷깃에 쓰고 간폐肝肺에 새기지 않으리오?"

하고, 이날부터 연왕은 진왕의 충직 유신忠直有信함을 탄복하고 진왕은 연왕의 정대 겸양正大謙讓함을 공경하여 서로 지기지우知己之友가 되니라.

아이오(이윽고) 석양 단풍이 더욱 찬란하여 구추 풍광九秋風光이 취흥을 돋우는지라, 다시 수배를 마신 후에 돌아가니라.

차설, 광음이 훌훌하여 천자 즉위하신 지 이미 구년이라. 동동 십일월 갑자甲子 동지동至에 천자 자신전紫宸殿에 전좌殿座하사 군신의 진하進賀를 파하시고 백관이 퇴출退出할새 홀연 한소리 우레 은은 굉굉隱隱轟轟하여 전각을 흔들거늘, 천자 대경大驚하사 좌우를 보시며 문 왈,

"겨울 우레는 재변災變이 아니냐?"

하시니, 일개 근신近臣이 주奏 왈,

"동지동至에 일양一陽이 생하오니, 금일 뇌성雷聲은 재변이 아니라 상서祥瑞가 될까 하나이다."

천자 점두點頭[32]하시니, 그 뜻을 이어 백관 중 왕왕이 표를 올려 상서를 말하는 자 있더라. 그 말을 연왕이 듣고 개연慨然 상소 왈,

신 양창곡은 듣잡건대 고지명왕古之明王이 재변을 말하고 상서를 묻지 아니함은 하늘을 공경하여 덕을 닦고자 함이라. 연고로 《시전詩傳》에 왈, '경천지노敬天之怒하여 무감회예無敢戲豫라.'[33] 하니, 은지상곡殷之桑穀과 주지반풍周之返風[34]이 막비莫非 재앙을

---

29) 바람과 구름, 물과 고기와 같이 임금과 신하가 뜻이 잘 맞음.
30) 겸손하게 스스로 물러남.
31) 미치지 못함, 또는 미처 생각지 못함.
32) 머리를 끄덕임.
33) 하늘의 성냄을 조심하여 감히 안일하게 즐기지 않는다.
34) 은殷나라에 상곡桑穀이라는 풀이 나고 주나라 때 큰바람이 부는 재앙. 상곡은 풀이라고도 하고 나무라고도 하는데 상곡이 궁궐 뜰에 나면 나라가 망한다고 한다. 주나라 주공

인연하여 덕을 닦음이라. 후세 인군人君은 재앙을 듣고 두려워 아니 하고 아당阿黨하는 신하들이 상서祥瑞를 다투어 칭송하니 한지기린漢之麒麟과 송지천서宋之天瑞[35]는 천추의 조소嘲笑로 될 뿐 아니라 나라를 병 들이고 임금을 농락하니 신이 매양 《사기史記》를 보다가 여기 이르러 책을 덮고 허희탄식歔欷歎息하여 개연慨然 유체流涕함을 깨닫지 못하였삽더니 불행히 금일에 쇠세衰世 기상을 폐하 조정에서 다시 보오니, 신의 마음이 서늘하고 골절骨節이 놀라와 그 이를 바를 알지 못하나이다.

신은 써 하되 상서와 재앙이 임금께 달렸으니, 폐하 이제 스스로 생각하사 인정仁政 덕택이 사해에 흡족하고 창생에게 미침이 있은즉 비록 우연한 풍우라도 족히 상서로 되려니와 불연不然하신즉 가령 경성경운景星景雲[36]이 하늘에 나타나고 기린, 봉황이 땅에 가득하나 족히 귀할 바 없을지라. 하물며 겨울 천동天動은 비상한 재변이어늘 아당하는 무리 조정을 기롱하니 어찌 한심치 않으리이꼬? 신이 비록 천지 음양지도陰陽之道를 알지 못하오나 이치로써 췌탁揣度[37]한즉 가히 짐작할 바 있사오니 신이 먼저 천도天道를 말씀하고 다음에 인사人事를 의논하리이다.

동지는 이에 궁음지월窮陰之月[38]이라. 천지 폐장閉藏하고 만물이 칩복蟄伏[39]하여 《주역》의 소위 지뢰복地雷復 괘라. 우레가 지하에 잠장潛藏[40]하였으니, 어찌 소리가 들리리오? 연고로 《예기禮記》 '월령月令'에, '삼월이 된 후에 뇌내발성雷乃發聲[41]이라.' 하니, 이제 계춘季春 월령이 중동仲冬에 행함은 때 아닌 재변이라.

또한 인사人事로 말할진대 병화지여兵火之餘에 민생이 곤고困苦하여 낙세樂歲[42]를 만나되 주린 빛을 면치 못하고, 흉년을 당한즉 유리도로遊離道路[43]하여 약한 자는 구학溝壑[44]에 엎더지고 강한 자는 도적됨을 감심甘心하거늘 궁중이 심수深邃하고 묘당廟堂이 요원遙遠하여 수참愁慘한 거동은 눈으로 보지 못하고 오오嗷嗷[45]한 소동이 귀에 들리지

周公이 조카 성왕成王의 오해를 받아 초나라로 쫓겨났을 때 주나라에 큰바람이 불었는데 성왕이 우연히 주공의 충심이 담긴 글을 보고 마음을 풀었다 한다.
35) 한나라 때 기린이 나고 송나라 때 하늘에서 상서로운 징조를 내렸다면서 임금을 속인 일.
36) 상서로운 별과 구름.
37) 미루어 헤아리는 것.
38) 음이 다하는 달.
39) 하늘과 땅이 막히고 숨어 나타나지 않고, 만물이 땅속에 숨어 엎드림.
40) 몰래 숨음.
41) 우레가 비로소 소리를 냄.
42) 풍년.
43) 길거리에 흩어져 돌아다님.
44) 도랑과 골짜기.
45) 떠드는 소리.

않으나, 공변된 하늘이 높이 조림하사 어찌 모르시리오? 화기和氣 있는 곳에 우순풍조雨順風調[46]하여 음양이 조화하고, 원기冤氣 충만充滿에 천지 체색滯塞하여[47] 재앙을 내리니 이는 다 떳떳한 이치라. 목금目今 천하에 이 같은 효상爻象[48]으로 장차 무슨 상서를 바라리이꼬?

회회噫噫 통재痛哉라, 폐하의 신자臣子 어찌 차마 천도를 기망欺罔하고 군부君父를 농락함이 이에 미칠 줄 알았으리이꼬? 복원伏願 폐하는 금일 표表를 올려 상서를 말하는 자를 일일이 다스려 멀리 물리쳐 첨유지풍諂諛之風과 기망지습欺罔之習[49]을 징계하소서. 신이 다시 복념伏念컨대, 우레라 하는 것은 천지의 호령號令이라. 조화를 고동鼓動하여 만물을 발생하는 바니, 이제 중동지월仲冬之月에 이같이 급급히 행함을 천하 만민이 칩복 곤췌蟄伏困悴하여 대한大寒 양춘陽春을 폐하께 바라는 고로 하늘이 동뢰冬雷로써 폐하를 경동警動하여 총명예지를 가면加勉하사 발호시령發號施令[50]하심을 해태懈怠치 말게 하심이라.

복원伏願 폐하는 만기萬機[51]를 힘쓰사 확휘건단廓揮乾斷하시고 여정도치勵精圖治하사[52] 그 안일함을 좋아 마시고 계구지심戒懼之心[53]을 두사 천의를 보답하소서. 신이 대신지열大臣之列에 처하여 음양을 섭리치 못하여 재앙이 비상非常한 데 밀사오니 광직曠職한 죄[54]를 도망치 못할지라. 원컨대 신의 벼슬을 체척遞斥[55]하사 군료群僚를 동독董督하소서.

천자 남필覽畢에 구연懼然히 좌우를 보시며 탄 왈,

"선재善哉라, 충언忠言이여!"

하시고, 즉시 비답 왈,

경의 애군 애국愛君愛國하는 정성은 자자字字이 간폐肝肺에 사무치니, 이 어찌 평일

---

46) 비와 바람이 순조로움.

47) 원통한 기운이 가득하여 하늘과 땅이 막히어.

48) 좋지 못한 몰골 또는 징조.

49) 아첨하는 풍습과 속이는 버릇.

50) 명령을 냄.

51) 온갖 일들.

52) 과단성 있게 다스리고 정치에 더욱 힘을 쓰시어.

53) 경계하고 두려워하는 마음.

54) 직무를 다하지 못한 죄.

55) 맡은 바 직임에서 갈아 내쫓음.

경에게 바람이 아니리오? 아름다운 말을 잊지 아니하려니와 벼슬을 사면함은 뜻밖이라. 면부勉副[56]치 못할지니 경은 더욱 진충盡忠하여 짐의 허물을 깁게 하라.

하시고, 즉시 상서를 치하하는 자를 일변 삭출削黜하라 하시니 모두 십여 인이라.

원래 차시此時 탁당濁黨이 오히려 조정에 벌여 있어 노균의 죽은 후로 스스로 공겁恐怯하고 은근히 둔취屯聚하여 흉모凶謀를 꾸미고자 하더니, 의외에 천자 연왕의 말을 임하여 노균 문하에 출입하던 자를 일병一竝 사하시고 묻지 말라 하시매 슬프다, 소인의 심장이여! 망극한 천은을 모르고 이미 생로生路를 얻으매 다시 득실을 근심하여 예부 상서 한응덕韓應德이 간관諫官 우세충于世忠 등 수십여 인으로 더불어 가만히 상의 왈,

"우리 비록 사명赦命[57]을 얻었으나 탁당 지목을 도망치 못할지니 만일 낙교洛橋 청운靑雲[58]을 하직하고 청산 백운에 여생을 보내고자 한즉 말할 바 없거니와 다시 환로宦路에 여념을 두어 부귀를 사모할진대 어찌 방략方略이 없으리오?"

한 상서 탄 왈,

"내 비록 불사不似하나 만조滿朝 청당淸黨이 다 겁할 자 없으되, 오직 연왕 일인은 노 참정의 재국才局으로도 당치 못한 바라. 이미 그 사람을 제어치 못할진대 차라리 굴슬屈膝[59]하고 문하에 출입하여 하고 싶은 바를 구함만 같지 못할까 하노라."

우세충이 탄 왈,

"합하의 경륜이 불가하도다. 어깨를 춤추며 아니 나는 웃음으로 달랠 자 따로 있나니, 연왕은 비록 연소하나 그 무겁기 태산 교악泰山喬嶽이라. 어찌 심상한 수단으로 요동하리오? 세충은 들으니 고어古語에 운云하되, '득군행도得君行道라.'[60] 하니, 먼저 천총天寵을 얻지 못하고 어찌 소욕所欲을 이루리오? 군자는 정도正道로 득군하고 소인은 권도權道로 득군하나니, 정도는 우리의 말할 바 아니나 어찌 권도가 없으리오?"

하고, 서로 가만히 귀엣말하며 소 왈,

"이는 노 참정의 평생 심법心法이라. 우리 또한 때를 기다려 꾀하리라."

하고, 서로 헤어져 이날부터 탁당 중 심복지인心腹之人을 놓아 방혜곡경傍蹊曲逕[61]으로 조정 동정을 규찰窺察하더니, 천도가 무심치 아니하사 청천벽력이 소인의 여당餘黨을 깨치고자 하여 일성 동뢰一聲冬雷로 자신전을 흔드니 모르는 자는 천자의 요순지성堯舜之聖

---

56) 사직을 허락함.
57) 죄를 용서해 준다는 명령.
58) 낙양의 다리에 일어나는 푸른 구름. 곧 높은 벼슬을 하며 부귀영화를 누리는 것.
59) 복종하여 무릎을 꿇음.
60) 임금에게 믿음을 얻은 뒤에야 하고 싶은 일을 할 수 있다. 《주역》에 나오는 말.
61) 옆길과 굽은 길. 곧 갖은 수단.

과 연왕의 직설지충稷契之忠[62]으로 이음양리陰陽 순사시順四時하여 태평성대에 때 아닌 변을 의심하려니와 하회를 본즉 천도天道 소인을 미워하사 복선화음福善禍淫[63]하심을 알리니, 하회를 보라.

제51회 충역을 분변하여 천자 윤음을 반포하고
전원에 돌아가려고 연왕이 표를 올리다

辨忠逆天子頒綸　歸田園燕王上表

각설, 한응덕, 우세충의 무리 노균의 여당餘黨으로 흉두역장凶肚逆腸을 전수하여 구차한 말과 아당阿黨한 정태情態로 재앙을 가져 상서라 칭송하여 군부君父를 상시嘗試[1]코자 하더니, 한 조각 뜬구름이 일월지명日月之明을 가리지 못하고 연왕의 상소 정대 삼엄正大森嚴하여 화색禍色이 박두迫頭하니 주판지세走坂之勢요 기복지수旣覆之水라[2]. 오히려 당랑螳螂[3]의 팔로 수레바퀴를 막고 반딧불의 광채로 태양을 항거코자 하여 한응덕이 우세충을 거느려 일장 상소를 지어 천폐天陛에 바치니, 대강 왈,

　예부 상서 신 한응덕 등은 복이伏以 천지 조판肇判[4]한 후 음양이 생기니 고인이 양기陽氣를 붙들고 음기陰氣를 억제코자 함은 건도乾道[5]를 주장하여 조화를 행함이라. 시월을 이름하되 양월陽月이라, 순음지월純陰之月에 양기 소삭消削[6]함을 차석嗟惜함이요, 십일월이 된즉 자시子時 야반夜半에 일양一陽이 시생始生하는 고로 소강절邵康節 시에, '홀연야반일성뢰忽然夜半一聲雷에 만호천문차제개萬戶千門次第開라.'[7] 하니, 이는 한마디 우레에 폐장閉藏한 기운이 열림을 기꺼함이니, 이로 본즉 지월至月 뇌성雷聲[8]이

---

62) 요임금, 순임금같이 거룩한 천자와 그 두 임금을 보좌하던 직, 설과 같이 충성스러운 연왕.
63) 착한 자에게 복을 주고 악한 자에게 화를 줌.

1) 한번 시험해 봄.
2) 내리막길을 뛰는 것 같은 형세와 이미 엎질러 놓은 물이라.
3) 버마재비. 사마귀라고도 한다.
4) 하늘과 땅이 처음 생김.
5) 하늘의 이치.
6) 양기가 스러지는 것.

재변이 아님을 알 것이요, 한漢, 당唐 풍속이 지월을 당한즉 인가의 자손 된 자 잔을 받들어 부모께 헌수獻壽하고 덕담으로 복록을 비오니, 이는 옛것을 버리고 새것을 취하여 화기를 부름이니, 이로 본즉 상표上表 진하進賀함이 구태여 의리에 대패大悖치 않을지라.

복유伏惟 황제 폐하 예성문무叡聖文武하사 춘대 옥촉春臺玉燭[9]이 요순지치堯舜之治를 빛내시니 우순풍조雨順風調하고 시화세풍時和歲豐[10]하여 재앙이 소멸하고 상서를 기다림은 폐하의 신자臣子 된 자의 떳떳한 마음이라. 천지 음양이 비왕태래否往泰來[11]하여 지일至日[12] 뇌성이 일양一陽을 보報하거늘, 폐하의 겸양하시는 성덕聖德으로 소심익익小心翼翼[13]하사 옥색玉色이 경동驚動하시며 재변 아님을 물으시니, 근시近侍 제신諸臣이 실상으로 앙달仰達하고 조정 백관이 표를 받들어 하례賀禮함은 다름이 아니라 구구한 애군지충愛君之忠이 무단히 놀라심을 위로코자 함이요 또한 천지 운행지리運行之理를 밝힘이라. 이제 연왕 양창곡이 상소上疏 탄박彈駁[14]하여 구함構陷한 말씀과 억륵抑勒한 사기辭氣[15] 비단 제신諸臣을 논박할 뿐 아니라 폐하를 기망함이요, 폐하를 기망할 뿐 아니라 천도를 속임이니 신 등이 그 뜻을 알지 못하나이다.

희희噫嘻라! 군부를 아당함은 불과 은총을 요구하여 부귀를 탐함이나 인주人主를 공동恐動하고 조정을 겸억鉗抑함[16]은 이 어찌 무군지심無君之心을 포장包藏한 자 아니리오? 신 등이 듣사오니 사이팔만四夷八蠻과 억조 만민이 다만 중국에 연왕 있음을 칭송하고 폐하의 은덕을 말하는 자 없다 하니, 이 어찌 국가의 복이리오?

차시此時 한림학사 탑전榻前에 부복俯伏하여 이 상소를 읽더니, 미처 다 읽지 못하여 천자 홀연 옥색이 변하시며 천안이 씩씩하사 크게 소리 왈,

"학사는 읽기를 그칠지어다."

하시고, 좌우를 보시며 왈,

---

7) 문득 한밤중 천둥소리 한 번에, 일만 집의 문과 일천 집의 문이 차례로 열리네. 송나라 때 소옹邵雍의 시.

8) 동짓달 우렛소리.

9) 태평한 세상에 임금의 덕이 옥같이 아름답고 등잔불같이 밝음.

10) 비와 바람이 적당하여 시절이 조화롭고 해마다 풍년이 듦.

11) 막힌 것은 가고 편안한 것이 옴.

12) 동짓날.

13) 마음을 작게 하고 삼가고 조심함. 《시경》에 나오는 말.

14) 글을 올려 규탄하고 논박함.

15) 남을 모해하여 죄에 빠지게 하는 말씀과 내리누르는 글의 기세.

16) 위험한 말을 하여 임금을 두려워하게 하고 조정을 잡아 억누름.

"이 상소 어떠하오?"

좌우 묵묵하더니, 마침 진왕이 염외簾外에 섰는지라. 천자 특별히 진왕을 향하사 문 왈,

"경은 보건대 한웅덕의 상소 어떠하뇨?"

진왕이 개연慨然 왈,

"폐하의 일월지명日月之明으로 충역지분忠逆之分을 거울같이 비추시니, 신이 어찌 감히 말씀하리이까마는 간당奸黨의 무엄함이 이에 및사오니 만지 여열滿紙臚列한[17] 사의 辭意 고서古書를 인증引證하여 천총天聰을 현란眩亂하고 현신賢臣을 구무構誣[18]하여 조정을 반복反覆코자 함이니, 음흉한 경륜과 파측叵測[19]한 기세 노균의 전수한 심법인 가 하나이다."

천자 진노하사 하교 왈,

"짐이 향일 노균의 당을 사赦하라 함은 실로 연왕의 공심公心을 감동하고 혹 그 가운데 인재 있어 옥석이 구분俱焚할까 저어함이러니[20], 흉역凶逆 문하에 어찌 충신이 있으리 오? 금일 내로 노균의 잔당을 일일이 삭출하여 상자공경上自公卿으로 하지미말지관下 至微末之官이 만일 노균 문전에 출입한 자는 일병一並 조적朝籍에 삭출하여 종신終身 금고禁錮[21]하고 상소 중 한웅덕, 우세충 등 십여 인은 우선 금의옥禁義獄에 구격나래具 格拿來하여 엄수입계嚴囚入啓[22]하라."

천자 하교를 마치시고 연왕을 바삐 부르라 하시니 연왕이 이미 인언人言[23]을 만나 성 밖 에 나가 대죄待罪한다 하거늘, 천자 옥색이 참담하사 함루含淚 왈,

"연왕의 충성으로 이 같은 참언讒言을 당하니, 이는 짐이 연왕을 사랑함이 연왕의 짐을 사랑함만 못한 연고라. 슬프다! 으서진 집에 짐을 앉히고 동량棟樑을 빼앗고자 하니 고 금 천하에 이 같은 흉역凶逆이 있으리오?"

하시고, 옥수로 서안을 치시며 어탑御榻에 나앉으사 한림학사를 보사 지필을 가져 전지傳 旨를 쓰라 하시고 십 행 윤음十行綸音[24]을 친히 부르시니, 대강 왈,

현신을 친히 하고 소인을 물리침은 선왕의 큰 정사라. 짐이 덕이 박하여 간당奸黨이

---

17) 종이 가득 나열한.

18) 터무니없는 일을 끌어다가 모함함.

19) 헤아릴 수 없음.

20) 옥과 돌을 함께 불태워 버렸을까 걱정함이러니.

21) 죽을 때까지 벼슬을 못 하게 하는 것.

22) 죄인에게 수갑과 차꼬를 채우고 칼을 씌워서 엄히 가둔 후 임금에게 글로 보고함.

23) 세상에 오가는 소문. 남의 말.

24) 임금이 내린 열 줄로 된 글. 임금이 신하나 백성에게 내리는 글을 이르는 말이다.

조정을 상시嘗試하니 어찌 한심치 않으리오? 옛적에 주공周公이 유언流言을 만나고[25] 곽광霍光이 참소를 입었으나[26] 주 성왕周成王, 한 선제漢宣帝 나이 어림으로 관管, 채蔡, 상관걸上官桀이 그 뜻을 시험코자 함이라. 만일 성왕과 선제의 총명이 아닌즉 주, 한 양국의 종사宗社 위태할지니 지금 생각하나 오히려 모골이 송연하거늘 이제 짐의 나이 삼십이요 즉위한 지 십 년이라. 간당의 담대함이 현신賢臣을 구무構誣하여 짐을 농락코자 하니 만일 차습此蟄을 징계치 아니하면 장차 임금 없는 나라가 될지라. 짐의 금일 윤음綸音은 소인의 소인 됨과 현사賢士의 현신 됨을 밝히고자 함이니, 향일向日 노균이 조정을 탁란濁亂하고 나라를 병 들어 종사 존망이 조석에 있으니 지난 일을 생각한즉 간담이 서늘하거늘, 이제 한응덕, 우세충이 흉역 여당凶逆餘黨으로 조정이 용대容貸하여 성명을 보전하니 마땅히 구습을 고쳐 백배 조심함이 옳거늘 도리어 흉두역장凶肚逆腸이 노균의 수악首惡을 승습承襲하여 아당한 말로 상서를 칭송하니 이 어찌 태산 명당에 천서天書를 주출做出[27]하고 태청궁 중에 신선을 환형幻形하던 수단이 아니리오? 짐이 비록 혼암昏暗하나 두 번 속지 않을지라.

지어 연왕의 관일貫日[28]한 충성은 천지신명의 조림照臨하신 바니 남방에 출전하여 나탁을 평정함은 국궁진췌鞠躬盡瘁하던 제갈 무후의 충심이요, 의봉정 전에 풍류를 간하여 부월斧鉞을 피치 아니함은 면절정쟁面折廷爭하던 급장유汲長孺의 풍채[29]라. 짐이 밝지 못하여 노균의 참언을 신청信聽하고 만 리 악지惡地에 현신을 방축放逐하니 비록 굴삼려屈三閭[30]의 충성과 가 태부賈太夫[31]의 착함으로도 이소離騷[32]를 노래하고 복조鵩鳥[33]를 읊어 불우 감개한 탄식이 있었으니, 현재賢哉라 연왕이여! 일편단심이 다만 나라를 알고 내 몸을 잊었으며 군부를 사랑하여 사생을 무릅쓰니 죄수罪囚로 상표上表하여

---

25) 주周나라 주공이 나이 어린 조카 성왕成王을 도와 충성을 다하였으나, 주공의 동생 관숙管叔과 채숙蔡叔이 주공에게 불리한 뜬소문을 퍼뜨렸다.

26) 한나라 때 대장군 곽광霍光이 여덟 살 된 선제를 도와 이십여 년 동안 나라를 다스리면서 조금도 허물이 없을 만큼 충직했다. 한때 상관걸上官桀이라는 사람이 곽광을 모함했으나 임금이 곽광을 믿어 벌주지 않았다.

27) 만들어 냄.

28) 해를 꿰뚫음.

29) 임금 앞에서 바른말로 간하던 급장유의 모습. 급장유는 한나라 무제 때 동해 태수 급암汲黯으로, 바른말로 간하는 데는 무제도 꼼짝 못 했다고 한다.

30) 초楚 회왕 때 억울한 누명을 쓰고 멱라수에 빠져 죽은 굴원屈原.

31) 한나라 문제 때 문장가 가의賈誼. 간신들이 모함하여 장사長沙로 귀양 갔다.

32) 초나라 굴원이 지은 부賦. 조정에서 쫓겨난 뒤 시름을 노래한 것으로《초사》가운데 으뜸으로 꼽는다.

33) 가의가 장사長沙로 좌천되어 스스로 불우함을 탄식하며 쓴 '복조부鵩鳥賦'.

해상海上 행궁行宮에 취몽醉夢을 깨우치고 단기單騎로 말을 달려 연소성 하에 호병을 충돌衝突하니 수백 년 종사 오늘날 끊어지지 아니하고 억조창생이 어육을 면함이 이 공이 뉘 공이뇨?

짐은 들으매 자부 효자慈父孝子는 간언이 이르지 못하고 지기 붕우知己朋友는 훼방할 자 없다 하니, 이제 세충 등이 짐을 앓이고 연왕을 이같이 참소하니 간당의 담대 당돌함이 어찌 이에 미치뇨? 한웅덕은 남해 불모도不毛島로 투배投配하고 우세충은 북방 대유도大猶島에 투배하되 시각 내로 발배하여 비록 대사천하大赦天下하나 종신 방석放釋지 못하게 하고 소하疏下 십여 인³⁴⁾은 원악지遠惡地³⁵⁾에 찬배竄配한 후 이 윤음을 제군諸郡에 반포하여 방방곡곡에 걸어 써 짐의 현신을 친히 하고 소인을 멀리하는 뜻을 알게 하라.

천자 윤음을 내리시고 발배發配함을 재촉하신 후 중사中使³⁶⁾를 보내사 다시 연왕을 돈유敦諭하여 부르시니, 연왕이 더욱 황축 불안惶蹙不安하여 점점 교외로 멀리 나간대 천자 들으시고 하교 왈,

"연왕이 짐의 뜻을 모르느냐? 이같이 애매하니 이는 짐의 정성이 미쁘지 못함이로다."
하시고, 법가法駕와 의장을 재촉하사 장차 친히 맞고자 하시니, 연왕이 천자 이르심을 듣고 하릴없어 입성할새 천자 이미 출궁하셨더라.

연왕이 복지伏地 청죄請罪하니, 천자 반기사 양개 환시宦侍로 연왕을 붙들어 같이 입궐하여 탑전에 손을 잡으시고 왈,

"참부讒夫의 망극함이 자고로 있는 바라. 짐이 경의 심사를 알고 경이 짐의 마음을 짐작할지라. 어찌 이같이 자인自引하느뇨?"

연왕 왈,

"신이 불충 무상無狀하와 금일 처지 진퇴유곡進退維谷이라. 위로 섭리음양攝理陰陽하는 직분을 잃어 재앙이 나타나고 아래로 사군진충事君盡忠하는 도리를 삼가지 못하여 여러 꾸지람이 일어나오니, 폐하 비록 곡진히 용서하사 그 재학才學의 노무魯莽함을 측연히 보시고 중심이 다름이 없음을 밝히사 다시 수용코자 하시나 홀로 신의 정지情地 백 가지 물러갈 곡절이 있고 한 가지 나아올 구단口端³⁷⁾이 없음을 생각지 못하시나이까?"

천자 소 왈,

"상담常談에 왈, '말이 아니어든 대답지 말라.' 하니 요마幺麽 간당奸黨의 무거無據한

---

34) 상소문 아래 이름을 적은 십여 사람.
35) 멀고 먼 나쁜 땅.
36) 임금의 명을 전달하는 내시.
37) 말, 또는 말의 실마리.

말을 인하여 거취를 판단함은 십분 온당치 않을까 하노라."

연왕이 다시 주奏 왈,

"성교聖敎 이에 미치시니 또한 속담으로 앙달仰達하오리다. 여항閭巷 서민이 인동隣洞 아이에게 후욕詬辱을 당하여도 마땅히 부끄려 문을 닫고 나지 아니하여 인리隣里를 대할 낯이 없어 하려든, 하물며 신이 천만 불사不似하오나 대관지열大官之列에 처하여 망극지언罔極之言을 듣고 그 무거無據함을 자구藉口[38]하여 태연히 조반朝班에 올라 백료百僚를 동독董督한즉 신의 신세는 말하지 말고 조정의 수치 됨이 장차 어떠하리이꼬?"

상이 개용改容 위로 왈,

"한웅덕, 우세충 등은 불과 일개 비부鄙夫라. 자고로 군자 소인에게 봉욕逢辱한 자 많으니 어찌 족히 개회介懷[39]하리오? 경이 평일 나라를 위하고 몸을 돌아보지 아니하더니 금일 어찌 신명을 아껴 국사의 망창莽蒼함을 고련顧戀[40]치 아니하느뇨?"

연왕이 다시 기복起伏 주 왈,

"하교 정중하사 이같이 효유曉諭하시니 신이 목석木石이 아니라 어찌 감동치 않으리오마는, 폐하 이제 우세충, 한웅덕의 비부 된 곡절이 무엇이니이까? 부귀를 탐하고 은총을 요구하여 염우廉隅[41]를 돌아보지 아니함이라. 신이 이제 타매唾罵[42]를 감수하고 은총을 고련顧戀하여 그 나아감을 탐하고 물러감을 모른즉 이 또한 일개 비부라. 어찌 세충 배輩와 다름이 있으리이꼬? 폐하 또 신명을 아껴 국사를 고련치 아니한다 하시니 신이 본래 재학才學이 천단淺短하여 거취 진퇴에 일호一毫 경중이 없사올 뿐 아니오라 군자 수신修身한 후 가도家道를 정제하고 제가齊家한 후 나라를 다스리고 나라를 다스린 후에 천하를 평平하나니, 예의염치는 수신하는 근본이라. 신이 만일 은총을 권련眷戀하고 작록爵祿을 탐하여 배회 관망하며 염치를 모몰冒沒할진대 이는 수신치 못함이니 일실지내一室之內에 제가齊家를 못하려든 하물며 천하를 어찌 다스리리이꼬? 폐하 만일 신의 용모를 취하사 구차히 상대코자 하신즉 가커니와 만일 노무한 재학을 쓰사 논도경방論道經邦함을 맡기고자 하실진대 어찌 신명을 돌아보아 주지 아니하시나이꼬?"

천자 차언此言을 들으시고 묵묵 양구良久에 왈,

"우리 군신 양인의 일편지심이 서로 거울같이 비추니 어찌 이같이 강박하리오? 다시 조용 상의하여 출처 휴척出處休戚에 유시유종有始有終함을 생각하라."

연왕이 황공 돈수하고 물러나니라.

---

38) 근거가 없는 말이라고 핑계를 댐. 또는 그 핑계나 구실.

39) 언짢은 일을 마음속에 담아 둠.

40) 거칠고 헝클어진 것을 돌아보고 불쌍히 여김.

41) 체면을 차릴 줄 알며 부끄러움을 아는 마음. 염치.

42) 침을 뱉고 욕함.

천자 진왕을 보시며 왈,

"연왕이 휴퇴休退할 의사意思 십분 뇌확牢確하니[43] 어찌한 곡절이뇨?"

진왕 왈,

"연왕의 물러갈 뜻은 있은 지 오래오니 구태여 참언讒言을 자인自引함이 아니나 금일 폐하의 예우하시는 도리 다만 성의를 더하사 만류하심이 옳을까 하오니 만일 차시에 보내신즉 간당奸黨의 소원을 이루어 줌이오 연왕을 예대하시는 뜻이 아닐까 하나이다."

상이 탄 왈,

"국사 총좌叢脞[44]하고 현신이 퇴거退去코자 하니 짐이 누구로 천하를 다스리리오?"

하시더라.

수일 후 연왕이 상소하여 물러감을 청하니, 소에 왈,

　신이 불초不肖한 재학才學으로 성조聖朝의 간발簡拔[45]하시는 은총을 입사와 관직이 높고 부귀 극하오니 항상 계구지심戒懼之心이 간절한지라. 오직 한 말씀으로 존엄함을 모르고 구구 충언이 망령됨이 많거늘 그러다 아니 하사 성교聖敎 정중하시니 신이 더욱 황공 죄송하나이다.

　신이 본디 남방 포의로 가빈家貧 친로親老하매 가난함을 위하여 벼슬을 구함이요 실로 경륜 재학이 치군택민治君澤民함을 자기自期함이 아니라. 이제 만일 지진불퇴知進不退하고 탐다무득貪多務得하여[46] 천총天寵을 믿고 자량自量함이 없은즉 이는 위로 성은을 저버리고 아래로 재앙을 부름이라. 그 불초 불충함이 더할지니, 복원伏願 폐하는 신의 정지情地를 살피사 잠깐 전원에 돌아감을 허하사 조신지간朝臣之間에 은총을 장구長久케 하소서.

　신의 나이 삼십이 차지 못하오나 질병이 많삽고 또 늙은 부모 있어 매양 한적히 자봉自奉하고 고요히 조심함을 생각하오니, 유아惟我[47] 황제 폐하는 천지 부모라. 신의 정리를 불쌍히 여기사 관직을 거두어 그 분수에 평안케 하시고 전원에 돌아감을 허하사 은총을 길이 보존케 하소서.

천자 상소를 보시고 좌우를 보시며 왈,

"짐이 연왕을 동량 주석棟樑柱石같이 믿어 치국治國하려 하거늘 물러갈 뜻이 이같이 급

---

43) 벼슬을 내놓고 물러가려는 마음이 매우 굳으니.

44) 번잡하고 자질구레함.

45) 뽑아 고름.

46) 나아갈 줄만 알고 물러갈 줄은 모르며 많은 것을 욕심을 부려 얻기만 힘써.

47) 오직 우리.

하니 이 어찌 평일 바라던 바리오?

하시고 비답批答하시니, 비답에 왈,

　　짐이 성의 천박淺薄하여 한번 수작이 오히려 경의 마음을 돌리지 못하고 다시 이 상소를 보매 낙막落寞[48]한 마음이 무엇을 잃음 같은지라. 경의 지극한 충성으로 어찌 이를 고넘顧念치 아니하고 짐을 버리고 가려 하느뇨? 경은 다시 생각하여 구구히 바라는 뜻을 저버리지 말라.

수일 후 연왕이 두 번 상소하니, 그 소에 왈,

　　신은 듣사오니 임금이 신하를 예로 부리면 신하 임금을 예로 섬기나니, 무릇 예라 하는 것은 꿇어 절하고 읍하여 사양함을 이름이 아니라, 진퇴 출처에 대체大體를 잃지 않음을 말함이라. 만일 위령威令으로 부르고 은혜로 달래어 하여금 진력하여 미처 체모體貌를 겨를치 못함은 차소위此所謂 비복 하천비천下賤[49]을 부리는 법이라. 신의 금일 처지 일진일퇴一進一退에 군자 비부君子鄙夫의 정태情態를 판단할지니 신이 비록 군자지도君子之道로 자처치 못하오나 폐하 어찌 비부지태鄙夫之態로 지도하시리이꼬? 신이 비록 목석같이 무지하고 견마犬馬같이 우미愚迷하오나 어찌 망극한 천은이 극진히 사랑하심을 모르리이꼬마는 한번 성지聖旨를 받자온즉 정세 더욱 급박하고 말씀이 더욱 장황함을 깨닫지 못하오니, 복원伏願 폐하는 애지련지愛之憐之하소서.

천자 남필覽畢에 천안天顏이 불열不悅하사 비답 왈,

　　하늘이 짐을 돕지 않아 경의 상소 두 번 이르니, 이는 군신지간의 마음이 서로 믿지 못하는 연고라. 어찌 개연치 아니하리오?

연왕이 또 다시 상소하니, 소에 왈,

　　신은 듣사오니 부모, 자식을 사랑할새 정을 버히고(베고) 달초엄책撻楚嚴責[50]함은 어찌 인정의 솟아나는 본심이리오? 다만 그름을 가르쳐 죄에 범치 말고자 함이라. 신이 불초 무상하와 분수에 넘친 벼슬이 그릇이 차고 박빙薄氷을 밟은 듯 능히 큰 죄를 면하여

---

48) 쓸쓸함.

49) 천한 종 등 아랫사람들.

50) 종아리를 때리며 엄히 꾸짖음.

폐하께 불효를 끼치지 않음을 기필치 못할지라. 폐하 어찌 달초엄책하사 정을 버혀 지도 교훈하는 사랑이 없으시리이꼬? 신이 부모의 만년晩年 득자得子로 자애慈愛로 자라 배움이 없고 폐하를 섬기매 생성지택生成之澤이 감입골수感入骨髓[51]하와 우러러 바람이 일호 부모와 다름없거늘 폐하 이제 또 자애지심에 가리사 그 급업岌嶪[52]한 정세를 살피지 않으시니 성명이 장차 어느 땅에 미칠 줄 알지 못하오니, 복원伏願 폐하는 긍지측지矜之惻之하소서.

천자 또 불허不許하신대 연왕이 하릴없어 민면黽勉 출사出仕[53]한 지 수월數月에 다시 상소를 시작하여 백여 도度[54]에 이르매 천자 그 잡은 뜻을 강박지 못하사 즉시 연왕을 명소命召하신대 연왕이 입시하여 탑전榻前에 부복俯伏 주奏 왈,

"신이 비록 불충하오나 어찌 폐하의 극진히 아끼시는 은덕을 모르리오마는 자고로 출장입상出將入相하여 공성신퇴功成身退[55]치 않은즉 군신지의君臣之義를 능히 길이 보전한 자 적사오니, 이제 견마지치犬馬之齒가 고인의 치사지년致仕之年이 못 되었사오나[56], 복걸伏乞 성명聖明은 십 년 말미를 주사 전원에 돌아가 복과재생禍過災生함을 면하게 하소서."

상이 악연愕然 왈,

"짐이 비록 덕이 없으나 결단코 월왕 구천句踐의 환란을 같이하고 안락을 저버릴 자 아니니, 경이 어찌 오호五湖 편주片舟로 범 대부范大夫의 독선獨善[57]함을 생각하느뇨?"

연왕이 돈수 왈,

"옛적에 송 태조는 성주聖主로되 석수신石守信[58] 등 오 인을 권하여 벼슬을 버리고 향원鄕園에 돌아가 종시지은終始之恩을 보전케 하였사오니, 이 일은 군신의 무간無間한 제우際遇라. 신이 비록 부귀를 탐하고 공명을 사모하와 성만盛滿함을 모르고 위태함을 깨닫지 못하나 폐하 마땅히 측연히 보사 생도生道를 지도하실지니 어찌 금일 잠간 물러감을 허치 아니하시나이까?"

상이 허희歔欷 탄歎 왈,

---

51) 낳아 주고 키워 주신 덕택이 뼛속까지 스며듦.
52) 산이 높고 험하다는 뜻으로, 매우 급함을 나타내는 말이다.
53) 부지런히 힘써 조정 일을 봄.
54) 백여 차례.
55) 공을 이룬 후에 몸을 거두어 물러남.
56) 제 나이가 옛사람이 벼슬을 그만두고 물러난 나이는 못 되었으나.
57) 월나라의 재상 범려范蠡가 벼슬에서 물러나 조각배를 타고 혼자만 몸을 편히 함.
58) 북주北周 사람으로, 뒤에 송나라 태조가 건국하는 데 큰 공을 세워 높은 벼슬을 함.

"경의 향장鄕庄[59]이 어데 있느뇨?"

연왕 왈,

"동교東郊 백 리 밖에 있사오니 지명은 취성동聚星洞이나이다."

상이 양구良久에 좌우를 보시며 왈,

"백 리는 일일정一日程[60]이 아니냐?"

좌우 왈,

"그러하니이다."

천자 창연愴然 왈,

"하늘이 국가를 돕지 않으시매 경의 잠은 뜻이 이같이 뇌확하니 짐의 예대지의禮待之意에 어찌 일향一向 고집하리오? 짐이 다만 세 가지 약속을 두노니, 일은 십 년을 기다려 다시 부를 것이니 사양치 말며, 그 이는 벼슬을 띠고 가 녹봉을 사양치 말며, 그 삼은 십 년지내라도 소사小事는 사실私室에 묻고 대사大事는 입조入朝함을 사양치 말라. 취성동이 불원不遠하고 경이 또한 소년이라. 매년 사시가절四時佳節에 소창 행기消暢行氣[61]함을 겸하여 산건 야복山巾野服으로 일필 청려青驢와 일개 가동을 데리고 짐을 조용히 와보라. 짐이 마땅히 편전의 객석을 쓸어 군신지의를 파탈하고 붕우로 맞아 서로 십 년 격면隔面됨을 위로할까 하노라."

하시고, 인하여 정월 상원과 오월 오일과 중추 기망과 구월 구일을 정하여 주시며 왈,

"금일 짐이 경을 보내는 마음이 어찌 심상한 군신 이별로 말하리오? 공사公事를 생각한즉 동량 주석의 의지할 곳이 없어 거북을 잃었으니 길흉 득실을 뉘더러 질정質定하며, 거울이 멀어졌으니 용모의 곱고 미움을 어데 가 비추리오? 사정私情으로 말할진대 오야午夜 용루龍樓의 경경耿耿한 금련촉金蓮燭과 백관 조반百官朝班의 쟁쟁한 패옥 소리 무비無非 초창 불락怊悵怫樂하고 우량 무료踽凉無聊할지라. 경이 능히 이 마음을 알쏘냐?"

연왕이 돈수 체읍涕泣 왈,

"신이 십육 세에 폐하를 섬겨 지금 나이 이십육 세라. 정종모발頂踵毛髮[62]이 막비 천은이오니 비록 계견우마鷄犬牛馬같이 무지한 미물이라도 오히려 주인을 사랑하노니, 신이 어찌 분신쇄골粉身碎骨하여도 좌우에 길이 뫼서 잠시 떠남이 없고자 아니 하리오마는 외람한 벼슬이 재열宰列에 처하여 진퇴출처와 일동일정一動一靜이 백관의 표준이 될지니 어찌 처지와 염우廉隅를 삼가지 않으리이꼬? 이제 박불획이迫不獲已[63]하와 천폐天

陛를 하직하고 운산雲山을 향하오니, 적자赤子 자모 슬하를 떠남 같은지라. 세 가지 하교하심은 마땅히 명심불망銘心不忘하려니와 전원에 휴퇴休退함은 전혀 부귀를 사양하고 청한함을 찾아 과분한 일이 적고자 함이라. 이제 벼슬과 녹봉을 자여自如히[64] 가지고 산수山水 청복淸福을 겸하여 누리고자 한즉 염우의 손상함은 이르지 말고 조물의 시기함이 장차 어떠하리이꼬?

복원伏願 폐하는 신의 관작 녹봉을 거두사 하여금 초야 한사草野寒士의 본분을 찾아 위로 성덕을 노래하고 아래로 과분한 재앙이 없게 하소서."

상이 소 왈,

"연즉 우승상을 면부勉副[65]하노니 연왕 녹봉은 사양치 말라."

연왕이 하릴없이 수명受命 퇴출退出하니라.

차설, 연왕이 성지聖旨를 받자와 휴퇴休退함을 청득請得하매 양친을 뫼시고 가솔을 거느려 향원으로 돌아가매 비록 일신이 평안하여 소원을 이루었으나 십 년 군신의 망극한 은총을 일조一朝에 떼고 호연浩然히 돌아가니, 어찌 연연한 정의와 권권眷眷한 충심을 잊으리오? 이에 일장 표表를 올려 하직하니, 표에 왈,

신 창곡이 불충 무상하와 은총을 저버리고 일신을 꾀하여 이제 장차 성궐城闕을 하직하고 전원을 향할지라. 거륜車輪이 비록 동으로 구르나 일편단심은 북궐北闕 하에 있사오니 어찌 구구소회로 연연한 우충愚忠을 표하지 않으리이꼬?

복유伏惟 폐하의 총명예지와 신성문무神聖文武하심은 요순의 자품資稟이요 탕무湯武의 도량이나, 즉위 십 년에 오히려 태평지치太平之治를 이루지 못하며 민생이 곤췌困悴함은 다름이 아니라 신 등이 불충하와 찬양贊襄함[66]이 부족한 연고라. 수연雖然이나 신은 듣사오매 어진 장인은 버리는 나무 없고 강한 장수는 약한 군사 없다 하오니 이는 다 폐하께 달림이라.《서전書傳》에 운하되, '원수元首 명재명哉면 고굉股肱 양재良哉며, 원수元首 총좌재叢脞哉면 고굉股肱 타재惰哉라.'[67] 하니, 복원伏願 폐하는 천하에 인재 없음을 탄식지 마시고 폐하의 용인用人하심을 생각하시며, 신하의 불충함을 책망치 마시고 폐하의 성덕을 가면加勉하옵소서.

인기人氣 강쇄降殺[68]하여 고금이 다르나 하늘이 사람을 내시매 장차 그 세상 사람으

---

(63) 도무지 어떻게 할 수가 없음.

(64) 전과 똑같이.

(65) 사직을 허락함.

(66) 일을 이룰 수 있도록 잘 보좌함.

(67) 윗사람이 현명하면 아랫사람이 쓸모 있고, 윗사람이 번잡하고 잗달면 아랫사람이 게을러짐.

346 | 옥루몽 4

로서 그 세상 사업을 감당케 하시나니 전국戰國 인물이 비록 요순지화堯舜之化를 꾀하지 못하나 한당漢唐 제신諸臣이 오히려 한당지치漢唐之治를 이뤘으니, 성군이 재상在上한즉 현신賢臣이 만조滿朝하고 혼주昏主 당국當局[69]한즉 소인小人이 만조滿朝함은 이 어찌 인재 유무에 달림이리오? 그 쓰는 데 있음이라.

슬프다, 초야 암혈草野巖穴에 재주를 닦아 때를 기다리는 자 귀를 기울이고 눈을 밝혀 조정 기색을 살피거늘 폐하 심궁深宮에 처하사 그 성문聲聞을 듣지 못하시고 다만 환관 궁첩宦官宮妾의 세쇄細瑣한 말씀과 근시 제신近侍諸臣의 순례하는 절차로 날을 보내시니 태평지치를 어찌 기다려 바라리이꼬? 폐하를 위하여 치국 경륜을 말하는 자 반드시 가로되 풍속을 고치며 법령을 세우며 재물을 절용節用하여 검소하며 신민을 애휼愛恤하며 부세賦稅를 감하며 형정刑政을 밝히며 사치를 금하며 포저苞苴[70]를 끊을지니 이는 다 금일 급무라. 그 말이 비록 당연하나 오히려 근본을 잊음이라. 비컨대 일생이 다병多病하여 천백 가지 위증 패조危症敗兆[71] 날로 더함을 보고 의논이 불일不一하여 그 초조 발광發狂함을 본즉 그 심경心經을 눅이자 하며, 그 호흡 천촉喘促함을 본즉 폐경肺經을 다스리자 하여 동을 막으매 서으로 궤결潰決[72]하고 남을 붙들매 북으로 무너짐을 깨닫지 못하니, 이 어찌 용렬한 의사의 순례循例한 말이 아니리오? 만일 편작扁鵲, 창공倉公[73]의 노성老成한 술업으로 볼진대 반드시 원기를 붙들어 제증諸症을 순히 할지라.

고인이 말하되, '사자士者는 국지원기國之元氣라.' 하였사오니 다만 사기士氣를 배양한 후 인재를 얻으실 것이요 인재를 얻으신 후 치국 경륜을 의논하리니, 금일 사습士習이 퇴타頹惰하여 거의 수습지 못할 처지에 이르니 어찌 국가의 큰 근심이 아니리오? 삼대三代 이래로 과거지법科擧之法을 써, 주나라 삼물빈흥지법三物彬興之法[74]과 한나라 현량방정지책賢良方正之策[75]이 무비無非 사기士氣를 배양하여 인재를 수용코자 함이라. 후세에 과법科法이 해이하여 선비 된 자 한 번 과거를 지낸즉 기운이 일층 저상沮喪하고 두 번 지낸즉 마음이 백배 해태懈怠하여 빈한貧寒한 자는 책을 덮고 생애지방生涯之方을 꾀하며 호화한 자는 독서함을 웃고 첩경捷徑을 엿보아, 얻은즉 자랑하고 잃은즉

68) 시대가 뒤처질수록 사람의 기풍이 떨어짐.
69) 어두운 임금이 나라를 다스림.
70) 물건을 싸는 것과 물건 밑에 까는 것. 뇌물로 보내는 물건을 이르는 말.
71) 위급한 증세와 못된 징조.
72) 무너져 터짐.
73) 편작은 중국 전국 시대의 이름난 의원이고, 창공은 한漢나라 때 의원.
74) 삼물 곧 덕, 행, 예를 장려하여 인재를 기르는 제도.
75) 현량과 방정을 뽑던 과거법. 현량은 백성 중에서 어질고 착한 사람을 선발한 것이요, 방정은 품행이 바른 사람을 뽑는 것.

낙척落拓하여 비루한 소견과 경박한 풍속이 눈에 익고 귀에 젖어 일분 수치지심羞恥之心이 없어 소민小民의 모리지풍謀利之風과 조금도 다름이 없으니 만일에 그중 산림 암혈에 고도古道를 지키며 지조 있는 자는 문을 닫고 종적을 거두어 세로 홍진에 물들음을 염려하니, 폐하 조정의 인재 없음이 어찌 당연치 않으리까?

신은 써 하되 금일 급무 먼저 과법科法을 이정釐正함이 옳을까 하오니 시詩, 부賦, 표表, 책策으로 시사試士하여 십분 공심公心을 두어도 타일 수용함이 실로 취할 바 없거늘 하물며 공심이 없음이리오? 위금지계爲今之計 공거법貢擧法과 천주법薦主法을 행하여[76] 사기士氣를 고동鼓動함만 같지 못할까 하오니, 제군諸郡에 조서詔書하사 삼 년 일차씩 각각 군중郡中 다사多士를 뽑아 대군大郡은 십여 인이요 소군小郡은 오륙 인을, 문장으로 시험하고 경륜으로 취재取才하여 예부에 올려 다시 비교하여 우등優等을 뽑아 탑전에 친시親試하되, 먼저 경술經術을 묻고 다음 시부詩賦를 힐난하여 폐하 친히 뽑으사 그중 경술과 시부의 특출한 선비는 그 천거한 방백, 수령을 포장襃獎하여 벼슬을 더하시고 만일 써 보사 그름이 있거든 또한 천주薦主를 추후 논죄論罪하사 삭직削職하신즉 자연 방백 수령 된 자 궁수멱득窮搜覓得[77]하여 십실충신十室忠信의 유주지탄遺珠之歎[78]이 없을 뿐 아니라 천하의 선비 된 자 저마다 재주를 가다듬어 성문聲聞이 나타남을 자기自期할지니, 만일 이 같은즉 비록 없는 인재를 작성作成함은 쉽지 못하오나 또한 있는 재주를 버리지 않을까 하나이다.

신이 이제 조정을 떠나 전원에 돌아가오니 비록 일신이 한가하오나 오히려 경결耿結한 일념이 스스로 풀리지 못하여 옛적 성왕이 인재를 중히 여기는 뜻으로 금일 국가의 치화治化를 돕는 근본을 말하오니, 복원伏願 폐하는 깊이 살피소서.

천자 남필覽畢에 좌우더러 왈,
"연왕의 충성은 고인에 구하여도 드문지라. 애군우국愛君憂國하는 마음이 낭묘廊廟, 강호江湖에[79] 조금도 다름이 없도다."
인하여 비답 왈,

경의 몸이 강호로 가되 마음은 위궐魏闕[80]에 있으니 고인의 진역우進亦憂 퇴역우退亦憂[81]는 경을 이른 말이라. 경은 짐을 이러하게 사랑하나 짐은 성의 천박하여 경을 머물

---

76) 지금 할 일은 과거 제도와 지방관이 추천하는 제도를 시행하여.
77) 샅샅이 뒤져서 찾아냄.
78) 열 집 가운데 반드시 충성스럽고 미더운 사람이 있는데 보배로운 사람을 빠뜨렸다는 탄식.
79) 조정에 있으나 시골에 있으나. 낭묘는 조정에서 정사를 보는 전각으로 조정의 벼슬아치.
80) 궁궐 정문에 법령 따위를 걸어 알리는 곳. 여기서는 조정을 이르는 말.

게 못하니 어찌 부끄럽지 아니하리오? 인재의 우열을 경의 공평한 조감이 아니면 뉘 능히 가리리오? 경은 쉬이 돌아와 짐을 도우라.

연왕이 또한 연춘전에 하직하니, 태후 인견하시고 하교 왈,

"조년早年 휴퇴休退함이 거신선불원去神仙不遠[82]이나 경이 한번 가면 조정이 빈 듯 할지라. 황상의 권권하시는 의향이 옥색에 나타나시니 경의 가는 마음도 응당 연연할지니, 쉬이 돌아와 나라를 붙들지어다. 이 노객老客은 일박서산日迫西山하니 경을 다시 대할 날이 있을지 어찌 기필期必하리오?"

추연惆然 양구良久하시거늘 연왕이 함루含淚하고 다시 주奏 왈,

"신이 아무리 불충하오나 몸이 나감으로 국은을 어찌 잊으리이꼬? 오직 남산南山 북두北斗로 성수무강聖壽無疆하시기를 앙축仰祝하나이다."

인하여 물러나와 행장을 준비할새 발행일이 수일을 격隔한지라. 천자 하교 왈,

"연왕 가는 날에 짐이 동문에 나가 작별하리니 해방該房은 지실知悉[83]하라."

하시다.

연왕의 발행發行 시 어찌한고? 하회를 보라.

제52회 동문에 올라 천자 연왕을 전송하고
취성동에 제랑이 별원을 중수하다
上東門天子餞燕王　聚星洞諸娘修別院

각설, 천자 동교東郊 십 리에 연왕을 전송하실새 공경公卿 백관이 조정을 기울여 거마 성문에 메었더라.

천자 연왕의 손을 잡으사 왈,

"지척 천폐天陛에 일일日日 상대하나 조반朝班을 파한 후 오히려 창연悵然하거늘 이제 창망 운산蒼茫雲山에 요원遙遠한 회포懷抱를 장차 어찌하리오?"

연왕이 감루感淚 종횡하여 복지伏地 주奏 왈,

"신이 십 년 천폐에 예법이 절엄切嚴하와 지척 천안天顔을 기억지 못하옵고 향원鄕園에

---

81) 나아가도 걱정하고 들어와도 걱정함.

82) 젊은 나이에 벼슬에서 물러나 쉬는 것은 신선이나 다름없음.

83) 해당 부서들은 잘 알아 미리 준비함.

돌아간 후 야야夜夜 혼몽昏夢이 청쇄靑鎖 조반朝班을 따라[1] 궁중 하한河漢에 가까이 뫼시나[2] 천일 용광天日龍光이 장차 의희依俙하오리라,[3] 이제 잠깐 천안을 우러러뵈옵고 가고자 하나이다."

천자 또한 초창怊悵 함루含淚하사 평신기좌平身起坐[4]하심을 명하시고 진왕을 보시며 탄 왈,

"연왕의 청춘 옥모玉貌 어찌 휴퇴休退하는 재상이라 하리오? 마땅히 대각臺閣에 조서를 초하여 풍채를 빛냄이 옳거늘 무단히 녹수청산綠水靑山의 문어답초問漁答樵[5]함을 생각하니 어찌 차석嗟惜지 않으리오?"

하시고 인하여 난성후를 찾으시니, 난성이 즉시 나아가 부복俯伏한대, 천자 옥배玉杯에 술을 부어 연왕을 주시며 왈,

"경은 양친을 봉양하고 청복淸福을 누린 후 빨리 돌아와 짐을 도우라."

또 한 잔을 난성을 주시며 왈,

"낭은 이 술을 받아 연왕과 백년해로하고 다자 다복多子多福하여 또한 짐을 잊지 말라."

연왕과 난성이 부복俯伏 음필飮畢에 날이 늦으매 천자 환궁하실새 좌우를 보사 왈,

"행자유신行者有贐이라.[6] 황금 만 일鎰로 행리行李를 보조하라."

하신 후 법가에 오르자 재삼 돌아보시며 초창불이怊悵不已하시더라.

연왕이 백관을 차례로 작별할새 황, 윤 양 각로 탄 왈,

"현서賢壻 청춘지년靑春之年에 급류용퇴急流勇退[7]하니 노부의 백수白首 저회低徊[8]함이 어찌 부끄럽지 않으리오?"

연왕이 윤 각로를 향하여 왈,

"악장岳丈은 춘추 독로篤老치 않으시니[9] 성주聖主를 도와 창생을 구제하소서. 창곡은 처지 달라 잠깐 성만盛滿함을 저어하여 향원에 물러가 천은을 저버리니 어찌 부러할 바리오?"

---

1) 밤마다 가물가물한 꿈속에서 궁궐의 조정 백관을 따라. 청쇄는 궁궐 문에 꽃 모양으로 푸른 옥을 꾸민 것으로, 궁궐을 말한다.
2) 존귀한 임금과 신하 사이에 하한, 곧 은하수가 놓였는데, 그 은하수 옆에서 임금을 모시나.
3) 임금의 얼굴이 어렴풋할 것이라.
4) 허리를 펴고 앉음. 임금 앞에서 편안히 움직일 수 있도록 신하를 예우하는 것.
5) 어부들이나 나무꾼들과 이야기를 나눔.
6) 길 떠나는 사람에게는 노자가 있어야 한다.
7) 한창 일할 나이에 벼슬자리에서 용감히 물러남.
8) 흰 머리를 수그리고 서성거림.
9) 장인의 연세는 아직 그리 높지 않으시니.

다시 황 각로를 향하여 왈,

"악장은 이미 고인의 치사지년致仕之年이 지났으니 바삐 휴퇴休退함을 생각하소서."

황 각로 소 왈,

"노부는 조모지인朝暮之人[10]이라, 성시城市 번화繁華를 몇 해 누리리오? 적막 향산鄕山이 본비소원本非所願이나 다만 만년 소교小嬌를 일조一朝에 원별遠別하니 노회老懷 자 못 초창하도다."

연왕이 미소하고 다시 진왕과 작별할새 집수執手 양구良久에 양정兩情이 의의依依하여 연왕이 소 왈,

"화和 형의 불속不俗한 풍류는 창곡의 아는 바라. 능히 진루塵累를 파탈擺脫하고 양신가절良辰佳節에 고인故人을 찾을쏘냐?"

진왕이 혼연 왈,

"내 평생이 좋아하는 바는 산수 붕우라. 이미 양楊 형이 명구승지名區勝地를 점득占得[11]함을 들었으니 어찌 한번 채찍을 들어 아미산峨眉山 경개를 구경하고 소자첨蘇子瞻[12]을 심방尋訪치 아니하리오?"

연왕이 다시 소 상서, 동, 마 양장兩將을 면면 작별할새 대장군 뇌천풍이 손자를 데리고 이르러 일변 함루하며 일변 웃어 왈,

"소장은 노의老矣라. 상공을 다시 뵈옴을 믿지 못하오나 상공의 금일 행색은 천추 미사美事될지니 천풍이 초창한 중 즐거움을 이기지 못하나이다."

하고, 홍 원수를 찾아 하직 왈,

"원수 백운동 중의 미진한 청복淸福을 이제 취성동에 다시 누리시니 족히 치하할 바나 소장의 견마지치犬馬之齒 일박서산日迫西山이라. 이 자리에 양관陽關 일곡一曲[13]이 늙은 회포를 촉동觸動하나이다."

하고, 백수白首에 누수淚水 돋거늘 난성이 위로 왈,

"옛적의 주周나라 강태공은 팔십 년 어부 되고 팔십 년 장수 되었으니, 장군은 십여 년 부귀를 더 누려 달팔십達八十을 채운 후 취성동 전前의 일구一區 천석泉石을 장점粧點[14]하고 청약립靑篛笠 녹사의綠蓑衣[15]로 다시 팔십 년을 향수享受하여 풍진風塵 동고同苦하

---

10) 아침에 죽을지 저녁에 죽을지 모르는 사람.

11) 경치 좋은 곳을 골라잡았음.

12) 소식蘇軾. 벗이 소식을 찾아가자 적벽강 아래 배를 띄워 놓고 '적벽부'를 썼다 한다. 여기서는 양창곡을 가리킨다.

13) 당나라 왕유王維가 쓴 이별 시.

14) 산 좋고 물 맑은 곳에 자리 잡음.

15) 대삿갓과 도롱이.

던 정회로 산수山水 동락同樂함을 바라나이다."

천풍이 대소大笑 사례하더라.

차시, 법가法駕 멀리 가신지라, 백관이 연왕을 총총 고별하고 돌아가니, 연왕이 행장行裝을 재촉하여 등정登程코자 하더니, 홀연 십여 승乘 채교彩轎 성중으로 나오니 이는 가궁인이 태후의 명을 받아 오류 개 궁녀와 어찬御饌을 받들어 태미太嬪를 작별하고 그 뒤에 삼 귀비 난성을 전송코자 함께 옴이라. 태미와 난성이 행장을 멈추고 성은을 사례하며 별회別懷를 수작하더니, 또 성중으로 일 쌍 채교 물색이 선명하고 추종이 길을 덮어 십여 개 군졸이 행인을 벽제辟除16)하며 이르니, 이는 관동후 소실 옥랑과 관서후 총희 청랑이라. 청, 옥 양랑兩娘이 채교에 내리며 누수淚水 영영盈盈하여 난성과 숙인의 손을 각각 잡고 울어 왈,

"낭자 소첩 연옥을 버리시고 가려 하시나이까? 첩 등이 부중으로 갔삽더니 이미 등정하신 고로 장차 취성동까지 가고자 하여 왔나이다."

난성이 역시 함루하며 책 왈,

"너희 이제 처지 전일과 달라 여필종부라. 어찌 진퇴를 자전自專하리오? 한번 고별함이 족하니 속히 가라."

하고, 가 궁인을 보며 소 왈,

"세간에 맺지 않을 바는 정근情根이라. 첩 등이 저희로 더불어 같이 자라 노주지의奴主之義와 형제지정을 겸하여 고단한 신세를 상의하더니, 천리 타향에 첩도 부귀 문중에 영화 족하고 저도 이제 공후 소실이 되어 백년지탁百年之托이 소원을 이뤘으니 일시 이별이 무슨 그다지 권련眷戀할 바 있으리오마는, 첩 등이 향원鄕園으로 돌아감을 듣고 수일 전부터 저같이 울며 따라가려 하나 여자 유행有行이 귀천이 없나니 여필종부라. 어찌 고정故情을 위하여 이름 없는 길을 하리오? 달래고 경계하여 보냈더니 다시 예까지 좇아 왔으나, 첩이 역시 정약情弱한 사람이라. 떼치고 가려 하매 자연 심회 좋지 못하나이다."

청, 옥 양랑을 다시 달래어 왈,

"취성동이 멀지 아니하니 너희 초창하다 말고 일난日暖 춘화春花하여 꽃이 피거든 둘이 작반作伴하여 장군께 고하고 와 보라."

언필言畢에 행장을 수습하여 등정하니, 철 귀비 난성의 손을 잡고 왈,

"첩이 또한 한가한 때를 타 한번 귀장貴莊에 나아가 산수 경개를 구경하고 고인을 찾고자 하노라."

난성이 소 왈,

"허언을 못할지니 붕우유신朋友有信을 저버리지 못하리이다."

하더라.

---

16) 높은 벼슬아치가 길을 갈 때 사람들에게 길을 비켜서라고 호령하는 것.

차시, 연왕이 일행을 재촉하여 발행發行하매 청, 옥 양랑이 행진을 바라보며 취수 홍장
翠袖紅粧에 누수淚水 젖거늘, 가 궁인이 위로하여 데리고 입성하니라.

차설, 연왕이 청춘지년青春之年에 명리 홍진名利紅塵을 하직하고 청산 백운을 향하여
호연浩然히 돌아가매 거기 치중車騎輜重이 십 리에 낙역絡繹하니[17] 노변路邊의 구경하는
사람이 막불칭찬 왈,

"현재賢哉라, 연왕이여! 천자를 도와 태평을 이루고 전원에 돌아가 공명을 사양하니 한
지소광漢之疏廣과 당지오교唐之吳喬[18]로 당치 못하리라."

수십 리를 나오매 성중城中 부로父老와 제영諸營 군사 우주竽箠를 가지고 풍악을 아뢰
며 다투어 전송할새 수초대백垂髫戴白[19]이 거전車前에 지껄이며 분분한 칭송이 우레 같거
늘 연왕이 수레를 머무르고 좋은 말로 위로하더니, 상이 환궁하신 후 황금 만 일을 연왕에
게 또 사급賜給하시고 오천 일鎰을 난성을 주시며 왈,

행자行者 유신지의有贐之意를 베푸나니 향원鄕園에 돌아가 주식지자酒食之資를 도우
라.

연왕과 난성이 북향 사배하고 불승황감不勝惶感하더라.

차설且說, 황성 동남으로 한 장학庄壑[20]이 있으니 명은 취성동聚星洞이라. 북으로 자개
봉紫蓋峯을 의지하고 남으로 금강수錦江水를 임하니 주회周回 수십여 리라. 산천의 가려
佳麗함과 경개의 절승함이 광려匡廬[21]와 같이 일컫는 곳이라. 경영한 지 오래다가 봉하峯
下에 터를 닦고 일좌 제택第宅을 지을새 검소 정치儉素精緻하여 장려함을 숭상치 아니하
니, 안으로 귀련당龜蓮堂은 '천세영귀千歲靈龜 유어연엽遊於蓮葉'[22]을 취함이니 태미 처
하고, 좌편으로 엽남헌饁南軒은 '동아부자同我夫子하여 엽피남묘饁彼南畝'[23]하니 윤 부
인이 처하고, 우편으로 영지헌營止軒은 '백실영지百室盈止하니 부자영지婦子寧止'[24]를

---

17) 가마와 말, 짐을 실은 수레가 십 리에 걸쳐 이어지니.

18) 한나라의 소광과 당나라의 오교는 청렴하고 부귀영화를 탐내지 않은 사람들.

19) 더벅머리와 흰머리를 한 사람. 곧 아이들과 노인들.

20) 산골 마을.

21) 중국에서 아름답기로 이름난 여산廬山. 전설에 은殷나라 말에 광속匡俗이라는 사람이 형
제들과 신선술을 익혀 여산에 여막을 짓고 은거하였다고 해서 붙은 이름이다.

22) 천년 묵은 거북이 연잎 사이에서 노닒.

23) 지아비와 함께함이여, 저 남쪽 이랑 지아지에게 점심밥을 내가네. 지어미의 본분을 지키
는 것을 뜻하는 말로, 《시경》 빈풍 '칠월七月'의 한 구절.

24) 온 집안에 가득하니 처자식들 평안하다. 《시경》 주송周頌에 나오는 구절.

취함이니 황 부인이 처하고, 밖으로 춘휘루春暉樓는 '춘초 보휘春草葆暉'[25]를 취하여 태야太爺 처하고, 옆으로 은휴정恩休亭은 천은을 송축함이니 연왕이 처하고, 전후 동서에 행각이 둘렀으며 문정 장옥門庭墻屋[26]이 일동一洞을 덮었더라.

이때 연왕 일행이 취성동에 이르니 동중 백성이 가가호호家家戶戶 노소 없이 동구에 나와 맞을새 기꺼 아니 하는 자 없는지라. 연왕이 저택을 수소修掃하고 각각 처소를 정한 후 삼랑三娘더러 왈,

"별원別院이 수십여 처라. 자운루紫雲樓는 자개봉 하에 있고 태을정太乙亭, 범사정泛槎亭은 금강錦江 상上에 있고 생학루笙鶴樓, 어풍각御風閣과 완월정玩月亭, 관풍각觀豐閣과 침수정沈水亭, 수석정漱石亭과 중묘당衆妙堂, 우화암羽化庵이 다 각각 경개 절승하고 누각이 정치精緻하니 제랑은 성미대로 취하여 거처하라."

삼랑이 응낙하나라.

수일 후 연왕이 양친을 모시고 양 부인 삼랑을 거느려 수십여 처 별원을 낱낱이 구경할새 자개봉이 둘렀으니 수석의 절승함과 원림園林의 유수幽邃함과 계산溪山의 요조窈窕함과 원조遠照의 통창通暢함이 무비無非 명구승경名區勝景이라. 종일 소요하고 황혼 월색을 띠어 돌아올새 태야 즐거움을 이기지 못하여 왈,

"노부 십 년 홍진紅塵에 물든 흉금을 오늘부터 씻었도다."

하더라.

익일, 연왕이 삼랑더러 문 왈,

"낭 등이 작일昨日 별원別園을 보았으니 심중에 정함이 있을지라. 각각 말하라."

난성이 소 왈,

"향거지락鄕居之樂이 산수에 있으니 범사정은 너무 압강壓江하여 상부 어옹商婦漁翁[27]의 거할 바요, 우화암은 또한 유벽幽僻하여 승니 도사僧尼道士의 처할 곳이라. 배산임류倍山臨流하고 불고불속不古不俗함은 자운루紫雲樓 제일이니 첩은 자운루를 취하나이다."

연 숙인 왈,

"요산요수樂山樂水는 성인이 할 바요 문어답초問漁答樵는 은자隱者의 일이라. 첩은 양잠채상養蠶採桑하기와 양주취반釀酒炊飯[28]을 좋아하니 관풍각을 주소서."

연왕이 선랑을 보며 왈,

"낭은 어찌 말이 없느뇨?"

---

25) 봄풀의 새싹이 아물거림.
26) 대문과 정원과 담장과 집.
27) 장사꾼 여자와 고기잡이 늙은이.
28) 누에 치고 뽕잎 따고 술 빚고 밥 짓는 것.

선랑이 소 왈,

"첩의 취하는 바는 양랑과 다른지라. 열뇨熱閙함[29]을 하직하고 한적함을 취하여 중묘당에 있고자 하나이다."

연왕이 웃고 허락 왈,

"제랑의 처소 경개는 다 아름다우나 가사 협착狹窄할지라. 다 각각 성미대로 고치라."

하고, 사송賜送하신 황금으로 삼랑에 분급分給하니, 난성이 고 왈,

"첩이 황성 있을 때는 녹봉을 사양치 못하였으나 이제 산중에 들어와 무엇에 쓰리이꼬? 종금이후로 난성부 월봉月俸과 탕목읍湯沐邑 삼만 호와 사송賜送하신 황금 오천 일鎰을 다 상공께 바치오니 상공이 주장하소서."

연왕이 소 왈,

"내 바야흐로 벼슬을 버리고 전원에 돌아옴은 한가함을 구함이라. 이제 낭의 치속내사治粟內史[30] 되어 전곡錢穀을 가음알라(가말라) 하느뇨?"

난성 왈,

"첩이 상공을 좇은 지 몇 해에 기포한난飢飽寒暖을 알은체 않으심은 사사私事 있음을 위함이나 오히려 서어齟齬함이 많사오니, 이제부터 비록 단사표음簞食瓢飮과 폐의온포敝衣縕袍[31]라도 제랑과 같이하여 유념하심을 기다릴까 하나이다."

연왕이 웃고 허락하니라. 삼랑이 각각 처소로 갈새 난성은 손삼랑과 장성을 데리고 창두 시비 십여 인을 거느려 자운루로 가니, 선시先時에 난성이 장성長星을 낳아 수세數歲 되었더라. 선랑은 자연과 창두 등을 거느려 중묘당으로 가고 연랑은 인성仁星을 낳아 안고 비복을 거느리고 관풍각으로 가니라.

차설, 삼랑이 각각 돌아가 제택을 고칠새 불과 수월數月에 각각 설연낙성設宴落成[32]하니 연왕이 양친을 뫼시고 양 부인 양랑을 거느려 자운루에 이르니 차시는 중춘이라. 세류細柳와 명화名花는 곳곳이 그림 같고 청계淸溪와 기석奇石은 처처에 선경이라. 수개 창두는 산경山徑을 쓸어 길을 인도하니 태야 경개를 살피매 남으로 무수한 원산遠山이 울울창창하여 운무雲霧를 띠었고 앞으로 일대 장강長江이 흘러 비단과 거울을 폈으니 취성동 수백 호 안전眼前에 역력하고 자개봉 천안봉은 석상에 벌였는지라, 태야 소 왈,

"이는 동중 제일지第一地라. 난성이 먼저 점득占得하니 이 또한 복지福地로다."

원문院門을 들어 수보數步를 행하매 난성이 담장시복淡粧時服[33]으로 장성長星과 시비

---

29) 떠들썩함.

30) 곡식을 다루는 서기.

31) 도시락밥을 먹고 표주박으로 물을 마시며 해진 옷에 누더기를 걸침. 온포縕袍는 묵은 솜을 두어 만든 두루마기.

32) 건물을 다 지은 것을 축하하는 잔치를 베풂.

를 거느려 나와 맞을새 작약綽約한 태도와 표일飄逸한 기상이 번화담탕繁華淡蕩하여 춘풍 백화와 향기를 다투니 황 부인이 윤 부인더러 왈,

"난성은 범인凡人이 아니로다. 산중에 들어온 후로 용모 자색이 더욱 젊어 가는도다."

난성이 전도前導하여 자운루에 이르니, 수호문창繡戶門窓이 극히 정치精緻하고 분벽홍 란粉壁紅欄은 또한 찬란하며 금장주렴綿帳珠簾[34]을 처처에 걸었으니, 오히려 사치한 데 가깝고 전후좌우로 층루層樓를 세웠으니 동은 중향각衆香閣이라. 앞에 석대를 모아 도리 모란桃李牧丹과 명화이초名花異草를 층층이 심었으니 녹엽홍화綠葉紅花 단청丹青을 장 점粧點한 중 백접百蝶이 분분 왕래하니 이는 춘경春景을 보는 곳이요, 서루西樓 이름은 금 수정錦繡亭이니 황국단풍黃菊丹楓은 좌우에 벌여 있고 진금괴석珍禽怪石이 계하階下에 가득한 중 수개 사슴은 석대 아래 배회하고 일쌍 호응豪鷹[35]은 가지 위에 깃들었으니 이는 추경秋景을 보는 곳이라. 남루南樓 이름은 영풍각迎風閣이니, 방초녹음이 처마를 둘렀는 데 석벽을 인하여 누수漏水 작은 폭포를 이뤘고 그 앞에 연못을 팠으니 뛰노는 고기와 쌍 쌍雙雙한 원앙이 물결을 따라 희롱하니 이는 하경夏景을 구경하는 곳이요, 북루北樓 이름 은 백옥루白玉樓니 청송녹죽은 떨기떨기 섞여 졌고 백한 호학白鷴皓鶴[36]이 무리무리 왕래 하고 만학천봉이 장두牆頭에 솟아 있고 옥매화 백여 분盆을 계하階下에 놓았으니 이는 동 경冬景을 보는 곳이라.

태야 두루 구경하고 자운루에 올라오니 잔치를 배설하고 사죽絲竹이 질탕하며 배반杯盤 이 낭자하여 상하 취포醉飽하며 동중 부로와 일촌一村 남녀 구름같이 모여 주육酒肉이 임 리淋漓하매 함포동락含哺同樂하고 수무족도手舞足蹈[37]하더라.

익일, 연왕이 다시 양친을 모시고 양 부인 제랑과 중묘당에 이르니 봉회 노전峰廻路轉[38] 하고 산명수려山明水麗한데 쇄락灑落한 송풍松風은 얼굴에 떨치고 잔원潺湲[39]한 수성水 聲은 흉금이 청량하여 이미 진루塵累를 잊을러라. 홀연 양개兩個 청의青衣 임간林間으로 나와 길을 인도하니 소쇄瀟灑한 죽비竹扉는 청풍에 반개半開한데 선 숙인이 정정한 태도 와 유아幽雅한 기상이 족히 보는 자로 물욕이 사라지고 신혼神魂이 표탕飄蕩한지라. 윤 부 인이 황 부인과 제랑더러 왈,

"요대瑤臺 선자仙子와 낙포洛浦 선녀를 진세塵世에 보지 못할까 하였더니 금일에 보는

---

33) 수수한 단장에 평상시 입는 옷을 입음.
34) 비단 휘장과 구슬발.
35) 한 쌍의 사나운 매.
36) 흰 솔개와 흰 학.
37) 술과 고기가 넘쳐나매 배불리 먹고 같이 즐기며 춤을 춤.
38) 산봉우리를 돌아 길이 구불구불함.
39) 졸졸 흐르는 것.

도다."

선랑이 맞아 중묘당에 좌정한 후 자연紫鸞이 차를 드리니, 청렬淸冽한 향취 심흉心胸이 상활爽豁하여 이미 연화지기煙火之氣를 잊은 듯하고[40] 좌우를 둘러보니 분벽사창粉壁紗窓에 정신이 청정하고 석정약로石鼎藥爐[41]에 향연이 사라진대 책상머리에 일 장丈 금琴을 비껴 놓고 백옥 필통에 파리玻璃 채를 꽂았으며 북창을 열고 보매 수층 석대에 석난간을 틀어 기화요초는 춘풍에 만발하고 일쌍 백학이 죽림에 잠들었으니 그윽한 경개와 한적한 기미 족히 보는 자로 물욕이 없을러라. 홀연 일진청풍에 풍경 소리 들리거늘 태야 문 왈,

"이 소리 어디서 나느뇨?"

선 숙인 왈,

"원 중에 수간數間 별당이 있나이다."

앞서 인도할새 임간林間에 석경이 비꼈는데 수간모옥數間茅屋이 표묘 소쇄縹緲瀟洒하여 적막한 처마에 백운이 머물렀고 은은한 단장短墻에 청산이 둘렀으니 돈연頓然히 연화지상煙火之像이 없더라. 문을 열고 보니 단서丹書 일 권이 책상머리에 놓여 있고 백옥 여의如意[42]는 벽상에 걸렸으니 짐짓 도관 선당道觀仙堂이요 인간 거처 아니라. 아이오(이윽고) 맥반 총탕麥飯葱湯[43]과 산효 야채山肴野菜로 낙성연을 고하더니 수유에 일락서산日落西山하고 월출동령月出東嶺하매 송풍松風이 입실入室하고 산기山氣 만좌滿座하여 신청골랭神淸骨冷[44]한지라.

난성이 상두床頭의 거문고를 다리어 일곡을 타매 선 숙인이 옥적玉笛을 불어 화답하니 금성琴聲은 영령玲玲하고 적성笛聲은 요요嫋嫋하여[45] 청풍이 일어나며 명월이 교결皎潔하니 원중 쌍학이 일시에 소리하고 편편히 날아와 계하에 춤추거늘 태야太爺 미소하며 표연히 우화羽化할 뜻이 있는지라. 연왕과 제랑을 불러 왈,

"진시황, 한 무제는 헛되이 경영하여 평지 신선을 지척에 두고 선문羨門, 안기安期[46]를 해상海上에 구하였으니 만일 오늘밤 이곳에 이 경景을 보던들 신선이 멀지 아니함을 깨달을 뻔하였도다."

아이오, 야심 후 월색을 띠어 돌아갈새 선랑이 동구에 나와 고퇴告退하니, 태야 여흥餘興이 미진未盡하여 죽장을 짚고 석경으로 내려가더니 수십 보를 행하여 홀연 공중에 옥적

---

40) 맑고 서늘한 향내에 가슴속이 시원하여 인간 세상을 잊은 듯하고.

41) 돌로 만든 솥과 약 달이는 화로.

42) 불교 법회 때 승려가 드는 도구. 심心 자 모양 머리에 갈고리같이 생긴 긴 자루로 되어 있다.

43) 보리밥에 팟국.

44) 정신이 맑아지고 몸이 서늘해짐.

45) 거문고 소리는 맑디맑고 젓대 소리는 가냘프게 이어져.

46) 선문자羨門子와 안기생安期生. 모두 신선 이름이다.

소리 다시 들리거늘 태야 왈,

"이 소리 어디서 나느뇨?"

난성이 대 왈,

"선랑이 월하에 돌아가며 옥적을 부나이다."

태야 걸음을 멈추고 반상半晌을 듣다가 왈,

"이 무슨 곡조이뇨?"

난성 왈,

"이 곡조 이름은 조원곡朝元曲이니 서왕모 요지연瑤池宴을 파하고 옥황께 조회하러 가며 지은 곡조니이다."

태야 탄 왈,

"선랑은 짐짓 신선 중 사람이라."

하더라.

익일, 또 관풍각에 이르니 화목花木은 성림成林하고 괴류槐柳는 의의依依하여[47] 골목을 이뤘는데 청송靑松으로 작리作籬하고 녹죽綠竹으로 작비作扉하여[48] 곳곳 채전菜田과 가가家家 용성春聲[49]의 향리 재미를 비로소 알지라. 수개 차환은 노변에 뽕을 따고 양삼兩三 가동家僮은 안상岸上에 나무하여 오니, 산가 촌적山歌村笛이 격양가擊壤歌를 화답하여 태평성대에 가급인족家給人足[50]한 기상이라.

시문柴門을 찾아가니, 연 숙인이 지분을 담담히 하고 의상을 높이 걷어 인성仁星을 앞세우고 문외門外에 기다리니 인성이 야야爺爺를 부르고 내닫거늘, 태야 미소하고 손을 이끌어 당에 오르매 연 숙인이 또한 양 부인과 제랑諸娘을 맞아 중당에 분좌分坐하니 모첨茅檐에 노렴蘆簾[51]을 높이 걷고 송란松欄에 죽창竹窓을 반개半開하여 소쇄瀟灑한 경개와 옹용雍容한 생애를 집을 보아 알지라. 맹모孟母의 베틀[52]은 북창에 고여 놓고 여공女功을 힘씀이요, 불시지수不時之需는 왕 부인王夫人을 효칙하고 주사시의廚事時矣는 사간斯干 시詩를 본받으니[53] 군자를 섬김이라. 지어 남녀 노복을 신칙하고 정구건즐井臼巾櫛은 백사百事를 친집親執하니 짐짓 농부 가풍이요 부녀 본색이라. 윤 부인이 개용改容 칭찬함을 불이不已하거늘, 연왕이 소 왈,

---

47) 홰나무와 버드나무 가지는 휘늘어져.

48) 푸른 소나무로 울타리를 삼고 푸른 대나무로 사립문을 만들어.

49) 집집마다 방아 찧는 소리.

50) 집집마다 살림이 넉넉함.

51) 초가지붕 처마에 갈대발.

52) 맹자가 공부를 중도에 그만두려고 했을 때 어머니가 베틀에서 짜던 베를 끊어 경계하였다고 한다.

"내 환향還鄕하여 백사여의百事如意하나 다만 일개 총회를 잃고 촌부村婦, 촌녀村女를 대하니, 어찌 아깝지 않으리오?"

연랑이 소 왈,

"상공이 벼슬을 버리시고 휴퇴休退 환산환산還山하시니 변시便是 촌옹 야로村翁野老라. 첩이 어찌 촌부, 촌녀 됨을 한하리이꼬?"

일좌 대소하니 태야 듣고 격절칭찬擊節稱讚 왈,

"연랑은 언언사사言言事事에 절당絶當한 여자로다."

난성이 소 왈,

"내 들으매 근일 연랑이 진라부秦羅敷[54]를 효칙하여 잠상蠶桑을 일삼는다 하니 구경코자 하노라."

연왕이 웃고 양 부인과 양랑을 인도하여 들어가니 십간 잠실을 짓고 층층이 가자架子[55]를 매어 누에를 올렸으니 일변으로 뽕을 뿌리며 일변으로 고치를 따 눈빛같이 널었거늘 황 부인이 낱낱이 집어 보며 탄 왈,

"나는 여자 되어 다만 입기만 하고 이제야 근본을 아니 어찌 부끄럽지 않으리오?"

하더니, 태미太媺 또 이르러 보고 탄 왈,

"내 전일 옥련봉 아래 광주리를 끌고 뽕을 훑어 수두數斗 고치와 수척 무명을 고생으로 알았더니 이제 연랑이 부귀 문중에 가난한 생애를 잊지 아니하니 어찌 기특지 않으리오?"

연왕이 소 왈,

"그는 기특하나 연랑이 표리表裏 다른지라. 외겸내치外謙內奢[56]하니 모친은 후원 별당을 보소서."

하고 일처에 이르니, 분벽사창粉壁紗窓에 주렴을 늘이고 화동조란畵棟彫欄에 수호繡戶를 반개半開한대 방중房中을 살펴보니 비단 자리에 부용장을 걷었고 백옥 상두床頭에 수합繡盒[57]이 놓였거늘 제랑이 열고 보니 수폭 능라綾羅에 쌍봉雙鳳을 수놓아 정제한 재정裁定과 공교한 수단이 족히 탈조화脫造化[58]하여 사람의 안목을 놀래니 막불칭찬하고 다투어

---

53) 아무 때고 음식을 잘 내는 것은 왕 부인을 본받고, 때에 맞는 음식을 대접하는 것은 옛사람의 가르침대로 하니. 왕부인은 소식蘇軾의 부인으로, 갑자기 찾아온 남편 손님을 위해 술과 안주를 잘 마련해 놓았다 한다. 《시경》 '사간斯干' 시에, 여인의 덕을 말하여 "술과 음식을 의논하여 부모에게 걱정을 끼치지 않네.〔唯酒食是議 無父母詒罹〕" 하였다.

54) 조趙나라 왕인王仁의 안해. 아름답고 절개가 곧았으며 누에를 잘 쳤다고 한다.

55) 시렁.

56) 겉으로는 검소하면서 속은 사치스러움.

57) 수놓는 데 필요한 물건을 모아 놓는 함.

구경하니, 연랑이 소 왈,

"첩은 본디 추솔麤率한 여자라. 국 끓이고 밥 짓기와 김매고 바느질하기를 평생 낙으로 아나 상공이 매양 치심侈心이 계셔 맹광孟光[59]의 절구 듦을 미워하시고 동시東施의 효빈效矉함[60]을 위하여서 별원을 지어 상공이 오신즉 땀난 얼굴을 지분으로 엄적掩跡[61]하고 호미 잡던 손으로 수침繡針을 희롱하나 욕교반졸欲巧反拙하고 화호불성畵虎不成[62]이라. 양랑은 흉보지 마소서."

아이오 시비 와 오찬午餐을 고하니 함께 관풍각에 이르러 연랑이 친히 주하廚下에 내려가 팽임烹飪을 보살피고 함담鹹淡을 맛보아[63] 배반杯盤을 내오니 서사西舍의 황량반黃粱飯과 동릉東陵의 청고채靑苽菜[64]로 산야지미山野之味를 겸하였고 울 밑에 박을 따고 장상場上의 양羊을 잡아 빈풍豳風 시[65]를 노래하니 창전窓前의 덜 괸 술을 표준瓢罇에 가득 붓고 전계前溪의 낚은 고기 옥반玉盤에 올랐거늘 태야 부인더러 왈,

"노부 전가田家 음식을 맛본 지 오랜지라. 금일 대하매 어찌 생신生新치 않으리오?"

이날 연왕이 인리隣里를 청하여 왈,

"민지실덕民之失德은 건후이건乾餱以愆[66]이라. 와준탁료瓦樽濁醪와 소사채갱蔬食菜羹[67]을 혐의치 말라."

어부, 야옹野翁과 초동목수 정하庭下에 가득하여 막불취포莫不醉飽하고 춤추며 노래하여 반일半日을 즐레니, 태야 미소 왈,

"금일은 짐짓 관풍각 낙성연이라."

하더라. 다시 윤, 황 양 부인을 불러 왈,

"노부 삼랑三娘을 힘입어 수일 소견消遣을 잘 하였으나 현부賢婦는 어찌 낙성연을 아니하리오? 명일 귀런당으로 삼랑을 모아 놀게 하고 제이일을 엽남헌에 모이고 제삼일은

---

58) 사람이 만든 것 같지 않음.

59) 한漢나라 때 가난한 학자 양홍梁鴻의 안해로, 몸소 밭을 갈고 베를 짜서 남편의 뜻을 따라 생활했다고 한다.

60) 서시西施가 워낙 아름다운지라 마을 여자들이 서시를 흉내 내다 못해, 서시가 몸이 아파서 얼굴을 찡그리는 것까지 흉내 내느라 일부러 찡그렸다고 함.

61) 흔적을 가림.

62) 잘 만들려다가 도리어 못쓰게 만들고 호랑이를 그리려다 못 그리는 셈.

63) 삶고 지지는 걸 보살피고 짠지 싱거운지 간을 보아.

64) 황량반은 기장밥. 청고채는 오이 나물.

65) 《시경》의 노래로, 농민의 생활 정경을 노래한 시.

66) 사람의 인심을 잃는 것은 마른 밥 탓. 곧 음식 때문에 의가 상한다는 뜻.

67) 질그릇 잔에 담은 탁주와 나물국에 반찬 없는 밥.

영지헌으로 모이고 제사일, 제오일은 춘휘루 은휴정으로 외객을 모아 놀게 하라."

양 부인이 응낙하고 일모日暮 후에 돌아올새 연랑이 문밖에 나와 전송하니 태미 웃고 연랑더러 왈,

"동각東閣에 일개 노파 있어 심심 무사하매 낭을 좇아 방적紡績이나 돕고 소견消遣코자 하니 낭의 뜻이 어떠하뇨?"

연랑이 미처 답치 못하여 태야 소 왈,

"그 노파 가장 대접하기 어려울지라. 붙이지 말라."

연랑이 알아듣고 조용히 태미께 고 왈,

"오류 일 후 농부를 모아 박전薄田을 김매고자 하오니 구경하실까 하나이다."

태미 대회 허락하더라.

익일, 삼랑이 귀련당에 이르러 잔치할새 동중 노파를 일일이 청하니, 당상 당하에 학발 태배鶴髮鮐背[68] 구름 뫼듯 하여 혹 손자를 이끌며 증손을 업어 천진天眞이 난만하고 풍속이 순박하여 복력福力을 칭송하며 부귀를 흠모하는 소리 분분하니, 선, 연 양랑이 낱낱이 관대款待하여 주육 음식을 친히 나누며 공손한 사색辭色과 화락한 말씀이 일좌를 경동驚動하니, 모든 노파 불승감격不勝感激하여 손을 들어 축수祝壽 왈,

"원컨대 노신 등의 나이를 가져 부인께 드려 천백 세를 향복享福하소서."

하더라.

명일 엽남헌과 영지헌에 다시 동중 부녀를 모아 양일兩日을 잔치하고 우명일又明日 춘휘루와 은휴정에 동중 부로와 외객外客을 청할새 태야 갈건야복葛巾野服으로 주인이 되고 연왕은 오사 홍포烏紗紅袍로 종일 시립하여 유화한 말씀과 인후한 안색을 보는 자 유연油然 감동하여 효제지심孝悌之心이 자연히 생길지라. 막불숙연莫不肅然 공경하며 위의威儀 정숙하더라.

차설, 연왕이 가사를 정돈하고 일신이 한가하매 위로 양친을 뫼셔 농추무반弄雛舞斑[69]을 효칙하고 아래로 삼랑을 찾아 산수풍월로 소견消遣하니 짐짓 산중재상山中宰相이요 물외物外의 한인閑人이라.

일일은 세우細雨 몽몽濛濛하고 남풍이 훈훈하니 차시는 사월 초순이라. 연왕이 귀련당에 이르니 침문寢門이 닫혀 있고 시비 고 왈,

"노부인이 관풍각에 가시니이다."

연왕이 경 왈,

"비 오는데 어찌 가시뇨?"

---

68) 흰 머리에 허리 굽은 늙은이.

69) 옛날에 노래자老萊子가 어린애처럼 새 새끼를 가지고 놀며 색동옷을 입고 춤을 추어, 어버이를 기쁘게 해 드렸다는 데서 온 말.

시비 왈,

"연랑이 우구雨具를 가지고 와 뫼셔 가니더이다."

연왕이 웃고 좌우로 사립簑笠[70]과 삽을 가져오라 하여 사립을 쓰며 삽을 짚고 관풍각에 갈새 청산은 아아峨峨하고 녹수는 양양洋洋한데 녹음은 난만하여 비 기운을 띠어 있고 포곡(布穀, 뻐꾸기)은 슬피 울어 시절을 재촉하며 풍편에 노랫소리 '칠월七月' 시를 화답하여 도처에 농부들은 제력帝力을 칭송하여 무리무리 김매니 갈천씨葛天氏 적 백성인지 무회씨無懷氏 적 백성인지[71] 물외物外 한정閑情을 금일에야 알리로다.

연왕이 좌우 고면顧眄하며 서서히 행하더니 홀연 한 곳을 바라보니 은은한 녹음 중에 청약립靑篛笠 녹사의綠簑衣로 여러 사람이 혹립혹좌或立或坐 하였거늘, 자세 보니 제랑이 태미를 뫼셔 모든 시비와 사립과 사의를 장속裝束하고 밭가에 섰는지라. 연왕의 옴을 보고 연 숙인이 웃고 맞아 왈,

"학사 공명이 일장춘몽이라. 금포옥대錦袍玉帶로 대루원待漏院[72]을 향하심과 청약립 녹사의로 관풍각을 찾으심이 득실을 교계較計하고 한망閑忙을 의논한즉 어떠하시나이꼬?"

연왕이 대소하고 모친께 고 왈,

"금일 소견이 좋으나 어찌 소자를 모르게 하시니이까?"

태미 소 왈,

"농가農家 노인이 한가치 못하여 금일 이후로 종적이 이 같을지니 허물치 말라."

연왕이 웃고 좌우를 보매 삼랑이 담장농복淡粧農服으로 각각 작은 삽을 짚고 녹음방초에 한가히 섰으니 월태화용이 아리따워 기화이초와 춘광을 다투거늘, 연왕 왈,

"옛적에 방덕공龐德公[73]이 양양 땅에 숨어 덕공은 밭을 갈고 안해는 점심 먹여 천추千秋의 미사美事 되니, 이제 내 비록 방공의 덕이 없으나 제랑의 풍채는 족히 고인에게 양두讓頭치 않으려니와 다만 두려하는 바는 밭 가는 자 쟁기를 잃고 김매는 자 호미를 잃을까 하노라."

난성이 웃고 대 왈,

"초로草露 인생이 쾌락을 누리나 백 년 광음이 춘풍같이 덧없거늘 어찌 구태여 산중 처사의 안해 되어 해진 베치마와 가시나무 비녀로 일생 고초함을 원하리오?"

모두 대소하고 농부를 동독董督하여 북을 치고 기를 들어 농부들을 나누어 세 떼를 지으

---

70) 도롱이와 삿갓.

71) 전설에 태곳적에 갈천씨와 무회씨가 나라를 다스릴 때에는 말하지 않아도 백성들이 믿고 가르치지 않아도 교화가 이루어졌다고 한다.

72) 벼슬아치들이 궁궐에 들어갈 때 궁궐 문이 열리기를 기다리는 곳.

73) 후한 때 사람으로, 평생 세상에 나가지 않고 녹문산에서 생을 마쳤다고 한다.

니 삽을 멘 자들이 무리를 이루고 호미를 둘러 바람을 일으키며 농부가로 화답하니, 그 가歌에 왈,

산에 꽃이 있음이여
들에 푸른 풀이 있도다.
때 고르고 해 풍등豐登[74]함이여
백성이 안락하도다.
山有花兮　野有靑草
時和年豐兮　民安樂

산에 꽃이 있음이여
봄날이 더디도다.
밥으로써 하늘을 삼음이여
전원의 즐김이로다.
山有花兮　春日遲
以食爲天兮　田園樂

소인은 힘을 수고함이여
군자는 마음을 수고하는도다.
힘을 수고하여 밥을 더 먹음이여
때를 가히 잃지 못하리로다.
小人勞力兮　君子勞心
勞力加餐兮　時不可失

연왕이 농가를 듣고 선랑더러 왈,
"낭의 지음知音함을 아노니 저 농부의 노래 어떠하뇨?"
선랑이 웃고 대 왈,
"첩이 음률의 조박糟粕은 아오나 어찌 관풍찰속觀風察俗하는 총명이 있으리오? 연然이나 망령된 말씀으로 상공의 취적取適[75]하심을 돕사오리이다. 주시周詩[76] 삼백 편에 농

---

74) 풍년.
75) 즐거움으로 삼음. '취적비취어取適非取魚', 곧 '낚시질하는 참뜻은 물고기 잡는 데 있지
　　않고 즐거움을 얻는 데 있다.' 는 말에서 왔다.
76) 《시경》을 달리 이르는 말.

부의 노래 많사오니 위풍魏風은 인색하고 제풍齊風은 원자怨咨하며 당풍唐風은 질박하고 빈풍豳風은 근검하며 이남二南[77]의 충후忠厚함과 정위鄭衛[78]의 방탕함이 각각 다르오니 풍속을 속이지 못할지라. 한, 위 이래로 채시采詩[79]하는 법이 없고 재자才子, 소인騷人이 사부詞賦를 숭상하고 회소노매喜笑怒罵를 시율로 의논하니, 공교함을 다투고 문장을 자랑하여 이향里鄕 풍속을 알 길이 없사오나 농부의 노래 오히려 고풍이 있어 치란治亂을 볼지라. 음조로 의논한즉 애원 초창하고 율려로 말한즉 세쇄단촉細瑣短促[80]하며, 성적聲蹟으로 궁구窮究한즉 다화소실多華少實[81]하여 질박함이 부족하고, 가곡으로 평론한즉 욕언미토欲言未吐[82]하여 충곡衷曲이 적사오니, 이로 보건대 풍속의 문명은 극진하나 충후忠厚는 미흡하고 절의節意를 숭상하나 기강이 미약하여 서주지말西周之末과 같은 쇠염의 풍기 있는가 하나이다."

연왕이 점두點頭 칭선稱善하더라.

아이오 관풍각 시비侍婢 오엽午饁[83]을 가져오니 황계 백주黃鷄白酒와 산소 야채山蔬野菜를 암상巖床에 놓고 흐르는 물에 그릇을 씻고 꽃가지를 꺾어 저를 대신하여, 농담 야화農談野話[84]로 반일을 놀다가 관풍각으로 돌아갈새, 홀연 엽남헌 시비 급히 와 고 왈,

"윤 부인이 홀연 고통하사 증세 급하다."

하니, 그 무슨 곡절인고? 하회를 보라.

---

77) 《시경》의 '주남周南'과 '소남召南' 편을 말한다.
78) 정나라 노래와 위나라 노래.
79) 민간에서 유행하는 노래와 시를 모으던 일. 풍속을 살펴 정사를 펴는 데 참고하였다.
80) 음이 짧고 급함.
81) 소리의 흔적을 깊이 따져 보면 겉은 화려하나 실속이 적음.
82) 하고 싶은 말을 다 하지 못함.
83) 들에서 일하다 먹는 점심밥.
84) 농사 이야기와 시골 이야기.

제53회 엽남헌에 부인이 구슬을 희롱하고
완월정에 제랑이 배를 띄우다

饁南軒夫人弄璋 玩月亭諸娘泛舟

각설, 엽남헌 시비 윤 부인의 병세 급함을 고한대 태미太嬖 대경하여 제랑을 데리고 황망히 돌아올새 난성이 소 왈,

"부인은 염려치 마소서. 윤 부인이 잉태 십 삭이라 해만解娩[1]하실 기미인가 하나이다."

태미 왈,

"근일 윤 현부賢婦의 용모 수척하고 몸이 비대함을 수상히 보았으나 임삭臨朔[2]함은 망연히 몰랐더니, 낭 등이 이미 알진대 어찌 말하지 아니하뇨?"

난성이 소 왈,

"부인이 수삽羞澀하사 일분 기색을 누설치 않으시고 첩도 안 지 수월數月이라. 본인이 비밀히 조속操束하시는 고로 감히 고치 못하니이다."

하더라. 모두 엽남헌에 이르니 설파薛婆 마주 내달아 난성의 손을 잡고 누수淚水 줄줄이 흐르며 왈,

"우리 부인이 낙지이후落地以後[3]에 무병하시더니 금일 반드시 괴질怪疾을 얻으심이라. 찬물의 돌같이 일정한 성품으로 좌불안석하여 자리를 정치 못하시며 손끝이 얼음 같으니 장차 어쩌면 좋으리오?"

난성 왈,

"파파는 소동치 말라."

하고 방에 들어가 보매, 윤 부인이 베개에 엎디어 운빈雲鬢이 산란하고 주한珠汗[4]이 만안滿顏한 중 난성의 들어옴을 보고 함루含淚하며 가만히 소리 왈,

"홍랑아 나를 구하라."

난성이 소 왈,

"부인은 안심하소서. 이는 여자마다 있는 병이니 잠깐 참은즉 운권청천雲捲靑天[5]하리이다."

하고 친히 의대衣帶를 끄르며 금금錦衾을 펴 산구産具를 지휘하더니, 아이오 아이 소리 고

---

1) 아이를 낳음.
2) 아이를 낳을 달이 됨.
3) 세상에 태어난 뒤
4) 구슬땀.
5) 구름이 걷혀 푸른 하늘을 봄.

고고呱呱하여 어미를 부르는 듯 창해 신룡滄海神龍이 물 밖에 솟아난 듯 일개 귀자貴子를 얻으니, 상하 서로 치하하며 태야 태미 기꺼함을 어찌 다 기록하리오? 산파 바야흐로 소 왈,

"부인은 해산도 별달리 하시도다. 노신은 열두 번 생산에 침 뱉듯 하였사오나 만일 부인같이 신고辛苦하실진대 어찌 동방화촉에 겁부터 나지 않으리오?"

방중이 박장대소하더라.

삼일이 되매 태야 태미 신아新兒를 보매 부풍모습父風母習으로 청수준일淸秀俊逸하여 기자봉추麒子鳳雛요 상린서봉祥麟瑞鳳이라.[6] 태야 왈,

"나의 취성동 온 후 처음 보는 경사라. 신아新兒의 명을 경성慶星이라 하라."

차설且說, 차시此時 연왕이 궤궤机를 의지하여 잠깐 졸더니, 어떤 미남자 문을 열고 들어와 읍 왈,

"나는 천상 천기성天機星이라. 옥황께 득죄하고 인간에 적강謫降하매 그대와 전생 숙연宿緣이 있어 의탁고자 왔노라."

설파說罷에 일조一條 금광金光이 되어 품속에 안기거늘 놀라 깨니 꿈이라. 심중에 의아하더니 중묘당 시비 고 왈,

"낭자 작야昨夜부터 신기 불평하여 통세痛勢 급하니이다."

연왕이 그 산점産漸[7]인 줄 알고 즉시 중묘당에 이르니 난성과 연랑이 이미 구완하여 순산한지라. 난성이 웃고 연왕께 치하 왈,

"상공이 이번은 총자寵子를 낳으시니이다."

연왕 왈,

"어찌 이른바 총자인고?"

난성 왈,

"첩이 세간 남자를 약간 구경하였으나 이 아이같이 고운 얼굴은 여자에도 보지 못하였사오니 어찌 타일 상공의 총애하는 아들이 되지 않으리끼꼬?"

연랑이 또한 나와 목에 침이 없이 칭찬하니, 연랑이 더욱 심중에 몽조夢兆를 생각 왈,

"천기성은 본래 고운 선관仙官이라. 꿈이 허사 아니로다."

하더라.

삼일 후 태야, 태미와 양 부인 양랑을 데리고 중묘당에 와 신아를 볼새 원산 쌍미遠山雙眉에 서기 어리고 도화 양협桃花兩頰에 춘광이 몽롱하여 가는 눈썹은 새벽별이 비치는 듯 붉은 입술은 앵두 이슬을 띠었으니 안색의 봉용丰容[8]함은 선랑을 혹초酷肖[9]하고 기상의

---

6) 아버지의 풍채와 어머니의 모습을 닮아 깨끗하고 슬기로움을 타고나 기린의 새끼, 봉황의 새끼인 듯 상서롭기 그지없음.

7) 해산할 징조.

8) 토실토실함.

동탕함은 연왕과 방불이라. 양 부인 서로 보며 왈,

"월태화용이 여자에 많으나 남자에 듣지 못하였더니, 차아此兒 반드시 반악潘岳을 압두壓頭하여 취과양주귤만거醉過楊州橘滿車[10]할 풍채 있으리로다."

태야 또한 자세히 보고 왈,

"내 들으니 하늘에 천기성이 다재多才한 별이라 하더니 신아의 미목이 청수하고 얼굴이 미묘하여 타일 과인지재過人之才 있을지라. 명을 기성機星이라 하라."

태미 선랑더러 왈,

"낭의 자색이 천하무쌍인가 하였더니 기성의 아름다움이 그 어미보다 나으니 소위 청출어람이로다."

선랑 왈,

"남자 되어 여자 기상이 많으니 인성의 엄연儼然함만 못할까 하나이다."

연랑이 소 왈,

"첩이 비록 불민하나 인성이 너무 어미를 닮은 데 없음을 분하여 하노니 연즉 기성과 바꾸사이다."

태야 소 왈,

"춘란 추국春蘭秋菊이 각각 그 향기 있으니 양랑兩娘은 다만 타일을 볼지어다."

말할 사이에 영지헌 시비 와 황 부인께 고 왈,

"황성서 본부 창두 서간을 가져왔나이다."

황 부인이 본부 서간을 받으니 황 각로 내외의 편지 있고 큰 광주리에 신출新出 실과實果를 넣어 보냈는지라. 황 부인이 수괴羞愧하거늘, 연왕이 소 왈,

"부인이 어찌 희귀한 과실을 혼자 먹고자 하느뇨?"

친히 그릇을 열고 보니 실과 아직 미숙한지라. 연왕이 대소 왈,

"당시 승상이 천금 소교에게 신근히 보내시니 이 실과 필연 유명할지라. 악모 악옹岳母岳翁[11]의 편지를 못 볼 바가 없으니 잠깐 보사이다."

하고, 황 부인 가진 편지를 탈취하여 보니 부인이 수괴하여 머리를 숙이니, 연왕이 편지를 삼랑三娘을 주어 왈,

"이 편지 구태여 은휘할 것이 없으니 제랑諸娘도 보라."

황 부인이 옥수를 빨리 내어 받아 감추니, 연왕이 난성을 보며 왈,

"연소한 부인이 병 없이 음식이 싫고 풋실과를 생각하니, 그 무슨 증症인고?"

---

9) 꼭 빼닮음.

10) 술에 취해 양주를 지나는데 귤이 수레에 가득 참. 진晉나라 때 반악이 워낙 용모가 수려하고 인기가 있어서 지나다닐 때 기녀들이 귤을 던졌다는 이야기가 있다.

11) 장모와 장인 어른.

난성 왈,

"이는 여자마다 있는 증인가 하나이다."

황 부인이 더욱 수삽羞澁하여 치신무지置身無地[12]하니, 윤 부인이 이미 짐작하고 소 왈,

"여자 유신有娠[13]은 인지상사人之常事라. 몇 달이나 되뇨?"

황 부인이 머리를 숙이고 답 왈,

"노친이 첩을 사랑하사 후원의 실과 맺음을 보시고 전에 따 먹던 일을 생각하여 마침 인편이 있으매 못 먹음을 한하사 미처 익지 아니한 것을 따 보내심이요 다름이 없나이다."

연왕이 소 왈,

"내 비록 정신이 부족하나 지금 본 편지는 오히려 기억하나니 부인의 태기 있은 지 지금 사오 삭이라. 만생晩生이 무심하여 미처 몰랐으나 부인의 용모 파리하고 몸꼴이 다름을 제랑이 어찌 모르뇨?"

제랑이 미처 대답지 못하여 황 부인이 홀연 베개를 의지하여 혼도昏倒하거늘 연왕이 앞에 나아가 수대繡帶를 끄르며 기색을 살펴보니 액상額上에 주한珠汗이 점점하고 후중喉中에 천기喘氣 심하여 고통하는 의사 있거늘, 연왕이 대경大驚하여 옥수를 잡고,

"정신을 수습하라"

하니, 황 부인이 놀라 일어나 아픔을 이기지 못하는지라. 연왕이 문 왈,

"잉태 사오 삭에 어찌 이다지 견디지 못하느뇨?"

부인이 침음양구沈吟良久에 무수히 자저趑趄하다가 대 왈,

"첩이 득죄신명得罪神明하여 향일向日 노랑老娘에게 놀란 후로 흉중에 병이 있어 매양 토혈吐血하고 정신이 혼미하와 생산을 바라지 못하였더니 다행히 태기 있으나 전증前症이 간간 부발復發하여 아까도 토혈하고 신기 불평하니, 이는 자작지얼自作之孼[14]이라 어찌하리이꼬?"

연왕이 경 왈,

"그러하면 어찌 이때까지 말씀이 없었느뇨?"

황 부인 왈,

"첩의 생존함도 상공의 관후하신 은덕이라. 하면목何面目으로 왕사往事를 제기하여 제 부끄럼을 돕게 하리이꼬?"

연왕이 개용하며 황 부인의 손을 잡아 왈,

"학생은 부인을 아나 부인은 학생을 모르는도다. 학생이 비록 불민하나 어찌 부인의 마음을 모르리오? 부인이 무단히 자협지심自狹之心을 두어 하마터면 학생으로 그른 사람

---

12) 몸 둘 곳이 없음.

13) 임신함.

14) 자신이 저지른 잘못으로 스스로 입는 재앙.

이 되게 할 뻔하였도다."

즉시 약을 써 조리케 하고 이로부터 황 부인의 정지情地를 측연히 여겨 더욱 고호顧護하더라.

각설, 차시는 추칠월 기망既望이라. 연왕이 양친께 혼정昏定을 마치고 영지헌에 와 보니 수개 시비侍婢 호외戶外에서 약을 달이고 황 부인이 신기 뇌곤惱困하여 누웠거늘, 연왕왈,

"금야는 적벽강에 범주泛舟하던 밤이라. 인생 일세의 아름다운 때 많지 아니하니 어찌 흥미 없이 누웠느뇨?"

황 부인 왈,

"취몽 부생醉夢浮生이 진루塵累를 미탈未脫하니 인간 가절佳節이 어찌 감을 모르나이다."

연왕이 웃고 반상半晌을 담소하다가 엽남헌에 이르니, 윤 부인이 양개 시비를 데리고 월하에 배회하니 청정한 안색은 월광을 다투고 연연한 태도는 항아를 시기할 듯 빙설氷雪 같은 자색과 추수秋水 같은 정신이 일점 진애塵埃 없는지라. 연왕이 앞에 나아가 왈,

"부인이 어차於此에 흥치 없지 아니토다."

윤 부인이 낭연琅然 소 왈,

"고인古人이 운하되, '춘월색春月色이 승어추월색勝於秋月色[15]이라.' 하나 종시 규중 여자의 말씀이라. 첩은 보건대 옥우玉宇는 무진無塵한데[16] 은하는 경경耿耿한데 한 조 각 맑은 빛이 사해에 비치니 이도 군자의 기상이요, 원결圓缺이 유수有數하고 현회弦晦 무궁無窮하나[17] 마침내 맑은 빛을 잃지 아니하니 이는 군자의 절개라. 하물며 금야에 점 운點雲이 무흔無痕하고 추천秋天이 요량嘹喨한데 저 둥근 바퀴를 만민이 우러러보니 어 찌 명월이 득의할 때 아니리오? 첩이 비록 소동파蘇東坡의 왕 부인 풍치 없으나 오히려 일두주一斗酒 있으니 다만 물외 한인閒人이 조덕린趙德麟, 장회민張懷民[18]이 없을까 하 나이다."

연왕이 대소 왈,

"부인의 말씀이 녹록한 시인 운사詩人韻士로 당치 못할지라. 하물며 난성의 심기와 선 랑의 풍류와 연랑의 재사를 겸하였으니, 조, 장 양인을 부러할 바 없는지라. 두주斗酒를 이끌고 자운루 월색을 구경함이 어떠하뇨?"

---

15) 봄 달빛이 가을 달빛보다 낫다.

16) 하늘이 티 한 점 없이 맑고.

17) 둥글었다 이지러지는 것은 일정한 수가 있고 초승달과 그믐달이 서로 뒤바뀌는 일은 끝이 없으나.

18) 소식을 찾아가 적벽강에서 술을 마시며 노닌 손님들 이름.

부인이 응낙하고 수개 시비로 일 호주壺酒를 들리고 자운루로 향할새 관풍각을 지나다가 연랑을 찾으니 중묘당에 갔다 하거늘 중묘당에 이르니 당중이 적연하고 시비 고 왈,

"아까 연랑과 자운루에 가시나이다."

연왕이 윤 부인더러 왈,

"저희 우리를 기이고 독락獨樂하니 우리 또한 저희를 속이리라."

하고 다시 중향각에 들어가 옥적을 찾으니 안상案上에 놓였거늘 소매에 넣고 나와 부인더러 왈,

"우리 자운루로 가지 말고 완월정으로 가사이다."

부인 왈,

"완월정은 인가 가까우니 가기 비편非便할까 하나이다."

연왕 왈,

"야심하고 강두江頭에 인적이 없으니 무엇이 비편하리오?"

소매를 연하여 완월정에 이르니 사면이 적요하고 십 리 청강이 거울 같거늘 연왕이 난간을 의지하여 수중 옥적을 내어 일곡을 부니 강천江天이 요량嘹喨하고 청풍이 서래徐來하는지라. 차시 난성이 칠월 기망旣望을 당하매 연왕이 오실까 하고 배반杯盤을 준비하고 양랑을 청하여 금수정에서 탄금彈琴하며 '명월明月' 시를 외니 야심토록 소식이 없는지라. 도리어 무료하여 시녀를 동구에 보내어 연왕 오심을 탐지하더니 오래 돌아오지 아니하는지라. 난성이 거문고를 밀치고 선랑더러 왈,

"상공이 풍류에 담연치 않으심은 첩 등이 아는 바라. 금야 월색을 허송치 않으시리니 무슨 곡절이 있음이로다."

선랑 왈,

"만일 심중에 걱정이 없으신즉 필연 신상이 불평하심이니 우리가 뵈옴이 가할까 하나이다."

연랑이 머리를 숙이고 오래 생각하다가 왈,

"신상이 불평하시면 첩 등에게 통하실 것이요 무슨 번뇌함이 계시면 소창망우消暢忘憂하실지니 이때까지 아니 오심은 첩 등을 농락코자 함인가 하나이다."

언미필言未畢에 동천의 옥적성玉笛聲이 반공半空 중에 요량하니 난성이 웃고 일어나며 왈,

"오왕吾王이 서기무질병庶幾無疾病이라[19]. 연랑의 말이 옳도다."

같이 산문에 나와 소리 나는 곳을 알고자 하더니, 시비 고 왈,

"소비 등이 동구에 반상半晌을 기다리되 아니 오시기에 부중까지 가서 엽남헌에 이르니 부인이 아니 계시고 영지헌에 가 보니 황 부인께서 신기 불평하사 누우심을 보고 윤 부

---

19) 우리 왕께서 아마 병이 없으신가 보다.

인 가신 곳을 묻사오니 상공과 완월玩月하러 자운루에 가셨다 하시기로 돌아오는 길에 관풍각에 들어갔더니, 시비 등의 말을 듣사오매 윤 부인과 중묘당에 가시더라 하기 또 중묘당에 들어가니, 아까 상공이 오사 옥적을 집어 가지시고 어디로 가시더라 하기로 여기 오신가 하였더니, 지금 길에서 가만히 들으니 풍편의 옥적성이 완월정에서 나니 상공과 부인이 거기 계실까 하나이다.”

시비 서로 보며 소 왈,

“내 아까 엽남헌 시비더러 들은즉 부인과 계하階下에서 달을 가리키시며 무슨 말인지 오래 하시더니 자운루로 가자 하시며 일 호주를 들리시고 조덕린, 장회민을 찾아가겠다 하시며 그 무슨 말씀인지 하시더이다.”

난성이 소 왈,

“천비는 두미頭眉 없는 말을 어지러이 말라.”

선랑 왈,

“상공이 기다리실지라. 우리 바삐 가사이다.”

난성 왈,

“우리를 속이시니 우리도 잠깐 수단을 내어 무미無味함을 면하고 또한 상공의 흥치를 도우리라. 수석정 아래 일엽소선一葉小船이 있으니 손삼랑을 데리고 두어 가지 풍류와 배반을 실어 완월정으로 내려감이 좋을까 하노라.”

양랑이 칭선稱善하고 즉시 수석정에 오니 수파水波 고요하고 월광이 명랑한데 일엽선이 안두岸頭에 매였거늘 손삼랑으로 노를 저으라 하고 난성은 옥적을 불고 선랑은 탄금彈琴하고 연랑은 ‘명월’ 시를 노래하며 순류順流하여 완월정으로 내려가니, 차시 연왕이 완월정에서 옥적을 불더니 홀연 강상에 요요한 소리 나거늘 옥적을 그치고 윤 부인과 난간을 의지하여 바라보니 백로白露는 횡강橫江하고[20] 수파水波는 불흥不興이라. 만천 성월滿天星月이 강상에 조요하고 사상 백구沙上白鷗[21]는 분분히 날아나며 일엽소선이 내려오니 수성數聲 옥적은 금성琴聲과 섞였고 일곡 노가櫓歌[22]는 ‘명월’ 시를 화답하며 중류에 비껴 내려오는지라. 연왕이 망연자실하여 이윽히 바라보니 부인이 소 왈,

“채석강의 달을 잡으려던 이적선李謫仙도 아니요 적벽강에 배를 띄우던 소동파도 아니라. 남포 선자南浦仙子[23] 동해 왕을 놀랩이고 무산巫山 선녀 초 양왕楚襄王을 속임인가 하나이다.”

연왕이 또한 대소大笑하고 시비侍婢에게 배를 부르라 하니, 삼랑이 웃고 배를 저어 강두

---

20) 흰 이슬은 강에 가득 내림.
21) 모래밭의 갈매기.
22) 뱃노래.
23) 남포의 신선. 남포는 중국 호북성 무창현에 있는 강 이름.

에 대며 정상亭上에 오르니, 연왕이 소 왈,

"금야 월색은 홀로 제랑을 위하여 밝음이라. 내 부인과 나머지 빛을 대하여 적막히 않았더니 제랑이 신근辛勤히 찾으니 감사하도다."

난성이 대 왈,

"첩 등이 평일 상공의 총애하심을 믿고 금야 월색을 대하매 혹시 심방하실까 기다렸더니 청명한 달빛을 누추한 사람과 구경코자 아니 하사 정상亭上에 독락하심을 알고 감히 충당치 못하여 강중에 배회하며 옥적이나 듣고 갈까 하였더니 이제 명하여 부르시니 황공함을 이기지 못하나이다."

부인이 소 왈,

"상공이 만래晩來에 자협지심自狹之心이 과하사 제랑의 불속지객不速之客을 부끄려 흥치 없는 사람을 데리고 여차如此 양야良夜를 무료히 보낼 뻔하도다."

일좌 대소하고 난성이 시비더러 주중舟中에 가 배반을 가져오라 하니, 과연 불시지수不時之需라. 달을 향하여 술을 기울이니 굉주교착觥籌交錯하고 만좌滿座 개취皆醉라. 윤 부인이 난성더러 왈,

"내 들으니 양랑의 옥적이 자웅률雌雄律이 있다 하니, 선랑의 벽성산 옛 곡조와 난성의 연화봉 남은 소리를 잠깐 듣고자 하노라."

양랑이 응명應命하고 선랑은 난간을 의지하여 웅률雄律을 먼저 아뢰니 삽삽한 바람이 정상에 일어나며 층층한 구름은 강두에 산란하여 급한 물결의 늙은 용이 대강大江을 뒤집거늘 좌중이 추연惆然 송구悚懼한지라. 난성이 미소하고 다시 자율雌律을 아뢰니, 기성其聲이 청신한아淸新閑雅하여 푸른 안개 처마에 둘리고 맑은 바람이 사람을 음습하고 홍안과 백구 배회 편편하며 춤추거늘, 양랑이 다시 자웅률을 합하여 일창일화一唱一和하니, 상성上聲은 묘묘杳杳하여 운소雲霄에 솟아나고 하성은 은은하여 산천이 상응하니 화평한 자 들으면 수무족도手舞足蹈하고 강개한 자 들으면 척연惕然 함루含淚할지라. 차시 좌중이 다 화열안락和悅安樂한 사람이라. 막불칭선莫不稱善하고 즐김을 마지아니하더라.

차시, 황 부인이 산점産漸이 급하여 시비로 연왕께 고하니, 연왕이 윤 부인과 제랑을 데리고 영지헌에 이르니 이미 생남하였더라. 신아의 작인作人을 보니 번화繁華한 기상과 길상吉祥한 풍채 짐짓 기환자제綺紈子弟[24]요 부귀재상이라. 태야, 태미와 보고 소 왈,

"소아小兒의 화길和吉함은 오가吾家의 복력이라. 하늘이 주신 바니 명을 석성錫星이라 하라."

연왕이 미소하며 황 부인을 조롱 왈,

"신아의 용렬한 거동이 저의 외조外祖를 닮았으니 타일 수분壽分은 자족自足할까 하노라."

---

24) 부잣집 자제. 기환은 비단.

일좌 대소하더라.

차설, 천자 연왕을 보내신 후 진왕을 대하신즉 자주 취성동 소식을 물으시며 연연하시더니, 광음이 훌훌하여 하진추래夏盡秋來하매 금풍金風[25)]이 일어나 천기天氣 청랑晴朗하여 만수선성滿樹蟬聲[26)]은 여백공呂伯恭[27)]의 고풍을 사모하고 강동江東 순채蓴菜는 장계응張季鷹의 일흥逸興을 걷잡지 못할지라.[28)] 진왕이 일장 표를 올려 진왕의 인수印綬를 바치고 강산에 놀아 병회病懷를 소창消暢하려 하니 어찌한고? 하회를 보라.

제54회 화진이 벼슬을 사양하고 처사를 심방하고 창곡이 시를 지어 천자께 드리다
花珍辭職尋處士　昌曲賡詩獻天子

각설, 진왕이 상표上表하니 천자 인건하시고 하교 왈,

"모후 쇠경衰境에 현매賢妹를 멀리 떠나고자 아니 하시기 장차 경을 권면하여 경제京第[1)]로 모일까 하였더니 경의 뜻이 또한 이 같으니 진왕 인수는 거두려니와 강산에 놀아 병회病懷를 소창消暢함은 허락지 아니하노니 짐의 후원에 작은 수석이 있고 태액지太液池 중에 십주十洲 삼산三山[2)]이 있으니 비록 날로 소창코자 하나 어렵지 아니할지라. 어찌 구태여 멀리 구하리오?"

진왕이 사謝 왈,

"신이 근본 병이 많사와 매양 쾌활한 승지勝地 강산을 생각하는 중 연왕은 신의 지기知己요 취성동 하下 자개봉은 절승絶勝한 곳이라, 이미 연왕과 상약相約한 바 있사오니 승

---

25) 가을바람.
26) 나무마다 매미소리 가득함.
27) 송나라 때 학자 여조겸呂祖謙. 주자朱子가 여조겸에게 답장을 쓰면서 "며칠 사이에 매미 소리가 더욱 맑으니 들을 적마다 고풍高風을 사모하지 않은 적이 없습니다."라고 쓴 일을 끌어와, 연왕을 그리워하는 뜻을 담았다.
28) 진晉나라 때 시인 장한張翰이 가을바람이 불자 고향의 농어회와 순채 맛을 못 잊어 벼슬을 버리고 고향으로 돌아갔다고 한다.

1) 서울에 있는 본집.
2) 십주와 삼산은 신선이 산다는 곳. 삼산은 봉래산, 방장산, 영주산을 말한다.

시乘時하와 수월數月 말미를 얻어 벗을 심방하고 경개를 구경코자 함이로소이다."

천자 흔연欣然 소笑 왈,

"이제 경의 말을 들으매 짐이 또한 흉금이 울울하여 녹수청산의 유연한 흥치 맹동萌動하나 용가 봉필龍駕鳳蹕[3]이 행지行止를 경이輕易히 못하여 경으로 물외物外 청연淸緣[4]을 독락獨樂케 하니 어찌 절통치 않으리오?"

하시고, 특별히 왕반간往返間 수월 말미를 허하신대, 진왕이 삼 귀비를 불러 왈,

"내 본디 다른 벗이 없고 낭 등을 좌우에 둠은 시주풍류詩酒風流와 강산풍월을 동락同樂하여 무료無聊를 면코자 함이라. 이제 장차 취성동에 가 연왕을 찾고 자개봉에 올라 울회를 풀고 올까 하노니 연왕은 나의 지기라, 정약형제情若兄弟하여 일실지인一室之人과 무이無異하고 자개봉은 유벽한 산중이니 내 장차 사안謝安의 동산휴기東山携妓[5]함과 미원장米元章의 솔처소순率妻逍巡[6]함을 의방依倣하여 낭 등을 데리고 같이 가고자 하노라."

철 귀비 대회하여 왈,

"첩 등이 또한 난성과 숙약宿約이 있사오니 명대로 하리이다."

진국 공주 소 왈,

"상공이 풍류지심風流之心으로 고인을 찾고자 하실진대 마땅히 운치 있게 하실지니 장차 어찌 행하려 하시나이까?"

진왕 왈,

"행장을 간솔簡率히 하여 산건 야복山巾野服으로 삼 귀비를 작반作伴하여 바로 취성동으로 갈까 하노라."

공주 소 왈,

"재명일再明日은 중추가절이라. 둥근 달이 공중에 오르매 모두 말하기를 사해 같다 하였으니 달빛이 일 년 중에 이 밤에 많을지라. 상공은 어찌 십 리 동강桐江에 일엽선一葉船을 멍에하여 일개 옥소玉簫와 수두數斗 주酒를 싣고 달을 좇아 취성동에 이르사 인하여 주인을 청하여 장건張騫의 범사泛槎함을 효칙效則지 않으시나이까?"

진왕과 삼 귀비 대회大喜 칭찬하고, 익일 행장을 준비하여 발행할새 천자께 하직한대 천자 흔연히 웃으시며 왈,

"연왕은 경륜 있는 자라. 시골집에 가 별반 행락이 있을지니 경은 가 보고 일일이 기억하여 돌아오는 날 짐더러 말하여 짐으로 와류명산臥遊名山하는 흥치 있게 하라."

---

3) 용가는 임금이 타는 가마, 봉필은 임금이 거둥할 때 길을 치우는 것.

4) 세상 시비를 떠난 자연에서 누리는 맑은 인연.

5) 진晉나라 사람 사안이 벼슬을 하지 않고 동산에 살면서 기녀들을 데리고 즐긴 일.

6) 송나라 때 유명한 화가 미불米芾이 아내를 데리고 다니며 유람하던 것.

진왕이 유유唯唯 수명受命하고 삼 귀비와 동강 상에 일척 선船을 타고 취성동을 향하여 표연히 가니라.

차설, 연왕이 전원에 휴퇴休退한 후 매일 제랑을 데리고 산수 경개를 찾아 날을 보내더니 일일은 자운루에 와 난성과 양랑을 대하여 왈,

"명일은 중추 망월望月하는 날이니 당 명황唐明皇이 양태진楊太眞을 데리고 광한전에 올라 예상우의곡霓裳羽衣曲을 구경하던 밤이라. 내 비록 이삼랑[7]의 풍류를 당치 못하고 취성동이 광한전에 비기지 못하나 완월정 아래 일엽선을 띄워 추강秋江 명월明月을 무료히 보내지 않으리라."

난성이 흔연 응낙하고 배반杯盤을 갖추어 익일 양랑을 데리고 완월정 아래 이르니, 일척 소선小船이 이미 강두江頭에 등대等待하였더라. 등선登船하여 배를 강중에 띄우고 동중洞中의 수십 명 어부를 풀어 각각 일척 어선을 가져 혹 그물을 치며 혹 낚시를 드리우고 생선을 잡으라 하니, 차시 강천江天이 적요寂寥한데 일륜명월一輪明月이 두우斗牛 간에 배회하니 백로白露는 횡강橫江하고 수광水光은 접천接天이라. 홀연 일진 강풍江風이 지나가는 곳에 요요한 소리 멀리 들리거늘 연왕이 제랑을 보아 왈,

"이게 무슨 소리뇨?"

연랑이 귀를 기울여 이윽히 듣다가 소 왈,

"그 소리 십분 요량嘹喨하여 운소雲霄에 사무치니 심상한 강상江上 어적漁笛이 아닌가 하노라."

난성 왈,

"강촌의 밤이 고요하고 추풍이 높으니 금야 월색을 사랑하는 자 어찌 우리뿐이리오? 반드시 강상에 선유船遊하는 사람이 있어 임술壬戌 주중舟中의 이객二客[8] 퉁소를 희롱함인가 하노라."

선랑이 소 왈,

"이재異哉라, 차성此聲이여! 청산이 아아峨峨하고 녹수 양양洋洋하니 지기를 사모함이요, 음률이 청신淸新하고 의사意思 담탕淡蕩하니 범상한 자의 부는 바가 아니라. 산음 설야山陰雪夜에 대안도戴安道의 집을 찾아가며[9] 농옥玉簫의 옥소로 선성先聲을 보報함[10]이 아니리오?"

---

7) 당나라 현종.

8) 임술년에 소동파가 적벽강에 벗 둘과 함께 배를 띄우고 '적벽부'를 썼다고 한다.

9) 산음에 살던 왕휘지王徽之가 한밤에 눈이 그치고 달이 밝자 퉁소를 불면서 벗을 찾아갔다고 한다.

10) 농옥은 진 목공의 딸로 퉁소를 잘 불었는데, 농옥처럼 멋지게 퉁소를 불어 먼저 소식을 전함.

연왕이 탄 왈,

"차세에 왕자유王子猷[11]의 불속不俗한 풍채 없으니 대안도를 뉘 찾아 이 노래를 한가히 화답하리오?"

그 가歌에 왈,

　일엽선 달을 싣고 십 리 청강을 흘리저어
　취성동 찾아가니 자개봉이 여기로다.
　강상에 고기 잡는 사람들아 양 처사 집에 있거든
　화 처사 오더라 하여라.

연왕이 노가櫓歌를 듣고 제랑을 보며 소 왈,

"이는 반드시 진왕이 고인을 찾음이로다."

하고 흥, 선 양랑으로 옥적을 불러 노가를 화답하니, 진왕의 총명으로 어찌 석일 상림上林월하月下에 듣던 소리를 모르리오? 이에 삼 귀비를 데리고 선두船頭에 나서며 소 왈,

"양 형아, 황량침상黃粱枕上[12]에 취몽을 깨어 강상江上 풍월의 청복淸福을 안향安享하니 금일 재미 어떠하뇨?"

연왕이 소 왈,

"화 형의 불속不俗함은 내 비록 알았으나 금일 행색은 실로 의외로다."

하고, 서로 배를 가까이 대고 반김을 이기지 못하여 손을 잡고 달을 향하여 선두에 앉으매 삼 귀비와 제랑이 또한 반겨 맞아 미미娓娓 수작이 부절不絶하더니 홀연 모두 박장대소하거늘, 양왕이 곡절을 물은대,

철 귀비 왈,

"난성이 상공이 금야 행색을 의심하여 써 하되 이는 심상한 장부의 설시設施할 바 아니라 하기로 첩이 공주의 지휘하심을 고하고 웃으니이다."

양왕이 역시 대소하더라.

인하여 두 배를 한데 결선結船하여 중류에 띄우고 흥, 선 양랑은 옥적을 불며 괵 귀비는 통소로 화답하고 반 귀비는 '명월' 시를 노래하여 수파水波를 따라 상하하며 배반이 낭자하고 흥금이 쇄락灑落하니 요량嘹喨한 적성笛聲은 벽공에 사무쳐 가을 소리를 돕고 묘묘한 생각은 청풍을 멍에하여 우화등선羽化登仙할 듯이 있더라.

진왕이 취흥을 띠어 서창을 열고 강산풍월을 좌고우면左顧右眄하니, 무수한 어촌은 월하에 역력하고 임강臨江한 정자는 곳곳이 표묘縹緲하여 흰 구름이 푸른 뫼에 잠기었고 맑

---

11) 왕희지의 아들 왕휘지王徽之.
12) 기장밥이 되는 동안 잠깐 베개를 베고 잠. 한단지몽邯鄲之夢.

은 아지랑이는 푸른 봉우리를 둘렀으니 북으로 자개봉은 일타 부용一朵芙蓉[13]이 명려明麗한 기운을 머금었으며 앞으로 취성동은 일폭 단청 펼쳐 동천복지洞天福地[14]를 이뤘거늘 진왕이 연왕을 보며 탄 왈,

"양 형이 출장입상出將入相하여 공명 훈업이 천하에 빛남은 재학才學을 인연함이라. 이 비록 바라지 못하나 이 같은 명구승지名區勝地를 얻어 산수지락山水之樂과 전원지미田園之味로 물외 청복을 누림은 인력으로 못할 바라. 반드시 하늘이 주심이니 화진이 어찌 흠선欽羨[15]하는 탄식이 없으리오?"

하며 인하여 성지를 전하며 왈,

"황상이 양 형의 경륜 재국을 칭찬하사 반드시 별반 행락이 있으리라 하시더니 과연 밝게 보심이로다."

언미필言未畢에 홀연 두어 사람이 강두에 이르러 급히 배를 부르거늘 연왕이 가동家僮을 명하여 일척 어선을 저어 곡절을 물은대 이에 황성 액례掖隷라. 황명을 받자와 수두數斗 법주法酒와 어찰御札을 받들어 연왕께 전하고 진국 공주 또한 주찬을 보내어 진왕께 드리매 연왕이 북향 사배北向四拜하고 어찰을 떼어 보니 보묵寶墨이 휘황하여 일수의 절구絶句를 친필로 쓰셨으니, 그 시에 왈,

십 리 동강 두 조각배에
풍류 소쇄하여 옥경의 신선이로다.
구슬 누와 옥집 오늘 밤 달에
혹 찬 것이 많은 도솔천을 생각할쏘냐.
十里桐江兩葉船　風流瀟灑玉京仙
瓊樓玉宇今宵月　倘念寒多兜率天

연왕이 쌍수로 받자와 재삼 읽으며 천은을 감격하여 양항兩行 누수淚水 귀밑에 들거늘 액례 이에 마노병瑪瑙甁의 법주를 받들어 드리며 성지를 다시 전하여 왈,

"경 등이 지기 상봉하여 양소 명월良宵明月을 대하니 능히 짐을 생각할쏘냐? 수배 주로 홍치를 돕노니 달 아래 한 잔을 북향하여 높이 들어 고인을 권하라 하시더이다."

양왕이 다시 재배하고 감루 종횡하며 북향 첨망瞻望하고 읍읍 초창泣泣怊悵하며 양구良久 무어無語하더라.

진왕이 법주를 다리어 왈,

---

13) 한 송이 연꽃.
14) 신선이 산다는 경치 좋은 곳.
15) 부러워함.

"이 술은 성주聖主의 주신 바라. 우리 비록 취하였으나 사양치 못하리로다."

하고, 각각 수배數杯를 마신 후 다시 공주의 보낸 주효를 가져 연왕을 권하며 소 왈,

"화진이 비록 소자첨의 풍류를 당치 못하나 공주의 현숙함이 왕 부인의 소치所致를 양두讓頭치 않을지라. 양 형은 어찌 주중舟中의 감춘 술을 아껴 불시지수不時之需를 자랑치 아니하느뇨?"

연왕이 웃고 배반을 재촉하니, 아이오 일개 청의靑衣 소선小船을 저어 선두船頭에 대고 십여 명 시비 배반을 차례로 드릴새 엽남헌, 영지헌 시비는 윤, 황 양 부인의 음식을 드리고 자운루, 중묘당과 관풍각 시비는 난성, 선 숙인, 연 숙인의 음식을 드려 오처五處 음식을 받아 주중에 가득하니 무비無非 진수성찬이라. 진왕이 삼 귀비를 보며 소 왈,

"내 아까 공주의 수두 주를 포장襃奬하였더니 이제 보매 이른바 바다 구경한 자에게 물되기 어렵도다."

철 귀비 소 왈,

"첩 등도 양 부인, 제랑이 보낸 음식을 자세 보고 다시 별양別樣 풍미風味를 겸한가 하나이다."

양왕兩王이 듣고 몸을 일어 제랑의 주중舟中을 바라보매 음식이 약류若流한 중 일엽소선에 육칠 개 시비 밥을 지으며 생선을 회 쳐 점점點點 청연靑煙[16]은 강풍에 나부끼고 은린옥척銀鱗玉尺은 월하에 영롱하여 짐짓 강호 물색이요 탈속한 놀음이라. 양왕이 미소 칭찬 왈,

"제랑이 이같이 동락하니 금야지유今夜之遊는 제랑의 놀음이라."

하더라.

야심 후 모두 술이 반취半醉하매 난성이 도화양협에 주훈酒暈이 몽롱하고 팔자춘산八字春山에 풍정이 발월發越하여 삼 귀비를 보며 소 왈,

"우리 풍류장風流場에 놀던 사람이라 금야 월색을 어찌 소조蕭條히 보내리오. 각각 일곡 노래를 지어 울적한 회포를 폄이 어떠하뇨?"

반, 곽 양 귀비 또한 취흥을 띠어 제성齊聲 칭찬하니, 난성이 다시 웃고 왈,

"수연雖然이나 양왕이 지척에 계신즉 주중舟中 이목이 수삽羞澀하니 우리 마땅히 배를 풀어 중류에 띄우고 마음대로 놀리라."

하고 다만 손야차로 노를 저으라 하여 배를 강중에 띄우고 난성이 주령酒令을 내어 왈,

"만일 차석此席에 가곡을 이루지 못하는 자는 십배十杯 대백大白으로 벌하리라."

철 귀비 왈,

"낭 등은 풍류로 생장하여 입을 열매 금수문장錦繡文章과 오음육률이 수고롭지 아니하나 첩 같은 자는 농가農家에 자라 다만 밥 먹고 잠잘 줄만 아니 장차 어찌하리오?"

---

16) 뭉게뭉게 피어오르는 푸른 연기.

난성이 소 왈,

"이 좌석은 공자 왕손의 풍류연宴風流宴이 아니라 나물 캐는 노래와 고기 잡는 곡조로 석상의 웃음을 도움이 더욱 묘할진대 만일 이를 사양할진대 자운루 중의 두어 섬 술이 바다 같으니 귀비의 취도醉倒함을 돌아보지 않으리라."

하고, 서로 가가대소呵呵大笑하더라.

차시 양왕이 제랑의 기색을 알고 진왕이 소 왈,

"제랑이 무단히 배를 옮겨 범피중류泛彼中流[17]하니 이는 반드시 별반 독락獨樂함이 있으리로다. 우리 마땅히 가만히 가 구경하리라."

하고, 일엽소선에 올라 가만히 제랑 선두船頭에 대고 보매 제랑이 선창을 닫고 서로 낭랑히 웃으며 수작하더니 난성이 주호酒壺를 치며 일곡 가사를 지어 높이 노래하니, 그 가에 왈,

강천江天이 적요寂寥한데 남으로 가는 저 오작아
월광을 놀랐느냐 옥소성 들었느냐.
중추가절은 무궁무진 오건마는
재자 영웅을 찾을 곳 전혀 없다.
동자야 군산君山의 천일주千日酒[18] 익었다 하니
일엽선 빨리 저어 동정호로 가자세라.

차시, 난성이 취흥을 띠어 가후歌喉[19]를 한번 굴리매 맑은 곡조 강개 처절하여 일좌를 경동하는지라. 반 귀비 그 뜻을 이어, 가 왈,

자맥 홍진紫陌紅塵[20] 깊은 곳에
지리할사 청가 묘무清歌妙舞[21]로다.
고소대姑蘇臺 상上 춘초록春草綠하니[22]
자고鷓鴣새 펄펄 날아간다.
아이야 병중의 남은 술 부어라.

---

17) 저 중류에 배를 띄운다. 《시경》에 나오는 구절이다.
18) 한 번 먹으면 천일 동안 취한다는 술로, 신선들이 먹는 술.
19) 목청.
20) 도성 길에 일어나는 붉은 먼지.
21) 맑은 노래와 기묘한 춤.
22) 고소대 위에 봄풀이 푸르렀으니.

강천에 달 넘어갈까 하노라.

난성이 칭찬 왈,
"귀비의 노래 번화 담탕繁華淡蕩한 중 가곡이 청신하니 풍류 수단이 금일까지 있도다."
선 숙인이 또 일곡을 불러 왈,

벽성산 나는 구름 자개봉紫蓋峯 비가 되어
금강수 흐른 물에 일엽선 띄워 놓고
월궁항아 벗을 삼아 청풍에 반취半醉하니
아마도 인간 청복은 나 혼자 누린가 하노라.

선 숙인의 노래 옹용 한아雍容閑雅하여 알연戛然한 곡조 강천江天에 요량嘹喨하니 일좌一座 찬탄하고 반, 괵 양 귀비 선 숙인의 손을 잡고 탄 왈,
"낭자 일찍 청루에 독보獨步함을 들었더니 이제 보매 진세塵世 인물이 아니로다."
하더라. 괵 귀비 또 일곡을 화답 왈,

일진청풍 돛을 달고 십 리 청강 내려오니
강산도 가려佳麗하고 풍경도 그지없다.
저 달아 옥경 벗님께 전하여라.
인간의 쌍성雙星, 비경飛瓊, 녹화綠華, 두란향杜蘭香[23] 다 모였다 하여라.

괵 귀비 노래를 마치매 칠 귀비, 연 숙인을 보아 왈,
"일창일화一唱一和는 떳떳한 일이라. 연 숙인은 주인이니 대객지도對客之道에 비록 연치 적으나 먼저 일곡을 부르라."
연 숙인이 사양치 아니하고 알연히 일곡을 부르니, 그 가에 왈,

강수江水로 술을 빚고 명월로 촉燭을 삼아
십리명사十里明沙 산算을 놓고 불취무귀不醉無歸[24]하사이다.
청산아 지는 달 멈추어라.
남은 술 두고 벗님 갈까 하노라.

---

23) 전설에, 쌍성과 비경은 서왕모의 시녀 이름이고, 녹화, 두란향은 전설에 나오는 선녀들.
24) 취하지 않거든 돌아가지 않음.

반, 긱 양 귀비 격절擊節 칭찬 왈,

"연 숙인은 풍류 가곡에 유의함이 없을지라. 이제 이같이 아름다우니 이는 천재로다."

철 귀비 이어 불러 왈,

　　백아금伯牙琴 옆에 끼고 녹수청산 찾아가서
　　명월로 벗을 삼고 청풍에 높이 누워
　　인간 진루塵累를 잊음이니 게 뉘신고.
　　내 역시 방탕한 자취로 경개 따라 예 왔노라.

난성이 옥수를 들어 주호酒壺를 치며 책책嘖嘖 칭찬 왈,

"귀비의 일곡 청가淸歌는 족히 고인의 죽지사竹枝詞[25]에 오를지라. 어찌 심상한 청루靑樓 가곡으로 당할 바리오?"

언미필에 손야차 소 왈,

"노신은 강남 어부라. 일곡 노가櫓歌를 배움이 있더니 제위 낭자의 웃으심을 도우리이다."

하고, 뱃전을 치며 노래하여 왈,

　　배 저어라, 배 저어라.
　　노화蘆花는 날아가고 강천에 달 돋는다.
　　은린옥척銀鱗玉尺 꿰어 들고 행화촌 찾아가자.
　　배 저어라.
　　무릉도원 어드메뇨? 부춘산富春山이 여기로다.
　　영천수潁川水 맑은 물에 소 먹이는 저 사람아
　　요순이 재상在上하니 네 절개 자랑 마라.
　　배 저어라, 배 저어라.
　　녹포 계변綠浦溪邊에 완사浣紗하는[26] 저 계집아
　　시절이 분분하니 네 얼굴 곱다 마소.
　　월왕대越王臺 높은 곳에 사슴이 노단 말가.
　　배 저어라, 배 저어라.
　　은하수 내린 물이 금강수 되단 말가.
　　자개봉 상상봉에 신선이 내렸어라.

---

25) 우리 나라의 경치, 인정, 풍속 따위를 노래한 작품으로 모두 네 장으로 되어 있다.

26) 버들 푸른 시냇가에 빨래하는.

배 대어라, 배 대어라. 취성동으로 배 대어라.
천하 강산 편답하나 취성동이 제일이요
재자가인 다 보아도 이 자리 으뜸이라.
부용검芙蓉劍 높이 걸고 우주를 바라보니
아마도 여중호걸은 하나뿐인가 하노라.

손야차 가필歌畢에 가가대소하니, 모두 그 쾌함을 칭찬하매 양왕이 또한 취흥이 도도하여 다시 배를 연連하여 중류에 띄우고 남은 술과 남은 달을 가져 질탕 오유跌宥邀遊하다가 선유船遊를 파하고 완월정에 이르니, 황성 액례 월색을 띠어 돌아감을 고하니 연왕이 정상에 촉을 밝히고 일 폭 채전彩牋을 받들어 일 수首 시를 쓰니, 그 시에 왈,

연기 달 강호에 한 배를 놓으니
꿈 혼이 오히려 옛 신선 반열을 쫓았도다.
은혜 잔으로 받들어 남산수를 비노니
운한의 구슬 소리 구천에 내리도다.
烟月江湖放一船 夢魂猶逐舊班仙
恩盃奉祝南山壽 雲漢瓊吟下九天

연왕이 공경恭敬 서필書畢에 진왕이 또한 일 수 시를 지어 액례를 보낼새, 연왕이 북향 사배하고 말씀을 부쳐 앙달仰達 왈,
"신이 불충하와 천폐天陛를 하직한 지 이미 환절換節한지라. 의외 보묵용장寶墨龍章[27]이 봉필蓬蓽[28]에 빛나고 금장옥액金漿玉液[29]의 은택을 무릅써 그 도보圖報할 바를 알지 못하오니 황무荒蕪한 글귀로 성은을 화답함은 감히 조림照臨하심을 바람이 아니라 신의 구구 우충區區愚衷[30]을 기록함이로소이다."
액례 즉시 양왕께 하직하고 황성으로 돌아가니라.
삼 귀비 양랑으로 같이 가고 진왕은 연왕과 은휴정으로 오니 명일 다시 어찌 논고? 하회를 보라.

---

27) 보배로운 묵으로 쓴 용의 글씨. 곧 임금이 친히 쓴 글을 말한다.
28) 쑥이나 가시덤불로 지붕을 이은 집. 가난한 사람의 집을 이르는 말.
29) 금과 옥을 섞어서 만든다는 신선의 선약. 여기에서는 임금이 보내준 술을 말한다.
30) 자잘한 어리석은 속마음. 겸손히 하는 말이다.

제55회 취성동에 진왕이 별원에 놀고
자개봉에 홍랑이 신선을 짓다
聚星洞秦王遊別院　紫蓋峯紅娘做神仙

각설, 연왕이 진왕과 같이 동중 별원別院을 구경할새 가만히 제랑과 약속한 후 진왕을 대하여 소 왈,

"내 삼처三處 별원이 있어 세 첩을 두었으되 제택第宅, 원림園林을 다 각각 뜻대로 배치하여 그 취함이 다르니 형이 능히 집을 보고 주인을 점칠쏘냐?"

진왕이 흔연 응낙하거늘 연왕이 짐짓 진왕을 인도하여 먼저 중묘당에 이르니, 산경山徑이 유수幽邃하여 송죽이 길을 이뤘으며 기암괴석이 좌우에 층층하니 짐짓 동천洞天 별계別界요 절속絶俗한 곳이라. 산문에 이르매 적적한 죽비竹扉에 백운이 어리었고 영령한 탄금성彈琴聲이 은은히 들리거늘 진왕이 발을 멈추고 왈,

"화진이 양 형의 소애小艾[1] 둔 곳을 구경코자 왔더니 길을 그릇 듦이로다. 이곳이 만일 수경촌水鏡村[2]이 아닌즉 반드시 오로봉五老峰[3] 하下 백학관白鶴觀이로다. 진념塵念이 돈연頓然히 사라지니 어찌 풍류 가회의 처할 바리오?"

연왕이 웃고 같이 당에 오르니 수호繡戶 반개半開하고 인적이 적연한데 양개 시비 향로의 불을 불어 차를 달이거늘 진왕이 미소 왈,

"주인은 어데 가뇨?"

시비 왈,

"후원 별당에 가시니이다."

양왕이 함께 별당에 이르니 삼랑과 삼 귀비 다 모였더라. 분벽사창粉壁紗窓에 단서丹書 일 권을 안두案頭에 펴 놓고 선 숙인은 반, 괵 양 귀비와 단서를 의논하며 홍 난성은 철 귀비와 거문고를 타다가 모두 일어나 맞거늘 양왕이 좌정 후 차차 둘러보매 향로에 청연靑煙이 사라지고 상두床頭에 연진軟塵이 청정한 중 일 쌍 백학이 계하階下에 배회하니, 묘연히 도관 선당道觀仙堂에 입도入道할 의사 있더라. 아이오 차를 드리며 산효야채山肴野菜와 일호一壺 주주酒를 내와 담백한 풍미와 소쇄한 음식이 고량膏粱에 젖은 장위腸胃를 족히 깨우칠러라. 연왕이 미미 소 왈,

---

1) 젊고 예쁜 여자.

2) 한나라 때 사마덕조司馬德操라는 사람이 살던 하남성 여양에 있는 촌. 사마덕조는 제갈량, 방통 등과 함께 교유하던 선비라고 한다.

3) 중국 강서성에 있는 산. 모습이 마치 노인 다섯이 어깨를 나란히 한 것과 같다 한다.

"금일 화 형의 조감藻鑑을 볼지니, 이 집 주인이 누구라 하느뇨?"

진왕이 삼랑을 새로 숙시熟視하며 침음沈吟 소 왈,

"이는 이에 옥경 청도玉京淸道의 인간 진루를 벗어난 곳이라. 반드시 선분仙分 있는 자 처할지니 창졸간 점치지 못할지라. 마땅히 삼처 별원을 다 보고 판단하리라."

연왕이 미소하고 다시 자운루를 찾아갈새 삼 귀비 삼랑이 또한 뒤를 따르니라. 동구에 이르러 진왕이 좌우를 고면하며 미미히 웃거늘, 연왕이 곡절을 물은대 진왕이 소 왈,

"내 이곳에 이르는 주인을 이미 칠분七分 점득占得[4]함이 있노라."

연왕 왈,

"누구이뇨?"

진왕이 부답 왈,

"십분 무의無疑한 후 말하리라."

하고, 바로 자운루에 올라 경개를 자세 둘러보고 칭찬하며 중향각, 영풍각과 백옥루를 차 례로 본 후 금수정에 앉아 탄 왈,

"내 너무 일찍 왔도다. 이곳이 구월 경개 정히 아름다우리로다."

하더니, 홀연 난두에 수층數層 가자架子를 정치精緻하게 꾸미고 가자 위에 일 쌍 호응豪鷹[5]이 깃을 다듬어 돌올한 정신이 운소雲霄에 소슬하거늘, 진왕이 이윽히 보고 무릎을 치며 소 왈,

"내 이제 자운루 주인을 알았도다. 금풍金風이 소슬蕭瑟하고 옥우玉宇 쟁영崢嶸[6]한데 일 쌍 호응이 벽공에 높이 솟아 빠른 눈이 백리견추호百里見秋毫[7]하며 돌연한 기세 청 운을 박차고 난봉鸞鳳을 하시下視하여 인간 백조百鳥의 구구 녹록함을 웃을지니, 어찌 난성후 홍혼탈의 평생 흉금이 아니리오? 옛적의 도연명陶淵明은 학을 사랑하고 왕희지 王羲之는 거위를 좋아하니[8] 족히 그 기상을 생각할지라. 만일 난성이 아닌즉 추풍호응 秋風豪鷹을 이같이 사랑할 자 없을 것이요, 화진이 아닌즉 난성의 의사를 이같이 알 자 적을까 하노라."

양왕이 서로 대소하고 주인을 부르매, 난성이 나아가 일변 배반을 드리며 진왕께 고 왈,

"첩의 집 자운루 월색이 십분 아름다워 완월정에 비한즉 별반 운치 있사오니 상공은 금

---

4) 어느 정도 점칠 수 있음. 칠분은 십분의 칠.

5) 한 쌍의 사나운 매.

6) 하늘이 높고 높음.

7) 백리 밖의 털끝을 볼 만큼 눈이 밝음.

8) 도연명은 매화를 안해 삼고 학을 자식 삼아 세월을 즐겼다고 한다. 산음山陰 지방의 한 도 사가 당시 이름난 명필 왕희지의 글씨를 얻기 위해 왕희지가 좋아하는 거위를 바치며 써 달라고 하자 왕희지가 기쁘게 응했다고 한다.

야 소창消暢하소서."

진왕이 소 왈,

"내 비록 불속지객不速之客으로 자청自請치 못하나 이곳 경개를 대하니 담연淡然히 돌아갈 마음이 없더니 주인이 이미 객의 기색을 알고 이같이 신근히 청하니 어찌 사양할리 있으리오?"

연왕 왈,

"이미 그러할진대 관풍각을 마저 보고 오리라."

하고, 난성은 자운루에 머물러 두고 양랑과 삼 귀비를 데리고 진왕을 인도하여 관풍각에 이르니 들에 가득한 백곡이 누른 구름같이 풍등하고 베 짜고 방아 찧는 소리 처처에 낭자하거늘, 진왕이 흔연 소 왈,

"양 형의 향거지락鄕居之樂[9]이 진실로 여기 있도다."

시문柴門에 들매 쌍 삽살이는 손을 보고 내달으며 울타리의 닭의 소리 저녁을 보報하더라. 당상에 초석을 깔고 죽창竹窓을 의지하여 주객이 분좌分坐한 후 연왕이 진왕을 보며 소 왈,

"형이 금일 전가田家의 손이 되어 어찌 주인을 찾지 아니하나뇨?"

진왕이 침음양구沈吟良久에 멀리 들으매 제랑의 웃음소리 나거늘 그곳을 물은대, 연왕이 소 왈,

"가후家後에 수간 별당이 있는가 하노라."

진왕이 연왕의 손을 잡고 왈,

"내 조감이 불명하여 관풍각 주인을 종시 해득지 못하더니 반드시 십분 정신이 별당에 있도다."

하고, 걸음을 흩어 후정後庭을 돌아 잠실蠶室을 구경하고 원중 별당에 이르러 침문을 열매 수호문창繡戶紋窓에 보장寶帳을 늘이고 백옥 상상床上에 제랑이 회좌會坐하여 담소 수작이 끊치지 아니하거늘, 진왕이 바야흐로 대소 왈,

"금일 화진이 너무 무례하여 축융 공주의 궁중에 들어왔도다. 어찌 홍도왕의 부마도위 침실이 아니리오?"

한대, 제랑과 연왕이 일시에 대소하고 진왕이 다시 연왕을 보며 왈,

"양 형이 이미 벼슬을 버리고 부귀를 하직하고 시골로 돌아오니 그 본의를 말할진대 불과 복과재생福過災生[10]함을 두려워함이라. 만일 관풍각의 검소함과 중묘당의 담박함이 없던들 어찌 명존실무名存實無한 탄식이 없으리오? 홍 난성은 초군절류超群絶類[11]한

---

9) 시골에 사는 즐거움.
10) 복이 지나쳐 재앙이 생김.
11) 무리와 달리 매우 뛰어남.

인물이요 하늘이 내신 사람이라. 비록 평생을 부귀로 지내나 과복過福함이 없으려니와 선, 연 양랑은 부귀 문중의 왕후 소실이 되어 심지지욕心志之欲과 이목지락耳目之樂을 구하여 못한 바 없거늘 이제 도관의 적막한 운치와 촌가村家의 용용한 재미를 붙여 이같이 별반 배치함이 있으니 어찌 다만 양 형의 풍류 행락을 도울 뿐이리오? 장차 후복이 무궁하리로다. 수연이나 전일 진남성鎭南城에서 연 표기를 처음 보매 미첩지간眉睫之間에 재성才星이 영롱하여 속담 소위 오미五味 구존具存한 사람이라. 어찌 한갓 향원지락을 붙일 따름이리오? 반드시 이 별당이 있음을 내 보지 아니하여 짐작하였노라."

하더라.

진왕이 인하여 삼 귀비를 돌아보며 물어 왈,

"낭 등이 삼랑의 별당을 보았으니 어느 곳이 마음에 좋더뇨? 각각 소견을 말하라."

삼 귀비 일시 대 왈,

"춘란추국春蘭秋菊이 무비無非 아름다우니 처음 중묘당을 보매 진념이 사라지고 물욕이 청정하여 유연히 입도할 마음이 있더니 자운루에 오르매 흉금이 쾌활하고 의사 번화하여 풍류 호방한 생각이 맹동하고 이제 관풍각에 이르매 용용한 생애와 재미로운 거동이 또한 인간지락을 깨달을지라. 첩 등이 그 우열을 정치 못하여이다."

양왕이 대소하며 그 말이 절당切當타 하더라.

연왕이 웃고 연 숙인을 보아 왈,

"산중에 신근히 찾아오신 손님을 어찌 그저 보내리오? 화 처사는 가부家夫의 고인故人이라. 농가 음식으로 맥반총탕麥飯葱湯[12]을 혐의치 말고 석반夕飯을 준비하라."

진왕이 흔연히 소 왈,

"화진이 실로 연왕을 찾음이 아니라 취성동 양 처사를 보러 왔더니 종시 부귀 기상이 있어 자못 흉금이 청쾌치 못하더니 금일 마땅히 배불리 먹을까 하노라."

연 숙인이 삼 귀비더러 문 왈,

"상공이 무엇을 즐기시느뇨?"

귀비 왈,

"식전食前 방장方丈에 팔진미八珍味를 놓아도 하저下箸하심이 적으니[13] 별로 즐기심을 보지 못하였노라."

연 숙인이 웃고 의상을 걷고 친히 주하廚下에 내려가 솥을 씻으며 함담鹹淡을 맛보아 원중園中의 아욱을 꺾고 울 밑의 호박을 따 호타하滹沱河 일기반一器飯은 입립粒粒이 향기롭고[14] 강동의 청순채靑蓴菜는 낱낱이 백옥이라. 연 숙인이 이에 옥수로 반盤을 받들어 아미를 숙이고 거안제미擧案齊眉로 먼저 연왕께 드리매 일개 시비 또 진왕께 드리니, 진왕이

---

12) 보리밥과 팟국. 곧 변변찮은 음식.

13) 앞에 진귀한 음식을 열 자 사방이나 되게 차려 놓아도 젓가락을 대는 일이 적으니.

흔연히 저를 들어 일변 먹으며 삼 귀비를 보아 왈,

"내 궁중에 있을 제 종일 소식所食이 일승一升에 불과하더니 금일 그릇이 비었으나 오히려 배부르지 아니하다."

하더라.

이미 일모日暮한지라. 주객主客이 시문柴門에 나니 동령東嶺에 돋은 달이 나무 그림자를 옮겨 길이 희미하더라. 홀연 양개 청의青衣 사롱紗籠에 불을 켜 들고 마주 오니 이는 난성의 보낸 바라. 길을 인도하여 다시 자운루에 이르니 난성이 이미 연석宴席에 기다리더라. 누상을 우러러보니 표묘縹緲한[15] 처마 끝마다 구슬 등을 별같이 걸었고 열두 난간에 수정 발을 면면이 드리웠으니 광채 영롱하고 서기 휘황하여 통명通明한 빛은 안목이 부시고 서늘한 기운은 흉금에 사무쳐 의연히 일좌 광한전을 바라봄 같더라. 누상에 오르매 십여 간 누중樓中에 용수빙문점龍鬚氷紋簟을 포진鋪陳하고[16] 동서로 백옥 교의交椅에 홍구유紅氍毹[17]를 깔았으며 수정반水晶盤 유리종琉璃鍾을 처처에 놓았으니 통명 형철通明瑩澈한 기운이 월광을 도와 일점 진애지기塵埃之氣 없더라.

아이오 십여 명 가기佳妓 담장 운환淡粧雲鬟[18]으로 백릉보말白綾寶袜에 비취 나군翡翠羅裙[19]을 떨쳐 명월패明月珮를 울리며 혹 풍류를 안고 혹 소매를 던지며 쌍쌍이 나올새 일시에 예상곡霓裳曲을 아뢰고 우의무羽衣舞를 춤추니 청아한 곡조 구소九霄[20]에 나타나고 편편翩翩한 무수舞袖는 월하에 조요하여 삽삽颯颯한 기운과 정정한 바람이 좌상에 일어나니, 양왕이 망연히 보고 도리어 추운 빛이 있거늘 홍랑이 미소하고 시비더러 한 쌍 호백구狐白裘[21]를 가져오라 하여 양왕께 입으심을 청하고 박산로博山爐에 인탄閑炭을 피워[22] 술을 데우며 풍류를 마친 후 배반杯盤을 내올새, 진왕이 연왕을 향하여 탄 왈,

"우리 비록 우의무를 누차 보았으나 어찌 금야 광한전의 월궁月宮 선악仙樂을 목도할 줄 알았으리오? 화진으로 십 년 홍진紅塵의 취몽醉夢을 깨쳐 지금 오히려 신청 골랭神清骨冷[23]하도다."

---

14) 후한 광무제光武帝가 임금이 되기 전 군사를 데리고 호타하에 이르러 풍이馮異라는 사람에게서 보리밥 한 그릇 얻어먹고 요기했다는 이야기가 있다.

15) 까마득한.

16) 용수, 곧 골풀로 얼음무늬를 놓아 만든 자리를 깔고.

17) 백옥 의자에 붉은 담요.

18) 엷은 화장에 쪽진 머리.

19) 흰 비단으로 만든 버선에 파릇한 깁 치마.

20) 높은 하늘.

21) 여우 겨드랑이의 흰 털이 있는 곳의 가죽으로 만든 갖옷.

22) 박산로라는 향로에 숯불을 피워.

철 귀비 소 왈,

"첩은 범골이라, 만일 천상 선경이 이같이 청량할진대 춥고 답답하여 월궁항아 됨을 불원不願일까 하나이다."

난성이 웃고 좌우를 명하여 백여 개 홍로에 불을 피우고 고기를 지지며 술을 권하여 왈,

"아까는 천상 놀음이요 지금은 인간 연석宴席이니 귀비는 배주로 어한禦寒하라."

주육이 임리淋漓하여 일좌 미취微醉하니 한기寒氣 물러가고 화기和氣 만좌滿座하여 춘풍이 호탕한 풍취를 돕는지라. 양왕이 일시에 호백구를 벗으며 옥면玉面 취훈醉暈이 만화방창萬化方暢하고 삼 귀비 부용양협芙蓉兩頰에 춘광이 무르녹아 웃음을 띠어 혹 비파를 안으며 거문고를 다리어 방중악房中樂을 아뢰더니, 아이오 야심하매 파연罷宴하고 연왕이 제랑을 불러 왈,

"내 이곳에 온 후 자개봉을 구경치 못하였더니 이제 진왕과 삼 귀비 졸拙한 나의 흥치를 고동鼓動하니 명일 자개봉 놀음을 차리라."

제랑이 유유히 돌아와 난성이 삼 귀비와 선, 연 양랑을 대하여 왈,

"명일 놀음에 필연 첩 등더러 같이 감을 명하실지라. 제랑은 어찌 각각 경륜을 내어 따라가는 부끄럼이 없게 아니 하느뇨?"

철 귀비 소 왈,

"첩이 또한 이를 생각하나 방략이 없더니 난성은 경륜을 설시設施하라. 우리 마땅히 우익이 되리라."

난성이 미소하며 제랑의 귀에 대고 가만히 말하고 서로 박장대소하더라.

익일, 연왕이 진왕과 자개봉 구경감을 양친께 고한 후 행장을 준비할새 괵 귀비 진왕께 고 왈,

"금일 놀음이 파흥破興 됨이 적지 아니할까 하나이다."

양왕이 곡절을 물은대 괵 귀비 왈,

"홍 난성, 선 숙인, 반 귀비 삼인이 연일 야연夜宴에 촉상觸傷하여 종야終夜 대통大痛하고 일분 경황이 없으니 뫼시고 가지 못할까 하나이다."

연왕이 난성과 선 숙인을 불러 물은대 난성 왈,

"첩은 듣사오니 자개봉은 인간 선경이라. 적송赤松, 안기安期, 쌍성雙星, 비경飛瓊의 오유遨遊하는 곳이니, 조물造物이 첩의 선분仙分 없음을 시기하여 뒤에 따르지 못할까 하나이다."

철 귀비 왈,

"난성이 아니 간즉 첩도 아니 가려 하나이다."

괵 귀비 왈,

---

23) 정신이 맑고 뼈가 서늘한 것.

"이는 강박强迫할 바 아니라. 유산지행遊山之行이 등고섭험登高涉險[24]하여 비록 무병無病한 자라도 여자 약질弱質이 신기身氣 곤뇌困惱하려든 하물며 신상이 불평함이리오?"

난성이 소 왈,

"선랑이 비록 풍치 적으나 산수풍월에 염피厭避[25]할 자 아니니 이제 만일 강잉强仍하여 좇아간즉 도리어 무료한 근심을 더하여 흥치 없을지니 연 숙인과 양 귀비 족히 양위 상공의 소흥騷興을 돕사올지라. 첩과 반 귀비, 선 숙인은 부중에 있어 병을 조섭調攝코자 하나이다."

양왕이 하릴없어 십분 초창 무료하여 다만 연 숙인과 철, 괵 양 귀비를 데리고 행할새 차시는 팔월 중순이라. 절서節序 일러 금풍金風이 소슬하고 상로霜露 기강旣降하여 두어 떨기 산국山菊은 향양向陽하여 먼저 피고 왕왕이 단풍은 누른빛을 띠었으니, 산건 야복山巾野服으로 앞선 이는 양왕이요 단건 녹포短巾綠袍로 뒤선 자는 양 귀비, 연랑이라. 각각 일필 청려靑驢를 타고 오륙 개 가동이 술과 거문고를 가지고 따르니 도처에 보는 자 비록 양왕임을 모르나 일행의 옥모 풍채 아름다우므로 수상히 보이더라.

차시 홍 난성, 선 숙인, 반 귀비 등이 양왕의 홍치를 돕고자 하여 별반 행구를 장속裝束할새 홍 난성은 선관하의仙冠霞衣[26]로 수중에 파리玻璃 채를 들고 선 숙인, 반 귀비는 선관도복仙官道服으로 백우선白羽扇을 들었으니 의연히 일반 선관의 모양이라. 다만 수개 선동仙童이 없어 정히 근심하더니 홀연 좌우 보報하되 수승數乘 채교彩轎 동구로 들어온다 하거늘 모두 보매 별인이 아니라 이에 청, 옥 양랑과 양개 궁인이라. 청, 옥이 난성의 앞에 나아와 왈,

"첩 등이 낭자를 뵈오려 오다가 양 궁인을 만나 또한 삼 귀비께 뵈오러 오는 길이라. 같이 작반作伴하여 오니이다."

난성이 반겨 양랑과 양 궁인의 손을 잡고 소 왈,

"하늘이 선동 선녀를 보내사 상공의 놀음을 도우시도다."

하고, 인하여 장차 여차여차함을 말하여 왈,

"양위 상공이 이미 발행하였으니 우리 지완遲緩치 못하리라."

하고, 청, 옥 양랑은 청의를 입히고 호로병을 채워 동자童子 모양을 차리니 진실로 양개 절묘한 선동仙童이라. 궁녀 이 인은 혹 도의道衣를 입히고 생황, 퉁소를 불며 혹 홍포를 입히고 녹미선鹿尾扇[27]을 가져 모두 장식을 마친 후 서로 보고 대소하고 난성이 다시 수개 차

---

24) 산으로 놀러 가는 길은 높은 데도 오르고 험한 데도 걷게 됨.

25) 꺼려서 피함.

26) 신선이 쓰는 관을 쓰고 신선의 옷을 입음.

27) 사슴의 꼬리 모양으로 만든 부채.

환을 변복變服하여 데리고 자개봉을 향하여 갈새, 반 귀비를 보아 왈,

"우리 미리 앞서 갈지니 창두 중 자개봉 첩경捷徑을 아는 자로 길을 인도하게 하고 동구까지 각각 교자를 타고 가사이다."

모두 가하다 하고 행장을 재촉하여 갈새, 대로로 간즉 오륙십 리요, 첩경으로 간즉 불과 이십 리라. 제랑이 망망히 자개봉 동구에 이르러 교자를 돌려보내고 각각 청려를 타고 낭랑히 웃으며 산중으로 들어가니 어찌한고? 하회를 보라.

제56회 오선암에 제랑이 신선의 자취를 희롱하고
자개봉에서 양왕이 해 돋는 것을 보다
五仙菴諸娘弄仙跡　紫蓋峯兩王觀日出

각설, 자개봉은 자고로 여산廬山과 병칭竝稱하는 명산이라. 주회周回 이백여 리요, 멀리 바라보매 심히 높지 아니하나 올라본즉 중원 일국一國을 굽어보는 곳이라. 산중에 삼십여 처 도관 고찰道觀古刹이 있고 수석水石과 경개 절승하여 춘추春秋로 유산遊山하는 자 낙역絡繹하니 바위마다 이름을 새겨 빈 곳이 없더라.

차시, 양왕이 제랑과 나귀를 몰아 서서히 산천 풍경을 살피며 혹선혹후或先或後하여 자개봉 동편에 다다르니 이미 석양이 재산在山하고 산길이 희미하더라. 홀연 수풀 사이로 일개 노승이 나와 합장 예필禮畢에 연왈,

"우리는 유산하는 사람이라. 금야 산문山門 일숙지연一宿之緣[1]을 맺고자 하노니 뜻에 어떠하뇨?"

노승이 합장 대 왈,

"빈도의 암자 비록 누추하나 일간 객실이 오히려 정쇄精灑하니 쉬어 가소서."

연왕이 치사하고 일행을 암중菴中에 안돈安頓하고 저녁 재齋를 파한 후 노승더러 문 왈,

"여기서 취성동이 몇 리며 이 산 산봉山峰에 올라가기 얼마나 되느뇨?"

노승 왈,

"취성동은 이십 리요, 산봉은 비록 이수里數를 요량料量치 못하나 사십 리라 하나이다."

연왕이 진왕을 보며 놀라 왈,

"우리 종일 행하여 이십 리를 오단 말가?"

노승 왈,

---

1) 절간에서 하룻밤 자는 인연.

"상공의 행차는 반드시 대로로 오시도소이다. 대로는 육십 리요 소로는 이십 리니, 이 산이 본디 길이 많아 여러 갈래 갈린 고로 대로로 온즉 소승의 암자 자개봉의 초입이요 소로로 온즉 옥류봉이 자개봉 초입이 되나이다."

연 숙인이 문 왈,

"유산객遊山客이 얼마나 되더뇨?"

답 왈,

"아직 단풍이 난만치 않은 고로 희소하더이다."

철 귀비 문 왈,

"대사의 연기 높으니 응당 고사古事를 알지라. 이 산 이름을 어찌하여 자개봉紫蓋峯이라 하뇨?"

노승 왈,

"빈도는 본디 광산匡山[2] 중이라. 이곳 사적을 자세히 모르나 유전遺傳하는 말이, 이 산 산봉에 옛적에 신선이 내려 자개紫蓋, 운번雲幡이 백일白日에 배회徘徊하고 이향 선악異香仙樂이 풍편風便에 들린 고로 인하여 자개봉이라 하고, 봉두峰頭에 이향암異香菴이라 하는 암자 있나이다."

괵 귀비 소 왈,

"예에 있던 신선이 지금 없으리오? 우리 이 길에 신선을 만날까 하노라."

연 숙인이 소 왈,

"전설이 무비無非 낭설이라. 세간에 어찌 신선이 내리리오?"

양왕이 미소하더라.

익일에 노승을 작별하고 수리를 행하여 한 곳에 이르니 맑은 시내 돌 위에 흐르고 낙락장송이 좌우에 벌렸는데 창연蒼然한 석벽石壁이 동문洞門을 이루어 벽상의 붉은 글자로 옥류동천玉流洞天이라 새겼더라. 양왕이 흔연 하마下馬하여 왈,

"이곳 경개 기이하니 쉬어 가리라."

하고, 물을 임하여 석상石上에 정좌하고 가동으로 낙엽을 쓸어 차를 달이라 하더니, 괵 귀비 옥수를 들어 석벽을 가리켜 연 숙인과 철 귀비를 보아 왈,

"처처에 제명題名이요 틈틈이 글귀로다. 재자가인의 허다 성명을 이루 기억하지 못하려니와 그중 반드시 기이한 글귀 많을지니 우리 가 보리라."

하고, 삼 인이 서로 손을 잡고 석벽 아래 이르러 혹 낭음朗吟하며 혹 평론하고 낭랑히 웃으며 지껄이거늘 양왕이 또한 몸을 일어 제랑의 어깨를 짚고 벽상을 우러러보매 그중 일 수시 있어 필적이 새로 쓴 듯하거늘 모두 자세 보니, 그 시에 왈,

---

2) 중국 강서성에 있는 여산의 다른 이름.

난새를 타고 학을 멍에한 지 일천 년에
또 옥류 소동천을 지나도다.
옥적 세 소리에 사람은 보지 못하는데
신령한 바람이 불어 공중에 가득한 연기를 깨치도다.

驂鸞駕鶴一千年　偶過玉流小洞天
玉笛三聲人不見　靈風吹破滿空烟

양왕이 이윽히 보고 진왕이 재삼 읊어 왈,

"이는 심상한 유산객의 글이 아니라 돈연頓然히 연화지기煙火之氣 없도다."

철 귀비 소 왈,

"이 산중에 신선이 왕래한다 하더니 어찌 이적선李謫仙, 여동빈呂洞賓의 무리가 쓰고 간 바 아니리오?"

연 숙인이 냉소 왈,

"명산 수석에 오유遨遊 방탕한 자취 신선 구적舊跡을 모습模襲[3]해서 보는 자를 기롱함 이니 어찌 신선이 있으리오?"

하거늘, 양왕이 미소하더라. 다시 나귀에 올라 수리를 향할새 골골이 흐르는 물소리는 옥을 바아는 듯[4] 귀에 쟁쟁하고 곳곳이 기괴한 바위는 이끼를 머금어 창연한 빛을 띠었으니 짐짓 신선 동천이요 인간 경개 아닐러라. 석각石角이 준급峻急하고 길이 점점 기험崎險하매 모두 하마下馬하여 물을 따라 올라갈새 한 걸음에 돌아보며 두 걸음에 지팡이를 멈추어 혹 풍림楓林을 찾아 술을 마시며 혹 유수流水를 임하여 거문고를 타더니 홀연 물 위에 붉은 잎새 점점이 떠내려 오거늘, 연 숙인이 양 귀비를 보며 낭연히 글 한 구를 외워 왈,

"도화유수묘연거桃花流水杳然去하니 별유천지비인간別有天地非人間이라[5] 하니, 저 점 점한 상풍 홍엽霜楓紅葉[6]이 어찌 이월 꽃에 양두하리오? 다행히 산중에 도화를 그물 치는 자 없어 우리로 도원桃園 길을 찾게 하도다."

곽 귀비 왈,

"연랑은 다시 보라. 그 잎새 심상한 낙엽이 아니라."

하니, 철 귀비 왈,

"뉘 글씨를 써 버렸도다."

---

3) 신선의 옛 행적을 모방함.

4) 쓰러뜨리는 듯.

5) 복사꽃 물에 떠서 아득히 흘러가니 이 세상 밖이요 인간 세상이 아니로다. 이백의 시 '산중 문답山中問答'의 한 구절.

6) 서리 맞은 단풍의 붉은 잎사귀.

하고, 가동을 명하여 일일이 건져 오라 하여 암상巖上에 벌여 놓고 의논이 분분하여 혹 왈,
"조격調格이 청고淸高하여 범인凡人의 할 바 아니라."
하거늘, 진왕이 이르러 보고 소 왈,
"낭 등이 무엇을 다투느뇨?"
곽 귀비 이에 그 잎새를 손에 들어 진왕께 드려 왈,
"상공은 보소서. 이 어찌 속인俗人의 필적이리이까?"
하거늘, 진왕이 차례로 합하여 놓고 자세 보니 분명한 일 수 절구絶句라. 그 시에 왈,

물 흐름이 어찌 너무 급한고?
저같이 빠르도다.
웃고 채색 구름을 가리키고
아울러 흰 봉황을 다투다.
水流何太急 □□底般忙
笑指彩雲裡 竝騎白鳳凰

진왕이 웃고 연왕을 보며 왈,
"이 글이 과연 수상하니 제랑 의심함이 괴이치 아니하나 다만 첫 구 바깥짝의 두 글자 없으니 마저 찾아보리라."
제랑이 물가를 임하여 찬탄 왈,
"조물이 선옹仙翁의 필적을 아껴 묘연한 잎새 이미 무정한 유수를 따라 멀리 갔도다."
연 숙인이 또 냉소 왈,
"옛적에 여동빈은 인간에 내려 석류 껍질로 글씨를 써 지금까지 유전하거니와 어떠한 실없는 선관이 썩은 잎새를 주워 필묵을 희롱하였으리오? 이는 초동목수樵童牧豎의 장난함인가 하나이다."
진왕이 소 왈,
"신선을 말함은 비록 허황하나 그 글을 보니 속인의 장난한 바 아니라. 다만 물외의 높은 사람이 명산에 오유遨遊하여 추풍 목엽木葉의 소슬한 흥금으로 유수광음流水光陰에 탁의託意함인가 하노라."
철 귀비 소 왈,
"이 글 쓴 자 만일 인간 사람일진대 이 산중에 있을지니 우리 이 물을 따라 올라가 봄이 묘할까 하노라."
양왕이 웃고 다시 수십 보를 행하니, 일개 폭포 층암절벽에 떨어져 백설을 뿜는 듯 그 아래 일좌 반석이 있고 석상에 차 달인 흔적과 기이한 향내 완연히 머물러 유산객의 놀고 간 자취더라. 곽 귀비 연 숙인을 보며 왈,
"이도 초동의 장난한 것이냐? 이상하다, 차 달이던 자리 오히려 식지 아니하고 앉았던

좌석에 이향異좀이 촉비觸鼻하니 이 어찌 삼산 십주에 돌아가는 자취 학을 멍에하고 사슴을 채질하여 자개봉 경개를 찾아 놀다 감이 아니리오?"

연 숙인이 바야흐로 미소하며 철 귀비를 보아 왈,

"대저 괴이한 일이로다. 옥류동 글귀와 물 위의 뜬 잎새 족히 허황한 자의 의심을 도울지라. 하물며 수상한 자취 십분 아혹訝惑[7]하여 아무리 궁리하나 해득기 어려우니 진개 인간에도 신선이 있단 말가?"

언미필에 일개 가동이 글씨 쓴 잎새 둘을 주워 오거늘 보니 사람 인人 자와 일 사事 자 두 글자라. 모두 기이히 여기더라. 홀연 언덕에 은은한 노랫소리 나거늘 모두 귀를 기울여 자세 들으니,

엽엽한[8] 붉은 지초여
가히 써 요기하리로다.
빈산에 사람이 없으니
가을 구름이 날도다.
燁燁紫芝 可以療飢
空山無人 秋雲飛

괵 귀비 놀라 왈,

"이 무슨 소리뇨?"

하더니, 홀연 일개 도사 도관도복冠道服으로 백우선 들고 약 광주리를 메고 송림으로 들어가니 행색이 표연飄然하여 말을 묻고자 하나 이미 간 곳이 없는지라. 철 귀비 대경大驚하여 양랑을 불러 왈,

"괵랑아 저기를 보느냐? 연랑아 저것이 무엇이냐? 광주리는 어이 메며 백우선은 무슨 일고? 청산이 첩첩한데 다른 길이 없거늘 오는 곳을 못 볼러니 가는 곳도 묘연하다. 연랑아, 우리 따라가 봄이 어떠하냐?"

서로 손을 이끌고 언덕에 올라 사면을 돌아보니 송풍은 소슬하고 백운은 용용溶溶한데 창등 고목蒼藤古木[9]이 지척에 우거져 찾을 곳이 없더라. 양왕이 미소 왈,

"제랑은 어찌 신선을 좇아 잡고자 하느뇨? 우리 이미 높이 올라왔으니 이향암이 멀지 않을지라. 그곳에 가 다시 적송, 안기의 소식을 탐문하리라."

하고 수보數步를 행하더니, 홀연 생황 소리 반공半空에 요량嘹喨하여 나는 곳을 알 길이

---

7) 놀랍고 의심스러움.
8) 윤기가 도는.
9) 푸른 등나무 덩굴과 오래 묵은 나무.

없거늘 모두 걸음을 멈추고 섰더니 연 숙인이 이마에 손을 얹고 추파를 흘려 한 곳을 바라보며 급히 소리하여 왈,

"양 귀비는 저 봉峯 머리를 우러러보라."

하거늘, 모두 보니 빼어난 멧부리 소나무 아래에 양개 선관仙官이 성관홍포星冠紅袍로 혹 미선尾扇[10]을 들고 표연히 섰으며 혹 생황을 불며 초연超然히 앉았으니 비록 용모를 분간치 못하나 옥 같은 얼굴과 선연한 태도 이미 진세 인물이 아님을 알러라. 진왕이 망연자실하여 연왕을 보며 탄 왈,

"양 형아, 이 어찌 옥경 요대玉京瑤臺의 적강謫降한 무리 아니리오? 내 마음이 표탕飄蕩하고 진념塵念이 사라져 부귀 영화 일편부운一片浮雲 같음을 깨닫겠도다."

연왕이 소 왈,

"신선이 어찌 범인凡人이리오? 명리 홍진名利紅塵에 득실을 근심하고 고해 풍파苦海風波에 안위를 무릅써 스스로 벗어나지 못하는 자 만일 우리의 금일 행색을 볼진대 또한 신선 같을지니 이로 미루어 볼진대 역역役役한[11] 자 범인凡人이요, 고상한 자 신선이며, 분주한 자 속인이요, 한가한 자 신선이라. 내 화 형과 벼슬을 버리고 산수 간에 오유遨遊하니 금일 자개봉 신선이 아니리오?"

양왕이 서로 대소하고 다시 봉두峰頭를 바라보니 양개 선관이 간데없더라.

양왕이 제랑과 이향암을 찾아 이르니 작은 암자 석벽을 의지하여 극히 정쇄하더라. 암중에 일개 사미沙彌 있어 황망히 맞아 좌를 정한 후 차를 드리니, 연왕이 문 왈,

"여기서 산봉이 얼마나 되느뇨?"

사미 왈,

"불과 육칠 리요 중간에 큰 바위 있어 이름이 오선암五仙巖이라. 옛적에 다섯 선관이 바위 위에 내려 지금까지 놀던 자취 완연하고 오선암 아래 일개 암자 있으니 소위 상선암上仙菴이라. 전설傳說이, 천상선天上仙이 연단煉丹하던 곳이라 하나이다."

연왕이 대소 왈,

"이 산중에 신선이 어찌 그리 많으뇨?"

하더라.

아이오 저녁 재를 파한 후 일륜홍일一輪紅日이 서산에 떨어지고 황혼 명월이 동령東嶺에 뚜렷한 중 뇌락磊落한 성광星光은 정채를 드리워 가히 만질 듯하고 쇄연灑然한 송풍松風은 탑상에 일어나 정신이 청량한지라. 양왕이 제랑을 데리고 암전菴前에 배회할새 철 귀비, 연 숙인을 보며 탄 왈,

"산중 월색이 이같이 쾌활하니 홍 난성, 선 숙인, 반 귀비와 같이 못 옴을 한하노라."

언미필言未畢에 양개 사미 고 왈,

"제위 상공은 저 소리를 들으시나니이까?"

모두 귀를 기울이고 자세 들으매 공중에 생황 소리 풍편에 단속斷續하여[12] 요량嘹喨 청아하거늘, 철 귀비 경 왈,

"이 어찌 아까 듣던 소리 아니리오?"

연 숙인이 거짓 못 들은 체하여 왈,

"이는 봉두의 송풍松風 소리로다. 적막공산에 인적이 없으니 뉘 생황을 불리오?"

진왕이 소 왈,

"송성은 소슬하고 생황은 요요하니 어찌 분간치 못하리오? 이는 반드시 왕자 진王子晉의 옛 곡조라. 사미는 소리 나는 곳을 알아 오라."

양개 사미 암자 뒤 석대石臺에 올라 이윽히 듣고 돌아와 고 왈,

"소리 오선암에 나는 듯하오나 추풍이 높아 십분 분명치 못하더이다."

연왕이 진왕의 손을 이끌어 왈,

"어떠한 풍류 선동이 우리를 이같이 희롱하느뇨? 그 소리를 찾아 높이 올라 한번 봄이 좋도다."

하고, 양개 사미로 길을 인도하라 하고 모두 산문에 나서매 일진청풍이 산상으로 내려오며 풍편의 생황 소리 지척같이 들리거늘, 진왕이 양 귀비를 보며 왈,

"이상하다 이 소리여! 사람을 고동鼓動하여 표연히 우화羽化할 뜻이 있게 하니 어찌 심상한 유산객의 불 바리오?"

괵 귀비 탄 왈,

"우리는 음률에 총명이 없는지라. 만일 홍 난성, 선 숙인으로 듣던들 어찌 곡조를 듣고 부는 자를 짐작지 못하리오?"

하고, 소리를 따라 양개 사미를 앞세우고 중봉에 오르매 홀연 양개 사미 손을 들어 가리키며 가만히 고 왈,

"저 건너 죽림 간에 은은히 뵈는 바위가 소위 오선암이라. 암상巖上을 자세 보소서."

하거늘, 바라보니 월하月下에 무수한 사람이 혹좌혹립或坐或立하여 의표儀表 불속不俗하고 거지擧止 표연飄然하더라. 제일위第一位에 앉은 자는 머리에 성관星冠을 쓰고 몸에 하의霞衣를 입고 수중에 파리 채를 들었으니 비록 미목을 분별치 못하나 봉용丰容한 안색과 선연한 태도 짐짓 선풍도골仙風道骨이요 인간 인물이 아닐러라. 제이위, 제삼위에 앉은 자는 성관 쓰고 도복을 입고 허리에 작은 호로葫蘆를 찼으니 또한 옥모 풍채 십분 비범하고 제사위에 앉은 자는 도관도복으로 백우선을 들었으니 기괴한 형용과 고박古朴한 모양이 또한 속인이 아닌지라. 바위 머리에 약로藥爐를 놓고 차를 달여 점점한 향내 산하에 들더

---

12) 끊어졌다 이어졌다 하여.

니 바라보는 자로 의사 황홀하여 의연히 영주瀛洲, 봉래蓬萊의 신선을 대하듯 결단코 등한 한 속객의 좌석이 아니라.

진왕이 심중에 십분 경의驚疑하여 써 하되,

'이는 진개眞個 신선이라 한즉 허황한 데 가깝고 또한 아니라 한즉 진세 인물이 어찌 이 같은 자 있으리오'

하여 다만 망연히 바라보며 섰더니, 홀연 제일위, 제이위에 앉은 자 소매 속으로 쌍옥적雙玉笛을 내어 달을 향하여 한 곡조를 부니, 진왕이 듣고 당황하여 철 귀비를 보아 왈,

"낭이 이 곡조를 알쏘냐? 어찌 그리 석일昔日 상림 월하에 듣던 바와 방불하뇨?"

제랑이 더욱 함소 무답含笑無答한대 진왕이 더욱 의심하더라.

차시 연왕이 사미를 먼저 보내어 탐지한 후 양왕이 가 보려 하고 사미 하나를 보내었더니 양구良久에 사미 전도顚倒히 돌아와 고 왈,

"이 산중에 있은 지 오래나 진개 신선을 구경치 못하였더니 금일 구경하도소이다."

연왕이 미처 묻지 못하여 연랑이 마주 나와 문 왈,

"그 무엇이런고?"

사미 왈,

"빈도 상봉 길로 올라 산문을 들어가 바라본즉 언덕이 높고 월색이 희어 십분 분명치 않으나 봉두峰頭 절정에 사위四位 신선이 암상嚴上에 앉았으니 제일위, 제이위에 앉은 선관은 얼굴이 백옥 같고 녹포성관綠袍星冠으로 하나는 한 손에 파리 채를 들고 하나는 생황을 불고, 제삼위에 앉은 이는 갈건 포의로 수미鬚眉 호백晧白하고, 제사위에 앉은 이는 도관도복으로 얼굴이 괴이한데, 좌우에 양개 선동이 쌍상투에 청의를 입고 수중에 백옥병과 청옥반靑玉盤을 들고 뫼셨으니 안색이 또한 눈빛 같아 세간에서 구경 못 하던 인물이라. 암상에 차를 달여 이상한 향내 봉두에 진동하고 생황을 자약自若히 불거늘 빈도 앞에 나아가 합장하니 제일위 선관이 생황을 그치고 문 왈, '너는 어떠한 사람이뇨?' 묻기에 빈도 왈, '이향암에 있는 사미라. 선악을 듣고자 하여 오니이다.' 그 선관이 낭연琅然히 웃고 왈, '내 이미 아노니 네 이 술을 가져다가 문창을 주라.' 하고 작은 백옥병을 주기에 가져오니이다."

연랑이 황망히 받아 왈,

"사미의 소전所傳이 허황하나 상공은 이 술을 맛보소서."

연왕이 숙취宿醉 미성未醒이라. 일 배를 마시고 왈,

"천일주를 특별미로 알았더니 어찌 홍 난성의 강남춘과 방불하뇨?"

연랑이 일 배를 마셔 왈,

"상공이 짐짓 취하시도다. 이 술이 청렬淸冽한 중 이향異香이 있어 인간 술과 다른가 하나이다."

연왕이 웃고 연랑의 손을 이끌어 왈,

"신선 유무는 물론하고 월색이 쾌활하니 한번 상봉에 올라가 봄이 어떠하뇨?"

연랑이 소 왈,

"첩은 범골이라. 갔다가 요대 선자瑤臺仙子에게 시기함을 얻을까 저어하나이다."

연왕이 대소하고 다시 양개 사미를 데리고 상봉을 향하여 수보를 행하더니 홀연 양개 소년이 녹포성관으로 옥적을 들고 암상에 내려 낭연히 웃고 왈,

"문창성은 별래 무양하시니이까? 첩 등이 옥제의 명을 받자와 자개봉 놀음을 돕고자 왔나이다."

진왕이 대소 왈,

"화진은 범골이라. 다만 벗을 찾아 산천 경개를 사랑하여 이곳에 왔더니 방탕한 종적이 거연遽然히 십주十洲 삼산三山에 이를 줄 기약하였으리오?"

난성이 인하여 웃고 사례 왈,

"첩 등이 불민하오나 어찌 사소한 병으로 양위 상공의 금일 놀음을 좇지 않으리꼬마는 무미無味히 따라와 소흥騷興을 돕사올 방략이 없는 고로 짐짓 낙후落後하여 제랑과 약속함이 있사오니 평일 사랑하심을 믿고 잠깐 존위尊位를 농락한 데 가깝사오니 당돌한 죄를 도망치 못할까 하나이다."

진왕이 소 왈,

"내 오히려 난성을 의심하나니 만일 비경飛瓊의 난조鸞鳥[13]와 쌍성雙星의 봉황을 멍에함이 아닌즉 어찌 우리를 앞서리오?"

난성 왈,

"신선의 행적이 세 번 악양루에 오르되 아는 자 없으니 어찌 자개봉 첩경을 모르리이꼬?"

연왕이 미소 왈,

"신선의 도술이 비록 신통하나 옥류동 석벽에 쓴 글씨와 홍엽의 필적이 너무 본색이 탄로하였거늘 화 형이 인간 취몽을 깨닫지 못하여 지금 농락 중에 벗어나지 못하였도다."

진왕이 소 왈,

"바야흐로 봉두봉頭 생황笙篁과 도사의 자지가紫芝歌[14]를 들을 제, 양 형이 또한 경동驚動하는 빛을 감추지 못하더니 이제 홀로 나만 조롱하느뇨?"

하고, 양왕이 서로 대소하더라.

철 귀비 이제 손야차를 붙들고 소 왈,

"이 도사는 이에 송림 중에 노래하던 도사로다. 도호道號는 무엇이며 약 광주리는 어데 두뇨?"

---

13) 비경은 서왕모西王母의 시녀로, 난새를 타고 심부름을 다녔다 한다.

14) 진나라 난리를 피해 남전산에 은거했던 상산 사호商山四皓가 불렀다는 노래. 여기서는 앞에 나온 나뭇잎에 쓴 시를 가리킨다.

일좌 대소하고 인하여 암상에 다시 좌정하고 우러러 월색을 사랑하며 굽어 산천경개를 바라보아 미미한 담소 수작이 끊이지 아니하더니 홀연 난데없는 통소 소리 중천中天에 요량嘹喨하여 유학 잠규幽壑潛虯[15]를 춤추이니 모두 놀라고 신기하여 이도 또한 난성의 지휘함인가 하더니 난성이 천연 소 왈,

"이상하다 이 소리여! 심상한 초부 어옹樵夫漁翁의 불 바 아닐지니 뉘 능히 농옥의 옛 곡조를 농락코자 하느뇨? 마땅히 제랑과 같이 가 보리라."

하고 사미로 길을 인도하여 소리 나는 곳을 향하여 수십 보를 행하더니, 한 곳을 보매 송림 간에 인영人影이 있고 놀란 산금山禽이 편편히 날아나거늘 자세히 보니 월하에 양인이 머리에 선관을 쓰고 몸에 홍포를 입고 손에 녹미선綠眉扇을 들고 푸른 눈썹과 눈 같은 얼굴에 웃는 빛을 띠어 양개 도동을 데리고 소연히 지나거늘, 난성이 소리하여 왈,

"저기 가는 저 선관은 잠깐 말을 들으라. 우리는 진세 속인이러니 산중에 들어와 풍경을 따라 길이 회미하여 갈 바를 아지 못하니 지도함을 바라노라."

양인이 걸음을 멈추고 읍하거늘 모두 앞을 당하여 보나 어찌 알리오? 원래 앞선 양인은 이에 양개 궁인이요 뒤에 따르는 자는 청, 옥 양랑이라. 양왕과 제랑이 그 음을 보지 못한 고로 의희依俙한 월하에 변복한 모양을 창졸에 대하여 어찌 의외 안면을 기억하리오? 서로 당황하여 그 신선이며 속인임을 깨닫지 못하더니 난성이 낭랑히 웃고 진왕께 고 왈,

"저 양개 선관은 옥제 궁중에 복시伏侍하여 있는 옥녀라. 어찌 모르시나이까? 금야 운손雲孫[16] 낭랑의 명을 받아 견우 성군의 소흥騷興을 돕고자 하여 진세에 하강하나이다."

철, 괵 양 귀비 바야흐로 깨닫고 양 궁인의 손을 잡고 반기며 곡절을 문 왈,

"낭이 어찌 이곳에 왔느뇨?"

궁인이 소 왈,

"태후와 공주, 귀비를 보내신 후 신식信息을 알고자 하실 뿐 아니라 첩 등이 평생에 금롱禁籠에 갇힌 앵무 같아서 종적이 성외城外에 나지 못하매 승지勝地 강산을 한 번 구경할 기회 없더니 귀비를 좇아 소창消暢코자 함이로소이다."

인하여 양왕께 문후하니, 진왕이 궁인을 가리켜 연왕을 향하여 왈,

"저 양랑은 태후궁 근시하는 시녀라. 우리 향일 연춘전 놀음에 또한 형과 안면이 친숙할지니 형이 혹 기억할지라. 알아보겠느냐?"

연왕이 흠신欠身 답례하더라.

진왕이 다시 웃고 양개 선동을 명하여 왈,

"묘재라, 차동此童이여! 짐짓 쌍성雙星, 소옥簫玉의 일류一類로다."

하더라.

---

15) 깊숙한 골짜기에 잠겨 있는 규룡.

16) 직녀. 여기서는 진왕의 안해 진국 공주를 가리키는 말.

아이오 산상의 찬 기운이 사람을 엄습하고 공중의 흰 이슬이 옷깃에 가득하니 양왕이 제랑을 데리고 다시 이향암으로 올새 양 궁인은 옥소와 생황을 불며 홍 난성, 선 숙인은 생적笙笛을 아뢰고 삼 귀비와 연랑은 산가山歌를 화답하니, 경경耿耿한 은하는 머리 위에 비껴 있고 푸른 안개와 맑은 바람이 발끝에 일어나거늘 양왕이 서로 보고 소 왈,

"아까 홍 난성은 거짓 신선이요 지금 우리는 진개 우화羽化로다."

이날 밤 암중에서 쉬고 익일 미명未明에 다시 상봉에 올라 일출을 볼새 세계 홍몽鴻濛[17] 하고 천지 혼혹昏黑하여 지척을 불변不辨일러니 일륜 홍광一輪紅光이 해상에 솟으며 만리 금파金波[18] 반공에 뛰놀거늘 진왕이 손을 들어 채운을 가리키며 왈,

"저 둥근 바퀴 아까는 해상海上에 있더니 지금은 운간雲間에 뚜렷하니 부생浮生 백 년에 광음이 훌훌하여 홍안백발紅顔白髮이 불과순식不過瞬息[19]이라. 천추만고에 제 경공齊景公의 눈물[20]이 어찌 한갓 우산牛山 낙일落日을 슬퍼했을 따름이리오?"

연왕이 소 왈,

"저 일륜 홍광이 삼백육십 도를 돌아 삼천 대세계를 비추나 수고롭지 않음은 순리順理하여 행함이요, 혼구 암실昏衢暗室[21]에 아니 비추는 곳이 없고 이매망량魑魅魍魎[22]이 그 형용을 도망치 못함은 사사 없음이라. 다만 한하는 바는 일편 부운浮雲이 자로 광채를 가려 천지 만물의 생성지택生成之澤을 빛내지 못하게 하니 내 어쩌면 만리 장풍을 얻어 구천九天[23] 운무雲霧를 길이 소제하고 일륜 홍광을 완전케 하리오?"

모두 탄식하더니 아이오 추천秋天이 막막하고 아침 안개 거두매 세계 청랑하여 백리百里의 호말毫末을 역력히 헬지라. 배주盃酒를 가져 서로 마시며 원근 산천과 중원 일국을 안하眼下에 굽어볼새 연 숙인이 멀리 남쪽 산을 가리켜 왈,

"이는 남악南嶽 형산衡山이라. 안력眼力이 유한하여 부모지방父母之邦을 바라보지 못하니 추풍에 돌아가는 기러기 못 됨을 한하노라."

끝을 이어 삼 귀비 제랑이 차례로 고향 산색을 가리켜 아득한 근심과 묘연한 생각이 신부인愼夫人[24]의 가야금을 의지하여 한단邯鄲 길을 바라보는 탄식을 금치 못하는지라. 난성이 웃고 대백大白을 들어 제랑을 위로 왈,

---

17) 천지가 아직 갈라지지 않음.

18) 만 리나 뻗친 금빛 물결. 곧 태양빛이 뻗친 것을 가리킨다.

19) 젊고 예쁜 얼굴이 백발노인 되는 것은 짧은 순간에 불과함.

20) 제齊나라 경공이 우산牛山에 지는 해를 보고 인생의 허무함을 느껴 흘린 눈물.

21) 어두컴컴한 저녁 거리와 어두운 방 안.

22) 온갖 도깨비.

23) 아홉 하늘. 곧 동서남북과 가운데, 동북, 서북, 동남, 서남의 하늘로, 하늘 전체.

24) 한나라 문제의 후궁. 황후와 나란히 앉게 할 만큼 문제가 총애하던 여인이다.

"첩은 들으매 옛 성인이 등태산소천하登泰山小天下[25]하시니 달관達觀한 안목으로 말할진대 사해가 지척이요 육합六合이 안전眼前이라. 남자가 공명을 탐한즉 만 리에 봉후封侯하는 이별이 있고 여자가 가무를 뜻 둔즉 천기賤棄의 한이 있나니, 첩이 또한 강남 사람으로 만 리 남천南天에 표박 종적이 되고 북방 절역에 풍진을 무릅써 고초를 비상備嘗하고 위험을 열력閱歷한 후 이제 이 뫼에 올라 경력한 자취를 굽어보니 초명鷦鷯이 와각蝸角에 깃들이고 척안鶺鴒이 봉고蓬薧에 놂과 같은지라[26]. 제랑은 저 중원 일국을 보라. 불과 한 손바다 같거늘 자고로 영웅·호걸과 재자가인이 이 가운데 생장하여 이 가운데 민멸하니 그 기쁘고 슬퍼함을 어찌 족히 말하리오? 낭 등은 아녀자의 영영盈盈한 눈물과 세쇄細瑣한 말씀으로 강산풍월을 소슬蕭瑟케 말지어다."

하고 낭랑히 웃으며 옥적을 들어 일곡을 부니, 만 리 장공에 요요한 소리 추풍을 좇아 아래로 삼천세계에 흩어지고 위로 십이중천에 사무칠 듯하거늘, 진왕이 탄 왈,

"난성의 발양發揚한 기운과 뇌락磊落한 흉금은 우리 같은 장부로 당치 못하리니 자개봉 기세와 족히 항형抗衡[27]하리로다."

하더라. 수유須臾에 배반을 거두어 이향암에 돌아와 아침 재를 파한 후 소사미를 불러 왈,

"내 이미 상봉을 보았으나 다른 경개 어디가 좋으뇨? 네 길을 인도하라."

하고, 양왕과 일행이 함께 도관 도찰과 수석을 차례로 구경할새, 사미 고 왈,

"이 산중 고찰로 말할진대 대찰은 대승사大乘寺가 으뜸이요 수석으로 말할진대 가섭암迦葉菴이 제일이니이다."

연왕이 사미를 따라 먼저 가섭암에 이르니 과연 한 모퉁이 수석이 동중에 깔리어 층층한 석벽은 백옥 병풍을 둘러 있고 유수는 수정렴水晶簾을 드리워 기이한 돌과 아름다운 나무가 짐짓 요대瑤臺 선경이요 진세 아닐러라. 반석 위에 정좌하고 차를 달이며 밥을 지을새 난성이 소 왈,

"암상에 제명題名함을 보매 이곳이 반드시 차산此山 중 제일 경개라. 우리도 왔던 자취를 머물고 감이 좋을까 하나이다."

연왕 왈,

"내 평생에 명산 고찰에 제명함을 미워하나니 어찌 써 자취를 머물리오?"

난성 왈,

"각각 일 수 시를 지어 암상巖上에 새긴즉 비록 기양岐陽 석고石鼓[28]를 당치 못하나 또

---

25) 태산에 올라 천하가 작다고 함. 마음속에 품은 경륜이 커서 시야가 넓다는 뜻.

26) 뱁새가 달팽이 뿔에 깃들이고, 할미새가 쑥 덤불에서 노는 것 같은지라. 격에 맞지도 않고 아주 변변치 못한 짓이라는 말이다.

27) 서로 지지 않고 맞섬.

28) 주周나라 선왕宣王이 기산岐山에 자신의 업적을 새겨 세운 돌북.

한 현산峴山 편석片石[29]에 지지 않을까 하나이다."

진왕이 좋음을 칭찬하고 즉시 필연을 가져오라 하여 각각 일 수 시를 지으니, 연왕의 시에 왈,

자개봉 머리 새벽에 신선이 내리니
동으로 바다 해를 부상扶桑 가에 바라보도다.
사미 다시 푸른 산길을 가리키되
가섭암 앞에 동천이 있다 하더라.
紫蓋峰頭曉降仙　東望海日扶桑邊
沙彌更指靑山路　迦葉菴前有洞天

난성 시에 왈,

구슬 바다가 망망한데 달 이슬이 둥글었으니
부용검을 꽂고 푸른 난새를 멍에하도다.
평명에 가 삼산 언약 다다르니
한 곡조 생황과 노래에 푸른 하늘이 차도다.
瓊海茫茫月露團　芙蓉劍揷駕靑鸞
平明去赴三山約　一曲笙歌碧落寒

선 숙인 시에 왈,

영령한 환패 바람을 어거하여 오니
날이 맞도록 물소리가 돌대에 구을도다.
물과 돌이 서로 지껄이되 사람은 오히려 즐기니
비비霏霏한[30] 말씀과 만년 술잔이로다.
冷冷環珮御風來　終日水聲轉石臺
水石相喧人尙樂　霏霏談屑萬年盃

연 숙인 시에 왈,

한 물이 가운데 나뉘어 일 만 폭포가 흐르니

눈같이 뿜고 우레같이 부르짖는 형세 쉬기 어렵도다.

필경은 한 가지 구슬 바다로 돌아가니

바다 가운데 어느 곳에 다섯 구름 다락이뇨.

一水中分萬瀑流 雪噴雷吼勢難休

畢竟同歸瑤海去 海中何處五雲樓

진왕과 삼 귀비 또한 각각 한 수 시를 지어 석벽에 쓰고 암승菴僧에게 분부하여 새기라 하니라.

연왕이 진왕을 향하여 소 왈,

"우리 산중에 들어와 다만 산행山行에 노로勞勞하고[31] 실로 종용從容 배주杯酒로 흥중을 토론치 못하더니 이제 수석이 가장 아름다우니 마땅히 주호酒壺를 열어 강산 풍광을 저버리지 말리라."

하고, 단풍가지를 꺾어 굉주觥籌를 놓고 서로 마실새, 연왕이 미취微醉하매 추수창안秋水蒼顔에 기상이 호탕하여 푸른 멧부리와 맑은 물을 가리키며 진왕을 보아 왈,

"화 형아, 인생 백년의 행락이 무엇이뇨? 부귀는 부운이요 공명이 한때라. 일신이 무병하여 근심이 없고 신세 한가하여 강상 청풍과 산상 명월로 백년을 보냄이 이 이른바 지상신선이라. 창곡이 천은을 입어 외람한 공명이 왕후장상에 미쳤으나 그 평안하고 즐거움을 말할진대 화 형과 일배주를 이끌어 금일 수석을 대함만 같지 못하니 이 어찌 득실을 근심하여 평생을 열력閱歷한 자와 말할 바리오? 취면醉面에 송풍松風이 떨치고 맑은 수성水聲이 진금塵襟을 세척洗滌하니 머리를 돌이켜 왕사往事를 추상追想한즉 무비無非 위경危境이요 급업岌嶪한 처지라. 성주聖主를 만나 명철보신明哲保身을 밟을 뜻이 있으나 성상이 다만 수년 말미를 허하시고 제우際遇 저같이 융숭하시니 산수 청복을 누릴 날이 불구不久할까 하노니, 화 형은 장차 어찌 써 지도코자 하느뇨?"

진왕이 탄 왈,

"형은 저 물을 보라. 언덕을 당한즉 흐름이 급하고 평지를 만난즉 완완히 행하여 마침내 넘침이 없으니 형세를 따라 순리하여 행함이라. 형은 다만 행장行藏을 물같이 하여 천명을 순수順受하고 안위와 화복을 역도逆倒치 말라."

연왕이 사 왈,

"형의 말이 유리하나 형은 또한 저 자개봉을 우러러보라. 단애 취벽斷崖翠壁이 천만 장丈이 높았으나 사람마다 그 상봉에 오름을 자기自期하니 만일 험준함을 요량料量치 아니하고 한 걸음에 뛰어오르고자 한즉 반드시 전도 낭패하는 환患이 생길지라. 지혜 있는

---

31) 산길에 허덕거리고.

자는 반드시 각력脚力을 자랑하고 길을 찾아 험함을 당한즉 걸음을 멈추고 위태한 곳에는 행보를 조심하여 촌촌전진寸寸前進하는 고로 곤함이 없고 전패顚沛함이 적으니 이는 산행山行하는 법이라. 이제 환로宦路의 위험함이 자개봉에 비할 바 아니어늘 창곡의 연소年少 덕박德薄하므로 급박한 걸음이 이미 극진지두極盡之頭에 올랐거늘 오히려 쉬지 아니한즉 비록 요행으로 엎더짐을 면하나 어찌 유식자의 웃음을 면하리오? 이렇듯 생각건대 자개봉두의 시비 없는 저 구름과 가섭암 전의 청정한 물소리 심상히 들리지 아니하니 초로인생이 어찌 가련치 않으리오?"

양왕이 서로 탄식하고 각각 대취하매 제랑이 또한 월색을 띠어 처창 함루하더니 선랑이 거문고를 다리어 일곡을 타니, 그 노래에 왈,

흰 날이 서으로 달려감이여!
물이 동으로 흐르는도다.
인생이 즐김이여
술을 대하여 길게 노래하도다.
白日西馳兮 水東流
人生歡樂兮 對酒長歌

양왕이 노래를 듣고 격절激切 추연惆然하더라.

아이오 월색이 만공하고 산풍이 소슬한데 즉즉喞喞[32]한 풀벌레는 이슬을 원망하고 연연한 산새는 월색을 놀래니 심신이 배나 처량한지라. 연왕이 창두 등을 암중에 보내고 다만 양왕과 삼랑, 삼 귀비, 연옥, 소청을 머물러 회수농월戲水弄月하다가 난성의 손을 잡고 개연慨然 장탄 왈,

"내 포의한사布衣寒士로 삼십이 못 되어 공명이 극하고 낭 등이 청춘지년靑春之年이라. 물외物外 소요하여 청한한 복으로 백년을 기약하였더니 만일 조정에 일이 있어 다시 부르신즉 사양치 못할지라. 종차이후로 금일지유今日之遊 쉽지 못할까 하노라."

난성이 소이대소笑而對 왈,

"상공이 저 수월水月을 아시나이까. 흐름이 준급峻急하나 분수에 넘침이 없고 영결盈缺이 유시有時[33]하나 광채를 고치지 아니하는 고로 천추만세에 변혁하지 아니하니, 바라건대 상공은 흉금을 명월같이 가지시고 성품을 물결같이 행하사 천명을 순수順受하고 심려를 널리 하소서."

연왕이 개용改容 칭선稱善하더니, 야심하매 양왕과 삼랑, 삼 귀비 소매를 연하여 암중에

---

32) 풀벌레가 우는 소리.

33) 가득 찼다가 이지러지는 것은 정해진 때가 있음.

돌아올새 홍, 연 양랑이 오히려 숙취宿醉 미성未醒하여 행보를 이루지 못하거늘 선랑이 표연히 앞서 돌아보며 소 왈,

"양랑이 석하용자昔何勇姿러니 금하비야今何憊也오[34]?"

홍랑이 웃고 왈,

"나는 일찍 험로에 신고하나 낭은 어찌 평지 전도顚倒하여 천태만교千態萬嬌[35]로 서시西市의 웃고 찡김을 본받느뇨?"

삼 인이 대소하며 십여 보를 행하더니 연랑이 비록 과인한 주량이 있으나 종시 나이 어리고 기질이 약한 고로 정신이 혼미하여 연왕의 소매를 붙들고 미첩眉睫에 졸음이 가득하거늘 연왕이 청, 옥 양랑으로 붙들어 암중으로 오니라.

연왕이 익일 사미더러 물어 왈,

"이 산중에 도관 도찰이 많다 하니 어느 곳이 그중 제일이뇨?"

사미 왈,

"여기서 이십 리를 더 간즉 대승사大乘寺라 하는 절이 있으니 이 절이 제일 대찰이요, 산중에 일개 대사 있어 법호法號는 보조국사輔祖國師니 도법 계율道法戒律이 탁월하여이다."

연왕이 대회하여 구경코자 하니 어찌한고? 하회를 보라.

제57회 가섭암에서 진왕이 벗을 이별하고
대승사에서 선랑이 어버이를 만나다

迦葉菴秦王別友 大乘寺仙娘訪親

각설, 천자 진왕을 보내신 지 장근將近 반년이라. 태후 사념思念하사 주야 염려하시는지라. 천자 민망하사 진왕을 급히 명소命召하시니라.

차설, 진왕이 명산에 오유遨遊하여 돌아갈 뜻이 없으나 태후의 사려思慮하심을 죄송해하더니, 일일은 천사天使 이르러 명소하시는 황명을 전하니 진왕이 북향 사배하고 황망히 떠날새 관운關雲 위수渭水 이별하는 정을 머금고[1] 창가백로거류지창蒼葭白鷺去留之恨[2]

---

34) 아까는 그리 용감한 태도를 보이더니 지금은 어찌 그리 피곤해 하오.

35) 온갖 애교.

1) 변방 구름과 위수가 이별하는 정을 머금고.

을 금치 못하는 중 연홍燕鴻의 탄식[3]과 어구驪駒의 노래[4] 양관곡陽關曲[5]을 대신하니 일좌 초창함을 깨닫지 못하는지라. 진왕이 연왕을 대하여 왈,

"화진이 연왕을 환해宦海에 상봉하여 영서靈犀 일점一點이 옥호 편빙玉壺片氷에 비치이[6] 마음으로 금란계金蘭契[7]를 허하고 몸으로 보인輔仁함을 자기自期[8]하여 명구名區에 심방까지 이르러 별원지유別院之遊와 자개지행紫蓋之行에 진루塵累를 거의 잊어 귀심歸心이 돈연頓然히 없더니, 이제 분수성우分手城隅[9]에 어찌 창연치 않으리오마는 형도 불구에 입조入朝하리니 기시其時에 금일의 미진한 정회를 다할까 하노라."

연왕이 창연 왈,

"붕우는 오륜의 하나이라. 정의로 말하면 형제와 무엇이 다르리오? 창곡이 불민하나 관포지의管鮑之誼와 원백지교元白之交[10]를 어찌 모르리오? 평수萍水의 봉별逢別이 무정無定하나 백아伯牙의 거문고가 종자기鍾子期를 이별하여 고산유수高山流水가 칠현지상七絃之上에 적막하니 심상한 붕우라도 이 이별을 견디지 못하려든 하물며 우리리오?"

인하여 배주를 내와 서출양관무고인西出陽關無故人[11]을 말하니 이정離亭[12]의 나는 잎사귀와 별로別路[13]의 돌아가는 구름이 이별을 아끼더라. 차시 삼 귀비 삼랑의 손을 잡고 함루含淚 작별하니라.

차설, 연왕이 진왕을 보낸 후 삼랑을 거느려 각각 일 필 청려靑驢를 타고 대승사로 향할새, 사미 인도하니 봉회 노전峯回路轉하고 수목이 참천參天하여 잔원潺湲한 수성水聲은 송풍에 섞여 겼고 뇌락磊落한 석기石氣는 안개에 젖었으니 짐짓 동천 별계요 명구 승지名區勝地라. 육칠 리를 행하니 사미 왈,

---

2) 갈대는 남아 있고 백로는 날아가는 섭섭함.

3) 제비와 기러기의 탄식. 제비와 기러기는 춘분과 추분에 서로 어긋나게 오고 간다. 서로 같이 있지 못하고 이별하는 것을 서글퍼한다는 뜻.

4) 지금은 전하지 않는 시인데, 옛날에 이별하는 자리에서 널리 불렸다 한다.

5) 당나라 시인 왕유王維가 서역으로 떠나는 벗을 배웅하며 이별이 아쉬워 쓴 시.

6) 깨끗한 마음이 서로 통하여.

7) 깊은 우정과 약속.

8) 훌륭한 덕을 쌓도록 벗끼리 서로 격려하고 도움을 스스로 다짐함.

9) 성 모퉁이에서 잡은 손을 놓아 이별함.

10) 관중, 포숙의 의와 원진, 백거이의 사귐.

11) 서쪽 양관으로 가게 되면 아무런 친구도 없을 테니. 왕유의 시 '송원이사안서送元二使安西'의 마지막 구절.

12) 작별하는 정자.

13) 작별하는 길.

"여기서 동으로 수십 보를 행한즉 작은 경치 있으니 구경하실까 하나이다."

연왕이 흔연하여 삼랑과 사미를 좇아 십여 보를 행하매 길이 험하여 창두와 나귀를 동구에 머무르고 삼랑과 바위를 안고 등라藤蘿를 붙들어 동중에 이르니 사면 석벽이 팔첩 옥병八疊玉屛[14]을 두른 듯 일조 청천一條淸川은 수척數尺 소련素練을 건 듯 벽상에 글자로 옥병동玉屛洞이라 새겼고 수풀에 세 줄기 돌이 정정亭亭히 섰으니 희기 옥 같고 높기 오류장이라. 그 위에 세 떨기 척촉화(躑躅花, 철쭉) 있거늘, 사미 가리켜 왈,

"이는 옥련봉이요 맞은편의 바위는 망선대望仙臺니, 전설이 세간에 국색國色이 난즉 옥련봉 머리에 척촉화 핀다 하더니 십여 년 전부터 봉두에 꽃이 피어 삼사 월이면 붉은 그림자 물 가운데 조요照耀하여 기이하니이다."

연왕이 삼랑을 보며 미소하더니, 물 가운데 수층數層 석각石閣을 무었거늘, 난성 왈,

"이는 무엇 하는 곳이뇨?"

사미 왈,

"보조국사 연년이 이곳에 와 기도하나이다."

난성이 소 왈,

"국사 속연俗緣이 없을지니 무슨 소원이 있어 기도 발원하느뇨?"

하더라. 연왕이 석상에 앉아 차를 마시며 왈,

"작일 가섭암 수석은 장려하여 영웅 남자의 기상이 있고 금일 옥병동 수석은 연미軟美하여 규중 가인의 태도가 있도다."

배회 양구에 다시 대승사로 향할새 동구를 바라보니 내인거객來人去客이 낙역부절絡繹不絕하고 승니 도사가 분분 전도顚倒하거늘, 사미더러 문 왈,

"저것이 무엇이뇨?"

사미 왈,

"금일 보조국사 대중을 모아 설법說法하나이다."

난성 왈,

"우리 비록 승지를 구경하나 잡념을 파탈치 못하였더니 금일 국사의 설법을 들어 육근六根[15]을 청정하게 하리라."

나귀를 바삐 몰아 산문에 이르니 양개 소사미小沙彌 나와 맞아 왈,

"금일은 석가세존이 대열반大涅槃에 드신 날이라. 빈도 등이 절에서 시방十方 대중大衆을 모아 송경誦經 설법說法하는 고로 청경聽經하는 단월檀越[16]이 많고 대사가 연로하여 이루 영접하지 못하오니 그 거만함을 용서하소서."

---

14) 여덟 폭의 옥으로 된 병풍. 시내의 맑은 모습이 마치 흰빛 병풍 같다는 말.

15) 사람의 눈, 귀, 코, 혀, 몸, 뜻의 여섯 가지 근원.

16) 중 또는 절에 물건이나 돈을 주는 것. 즉 시주.

연왕이 말을 내려 왈,

"우리는 유산객遊山客이라. 구태여 청경하려 온 사람이 아니니 너의 절 경개나 가리키라."

사미 웃고 인도하여 문루에 오르니, 이층 문루에 금자金字로 '제일동천대승사第一洞天大乘寺'라 새겼고 금벽단청이 조요하여 붉은 난간이 반공에 솟아 대천세계를 굽어보고 푸른 기와는 이끼를 머금어 무궁 일월을 열력하였더라. 소사미 누에 내려 손을 들어 가리켜 왈,

"동으로 백련봉과 남으로 시왕봉은 아침 안개를 띠어 자세치 아니하고 서으로 수미봉과 북으로 자개봉은 대승사 주봉이요, 자개 상봉은 백운이 가려 청명한 날이 아니면 뵈지 아니하나이다."

연왕이 유연悠然히 바라보다가 누에 내려 절을 구경할새 장랑長廊[17]을 지나 선방禪房이 있고 정방正房을 연하여 둘렀는데 기둥마다 법서法書를 붙이고 처마마다 풍경을 걸고 방방이 송경하는 소리 귀를 흔들더니 연왕 일행이 옴을 보고 모든 화상이 다투어 금가錦袈를 입고 분분히 하당 배례下堂拜禮하니 노승은 청정하여 물욕이 비고 소승은 공경하여 계율이 엄숙함이 불문가지不問可知 위명산대찰謂名山大刹이요 공문도중空門徒衆이라[18]. 나한전을 지나 일곱 보탑을 구경하고 석대에 올라 보니 자명종이 놓였는데 삼층 법당의 단청이 공교하고 천문만호千門萬戶의 제도 웅장하여 노신老神 금강金剛은 좌우에 시립하고 자비 보살은 탑상에 단좌端坐하니 보개 운번寶蓋雲幡과 천화 선향天花仙香이 서기 어렸고 주취朱翠 영롱한지라. 소사미 일일이 가리켜 왈,

"제일위에 앉으신 부처는 석가세존이요 좌편에 관음보살이요 우편에 지장보살이며 동벽의 그림은 염라지옥이니 차생의 적악積惡한 자는 지옥으로 가고, 서벽의 그림은 극락세계니 차생의 적덕자積德者는 극락으로 가나이다."

연왕이 소 왈,

"나는 평생에 악업도 없고 공덕도 없으니 갈 곳이 없도다."

선랑이 소 왈,

"적악이 없은즉 이것이 공덕이요 연왕은 극락으로 갈 것이니 부디 나와 같이 가게 하소서."

연왕이 웃고 난성더러 왈,

"홍생은 어찌 말이 없느뇨?"

난성이 미소 왈,

"나는 한가하여 산수 간에 소요하니 이것이 극락이라. 다른 발원할 바 없나이다."

---

17) 긴 복도.

18) 묻지 않아도 명산의 큰 절임을 알 수 있고 불교를 믿는 사람들이라.

제인이 대소하더라.

사미 다시 인도하여 법당 뒤에 작은 암자 있으니, 명名 왈 상승암上乘菴이라. 일개 대사 석장錫杖을 짚고 백팔보주百八寶珠를 들고 하당下堂하여 합장 배례하니, 흰 눈썹은 이마를 덮었으며 푸른 얼굴은 고괴古怪한 빛을 띠었으니 그 존양存養함을 알지라. 연왕이 승당 좌정한 후 문 왈,

"선사禪師의 연기年紀 몇이뇨?"

대사 왈,

"칠십구 세로소이다."

우문 왈,

"법호는 무엇이라 하느뇨?"

왈,

"빈도 무슨 법호 있으리오? 일컫는 자 보조대사輔祖大師라 하나이다."

연왕 왈,

"이 절 지은 지 몇 해이뇨?"

왈,

"당나라 신무 황제 창건하시고 우리 태조 황제 중수하시니 건조建造한 지 일천일백 년이요 중수重修한 지 백여 년이니이다."

연왕 왈,

"우리는 유산하는 사람이라. 우연히 지나더니 금일 대중을 모아 설법함을 듣고 구경코자 왔노라."

국사 소 왈,

"불가의 설법은 유가儒家의 강석講席이라. 사도斯道 없은 지 오래오니 고삭존양告朔存羊[19]의 부끄러움이 있나이다."

차시, 대승사의 보조국사 시방 대중을 모아 설법을 듣고 구경하러 오는 자 구름 같아서 산문이 메었는데 모든 화상이 가사를 입고 도량을 배설하여 법당을 통개洞開하고 향화香火를 벌이니, 분분한 천화天花는 탑전에 흩어졌고 은은한 호광毫光[20]은 도량에 비추니 당중當中하여 연화蓮花를 무어 일곱 보탑 상에 비단자리를 펴고 보조국사 닳아진 운립雲笠을 쓰며 금루가錦縷袈[21]를 입고 파리 채를 쥐어 연화대에 오를새, 연왕이 삼랑과 구경하는

---

19) 천자가 다음해 달력을 제후들에게 주면 제후들은 그 달력을 자신의 종묘에 두고 매달 초 하루에 양을 제물로 바치면서 종묘에 고한 뒤 나라에 널리 폈는데, 나중에는 양을 바치는 형식만 남았음.

20) 부처 두 눈썹 사이에 있는 흰 털에서 나는 빛. 지혜를 상징한다.

21) 금색 실로 단을 두른 중의 웃옷.

자와 섞이어 혹좌혹립하였더니, 보조국사《묘법연화경妙法蓮華經》을 강론하매 불음佛音이 호탕하여 시방을 울리고 선종禪宗이 통달通達하여 미진迷津을 보리菩提[22]하니 모든 화상과 여러 제자 합장合掌 승계昇階하여 향화를 올리며 대중을 깨우쳐 왈,

"색상色相이 구공俱空하니 구공즉무물俱空則無物이라[23]. 광대함이 어데 있느뇨?"

대중이 적연 무답寂然無答하더니 홀연 모든 중 일개 소년이 미소 왈,

"광대무량廣大無量하니 무량즉무형無量即無形이라. 색상을 어느 곳에 찾으리오?"

국사 대경하여 황망히 연화대에 내려 합장 배 왈,

"선재善哉라 불음佛音이여! 활불活佛이 출세出世하시니 빈도 묘법을 듣고자 하나이다."

모두 그 소년을 보니 봉용丰容한 얼굴은 일지 명화一枝名花 이슬을 띠었고 혜힐慧黠한 눈은 삼광오성三光五星[24]이 새벽에 돋았는 듯 기상이 영활하고 성음이 아리따워 일좌 경동하니 이는 별인이 아니라 이에 홍 난성이라. 차시 난성이 낭연 소 왈,

"지나가는 사람의 솔이率爾한 회언戱言을 허물치 말라."

국사 합장 고告 왈,

"상공의 일언에 사십팔만 대장경이 그 가운데에 있사오니 바삐 연화대에 오르사 대중의 흠앙하는 뜻을 자비하소서."

난성이 굳이 사양한대 국사가 사미를 명하여 연화대 앞에 별설別設 일탑一榻하고 난성의 오름을 간청하니, 난성이 침음양구에 성관 녹포로 앙연히 탑상에 올라 가부단좌跏趺端坐하거늘 국사 혜안慧眼을 흘려 자로 제시睇視[25]하며 다시 연화대에 올라 대중을 대하여 왈,

"이 자리에 아뇩다라阿耨多羅 삼막삼보리三藐三菩提[26]를 깨달은 선남선녀는 가까이 앉아 청참聽參하라."

하고, 파리 채를 두르며 왈,

"유색무공有色無空이 본비묘법本非妙法이요 유공무색有空無色이 원무연화原無蓮花라[27]. 어찌 이른 묘법연화이뇨?"

난성 왈,

"공변시색空變施色이요 색변시공色變施空이니 원무연화原無蓮花라, 하유묘법何有妙法

---

22) 미진迷津을 건네어 줌. 미진은 가는 길을 몰라 헤매는 상태. 깨달음의 세계는 피안彼岸.

23) 눈에 보이는 형상形相이 모두 공空이니, 모두 공이면 물체가 없는 것이라.

24) 해, 달, 별과 목성, 화성, 금성, 수성, 토성.

25) 곁눈으로 봄.

26) 아뇩다라는 큰 도를 깨달아 사람 가운데 높이 된 스승, 삼막삼보리는 평등과 보편, 곧 불교의 원리.

27) 형상이 있고 공空이 없는 것이 본래 신묘한 법이 아니요, 공이 있고 색이 없는 것이 원래 연화에 없음이라.

이리오?"[28]

국사 우문 왈,

"기무묘법旣無妙法이면 법하이묘法何以妙며 기무연화旣無蓮花면 화하이련花何以蓮고?"[29]

난성 왈,

"묘고무법妙古無法이요 연역무화蓮亦無花라."[30]

어시於是에 국사 파리 채를 누이고 합장 사 왈,

"지의진의至矣盡矣라. 석昔의 문수보살 말씀이 이러하나 그 도통을 이을 자 없더니 이제 상공은 문수 전신이 아니신즉 보살의 제자신가 하나이다."

하고, 과품果品과 다탕茶湯을 친히 받들어 드리며 도량을 파한 후 연왕과 삼랑을 암중으로 청하여 등잔을 돋우고 불법을 강론할새 난성이 담소 생풍談笑生風[31]하고 사리 통철하니 국사 망연자실하더라.

원래 난성이 백운도사를 좇아 사도師道로 섬기니 도사는 문수보살이라. 자연 불법에 정통精通함이 있으나 평생 발설치 않더니 이날 국사의 설법함이 비범함을 보고 수천 어를 대답하니 국사 대경大驚하여 합장 문 왈,

"빈도 불감不敢하오나 상공이 어데 계시며 칭호는 뉘라 하시나니이까?"

난성 왈,

"나는 강남 항주에 있는 홍생이로다."

연왕이 문 왈,

"내 설법을 듣고 법안法顔을 대하매 대사의 총명 기상이 비범함을 알지라. 어찌 저 같은 천재로 공문空門에 이름을 도망하여 평생을 적막히 보내느뇨?"

국사 무언無言 양구良久에 홀연 참담 왈,

"영욕 궁달은 막비 천명莫非天命이요 위속위승爲俗爲僧도 또한 인연이라. 이제 상공이 충곡으로 물으시니 빈도 어찌 심사를 기망하리이꼬? 빈도는 본디 낙양인이라. 가산이 풍족하고 성색聲色을 좋아하여, 두추랑杜秋娘의 후손 오랑五娘은 낙양 명기라, 천금으로 매득買得하여 일개 여아를 낳으매 안색이 극가極佳하고 총명이 절인하여 심히 사랑하더니, 산동에 도적이 대기大起하여 낙양 군사를 조발할새 빈도 종군하여 수월 후 도적을 평정하고 고향에 돌아오니 촌락이 이산하고 가권家眷을 물을 곳이 없어 전설이 혹 도

---

28) 공이 변하여 색이 되고 색이 변하여 공이 되니 원래 연화가 없거든 어찌 묘법이 있으리오?

29) 이미 묘법이 없고 보면 법을 어찌하여 묘하다 하며 이미 연화가 없으면 꽃을 어찌 연꽃이라 하리오?

30) 묘한 것은 애초에 법이 없음이요 연꽃이라는 꽃도 또한 없음이라.

31) 웃으면서 이야기하는 것이 마치 바람 불듯 술술 나옴.

적에게 죽었다 하고 혹 잡혀 갔다 하나 자세치 못한지라. 일종 정근情根 오랑 모녀를 잊지 못하여 세념世念이 없어 산중에 낙척하여 다니다가 여산 문수암에 낙발落髮[32]하니, 본의는 불법을 닦아 공덕을 쌓아 오랑 모녀를 후생에나 만날까 함이러니 우연히 경설經說에 깨침이 있어 지금은 거의 진념이 청정하고 속려俗慮 사라지나 종시 천륜이 중하고 정연情緣이 미단未斷하여 화조월석花朝月夕에 시시로 초창함을 금치 못하니 공문에 도망함이 어찌 즐거할 바리오?"

차시, 선랑이 차언을 듣고 무던히 누수淚水를 제어치 못하거늘 대사 자로 혜안을 흘려 익히 보며 문 왈,

"저 상공은 어데 게시뇨?"

선랑 왈,

"나는 본디 낙양 사람이라. 이제 대사 또한 동향지인同鄕之人인 고로 자연 심사에 감동함이 있나니 대사의 속성俗姓이 무엇이뇨?"

국사 왈,

"빈도의 성은 가 씨니이다."

선랑이 우문又問 왈,

"대사 여아를 저리 생각하니 지금 비록 만나나 무엇으로 증험하리오?"

국사 왈,

"낳은 지 불과 삼 세라. 전형典型이 오랑과 흡사함을 생각하고 천성이 총혜하여 삼 세에 이미 음률을 깨달아 오랑의 거문고를 타고 문무현文武弦[33]을 분간하니 만일 지금 생존한즉 반드시 사광師曠, 계찰季札[34]의 총명이 있을까 하나이다."

선랑이 청파聽罷에 더욱 억색抑塞하거늘, 국사 수상히 보아 왈,

"상공의 춘추 몇이시뇨?"

선랑 왈,

"십팔 세로라."

국사 측연 왈,

"세간에 얼굴 같은 자 많으나 이제 상공의 옥모를 뵈오매 두오랑과 흡사하고 연기 또한 여아와 동갑이라. 빈도 자연 정사에 촉동觸動함이 있나이다."

연왕 왈,

"오랑의 얼굴이 저 소년과 어데가 방불하뇨?"

국사 머리를 숙이고 난안赧顔[35]한 기색이 있다가 다시 고 왈,

---

32) 머리를 깎고 중이 됨.
33) 문현은 거문고의 첫째 줄이고 무현은 거문고의 여섯째 줄.
34) 사광은 춘추 시대 진나라 악사이고, 계찰은 오나라의 왕자로, 둘 다 음악을 잘 아는 사람.

"출가지인出家之人의 말할 바 아니로되 평생에 적중積中한 소회라 상공을 기망치 않으리니 빈도 종군할 제 오랑을 차마 이별치 못하여 화상을 그려 품고 갔더니 지금까지 잃지 아니하였으니 상공은 보소서."

하고 궤 속으로 작은 족자를 내어 벽상에 걸거늘, 연왕과 제랑이 자세히 보니 이에 일폭 미인도라. 연기 비록 많으나 모발과 미목이 선랑과 호리毫釐 불차不差[36]하니, 차시 선랑이 족자를 붙들고 방성대곡放聲大哭 왈,

"그 연기와 성향姓鄕이 틀리지 아니하고 그 얼굴과 사적이 다름이 없으니 다시 무엇을 의심하리오? 이는 분명 첩의 자모慈母로소이다."

연왕이 선랑을 위로하고 대사더러 왈,

"천륜은 경이히 말하지 못할지라. 무슨 다른 신적信蹟이 있느뇨?"

대사 왈,

"빈도 양 액하腋下[37]에 두 낱 사마귀 있어 남은 보지 못하나 오랑이 알고 매양 말하되 여아의 액하에도 또한 이 같은 흑자黑子[38] 있다 하나 빈도 미처 비교하여 보지 못하니이다."

연왕이 선랑의 액하를 조용히 상고하니 과연 흑자 있어 자기도 모르던 바라. 다시 국사의 양액을 보매 일호 다름이 없거늘 연왕이 기이히 여겨 선랑을 명하여 국사께 재배再拜하여 천륜을 정하게 하니, 선랑이 일어나 절하고 울며 고 왈,

"여아 획죄신명獲罪神明하와 삼 세에 병화를 만나 모친을 잃고 유리표박하여 청루에 팔리니 다만 본성이 가 씨요 부모 없는 줄만 알았더니 어찌 금일이 있을 줄 알았으리오?"

설파에 오열함을 마지아니하거늘 국사 또한 함루 왈,

"내 이미 네 얼굴을 보고 자못 심히 경동하나 종시 남자로 알았고 여자로 깨닫지 못하였더니 이제 이십여 년 끊어졌던 부녀 천륜을 다시 이으니 어찌 기이치 않으리오마는 그때 너의 모친이 어찌 됨을 기억하겠느냐?"

선랑 왈,

"비록 의희依稀하나 도적이 모친을 사로잡아 가려 한즉 모친이 나를 안고 도망하다가 적한賊漢이 따라 형세 급함을 당하매 나를 길가에 놓고 옆 우물에 빠지던 것만 생각하나이다."

국사 현연泫然한[39] 눈물이 금가錦袈를 적셔 왈,

---

35) 부끄럽거나 창피하여 얼굴색이 붉어짐.
36) 털끝만큼도 다르지 않음.
37) 양쪽 겨드랑이 아래.
38) 사마귀.
39) 줄줄 흐르는.

"내 이제 나이 팔순에 가깝고 몸이 출가하여 어찌 부부의 고정古情을 견권繾綣[40]하리오마는 너의 모친은 비록 청루 천인이나 진개 백의관음白衣觀音[41]이라. 지조 높은 것과 자색의 출인出人함을 이때껏 잊지 못하기 이곳 옥병동에 해마다 기도하여 너의 모녀 만남을 축원하더니 금일 너를 대함은 이 보살의 지도하심이로다. 연然이나 네 어찌 여자로 변복變服 유산遊山하느뇨?"

선랑이 이에 강주서 연왕을 만난 말부터 전후곡절을 일일이 고하니 국사 다시 일어 연왕을 향하여 합장 사 왈,

"빈도 눈이 있으나 상공이 연왕 전하심을 몰랐사오니 그 예수禮數[42]의 거만함을 용서하소서."

연왕이 소 왈,

"국사 연로하고 나의 악옹岳翁이라. 너무 과공過恭치 말라."

국사 흔연히 연왕 앞에 가까이 앉아 연왕의 얼굴을 자세히 보며 은근히 공경하고 사랑하는 기색이 가득하니 연왕이 또한 관대款待하더라.

국사 다시 양랑에게 사례하고 더욱 공경하더니, 난성이 소 왈,

"제자 인간지연人間之緣을 맞고 장차 선사를 따라 서천으로 가고자 하노니 사부는 지도하소서."

국사 왈,

"양랑은 귀인이라 오복이 무궁하리니 어찌 적멸寂滅한 법계를 찾으시리오? 빈도의 견마지치犬馬之齒 조불려석朝不慮夕[43]이라. 평생 한하던 여아를 만나니 여한이 없으나 몸을 이미 공문에 버렸고 뜻이 불가에 있어 다시 인간사를 참예치 아니할지라. 저 혈혈한 자식으로 써 양 낭자께 부탁하나니 빈도 일찍 여아를 위하여 옥병동에 십 년 기도함이 있더니 마땅히 연왕 전하와 양 낭자를 위하여 축원하여 죽기 전 이로써 은덕을 갚사올까 하나이다."

양랑이 사례하더라.

연왕이 선랑의 부녀지정을 펴느라 수일 대승사에 유留하다가 제삼일에 돌아올새 국사 창연하여 석장을 짚고 수리數里를 나와 하직하며 쇄루灑淚 왈,

"불가 계율이 정근情根을 경계하나 부녀 은정恩情은 승속僧俗이 일반이라. 상공과 제 낭자는 금일 빈도의 구구한 정을 잊지 마소서."

---

40) 옛정을 못 잊어함.
41) 삼십삼 관음 중 하나로, 흰옷을 입고 흰 연꽃 가운데 앉아 있는 관음보살. 출산과 어린아이를 돌보는 일을 맡았다고 한다.
42) 신분에 맞는 예의.
43) 나이가 많아 언제 죽을지 모른다는 뜻.

다시 선랑의 손을 잡고 왈,

"무위부자無違夫子하여 호향만복好享萬福하라."[44]

선랑이 차마 떠나지 못하여 누수淚水 여우如雨하거늘, 국사 표연히 산문으로 돌아가니라.

차시 연왕이 일행을 거느리고 오류동에 와 배주로 여홍을 돕고 난성더러 왈,

"돌아가는 첩경은 신선이 지도하라."

난성이 웃고 반일 만에 집에 돌아와 양친께 문후하고 귀련당에 모이어 유산하던 말과 선랑의 부친 만남을 말하니 상하의 치하 분분하더라.

익일 연왕이 중묘당에 와 백금 일천 일과 일봉서를 닦아 보조국사에게 보내어 대승사를 중수하라 하고 선랑이 또한 일습 의복과 일합一盒 소찬素饌을 보내어 효성을 표하니라.

차설, 연왕이 휴퇴休退한 지 이미 육칠 년이라. 황제 황태자를 책봉하시고 군신群臣 진하進賀를 받으실 제, 연왕이 상표 치하하니 천자 금포 옥대를 사송賜送하시사 우비優批[45]하신 후 천하에 조서하사 팔방 다사多士를 모아 문무를 보이라 하시니 어찌 하신고? 하회를 보라.

제58회 용문에 올라 양생이 구슬을 연하고
초왕을 구원하여 상서 전장에 나가다
登龍門楊生聯璧 救楚王尙書出戰

각설却說, 연왕의 장자 장성長星은 연年이 십삼 세요 차자 경성慶星은 연이 십이 세라. 일일은 연왕이 귀련당에 와 모친께 뵈온대, 태미太媺 소 왈,

"아까 장성과 경성이 부거赴擧[1]함을 청하니 네 뜻은 어떠하뇨?"

연왕 왈,

"양아兩兒 어데 가니이까?"

태미 왈,

"엽남헌에 간가 하노라."

---

44) 남편을 거스르지 말고 온갖 복을 잘 누리라.

45) 신하가 올린 글에 대하여 임금이 좋은 말로 비답을 내림. 또는 그 비답.

1) 과거 보러 가는 것.

연왕이 불러 책責 왈,

"너희 아직 나이 어리고 문학이 미거未擧하거늘 망령되이 조진지심躁進之心[2]을 두니 어찌 해연駭然치 않으리오? 바삐 물러가 학업을 힘쓰라."

익일 연왕이 다시 모친께 뵈오니, 태미 소 왈,

"작일 양아 부명父命을 듣고 경성은 유유唯唯하고 장성은 앙앙怏怏하니[3] 어찌 우습지 않으리오?"

연왕 왈,

"양아 각각 내모乃母[4]를 닮아 경아는 유순하고 장아는 당돌하니이다."

태미 소 왈,

"내 연로하고 양아의 나이 각각 십여 세 되었으니 원대로 관광觀光을 허함이 좋을까 하노라."

연왕이 미소 왈,

"모친이 또한 장성의 술術 중에 드신가 하나이다."

태미 대소하더라.

연왕이 그길로 자운루에 와 장성을 찾으니, 난성이 소 왈,

"장아 연일 밥을 먹지 아니하고 첩더러 부거하게 하여 달라 하더니 아까 춘휘루에 가니이다."

연왕이 미소 왈,

"속담에 처첩을 잘 얻은 후 자식을 잘 둔다 함이 옳도다. 장성이 종시 만장蠻將의 풍채 있어 호한豪悍하니 제어하기 어려울까 하노라."

난성 왈,

"첩이 들으매 십오 세 수재로 수천 리 밖에서도 부거를 청하셨다니 이제 장성이 공명을 탐함은 만풍蠻風이 아니라 가풍家風인가 하나이다."

연왕이 대소하고 답지 못하더라.

시야是夜에 연왕이 춘휘루에 이르니, 태야太爺 미소 왈,

"아까 장성이 와 부거함을 청하기로 연기年紀 어리고 문학이 미성함을 말한즉 앙연怏然 대對 왈 '석昔에 감라甘羅는 구 세에 상경上卿이 되었으니 사람이 재부재才不才에 있고 노유老幼에 달림이 아니요, 문학으로 말하면 소손小孫이 비록 불민하나 이 앞에서 조자건曹子建의 칠보시[5]를 지어 보시게 하리이다.' 하기로, 노부 그 기상을 기특히 여겨

---

2) 조급하게 나아갈 뜻. 곧 일찍 벼슬하려는 마음.

3) 경성은 순종하고 장성은 불만스러워하니.

4) 그 어머니.

5) 위魏나라 조조의 아들로 문장가인 조식曹植이 일곱 걸음을 걷는 동안에 지은 시.

이미 허락하였으니 경성과 같이 가게 하라."

연왕이 하릴없어 응명應命하고 양아를 치송治送할새, 윤 부인은 아자兒子를 어루만지며 행리行李를 염려하여 득실을 말함이 없고 난성은 과구科具를 일일이 조검照檢하여 장성을 경계 왈,

"남아 이 일을 경영 아니 하면 그만이어니와 이미 경영한즉 반드시 한번 들어 이름이 있게 하리니 아자는 삼갈지어다."

장성이 공수拱手 청명聽命하고 경성과 같이 등정登程하여 황성으로 가니라.

시야에 연왕이 엽남헌에 이르니 윤 부인이 앉아 미첩眉睫 간에 무슨 생각이 있는 듯하거늘 연왕 왈,

"부인이 아자를 보내고 우량踽凉함이 이 같으뇨?"

부인 왈,

"아자를 생각함이 아니라 상공이 십오 세에 등과하사 삼십이 못 되어 벼슬이 왕후王侯에 미쳤으니 첩이 항상 성만盛滿함을 근심함이 있거늘 이제 장, 경 양아 또 십이 세 유치幼稚로 공명을 하려 조진지심躁進之心이 흉중에 가득하니, 비록 만류치 못하나 어찌 계구지심戒懼之心이 없으리오?"

연왕이 개용改容 사례하고 그길로 바로 자운루에 오니, 난성이 선, 연 양랑을 청하여 옥적을 불고 거문고를 타 방장方將 자약自若하거늘 연왕이 흔연 왈,

"난성이 지독지회舐犢之懷[6]를 풍류로 위로하는도다."

난성이 낭연朗然 소 왈,

"첩이 들으매 기상이 좋은 후 백사여의百事如意하나니 남자 십 세 지난즉 사방에 뜻 둠은 떳떳한 일이라. 잠깐 떠남을 어찌 권련眷戀하리오. 아자의 금번지행今番之行에 영화로 돌아옴을 짐작하는 고로 양랑을 청하여 담소 풍류로 번화 기상을 돕고자 함이니이다."

연왕이 양랑을 보며 왈,

"난성의 발월 당돌發越唐突[7]함은 남자로 당치 못하리로다."

차설且說, 장, 경 양아 황성에 들어가 바로 윤 각로 부중에 이르니, 각로 부부 반김을 이기지 못하여 좌우로 앉히고 어루만져 왈,

"너를 못 본 지 불과 칠팔 년이라. 두각頭角이 참연嶄然[8]하여 장부의 기상을 이뤘도다."

윤 각로 별로 장성의 손을 잡고 문 왈,

---

6) 지독은 어미 소가 송아지를 사랑하여 혀로 핥아 줌. 지독지회는 자식을 생각하는 부모의 마음.

7) 기상이 준수하고 올차고 똑똑함.

8) 한층 높이 뛰어나 우뚝함.

"너의 모친이 향원에 돌아가 무엇으로 소견消遣하더뇨?"

장성 왈,

"위로 부친을 받들고 아래로 제모諸母를 거느려 풍류로 소견하나이다."

각로 개용 탄 왈,

"지의진의至矣盡矣라. 이 어찌 아름다움이 아니리오? 너의 모친을 비록 생육한 은정이 없으나 항상 권련한 마음이 경성 모에 감하지 아니터니 이제 너를 대하매 너의 모친을 본 듯 전형이 방불하여 반가움이 극하나 노부 연로하여 다시 못 볼까 하노라."

다시 경성을 보며 왈,

"네 나이 십이 세라. 근간 문학이 어찌 됨을 내 비록 모르나 금일 관광은 너무 이르도다."

경성 왈,

"부친은 불허하시나 조부 보내시더이다."

장성이 앙연 왈,

"입조 사군入朝事君[9]이 또한 학문 중 한 일이오니 어찌 평생을 구구히 책상머리에 세월을 보내오리까?"

각로 탄 왈,

"내 홍 난성이 여자 됨을 차석嗟惜하더니 이제 일개 난성이 또 났도다."

수일 후 천자 근정전에 전좌殿座하사 천하 다사多士를 문무로 설과設科하실새 장, 경 양인이 장옥場屋[10]에 들어가 계하階下에 부복俯伏하여 수부정필手不停筆하고 문불가점文不加點하니[11] 천자 보시고 대경 칭찬하사 장성을 갑과甲科에 뽑으시고 경성은 을과에 뽑으시매 전상殿上의 홍려鴻臚[12] 크게 외쳐 왈,

"금일 비록 문과에 참예하나 문무 쌍전雙全한 자 있거든 다시 궁시弓矢를 잡으라."

한대, 장성이 응성應聲 출반出班하니, 천자 대경 왈,

"장성이 불과 십삼 세 수재로 어찌 또 무기武技를 겸하뇨? 짐이 친림親臨하여 보리라."

하시고, 보조궁寶彫弓과 백우전白羽箭을 주어 앞에서 쏘이실새 군신 상하 중목衆目이 집주集注하여 구경하더니, 장성이 청삼 소매를 거두치고 옥완玉腕을 내어 보조궁을 다리어 한번 쏘매 흐르는 살이 별같이 들어가 홍심紅心을 맞히니 좌우의 갈채하는 소리 물 끓듯 하는지라. 장성이 연하여 다섯 시矢를 몰수관중沒數貫中하니, 천자 대찬大讚 왈,

"장성이 문유부풍文有父風하고 무유모풍武有母風하니[13] 짐의 보배라."

---

9) 조정에 들어가 임금을 섬기는 것.

10) 과거를 보이기 위하여 넓은 뜰에 지어 놓은 집. 곧 시험장.

11) 붓을 멈추지 않고 글을 고침 없이 써내니.

12) 국빈國賓을 접대하는 부서. 조정의 제사나 예식을 돕기도 한다.

13) 문장은 아버지의 풍모가 있고 무예는 어머니의 풍모가 있으니.

또 무과 제일인에 뽑아 문무 신방新榜을 차례로 입시하시니, 문과 용방龍榜[14] 제일第一에 양장성과 제이에 양경성과 제삼에 소광춘蘇光春이니 소유경의 아들이요, 무과 호방虎謗 제일에 양장성과 제이에 뇌문경雷文卿과 제삼에 한비렴韓飛廉이니, 뇌문경은 뇌천풍의 손자요 한비렴은 한응문의 아들이라. 황 각로 주奏 왈,

"한응문이 바야흐로 전원에 방축放逐하여 풀리지 못하였거늘 기자其子 어찌 부거赴擧하리이꼬?"

천자 또한 적당賊黨을 미워하사 삭과削科하시고 다만 문무 오 인을 취하사 양장성을 한림학사 겸 우림랑羽林郎을 배拜하시고 양경성과 소광춘은 금란전 학사를 배하시고 뇌문경은 호분랑虎賁郎을 배하사 채화彩花 일지一枝와 녹포 야대綠袍也帶를 주실새 장성은 채화 일지와 어구마御廄馬[15]와 보개寶蓋를 더 주시고 양 학사 형제를 별로이 탑전榻前에 인견引見하사 왈,

"여부汝父 연왕은 짐의 동량棟樑이라. 네 또한 황태자를 도와 자자손손이 세록지신世祿之臣이 된즉 어찌 아름답지 않으리오?"

인하여 태자를 부르사 양 학사를 가리키시며 왈,

"이는 네 주석지신柱石之臣이라. 타일 군신이 짐의 면계面戒하는 뜻을 저버리지 말라."

차시此時, 황태후 양장성의 용호방龍虎榜 중첩重捷함을 들으시고 왈,

"이는 나의 외손서外孫壻라. 인견引見코자 하노니 황상께 고하라."

하시니, 이는 진왕이 취성동 갔을 때 꾁 귀비의 딸 초옥의 혼인을 장성과 정함이라. 천자 즉시 장성을 명하사 연춘전에 입시하니 전상 전하殿上殿下에 궁녀 비빈이 둘러서서 가리키며 칭찬 왈,

"십삼 세 남자 어찌 저리 숙성하며 이목 안색이 난성을 혹초酷肖하였으니 반갑도다."

일개 노 궁인이 소 왈,

"너희 다만 난성을 보고 연왕 소시少時를 못 보도다. 내 일찍 황상을 뫼셔 연왕 등과登科함을 구경하니 기시其時 연왕은 십오 세라. 옥모 풍채 저와 방불하더니 벌써 유자有子하여 가풍을 이으니 유시부유시자有是父有是子[16]로다."

황태후 장성을 인견하사 왈,

"외조 신하를 구태여 볼 바 없으나 너는 장차 나의 외손서 될 뿐 아니라 여모汝母 홍 난성을 노신이 사랑하여 딸같이 아나니 근일 전원에 돌아가 범절이 전일과 다름이 없느냐?"

장성이 기복起伏 주奏 왈,

---

14) 문과 합격자. 합격자를 발표하는 종이에 문과는 용을 그리고 무과는 범을 그린 데서 온 말.

15) 궁 안에서 기르는 임금이 타는 말.

16) 그 아버지에 그 아들.

"어미 향산鄕山에 안향安享하여 질병이 없사오니 막비 성은이로소이다."

태후 사좌賜座하시고 사찬賜饌 후 퇴출退出하니라.

차일 윤 각로 양 학사를 데리고 부중에 나오니, 소 부인이 경성의 손을 잡고 왈,

"네 어미 멀리 있어 오늘 경사를 한 가지 못 보니 흠사欠事로다."

각로 왈,

"너의 형제 근친覲親이 급하니 바삐 유가遊街하고 근친覲親하는 상소를 올리라."

양 학사 응명應命하고 유가할새 도처마다 택서擇婿[17]하는 자 분분하여 장성은 이미 화진과 혼인함을 아는 고로 감히 의논치 못하고 경성의 통혼通婚하는 소리 빗발치듯 윤 각로 부중에 매파 저자와 같더라.

선시先時, 화진은 진왕 인수印綬를 바치고 초왕을 봉하여 공주와 삼 귀비를 거느리고 초국으로 가니라.

차설且說, 양 학사 유가를 마치고 상소 수유受由[18]하여 근친하러 갈새 천자 이원梨園 풍악과 황금 천 일을 주사 연수宴需를 부조하시고, 낙양령洛陽令 이하로 지방관이 길을 닦고 처처處處 영후迎候[19]하니 기구의 장함과 기마의 빛남을 뉘 아니 칭찬하리오. 취성동에 이르매 태야 연왕과 동중 빈객을 모아 춘휘루에 연석을 배설하고 태야, 양부兩婦 삼랑을 모아 귀련당에서 기다릴새, 양兩 학사 녹포 야대綠袍也帶로 어구마를 타고 보개 운번과 이원 풍악을 앞세워 태야와 부친께 뵈오니, 태야 미소하며 양 학사의 손을 잡고 내당에 들어와 태미와 제부諸府 제랑께 뵈오니, 태야 양 학사를 좌우에 앉히고 어루만지며 왈,

"내 네 아비를 늦게 두어 영화를 보지 못할까 하였더니 이제 여등汝等의 과경科慶을 보니 어찌 뜻하였던 바리오?"

태야 윤 부인과 난성더러 왈,

"고금의 희귀한 경사라. 예불가폐禮不可廢니 난성은 장성이 문무 쌍전하여 용호방을 다 맞히니 더욱 그저 있지 못할지라. 어찌코자 하느뇨?"

윤 부인과 난성이 함소含笑하고 부끄러하는 빛이 있더라.

익일, 춘휘루에 상사賞賜하신 천금으로 중빈衆賓을 모아 대연大宴하고 제이일 엽남헌에 놀고 제삼일 자운루에 놀새, 채단과 금백으로 이원 악공을 후상厚賞하여 보내니라.

일일은 연왕이 엽남헌에 이르니, 윤 부인 종용 고 왈,

"경성이 비록 과방科榜에 모참冒參하였으나 나이 어리고 문학이 미성하니 상공은 황상께 상소하사 십 년 말미를 얻어 향원에서 독서함이 좋을까 하나이다."

연왕이 개용 왈,

---

17) 사위를 고름.

18) 말미를 받음.

19) 곳곳마다 영접하고 문안함.

"학생의 마음이 그러하니 명일 상소코자 하나이다."

하고 다시 자운루에 이르니, 난성이 장성을 데리고 무슨 책을 보거늘, 연왕이 소 왈,

"낭이 교자教子함이 그르도다. 군자 승평 재상昇平宰相을 기망期望하리니[20] 육도 삼략을 무엇 하리오?"

난성 왈,

"인무원려人無遠慮면 필유근우必有近憂[21]라, 남아 입조入朝하여 사방에 유의有意하매 어찌 한갓 도학 문장만 주장하리오? 반드시 상통천문上通天文하고 하달지리下達地理하며 풍운조화와 기정합변奇正合變을 무불통지無不通知함이 옳을까 하나이다."

연왕이 미소하더라.

각설却說, 차시 천자 즉위 십오 년이라. 사방이 무사하고 백성이 안락하니 조정에 깊은 염려 없으나, 묘당廟堂, 관각館閣[22]의 일이 전착顚錯함이 많고 방백 수령은 부서 기회簿書 期會[23]로 일삼으니 유식자有識者 근심하더라.

일일은 천자 근정전에 파조罷朝하시고 후원에 근신近臣을 데리시고 꽃을 구경하고 고기를 낚으시며 글을 지어 소창消暢하시더니 홀연 초왕의 상소 이르거늘 급히 학사를 명하여 읽게 하시니, 그 소疏에 왈,

초왕 신 모는 백배百拜 상서우황제폐하上書于皇帝陛下 하오니 초국 삼천여 리 밖은 자로 중국에 조공을 통치 아니하고 풍속 인물과 산천이 여지興地[24]에 빠졌사오니 이역異域으로 대접하고 만이蠻夷로 물리치는 바라. 수년 이내로 바다를 인연하여 표박漂泊한 주즙舟楫[25]과 생소한 인물이 왕왕 지경을 넘으나 즉시 순풍을 만난즉 거처 없삼기로 매양 저 가는 대로 버려두고 원려遠慮를 둠이 없더니, 금춘今春에 홀연 해선海船 만여 척이 괴이한 병기를 싣고 육지에 내려 일야지간一夜之間에 일곱 군郡을 함몰하고 남방 백여 부락을 합하여 산곡지간山谷之間에 웅거하니, 초국楚國 지경地境과 비록 수천여 리를 격隔하였사오나 방미두점防微杜漸[26]하는 도리와 심우 원려深憂遠慮하는 방략이 없지 못할지라. 방장方將 성지城池를 수축修築하여 군마를 조련하여 불우지변不虞之

---

20) 태평한 세상의 재상 되기를 바라니.
21) 사람이 장래를 생각해 두지 않으면 반드시 머지않아 걱정할 일이 생김.
22) 묘당은 의정부, 관각은 예문관이나 홍문관. 통틀어 조정을 말한다.
23) 일 년 회계를 장부에 기입하여 기일 내에 조정에 보고하는 일. 부서簿書는 전곡錢穀을 출납하는 장부.
24) 지리서地理書. 만물을 싣는 수레 같은 땅이라는 뜻에서 온 말.
25) 표류하게 된 배.
26) 힘이 약할 때에 미리 방비함.

變을 방비하오나 승평지시昇平之時에 군무를 유의함은 작은 일이 아니라, 감진실상敢進實狀[27]하여 황공이문惶恐以聞하노이다.

천자 청필聽畢에 윤 각로를 인견하사 상소를 보이시니, 윤 각로 주奏 왈,
"만적蠻敵이 지경을 넘어 작란作亂하니 그 뜻을 측량치 못할지라. 바라건대 연왕 양창곡을 부르사 방략을 물으심이 옳을까 하나이다."
상이 의윤依允하시고 미처 조서를 발송치 못하여 전전어사殿前御使 동홍董紅이 주 왈,
"방금 천하 무사하고 백성이 안돈安頓하거늘 일개 해적을 인연하여 조정이 진동한즉 이는 외국에 천심淺深을 보임이라. 신이 외론外論[28]을 들사오니 국가에 대사 있은 후 연왕을 부르시리라 하더니 이제 초국 사신이 오자 연왕을 명소命召하시면 자연 민심이 소동할까 하나이다."
천자 유예미결猶豫未決하시니, 원래 동홍은 장안 사람이라. 말 달리고 축국蹴鞠으로 상총上寵을 얻어 권세 점점 조정을 기울이니, 상자대신上自大臣으로 감히 거우지 못하나[29] 다만 연왕이 입조入朝할까 저어하더니 차시를 타 아뢰매 상이 인하여 연왕을 부르지 아니시고 다시 초국 동정을 기다리시더니, 수일 후 초왕의 상소 또 이르니 상이 놀라 바삐 보시니, 대강 소본疏本에 왈,

초왕 신 모는 써하되 신이 유어승평遊於昇平하고 소어무비疏於武備하와[30] 향일向日 해적이 수일지내에 범경犯境하여 다섯 군을 깨치고 형세 급하니 초국 잔병殘兵으로 당치 못할지라. 바삐 대군을 발하여 구원하소서. 적정을 대강 탐지하매 적괴賊魁의 이름은 야선耶單이니 지혜 도략이 비상하고 또 일개 도사 있으니 도호는 청운도인靑雲道人이라. 도술이 난측하고 수하 맹장猛將이 무수하다 하더이다.

천자 보시고 대경하사 윤 각로를 인견하시고 즉일 하조下詔하사 연왕을 명소命召하시다.
차설, 연왕이 윤 부인의 말하던바 아자兒子의 공부를 위하여 상소코자 하더니, 홀연 천자 조서를 내리시니 연왕이 북향 사배하고 열어 보니 황상의 친필이라. 하였으되,

국가에 대사 있어 경이 아닌즉 당치 못할지라. 이 사신과 같이 등정登程하되 홍 난성

---

27) 감히 실상을 말씀드림.
28) 바깥 여론.
29) 위로는 대신도 감히 그를 거스르지 못하나.
30) 태평만 즐기고 군비를 소홀히 하여.

과 해래偕來[31]하라.

　연왕이 보고 난성을 바삐 부르니 난성이 학사를 데리고 이르거늘, 연왕이 조서를 보인대 난성이 무어無語 양구良久에 왈,

　"상공이 장차 어찌코자 하시느뇨?"

　연왕 왈,

　"군명君命을 불가지완不可遲緩[32]이라. 발행코자 하노라."

　난성 왈,

　"해 이미 저물고 상의할 일이 있을지니 명일 등정하심이 좋을까 하나이다."

　연왕이 옳이 여겨 천사天使를 객실에 쉬게 하고 내당에 들어가 양친을 뫼시고 양兩 부인 제랑과 양 학사로 상의할새, 연왕 왈,

　"천자 난성을 해래하라 하시니, 필경 병혁지사兵革之事 있음이라. 요량컨대 연곡지하輦
轂之下[33]에 시급한 변은 아니나 만일 변방에 도적이 있어 다시 출전함을 명하신즉 식군 지록食君之祿이 의불감사義不敢辭라[34]. 다만 모년 슬하에 자로 이측離側[35]함이 불효막 대로소이다."

　태야 추연惆然 왈,

　"노부 금일 심약하여 너를 오래 떠남이 어려우나 만일 출전지장出戰之場에 이른즉 혼솔 渾率[36]을 데리고 황성 경제京第에 가 있고자 하노라."

　난성 왈,

　"상공의 출전 여부는 비록 예탁豫度지 못하나 이번 상경하신즉 졸연히 환향하실 기약이 없을지니 부득불 혼솔이 추후追後하여 경제京第로 모이심이 좋을까 하나이다."

　태야 그 말을 옳이 여기더라.

　난성이 또 고 왈,

　"아자의 벼슬이 우림랑에 있으니 명일 거행에 동거同去함이 어떠하리이꼬?"

　연왕 왈,

　"낭이 이미 동거한즉 낭의 소솔所率을 구태여 여기 둘 바 없으니 데리고 가라."

　익일, 미명에 연왕이 아자 모자를 데리고 일행이 황성으로 가니라.

---

31) 함께 옴.

32) 임금의 명령에 지체하지 못함.

33) 임금님 계신 궁궐 아래. 곧 서울.

34) 신하의 의리로 보아 감히 사양하지 못함.

35) 부모 곁을 떠남.

36) 온 집안.

차시此時 천자 연왕의 입조함을 고대하시더니 천사 돌아와 연왕이 입성함을 고하거늘 상이 대희하사 즉시 인건하실새 어탑에 내리사 집수執手 왈,

"경을 못 본 지 이미 칠팔 년이라. 또 국가의 유사有事함을 인연하여 창황히 부르니 참괴하도다."

연왕이 주 왈,

"신이 불충하와 오래 조알朝謁치 못하고 국가의 유사함을 망연茫然 부지不知하였삽더니 천은이 망극하사 다시 명소하시니 그 도보圖報하올 바를 알지 못하나이다."

상이 이에 초왕의 전후 상소를 보이시니, 연왕이 보고 심중에 대경하여 생각하되,

'남방 오랑캐 가장 제어하기 어렵고 초국이 막강지국으로 수일지간에 다섯 읍을 잃었으니 그 형세 급하도다.'

하고, 주 왈,

"초국은 남방 변경지국邊境之國이라. 그 구원함을 소루疏漏히 못할지니 금일 문무 백관을 모아 방략을 의논함이 옳을까 하나이다."

상이 의윤依允하시니, 원임 각로原任閣老 황의병과 연왕 양창곡과 우승상 윤형문과 병부 상서 소유경과 예부 상서 황여옥과 한림학사 양장성과 대장군 뇌천풍과 호분랑 뇌문경 등 일반 문무 관원이 일시 입시하니, 천자 하교 왈,

"남만이 창궐하여 초국을 침범하니 천토天討를 지완치 못할지라. 경 등은 각각 방략을 말하라."

황 각로 주 왈,

"작은 오랑캐 대국을 규시窺視하니 그 죄 큰지라. 발병發兵 문죄問罪함이 당연할까 하나이다."

윤 각로 주 왈,

"방금 조정에 장재將才 없사오니, 복원伏願 성상은 택인擇人함을 유의하소서."

연왕이 주 왈,

"금일 초국이 비록 무비武備를 숭상치 못하오나 자고로 강국이요 또한 남방 풍토에 익을지니 천병을 구태여 많이 조발하여 민심을 소동치 마시고 정병 오류천 기를 거느려 초왕과 합세하여 치게 하소서."

병부 상서 소유경이 주 왈,

"초왕의 상소 이른 지 이미 수일이라. 발군發軍함이 시급하니이다."

대장군 뇌천풍이 주 왈,

"폐하 장수를 구하실진대 연왕이 아니면 없을까 하나이다."

상이 탄 왈,

"연왕이 향일 남만南蠻, 북호北胡를 평정하여 오래도록 수고하였으니 어찌 출전을 말하리오?"

소유경이 갱주更奏 왈,

"성교聖教 지당하시나 남만의 강성함이 용장庸將[37]으로 당치 못할지라. 연왕이 비록 독현지심獨賢之心[38]이 있으나 국사를 돌아보사 다시 출전함을 명하시고 또한 난성후 홍혼탈을 조서하사 한가지로 가게 하소서."

뇌천풍이 출반 주 왈,

"소 상서의 말이 가위 만전지계萬全之計라. 만일 연왕과 홍 난성이 나가지 않은즉 초국 일방一方은 폐하의 땅이 아닐까 하나이다. 폐하 양인을 다 쓰신즉 신이 비록 늙으나 벽력부霹靂斧 오히려 있사오니 마땅히 전부선봉前部先鋒이 되어 남만의 머리를 탑전에 바치리이다."

설파說罷에 서리 같은 털이 장대같이 일어서기늘, 상이 칭찬 왈,

"장재哉哉라, 뇌천풍이여! 짐이 족히 고침무우高枕無憂[39]하리로다."

하시고, 연왕을 보시더니 홀연 반중班中 일개 소년이 출반주出班奏 왈,

"신이 비록 무용無勇하오나 아비를 대신하와 대군을 거느려 남만을 평정하고 돌아오리이다."

모두 보니, 면여백옥面如白玉하고 성모세미星眸細眉[40]에 기상이 당당하니 이에 한림학사 양장성이라. 천자 대경하사 연왕더러 왈,

"경의 아들이 나이 어리거늘 이제 출전함을 원하니 지자知子는 막여부莫如父라. 경의 뜻이 어떠하뇨?"

연왕이 주 왈,

"미거한 자식이 성주聖主의 장발하신 은총을 입사와 비록 도보圖報할 마음이 간절하오나 백면서생白面書生이요 구생유취口生乳臭라. 삼군지장三軍之將을 맡기심은 조정의 용인用人하는 도리 소루할까 하나이다."

언미필에 공거령公擧令[41]이 일장 상소를 받들어 올리거늘, 상이 문 왈,

"뉘 상소이뇨?"

대 왈,

"난성후 홍혼탈의 상소이니이다."

천자 대희 왈,

"필연 무슨 묘계妙計 있으리로다."

하시고, 금란학사 소광춘더러 읽으라 하시니, 그 소에 왈,

---

37) 용렬한 장수.
38) 혼자만 애쓰는 마음.
39) 베개를 높이 베고 근심이 없음.
40) 백옥 같은 얼굴과 정기어린 눈과 가는 눈썹.
41) 공문서를 관장하는 관리.

신첩 난성후 혼혼탈은 백배百拜 상서우황제폐하上書于皇帝陛下 하나이다. 준이남만蠢夷南蠻이 감거대방敢拒大邦하여[42] 성주의 근심을 더하노니 정히 신자臣者의 진충도보지시야盡忠圖報之時也라[43]. 석석에 주지적공周之逖公과 송지조빈宋之曹彬이 각각 자식을 천거하여 국가의 어모간성지장禦侮干城之將[44]이 되었사오니 후세 의논이 그르다 아니함은 그 사사 없음이라.

신첩이 본디 표박한 천종으로 성주의 은총을 입사와 부귀 극진하고 영화 족하오니 비록 누의지미螻蟻之微와 돈어지우豚魚之愚[45]라도 어찌 한번 충분忠憤을 다하여 마혁과 시馬革尸[46]할 마음이 없으리오마는 조정에 비록 사람이 없으나 일개 여자 두 번 출전함은 외국의 수치라. 연고로 충심이 고인을 효칙하여 일개 장재將材를 폐게 천거하여 거의 국사를 그르치지 아닐까 하노니, 폐하는 수찰搜察하소서.

신자臣子 양장성이 비록 연치年稚하나 일찍 제 어미를 좇아 병서를 배워 기정합변奇正合變의 조박糟粕[47]을 깨닫고 천문 지리의 재주를 정통하여 고명장古名將에 사양치 아닐지라. 그 영웅 도량은 내부乃父에 내림이 없고 효용 경륜驍勇經綸은 첩으로 당치 못할까 하나이다. 비록 금수같이 미련함도 지독지련舐犢之憐이 있나니 첩이 어찌 의심된 일로 자식을 자청하여 사지死地에 보내리이꼬? 다만 천은이 망극하매 제 몸을 대신하여 연애지미涓埃之微로[48] 도보圖報할까 하나이다. 또 호분랑 뇌문경은 세세 장종世將種으로 신첩에게 검술을 배워 만부부당지용萬夫不當之勇이 있사오니, 폐하 쓰사 장성을 돕게 하시면 일비지력一臂之力[49]이 더 될까 하나이다.

천자 청필聽畢에 대희하사 왈,
"홍 난성의 위군위국爲君爲國함이 사소지혐些少之嫌과 자애지정慈愛之情을 돌아보지 아니하니 어찌 기특지 않으리오? 난성의 조감藻鑑이 과인過人함을 짐이 아나니 어찌 그 아들을 모르고 천거하리오?"
즉시 하교 왈,
"한림학사 양장성을 병부시랑 겸 도원수를 배拜하여 금포 금갑錦袍金甲과 백모 황월白

---

42) 어리석은 남쪽 오랑캐가 감히 대국에 항거하여.
43) 신하 된 자가 충성을 다해서 임금의 은혜를 갚을 때.
44) 나라가 모욕당하는 것을 막는 국가의 방패 같은 장수.
45) 개미같이 미미하고 돼지와 물고기같이 미련함.
46) 말가죽으로 시체를 싼다는 뜻으로. 곧 전쟁터에서 죽음.
47) 기수, 정수의 합하고 변하는 법의 대강.
48) 아주 조금이나마.
49) 한 팔 또는 한쪽 팔꿈치의 힘. 곧 남을 도와주는 작은 힘.

旄黄鉞을 주어 삼 일 후 발군發軍하라."

하시니, 연왕이 주 왈,

"신방新榜 무과 한비렴韓飛廉이 용·맹이 절인하고 병법이 능통하오니, 복원伏願 폐하는 도로 복과復科[50]하사 종군케 하소서."

상 왈,

"짐이 또한 그 호용豪勇함을 들었으나, 기부其父 한응문이 구일舊日 적당賊黨한 고로 삭과削科하였더니 경이 이미 천거하니 특별히 복과하여 중랑장을 배하여 종군하게 하라."

차시 문무백관이 바로 퇴출할새 양 원수 사은 수명謝恩受命하고 부중에 돌아오니, 제영諸營 장졸將卒이 이미 문전에 등대等待하고 부원수 뇌문경과 중랑장 한비렴이 일시에 이르니, 뇌문경은 시년是年이 이십팔 세요 한비렴은 이십 세라. 원수 한비렴으로 행 군사마行軍司馬를 삼고 하령下令 왈,

"명일 행군하리니 만일 지체한즉 군율이 있으리라."

한 사마 청령聽令 퇴출退出하니라.

차설且說, 양 원수 내당에 들어가 양친을 뫼시고 행군할 방략을 의논할새 연왕 왈,

"병난요탁兵難料度[51]이나 남방 풍속이 변사變事 무궁無窮하니 경이 이易히 대적지 말고 천하 생령生靈이 도시都是 적자赤子[52]라, 살육을 적게 하라."

원수 재배 수명再拜受命하더라.

차일此日 난성이 등잔을 돋우고 독좌獨坐하여 병서를 보더니 연왕이 와 보고 소 왈,

"낭이 어린아이를 소루히 천거하고 무슨 묘계를 가르치려 하느뇨?"

난성 왈,

"아자의 장략將略은 첩도 당치 못할지니 비록 근심이 없사오나 다만 소년 예기로 군령이 태강太强하여 살육이 많을까 하나이다."

아이오 원수 밖으로 들어와 모친께 고 왈,

"소자 명일 발군코자 하오니 모친이 어찌 일언을 가르침이 없나니이까?"

난성이 소 왈,

"네 종시 네 모母를 아녀자로 아나니 어찌 그 말을 신청信聽하리오?"

원수 피석避席 돈수頓首 왈,

"소자 비록 불초하오나 모친의 명하심을 불망不忘하오리이다."

난성이 웃고 연왕께 고 왈,

"금야 월색이 좋으니 아자와 잠깐 후원에 오르심이 어떠하시니이까?"

---

50) 과거의 급제자를 낙제시켰다가 다시 합격시킴.

51) 전쟁이란 짐작하기 어려움.

52) 임금의 갓난아이. 임금의 백성을 이르는 말.

연왕이 미소하고 원수와 원중園中에 이르니, 차시는 모춘暮春이라. 일륜명월一輪明月이 광채를 흘려 만원화목滿園花木의 그림자 은영隱映하거늘, 난성이 시비더러 왈,

"내 쌍검을 가져오라."

시비 즉시 취봉루에 가 쌍검을 가져오니 난성이 표연히 월하에 나서며 쌍검을 춤추어 화림花林 간에 수차 왕래하더니 홀연 간 곳이 없고 다만 한 줄기 무지개 후원을 둘러 한기寒氣 습인襲人하며 분분한 나무 잎새 어지러이 떨어지니, 연왕이 원수를 보며 왈,

"여모汝母의 검술이 오히려 남았도다."

하더니, 홀연 공중에 일개 부용검이 날아 무지개를 쳐 쟁연히 소리하며 가지 위의 일 쌍 자고鷓鴣 놀라 편편히 날아 동으로 가니 또 부용검이 공중에 날아 동을 막는지라, 그 자고 또 서로 향하니 또 부용검이 서를 막는지라, 자고 놀라 소리하며 헤어져 동서남북으로 어지러이 날더니 난데없는 부용검이 공중에 가득하여 상하사방에 섬홀閃忽 분분紛紛하니, 그 자고 갈데없어 슬피 울며 연왕 앞에 달려들거늘 연왕이 웃고 소매를 들어 자고를 가리니, 아이오 난성이 공중으로 내려서며 소 왈,

"남방 도적을 인연하여 내 원중 자고를 놀래었도다."

원수더러 왈,

"네 저 낙엽을 집어 보라."

원수 낱낱이 집어 보니 잎새마다 검흔劍痕이 있는지라. 난성 왈,

"내 용검用劍하는 법은 봉황탁실법鳳凰啄實法[53]이니 비록 백만 대군을 당하나 낱낱이 머리를 베어 빠뜨림이 없으니 그는 처음 쓰는 법이요, 둘째 쓰는 칼은 지주박접법蜘蛛縛蝶法[54]이니 비록 승천입지昇天入地할 용맹이 있으나 이 칼에 도망치 못할지라. 연이나 내 평생에 검술을 믿고 위태함을 범치 아니하고 망령되이 살인함이 없음은 상공의 아시는 바라. 무릇 장수가 되어 살육함이 만약 많은즉 그 자손이 번성하지 못하고 나중에 반드시 비명횡사하나니, 너는 적병을 대하여 내 말을 명심하고 좋은 계책으로 공격하여 은위恩威로 항복을 받아 천하에 네 이름을 드러낼지어다. 네 이제 무예 병법이 너보다 나은 자 없으나 만일 용맹을 믿고 위지危地에 들어가며 강맹强猛을 힘써 살육을 일삼은즉 비단 병가兵家 대기大忌라[55] 또한 신자臣子 충효지심忠孝之心이 아닌가 하노라."

원수 재배 수명하더라.

제삼일 양 원수 행군할새 천자 남교에 전송하사 친히 추곡推轂[56]하시고 왈,

---

53) 봉황새가 열매를 쪼는 법.
54) 거미가 나비를 얽는 법.
55) 병법가들이 대단히 꺼리는 것이 아닐 뿐 아니라.
56) 수레바퀴를 미는 것. 왕이 장군을 싸움터로 떠나보낼 때 그가 탄 수레를 밀면서 싸움에서 이기고 돌아오기를 기원했다고 한다.

"곤궐閫闕[57] 이외는 장군이 제지하여 대공을 세우고 빨리 돌아오라."

원수 수명 등거登車하니 부오部伍 엄정嚴整하고 고각鼓角이 정제하거늘 천자 희동안색喜動顏色하사 연왕더러 왈,

"원수의 군율이 경에게 지지 않을까 하노라."

연왕이 부중에 돌아와 왈,

"금일 황상을 뫼셔 장성의 행군함을 보매 군령이 숙연하여 제 아비로 당치 못할까 하노라."

난성이 소 왈,

"싱공이 매양 장성이 외탁하여 만장蠻將의 풍도 있음을 한탄하시더니 금일에야 제 어미 가르친 공을 아시나니이까?"

연왕이 대소하더라.

차설, 초왕이 두 번 상소 후 천병을 고대하나 소식이 망연하더니 일일은 남군 태수 고하되, 금야今夜 삼경에 적병 만여 명이 범경犯境하여 성지를 에워싸고 그 기세 시급하다 하니, 초왕이 대경하여 제신諸臣을 모아 상의 왈,

"남군은 초국 중지重地라. 만일 지키지 못하면 왕성王城이 위태하리로다."

하더니, 익일 태수 또 보 왈,

"적병이 남군을 함몰하고 왕성으로 향하나이다."

하거늘, 초왕이 실색失色 왈,

"안에는 양장良將이 없고 밖에는 강적이 있으니 일편고성一片孤城을 장차 어찌하리오?"

제신이 고 왈,

"왕성을 수성守成할 것이 아니라 지자성枳子城을 지키어 대군을 기다림이 옳을까 하나이다."

지자성은 한수漢水 위의 방성산方城山에 있으니 전후좌우에 지극枳棘이 성림成林[58]한 고로 호왈號曰 지자성枳子城이라. 성지 비록 견고하나 지형이 협착하고 군량이 없으매 초왕이 자저하더니 야심 후 납함吶喊 소리[59] 진동하며 적병이 남문을 치거늘, 초왕이 대경하여 창황 중 공주와 삼 귀비와 초옥 군주楚玉郡主로 수천 기를 거느려 북문을 나와 왕성을 버리고 지자성으로 가니, 적병이 왕성을 깨치고 군량 보화를 탈취하고 다시 지자성을 에워싸니 초왕이 친히 시석을 무릅쓰고 군사를 동독董督하여 삼일삼야三日三夜를 지키되 적병이 운제雲梯를 무어 성중을 굽어보며 양초糧草[60] 없음을 보고 철통같이 에워싸 형세 점점

---

57) 조정 안.
58) 탱자나무 가시가 숲을 이룸.
59) 함성 소리.

위급한지라. 초왕이 앙천仰天 탄 왈,

"하늘이 과인을 이곳에서 죽게 하시도다."

하고, 친히 말께 올라 성에 나가 한번 싸우고자 하니, 초옥 군주 울며 왕의 소매를 붙들고 간 왈,

"천조天朝에 구병救兵을 청하였으니, 부친은 수일을 더 기다려 보소서."

초왕이 옳이 여겨 다시 성문을 닫고 지키더라.

차시此時 양 원수 소과所過에 추호를 불범不犯하니 거리거리 송덕함이 우레 같더라. 초국 지경에 이르매 촌락이 소연蕭然하고 계견鷄犬이 희소하여 적병의 지나간 자취 완연한지라. 원수 배일 병행倍日竝行[61]하여 초 왕성에 이르니 밤이 이미 삼사 경이라. 월색이 희미한데 성문이 통개洞開하고 적병이 둔취屯聚하여 등화燈火 점점點點하거늘 원수 대군을 물려 수리 밖에 결진結陣하고 군교軍校 일인을 불러 분부 왈,

"네 가만히 왕성 근처에 가 무론毋論 남녀하고 초국 백성을 보거든 불러오라."

아이오 일개 노옹을 불러오니, 원수 문 왈,

"나는 천조天朝 구병장救兵將이라. 초왕이 지금 어데 계시뇨?"

노옹 왈,

"지자성에 계시나 사면 적병이 에워싸 통通치 못하나이다."

원수 우문又問 왈,

"적병이 얼마나 되며 적장은 어데 있느뇨?"

노옹 왈,

"적병은 부지기만명不知幾萬名이요 적장은 지자성 하에 있나이다."

원수 노옹을 군중에 두고 부원수 뇌문경을 불러 왈,

"장군이 수천 기를 거느려 승야乘夜 함매銜枚[62]하고 가만히 왕성 하에 이르러 크게 납함하고 성을 치되 문에 들지 말고 다만 성외의 척후斥候하는 적졸을 무론毋論 다과多寡하고 잡아 오라."

뇌문경이 청령聽令하고 수천 기를 거느려 왕성 밖에 이르러 보니, 과연 적병이 방비함이 없고 성문을 통개하여 다만 척후하는 군사 삼삼오오 왕래하거늘, 뇌문경이 크게 납함하고 달려드니 적병이 대경하여 일시에 성문을 닫고 성상에 올라 활로 쏘는지라. 뇌문경이 거짓 성을 치는 체하다가 척후하는 적병 수십을 생금生擒하여 돌아오니, 원수 다시 하령下令 왈,

"초왕이 지자성에서 위태하시다 하니 금야 대군을 합력하여 먼저 지자성을 쳐 구하고 명

---

60) 군사가 먹을 양식과 말을 먹일 꼴.

61) 길을 서둘러서 이틀 갈 거리를 하루 만에 감.

62) 밤을 이용하여 움직이되 군마에 재갈을 물려 소리가 나지 않게 함.

일 초 왕성을 치리라."

하고, 짐짓 생금한 적병을 놓으며 헛북을 치며 방포放砲하여 대군이 일시에 납함하니, 천지진동하고 산천이 뒤집히는지라. 적병이 살대같이 도망하여 지자성에 가 적장에게 명진明陣 동정을 일일이 고하니 적장이 대경하여 즉시 왕성 중 군사를 불러내어 스스로 방비하는지라. 원수 뇌문경에 일러 왈,

"여차여차하라."

하고, 대군을 함매하고 월색을 띠어 바로 초왕 성 남문을 깨치고 들어가니, 성중에 노약老弱 잔병 수백 명과 일개 적장이 있는지라. 양 원수 즉시 적장의 머리를 베어 북문에 다니 적진에서 바라보고 왕성을 빼앗긴 줄 알고 두려워하더라.

원수 다시 군중에 하령 왈,

"초 왕성은 국지근본國之根本이라. 이미 도로 웅거雄據하였으니 근심할 바 없는지라. 밝기를 기다려 도전하리라."

하고, 삼군을 분부하여 성문을 닫고 갑옷을 벗으며 안장을 떼고 창검을 뉘어 방비함이 없거늘, 노약 만병蠻兵 백여 명이 상의 왈,

"우리 이때 도망하리라."

하고, 가만히 월성越城하여 본진에 가 적장에게 고한대 적장이 반신반의하여 북산에 올라 성중을 굽어보니 월색이 희미한대 과연 등촉이 회소하고 경점更點 소리 단속斷續[63]하여 일제 잠든 모양이라. 적장이 대회 왈,

"명병이 멀리 구치驅馳[64]하였으니 어찌 뇌곤惱困치 않으리오? 이때를 타 성지를 도로 탈취하리라."

하고, 군사 절반을 나눠 반은 지자성을 에워 있게 하고 반은 초 왕성을 칠새 성하에 이르니 홀연 등 뒤에 방포放砲 소리 나며 일원一員 대장大將이 수천 기騎를 거느리고 대도大刀를 두르며 꾸짖어 왈,

"명국 부원수 뇌문경이 여기서 기다린 지 오래니 적장은 내 칼을 받으라."

하고 동서 충돌하거늘, 적장이 창황하더니 또 왕성 북문이 열리며 일원 대장이 장창長槍을 들고 소리를 벽력같이 질러 왈,

"명군 행 군사마 한비렴이 여기 있으니 적장은 닫지 말라."

양장兩將이 전후 협공하니, 적장이 불감대적不敢大敵하고 말을 빼어 달아나는지라. 양장이 좇아 지자성 아래 이르니 시살廝殺할새 양장이 도시 소년 예라. 칼과 창을 번득이어 각각 수천여 급級을 버힌 후 창검을 거두고 사면을 돌아보니 월락서산月落西山하고 동방이 기백旣白한데 적병이 만산편야滿山遍野하여 중중첩첩히 철통같이 에워싸는지라. 양

---

63) 시간을 알리는 소리가 끊겼다 이어졌다 함.
64) 말이나 수레를 타고 달림.

장이 서로 보며 왈,

"우리 예기로 싸움을 탐하여 깊이 들어왔으니 어찌 에워싼 것을 뚫으리오?"

하더니, 홀연 양개 적장이 일시에 창을 들고 말을 놓아 오며 외쳐 왈,

"명장은 이미 천라지망天羅地網에 걸렸으니 빨리 항복하라."

한, 뇌 양장이 대소 접전하여 십여 합에 승부 미분未分하니, 대저 적장은 적중 제일 명장이라. 일원一員은 소울지 첩목홀小尉遲帖木忽이니 큰 도채를 쓰고 일원은 추금강 백안첩醜金剛白顔帖이니 대도를 쓰는데, 소울지는 얼굴이 검고 신장이 십여 척이요 힘이 맹수를 잡고, 추금강은 얼굴이 붉고 요대腰帶 심위十圍[65]요 몸을 날리어 평지에서 수십 장丈을 솟으니 짐짓 만부부당지용萬夫不當之勇이라. 뇌, 한 양장이 진력하여 이인을 대적할새 창검은 공중에 번득여 백설이 분분하고 함성은 천지를 뒤집어 벽력이 일어나니, 차시 초왕이 천병의 이름을 보고 반, 꾁 양 귀비와 초옥 군주로 지자성 남문루에 올라 양진 승패를 구경할새 적장의 기세 흉녕함을 보고 두려워하여 초왕이 초옥 군주를 보며 왈,

"우리 부녀의 명맥이 이 싸움에 달렸도다."

하니 어찌 된고? 하회를 보라.

제59회 양 상서 격구하다가 동홍을 버히고
손 선생이 동상에 아름다운 사위를 맞다
楊尙書擊毬斬董紅　孫先生東床迎佳婿

각설, 네 장將이 교봉交鋒[1]하여 불분승부不分勝負러니 홀연 진상陣上에 일성一聲이 산악이 무너지는 듯하며 소울지 도채를 던지고 말께 뛰어내려 적수공권赤手空拳으로 삼십여 합을 싸우매 투구 깨어지고 갑옷이 벗어져서 서으로 뛰며 동으로 달려드니 그 기세 천지를 흔들듯 초국 상하 성상城上에서 바라보고 막불실색莫不失色하더니 홀연 적진 중 유시流矢 들어와 한 사마의 팔을 맞히니 한 사마 일변 싸우며 일변 입으로 살을 빼니 피 흘러 땅에 젖는지라. 뇌문경이 이 거동을 보고 추금강을 버리고 소울지에게 달려든대 소울지 우수右手로 들어오는 칼을 받아 떨어치니 뇌문경이 잠깐 수각手脚이 황망하여 칼 쓰는 법이 어지러운지라. 초왕이 바라보고 대경大驚 왈,

---

65) 허리가 열 아름.

1) 서로 맞붙어 싸움.

"천장天將이 적장을 대적지 못하리니 어찌면 좋으리오?"

하더니, 괵 귀비 홀연 반기는 빛이 있어 북편을 가리키며 왈,

"대왕은 저기 오는 저 장수를 보소서. 반드시 홍 난성이로소이다."

삼 귀비와 군신이 일시에 용연勇然²⁾하여 바라보니 일위一位 소년 장수 홍포 금갑紅袍金甲으로 부용검을 들고 나는 듯이 달려오며 별 같은 눈과 옥 같은 얼굴이 과연 홍 난성이라. 초왕이 회동안색喜動顔色하여 궐연蹶然히 일어나 왈,

"하늘이 과인을 살리시도다. 만일 난성이 온즉 소적小賊을 어찌 근심하리오?"

군주 추파를 흘려 이윽히 보더니 가만히 괵 귀비께 고 왈,

"모친은 다시 보소서. 그 장수 외모는 난성후와 방불하나 얼굴이 크고 허리 길어 남자의 기상이 있으니 난성후 아닌가 하나이다."

초왕이 다시 보고 놀라 왈,

"과연 난성이 아니라 난성의 아들 장성이로다. 조정에 비록 장수 없으나 어찌 어린아이로 출전케 하뇨?"

하더라.

차시, 양楊 원수 한, 뇌 양장兩將을 적진에 보내고 성상에 올라 동정을 보더니 양장의 형세 급함을 보고 친히 와 바로 진을 충돌하며 크게 외쳐 왈,

"양장은 싸움을 멈추고 나의 용검用劍하는 법을 보라."

하며, 양수兩手의 부용검을 나는 듯이 춤추어 삼사 바퀴를 돌더니 홀연 우수右手 부용검이 공중을 향하여 날며 추금강의 앞에 들어가니 금강이 몸을 중천에 솟아 칼을 받고자 한대 원수 또 좌수左手의 부용검을 공중에 던지더니 금강의 머리 마전馬前에 떨어지는지라. 소울지 한 사마를 버리고 바로 원수에게 달려드니 원수 칼을 거두고 말을 돌려 달아나니 소울지 불승분노不勝憤怒하여 쫓아가며 우레같이 소리하여 왈,

"명장明將은 닫지 말라. 내 이제 한번 싸워 추금강의 원수를 갚으리라."

원수 돌아보며 소 왈,

"필부匹夫 남방에 생장生長하여 천명을 모르고 추한 용맹을 포장褒獎하니 내 자비지심慈悲之心으로 성명性命을 용대容貸하노니 빨리 항복하라."

언미필言未畢에 흐르는 살이 들어와 소울지의 명문命門을 맞혀 번신낙마翻身落馬³⁾하여 생금生擒하니 적진이 요란한지라. 한, 뇌 양장이 승승 충돌乘勝衝突하여 주검이 여산如山하고 피 흘러 여해如海하니 백만 대군이 절반이나 죽었더라.

차시 초왕이 성상에서 바라보고 괵 귀비더러 왈,

"장성이 비록 숙성하나 용맹 대략이 저러할 줄 몰랐더니 내모지풍乃母之風⁴⁾이 있도다."

---

2) 용기가 남.

3) 몸을 뒤치고 말에서 떨어짐.

바야흐로 성문을 통개洞開하고 수하 친병親兵 수천 기騎를 거느리고 성에 내려 원수를 영접하더니 원수 마상馬上에서 흠신 장읍欠身長揖[5] 왈,

"개주지사介胄之士는 불배不拜라[6]. 대왕은 그 거만함을 용서하소서."

초왕이 또한 답읍答揖 왈,

"원수의 미우眉宇를 못 본 지 팔구 년에 청춘 공명이 문무를 겸전하니 금일 상봉은 실로 의외라. 적병이 이미 퇴退하였으니 잠깐 성에 들어감이 좋을까 하노라."

원수 웅낙하고 한, 뇌 양장더러 왈,

"공 등은 왕성에 들어가 군중을 진정하고 소울지를 단단히 가두어 두라."

하고 초왕을 뫼셔 지자성에 이르러 초왕이 자리를 나누어 빈주지례賓主之禮를 베푸니 원수 사양함을 마지않거늘 초왕이 개용改容 사謝 왈,

"과인이 덕박德薄하여 종사宗社의 위태함이 터럭 같거늘 원수 황명을 받들어 생령生靈을 도탄 중에서 건지고 초국을 반석같이 만드니 이는 성주의 은덕이요 원수의 공이라. 과인이 그 도보圖報할 바를 모르노라."

원수 왈,

"금일 파적破敵함은 전하의 홍복洪福이라. 소자 어찌 승당承當하리오?"

초왕이 미소하며 원수의 손을 잡고 왈,

"존옹尊翁이 전원의 청복을 누리시거늘 과인의 불민한 연고로 다시 세로世路에 나시니 비록 참괴慙愧하나 존옹이 아직 연부역강年力强[7]하시고 군이 이제 또한 대공을 이뤄 공명이 훤혁烜赫하여 국가에 유광有光하니 족히 치하할 바로되 적도의 여당餘黨이 불소不少하니 어찌코자 하느뇨?"

원수 왈,

"고담古談에 풀을 버히면 뿌리를 빼고 사람을 죽이면 피를 보라 하였으니 만일 적괴賊魁를 잡지 못한즉 돌아가지 아니하려 하나이다."

초왕이 개용改容 칭사稱謝하더라.

익일 양 원수 소울지를 잡아들여 장하帳下에 꿇리고 왈,

"내 황명을 받들어 남방을 평정하되 덕으로 항복받고 힘으로 싸우지 않을지라. 제갈무후諸葛武侯의 칠종칠금七縱七擒[8]을 효칙效測하여 금일 너를 방송放送하노니 빨리 돌아

---

4) 제 어머니의 모습.

5) 몸을 구부리고 읍을 함. 읍은 두 손을 맞잡고 위아래로 쳐들어 보이는 인사.

6) 갑옷 입고 투구 쓴 사람은 절하지 않음.

7) 연세가 한창이고 근력이 건강함.

8) 제갈량이 남만을 정벌하면서 맹획孟獲을 일곱 번 잡았다가 일곱 번 놓아주어 결국 항복받은 일.

가 적장더러 일러 능히 다시 싸울진대 군사를 수습하여 오게 하라."

맨 것을 풀어 주육酒肉을 대접하니 소울지 사례하고 가거늘, 제장이 간諫 왈,

"소울지는 범 같은 장수라. 이제 도로 놓으시니 어찌 범을 놓아 산으로 보냄과 다르리오?"

원수 소 왈,

"남방이 왕화王化 멀어 위력威力으로 항복받지 못할지라. 은위恩威로 감화코자 하노니 공 등은 다만 동심노력同心努力하라."

제장이 묵묵히 무어無語하더라.

차설, 적장 야선이 패군을 수습하여 청운도인과 천병 대적할 방략을 의논하더니 소울지 돌아옴을 보고 대회하여 익일 초왕 성하에 진을 치고 다시 도전하니 양 원수 한, 뇌 양장을 지휘하여 왈,

"내 들으니 적진에 일개 도사 있다 하니 금일 반드시 요술을 행할지라. 무곡진武曲陣을 쳐 방비하고 동정을 보아 용변用變하리라."

하더니, 적진 중에 북소리 진동하며 일지 군마 청기靑旗 청갑靑甲으로 삼삼오오 나오며 일량輛 소거小車에 일위 도인이 단좌端坐하였으니 산건 도복으로 얼굴이 백옥 같고 눈썹이 푸르러 진세 인물이 아니라.

원수 심중에 의아 왈,

"어떠한 산인이 저런 풍골風骨로 그릇 도적을 좇아왔는고?"

하더니, 그 도인이 진언을 염하여 칼을 들어 천지 사방을 가리키니 푸른 구름이 일어나며 신장神將 귀졸鬼卒이 만산편야滿山遍野하여 오거늘, 원수 진문을 닫고 반일을 나지 아니하니 도인이 신장을 호령하여 사면으로 치되 파破치 못하니 도인이 대경하여 신장을 거두고 다시 작법作法코자 하더니, 양 원수 진상에서 외쳐 왈,

"도인은 요술을 그치고 내 말을 들으라."

도인이 생각하되,

'명 원수의 진세를 보매 시속 장수 아니라. 이제 서로 수작함을 인연하여 사로잡으리라.'

하고 수레를 몰아 진전에 나서니, 원수 또한 홍포 금갑으로 쌍검을 들고 문기門旗 아래서 꾸짖어 왈,

"네 도술을 믿고 천명을 거역하니 나는 정도正道로 싸우고 궤계詭計로 각승角勝치 아니하리니 네 만일 재주를 믿거든 내 쌍검을 막을쏘냐?"

도인이 응낙하거늘, 원수 이에 후원 월하의 모친 쓰던 검술을 의방依倣하여 쌍검을 공중에 던지니 경각간에 천백 부용검이 적진을 둘러 냉기 습인하는지라. 도인이 대경하여 크게 소리 왈,

"원수는 검술을 잠깐 머물고 높은 이름을 듣고자 하노라."

원수 왈,

"네 다만 도술을 다하여 승부를 결단할지라. 이름은 알아 무엇 하리오?"

도인이 수레에서 내려 몸을 변하여 일개 도동道童 모양으로 바로 원수 앞에 나와 왈,

"사형이 어찌 나를 모르시느뇨?"

원수 그 간계를 의심하여 안검대매按劍大罵[9] 왈,

"요마幺麽 도적이 어찌 난언亂言을 하느뇨?"

그 도인이 다시 보고 당황 왈,

"원수 어찌 백운도사의 제자 홍랑이 아니시니이까?"

원수 그 말을 수상히 듣고 왈,

"도동은 어떠한 사람이뇨?"

도사 왈,

"나는 백운도사 앞에 있던 청운이라. 이제 원수의 얼굴과 검술이 우리 사형 홍랑과 흡사하니 존명尊名을 듣고자 하나이다."

원수 바야흐로 그 말이 묘맥苗脈이 있음을 알고 개용 왈,

"나는 명국 대원수 양장성이라. 일찍 백운도사의 고명高名을 들었더니 도동이 그 제자로 어찌 도적을 도와 천하를 요란케 하느뇨?"

도인이 수괴羞愧 왈,

"내 홍 형과 백운동에서 도사를 섬기더니 홍 형이 만왕 나탁을 구원하러 출산出山 후 도사 또한 서역으로 가시매 나는 산중에서 채약採藥을 일삼아 있다가 적장 야선이 지성 간청하기 민면黽勉[10]하여 왔으나 구태여 즐겨함이 아니라. 이제 도로 산중에 돌아가고자 하거니와 아지 못게라, 원수의 얼굴과 검술이 어찌 우리 사형과 같으시뇨?"

원수 효자지심으로 모친의 궁도지교窮途之交[11]를 만나매 어찌 감동치 않으리오? 이에 종용 사謝 왈,

"학생이 일찍 들으매 모친이 초년 표박하여 백운도사를 사제師弟로 섬겼다 하니 선생은 즉 모친의 고인이라. 잠깐 좌座를 정하소서."

도인이 반겨 원수의 손을 잡고 함루含淚 왈,

"우리 사형이 산중에서 비록 고생하셨으나 원수 같은 재자才子를 두었으니 만복晚福이 창대昌大할지라. 다시 뵈올 기약이 없으니 어찌 초창怊悵치 아니하리오?"

원수 왈,

"선생의 말이 그러할진대 군중에 머무사 도적 평정할 방략을 지도하소서."

도인이 소 왈,

---

9) 칼을 빼려고 칼자루에 손을 대고 크게 꾸짖음.

10) 부지런히 힘씀.

11) 곤궁했을 적에 사귄 이.

"사람을 위하여 왔다가 그 사람을 해함은 의 아니라. 나는 이 길로 돌아가나니 원수의 장략으로 어찌 소적小賊을 근심하리오? 대공을 세워 돌아가 훤당萱堂[12]께 뵈옵거든 구일 백운도사 상전에 차 달이던 청운을 보았노라 하소서."

설파說罷에 몸을 공중에 솟아 청학이 되어 부지거처不知去處라. 원수 망연자실하여 창연불이悵然不已[13]하다가 인하여 무곡진을 변하여 기정 팔문진奇正八門陣을 치고 뇌, 한양장으로 도전하니 야선이 맞아 싸워 수합에 양장이 거짓 패하여 달아나거늘 야선은 본디 성품이 급하고 꾀 없이 용맹한지라. 양장을 좇아 바로 명진 중에 들매 원수 생문生門을 닫고 사문死門을 여니 야선이 동서 충돌하여 벗어나지 못한지라.

차시 소울지 야선의 급함을 보고 구코자 하여 도채를 들고 명진을 충돌하니 사면이 철통 같고 오직 일 문이 열렸거늘 소울지 대함 일성에 돌입하니 그도 사문이라. 검극劍戟이 성림成林하고 시석矢石이 여우如雨하여 길이 없는지라, 비로소 대경하여 돌쳐나오고자 하더니 홀연 탄 말이 함정에 빠져 생금生擒한 바 되니 야선이 더욱 불승분노不勝忿怒하여 동을 치매 동문이 열리며 그 문을 난즉 다시 한 문이 있고 북을 치매 북문이 열리며 그 문을 난즉 다시 한 문이 있어 종일 육십사 문을 출입하나 진 밖에 나지 못하니 야선이 분기충천하여 범같이 뛰놀더니 홀연 중앙 일 문이 열리며 양 원수 높이 앉아 호령 왈,

"야선아, 네 이제도 항복지 아니하랴?"

야선이 대로하여 그 문을 돌입코자 한대 양 원수 웃고 기旗를 쓰니 문이 닫히고 검극이 서리 같거늘 야선이 다른 길을 찾더니 또 한 문이 열리며 양 원수 높이 앉아 호령 왈,

"야선아, 네 이제도 항복지 아니하랴?"

야선이 또 돌입코자 한즉 문이 닫히고 검극이 성림이라. 여차如此 재삼에 야선이 이미 십여 창을 맞고 스스로 나지 못할 줄 알고 소리를 지르고 말께 떨어져 목 찔러 죽으니, 원수 그 머리를 베어 말께 달고 대군을 몰아 적진을 엄살掩殺하니 토붕와해土崩瓦解하여 적시여산積尸如山이라. 항자降者는 불살不殺하리라 하니 일제 적병이 일시 투항하니, 원수 대군을 거두어 본진에 돌아와 소울지를 장전帳前에 불러 분부 왈,

"야선이 비록 죽었으나 잔병이 오히려 많으니 네 다시 싸울쏘냐?"

소울지 고두叩頭 사謝 왈,

"소장小將은 재생지명再生之命이라. 원수 장전에 의탁하여 견마지성犬馬之誠을 본받고자 하나이다."

하고 손가락을 깨물어 맹세하니, 원수 그 뜻을 기특히 여겨 수습하고 적병의 항자降者를 불러 왈,

"너희 다 명나라 백성이라. 야선의 꾀에 빠져 사죄死罪를 범하였으나 이제 도로 평민이

---

12) 남의 어머니를 높여서 부르는 말.
13) 섭섭해 마지않음.

되었으니 돌아가 농사를 힘쓰고 반심叛心을 두지 말라."

모두 고두사죄叩頭謝罪하여 혹 춤추며 혹 눈물 흘려 불승감격不勝感激하고 일시에 각기 돌아가니라.

원수 남방을 평정하매 개가凱歌를 부르고 초왕 성에 들어와 일변 첩서捷書를 닦아 조정에 보報하니라.

차시此時 초왕과 곽 귀비 원수의 입공立功함을 기꺼하여 더욱 공경하며 객례客禮로 대접하니, 원수 짐짓 사양치 아니하고 동상 교서(東床嬌壻, 사위)의 교만한 태도로 풍류 성색風流聲色에 질탕함을 방자히 하더라.

일일은 원수 생각하되,

'내 우연히 왕사王事를 인연하여 차처此處에 왔다가 백년 가인佳人을 지척에 두고 못 보고 돌아간즉 어찌 남자의 기상이리오.'

하고, 일계一計를 내어 곽 귀비께 뵈옵기를 청하여 왈,

"귀비 향일向日 연부燕府에 오사 나를 자서지례子壻之禮[14]로 보시고 또한 모친과 지기지우知己之友라. 금일 뵈옴이 그르지 않을까 하나이다."

귀비 홀연 허락하니, 초옥 군주 종용 간諫 왈,

"양 원수 향일向日은 삼척 해제三尺孩提[15]라 보심이 무괴無怪하나 이제는 장성하여 이미 거관居官[16]하였거늘 명색 없이 보심이 불가하나이다."

귀비 소 왈,

"내 난성과 형제지의兄弟之義 있을 뿐 아니라 타일 교서嬌壻의 신근한 정을 어찌 아니 들으리오?"

인하여 원수를 내전으로 청하여 볼새 예필禮畢에 귀비 왈,

"청춘지년靑春之年에 대공을 세우시니 치하하노라."

원수 사 왈,

"이는 다 황상과 초왕 전하의 홍복洪福이라. 소지 무슨 공이 있으리이꼬?"

귀비 우 왈,

"난성이 경제京第에 돌아오시나 만 리 관산關山에 얼굴을 대할 기약이 없어 매양 초창하더니 금일 옥모를 대하니 난성을 대한 듯 반가움을 이기지 못하나이다."

원수 왈,

"남아 행지行止 본디 무정하나 만리타국에 이러하게 뵈옴은 기필치 못한 바라. 장차 조서를 기다려 바삐 돌아가고자 하는 고로 잠깐 청알請謁하였나이다."

---

14) 사위를 보는 예의.
15) 키가 석 자인 어린아이.
16) 벼슬자리에 있음.

귀비 낭랑朗朗 소 왈,

"내 난성과 관포지교管鮑之交 있고 다시 진진지의秦晉之誼[17]를 겸하였으니 금일 이같이 찾음이 더욱 다정하도다."

이에 배반杯盤을 내와 친히 잔을 들어 권하니, 원수 연음수배連飮數盃에 홍훈紅暈이 만면滿面하고 담소 생풍談笑生風하니, 귀비 사랑하는 마음을 이기지 못하더니, 원수 미소 왈,

"만생晩生이 풍류지심風流之心으로 수일 객관客館에 무료한지라. 들으매 초국 계집이 왕왕 궁마지재弓馬之才 있다 하니 궁중에 필연 낭자군娘子軍이 있을지라. 명일 원중園中에 궁녀 재주를 한번 구경코자 하나이다."

귀비 소 왈,

"내 또한 이것을 좋아하여 궁인을 가르쳐 능히 활 쏘고 말 달리는 자 백여 명이라. 원수 보시고자 하실진대 무엇이 어려우리오?"

익일 곽 귀비 궁녀 수백 인을 뽑아 융복戎服을 갖추고 후원에 연무鍊武[18]할새 양 원수 또한 홍포 성관紅袍星冠으로 궁시弓矢를 차고 대완 청총마大宛靑驄馬를 타고 연무장에 나아가니 초국 궁녀 등이 원수의 무예 절륜絶倫한 줄 알고 단장을 정히 하며 복색을 선명히 하고 재주를 다하여 우열을 다투니 분분한 칼날은 봄눈이 영롱하고 흐르는 살은 새벽별이 섬홀閃忽하여 취교 화전翠翹花鈿[19]은 마전馬前에 떨어지고 녹의홍상은 일색日色에 조요照耀하니 원수 칭찬 불이不已하더라.

홀연 일 쌍 청작靑雀이 날아 연무장을 지나가거늘 모든 궁녀 다투어 쏘되 맞히지 못하니 자연 장상場上이 요란한지라.

차시, 초옥 군주 누상에 주렴을 늘이고 그 안에서 구경할새 양 원수 머지않게 있음을 싫게 여겨 깊이 앉았더니 양 원수 곁눈으로 짐작하고 생각 왈,

'궁중에 구태여 나를 못 볼 자 없을지니 내 한번 초옥을 놀래어 그 창황한 거동을 보리라.'

하고, 허리에 살을 빼어 까치를 쏘는 체하고 누상을 향하여 한 번 시위를 놓으니 번개 같은 살이 발 갈고리를 맞혀 깨어지며 주렴이 떨어지니, 군주 미처 피치 못하여 양 원수 추수양안秋水兩眼으로 맥맥히 쏘아 보니, 선연한 태도는 반륜半輪 명월이 운소雲霄에 드러나고 총망悤忙한 기색은 나는 기러기 바람에 놀라는 듯 수괴羞愧함을 이기지 못하여 몸을 돌쳐 들어가니, 양 원수 미소하고 곽 귀비께 사 왈,

"만생이 궁재弓材 없어 그릇 염구簾鉤[20]를 깨치니 무안하도소이다."

---

17) 사돈의 의리. 춘추시대에 진秦나라와 진晉나라가 서로 사돈간이었던 것에서 온 말.

18) 무예를 연습함.

19) 취교는 비취새 꽁지깃으로 만든 머리장식. 화전은 금은주옥으로 눈을 박은 비녀.

귀비 대소 왈,

"고인이 병풍의 그린 공작을 쏘아 백년 가연佳緣을 정하였나니 이제 염구 맞히신 것이 또한 기이한 일이라. 원수의 궁법이 이같이 신기하니 한번 구경코자 하나이다."

원수 흔연 응낙 왈,

"만생이 만일 내기 아닌즉 쏘지 않을지니 백 보 밖에 버들잎을 달고 쏘아 맞히지 못한즉 만생의 탄 말이 대완국 소산이라 값이 천금이라 귀비께 드릴 것이요 만일 맞힌즉 무엇으로 주시려 하시나니이까?"

귀비 소 왈,

"초국이 비록 가난하나 원수의 소청대로 하리이다."

원수 왈,

"다른 것 말고 채단 천 필을 주소서."

귀비 허락하니, 원수 궁녀로 백 보 밖에 작은 창끝에 버들잎을 달고 동궁彤弓에 대우전大羽箭을 메워 한 살에 버들잎을 맞혀 떨어치니 만장滿場 궁녀와 좌우 제인이 일시에 갈채하는지라. 원수 채단을 재촉하니 귀비 즉시 문금紋錦 천 필을 가져 이르거늘 원수 웃고 궁녀에게 일일이 분급分給한 후 인하여 풍류를 아뢰며 배반杯盤이 낭자하여 일모日暮 후 파하니라.

차시, 천자 양 원수를 보내시고 첩서를 날로 고대하시더니 초사楚使 이르러 원수의 상소를 바친대 천자 남필覽畢에 대희하사 백관 치하를 받으시고 연왕을 인건하사 집수執手 왈,

"경의 부자 연하여 국가에 훈로勳勞 있으니 고금에 희한한 일이라. 장성은 병부 상서를 겸하고 경과 난성후는 식읍食邑 오천 호戶를 더 하노라."

연왕이 재삼 상소로 사면하되 불청不聽하시더라.

차시此時 황태후, 장성의 승전勝戰함을 들으시고 황상께 고 왈,

"장성이 이미 초국에 입공立功하고 초옥의 나이 십삼 세라. 인하여 성례 후 회군回軍함이 좋을까 하노라."

상이 응명應命하시고 연왕으로 순무사巡撫使를 배拜하여 초국에 가 초왕과 백성을 위로하고 장성을 성혼케 하라 하시니, 연왕이 귀가하여 양친께 고하고 난성더러 왈,

"황상이 태후의 의향을 받드사 장성의 혼사를 재촉하시고 성혼 후 회군케 하시니 감히 사양치 못하였으나 미비한 게 많으니 어찌하리오?"

난성이 소 왈,

"금일지사今日之事는 첩이 이미 짐작한 바라. 약간 유의함이 있으니 염려 마소서."

연왕이 대희하여 수일 후 등정登程할새 천자 금백 채단錦帛彩緞을 많이 부조하시니라.

차설且說, 양 원수 대군을 초국에 유留하고 조서를 고대하더니 연왕이 순무사를 하여 옴

---

20) 문 같은 곳에 드리우는 발을 거는 갈고리.

을 듣고 초왕과 성외에 나와 맞아 궁중에 연석을 배설하고 황칙皇勅을 받자와 군민을 위로한 후 연왕이 초왕께 고 왈,

"아자兒子의 연年이 불과 십사 세라. 초혼初婚이 시급할 바 없으나 황명이 정중하시니 속히 행례行禮하여 대군을 오래 서성케 마소서."

초왕 왈,

"과인이 새로 병화를 겪어 정돈치 못하였으니 불가불 수십 일이 될까 하나이다."

즉일 일관日官으로 택일擇日하여 십여 일이 격한지라. 초왕이 귀비더러 혼구婚具를 차리라 하고 날마다 연왕과 흉금을 의논하여 왈,

"우리 자개봉서 헤어진 후 금일 만나니 옛일이 꿈이요 예서 만남이 의외라. 어찌 반갑지 않으리오?"

하더라.

길일을 당하매 원수 홍포 옥대紅袍玉帶로 목안木雁을 안고 군주는 봉관 수삼鳳冠繡衫으로 초례醮禮를 행할새 초왕이 여아를 데리고 입조入朝코자 하니 왕비와 세 귀비 군주의 손을 잡고 초창 왈,

"여자女子 유행有行이 원부모형제遠父母兄弟라 어찌하리오마는 네 궁중에 미거히 자라 규범 내칙閨範內則에 배움이 없고 효양구고孝養舅姑[21]와 예절이 생소하니 다 내모乃母의 허물이라. 여아는 구가舅家에 가 유순함을 힘쓰고 무위부자無違夫子하고 계지戒之, 경지敬之하라."

군주 또한 모친 품에 엎드려 누수淚水 영영盈盈하여 갈 뜻이 없는지라. 초왕이 행장行裝을 재촉하니 군주 칠향거七香車에 오르매 궁녀 궁속宮女宮屬이 십 리 외에 전송하고 돌아오더라. 원수 대군을 거느려 선행先行하고 초, 연 양왕은 군주郡主를 데리고 후행하니, 거기 치중車騎輜重이 십 리에 연속하여 구경하는 자 길이 메었더라.

십여 일에 황성에 이르러 초왕은 군주와 바로 대내大內로 들어가고 연왕은 먼저 복명하니 천자 법가法駕를 갖추어 십 리에 나가 헌괵지례獻馘之禮[22]를 받으실새, 차시 양 원수 대군을 교외에 유진留陣하고 개가凱歌를 아뢰니 고각鼓角은 흔천掀天하고 정기旌旗는 폐공蔽空이라. 군례를 갖추어 야선의 수급首級을 받들어 단상壇上에 드리니 천자 흠신欠身 위로하시고 삼군을 호궤犒饋하신 후 환궁하시거늘 원수 다시 파진악罷陣樂으로 대군을 놓은 후 부중府中에 돌아오니, 차시此時 난성이 원수의 입공立功하여 돌아옴을 듣고 희불자승喜不自勝하여 수리繡履[23]를 끌고 중문에서 고대하느라 기색이 전도하거늘 연왕이 소왈,

---

21) 시부모를 효성스럽게 봉양하는 것.

22) 전쟁에서 이겨 적장의 머리를 임금에게 바치는 예식.

23) 비단신.

"낭의 금일 기쁨이 전일 나의 승전함과 어떠하뇨?"

난성이 소이대笑而對 왈,

"상공의 입공하심은 즉 천첩의 입공함이라. 도리어 기쁨을 깨닫지 못하더니 금일지사는 별로 기특하여 사안謝按의 나무신 굽 깨어지던 마음[24]이 있나이다."

연왕이 대소하더라.

아이오 원수 이르러 양당兩堂께 뵈온 후 모친을 모셔 승전하던 말을 일일이 고하니 난성이 흔연 왈,

"네 이번 득첩得捷함은 짐작하였으나 종시 소년 예기로 무기武技를 믿고 경솔히 싸움은 불가하니 차후는 삼갈지어다."

원수 또 청운도인의 말을 고한대 난성이 차경차소且驚且笑 왈,

"청운이 본디 요망하여 잠술을 좋아하더니 구습舊習을 고치지 못하였도다."

익일 천자 백관을 모아 논공행상論功行賞하실새 도원수 양장성은 병부 상서를 배하여 식읍食邑 만 호를 주시고 부원수 뇌문경은 좌장군을 배하여 식읍 칠천 호를 주시고 행 군사마 한비렴은 병부 원외랑을 배하여 식읍 오천 호를 주시고, 이하 제장은 공대로 상사賞賜하신 후 하교 왈,

"초옥 군주는 짐의 질녀라. 금일 친영지행親迎之行에 가인지례家人之禮로 짐이 연부燕府에 친림親臨하여 볼 것이니 해방該房은 지실知悉하라[25]."

차시, 초왕이 궐내에 들어가니 태후 반기시고 군주를 보시며 더욱 반기시며 왈,

"너를 오류 세에 보았더니 그동안 엄연 장대하였도다."

하시고, 초왕을 대하여 왈,

"여아는 무양하뇨?"

초왕 왈,

"아주 큰 병은 없나이다."

차설, 윤 각로 연왕더러 왈,

"황상이 귀부에 친림하신즉 범절이 구색함이 많을지라. 현서賢壻는 퇴조退朝함이 옳을까 하노라."

연왕이 옳게 여겨 즉시 퇴출하니, 상이 소 왈,

"경이 금일 대빈大賓을 만나 대접지절待接之節이 군색할 듯하나 가인家人 일석一席에 소사날반蔬食糲飯[26]을 허물치 않으리니 부질없이 폐 되어 불속지객不速之客으로 불안

---

24) 진晉나라 때 사안이 전쟁에 나간 동생과 조카가 승리하였다는 소식에 기쁨을 이기지 못해 안으로 들어가다가 문지방에 걸려 신 굽이 떨어진 것도 몰랐다고 한다.

25) 담당 부서는 그리 알고 준비하라.

케 말라."

연왕이 황공 돈수頓首하고 부중에 돌아와 양친께 고하고 난성더러 왈,

"천자 창졸에 이르시니 공궤지절供饋之節에 유의함이 없을지라. 금일지사는 낭의 주장할 바니 알아 하라."

난성이 소 왈,

"첩이 금일 신부 덕으로 시모 체통을 차릴까 하였더니 상공이 또 못 하게 하시도다."

하고 선, 연 양랑을 청하여 왈,

"우리 삼 인이 고락을 같이할지라. 낭 등의 자부子婦 보는 날에 또한 수고를 사양치 아니하리니 금일 정구井臼의 친집親執함[27]을 괴로이 말라."

하며, 의상을 걷고 친히 하당下堂하여 팽임烹飪을 보살피며 함담鹹淡을 맞추어 여러 시비侍婢와 수고를 같이하며 담소로 동독董督하니, 그 민첩함은 바람 같고 그 정제함은 터럭 끝 같아 경각간에 수륙水陸이 구비하고 배반杯盤이 정제하여 미흡함이 없는지라. 제비諸婢 상고相顧 차탄嗟歎 왈,

"우리 난성은 다만 가인 중 영웅으로 알았더니 금일 보매 가위무처부당可謂無處不當[28]이로다."

아이오 문외門外 들레며 천자 초왕과 군주를 거느려 이르시니 만조백관滿朝百官이 화복華服을 갖추고 거마 운둔雲屯[29]하고 의장이 문전에 가득하며 부중이 물 끓듯 하는지라. 내당에 포진鋪陳을 성설盛設[30]하고 태야 청포 오사青袍烏紗로 남향南向 주벽主壁하며 태미는 난모 수군煖帽繡裙[31]으로 동서 분좌分坐하고 연왕은 홍포 옥대로 서향 시좌侍坐하며 윤, 황 양 부인은 화관 수유花冠繡襦[32]로 동향 시좌하고 난성은 칠보 수계七寶首髻와 녹라 원삼綠羅圓衫[33]으로 선, 연 양랑과 양 부인을 좇아 앉고 상서는 자비 상홀紫緋象笏[34]로 학사와 인성을 거느려 연왕 곁에 시립하여 좌석이 정정하고 위의威儀 숙숙肅肅하여 단산 봉황이 새끼를 거느려 쌍쌍이 내린 듯 벽해 명주碧海明珠 광채를 토하여 낱낱이 비치는 듯, 주취 홍장朱翠紅裝이 조안 영롱照顏玲瓏하고 금의 나군錦衣羅裙이 만당 휘황滿堂輝煌하

---

26) 집안 식구들과 같은 자리에 나물 반찬과 거친 밥.

27) 물 긷고 절구질을 손수 함.

28) 이른바 해내지 못하는 일이 없음.

29) 구름처럼 많이 모여듦.

30) 자리를 깔고 잔치를 성대히 차림.

31) 추위를 막기 위해 쓰는 모자와 수놓은 치마.

32) 칠보로 꾸민 화관과 수놓은 웃옷.

33) 칠보로 장식한 머리쪽과 녹색 비단 웃옷.

34) 자줏빛 옷에 상아홀.

여[35] 화기 서색和氣瑞色이 천고에 드문 좌석이라.

아이오 신부 봉련鳳輦에 내려 금루 수상錦縷繡裳에 만화장복萬花裝服[36]을 입고 칠보아체계七寶兒髢髻[37]에 명월패明月佩를 드리워 초국 궁녀 십여 인과 연부 시비 수십 명이 각각 웅장성식凝粧盛飾으로 전차후옹前遮後擁[38]하여 당에 오르니, 요조한 태도와 선연鮮姸한 용지容止를 뉘 아니 칭찬하리오? 태야와 태미께 팔배지례八拜之禮를 마치고 연왕과 양부인께 팔배지례를 행한 후 난성께 사배하고 양랑께 재배하니 양랑이 일어 답례하는지라. 학사와 인성 형제 각각 예를 파한 후 취봉루 옆의 화월정으로 신부 처소를 정하여 쉬게 하니라.

차시, 천자 외당에 전좌殿座하시고 연왕 부자를 내당에 들어가 신부지례新婦之禮를 받고 나오라 하시니 연왕 부자 즉시 행례하고 외당에 이르매 상이 소 왈,

"금일 짐이 부중에 옴은 전혀 난성후를 보고 치하코자 함이니 바삐 부르라."

난성이 즉시 나와 당하에 배알코자 한대 상이 오름을 명하시고 초왕더러 왈,

"석석昔昔에 송 태조는 승상 조보趙普의 집에 자로 미행微行하매 조보의 처 친히 행배行杯[39]하니 태조 형수로 불러 가인家人같이 지내니 이는 천고의 미사美事라. 이제 짐이 송 태조의 덕은 부족하나 난성의 현숙함은 조보 처에 지날지니 짐이 제수弟嫂로 대접하리라."

하시고, 난성더러 왈,

"수씨嫂氏 위국爲國하여 현자賢子를 천거하니 금일 짐의 형제 이같이 담락湛樂[40]함은 수씨의 공이라. 그 갚을 바를 알지 못하거니와 금일 짐이 불속지객으로 참석함은 수씨의 자부 보는 일배주를 토식討食코자 함이니 혹 장대張大치 않을쏘냐?"

난성이 황괴황괴惶愧하여 감히 대답지 못하거늘, 초왕이 또 흠신欠身 사 왈,

"난성을 본 지 이미 칠팔 년이라. 초옥을 안고 수작하던 때 어제 같더니 광음이 홀홀하여 '요조窈窕' 시[41]를 읊어 양가兩家의 신의를 저버리지 아니하니 기쁘나 천식賤息이 배움이 없어 귀문에 이우貽憂[42]함이 많을지라. 바라건대 딸같이 가르쳐 그 미거함을 용서하소서."

---

35) 울긋불긋한 복장들이 얼굴에 비치어 아른거리고 비단옷과 깁 치마가 온 방안에 찬란하여.

36) 비단실로 수놓은 치마에 온갖 꽃을 수놓은 예복.

37) 칠보로 꾸민 머리쪽.

38) 여러 사람이 앞뒤에서 보호하며 따르는 것.

39) 잔에 술을 부어 드리는 것.

40) 기쁨을 즐김.

41) 《시경》 맨 처음에 나오는 시로, 군자가 아름다운 짝을 만나는 내용을 읊은 것.

42) 걱정을 끼침.

난성이 국축跼縮 수명受命[43]할 따름일러라.

이윽고 배반을 내오니 산진해착山珍海錯이 번화 정치繁華精緻하며[44] 만당 백료滿堂百僚를 다 각각 접대하고 궁액 하속宮腋下屬도 낱낱이 공궤供饋하되 부중이 적연寂然하여 분요紛擾함이 없거늘, 천자 탄 왈,

"이는 반드시 난성의 간판幹辦[45]이라. 비록 창졸에 당하나 약속이 엄명하고 경륜이 정제하니 이 또한 용병用兵하던 법이로다."

천자 종일 환락하사 연왕 부자와 군신君臣 일석一席에 가인家人같이 즐기시고 일모日暮 후 환궁하시니, 연왕이 중빈衆賓을 보내고 영수각에 이른내 태미, 양부兩婦 삼랑과 군주를 데리고 어루만지며 사랑함을 마지아니하거늘, 연왕이 모친께 고 왈,

"금일 장성의 혼사는 이미 지내었으나 경아 또 연기 장성하니 마땅히 정혼할 곳이 없으니 가장 관심關心이 되나이다."

윤 부인 왈,

"일전 노친이 말씀하시되 소 상서의 딸이 연금年今 십일 세라. 재덕이 과인하나 소 상서 한미한 집을 찾고자 하여 경아와 성혼함을 즐겨 아니한다 하니 상공은 종용 수작하여 보소서."

연왕이 대희 왈,

"소 상서 소교小嬌 있음을 알지 못하였더니 부인이 일찍 보았느뇨?"

윤 부인 왈,

"수차 보았나이다. 그 배운 바 어떠함은 모르오나 그 외모는 절등하더이다."

연왕이 점두點頭하고 나가거늘, 윤 부인이 웃고 난성더러 왈,

"낭은 상인相人하는 안목眼目이 있어 군주를 한번 보고 저같이 현숙함을 알았으나 나는 맹인이라 소 소저를 비록 여러 번 보았으나 어찌 믿으리오?"

난성이 웃고 경성을 보며 왈,

"학사가 소 소저의 현부賢否를 알고자 할진대 나를 달래어 소부蘇府에 보내어 선본즉 천무일실千無一失하리라."

장성이 웃으며 눈을 흘려 군주를 보며 왈,

"모친이 비록 선을 잘 보시나 소자의 수단을 당치 못하실까 하나이다."

선, 연 양랑이 그 곡절을 물은대 장성이 가가呵呵 소笑 왈,

"세간의 선보는 자 선문先聞[46]을 놓는 고로 다만 수식修飾함을 보고 저의 천진天眞함을

---

43) 황송하여 몸을 굽혀 명을 받음.

44) 산과 바다의 진귀한 음식들이 소담스럽고도 정갈하며.

45) 주관하여 힘씀.

46) 미리 통지하여 알리는 것.

못 보나니 소자는 초국에 가 여차여차하나이다."

하고 인하여 까치를 쏘다가 주렴 떨어지던 말과 군주의 놀라 창황히 피하던 거동을 그린 듯이 말한대 일좌 대소大笑 절도絶倒하고 군주는 홍훈紅暈이 만면하여 불승수괴不勝羞愧하더라.

　익일, 소 상서 연부에 오니, 연왕이 예필禮畢에 소 왈,

　"붕우지도朋友之道 없어진 지 오래나 사람이 벗을 사귀매 그 안을 사귀지 아니하고 다만 그 겉을 사귄즉 어떠하리오?"

　상서 왈,

　"그르니이다."

　연왕 왈,

　"연즉 소제小弟를 형이 겉으로 대접하니 그 무슨 도리뇨?"

　상서 악연愕然 왈,

　"어찌 이른 말씀이니이꼬?"

　연왕 왈,

　"소제 들으매 형이 소교 있고 경아慶兒가 연기 장성하였으나 제弟의 부귀를 혐의하여 허혼코자 아니한다 하니, 대범大凡 부귀궁달은 사람의 겉 일이요 지취 흉금지취胸襟는 사람의 속정이라. 소제를 겉으로 소대疏待함이 아니냐?"

　소 상서 소 왈,

　"만생이 어찌 상공을 부귀로 소대하리오? 다만 여아 배움이 없어 귀문의 자부지임子婦之任을 승당承當치 못할까 함이니이다."

　연왕이 개용改容 답答 왈,

　"내 또한 여남汝南 포의로 분외分外의 공명이 극하매 항상 계구지심戒懼之心이 있어 아자兒子의 혼사를 한미한 집에 정코자 하더니 우연히 초왕과 정혼하니 또한 천정天定 인연이라 인력으로 못할 바니 형은 고집지 말고 돈아豚兒[47]와 성혼成婚함이 어떠하뇨?"

　소 상서 왈,

　"상공이 이미 말씀하시니 제의 지벌地閥과 교분이 한가지니 사양할 곳이 없는지라. 어찌 다른 말씀이 있으리오?"

　연왕이 대회하여 담소 새로이 다정하더니, 좌우 보報하되 초왕이 오신다 하거늘 연왕이 맞아 예필에 소 상서는 피좌避坐하였더니, 초왕이 문 왈,

　"문외에 거마車馬와 종자從者가 있기에 부중府中에 대빈大賓이 오신가 하였더니 어찌 적연寂然하뇨?"

　연왕이 소 왈,

47) 자기 자식을 남에게 낮추어 이르는 말.

"이부 상서 소유경이 왔다가 대왕의 오심을 보고 피석避席하였나이다."

초왕이 소 상서를 청하니 소 상서 나와 사례한대, 초왕이 공경 답례 왈,

"과인이 멀리 있어 조정 고인을 격절隔絶한 때 많으나 상공의 성명을 우레같이 듣고 식형지원識荊之願[48]이 간절하더니 이제 어찌 피하시니이꼬?"

상서 흠신欠身 왈,

"만생이 불민하와 대왕께 뵈옵지 못한 고로 감히 충당衝撞치 못함이라. 작일 일길신량日吉辰良[49]하여 군주의 친영지례를 순성順成하시니 치하하나이다."

연왕이 초왕을 보며 왈,

"금일 만생이 제이아第二兒 혼사를 소 상서와 정하였으니 대왕이 또한 중매하실까 하나이다."

초왕이 소 왈,

"오늘 반드시 배주杯酒 있을지라. 과인이 잘 왔도다."

하고, 양 상서 형제를 부르니 상서와 학사 나와 시립하거늘, 초왕이 연왕더러 왈,

"형의 삼자를 다 부르라."

아이오 인성仁星, 기성機星, 석성錫星이 차례로 나오니, 인성은 십 세요 기성은 구 세요 석성은 칠 세라. 초왕이 각각 숙시熟視하고 칭찬 왈,

"무비無非 기자 봉추麒子鳳雛요 지란 옥수芝蘭玉樹[50]라. 형가兄家 후복後福이 더욱 장성하려니와 그중에 인성의 엄연한 거동이 타일 크게 성취함이 있으리라."

하더라.

수월 후 초왕이 환국還國하려 할새 연부에 이르러 연왕과 종용 수작하더니, 초왕이 근심하여 왈,

"과인이 친왕지열親王之列에 있어 구태여 조정 일을 참섭參涉지 아니함은 형의 아는 바라. 금일 입조入朝하여 수월을 궁중에 유하여 보니 조정 기강이 너무 해이하여 국사가 한심한 중, 전전어사殿前御使 동홍이 본디 천인으로 잡기雜技를 숭상하여 근일 후원에 격구장擊毬場을 배설하고 궁중의 효용驍勇한 자 오육십 인을 뽑아 이름을 격구교위擊毬校尉라 하여 민간에 횡행하고 동홍의 교만 방자함이 날로 더하니 후일 근심이 불소不少한지라. 과인이 일찍 승간乘間하여 풍간諷諫하되[51] 황상이 불청不聽하시고 일시 후원의

---

48) 형주 자사 한 사람이 알아주기를 원함. 이백李白이 형주 자사 한조종韓朝宗에게 보낸 편지에 "만호후萬戶侯를 원치 않고, 다만 한 형주가 한번 알아주기를 바란다."고 한 말에서, 훌륭한 사람을 사모하여 한번 만나고 싶던 소원을 이르는 말로 쓴다.

49) 혼례를 행한 날이 길하고 좋은 날임.

50) 기린의 아들과 봉황의 새끼요, 지초 난초와 옥 같은 좋은 나무. 남의 자제가 뛰어남을 칭찬하는 말.

우연한 일로 대답하시니 형은 위국爲國하여 방략을 생각하라."

연왕이 탄 왈,

"만생이 또한 들었으나 금일 도적을 새로 평정하고 조정에 자연 다사多事하여 미처 간諫치 못함이라. 장차 상소코자 하노라."

초왕이 침음沈吟 왈,

"전일 노균은 불과 간당奸黨이요 금일 동홍은 음흉 담대하니 형은 십분 삼감이 좋을까 하나이다."

연왕이 점두點頭 무언無言하더라.

익일, 초왕이 발행發行할새 여아를 보고 상별相別 후 가니라. 연왕 부자 전송하고 돌아오더니 십자가十字街에 이르러 일위一位 재상이 천리준총千里駿驄을 타고 추종騶從이 길을 덮어 오거늘 연부燕府 하례下隸 벽제辟除하되 그 재상이 피치 아니하고 말을 달려 옆으로 지나려 한대 연부 부감府監이 대매大罵 왈,

"조정 체통이 저렇지 못하거니 하례를 잡아 오라."

한대, 그 재상이 비로소 하마下馬 양로讓路하거늘, 연왕이 지나오며 보니 이에 동홍이라. 심중에 통해痛駭하나 작은 허물을 상대코자 아니 하여 묵묵히 돌아왔더니, 익일 연왕 부자 조반朝班에 나아가려 대루원待漏院[52]에 앉았을새 동홍이 늦게야 들어오거늘 만조백관이 분분이 앞에 가 다투어 인사하니 동 어사董御使 점두點頭할 뿐이라. 연왕 앞의 합문閤門으로 직입直入하니 연왕이 원리院吏를 불러 왈,

"합문을 열지 않고 대신이 밖에 앉았거늘 백관 중 먼저 들어가는 자 있으니 그 무슨 연고뇨?"

원리 왈,

"자전自前으로[53] 동 어사 일인은 합문 출입에 구애함이 없나이다."

연왕이 노질怒叱 왈,

"합문은 대내大內 중지重地라. 그 심엄甚嚴함이 군중과 같으니 만일 난입亂入하는 관원이 있어 금치 못한즉 군율을 쓰리라."

합문 지킨 군사 겁하여 동 어사를 막으니 동홍이 들어가지 못하고 앙앙불락怏怏不樂하더라.

아이오 양 상서 조반에 나아오니 상이 별로 양 상서를 만류하사 왈,

"금일 황태후 경을 보고자 하시니 나가지 말라."

양 상서 응명應命하고 연왕은 즉시 퇴출하였더니 상이 양 상서를 편전으로 인견하실새

---

51) 틈을 타서 넌지시 깨우쳐 드리되.

52) 벼슬아치들이 이른 아침에 대궐 문이 열리기를 기다리던 곳.

53) 그전부터.

오직 오류 인 환시와 궁녀 십여 인이 동 어사와 좌우에 뫼셨는지라. 상이 양 상서의 손을 잡고 소 왈,

"황태후 후원에 노시려 하사 경을 만류하라 하시니 일모日暮 후 출거出車하라."

수유須臾에 주찬을 내어 먹이시고 소매를 이끌어 후원에 가시니 일좌 전각이 통창 굉걸通敞宏傑한대 그 앞에 마당을 닦아 동서 수백 보요 남북이 천여 보라. 상이 소 왈,

"이는 짐의 소일消日하는 곳이라. 옛적 당조唐朝 때부터 격구하는 법이 있어 재상지인在上之人이 고혹성풍蠱惑成風[54]하니 비록 성인군자의 일삼을 바 아니나 또한 궁중宮中 무기武技의 상습常習하는 곳이라. 전전어사 동홍이 가장 수단이 있는 고로 짐이 더불어 각승角勝하되 매양 이기지 못하니 경의 무예 절륜함을 들었으매 한번 구경코자 하노라."

양 상서 침음하다가 주 왈,

"신이 불민하와 일찍이 격구하는 법을 배우지 못하였사오니 금일 즐기심을 돕지 못할까 하나이다."

상이 소 왈,

"이 또한 창검 쓰는 법과 일반이라. 짐이 친히 시험하리니 경이 한 번 본즉 배우리라."

하시고 동홍을 부르시니, 홍이 융복戎服을 회매히 하고[55] 오십 명 격구교위를 거느려 이르거늘, 상이 또한 융복을 갖추시고 격구장에 내려 친히 치마馳馬하시니, 동홍이 등자를 굴러 말을 놓아 장상場上으로 들어가며 채구彩毬를 공중에 던진대 상이 쌍봉雙棒을 드시고 동치서돌東馳西突하여 동홍과 서로 채구를 받아 공중에 분분하니 벽해 쌍룡이 여의주를 어르는 듯 반일을 구치驅馳하여 불분승부不分勝負하더니 동홍이 홀연 수단을 내어 몸을 솟으며 쌍봉을 맹렬히 치니 채구 공중에 별같이 올라가는지라. 상이 말을 놓아 받고자 하시다가 채구 땅에 떨어지니 동홍이 격구의 북을 치며 승전곡을 아뢰거늘 상이 대소大笑 불열不悅하시니 양 상서 어이없어 심중에 생각하되,

'동홍의 무례함이 저 같으니 그 죄를 의논한즉 조맹덕趙孟德의 타위打圍[56]에 지지 않을지라. 내 평생 관운장關雲長이 맹덕孟德을 버히지 못함을 한하더니 금일 인연하여 희롱하다가 주허후朱虛侯 유장劉章의 주령酒令[57]을 효칙하리라.'

---

54) 높은 자리에 있는 사람이 미혹되어 버릇이 됨.

55) '회매하다'는 입은 옷의 매무새나 무엇을 싸서 묶은 모양이 가뿐하다.

56) 조조가 허전이란 곳에서 헌제와 사냥할 때 헌제의 활로 사슴을 쏘아 맞히자 사람들이 헌제가 쏜 줄 알고 만세를 부르니, 조조가 헌제 앞으로 나서서 축하를 받았다. 이때 옆에서 보던 관운장이 칼을 빼어 조조를 죽이려 했는데 유비가 말려서 죽이지 못하였다.

57) 유장이 술자리에 손님을 청해 놓고 누구든지 술자리를 어지럽히는 자는 죽이겠다고 한 명령. 유장은 한나라 초기 여후呂后가 죽은 후 여씨 일족을 벌하여 나라를 바로잡았다.

하고, 천자께 주 왈,

"신이 비록 무재無才하오나 동 어사를 대적하여 금일지락今日之樂을 돕사오려니와 신은 만종蠻種이라. 군령軍令으로 행코자 하오니 지는 자는 군율로 행함이 좋을까 하나이다."

상이 대소 허락하시니 동홍이 심중에 대희 왈,

'제 비록 무예 절륜하나 격구 수단은 생소할지라. 망령되이 군령을 말하니 내 한번 이긴 후에 거동을 보리라'

하고, 쌍봉을 두르며 장상에 드니 양 상서 미소하고 융복을 가져오라 하여 장속裝束을 마친 후에 동홍더러 왈,

"나는 본디 쌍봉을 쓰지 못하니 칼로 대신하리라."

동홍이 허락하며 심중에 대소 왈,

'칼이 경輕하여 채구를 받지 못하리라. 일합에 낭패함을 보리로다.'

말을 달리며 채구를 공중에 던지니 양 상서 거짓 피하는 체하고 칼로 받아 동홍에게 보내니, 홍이 크게 소리하며 쌍봉을 춤추어 공중에 놀리다가 진력하여 한 번 치매 채구 반공에 솟아 양 상서 앞으로 떨어지니, 상서 또한 피신하여 칼로 받아 홍에게 보내니 홍이 그 겁怯함을 보고 승기勝氣를 내어 평생 수단으로 쌍봉을 번개같이 두르며 채구를 농락하다가 또 진력하여 양 상서에게 보내니, 상서 홀연 쌍검을 번득이며 채구를 한 번 치매 채구 공중에 백여 장丈을 솟는지라. 홍이 당돌히 받고자 하니 양 상서 웃으며 칼을 공중에 던져 채구를 지레 받아 또 수십 장을 솟거늘, 동홍이 어이없어 말을 멈추고 보더니 상서 또 좌우의 칼을 던져 채구를 받으니 또 수십 장을 솟는지라. 상서 이에 쌍검을 던지니 쌍검이 공중에 춤을 추어 채구를 받아 반상半晌을 공중에서 회롱하니, 홍이 망연자실하여 말을 잡고 섰더니 채구 홍의 마두馬頭에 내려지며 홍이 수각手脚이 황망하여 미처 받지 못한지라. 양 상서 대소하고 수중의 칼을 들어 왈,

"군중에 희언戱言이 없느니라."

하더니, 동홍의 머리 땅에 떨어지니 좌우 실색失色이라. 양 상서 칼을 던지고 천자 앞에 나아가 복지伏地 주奏 왈,

"폐하 춘추정성春秋鼎盛[58]하시니 만기지가萬機之暇[59]에 소견消遣하실 일이 무궁하시거늘, 어찌 천인을 가까이하사 옥체를 손상하시며 청문聽聞을 해연駭然케 하시나니까. 동홍의 방자함이 군부君父를 각승角勝하여 양양자득하니 차습此習이 점장漸長하면 난신적자亂臣賊子가 징계함을 알지 못할지라. 신이 군령을 빌어 간신을 참하였으니, 복원伏願 폐하는 격구도위를 파하사 일월지명日月之明에 가리움이 없게 하소서."

---

58) 임금의 나이가 한창 때임.

59) 온갖 일을 보는 여가.

상이 옥색이 참담하사 묵묵 양구良久에 왈,

"짐이 비록 경의 충성을 아나 홍의 죽음이 유아지탄由我之歎[60]이라 측연惻然하도다."

상서 다시 주 왈,

"간신 일인을 아끼사 묘사廟社[61]를 아니 생각하시니 그 대소경중이 어떠하리이꼬?"

상이 청파聽罷에 천안天顔이 이연怡然[62]하사 왈,

"경은 짐의 동량이라. 차후 짐이 다시 이런 과실이 있거든 이같이 간하라."

상서 황공 돈수하고 퇴조退朝 귀가歸家하여 부친께 고하니, 연왕이 변색 대경 왈,

"아자 미거하여 사군지례事君之禮를 배우지 못하여 이같이 방자하도다. 네 벼슬이 정경正卿에 미쳤거늘 군부를 뫼셔 잡기雜技로 헌충獻忠하니 그 죄 하나요, 심엄지지深嚴之地에서 사람을 칼로 죽이니 그 죄 둘이요, 소인을 죽이는 법이 반드시 명정기죄明正其罪할지니 이제 희롱을 인연하여 모호히 죽이니 그 죄 셋이라. 여부汝父 불초하여 교자敎子를 못 하였으니 성주聖主 비록 용서하시나 어찌 황공치 않으리오?"

즉시 관복을 갖추어 궐외에 대죄하니 상이 대경하사 즉시 인견하신대 연왕이 돈수 왈,

"신이 불충하와 미거한 자식으로 일찍 임조臨朝하와 그 무례함이 지척지지咫尺之地에서 동홍을 죽이오니 신이 들으매 심담心膽이 전율하여 부지소운不知所云[63]이로소이다."

상이 손사遜辭 왈,

"이는 다 짐의 허물이라. 경은 과도히 자인自引치 말라."

연왕이 우주又奏 왈,

"폐하 장성의 무례함을 또한 징치懲治하실지라. 제 벼슬을 체척遞斥하시고 격구위를 즉시 파하소서."

상이 소 왈,

"격구위는 이제 파하려니와 장성의 관직은 장차 더하여 그 충성을 표하고자 하노라."

연왕이 재삼 아뢰되 천자 불청不聽하시더라.

차설, 광음이 훌훌하여 연왕의 다시 입조한 지 오 년이라 경성의 나이 십칠 세라. 두 집이 택일 성혼할새 위의威儀의 장함은 말하지 말고 소저의 요조함이 초옥 군주에 지지 아니하니, 연왕이 위로 양친을 받들고 아래로 두 자부를 거느려 실가室家 화락和樂하고 복록이 창성昌盛하니 날마다 성만盛滿함을 근심하여 다시 전원에 돌아감을 생각하더니 차시 강서 땅이 연흉連凶[64]하여 민심이 소동하고 난민亂民이 모반謀叛하니 천자 근심하여 태수를 택

60) 나로 인해 남에게 해가 미친 것을 탄식함.

61) 종묘와 사직. 곧 나라.

62) 기뻐함.

63) 마음이 떨려서 무슨 말을 해야 할지 모르겠음.

인택人코자 하시나 사람마다 모피謀避[65]하는지라. 양 학사 부친께 고 왈,

"고언古言에 운云하되, '반근착절盤根錯節을 만나지 아니하면 이기利器를 불별不別한다.'[66] 하니, 소자 비록 불초하오나 천은을 망극히 입사와 도보圖報할 땅이 없사오니 이제 강서 태수를 자원하여 견마지성犬馬之誠을 만분의 일이나 갚사올까 하나이다."

연왕 왈,

"아자兒子 장차 어찌 다스리려 하느뇨?"

학사 왈,

"유능제강柔能制强하고 약능승강弱能勝强이라.[67] 적자 창생赤子蒼生이 불승기한不勝飢寒하여 녹림 황지綠林荒地에 상취농병相聚弄兵하니 은덕恩德으로 무휼撫恤하고 신의로 견부見孚함[68]이 옳을까 하나이다."

연왕이 개용改容 칭찬하고 즉시 상소하니, 천자 경성으로 강서 태수를 제수하신대 윤 부인이 학사의 손을 잡고 탄 왈,

"네 나이 어리고 강서 인심이 패악하니 내모의 의려倚閭하는 근심을 장차 어찌 위로코자 하느뇨?"

학사 대 왈,

"언충신 행독경言忠信行篤敬[69]하면 만맥지방蠻貊之邦이라도 가히 행하오리니 하물며 강서이리이꼬? 소자 불초하오나 스스로 몸을 삼가 충효를 저버리지 아니하리이다."

차시, 강서 태수 가는 자마다 공겁恐怯하여 기구를 갖추고 장사를 뽑아 경상境上에 이른즉 갑사로 호위하고 백성을 임한즉 도적으로 다스리니 민심이 더욱 소란한지라. 양 태수 행장을 간솔히 하고 추종과 영후하는 거기車騎를 다 돌려보내고, 먼저 일장 효유曉喩하는 글을 본군에 보내니 그 글에 왈,

강서 태수는 너희 인민人民 등에 전하노라. 강서 일읍이 불행하여 평일 양민이 무단히 도적이 되니 어찌 본심이리오? 위로 부모 주리고 아래로 처자 이산離散하매 승두升斗를 회개睎覬[70]하여 적류賊類에 투입하고 구복口腹을 관계하여 자취를 모몰冒沒하니 이는

---

64) 여러 해를 계속하여 드는 흉년.

65) 꾀를 써서 피하고자 함.

66) 서리서리 얽힌 나무뿌리를 만나지 않으면 이로운 그릇을 구별하지 못함. 처리하기 어려운 일을 만나기 전에는 사람의 재능이 어느 정도인지 알 수 없다는 뜻.

67) 부드러운 것이 단단한 것을 견제하고 약한 것이 센 것을 이겨 낸다.

68) 백성들이 배고픔과 추위에 견디지 못하여 숲 속이나 황무지에 모여들어 무기를 들었으니 은혜와 덕으로 위로하고 신의를 지켜 미더움을 보임.

69) 말이 충성스럽고 미더우며 행함이 도탑고 공경스러움.

수령의 탓이라. 내 이제 황명을 받들어 일국을 다스리니 비록 소부두모召父杜母[71]의 자애함이 없으나 포복입정匍匐入井하는 적자赤子를 생각하여 어찌 추연惆然치 않으리오? 우선 근포跟捕하는 영갑令甲을 거두고 체수滯囚한 도적을 방송放送하여[73] 태수의 부임함을 기다리라.

양 학사 이 문적文籍을 먼저 반포하고 필마단기匹馬單騎로 창두 이 인을 데리고 강서 지경에 이르니, 촌락이 회소하고 계견鷄犬이 적연寂然한대 곳곳이 무뢰배 성군작당成群作黨하여 창검을 들고 임중林中에 매복하여 행인을 겁탈하더니, 신관新官이 이름을 듣고 스스로 죄범罪犯을 두려 둔취작변屯聚作變코자 하다가 반포한 글을 보고, 구연瞿然히 서로 헤어져 태수의 거동을 관망하더니 및 태수 필마단기로 옴을 보고 막불경탄莫不驚歎하여 대민大民은 참괴慙愧하고 소민小民은 추회追悔하는지라.[74] 태수 부중에 이르러 일읍 중 호강豪强한 십여 인을 빠혀(뽑아) 현승縣丞을 삼고 적당 괴수 수백여 명을 사핵查覈[75]하여 관정官庭에 불러 효유曉諭 왈,

"너희 다 백성이라. 불승기한不勝飢寒하여 망령되이 죄에 범하니 성천자 태수를 보내사 인의로 효유하여 능히 고친즉 대죄를 사赦하여 평민이 되어 타일 실가지락室家之樂을 누리려니와 만일 고치지 아니하면 이는 난민亂民이라. 장차 발군發軍하여 어육魚肉이 되리니 기한飢寒을 참고 신수身首를 보전함과 구복을 위하여 병혁兵革에 죽음은 그 안위선악安危善惡이 어떠하뇨?"

제인이 체읍涕泣 돈수頓首 왈,

"생아자生我者 부모父母요 활아자活我者는 관가官家니 어찌 평민으로 도적을 원하리오? 그 생도生道를 지시하소서."

태수는 추연惆然 위로하고 드디어 창름倉廩을 기울여 크게 진휼賑恤하니 일군一郡이 안연晏然하고 다시 농업을 힘쓰니 명년이 대풍大豐하여, 도불습유道不拾遺하고 야불폐호夜不閉戶하니 옥송獄訟이 침식寢息하고[76] 교화敎化 대행大行하여 강서 일군이 대치大治하거늘, 천자 들으시고 예부 시랑으로 부르니, 강서 백성이 길을 막고 만류하여 적자赤子

---

70) 변변치 않은 분량의 물자를 넘봄. 승두는 되와 말.

71) 한漢나라 때 남양 태수를 지낸 소신신召信臣과 두시杜詩. 이들은 모두 고을을 잘 다스려 백성들이 부모처럼 여겼다고 한다.

72) 우물로 기어들어가는 백성들. 곧 사정이 급하게 된 백성이란 뜻.

73) 수색하여 체포하는 군사를 거두고 미결未決로 오래 옥 속에 있는 도적을 풀어주어.

74) 넉넉히 사는 사람은 부끄러워하고 가난한 사람은 후회하는지라.

75) 실제 사정을 자세히 조사하여 밝힘.

76) 길에 떨어진 물건을 줍지 아니하고 밤에 문을 잠그지 아니하니 송사할 일이 없고.

자모慈母를 떠남 같더라.

차시, 시랑이 예부에 들어와 식년 대비式年大比[77]를 당하매 설과設科 취사取士할새 시랑이 과폐科弊를 말하여 상소하니, 그 소疏에 왈,

　　예부 시랑 신 양경성은 언건, 복이伏以 선비는 국가의 근본이요 과거는 선비의 계경 蹊徑[78]이라. 치란흥망治亂興亡이 여기 달렸거늘 금일 사습士習이 해이하고 과법科法이 괴란乖亂하여 출척黜陟을 맡은 자는 사정私情을 돌아보고 재주를 닦은 자는 요행을 생 각하여 한 번 과거를 지내면 인심 물정이 일배一倍 분울憤鬱하니 그 주시主試하는 자 또 한 공겁恐怯하여 문학을 묻지 아니하고 뽑힌 자의 성명이 드러난 자 아니면 무위공도無 謂公道[79]라 하니, 이제 노예 하천奴隷下賤과 잡류 우맹雜類愚氓이 요행을 희개晞覬하고 문필文筆을 차지借之하여 장옥場屋이 충일充溢하고 시권試券이 증가增加하니[80], 현자 는 한심하고 불초자는 암회暗喜하여 초야 규두草野圭竇[81]의 우졸迂拙한 선비와 빈궁한 서생이 시무時務를 모르고 고궁독서固窮讀書하여 공명을 유의留意한즉 막불지점莫不 指點[82]하고 서로 모여 조롱하니, 이 어찌 설과設科 취사取士하여 치화治化를 찬양하는 도리리오?

　　복원伏願 폐하는 군현에 하조下詔하사 해마다 선비를 뽑아 액수를 정하여 예부에 올 려 예부에서 삼 년 일차씩 먼저 책문策問[83]으로 경륜을 힐문하고 다시 부賦로 문장을 시 험하여 입격자入格者는 천자 친히 면시面試하사 만일 응격應格지 못하는 자 있거든 천 거한 수령과 주시主試한 신하를 죄 주사 난잡지폐亂雜之弊가 없게 하소서.

상이 보시고 대희 비답 왈,

　　성소 구실省具悉[84]이라. 나라를 위하는 충심이 심히 아름답고 말한 바 일은 의윤依 允하노라.

---

77) 자子, 묘卯, 오午, 유酉 등의 간지干支가 들어 있는 해, 곧 3년에 한 번씩 치르는 과거 시험.
78) 좁은 길. 무엇을 이루는 방법이나 수단.
79) 공정한 도리라 이를 만한 것이 없음. 곧 뇌물을 받고 처리한다는 뜻.
80) 글 짓고 쓰는 것을 남의 손을 빌려 시험장이 터지도록 사람들이 모여들고 시험지가 늘어 만 가니.
81) 궁벽한 시골 오막살이.
82) 모두 손가락질을 함.
83) 정치에 관한 계책을 물어서 답하게 하던 과거 시험.
84) 신하의 상소에 답할 때 쓰는 표현으로, "상소를 보고 그대의 마음을 잘 알았다."는 뜻.

수일 후 다시 전교 왈,

　부시랑 양경성이 치적治績이 현저하고 예부의 시규試規 공정하니 짐짓 공황지재龔黃
之才[85]요 직설지현稷契之賢이라. 호부 상서로 승탁陞擢하라.

　차시此時 양 상서 시년是年이 십구 세라. 위로 천은을 감축하고 아래로 생령을 근심하여
충성을 탄갈殫竭[86]하며 경륜이 합의合宜하니 천자 또한 애중하사 제우際遇 날로 융숭한지
라. 상서 다시 국용國用의 부족으로 상소를 또 하니, 그 소에 왈,

　호부 상서 신 양경성은 언급하노니이다. 신이 노망지재鹵莽之才[87]로 천은을 입사와
탁지度支에 대죄待罪케 하시니[88] 탁지는 민국지대본民國之大本이라. 과렴過斂한즉 민
생民生이 곤췌困悴하고 소활疎闊한즉 국용이 공허하나니 삼대三代 이전은 상의尚矣라
물론이요, 십일지세什一之稅는 성왕 고법聖王古法이라, 옛적에 더함이 없으나 국용이
풍족하고 후세에 감함이 아니나 재력이 경갈罄竭[89]하니 이 어찐 일이니꼬?
　고지성인古之聖人이 치국 경륜을 말하매, '불과절용애민不過節用愛民[90]이라.' 하시
니 대범大凡 재물을 절용치 않은즉 애민함이 아니라. 폐하 만승지부萬乘之富로 광하세
전廣廈細氈에 추환지미芻豢之味와 문수지복紋繡之服[91]이 그 처치를 생각하고 근본을
궁구窮究한즉 무비 적자창생의 초심 노력焦心勞心하여 입립신고粒粒辛苦한 바라[92]. 이
로써 미루어 보면 폐하 일습지의一襲之衣에 검소히 입으시고 일식지반一食之飯에 간고
艱苦를 아실지니 연즉 백성이 그 여력餘力을 입고 그 혜택을 무릅쓸지라. 연고로 신은
써 하되 강구康衢 노인의 격양고복擊壤鼓腹함은 제요帝堯의 토계삼등土階三磴[93]을 힘
입음이요, 태창지속太倉之粟이 진진홍부陳陳紅腐함[94]은 한문漢文의 신의익제身衣弋綈

---

85) 공수龔遂나 황패黃霸와 같은 재주. 공수는 선제 때 발해 태수이고 황패는 같은 시대 영천
　태수로서 잘 다스렸다고 한다.
86) 남김없이 다함.
87) 보잘것없는 재주.
88) 보통 벼슬살이를 하는 것을 겸손하게 이르는 말. 탁지는 수입과 지출을 맡은 관서.
89) 다하여 없어짐.
90) 절약하여 백성을 사랑하는 것이 다임.
91) 큰 집에 있는 폭신한 담요와 잘 차린 음식, 아름답게 수놓은 옷.
92) 속을 태우며 힘을 다하여 일마다 고생한 것이라.
93) 요임금이 흙섬돌 세 층을 쌓고 짚으로 지붕을 이은 집에서 살았다고 한 데서 온 말로, 임
　금의 검소한 생활로 태평이 이루어졌다는 뜻.

함[95]을 자뢰資賴함이라.

신이 비록 불충하오나 어찌 폐하의 청덕淸德을 모르리이꼬? 즉위 이래로 토목지역土木之役을 창개創開치 않으시고 기환지복綺紈之服[96]을 유의하심이 없으시니, 어찌 토계삼등과 신의익제에 사양하시리이까마는 오직 강구의 격양가를 듣지 못하고 태창의 홍부紅腐를 보지 못하오니 이 무슨 곡절이니이꼬?

신이 청컨대 소민지사小民之事로 비유하리이다. 여항 소민이 궁곤窮困을 비상備嘗하고 분전입미分錢粒米를 간신히 모아 곡복사신穀腹絲身을 구차히 경영한즉 양입계출量入計出하고 초존영여稍存贏餘하여[97] 오히려 넉넉함이 있다가 자손이 당가當家[98]하여 풍족함을 보고 간신함을 겪지 아니하여 용도用道 호번浩煩하여 수응酬應이 많은즉 도리어 부족함이 전일에서 더하나니 이는 필연지세必然之勢라. 시고是故로 여항 민가의 선업先業을 지키어 문호를 부지扶持하는 자는 반드시 십분 조심하여 내부내조乃父乃祖의 적수기가赤手起家[99]하던 마음에 더한 후 기한을 면하나니 고침 화당高枕華堂[100]에 노복奴僕을 호령한즉 내부내조의 악의비식惡衣菲食[101]을 경계하여 항상 태만함을 버리고 계구戒懼함이 있은즉 동정운위動靜云爲에 자연 절검지심節儉之心이 생기나니, 신이 금일 사대부를 보매 치습侈習이 성풍성화成風成火하고 호화를 자랑하여 거관자居官者는 녹봉이 능히 종환지비從宦之費[102]를 당치 못하고 거가자居家者는 세업世業이 능히 처자지양妻子之養을 잇지 못하니 어찌 포저苞苴[103]를 사양하며 탐장貪贓[104]을 징계하리오? 탐장이 그치지 아니하면 민생이 곤췌하고 포저 공행公行한즉 치습이 점장漸長하여 지어至於 민유아색民有餓色하고 구유비마廐有肥馬하니[105] 어찌 절용애민하는 본의리이꼬?

---

94) 나라의 곡식이 묵고 묵어 벌겋게 떴다는 뜻으로, 워낙 검소하여 돈을 쓸 곳이 없기 때문에 창고에 곡식이 쌓이게 된다는 말.

95) 익제弋綈는 두터운 명주. 한 문제漢文帝가 검소했음을 말한다.

96) 비단옷.

97) 곤궁함을 두루 겪고, 푼돈과 낱알을 간신히 모아 먹는 것과 입는 것을 구차히 경영한즉 들어올 것을 헤아려 나갈 것을 계산하고 남는 것을 약간이나마 가져.

98) 살림을 맡음.

99) 자기 아버지와 할아버지가 맨손으로 살림을 일으킴.

100) 화려하게 꾸민 방에 베개를 높이 벰. 곧 좋은 집에서 편안히 지낸다는 뜻.

101) 나쁜 의복과 거친 음식.

102) 벼슬살이에 필요한 비용.

103) 물건을 싸는 것과 물건 밑에 까는 것이라는 뜻으로, 뇌물로 보내는 물건을 이르는 말.

104) 뇌물을 탐내는 것.

105) 백성에게는 배고픈 빛이 있는데, 관청 마구간에는 살찐 말이 있으니.

신의 소장所掌 탁지부는 전곡지부錢穀之府라. 근년 이래로 부고府庫 공허空虛하여 한번 흉년을 당한즉 백관 봉록이 유환부족有患不足하니 차此는 무타無他라, 평일 용도를 절용節用치 못함이라. 그 용도를 준절撙節함이 승두升斗를 교계較計하고 분촌分寸을 마련磨鍊하는 데 있지 아니하니[106] 우선 불급지관不急之官을 감하시고 사치지풍奢侈之風을 금하사 미려지비未慮之備[107]를 없이한 후 홍부지곡紅腐之穀과 격양지가擊壤之歌를 다시 볼까 하나이다.

신이 성은을 입사와 부모 슬하에 자라 여항 생령의 질고疾苦 가난을 모르더니 연전年前 강서에 대죄하와 비로소 민생 고락을 목도目睹하오매, 슬픈 자는 백성이요 가련한 자 백성이라. 종세終歲 근고勤苦하여 모발毛髮이 초흑炒黑하고 수족手足이 변지胼胝하여[108] 구구 경영이 동뇌凍餒를 면할 따름이라. 정실精實한 곡식은 입립이 모아 공문公門에 바치되 오히려 파리한 몸에 형장刑杖을 더하고 으서진 부엌의 부정釜鼎을 척매斥賣하여[109] 노약老弱은 구학丘壑에 엎드리고 소장少壯은 도로에 유리遊離하니, 그 호흡하는 소리와 초췌한 기상은 신 같은 노망鹵莽 무상한 것으로도 오히려 저를 던지고 배불리 먹지 못할지라. 하물며 우리 황제 폐하의 위민부모爲民父母하사 지인지자至仁至慈하심이리이꼬? 이를 생각한즉 금일 폐하의 신자 된 자 어찌 차마 사치를 숭상하며 취렴聚斂을 힘쓰리오?

복원伏願 폐하는 절검節儉을 몸소 행하시어 불급지관을 감하시고 사치지풍을 금하사 백성으로 격양가를 부르고 태창으로 홍부지속紅腐之粟이 쌓이게 하소서.

천자 남필覽畢에 대성大聲 차탄 왈,
"한지가의漢之賈誼와 당지육지唐之陸贄[110]로 불감당不堪當이로다."
하시고, 병풍에 쓰라 하사 조석으로 읽으시고 양경성을 돋우어 참지정사參知政事를 배拜하시다.

일일은 연왕이 파조罷朝 환가還家하여 제 부인 제랑, 제자와 상의 왈,
"내 금일 조반朝班에 오르매 불승공구不勝恐懼하니 부자 삼인이 재열宰列에 처하고 인아지친姻婭之親이 조정에 벌였으니 이 복력福力에 손상하고 조물의 시기함이 없으리오? 차시를 타 전원에 돌아가고자 하니 제인이 각각 소견을 말하라."

---

106) 쓰임을 절약함이 한 되 한 말을 따지고 일 푼 일 촌을 헤아리는 데 있지 아니하니. 곧 작은 일에 마음을 둘 게 아니라는 뜻.
107) 뜻밖에 쓰게 되는 비용.
108) 머리털이 다 꺼멓게 타고 손발이 갈라져도.
109) 가마와 솥까지 떼어다가 팔아도.
110) 한나라의 가의와 당나라의 육지. 문장도 높고, 또 임금에게 바른말을 잘 하기로 이름났다.

윤 부인이 소 왈,

"군자의 말씀이 이에 미치시니 오가吾家의 복이라. 휴퇴休退하심을 용결勇決하소서."

황 부인 왈,

"양자兩子 비록 거관居官하였으나 삼자三子 오히려 성혼치 못하였으니 필혼畢婚 후 가심이 좋을까 하나이다."

난성 왈,

"상공이 조정 공명을 다하시고 산수 청복을 구하시니 조물이 시기치 않을까 하나이다."

연왕이 미소하고 선, 연 양랑더러 왈,

"낭 등 어찌 말이 없느뇨?"

선랑 왈,

"영고우락榮枯憂樂을 여필종부女必從夫할 따름이니 다른 소견이 없나이다."

연랑 왈,

"작야 인성이 첩더러 종용 고 왈, '오가吾家의 성만盛滿함이 태과太過하거늘 부친이 겸퇴謙退하심을 생각지 아니하시니 괴한 일이라. 모친은 그 기미를 아시나니이까?' 하오니, 그 말이 가장 유리하더이다."

연왕이 대경하여 인성을 불러 물은대, 인성 왈,

"고서에 운하되 '학學이 우優 즉 사仕라'[111] 하고 우又 왈 '사십이사四十而仕라' 하니 고인이 이같이 신중한 고로 환로宦路의 낭패함이 없으니 이제 양형兩兄이 재才에 과인하고 문학이 장취하나 고인에 비한즉 불급不及한 곳이 많은지라. 이십이 못 되어 장상의 열에 처하니 비록 평생을 지내나 어찌 고인의 모범이 되리오? 또 생각건대 대인의 훈업이 국가에 혁혁하시고 명망이 사해에 융숭하사 군자는 사표師表로 흠앙欽仰하고 소인은 동정을 규찰하거늘 일문지내一門之內에 고관대작을 당래倘來[112]로 알아 수년지내에 부자형제 재열宰列에 오르시니 소자의 두려워하는 바는 군자가 그 지진불퇴知進不退함을 웃고 소인은 월만月滿즉 휴휴休虧함을 기다릴까 하나이다."

연왕이 청파에 집수 탄 왈,

"여부汝父 불명不明하여 가유명사家有名士나 사십년부지四十年不知로다."

종차로 대사를 인성과 의논하여 그 믿음이 제자諸子에 지나더라.

차시 인성의 나이 십사 세라. 일일은 부친께 고 왈,

"공부자孔夫子 철환천하轍環天下[113]하시니 모르는 자는 제후를 달래어 구사求仕하심이라 하나, 기실은 견문을 넓혀 도덕을 행하고자 하심이라. 시고是故로 문예어노자問禮於

---

111) 학문이 넉넉하여 남음이 있으면 벼슬하라.
112) 당연한 일. 또는 힘쓰지 않아도 쉽게 얻을 수 있는 일.
113) 공자가 수레를 타고 천하를 두루 돌아다님.

老子하시고 학악어사양學樂於師襄하시며[114] 거백옥蘧伯玉, 안평중晏平仲[115]과 교유하시니 소자 비록 불초하오나 제로지간齊魯之間[116]에 놀아 선성先聖 유풍遺風을 구경하고 붕우朋友 강습講習을 구하여 도덕 문장을 배우고자 하나이다."

연왕이 흔연 허락하니 인성이 모친께 하직하고 일려一驢, 일동一童으로 소연蕭然 출문出門하여[117] 바로 산동 땅에 이르러 궐리厥里[118]를 찾아 부자묘夫子廟에 참배하고 강당에 이르러 향선생鄕先生께 뵈오니, 향선생이 인성의 기상을 보매 엄연 진퇴함을 보고 놀라 더불어 성리性理를 강론하며 학문을 힐난하니 인성이 사리 통달하고 식견이 통철하여 의연히 염낙관민지풍濂洛關閩之風[119]이 있거늘, 선성이 대경大驚하여 피석 공수避席拱手 왈,

"군은 나의 스승이라. 노부에게 비할 바 아니라 차간此間에 일위 선생이 있어 도학이 고명하니 가 봄이 어떠하뇨?"

인성이 대회 왈,

"어데 계시니이까?"

선생 왈,

"태산 아래 손 선생이니 송나라 손명복孫明服 선생의 후요 삼십 년 안빈낙도安貧樂道하여 불출산외不出山外하나 사방 학자 구름 같거늘 선생이 더욱 겸양하여 사도師道로 자처함이 없고 고궁독서固窮讀書하나니 군은 가 보라."

인성이 이에 향선생을 하직하고 태산 아래 이르러 손 선생을 찾으니 수간數間 파옥파실이 불폐풍우不蔽風雨하고 문전에 이르매 현송지성絃誦之聲이 양양洋洋하거늘[120] 인성이 문을 두드리니 소동小童이 나와 응문應門하는지라. 인성 왈,

"나는 황성 사람으로 선생의 고명을 듣고 뵈옵고자 왔사오니 선생께 고하라."

소동이 들어가 양구에 나와 들어옴을 청하는지라. 인성이 초당에 이르러 보니 흙벽과 풀자리에 일장금一張琴과 일권서一卷書 놓았고 손 선생이 폐의파관敝衣破冠으로 수면앙배睟面盎背[121]하여 짐짓 도학군자요 산야 고인山野高人이라. 맞아 좌를 정한 후에 문 왈,

"수재 이미 황성에 있은즉 어찌 유벽한 산인을 신근辛勤히 찾느뇨?"

---

114) 노자에게 예를 묻고 사양에게 음악을 배우시며.

115) 위衛나라의 대부 거원蘧瑗과, 제齊나라 재상 안영晏嬰.

116) 제나라와 노나라 사이. 곧 공자와 맹자가 태어난 곳이자 수많은 선비가 배출된 곳.

117) 한 필의 나귀와 시중드는 아이 한 명을 데리고 쓸쓸히 문을 나와.

118) 공자가 살던 동네.

119) 염계에 살던 주돈이周敦頤, 낙양에 살던 정호程顥와 정이程頤 형제, 관중에 살던 장재張載, 민중에 살던 주희朱熹 등 송나라 북조北朝에서 남조南朝까지 이름난 성리학자들.

120) 거문고를 타며 시를 읽는 소리가 흘러나오거늘.

121) 얼굴에 빛이 나고 화평한 기운이 등 뒤까지 퍼져 있음. 덕이 있는 사람의 모습.

인성이 피석避席 대 왈,

"소자 성시城市에 생장하여 견문이 이속俚俗[122]하고 재주 노무魯莽하여 학업이 고루하니 제로齊魯는 본디 군자지향君子之鄕이라. 대인 선생을 좇아 멀리 배워 평생의 고루 과문固陋寡聞[123]함을 면할까 하여 옴이로소이다."

선생이 숙시熟視 양구良久에 문 왈,

"수재의 성명이 무엇이며 연기 몇이뇨?"

인성 왈,

"성명은 양인성이요 연치는 십사 세로소이다."

선생이 개용 왈,

"노부는 산중의 우졸迂拙한 선비라. 무슨 학업이 있어 남에게 미치리오마는 이제 수재의 얼굴을 보매 타일 성취함이 클지라. 노부 어찌 사도師道로 자처自處하리오?"

하고, 문장을 강마하며 도덕을 토론하니 가위 문일지십聞一知十하고 고왕지래告往知來라[124]. 수월지간에 도학이 일취월장日就月將하니 선생의 사랑함은 이르지 말고 인성의 공경함이 더하더라.

차시此時, 선생에게 일녀 있으니 도덕 있는 사위를 구하고자 하더니 일일은 마침 조용한지라. 인성더러 왈,

"노부 일녀 있어 비록 황발 흑면黃髮黑面[125]이요 배움이 없으나 내부의 사랑하는 마음이 재덕이 저와 같은 자를 얻어 사위를 삼고자 하더니 다만 생각건대 네 집이 혁혁하여 한미한 나와 결혼치 않을까 하노라."

인성 왈,

"혼인은 인륜대사라. 가풍의 현불현賢不賢을 물을 따름이니 어찌 빈부궁달을 구애하리이꼬?"

선생이 침음沈吟 부답不答하더라.

인성이 오래 이측離側함으로 귀근歸覲하기를 청하고 떠날새 선생이 창연悵然 왈,

"노부는 세간에 출입이 없는 자라. 다시 볼 기약이 없도다."

인성이 재배 왈,

"소자 한가한 때를 타 다시 문하에 놀까 하나이다."

선생이 차마 떠나지 못하여 죽장을 짚고 동외洞外 수리數里를 나와 보내더라. 인성이 돌아오며 탄 왈,

---

122) 상스럽고 속됨.

123) 배운 것이 적고 들은 것이 적음.

124) 하나를 들으면 열을 알고, 지난 것을 일러 주면 앞의 것을 앎.

125) 누런 머리에 검은 얼굴. 곧 못생겼다는 뜻으로 자기 자식을 겸손하게 말한 것이다.

"석석昔에 주광정朱光庭이 정명도程明道를 보고 돌아와 춘풍春風 기상을 사모하더니[126] 이제 손 선생이 비록 명도에 지나지 못하나 실로 주광정의 흠앙함에 간절하니 내 만일 생관甥館[127]에 처한즉 어찌 영행榮幸치 않으리오?"

부중에 돌아와 부친께 뵈니, 연왕이 문 왈,

"아자 산동에 가 무엇을 얻음이 있느뇨?"

인성이 대 왈,

"세강속말世降俗末하여 군자지향君子之鄕의 현송지풍絃誦之風을 보지 못하고 다만 태산 하 손 선생을 뵈니 최최교취崔崔僑趣[128]하던 주무숙周茂叔[129]의 풍도를 겸하니 거의 당세 일인이나 다만 누항陋巷의 누공지탄累空之歎[130]이 태심太甚하더이다."

연왕이 위연喟然 탄 왈,

"자고로 산림 암혈에 이 같은 자 많으니 이는 다 오배吾輩의 허물이라. 내 이제 조정에 천거하여 쓰고자 하리니 어떠하뇨?"

인성이 침음 왈,

"선생이 임별臨別에 하던 말이 있더이다."

하고 통혼함을 고하니, 연왕이 대회 왈,

"내 평생에 한미한 집과 결혼하여 자식의 복력을 아끼고자 하더니 이 어찌 소원이 아니리오?"

인성이 다시 고 왈,

"손 선생의 재주 고상하여 만일 오가吾家에서 천거한 줄 안즉 즐겨 아니 할까 하나이다."

연왕이 점두點頭하더니, 차시此時 황태자 책봉 후 병혁兵革을 인연하여 조정이 다사多事하매 입학지례入學之禮를 행치 못하였더니, 천자 바야흐로 태학太學을 중수하시고 연왕으로 태자태부太子太傅를 배拜하사 길일을 택하여 입학하실새 천하 군현에 조서하사 도학이 고명한 선비를 부르실새, 연왕이 태산泰山 하下 손 선생을 천거하니, 천자 백옥포륜帛玉蒲輪[131]을 갖추어 예로 부르신대 선생이 하릴없어 출산입조出山入朝하니 인성이 중로中

---

126) 송나라 주광정이 정명도에게 배우고 돌아와서 사람들에게, "한 달을 봄바람 속에 앉아 있었다."라고 했다고 한다.

127) 사위의 방.

128) 산이 우뚝하게 서듯 강직함이 뛰어남.

129) 송나라 유학자 주돈이. 무숙은 그의 자字.

130) 쌀독이 자주 비는 탄식.

131) 비단과 옥과 포륜. 포륜은 수레가 덜컹거리지 않도록 부들잎으로 수레바퀴를 감싼 것인데, 노인을 예우하여 보내는 것이다.

路에 영후迎候한대, 선생이 반겨 집수執手 왈,

"노부 노래老來의 기쁜 일이 없으나 오직 너를 만날까 하여 희이불매喜而不寐하더니 이곳에서 상봉하니 더욱 반갑고 다정하도다. 내 이제 황상께 뵙고 너를 천거코자 하노니 네 뜻이 어떠하뇨?"

인성이 악연愕然 왈,

"선생이 이 어찌신 말씀이시니이꼬? 소자 조진지심躁進之心이 있을진대 부형의 덕으로 넉넉할지라. 이제 선생을 우러러보는 바는 도덕 문장을 사모함일러니 금일 이 말씀은 평일 바라옴이 아니로소이다."

선생이 개용改容 사례하더라.

천자 손 선생을 근정전에 인견하실새 빈주지례賓主之禮로 대접하사 공경 대신이 좌우에 뫼셨으니 선생이 멀리 연왕을 보고 심중에 의아하여 왈,

"연소 대신이 지려智慮 심원深遠하고 진퇴進退 득중得中하니, 이 어떤 귀인인고?"

하더니, 및 태학에 돌아와 입학지례를 한가지 주선하고 더욱 탄복하여 바야흐로 연왕임을 알고 한훤지례寒喧之禮를 베풀고자 하나 길이 없더니 대례大禮를 필한 후 사관으로 돌아오니, 연왕이 인하여 이르러 사제지례師弟之禮로 칭사稱謝하거늘, 선생이 하당下堂 영좌迎座 후, 연왕 왈,

"선생은 물외物外 고상하시고 만생晩生은 환로에 골몰하여 신식信息이 상조相阻하고 성문聲聞이 불급不及하더니 천은을 입어 용광容光을 접하오니 어찌 영행榮幸치 않으리오?"

손 선생 왈,

"초야지종草野之蹤이 노무지재駑武之才로 은총을 인연하여 수일 강연에 덕용德容을 첨망瞻望하오니 그윽이 다행하오나 먼저 문하에 진후進候치 못하고 이같이 왕굴枉屈하시니 감사하도소이다."

연왕 왈,

"불민한 자식이 문하의 가르치심을 받자와 더욱 향앙지심向仰之心이 간절한지라. 복원伏願 선생은 종시 훈도하여 주소서."

선생이 소 왈,

"노부 비록 일일지장一日之長이 있으나 현윤賢胤의 학문은 노부의 위라. 어찌 가르침을 말씀하리오?"

---

132) 소식이 서로 막혀 성명을 미처 듣지 못함.

133) 상대방이 찾아와 준 것을 높여 이르는 말.

134) 기껏해야 하루 먼저 태어났음. 나이만 조금 많을 뿐이라는 말이다.

135) 남의 아들을 존칭하여 이르는 말.

인하여 서로 한담閑談할새 기미상합하여 무언부도無言不道[136]하더니 연왕 왈,

"선생이 소교小嬌 있어 돈아豚兒와 성혼코자 한다 하시니 만일 진진지의秦晉之誼를 허하신즉 누추한 문호에 만장萬丈 광색光色이 될까 하나이다."

선생이 소 왈,

"복僕이 과연 일개 여아 있으니 맹광孟光의 부덕婦德은 부끄럽지 아니하나 장강莊姜의 외모[137]는 부족하니 귀문의 자부지임子婦之任을 승당承當치 못하나 상공이 이미 말씀하시니 영랑令郎은 노부의 흠앙하는 바라. 만일 허혼하신즉 어찌 영행이 아니리이꼬?"

연왕이 대희하여 돌아와 양친께 고하니, 태야太爺 또한 선생을 심방한대 선생이 연부에 회사하고 그 가풍 범절을 기꺼하더라.

선생이 입학지례를 이미 마치매 오래 성시城市에 두류逗留코자 아니 하여 고귀告歸한대 상이 비록 만류하시나 어찌 들으리오? 천자 이에 본현으로 달마다 늠육廩肉을 궤급饋給[138]하라 하시고 황금 천 일을 신행贐行[139]하시다.

선생이 돌아와 택일하여 연부에 보내니 연왕이 수유受由하고 아자兒子를 거느려 태산하에 이르러 성례할새 위의의 초초草草함과 기구의 소연蕭然함이 짐짓 한사寒士의 혼인이라.

삼일을 마친 후 친영하여 돌아올새 선생이 연왕께 청 왈,

"상공의 춘추 늙지 않으시매 영랑이 구태여 이측離側함이 어렵지 아니하리니 수년을 노부를 좇아 한가히 학문을 힘씀이 좋을까 하나이다."

연왕이 허락하니라.

연왕이 자부를 거느려 부중에 돌아와 내외 빈객을 모으고 신부지례를 행하려 할새 차시 연랑이 아자의 손을 잡고 먼저 문 왈,

"신부의 범절이 어떠하더뇨?"

인성이 부답하더니, 연왕이 들어오거늘 연랑이 앞에 나아가 문 왈,

"상공이 자부를 먼저 보시니 어떠하더니이꼬?"

연왕이 소 왈,

"내 낭의 소견을 먼저 듣고자 하노니 외모의 절등絶等함과 중심의 현숙한 것이 어느 게 나으뇨?"

연랑이 기뻐 아니 하고 물러서며 왈,

"상공의 말씀을 알지라. 세간의 담대멸명澹臺滅明[140]이 상서롭지 않을까 하나이다."

---

136) 마음에 있는 것을 못 하는 말이 없음.

137) 춘추 시대 위衛나라 장공莊公의 안해 모습. 아주 아름다웠다고 한다.

138) 식량과 고기를 공급함.

139) 노잣돈으로 줌.

하더니, 신부 교자 들어오매 시비 교자 문을 열고 보다가 대경하여 들어와 난성께 고 왈,

"손 소저의 얼굴이 손야차와 흡사하오니 아마도 동성지친同姓之親인가 하나이다."

난성이 책 왈,

"천비賤婢 감히 주인을 의논하느뇨?"

언미필言未畢에 신부 입문入門 승당陞堂하니, 좌상이 해연실색駭然失色하여 연석宴席이 무광하나 다만 연랑의 기색을 살피니 태연 화락하고 윤 부인과 난성은 정신을 쏘아 소저의 동용주선動容周旋을 보더라. 배례를 마치고 신부 처소를 별원 송죽헌에 정하니라.

시야에 연왕이 엽남헌에 이르러 문 왈,

"부인은 신부를 보매 어떠하더뇨?"

부인 왈,

"제갈 부인은 다재다예多才多藝하여 여자의 본색 아니라. 이제 신부는 동정이 예에 맞고 기상이 덕후하니 여중 군자라. 만일 인성이 아닌즉 그 짝할 자 없을까 하나이다."

연왕이 또 난성더러 물으매, 난성 왈,

"첩은 비록 말씀치 못하나 신부를 대하매 첩의 얼굴이 요염함이 부끄럽사오니 아마도 탁호난급卓乎難及[141]할 바 있을까 하나이다."

연랑이 소 왈,

"부인과 난성은 첩을 위로코자 하시나 이미 내 자식이 되었으니 우열 장단을 의논하여 무엇 하리이꼬?"

하더라.

손 소저 부중에 들어와 삼일 후 비단옷을 입지 아니하고 검소한 의상으로 동방이 미명未明하여 이미 별원문別院門에 이르러 존고尊姑의 기침起寢하심을 기다려 쇄소응대灑掃應對를 수족같이 하며 조석지공朝夕之供을 친히 맛보아 일시도 이측하지 아니하니, 연랑이 그 종편從便[142]을 말하나 종시 여일하여 면강勉强함이 없거늘, 연왕의 사랑함은 고사하고 부중 상하 탄복하여 감히 비례지사非禮之辭와 태만한 빛으로 손 소저에게 대하지 못하더라.

수월 후 연왕이 인성을 손 선생에게 보내어 수학하게 하니 문학이 더욱 일취日就하거늘 도통道統을 전하고 호를 주어 신암愼庵이라 하니, 산동 학자들이 그 학풍을 듣고 날마다 나아와 신암 선생을 찾아 속수지례束脩之禮[143]를 드리는 자 구름 같더라.

차시 연왕이 삼자三子를 차례로 성취하고 오직 기성機星과 석성錫星이 미취未娶하였는

---

140) 공자의 제자. 아주 못생겨 공자가 쓸모없는 사람으로 짐작했는데, 공자에게 가르침을 받고는 수양을 잘 하고 곧게 살았다고 한다.

141) 탁월하여 따르기 어려움.

142) 편하게 지내도록 함.

지라. 연왕이 기성의 기경機警[144]함을 편애하여 제자諸子에 지나더니 어찌한고? 하회를 보라.

제60회 설중매가 봄을 전송하여 옥랑을 모으고
곽 상서가 취함을 타 청루를 부수다
雪中梅餞春會玉娘　霍尙書乘醉打靑樓

각설, 연왕의 오자 중 기성機星이 더욱 풍채 아름다워 보는 자 남중일색男中一色이라 칭찬하니, 태야 태미 애지중지하고 난성이 더욱 사랑함이 장성에게 지지 아니하더니, 일일은 난성이 창두를 명하여 자기 탔던 설화마를 취봉루 하에 매고 빗기더니, 기성이 어데로조차 뛰어들어와 말 타기를 청하거늘 난성이 소 왈,

"네 만일 타고자 하거든 나와 쌍륙를 쳐 이기면 태우리라."

기성이 대회하여 쌍륙판을 받들어 앞에 놓으며 치기를 청한대 난성이 웃고 대국對局하여 일 국을 이기니 기성이 다시 사아(柶牙, 주사위)를 집으며 왈,

"삼판양승을 정하사이다."

난성이 허락하고 또 일 국을 지니 기성이 대회하여 다시 버려 왈,

"이 판을 모친이 지신즉 아자의 소청이 거의 이르려니와 매우 위태하도다."

하며 사아를 정신들여 던지며 국세局勢를 자세 보니 기성이 하릴없이 또 지게 되었는지라. 기성이 사아를 놓고 왈,

"모친은 쌍륙을 그만두시고 소자의 말 타기를 허하소서."

난성이 소 왈,

"이미 내기를 정하였으니 승부를 보아 태우리라."

기성 왈,

"이 판을 마치지 못할 곡절이 두 가지라. 소자 모친을 이긴즉 도리 아니요, 모친이 소자를 지우신즉(이기신즉) 기성이 무료無聊할지라. 그저 말만 태워 주소서."

난성이 그 말을 기특히 여겨 손야차더러 단단히 붙들라 하고 기성을 태워 계하에 두세 바퀴 돌아다니니 기성이 대락大樂하거늘 난성이 웃고 문 왈,

---

143) 말린 고기 묶음을 바치며 하는 예. 곧 예를 갖추어 선생을 찾아뵈어 제자로 삼아 줄 것을 청하는 것.

144) 매우 눈치 빠르고 민첩하며 재치 있음.

"아자 이 말을 타고 어데로 다니고자 하느뇨?"

기성이 소이대笑而對 왈,

"삼월 춘풍에 장대章臺[1]의 버들이 푸르고 자맥紫陌[2]의 꽃이 난만한데 오사 홍포烏紗紅袍로 황금편黃金鞭을 높이 들어 낙화를 밟으며 양류사楊柳詞를 노래하여 주루 채각朱樓彩閣에 풍광을 주우며 은대 금폐銀臺金陛에 천자께 조회하고 어배御杯 법주法酒에 취흥을 띠어 돌아오고자 하나이다."

난성이 더욱 기특히 여기더라.

기성의 나이 십삼 세 되매 예부 상서 유공의劉公義의 딸과 청혼하니, 공의는 성의백誠義伯 유기劉基의 후예라. 소저의 유한정정幽閑貞靜함과 경모단아敬貌端雅함이 초옥 군주와 우열이 없더라.

차시此時, 천하태평하고 조정이 무사한지라. 연왕이 다시 귀향할 뜻이 있더니 천자 하교 왈,

"짐이 비록 연소하나 수백 년 종사지탁宗社之托[3]이 황태자에게 달렸으니 그 보도輔導하는 도리를 마땅히 극진히 할지라. 금일부터 강연講筵을 시작하라."

차시 연왕이 태자태부로 있고 상서 형제 또한 강관講官으로 입시하여 부자 삼 인이 축일逐日 입궐入闕하매 밤든 후 파귀罷歸하더라.

일일은 연왕 부자 입궐 후 기성이 태야께 고 왈,

"춘기 화창하고 풍일風日이 청랑하니 소손小孫이 수개 문객으로 탕춘대에 올라 화류花柳 구경하고 올까 하나이다."

태야 허락하니, 기성이 대희하여 일필 청려와 일개 가동과 양개 문객을 데리고 탕춘대를 찾아갈새 홍진紅塵은 혜풍惠風에 곤곤하고 풍류는 처처에 낭자한데 장안 소년이 백마 금편金鞭으로 쌍쌍이 성도成徒하여 청루를 찾고 주가酒家를 묻는지라. 기성이 나귀를 몰아 한 곳을 바라보매 녹양綠楊이 좌우에 벌였는데 수곡數曲 분장粉牆에 화목花木이 은영隱映하고 주루취각朱樓翠閣[4]이 동서에 솟았는데 분벽사창에 주렴을 반개半開하였거늘 기성이 문 왈,

"이곳이 어떠한 곳이뇨?"

문객 왈,

"이는 황성 중 청루니 창기 있는 데니이다."

기성 왈,

---

1) 한漢나라 때 서울의 거리 이름.

2) 서울 교외의 길.

3) 나라의 장래.

4) 붉은 누각과 푸른 누각. 곧 창기들이 있는 누각.

"내 청루 이름은 고서古書에 보았으나 그 경치는 못 보았으니 한번 보고자 하노라."

양객兩客이 간 왈,

"이곳은 군자의 출입할 바 아니니 바로 탕춘대로 가사이다."

기성이 미소하고 다시 나귀를 채쳐 탕춘대에 이르니 원래 탕춘원은 장안 중의 제일 큰 동산이라. 원중에 전혀 화류를 심어 춘하지교春夏之交[5]에 오릉소년五陵少年과 기환자제 綺紈子弟[6] 기악妓樂을 데리고 질탕 오유遨遊하는 곳이라. 기성이 나귀를 완완히 몰며 찬 찬히 살펴보니 처처의 화류 빛과 곳곳의 사죽絲竹 소리 일 년 춘광이 이곳에 있더라. 한 곳 을 바라보니 주륜 취개朱輪翠蓋는 화하花下에 낙역絡繹하고 은안준총銀鞍駿驄은 유간柳 間에 왕래往來하여[7] 오사 녹포烏紗綠袍와 취수 홍장翠袖紅粧이 춘풍을 희롱하며 취흥을 자랑하거늘, 기성이 양객더러 문 왈,

"이는 다 어떠한 사람인고?"

양객 왈,

"장안 소년과 청루 제기諸妓 화류花柳하러 다님이니 날마다 저러하니이다."

기성이 나귀를 멈추고 양구良久히 구경하더니 홀연 수풀 사이에 붉은 깃발이 풍편風便 에 나부끼거늘 기성이 소 왈,

"고시古詩에 '석양점출주기풍夕陽漸出酒旗風이라.'[8] 하니 이 반드시 술 파는 집이로다. 우리 잠간 일 배씩 마시리라."

양객 왈,

"청루를 찾으며 주가를 다님은 탕자의 일이라. 상공이 아신즉 우리까지 죄책을 당하리 이다."

기성 왈,

"고자古者 이적선李謫仙은 장안 시상市上 주가酒家에 취면醉眠하였으니 내 이제 일 배 마심이 무슨 관계 있으리오?"

나귀를 채쳐 바로 주가로 향하여 각각 두어 잔씩 마신 후 미취微醉하여 돌아올새 다시 청루를 지나며 좌우 누각에 석양이 비치어 금벽이 영롱하고 문전 양류楊柳하여 향거보마 香車寶馬 번화 열뇨繁華熱鬧[9]하거늘, 기성이 좌우고면左右顧眄하여 채쩍을 들어 천천히 행하더니, 홀연 동편 누상樓上에서 거문고 소리 영령히 들리는지라. 기성이 일찍 모친께

5) 봄과 여름이 갈마드는 때.

6) 서울 장안의 대갓집 소년들과 부잣집 자제들.

7) 붉은 바퀴에 푸른 덮개로 꾸민 수레는 꽃나무 아래로 쭉 연달아 있고 은 안장을 얹은 잘 달 리는 말은 버들 사이로 오가니.

8) 저녁나절이 되니 술집 깃발이 바람에 나부끼누나.

9) 수레와 말들이 번쩍거리고 요란함.

배위 음률의 총명이 있더니 취흥을 띠어 호탕한 마음을 참지 못하여 양객더러 왈,

"내 이제 술이 취하여 집에 가지 못할지라. 잠깐 누에 올라 거문고를 듣고 술을 깨어 가리라."

양객이 대경大驚 왈,

"자래自來 청루에 무뢰 호탕한 자 많으니 만일 생소한 서생이 그릇 들어간즉 욕을 당하나니 들어가지 마소서."

기성이 소소笑 왈,

"대장부 세상을 열력閱歷하여 영욕榮辱을 비상備嘗한 후 지견知見이 좁지 아니하나니 공 등은 돌아가라. 내 잠깐 구경하고 가리라."

설파說罷에 나귀에 내려 금성琴聲을 찾아 들어가더라.

차설, 황성 청루에 기녀 수백 명이나 그중 양개 기녀 있으니, 일개의 명은 설중매雪中梅라, 가무 자색이 출중할 뿐 아니라 노류장화路柳墙花의 전문 영객前門迎客과 후문 송객後門送客하는 풍류 심정으로 번화 총중繁華叢中에 등양騰揚[10]하고, 일개의 명은 빙빙氷氷이니 또한 안색과 재주 절대絶代하나 천성이 청개淸介하고 수단이 수졸守拙한 고로 이름이 솟아나지 못하여 문전이 냉락冷落하더라.

설중매 곽 도위의 아우 곽 상서를 친압親狎하여 청루 일방에 처하니 곽 상서의 자는 자허子虛라. 가산이 누거만累巨萬이요 어려서부터 풍류 방탕하여 장안 소년의 패두牌頭[11]되어 설중매에게 침혹沈惑하니 연년이 삼십일 세라. 차일此日 곽 상서 탕춘원에 상춘賞春하러 왔다가 매랑梅娘의 집에 풍류와 음식을 시키고 야연夜宴을 기약하니 매랑이 주찬을 배설하고 상서를 기다리다가 우연 탄금彈琴하더니, 홀연 일위 소년이 녹포 단건綠袍單巾으로 주훈酒暈을 띠어 들어오는데 영발英拔한 기상은 일륜명월이 해상에 돋아 오고 번화한 용모는 삼춘 명화三春名花 이슬을 머금은 듯 연기 비록 어리나 행지거동行止擧動이 극히 호방한지라. 매랑이 놀라 거문고를 밀치고 일어 맞으니 기성이 웃고 앉으며 왈,

"나는 상화賞花하고 가는 사람이라. 우연히 금성琴聲을 듣고 들어왔으니 낭은 이름이 무엇이뇨?"

일변 말하며 일변 매랑의 용모를 보매 얼굴이 철색鐵色 같고 눈이 가늘며 단순호치丹脣皓齒요 진수 아미蟬首蛾眉[12]라. 장장쟁쟁鏘鏘 앵성鶯聲으로 나직이 대 왈,

"첩의 천명賤名은 설중매라 하나이다."

기성이 번화한 웃음과 호방한 말로 왈,

"나는 방탕한 사람이니 칭호는 양생이라. 낭이 초면객을 위하여 고산유수高山流水의 묘

---

10) 앞문으로 손님을 맞으면서 뒷문으로 손님을 내보내는 것으로 화려한 세계에 이름을 날림.

11) 우두머리.

12) 붉은 입술에 흰 이와 쓰르라미 머리에 나비 눈썹. 여자의 아름다움을 이르는 말.

한 수단을 아끼지 않을쏘냐?"

매랑이 추파를 흘려 양생을 보며 거문고를 당기어 옥수玉手로 줄을 골라 다시 일 곡을 타니 수법이 기이하고 음조 정묘하거늘, 기성이 대회 칭찬하더니 홀연 뉘 집 창두 일봉一封 소찰小札을 드리매 매랑이 펴 보고 미소하며 책상 위에 놓고 밖으로 나가 창두를 수작하여 보내거늘, 가만히 그 편지를 펴 보니 왈,

　　금야에 마침 입궐할 일이 있어 황혼 가기佳期를 저버리니 재명일再明日 전춘연餞春宴[13]으로 기약하노라.

하였더라.

매랑이 들어와 차환으로 주찬을 내와 왈,

"상공이 소년 풍류로 방화수류訪花隨柳[14]하사 청루靑樓를 밟아 청금聽琴코자 하시니 반드시 주량酒量이 넓으실지라. 천첩의 일 배 박주薄酒를 사양치 마소서."

생이 웃고 인하여 굉주교착觥籌交錯하여 일락서산日落西山에 이르매 생이 놀라 몸을 일어 왈,

"내 부형 있는 사람으로 잠깐 화류하러 나왔다가 이미 황혼이 되었으므로 바삐 돌아가노니 후일을 기약하노라."

매랑이 추파를 흘려 은근 송정送情하고 초연히 대답이 없더라.

생이 이미 문밖에 나오매, 양객이 문외에서 방황하다가 반겨 왈,

"일모日暮하였거늘 어찌 돌아가심을 잊으시니이꼬?"

하고 생을 데리고 망망히 올새 양객이 소 왈,

"소주인小主人을 들여보내고 방심치 못하여 문전에서 주저하더니, 양개 소년이 준마를 타고 와 문외에 내려 들어가고자 하기에 소주인의 실수함이 있을까 하여 그 소년의 소매를 잡고 손을 저으며 눈짓하매, 그중 일개 소년이 술이 반취하여 시비코자 하니 일개 소년이 만류하며 종용 문 왈, '오신 자 누구요?' 하기에 우리 대답기 어려워 손을 저으며 왈, '그만하면 알지니 물어 무엇 하리오?' 한대, 그 소년이 우리의 위아래를 훑어보다가 미소하며 서편 청루로 가더이다."

생이 소이부답笑而不答하고 부중에 이르매 태야 문 왈,

"어찌 이리 저무뇨?"

기성 왈,

"자연 구경하다가 일모함을 잊었나이다."

---

13) 모레 봄을 보내는 잔치.
14) 꽃을 찾고 버들을 따름. 이리저리 경치를 구경하며 놀러 다닌다는 뜻.

선 숙인이 책責 왈,

"상공이 한가하여 계시던들 반드시 엄책을 당할지라. 어찌 조심치 아니하느뇨?"

기성이 소이대笑而對 왈,

"일시 춘흥으로 방화수류하여 오히려 총총히 왔나이다."

난성이 듣고 미소 무언無言하더라.

아이오(이윽고) 연왕 부자 나오매 태야 왈,

"노부 근일 춘기 뇌곤惱困하여 강호 물색이 생각나니 명일 수개 문객과 산옹山翁을 데리고 취성동에 가 수십일 소창消暢코자 하노라."

연왕이 승명承命하고 내당에 들어가 제랑을 불러 상의 왈,

"노친이 명일 취성동에 가사 수십 일 소창코자 하시니 이는 비복婢僕이 조석지공朝夕之供을 맡게 못할지라. 제랑 중 일인이 뫼시고 가라."

난성 왈,

"연 숙인은 잉태 수삭이요, 선 숙인은 근일 자로 불평하니 첩이 뫼시고 갈까 하나이다."

연왕이 좋음을 말하고 태야께 고한대, 태야 침음 왈,

"수십 일을 어찌 못 견디리오? 구태여 제랑을 데리고 가고자 아니 하노라."

연왕이 다시 고 왈,

"이 또한 직책이라, 소자 이미 난성을 가라 하였나이다."

태야 왈,

"그러한즉 난성은 혹 부중에 의논할 일이 있을까 하노니 선랑을 데려가게 하라."

연왕이 유유하고 또 고 왈,

"쇄소응대灑掃應對에 혹 가동家僮이 못할 바 있을지라. 아자 중 누구를 데려가고자 하시나니이까?"

태야 소 왈,

"인성의 위인이 너무 졸하여 남자의 번화繁華 기상이 부족하니 같이 가 소창케 함이 무방할까 하노라."

연왕이 수명하고 익일 미명에 연왕 부자 또 조반朝班에 들어갈새 창두와 교자轎子를 일일이 지휘하고 산옹과 인성을 불러 범사를 태만치 맒을 경계하고 벽운루에 이르러 숙인더러 왈,

"노친의 기거 음식을 낭이 가음알아(가말아) 부디 재가지일在家之日보다 더하게 하라."

숙인이 승명하고 시비 이 인과 일행을 거느려 태야를 뫼서 등정할새, 연왕 부자 배행陪行하여 성외까지 지송祗送한 후 연왕과 상서 형제는 입궐하고 기성은 부중으로 돌아와 벽운루를 바라보니, 문이 닫히고 모친 소리 나는 듯 종일 심사 울민鬱悶하여 주착住着[15]할

---

15) 마음 붙임.

곳이 없는 듯한지라. 석반을 잘 먹지 못하고 서당에 책상을 대하여 심란히 앉았거늘 난성이 그 뜻을 알고 서당에 이르러 위로 왈,

"내 자운루에 있을 때 수십 주 버들을 심었더니 약한 가지와 가는 잎사귀 요사이 아름다운지라. 숙인이 홀로 구경하여 부중의 울적하던 흉금을 풀리로다."

기성이 소 왈,

"이 말씀을 듣사오니 소자의 자모 생각하는 심사 일분 위로되나이다."

하더라.

시야是夜에 연왕 부자 궐중으로 나와 일찍 취침하니, 기성이 서당에 물러와 촉燭을 돋우고 독서하다가 홀연 탕춘원 갔던 일을 생각하매 심신이 호탕하여 책을 덮고 침음 왈,

"내 나이 십사 세라. 성색 풍류聲色風流를 이때에 못하고 어느 때 하리오? 설중매의 동인풍정動人風情이 옛날 양주揚州 미인의 투귤投橘함과 방불하니 내 어찌 두목지杜牧之의 풍채 없으리오?"

하며, 전전불매輾轉不寐하고 매랑의 거동이 눈에 삼삼하여 불사이자사不思而自思라. 번연幡然히 몸을 일어 일개 가동을 데리고 다시 매랑의 집을 찾고자 하여 전일 동행하던 양객더러 또 같이 감을 말하니 양객이 자저趑趄하거늘, 기성 왈,

"공 등이 가고자 않을진대 그만두라. 내 홀로 가리라."

하고, 가동에게 촉을 들리고 표연히 나가거늘 양객이 하릴없어 뒤미처 따르더라.

차설, 매랑이 양생을 한번 본 후 경경불망耿耿不忘하여 심중에,

'청루에 처한 지 몇 해에 장안 소년을 모르는 자 없고 공자왕손을 못 본 이 없으나 양생 같은 인물은 처음 본 바라. 우연히 만나 숙홀倏忽 분수分手[16]하니 제 만일 다정 남자로 내 뜻을 알진대 돌아와 잊지 아니하리라.'

하여 은근히 고대하더니, 밤이 깊고 월색이 만정滿庭한데 일개 소년이 녹포 단건으로 일개 가동과 양개 문객을 데리고 들어오거늘 보니 양생이라. 설중매 반겨 흔연欣然히 웃고 맞거늘 생이 옥수玉手를 잡아 왈,

"탕춘蕩春 귀로歸路에 청금聽琴하던 소년을 생각할쏘냐?"

낭이 또한 짐짓 수삽羞澀하여 생의 손을 또한 잡고 저성低聲 답 왈,

"중심中心 장지藏之어니 하일何日 망지忘之리오?"[17]

하니, 복복馥馥한 향[18]이 말씀을 따라 사람에게 풍기는지라. 생이 여취여몽如醉如夢하여 정신이 사라질 듯 좌座에 앉으며 양객과 가동家僮을 밖에서 기다리라 하고, 화촉華燭을 돋우며 새로이 매랑의 용모를 보매 미첩眉睫에 가득한 풍정이 담소談笑 중에 교염 명민嬌艶

---

16) 홀쩍 손을 놓고 헤어짐.
17) 마음속에 간직하였으니 어찌 잊었으리오.
18) 그윽한 향기.

明敏[19]을 겸하여 족히 남아의 간장을 화하여 홍로점설紅爐點雪[20]이 될지라. 배반杯盤을 내와 미취微醉하매 생이 친히 거문고 두어 곡조를 타니 매랑이 노래로 화답하여 반야半夜를 질탕하다가, 양생이 소년이라 일종 정욕이 취흥을 좇아 걷잡지 못하니 상상床上에 나아가 원앙대鴛鴦帶를 끄르고 부용군芙蓉裙를 벗겨 초천 양대楚天陽臺에 운우 번복雲雨飜覆하더니[21], 매랑이 취안醉眼이 몽롱하고 지체肢體 무력하여 다시 일어 의상을 정돈하며 심중에 생각하되,

'내 양생을 다만 일개 미남자로 알았더니 어찌 풍정이 이렇듯 과인함을 짐작하였으리오? 곽 상서 같은 자는 일개 비부卑夫 탕객蕩客이로다.'

하며 오히려 미진한 마음이 있어 가만히 문 왈,

"상공이 이제 돌아가시면 어느 날 다시 뵈오리이꼬?"

생 왈,

"내 흥도興到[22]하면 다시 찾으리라."

매랑 왈,

"명일은 전춘餞春[23]이라. 장안 소년과 청루 제기諸妓 탕춘원에 모여 봄을 전송하나니 그리로 심방하시면 멀리 용광容光을 다시 뵈올까 하나이다."

생이 허락하고 돌아왔더니, 익일 조조早朝에 연왕이 태미께 고 왈,

"황상이 강연 제신을 모으사 후원에서 전춘餞春하고 놀고자 하시니 일찍 입궐하여 야심 후나 올까 하나이다."

난성이 소 왈,

"강남 풍속은 전춘연이 큰 놀음이라. 물색이 번화하여 삼월 상사일上巳日 같으니이다."

연왕 왈,

"황성도 이 놀음이 있다 하되 나는 보지 못하였으나 어찌 강남만 있으리오?"

연왕 부자 입궐한 후 기성이 태미께 고 왈,

"소손이 듣사오니 금일 탕춘원에 장안 소년이 모여 전춘 놀음이 구경할 만하다 하오니 잠깐 보고 오리이다."

태미 허락 왈,

"네 부형은 궐내로 전춘하러 가고 너는 탕춘원으로 전춘하러 가니 늙은이는 마땅히 양

---

19) 아리땁고 민첩함.

20) 화로에 떨어지는 눈. 간장이 눈처럼 녹는다 함은 정신을 잃고 반한다는 뜻.

21) 초나라 장왕이 양대에서 무산선녀를 만나 인연을 맺었는데, 무산선녀가 아침저녁으로 구름과 비가 된다고 하였다. 남녀 간의 잠자리 정이 매우 깊음을 말한다.

22) 흥이 남.

23) 봄철을 마지막으로 보냄.

부, 양랑으로 후원에 올라 또한 송춘하리로다."

기성이 다시 난성에게 청 왈,

"소자 금일 잠깐 호사豪奢코자 하오니 설화마雪花馬를 주소서."

난성이 웃고 허락하니 원래 난성의 총명함으로 어찌 기성의 방탕함을 짐작지 못하리오마는 난성의 천성이 풍류 번화함을 좋아하여 비록 자질子姪이나 엄금嚴禁치 않을 뿐 아니라 왕왕 도흥 발양到興發揚[24]하는 때 많은지라. 즉시 창두를 불러 설화마를 끌어 계하階下에 빗기라 하고 난성부의 새로 한 안장과 굴레를 가져오라 하니, 손야차 즉시 가져오니 과연 황금으로 장식하고 주취朱翠로 꾸며 황금 굴레와 산호 채찍이 휘황한지라. 기성이 대희大喜하여 다시 양개 문객을 데리고 설화마에 올라 장안 대로로 횡치橫馳하여 매랑 청루로 가니라.

차시, 설중매 풍류 명기로 양생을 미혼진迷魂陣[25] 중에 농락하매 더욱 사모하여 동동洞洞 일념一念이 양생에게 쏠리고 반 점 생각이 곽 상서에게 없더니 차일 곽 상서 또한 편지를 하여 왈,

　금일 황상이 제신을 모으사 후원에 전춘하시기로, 배약지인背約之人이 되니 참괴慙愧하도다. 과자금瓜子金[26] 백 냥을 보내니, 금일 놀음에 쓰고 재명야再明夜에 만날까 하노라.

매랑이 남필覽畢에 은근히 무방無妨하여 하인을 수어數語로 보내고 탕춘원에 가려 장속裝束할새 거울을 향하여 낙매장落梅粧에 도화분桃花粉을 잠깐 더하여 신월미新月眉[27]를 그린 후 아황蛾黃[28]은 액상額上에 완연하고 앵두는 홍순紅脣이 분명하며 다시 취화칠보전翠花七寶鈿[29]은 잠깐 옆으로 붙었고 일 쌍 금보요金步搖[30]는 반만 견상肩上에 비꼈으며 두어 낱 운빈雲鬢을 삼사鬖髿히 거두지 아니하니[31] 장손부인長孫夫人의 체아계髢兒髻[32]를 모방함이라. 좌우더러 문 왈,

---

24) 흥이 나도록 돋우어 줌.
25) 정신이 빠져 얼떨떨한 김에.
26) 오이씨 모양의 금덩어리.
27) 초생달 같은 눈썹.
28) 노란색 분. 옛날에 여자들이 이마에 노란 칠을 하는 화장법이 한때 유행했다고 한다.
29) 머리에 꽂는 비녀의 하나로, 비취로 꽃떨기 모양을 만든 것.
30) 떨잠. 비녀의 하나로, 가는 은실에 구슬을 달아 걸으면 살랑살랑 흔들리게 만든 것.
31) 구름 같은 귀밑머리가 엉클어져 정리하지 않으니.
32) 부인들 머리 위에 큰머리를 얹어 꾸민 것. 가체.

"길에 탕춘대 가는 소년이 얼마나 하뇨?"

차환 왈,

"아직 평명平明이 못 되었는데 은안 수곡銀鞍繡轂[33]이 길에 가득하니 금년 전춘은 하던 중 제일 될까 하나이다."

매랑이 웃고 거울을 들어 얼굴을 보며 왈,

"장안 소년이 다 아니 와도 나의 다정랑多情郎만 오소서."

차환이 소 왈,

"낭자의 다정랑은 곧 곽 상서 노야시라. 이미 못 오심을 말하였으니 어찌 헛되이 기다리시느뇨?"

매랑이 거울을 던지며 입안소리로 책 왈,

"다정랑인지 박정랑薄情郎인지 분별이 무엇인고?"

초연悄然 양구에 다시 웃고 왈,

"네 문외에 나가 섰다가 일전 오셨던 양 상공이 지나시거든 이르라."

차환이 나간 지 수유須臾에 전도顚倒히 들어와 고 왈,

"상공이 오시나이다."

매랑이 반겨 황망히 내달으니 양생이 아니요 이에 곽 상서라. 오륙 개 문객을 데리고 술이 반취하여 들어오며 소 왈,

"금일 황상이 다만 경연經筵 제신諸臣과 노시니 내 낭을 찾음이라. 아까 과자금을 보내었더니 보았느냐?"

매랑 왈,

"주신 것은 감사하오나 입궐하신가 하였더니 이제 장차 탕춘원으로 가시려 하시나이까?"

곽 상서 웃고 문객더러 왈,

"군 등은 문외에 섰다가 이 장군, 여 시랑, 왕 원외, 우문 지부宇文知府 올 것이니 이르라. 내 잠깐 매랑과 말하고자 하노라."

문객이 유유唯唯하고 나가매 상서 매랑의 손을 잡고 다시 보매 수식 단장이 영롱 찬란하여 취안취안醉眼이 황홀하니 양류 세요楊柳細腰를 들입다 안고 옥안玉顔을 대며 단순丹脣을 합하고자 한대, 매랑이 불언불소不言不笑하고 박은 듯이 섰더니 차환을 불러 왈,

"일시日時 늦어 가니 탕춘원 갈 교자와 교부轎夫 대령하였느냐?"

상서 소 왈,

"손이 오자 주인이 출입하니 이 무슨 도리뇨?"

매랑이 작색作色 왈,

---

33) 은 안장에 수놓은 수레.

"상공이 수년 친한 계집을 엊그제 사귄 사람같이 하시나니이까?"

다시 좌우로 의상을 끼고 초록별문草綠別紋 빙사협수氷紗狹袖[34]에 원앙대鴛鴦帶를 둘렀으며 녹영금루綠映錦縷 성성단星星緞 홍협수紅夾袖에 청천도류수요대靑天桃榴繡腰帶[35]를 장속하니 칠보 명월패七寶明月珮는 밖으로 둘리었고 비취금향사翡翠金香絲는 속으로 깊이 찬 후 일조一條 도홍당사 조대桃紅唐絲條帶를 일쌍 봉두동심결鳳頭同心結[36]로 드리우고 마노 잡패瑪瑙雜佩와 나말 수혜羅襪繡鞋에 주취朱翠 영롱하여 이루 형용치 못할러라. 장속을 마치고 체경體鏡을 대하여 앞으로 굽어보며 뒤로 돌아보아 반상半晌을 홀로 어르니 녹수 원앙이 그림자를 희롱하고 단산丹山 봉황鳳凰이 나래를 다듬는 듯 천교만태千嬌萬態 그 가운데 있는지라. 곽 상서 심중에 의심 왈,

'내 매랑을 친한 지 오래나 저러하게 단장함은 처음이요 전일은 일습 의상을 입은즉 나를 돌아보아 천만 번 묻더니, 금일은 일언반사一言半辭 없으니 어찌 괴이치 않으리오?'

다시 돌쳐 생각 왈,

'단장을 성히 함은 구경하는 자 많음을 위함이요 나더러 묻지 아니함은 친함이 무간無間하여 의향을 앎이로다.'

하며 스스로 위로하더라.

아이오 문객이 들어와 제위 상공이 지나감을 보報거늘, 상서 몸을 일어 매랑을 향하여 탕춘원에 가 만남을 말하고 문외에 나매, 여 시랑이 소 왈,

"형이 먼저 이르신가 의심하였더니 과연 미인을 권련眷戀하여 급히 왔도다."

이 장군 왈,

"우리는 무부武夫로되 석일昔日 풍정風情이 많이 쇠하였거늘 상서는 젊지 않으신가 하노라."

왕 원외 이 장군의 어깨를 치며 소 왈,

"장군이 곽자허霍子虛의 풍류랑인 줄 모르느냐?"

우문 지부 탄 왈,

"이것이 또한 태평성사라. 웃지 말지어다."

서로 회해담소詼諧談笑[37]하며 말 머리를 연하여 탕춘원으로 가니라.

차시 매랑이 앉아 양생을 고대하더니 꽃 그림자 섬돌에 옮기며 청루 제기 모두 이르러 같이 감을 재촉하거늘 하릴없어 초창히 일어나며 일개 차환을 머무르며 무슨 말로 은근히 이르고 탕춘원으로 간 후, 양생이 말을 달려 매랑의 집 앞에 다다라 말을 멈추고 매랑의 동

---

34) 무늬 있는 초록 비단으로 만든 빙사 저고리. 빙사는 비늘 무늬.

35) 초록빛도 나게 금실로 짠 성성단 웃옷에 청색으로 복사꽃, 석류꽃을 수놓은 허리띠.

36) 한 쌍 봉황 머리처럼 맺은 동심결. 동심결은 끈을 맬 때의 고를 둘 내어 짓는 매듭.

37) 실없는 말을 하면서 즐거워함.

정을 탐문할새 일개 차환이 문전에 섰다가 반겨 회중으로 홍전紅牋 소찰小札[38]을 올리거늘 마상에서 펴 보니, 왈,

삼춘을 전송하고 옥랑을 기다리니 일희일비一喜一悲라. 천비賤婢를 머물다 먼저 감을 고하나이다.

양생이 남필覽畢에 미소 문 왈,
"너는 어찌 주인을 따라가지 아니하뇨?"
차환 왈,
"낭자 가시며 말하시되 상공이 지나시거든 이 편지를 드린 후 즉시 오라. 만일 아니 지나시거든 오지 말라 하시더이다."
생이 웃고 말을 채쳐 돌아갈새 황성 풍속이 이날을 당한즉 상자귀인上自貴人으로 하지 천인下至賤人이 모두 탕춘원에 와 구경하며 노는 고로 공자왕손이며 호화 자제들이 수레를 몰며 말을 달려 동구 대로에 모였으니, 양생이 홍진을 헤치고 산호편珊瑚鞭을 날리매 그 말이 눈 같은 갈기를 뻗치며 옥 같은 네 굽을 번개같이 던져 크게 소리하며 만마萬馬 중에 횡치橫馳하니 요대瑤臺 선군仙君이 옥룡玉龍을 멍에하여 운외雲外에 비등飛騰하는 듯, 만로滿路 행인行人이 일시에 피로避路하고, 일성一城의 사녀士女 다투어 첨망瞻望하니 마상 미소년의 준일한 풍채와 미아媚娥한 용색容色을 막불경탄莫不驚歎 왈,
"고시古詩의 '가련인마생휘광可憐人馬生輝光이로다.'[39] 함과 같도다."
원중園中에 이르니 녹음은 난만하고 방초는 처처萋萋한데 양류지상 황앵아楊柳之上黃鶯兒[40]는 누구를 보고지고 우는 소리 춘색을 아끼는 듯, 백비려白鼻驢와 설화총雪花驄[41]은 무리무리 소년이요, 칠향거七香車 오운거五雲車는 곳곳이 미인이라. 양객兩客이 고 왈,
"금일 놀음이 열뇨熱鬧하기는 근년 중 처음이라. 탕춘원이 협착할 듯하니 먼저 탕춘대로 가사이다."
양생 왈,
"탕춘대는 어데이뇨?"
양객 왈,
"여기서 사오 리를 더 들어가나이다."
양생이 양객을 따라 삼사 리를 행하니 과연 인마 물 끓듯 하여 헤칠 길이 없는지라. 말을

---

38) 붉은색 종이쪽지.
39) 어여쁘다, 사람과 말이 빛나도다. 잠삼岑參이 쓴 시 구절.
40) 버들가지의 꾀꼬리.
41) 콧등이 흰 나귀와 몸빛이 눈처럼 흰 말.

잡고 완완히 행하며 살펴보니 일곡一曲 청계淸溪[42] 있고 계상溪上에 수백여 주 버들이 둘렀는데 큰 홍교虹橋를 틀어 수곡 난간이 백옥을 새긴 듯 다리를 넘으매 평지에 가무장歌舞場을 닦았으되 전후좌우에 홍칠 난간을 두르고 난간 밖으로 들어가며 층대를 무어 가무장을 굽어보게 하고 층대 상하에 금장수석錦帳繡席[43]이 광채 찬란하고 문무 대관이 잡좌雜坐하였으니, 원래 황성 풍속이 자고로 전춘지유餞春之遊를 중히 여겨 이 놀음이 본디 기녀와 소년의 주장이 바로되 근래는 재상 귀인도 성색호취聲色豪趣를 탐락하여 모이어 구경함이니, 그 노는 법과 반일을 가무로 질탕하다가 석양이 된즉 제기諸妓 두상頭上에 꽂았던 채화를 빼어 물에 던지며 송춘사送春詞를 부르니 이는 고법古法이요, 후세에 방탕함이 더하여 구경하는 자 음식으로 각각 다투어 소친기녀所親妓女를 먹이며 기녀 또한 친한 자에게 풍채 인물을 보아 우열 품제優劣品第를 판단하니 만일 남보다 나음이 있은즉 서로 치하하여 이르되 매춘買春이라 하니 매춘이란 말은 봄을 산단 말이요, 만일 남만 못한즉 부끄려 서로 조소하여 이르되 파춘破春이라 하니 파춘이란 말은 봄을 깨친단 말이라.

차시 수백 명 기녀 응장성식凝粧盛飾으로 머리에 채화를 꽂고 가무장에 올라 교방 풍악을 아뢰니 사죽絲竹이 요량하며 가무 질탕하여 낭랑한 소리와 편편한 소매 탕춘원을 뒤집으니 여러 귀인과 모든 소년이 일제히 대에 올라 각각 친한 기녀를 눈 주어 송정送情할새, 매랑이 추파를 흘려 좌우를 둘러보매 다만 곽 상서, 여 시랑 제인이 대상臺上에 열좌列坐하고 양생은 보지 못할지라. 초연愀然 무료하니 원래 매랑은 천명擅名한 미인이라 풍류장에 오른즉 태도 수단이 명혜明慧 민첩하기로, 장안 소년이 연석에 설중매 없은즉 막불패흥莫不悖興하더니 그 초연 불락함을 보고 혹 환약丸藥을 던지며 혹 주효酒肴를 권하여 분운紛云한 담소談笑와 전도한 기색이 전혀 매랑을 향하여 흥치를 돕고자 하나, 가인佳人 흉중의 일개 양 생 아닌즉 어찌 그 무료함을 위로하리오? 아이오 자기 차환이 이르거늘 매랑이 일어 서로 귀엣말하며 바야흐로 미소하니 은근한 소견을 뉘 알리오?

차시, 청루 제기 각진기재各盡其才하여 승벽勝癖을 다투어 안색顔色을 시기하여 풍악이 방장方張하니, 양생이 양객을 데리고 대에 올라 가무장을 굽어보매 명모호치明眸皓齒와 취수홍장翠袖紅粧이 성군작대成群作隊[44]하여 도리 모란桃李牧丹이 춘풍에 만발하고 산호 명주 나열함 같아 사람의 안색을 움직이지 않는 자 없으되, 그중 일개 미인이 가는 허리와 푸른 눈썹의 풍정이 좌중을 압도하고 복색 단장이 표연 출중하니 이는 설중매라.

설중매 양생이 원중에 이름을 알고 무료하던 심사 춘설같이 사라지며 호탕한 풍정이 어린 듯 취한 듯 떨치고 무석舞席에 나가니 구경하는 자 담같이 둘렀는데, 매랑이 눈을 들어 대상을 보니 일위 소년이 단건 녹포單巾綠袍로 표연히 섰는데, 팔자청산八字靑山에 서기

---

42) 한 굽이 맑은 시냇물.
43) 비단 휘장과 수놓은 돗자리.
44) 예쁜 얼굴과 울긋불긋한 복색이 무리를 지어 패를 짬.

제60회 설중매가 봄을 전송하여 옥랑을 모으고 | 477

어리었고 일점 단순丹脣에 웃음을 띠었으니 오매불망寤寐不忘하는 의중랑意中郞이 분명한지라. 알은체한즉 곽 상서 의심할 것이요 모르는 체한즉 마음이 가려워 이에 제기諸妓를 돌아보며 왈,

"내 부용군芙蓉裙이 풀어지니 잠깐 옷을 고쳐 입고 오리라."

하고, 차환을 데리고 가무장에서 나와 개복改服 처소處所에 이르러 작은 병에 수배數杯 주酒와 파리 반玻璃盤에 수개 실과로 차환을 주어 왈,

"이것을 가지고 양부楊府 창두를 찾아 주어 양 상공께 드리라."

하고 설파說罷에 다시 무석에 나아가니 차환이 주효 과접果楪45)을 가지고 대전臺前에 이르러 보매 과연 양부 창두 설화마를 잡고 섰거늘 배반을 주어 상공께 드리라 한대, 창두 또한 짐작하고 양객에게 전하여 양생에게 올리니 생이 미소하고 양객과 같이 각각 한 잔씩 마신 후 실과를 집어 보매 반중盤中에 수행數行 글이 있으니, 왈,

인해人海 지척에 관산關山 만 리라. 탕춘대 뒤에 작은 폭포 있으니 가무를 파한 후 그리로 뵈올까 하나이다.

양생이 보니 필적이 총망悤忙하여 십분 분명치 않으나 옥인玉人의 뜻을 어찌 모르리오? 미소하고 소매로 글씨를 씻은 후 병과 소반을 도로 주니, 차시 매랑이 무연舞筵에 다시 나아가 짐짓 반상半晌을 지체하며 추파를 흘려 대상臺上을 살피다가 생이 주과를 먹은 후 과접 씻는 모양을 보고 심중에 그 다정 민혜敏慧함을 더욱 간절히 여기며 무수舞袖를 떨쳐 평생 재주를 극진히 하니 한궁漢宮 비연飛燕46)이 장상掌上에 노니는 듯 월전月殿 소아素娥47) 예상霓裳을 나부끼는 듯 화고花鼓는 동동擊擊하여 북춤을 맞추고 상망霜鋩은 섬홀閃忽48)하여 검무로 들어가니 양류세요에 춘풍이 휘늘어졌고 도화양협에 향한香汗49)이 무르녹아 장안 소년은 격절칭찬擊節稱讚하고 교방 제기는 수괴무면羞愧無面이라. 곽 상서 어린 듯이 앉아 실심失心한 사람 같거늘 여 시랑이 소 왈,

"매랑의 가무는 곽자허霍子虛의 총희 됨이 아깝도다."

우문 지부 탄 왈,

"내 일찍 건안 지부建安知府로 가무를 많이 보았으나 태도와 수단이 매랑에게는 당치 못할지라. 상서는 가위可謂 풍류 가회를 두었다 하리로다."

---

45) 과일 접시.
46) 한나라 궁녀 조비연. 성제成帝의 궁인이었다가 뒤에 황후가 되었는데 춤을 잘 추었다.
47) 달 속에 산다는 항아.
48) 시퍼런 칼날은 번뜻번뜻함.
49) 향내 나는 땀.

이 장군이 소 왈,

"책상물림이 어찌 가무를 의논하리오? 풍류장 제반 풍정은 투필무부投筆武夫[50]를 당치 못하리라."

하며 회해환소誅諧歡騷하더니 오류 개 창두 큰 교자에 청보를 덮어 곽 상서 노야를 찾거늘, 여러 문객이 받아 대상에 드리니 진수성찬이 불가승식不可勝食이요 또 여 시랑, 우문 지부의 음식이 차례로 이르매, 각각 소친기녀所親妓女를 불러 권주행배勸酒行杯할새 곽 상서 매랑을 부르니 매랑이 마지못하여 대상에 오르며 눈을 흘려 양생 섰던 곳을 살피매 부지거처라. 심중에 생각하되,

'이는 반드시 폭포를 구경하러 감이로다.'

의사 착급하니, 어찌 행배行杯하기에 정신이 있으리오? 거짓 아미를 찡기며 허리 동인 나건羅巾을 끌러 머리를 동이고 겨우 일배주로 곽 상서를 권한 후 고 왈,

"첩이 두통이 대발하여 오래 앉았지 못할지라. 잠깐 개복 처소에 가 쉬고 오리이다."

상서 대경 왈,

"낭이 아까 검무를 지리支離하게 추더니 어찌 신기 불평치 않으리오? 일 배를 마시고 가라."

매랑이 백반百般 고사固辭하고 대에 내려 차환을 데리고 총총히 폭포를 찾아가더라.

차설, 양생이 매랑의 가무를 보고 양객과 대에 내려 왈,

"이 대 뒤에 작은 폭포 있다 하니 잠깐 가 보리라."

하고, 대후臺後로 오류 보를 행하매 임간에 석벽이 둘러 있고 일조一條 폭포 석벽으로조차 내리며 그 아래 일좌一座 반석盤石이 있어 가히 수십 인이 앉을 만하고, 돌 위에 수개 창두 이끼를 쓸고 나무를 꺾어 차를 달이다가 생의 옴을 보고 황망히 자리를 펴고 영접하는지라. 생이 괴이하여 문 왈,

"너희는 어떠한 사람이뇨?"

창두 왈,

"소지는 매랑 청루에 있는 창두로소이다."

말이 맞지 못하여 매랑이 수리繡履[51]를 끌며 차환을 데리고 자주 걸어 이르러, 낭랑 소 왈,

"내 바야흐로 조용히 폭포를 구경코자 하거늘 어떠하신 상공이 남의 자리에 먼저 앉으시 니이까?"

생이 소 왈,

"아름다운 수석이 주인이 없나니 앉았는 자 곧 주인일까 하노라."

---

50) 붓을 내던진 무인.

51) 수놓은 신발.

매랑이 양생의 말이 유의有意함을 스치고 답 왈,

"이 수석은 열인閱人[52]한 수석이라. 상공이 혼자 주인이 되시리오?"

생 왈,

"향내 나는 꽃이라야 봉접蜂蝶이 엉기고 이름 있는 동산이라야 거마車馬 모이나니 이 수석도 주인 많음을 내 사랑하노라."

매랑이 웃고 석상에 동좌同坐하여 물을 구경하며 은근한 정회와 표일한 풍채 돈연頓然히 일모日暮함을 잊을러라.

아이오 창두 차환이 오류 접 음식을 정치풍비精緻豐備[53]하게 드리거늘, 생이 소 왈,

"일배주一杯酒면 족할지니 이같이 장대함은 도리어 정이 아니로다."

매랑이 소 왈,

"첩이 금일 전춘에 실로 흥치 없어 칭병稱病 모면코자 하였더니 이같이 오기는 전혀 상공을 이곳에서 뵈옵고자 함이라. 초초한 정성을 사양치 마소서."

생이 흔연히 잔을 기울여 저를 들어 정으로 먹은 후 양객과 창두를 취포醉飽케 하니라.

생이 매랑과 폭포 밑에 이르니 손을 잡고 어깨를 견주어 고산유수高山流水의 높고 깊은 정을 말하더니 매랑이 가만히 생각하되,

'내 청루 기녀로 양생을 이같이 정친情親하되 곽 상서를 배각排却지 못하면 양생과는 은밀히 왕래할 따름이니 내 어찌 규중부녀의 절옥투향竊玉偸香[54]함을 본받으리오? 양생의 문장이 어떠한지 내 시험하여 금일 전춘연에 마땅히 양생의 풍류를 빛내어 곽 상서로 하여금 부끄리게 하여 자퇴自退하게 하리라.'

이에 글 한 구를 읊어 왈,

"첩이 마침 즉경으로 일 구 시를 생각하였으니 그 아래를 채우소서."

생이 대회하여 그 글을 물은대 매랑이 외쳐 왈,

　　떨어지는 꽃에 산이 적적하고
　　흐르는 물에 돌이 쟁쟁하도다.
　　落花山寂寂　流水石琤琤

양생이 칭찬하며 생각지 아니하고 즉시 응구應句 왈,

　　많고 적은 봄을 아끼는 눈물이요

---

52) 사람을 많이 치름. 여러 사람이 구경한다는 뜻.

53) 정갈스럽고 소담함.

54) 옥을 훔치고 향을 던짐. 곧 남녀가 비밀히 만난다는 뜻.

옅고 깊은 바다를 맹세하는 정이로다.

多少惜春淚　淺深盟海情

매랑이 양생의 얼굴이 곱고 연기年紀 어려 문장의 공부 부족한가 하였더니 그 응구첩대應口輒對[55]함을 보고 심중에 더욱 대경하여 수중手中 가선歌扇[56]을 들어 석벽을 치며 단순을 열어 알연히 그 글을 노래하니 산풍山風이 삽삽颯颯하고 수성水聲이 잔잔潺潺하여 가성佳聲과 섞였더라.

다시 술을 가져 이삼 배를 마신 후 매랑 왈,

"첩이 좌중에 고치 아니하고 온 지 오래매 동료들이 의심할지라. 돌아가오니 상공은 다시 전춘교餞春橋로 오사 제기諸妓의 전춘함을 구경하소서."

생 왈,

"전춘교는 어데 있느뇨?"

매랑 왈,

"아까 오시던 석교 곧 전춘교라. 제기들이 그 다리 물가에 다 모여 전춘하나이다."

생이 응낙하고 매랑을 먼저 보내고 석상에 잠깐 앉았다가 바로 전춘교에 이르러 석란石欄을 의지하여 물을 굽어보매 취흥이 도도하더라.

차시, 곽 상서와 청루 제기 매랑을 찾아 간 곳이 없어 막불의괴莫不疑怪하더니 홀연 매랑이 옥안玉顏에 주흔酒痕이 가득하여 수대繡帶 늘어지며 수식首飾이 기울어져 어데로조차 오거늘 제기諸妓 어찌 눈치를 모르리오? 다만 인해人海 중에 그 누구임을 몰라 매랑의 눈치 가는 곳을 살피며 웃고 물어 왈,

"매랑이 그사이 어데 갔더뇨?"

매랑이 소 왈,

"금일은 송춘하는 날이라. 첩이 봄을 좇아갔더이다."

제기 대소하니, 곽 상서 또 불러 문 왈,

"낭의 통세痛勢 어떠하뇨?"

매랑 왈,

"쾌차하지 못하나이다."

상서 역시 십 년 청루에 놀던 눈치로 어찌 매랑의 거동을 칠분 의심이 없으리오?

이윽고 청루 제기 풍류를 아뢰며 전춘교 물가로 갈새 모든 소년과 곽 상서, 여 시랑 등이 또한 자리를 옮겨 석교 상에 이르니 석양이 재산在山하고 혜풍惠風이 화창한데 청계淸溪 일곡一曲이 교하橋下에 평포平鋪[57]하고 취수홍장翠袖紅粧이 수중水中에 조요照耀하며

55) 묻는 대로 곧 대답함.
56) 손에 쥐었던 가선. 가선은 노래할 때 쓰는 부채.

관현사죽管絃絲竹이 애원 처량한 중 수백 명 기녀 머리에 꽂은 채화彩花를 일시에 빼어 들고 선선히 춤추더니 홀연 매랑이 제기를 보고 왈,

"우리 승평 성대에 풍류 제공諸公을 뫼셔 연년 차일此日에 한 노래로 전춘하니 이 어찌 재미없지 않으리오? 금일 마땅히 제공의 글을 받아 각각 그 글로 노래함이 좋지 아니하냐?"

곽 상서 왈,

"매랑의 말이 비록 아름다우나 일력日力이 진盡하고 전춘이 급하여 일수 시를 어찌 미처 지으리오?"

매랑 왈,

"석석에 조자건趙子建은 칠보성시七步成詩하였으니 첩이 마땅히 제위 상공 앞에 칠보로 들어가 시를 청하리이다."

이 장군이 칭찬 왈,

"매랑의 말이 심히 운치 있도다. 나 같은 무부는 의논할 바 없거니와 모든 소년과 제위 상공은 각각 재주를 다하여 여러 사람의 흥치를 돕게 하라."

그중 이 시랑, 우문 지부는 평생 시객詩客으로 자임하더니 심중에 대회하여 일시 칭찬하거늘 매랑이 마노연瑪瑙硯에 용향묵龍香墨을 갈고 청옥관青玉管 양호필羊毫筆을 빼어 양 개 동기童妓로 들리고 여섯 폭 홍라군紅羅裙[58]을 펼쳐 먼저 칠보를 걸어 곽 상서 앞에 들어가 서니 곽 상서 얼굴이 붉어 왈,

"곽자허霍子虛의 등과登科한 지 이미 수십 년이라. 백면서생의 조충소기彫蟲小技[59]를 폐한 지 오래니 낭은 타처에 가 받으라."

매랑이 웃고 이 시랑에게 이르니, 시랑이 침음 소 왈,

"옛적 왕발王勃[60]은 글을 지으려 한즉 이불을 덮고 벽을 향하여 돌아누워 반일을 생각하였으니 내 본디 민첩한 재주 없는지라. 낭은 타처에 청할지어다."

매랑이 다시 우문 지부에게 이르니 지부 눈썹을 찡기며 원산遠山을 바라보아 생각하며 일변 붓을 잡고 쓰려 하다가 다시 고퇴告退하니, 매랑이 소 왈,

"시각이 지났으니 바삐 씀이 좋을까 하나이다."

지부 인하여 생각이 삭막하여 붓을 던지고 물러앉는지라. 매랑이 이에 모든 소년 중 문명文名 있는 자를 가리어 수처에 이르나 뉘 능히 인해 중에 의마 초격倚馬草檄하는 재주[61]

---

57) 다리 아래 쭉 펼쳐 있는 것.
58) 여섯 폭 붉은 비단 치마.
59) 벌레를 새기는 보잘것없는 솜씨. 남의 글귀를 토막토막 따다가 맞추는 서투른 재간을 이르는 말.
60) 당나라 초기 시인으로 어려서부터 시로 이름이 남.

482 | 옥루몽 4

있으리오? 매랑이 십여 처를 허행하매 곽 상서 심중에 다행히 여기더니 매랑이 나군을 떨치며 낭랑 소 왈,

"이적선이 없으니 양태진楊太眞의 봉연捧硯[62]이 부끄럽도다."

짐짓 추파를 흘려 좌우를 살피는 체하다가 연보蓮步를 옮겨 다시 한 곳을 향하거늘 모두 보니 일위 소년이 머리에 연사 단건軟紗單巾을 썼으며 몸에 녹포綠袍를 입고 주혼이 몽롱하여 일지 연화 아침이슬에 젖은 듯 돌난간을 의지하여 유수流水를 굽어보며 매랑의 이름을 깨닫지 못하거늘 매랑이 옥음玉音을 높여 왈,

"어떠한 상공이 사람을 모르시느뇨?"

그 소년이 놀라 돌쳐 보니, 일개 미인이 천연 고 왈,

"일 수 청시淸詩를 빌리사 전춘 가신餞春佳辰에 흥치를 도우소서."

그 소년이 미소 왈,

"내 마침 취하여 시령詩令을 듣지 못하였으니 어찌 지으리오?"

매랑 왈,

"시령은 칠보요 글제는 전춘이요 또 첩의 명이 설중매니 매 자로 운을 달아 일수 절구를 주소서."

그 소년이 다시 미소하고 붓을 잡아 먹을 흠뻑 묻혀 매랑의 나군 위에 쓰니 그 표일飄逸함이 폭풍취우暴風驟雨 그 빛남이 용비봉무龍飛鳳舞라[63]. 방관傍觀 제기諸妓와 좌우 구경하는 자 담 같아 책책 칭선稱善하니, 매랑이 글을 받아들고 심심 사례하며 추파를 흘려 잠깐 송정送情하고 물러나니 뉘 그 본디 친함을 의심하리오? 곽 상서, 여 시랑이 놀라며 부끄려 그 글을 가져오라 하여 보니, 그 글에 왈,

붉은 언덕의 붉은 티끌이 낯을 떨쳐 오니
사람마다 봄을 보내고 돌아온다 이르지 아니하는 이 없도다.
봄을 보내어 봄이 이미 갔다 이르지 말라.
봄이 깊으매 다시 눈 가운데 매화를 보도다.
紫陌紅塵拂面來 無人不道餞春回
莫道餞春春已去 春深更看雪中梅

---

61) 그 자리에서 당장 글을 지어 내는 민첩한 재주. 옛날 원호袁虎가 전쟁터에서 말에 기대어 격문을 썼다는 이야기에서 나온 말이다.

62) 양 귀비가 이백이 시를 쓸 때 벼루를 들고 있었다는 데서 온 말.

63) 재빠르기가 바람이 몰아치고 소낙비가 쏟아지는 듯하고, 그 빛남이 용이 날고 봉황이 춤추는 것 같다.

곽 상서 변색 무어無語하고 어 시랑, 우문 지부는 낙담상기落膽喪氣하며 이 장군은 찬불용구讚不容口[64] 왈,

"천재로다!"

하니, 그 소년은 별인別人이 아니라 곧 양생일러라. 이때 제기 생의 문장에 놀라며 그 풍채를 흠모하여 다투어 나군 금상라군금상羅裙錦裳을 펼쳐 분분히 일수 시를 구하니 생이 취흥을 띠어 구불절음口不絶音하며 수부정필手不停筆하고[65] 경각간 칠십여 수를 휘쇄揮灑[66]하니 구구주옥句句珠玉이요 자자 풍정字字風情이라. 매랑도 오히려 생의 민첩한 시재詩才 이러함을 믿지 못하였다가 망연히 보고 차경차희且驚且喜하며 차석차애且惜且愛하여 도리어 수응酬應의 괴로움을 염려하여 제기더러 왈,

"칠십여 수를 노래했으면 충분하니 잠시 두고 전춘餞春을 노래하며 담화談話함이 좋을까 하노라."

양생이 붓을 들고 소리하여 왈,

"내 비록 일두백편一斗百篇하던 이청련李靑蓮[67]의 재주 없으나 제랑으로 향우지탄向隅之歎[68]이 있게 아니 하리니 만일 취군홍상翠裙紅裳이 없는 자는 일편 종이를 가지고 오라."

언미필에 또 수십 명 기녀 치마를 벌려 각각 글을 받아 가더니 그중 일개 기녀 초연悄然독좌獨坐하여 불언불소하고 무슨 생각이 있는 듯한지라. 생이 괴이히 여겨 불러 문 왈,

"낭이 어찌 글 받기를 원치 아니하나뇨?"

그 기녀 수괴羞愧 부답不答하거늘 생이 붓을 머무르고 그 용모를 자세 보니 운빈雲鬢이 소슬蕭瑟하고 옥안이 초췌한 중 아담한 태도와 옹용雍容한 거동이 십분 정묘하고 칠분 아리따워 일지 부용一枝芙蓉이 녹수綠水에 솟았는 듯 삼춘 방란三春芳蘭이 유곡幽谷에 피었는 듯, 다만 의상이 무광無光하여 실로 글을 쏨 직하지 아니한지라. 생이 그 뜻을 짐작하고 소 왈,

"폐의온포敝衣縕袍로 불치호학不恥狐貉[69]은 군자도 어려운 바이라. 내 흉중에 일수 시남았으니 낭의 단포상短布裳[70]을 벌리라."

그 미인이 더욱 함루含淚 왈,

---

64) 칭찬이 그치지 않음.
65) 입으로 줄줄 읊으며 손의 붓을 떼지 않음.
66) 글씨를 쏨.
67) 한 말의 술을 마시고 백 편의 시를 썼던 청련거사 이백.
68) 한쪽 구석에 비켜서서 한탄함. 좋은 기회를 만나지 못함을 탄식한다는 말이다.
69) 해진 옷에 누더기를 입고서도 남이 털옷 입은 것을 보고 부끄러워하지 않음.
70) 몽당치마.

"이 또한 첩의 의상이 아니로소이다."

생이 심중에 측연하여 그 이름을 물으니, 그 기녀 왈,

"빙빙氷氷이니이다."

우문 왈,

"춘광春光이 얼마뇨?"

기녀 왈,

"십사 세로소이다."

생이 가만히 의심 왈,

'용모 자색이 저같이 아름답거늘 장안 소년이 거두지 아니하니 필유곡절必有曲折이로다.'

붓을 들고 자저하더니, 제기 서로 가리키며 왈,

"빙랑이 사족士族 부녀같이 교만 당돌하여 청루 소년을 안하眼下에 보더니 금일 노졸露拙[71]이 나도다."

생이 그 말에 황연晃然 대각大覺하여 즉시 자기 한삼을 떼어 빙빙더러 붙들라 하고 일수 시를 쓰니, 그 시에 왈,

> 한 떨기 정정한 육지의 연꽃이
> 향기 사라지고 이슬이 엷어 파리함이 견디어 어여쁘도다.
> 전도히 봄빛을 맞고 보내는 한은
> 도리를 좇아 한 가지 고움을 다투기를 부끄려하는도다.
> 一朵亭亭旱地蓮　香消露薄瘦堪憐
> 顚倒春光迎送恨　羞從桃李共爭姸

생이 서필書畢에 빙랑을 주며 소 왈,

"내 자지무상子之無裳[72]함을 위함이 아니니 낭은 어찌 써 보이경거報以瓊琚[73]하려 하느뇨?"

빙빙이 추파를 흘려 생을 보고 미소 왈,

"상공이 문장으로 주시니 첩은 마땅히 노래로 화답하리이다."

하고 단순丹脣을 열어 그 글로 일곡을 부르니, 맑은 소리 옥을 바이는 듯 반공에 요량하여 물 끓듯 요란하던 탕춘원이 적연寂然 무성無聲이라. 제기와 소년 등이 막불대경莫不大驚 왈,

---

71) 꼴사나운 것이 탄로가 남.

72) 그대의 치마 없음.

73) 구슬로 갚음.

"빙랑도 노래하는 날이 있으니 가위 변괴로다."

매랑이 제기를 재촉하여 전춘할새, 일시에 채화彩花를 수중水中에 던지니 무릉도화 유수를 따르는 듯 봉래 채운蓬萊彩雲이 벽공에 흩어진 듯 향풍이 일어나고 서색瑞色이 엉기는 듯, 수백 홍랑紅娘이 전춘사를 부르니 가곡과 악성樂聲이 반상半晌을 질탕하다가 범범한泛泛한 채화 수상에 덮어 은은히 흘러 묘연杳然히 보이지 아니하매, 제기 풍류를 변하여 방초사芳草詞로 노래하여 서로 각각 녹음 간에 흩어져 다투어 방초를 구하여 만일 먼저 얻는 자는 서로 치하하나니 이는 위지謂之 영하회迎夏會라, 봄을 보내고 여름을 맞는다는 말이라.

빙빙이 초연 독좌하여 요동치 아니하거늘 제인이 서로 지점指點하여 풍치 없음을 조롱하니, 양생이 빙빙더러 문 왈,

"전춘 영하餞春迎夏함은 아름다운 놀음이라. 낭이 어찌 홀로 불락不樂하느뇨?"

빙빙 왈,

"봄을 보내되 가는 곳을 알지 못하며 여름을 맞되 오는 곳이 없으니 송구영신送舊迎新에 구태여 관심할 바 아니로되, 지금 송춘하고 그 자리에서 영하迎夏하여 아까 초창하고 돌아서서 즐김을 첩이 좋아하지 아니하나이다."

설중매 낭랑히 웃고 수중에 난초를 뜯어 들고 오며 왈,

"추국춘란秋菊春蘭이 무비無非 승경勝景이니 송춘 영하에 아니 놀고 무엇 하리오?"

하거늘, 생이 또한 대소하고 양랑의 말이 다 유리하나 빙랑의 단아端雅 부잡不雜함을 사랑하더라.

일모 후 파연罷宴하고 돌아갈새 장안 소년 중 양개 호협豪俠이 있으니 일개는 뇌문성雷文星이니 대장군 뇌천풍의 제이손이요 일개는 마등馬騰이니 파로장군 마달의 아들이라. 두 소년이 효용 호탕驍勇豪蕩하여 청루로 집을 삼아 무상출입하더니 차일 탕춘교에서 양생의 문장 풍채를 보고 심중에 대경하나 누구임을 알지 못하였더니 일모 후 양생이 설화마를 타고 횡치하여 가는지라, 뇌문성이 놀라 마등더러 왈,

"이 말이 연왕부 홍 난성의 타는 말이라. 그 소년이 어찌 연왕의 제사자 기성이 아니리오? 우리 조부 일찍 기성을 칭찬하시며 나더러 교유하라 하시더니 과연 비범한 인물이로다."

바로 매랑 청루에 이르러 매랑을 보고 왈,

"낭이 아까 전춘교에서 글 짓던 소년을 알쏘냐?"

매랑이 짐짓 소 왈,

"홍장 가인이 백면서생을 어찌 알리오?"

문성 왈,

"이는 반드시 연왕 상공의 제사자 기성이라. 낭이 장안 명기로 어찌 이러한 풍류 재자를 친할 마음이 없느뇨?"

말할 사이에 또 일개 파락호 들어오니 이는 허랑방탕한 무뢰 발피無賴潑皮[74]라. 성명은

장풍張風이니 기녀 등이 칭호하기를 장바람이라 하더니, 차시 들어와 좌에 앉으며 뇌, 마 양인을 보고 왈,

"우리 이제는 매랑을 자주 찾지 못할까 하노라."

마등 왈,

"이 바람이 또 무슨 바람의 소리를 하려 하느뇨?"

장풍이 탄 왈,

"곽 상서 금일 탕춘대에서 돌아와 무단히 매랑을 의심하여 아까 나를 청하여 매랑 청루에 다니는 소년을 일일이 알아 오라 하니 필경 풍파 적지 아니할지라. 뉘 곽 상서의 위세를 당하리오?"

뇌문성은 미소하고 마등은 장풍의 뺨을 치며 꾸짖어 왈,

"이 용렬한 바람아, 십 년 청루에 바람으로 천명擅名하는 놈이 곽 상서의 위풍을 겁내니 어찌 가련치 않으리오?"

매랑이 또 발연작색勃然作色 왈,

"창가는 본디 고하 없고 의기를 주장하는 곳이라. 상서 위령威令이 묘당廟堂에나 행할 지니 어찌 청루에 당하리오? 선생이 이같이 겁할진대 다시 첩의 문전에 투족投足지 마 소서."

장풍이 이 말을 듣고 대로하여 일어서며 왈,

"내 호의로 전하는 말을 이같이 냉대하니 장안 허다한 청루에 낭의 집이 아니면 설마 갈 데 없으리오?"

분연히 나가거늘 매랑은 종시 심약한 여자라. 심중에 생각하되,

'양 상공은 귀공자요, 곽 상서는 무뢰 방탕지인이라. 만일 출입을 기찰譏察한즉 어찌 위 태치 않으리오?'

이에 뇌, 마 양인을 향하여 이실고지以實告之 왈,

"양위 상공을 속이지 않을지니 과연 탕춘대에서 글 짓던 소년은 양생이라. 소년지심으로 첩이 이미 친함이 있으되 양생을 위하여 상종코자 하더니 사기 이미 불행하니 만일 곽 상서 야기惹起 요란한즉 어찌하리오?"

뇌문성이 소 왈,

"내 이미 짐작하였으니 낭은 근심치 말라. 우리 양인이 낭을 위하여 우익이 되리라."

매랑이 대회하여 주찬을 대접하고 양생을 친하던 말을 고하니, 양인이 탄 왈,

"내 평일에 낭을 위하여 곽 상서의 비루함을 절통히 여기더니 금일 양생은 진가위眞可謂 재자가인이 상봉이로다."

하더라.

---

74) 건달꾼, 부랑배.

차설, 양생이 혈기 미성한 소년으로도 우연히 풍류장에 오입하매 방탕한 마음을 걷잡지 못하여 하마 위태한 일을 당할 뻔하니 날마다 부친이 입궐함을 승시乘時하여 매랑을 찾아 가무연락歌舞宴樂으로 날을 보내니 어찌 소문이 나지 아니하리오? 곽 상서 알고 장풍 제인을 청하여 주육으로 대접하며 금백金帛으로 연람延攬[75]하고 왈,

"내 창가娼家에 투족投足한 후로 제군과 교유함은 의기를 주장하여 불평한 곳에 서로 믿고자 함이라. 내 매랑을 친하여 경가파산傾家破産[76]하기에 이름은 제군도 알려니와 이제 어떠한 유치한 아이 매랑을 꾀어 나를 저버리게 하니 제군의 마음에는 분하지 아니하랴? 나의 구일舊日 안면을 보아 그 소년의 출입을 기찰하여 내게 통하라. 내 한번 설치雪恥코자 하노라."

장풍이 팔을 뽐내어 왈,

"신선 모르는 도술이 있으며 부처 모르는 염불이 있으리오? 장안 백여 처 청루의 허다한 기녀의 눈 한 번 깜짝이며 침 한 번 뱉음을 어찌 장풍 모르게 하리오? 내 먼저 와 고할지니 상공은 임의로 설분雪憤하소서."

곽 상서 대희 칭찬하니, 이날부터 장안 소년이 곽 상서의 위세를 꺼려 매랑을 감히 찾지 못하니 문전이 냉락冷落이라.

일일은 황태자 탄일에 연왕 부자 돌아오지 못하고 동궁東宮에서 야연夜宴할새 기성이 황혼 월색을 타 매랑을 찾아 이르매 매랑이 침상에 누워 소세梳洗하지 아니하고 삼사鬖髿한 살쩍과 아담한 얼굴에 누흔淚痕이 아롱져 그 태도 더욱 어여쁜지라. 생이 앞에 나아가 집수 왈,

"낭이 신기 혹 불평하뇨?"

매랑이 초연 부답하고 게을리 일어나 생의 품에 안기며 얼굴을 가슴에 대고 느껴 왈,

"상공이 첩을 어찌코자 하시느뇨?"

생이 소 왈,

"낭이 어찌 이같이 견디지 못하느냐?"

매랑이 부답하며 양안兩眼에 누수淚水 점점點點하고 다시 돌아누워 허희탄식歔欷歎息하거늘, 생이 심중에 의아하여 곡절을 물은대, 매랑이 다시 일어나 영영 눈물로 촛불을 바라보며 맥맥 부답하니 생이 조급하여 옥수를 잡아당기며 소회를 핍박하여 물은대, 매랑이 탄 왈,

"탁문군卓文君은 장경長卿을 친한 후 장경이 문군을 저버리매 문군이 백두음白頭吟을 지어[77] 끊었거니와 첩은 문군과 상반이라. 첩이 청루 천중으로 불행히 상공을 뫼셔 무익한 정근을 맺었더니 이제 상공은 첩을 저버리지 않으시나 첩이 상공을 저버리는 모양이

---

75) 남의 마음을 잡아당겨 자기편으로 끌어들임.
76) 집안 재산을 모두 없애는 것.

되오니 어찌 원통치 아니하리오?"

생이 그 무슨 뜻인 줄 모르고 침음 부답不答하니, 매랑이 이에 고 왈,

"첩이 곽 상서를 친한 지 수세數歲에 비록 그 위인을 불안히 여기나 창기의 몸이라 진퇴를 임의로 못하였더니 의외 상공을 한번 뵈오매 심허心許하여 길이 뫼실까 하였거늘, 이제 곽 상서 시기하여 첩의 청루에 왕래지인往來之人을 기찰하매 장안 소년이 그 위세를 겁하여 금일 첩의 문전에 작라雀羅[78]를 칠 만한지라. 첩이 또한 두려할 바 없으나 다만 생각건대 천금지구千金之軀로 천첩을 인연하여 욕을 당하실까 저어하오니, 바라건대 첩을 괘념치 마시고 면화免禍하실 도리를 생각하소서."

설파說罷에 함루含淚 무언無言하거늘, 생이 거짓 놀라는 체하며 왈,

"나는 일개 서생이요 곽 상서는 정중한 재상이라. 일시 풍정으로 낭을 친하였더니 사기 이리 될진대 내 다시 낭을 찾지 못할지라. 낭은 구연舊緣을 이어 무단 풍파를 일으키지 말라."

매랑이 초연 변색하고 망연 무언하거늘, 생이 다시 매랑의 손을 잡고 왈,

"동원東園 도리桃李 청춘을 전송하고 전천前川 양류楊柳 녹음을 재촉하니 창가娼家 소부少婦는 눈썹을 찡기지 말지어다. 자고로 청루에 주인이 없나니 곽 상서 어찌하리오? 술을 가져오라."

하여, 좌수左手로 매랑의 손을 잡고 우수로 석상 금琴을 다리어 호방한 풍정이 조금도 구속함이 없더라.

곽 상서 비록 정경지열正卿之列에 처하였으나 문하에 다니는 자 무비 패류悖類라. 차일 태자 탄신에 입궐하였다가 먼저 퇴조退朝하매 술을 대취하고 매랑 누전樓前으로 지나더니 장풍이 주가酒家로 나오며 가만히 고 왈,

"매랑이 어떠한 소년과 질탕히 노나이다."

상서 대로大怒하여 집에 돌아가지 아니하고 길가 문객의 집을 치우고 수십 개 무뢰 소년을 초집招集하여 밤든 후 매랑의 청루를 부수고자 할새 장풍이 먼저 내달아 선봉 되기를 청하거늘 곽 상서 허락하고 술을 진취盡醉하게 먹인 후 수십 개 잡류雜類로 뭉치를 지니고 성군작당成群作黨하여 매랑 청루로 오니, 기세 막능당莫能當이라. 필경 어찌 된고? 하회를 보라.

---

77) 한漢나라 탁왕손의 딸로 젊어서 과부가 된 탁문군이 사마상여를 좇아 살다가 사마상여의 사랑이 식자 백두음을 지어 불렀다고 한다.

78) 새잡이 그물. 곧 경계가 심하다는 뜻.

제61회 방탕함을 경계하여 인성이 기성을 꾸짖고
낙성연을 베풀어 빙랑이 매랑을 청하다
戒放蕩仁星責機星　宴落成氷娘請梅娘

각설却說, 차시 장풍이 일대 몽치를 차고 매랑 청루로 행할새 청루에 모였던 소년과 구경하는 자 한데 섞이어 매랑 청루에 돌입하니 뇌, 마 양인이 역시 그중에 들어서 서로 약속하고 양생을 돕고자 하더라.

양생이 매랑과 촉을 돋우고 자약自若히 탄금彈琴하더니 홀연 문외 요란하며 장풍이 크게 소리하고 누에 뛰어오르거늘 매랑이 대경大驚하여 생의 손을 잡고 왈,

"일이 급하니 상공은 잠깐 피하소서."

생이 소 왈,

"내 비록 방탕하여 몸을 삼가지 못하였으나 어찌 창황한 거조를 하리오?"

의구依舊히 탄금하거늘 장풍이 몽치를 두르며 바로 양생을 침범코자 하더니 홀연 등 뒤에서 일개 소년이 크게 한소리 하며 장풍을 집어 누하樓下에 내리치고 날랜 발길과 쾌한 주먹으로 일장을 짓쳐 나가더니 누하에 또 일개 소년이 대호 일성大呼一聲에 어두운 중 동충서돌東衝西突하고 지남타북至南拖北하여 각기 제인을 풍우같이 몰아내어 문외로 쫓으니 그 호한한 기세를 뉘 겨루리오? 장풍 제한諸漢이 일시에 패귀敗歸하니 원래 누상에서 장풍을 집어 던지던 자는 뇌문성이요, 누하에서 몰아 내치던 자는 마등이라. 양생이 두 소년과 구경하던 사람을 일변 청하여 누에 오르라 하고 일변 권주勸酒하며 소 왈,

"자래自來 청루에 이러한 풍파 있으나 그 가운데 또한 의기를 볼지라. 곽 상서 일호령一號令에 오릉 소년이 청루를 엿보지 못하니 어찌 한심치 않으리오? 제공 중 곽모를 친한 자 있거든 돌아가 이르라. 승평 재상이 풍류 가희佳姬로 소견消遣함은 있거니와 소년을 둔취屯聚하여 청루를 치는 것은 불가하다 하라."

모든 소년이 일시에 제성 칭찬齊聲稱讚하나라.

마등이 매랑더러 왈,

"곽 상서는 말할 바 없거니와 장풍의 선봉 됨이 어찌 통한치 않으리오? 내 주먹으로 한 번 더 치지 못한 것이 한이로다."

생이 소 왈,

"마 형은 심책深責지 말라. 내 그 위인을 보매 파락호에 가까우나 또한 가취可取할 곳이 있으니 제공 중 아는 자 있거든 장 선생을 청하여 오라."

말석 일인이 응낙하고 가더라.

차설, 곽 상서 제인의 패귀함을 보고 불승분노不勝忿怒하여 장풍 등을 대책大責 왈,

"양병養兵 천일千日에 용재일조用在一朝라.[1] 내 십 년 청루에 제군을 친하여 금백金帛을 아끼지 아니하였거늘 이러한 때 일분 유익함이 없으니 종금이후로 다니지 말지어

다."

하고 분연히 돌아가니, 장풍이 어이없어 방황하며 주가酒家를 찾고자 하나 낭핍일전囊乏
一錢[2]이라. 길이 탄식하더니 홀연 주붕酒朋 이사李四 불러 왈,

"장삼아, 어데로 가나뇨?"

장풍 왈,

"내 정히 주가를 찾아가노라."

이사 왈,

"네 곽 상서를 위하여 성공치 못하니 어찌 용렬치 않으리오?"

장풍이 소 왈,

"그는 그러하다마는 내 아까 그 소년을 잠깐 보매 선풍도골이요 풍류 호걸이라. 내 몸이
설중매라도 곽 상서를 버릴러라."

이사 장풍의 어깨를 치며 왈,

"네 과연 알아보았도다. 그 소년이 여차여차하여 너를 청하니 짐짓 풍류남자의 농락 수
단이라. 같이 가 봄이 어떠하뇨?"

장풍이 대경대희大驚大喜 왈,

"그 어린아이 그리하더란 말이냐?"

이사 장풍을 데리고 매랑의 집에 이르니, 양생이 장풍의 손을 잡고 왈,

"공은 녹록한 자로다. 대장부 청루에 출입하매 성낸즉 풍파 일어나고 웃은즉 춘풍이 생
길지니 금야今夜 청루 소년이 모인 좌석에 어찌 장바람이 빠지리오?"

일좌 대소하니 장풍이 팔을 뽐내며 왈,

"내 비록 바람이나 이십 년 화방花房에 남은 것이 눈치라. 몽치를 들고 별같이 달려드나
속정은 다 있나니 제군은 다 알리로다."

생이 매랑더러 일배를 들어 장풍을 권하라 하니, 매랑이 잔을 들어 웃고 왈,

"청루에 고풍이 없는 지 오래더니 금일 제공이 풍채를 빛내어 살풍경이 사라지고 풍류랑
이 만좌하여 만면 춘풍에 담소 생풍談笑生風하니 이는 다 장풍 선생의 호협지풍인가 하
노라."

일좌 대소하고 장풍이 대회하여 드디어 양생의 우익이 되니 차차로 생의 이름이 장안 청
루에 회자하고 성시 소년이 휘하에 다 굴복하매 양생의 외입계경外入界境이 더욱 능란하
여 축일逐日 뇌, 마, 장 삼인배三人輩로 황성 청루에 편답遍踏하니, 그중 초운楚雲의 노래
며 능파凌波의 춤이며 학상선鶴上仙의 생황과 진진眞眞의 거문고와 연연燕燕, 앵앵鶯鶯의
자색이 유명한 기녀라. 일일은 생이 탕춘대에서 보던 빙빙의 단아함을 한번 찾고자 하되

---

1) 병사를 천일 동안 먹여 둠은 한때 용맹을 쓰자는 것임.
2) 주머니에 돈이 다 떨어져 한 푼도 없음.

집을 알 길이 없더니, 장풍을 만나 문 왈,

"군이 혹 빙빙의 집을 알소냐?"

풍이 소 왈,

"걸인의 집을 알아 무엇 하려 하느뇨?"

생 왈,

"다만 이르라."

풍이 왼고개 치며 왈,

"서교방西敎坊 길가에 깨어진 절 같은 집이 빙빙의 청루라 하더이다."

생이 웃고 수일 후 서교방을 찾아가니 길가에 과연 허소한 집이 있거늘 문을 두드리니, 일개 노파 문 왈,

"뉘 집을 찾으시느뇨?"

생이 말을 잡고 왈,

"이 집이 빙랑의 집이 아니냐?"

노파 손을 들어 이마에 얹고 먼저 말과 안장을 살피더니 생의 얼굴을 쳐다보고 당황 왈,

"상공이 어떠한 빙랑을 찾으시나니이꼬?"

생 왈,

"빙빙의 집을 찾노라."

노파 소 왈,

"그 상공이 얼굴은 고우나 청루를 구경치 못하시도다. 황성 허다 청루에 어찌 괴졸乖拙하고 창피한 빙빙을 보고자 하시느뇨? 이 집은 운중월雲中月의 집이라. 안색이 절대하니 그를 보소서."

생이 소 왈,

"내 구태여 할 말이 있으니 파랑婆娘은 다만 빙빙의 집을 가리키라."

노파 돌아서며 손을 들어 다음 둘째 집을 가리키며 혼잣말로,

'아까운 상공이 부질없이 볼 것 없는 비렁뱅이 집을 찾아가는고?'

하며 침 뱉고 도리질하거늘, 생이 웃고 그 집을 찾아 우선 찬찬히 보니 불붙고 남겨진 기와와 부러진 처마에 일각문一角門이 동퇴서패東頹西敗[3]하여 좌우로 받쳐 있고 문안 문밖에 풀밭이 황량하여 인적이 없는 듯한지라. 생이 말을 머무르고 소리하니 일개 차환이 의상이 남루하여 현순백결懸鶉百結[4]이 앞을 가리지 못하며 나와 응문應門하거늘, 생이 문 왈,

"이것이 빙랑의 집이 아니냐?"

차환이 수삽하여 돌아서며 왈,

---

3) 동쪽은 무너지고 서쪽은 주저앉음.

4) 옷이 해어져서 백 군데나 기웠음. 누덕누덕 기운 옷을 이르는 말.

"그러하니이다."

생이 심중에 추연 왈,

"내 네 주인을 잠간 보고자 하노라."

차환이 들어가 수유에 다시 나와 들어오라 하거늘, 생이 말을 밖에 세우고 차환을 따라 들어가니 빙빙이 운빈이 소슬하고 옥안이 처량하여 폐폐弊弊 의상衣裳으로 호외戶外에 맞거늘, 생이 초연 집수執手 왈,

"낭이 전춘교 상에 해후 상봉한 양생을 생각할쏘냐?"

빙빙이 천연 대 왈,

"첩은 들으매, 백두여신白頭如新이요 경개여구傾蓋如舊라[5]. 사람이 마음을 모른즉 조석 상대하나 간담이 초월楚越 같고 흉금이 상조相照한즉 비록 백골이 진토塵土 되나 정근이 사라지지 않나니, 서진西津의 찬 것[6]을 끄르고 혼야昏夜에 구슬을 던져 미천한 자취를 군자 잊으신가 하였더니 이같이 근념勤念하사 신근辛勤히 심방하시니 감사하도소이다."

생이 빙랑의 말이 강개 처량한 중 다정 관곡寬曲하여 녹록한 여자 아님을 알고 좌에 앉으며 탄 왈,

"낭의 안색과 재주로 이같이 곤궁함을 의심하노니 종중종속從衆從俗하여 어찌 야용열기冶容悅己[7]를 생각지 아니하느뇨?"

빙랑이 소 왈,

"상공이 이미 충곡으로 물으시니 첩이 어찌 소회를 다하지 아니하리이꼬? 첩은 본디 황성 청루의 세세世世 국창國娼이라. 첩의 모 위오랑衛五娘이 독보당세獨步當世하던 명기로 첩을 가르쳐 왈, '창기라 하는 것이 비록 천하나 마음 가지는 법이 사족 부녀와 다름없나니 창기의 지조는 군자의 도덕이요 창기의 가무는 군자의 문장이라. 네 부디 지조를 천히 말고 가무를 닦아 세세상전世世相傳하는 가성家聲을 잃지 말라.' 하기로, 첩이 그 말을 금석같이 지키어 평생 소학所學과 가풍 문견家風聞見이 그러하여, 연금年今 십사 세에 차차 세상을 열력하여 보매 청루 풍기 또한 고금이 달라 지조를 지킨즉 괴졸乖拙함을 조롱하고 가무를 말한즉 아는 자 없어 다만 남자를 눈 주어 재물을 낚으며 말씀을 교식矯飾하여 염량炎凉을 살피니, 첩이 종중종속하여 구슬을 고치고자 하나 십 년 문견을 일조一朝 난변難變이라. 첩이 또한 청춘 아녀자니 어찌 풍정에 담박하리이꼬마는 실로

---

5) 흰 머리가 되도록 오래 만났건만 새로 만난 사람 같고, 수레 덮개를 열고 잠깐 사귀었으나 오래 사귄 것처럼 친함.

6) 전설에 강비江妃라는 선녀의 두 딸이 강변에서 놀다가 우연히 정교보鄭交甫라는 사람을 만나 몸에 차고 있던 구슬을 끌러 주어 연정을 표시하였다는 이야기에서 온 말.

7) 얼굴을 다듬고 몸치장하는 것.

장안 소년의 무뢰 난잡함을 즐겨 아니 하더니, 향일 전춘교 상에 용광을 총총히 뵈옵고 자연 심사 요란하여 구구 아녀자의 가련한 정회를 범범한 군자 살피지 못하실까 하였더니, 금일 아름다우신 풍채를 다시 뵈오니 수사지일雖死之日이나 유생지년猶生之年[8]이로소이다."

생이 청파聽罷에 그 정경이 가련이요 그 재주는 가상이라. 허희歔欷 탄 왈,

"이 집은 어찌한 집이뇨?"

빙빙 왈,

"이는 세세상전하던 청루라. 첩의 모 있을 제는 가산이 부요하여 장안 청루 중 거갑居甲이러니 첩의 모 죽은 후 첩의 나이 어리고 친척이 없어 무뢰 잡류 재물을 겁탈하고 집을 불 지르매 구일舊日 전형典型이 차차 한심하니이다."

양생이 탄식하고 수중手中 산호편珊瑚鞭을 차환에게 주며 왈,

"주가酒家에 전당하고 술을 가져오라."

수유에 차환이 일호주一壺酒를 가져 이르거늘 양인이 대하여 수배를 마신 후 생이 소 왈,

"침향정沈香亭은 이삼랑李三娘이 양태진楊太眞과 행락行樂하던 곳이요 임춘각臨春閣은 진 후주陳後主 장려화張麗華와 질탕하던 집이라. 만승천자의 일대 풍류로도 구일 자취를 찾을 길이 없으니 하물며 위오랑의 청루리오? 수연雖然이나 내 낭을 위하여 중수重修코자 하노니 사양치 말라."

빙랑이 점두點頭하고 부답不答하거늘, 생이 즉시 몸을 일어 왈,

"금일 낭을 찾음은 집을 알고자 함이라. 명일 야심 후 다시 조용히 올 것이니 기다리라."

빙랑이 문외에 나와 보낼새 풍정이 불언중不言中에 가득하더라.

생이 부중에 돌아와 생각하되,

'군자 재주를 닦아 때를 못 만나면 불우지탄不遇之歎이 있거니와 어찌 청루 인물에 빙빙 같은 자 있을 줄 알았으리오? 장안 소년이 눈이 없어 거두지 아니하니 내 마땅히 수습하여 장발奬拔하리라.'

이에 장안 중 일개 부호 왕자평王子平을 청하니, 자평은 연왕 문하에 출입하여 가인家人과 무이無異한지라. 기성이 자평더러 왈,

"마침 쓸 데 있으니 백은白銀 일만 냥과 잡채雜綵 일백 필을 얻어 줄쏘냐?"

자평이 당황 양구良久에 왈,

"상공이 재물을 이같이 쓰실 곳이 없을지니 무엇 하려 하시느뇨?"

기성이 정색 왈,

"내 공의 재물을 그저 쓰지 않으리라."

---

8) 비록 오늘이 죽는 날이라 해도 오히려 사는 해로 여겨짐.

자평이 소 왈,

"어찌 이를 교계較計하리오? 다만 연왕 상공이 아신즉 문하에 득죄함이 있을까 하나이다."

기성이 미소 왈,

"공의 말이 충직하나 나의 방탕한 죄로 공에게 미치지 아니하리라."

자평이 웅낙하니, 기성 왈,

"내 명일 창두를 보내리라."

익일 기성이 혼정昏定을 마친 후 일개 가동을 데리고 교방 대로에 나서니 월색은 명랑하고 누고漏鼓는 삼경을 고하더라.

차시, 빙빙이 양생이 올 줄 알고 간신히 수배數杯를 얻어 두고 고대하더니, 양생이 단건청삼單巾青衫으로 월색을 타 이르거늘 빙랑이 웃고 맞아 서로 손을 잡고 향월向月하여 앉으니 양생의 표일한 풍채와 빙랑의 아담한 자태 월하에 더욱 영발英拔한지라. 차환이 주효를 받들어 드리니 양생이 흔연 소 왈,

"빈가貧家 대객待客이 더욱 다정하니 이 술은 내 친히 행배行杯하리라."

각각 수배를 마실새, 빙랑이 옥호를 치며 수곡數曲 가歌로 권주勸酒하니, 처음은 양춘백설陽春白雪이 교교열렬嘹嘹烈烈하여 화답할 이 없음을 강개하다가 다음은 고산유수高山流水의 아아 양양峨峨洋洋함이 지금 만남을 한탄하니, 생이 개용改容 탄 왈,

"미재美哉라 차곡此曲이여! 세인이 눈이 어두워 이 같은 성색으로 이같이 곤뇌하니 이어찌 천지조화의 공변됨이리오?"

빙랑이 소 왈,

"창기라 하는 것이 이색사인以色事人하나니 얼굴이 고운 자는 이른바 안색이요 태도 고운 자는 이른바 자색이라. 초왕이 세요細腰를 사랑하매 허리 가는 자 득의하고 위궁衛宮에서 아미蛾眉를 숭상하매 눈썹 고운 자 득양得揚하니 각각 때를 만남이요, 그중 마음이 아름다운 자는 이른바 심색心色이니 맹광孟光, 무염無鹽⁹⁾을 이름이라. 안색으로 열인悅人함은 쉽고 심색으로 사인事人함은 어려우니 첩이 비록 불민하나 안색 열인함은 부끄럽고 심색 사인함을 자처하니 그 취함이 어찌 하나이리오?"

생이 칭찬하고 야심夜深 촉잔燭殘하매 정연情緣을 맺을새 포옥절화抱玉折花¹⁰⁾하여 낙이불음樂而不淫하고 염이불교艷而不嬌하여¹¹⁾ 녹수 원앙의 감몽甘夢이 미진未盡하여 원촌

---

9) 맹광은 후한 때 양홍梁鴻의 안해로 몹시 검소했다. 무염은 제齊나라 고을 이름으로, 이곳에 살던 종리춘鍾離春이라는 못생긴 여자가 마흔 살이 되도록 시집을 못 가고 있다가 제선왕의 왕후가 되었는데 덕행이 높았다고 한다.

10) 옥을 끌어안고 꽃을 꺾음.

11) 즐겁게 놀면서도 음란하지 않고 고우면서도 아양을 떨지 않음.

遠村 계성鷄聲이 효색曉色을 재촉하니, 빙랑이 수삽羞澀 무력하여 일지명화 춘우春雨에 젖은 듯하거늘, 생이 권련眷戀함을 불승不勝하여 다시 집수執手 왈,

"내 돌아가 다소 은자를 보내리니 청루를 중수하되 석일 제도와 다름이 없게 하고 나의 부조扶助를 발설치 말라."

양생이 돌아가 이튿날 백금 오천 냥을 빙빙에게 보내니 빙랑이 즉시 공장工匠을 불러 시역始役할새 소문이 퍼지며 청루 제기와 장안 소년이 막불경괴莫不驚怪하나 그 출처를 몰라 지껄이더라.

차설, 기성이 모친 떠난 지 이미 일삭이라. 연왕께 근행覲行을 청득請得하고 행장을 재촉하여 취성동에 이르러 태야께 뵌 후 즉시 내당에 들어가니 선 숙인이 아자兒子 옴을 보고 망망히 마주 나와 기성의 손을 잡고 반김이 과하여 눈물이 흐르거늘, 기성이 본디 근천지효根天之孝[12]로 수월數月 그리던 모친을 상면하니 강보적자襁褓赤子의 유연油然한 마음으로 품에 안기며 반기니, 숙인이 다시 어루만져 왈,

"네 얼굴이 어찌 이다지 수척하뇨?"

기성 왈,

"수일 행역에 피곤함인가 하나이다."

인성이 또 들어와 형제 상대하여 모친을 뫼시고 그사이 친당親堂 안부와 부중府中 범사凡事를 일일이 고하며 즐기더라.

익일 태야를 뫼셔 수석정漱石亭에 가 놀다가 일모 후 돌아와 모친 앞에 앉으며 응석 왈,

"소자 그사이 춘풍 화류에 주량이 넓었으니 술을 조금 주소서."

숙인이 책 왈,

"네 천성이 군졸窘拙하게 아니 하거늘 만일 많이 마신즉 어찌 대단 방해롭지 않으리오? 태야 본디 술을 좋아하시지 않기로 가중에 둠이 없도다."

하고, 시비를 불러 왈,

"정자 아래 왕파의 술이 좋다 하니 한 병을 사 오라."

수유에 시비 일호주를 가지고 오거늘 기성이 대희하여 친히 기울여 삼사 배를 마시니 숙인이 대경하여 병을 앗아 감추고 심중에 불열不悅하니 기성이 웃고 나가 바로 인성의 서당에 이르니, 인성이 정금위좌正襟危坐[13]하여 《대학大學》을 보거늘 기성이 안두案頭에 앉으니, 인성이 소 왈,

"현재賢弟 재가在家하여 근일 무엇 하였나뇨?"

기성 왈,

"독서지가讀書之暇에 혹 화류花柳도 하며 혹 심방尋訪도 하니이다."

---

12) 타고난 지극한 효자.
13) 옷깃을 바로 하고 단정하게 앉는 것.

인성이 미소 왈,

"방춘화시芳春花時에 화류는 좋거니와 친구는 어떠한 사람을 교유하뇨?"

기성 왈,

"'거금지세居今之世하여 교금지인交今之人이라. 선악善惡이 개아사皆我師라.'[14] 하니, 소제는 현우청탁賢愚淸濁을 가리지 않나이다."

인성이 기성을 숙시熟視하며 그 말이 방탕하고 또 얼굴에 주흔酒痕이 가득하거늘 심중에 미타未妥하여 개용정색改容正色 왈,

"고지성인古之聖人이 술을 경계하고 붕우를 택하라 하심은 심성을 한양閑養하고 도덕을 강론하여 방탕한 데 이르지 말게 하심이라. 현제 이제 잡류를 친하고 광약狂藥을 마시니 비록 천성이 탁월하고 집심執心이 뇌확牢確하나 밖으로 음담패설을 하며 안으로 벌성사기伐性使氣[15]함을 불면不免하리니 금일 잡은 마음이 명일 소활疎濶하고 명일 소활한 마음 우명일又明日 방탕할지라. 마음이 한번 방탕한즉 수습지 못할 뿐 아니라 스스로 방탕함을 깨닫지 못하여 혹 용서하며 혹 자부하여 필경 기약하던 것이 세월이 여류如流하여 백수白首 무성無成한즉 자연 정대지인正大之人이 되지 못하나니, 현제 어찌 이 일을 생각지 못하느뇨?"

기성이 유유唯唯하고 다시 말하되,

"효유曉喩하시는 말씀은 마땅히 옷깃에 쓰려니와 소제小弟 들으니, 천지 생물지기生物之氣는 호탕 활발한 고로 만물이 생성하나니 이제 책상을 대하여 구진久陳[16]한 말씀과 구속拘束한 기상으로 평생을 보냄이 이 어찌 혈기 강장强壯한 자의 할 바리오? 태극太極이 변하여 양의陽儀 되고 양의 변하여 사상四象과 만물이 되니 성인지도聖人之道는 이를 효칙함이라. 미묘한 데 일어나 중분위만수中分爲萬殊하고 말부합위일리末復合爲一理하나니[17], 대범 사람이 세상에 나매 어려서는 한마음뿐이라. 이는 태극 미분지시未分之時요, 자라매 이사문目思聞하고 목사견目思見하여[18] 오륜칠정五倫七情이 생기니 식색食色은 성야性也요 애락哀樂은 정야情也라[19]. 호방지심豪放之心과 풍류지락風流之樂이 어찌 없으리오? 이 이른바 태극이 변하여 사상 만물이 됨이요 미묘한 데 일어나 중분위만수함이라. 기혈氣血이 정정하고[20] 만사를 열력한 후 바야흐로 삼십이립三十而

---

14) 지금 세상에 살면서 지금 사람을 사귀는 것이라, 착한 사람이나 못된 사람이 다 내 스승이다.

15) 천성을 버리고 의기를 뽐내게 됨.

16) 오래되어 진부함.

17) 그중에서 무궁한 변화가 생기고 끝이 다시 합하여 한 이치로 되나니.

18) 귀로는 듣는 것을 생각하고 눈으로는 보는 것을 생각함.

19) 음식과 색은 사람의 본성이며, 슬프고 기쁜 것은 감정이다.

20) 정신과 육체가 완전히 잡힘.

立하고 사십이부동四十而不動하여[21] 지어지선至於至善하고 정대광명한 데로 들어감은 이 이른바 말부합위일리하여 격물치지格物致知하는 공부라. 사람의 품이 다르고 기혈이 현수懸殊하거늘, 일부一付 승묵繩墨하여 심지지락心志之樂과 칠정지욕七情之欲을 억지로 억제하여 기품이 부족한 자는 어려서부터 부유(蜉蝣, 하루살이)의 기상이 있고 기품이 유여裕餘한 자는 자라도록 외식내사外飾內詐[22]하는 자 되어 말씀을 듣고 거동을 본즉 정의관整衣冠 존첨시尊瞻視[23]하는 군자君子나 심곡을 의논하며 수용함을 살핀즉 고루 과문孤陋寡聞하여 시무時務를 모르나니, 이로 보건대 사람의 성취함이 천백千百 부동不同이라. 일규一揆[24]로 의논치 못할까 하나이다."

인성이 개용 왈,

"현제의 말이 유리하나 왕도王道는 아니요 이에 패도霸道라. 후진 소년의 효칙할 바 아니니 우형愚兄의 말을 잊지 말라."

기성이 유유唯唯 수명受命하는지라. 차시此時 태야 창밖에 와 양아兩兒의 의논을 듣고 심중에 기꺼 내당에 들어가 선 숙인더러 왈,

"노부 기성 형제의 문답을 들으니 인성은 안정하고 기성은 쾌활하여 성품이 다르나 성취함이 같으리라."

하더라.

일일 태야 기성더러 왈,

"네 온 지 일망一望이라. 부중이 고적孤寂할지니 명일은 돌아가라. 내 또한 십여 일 후에 입성코자 하노라."

기성이 수명하고 익일 발행할새 선 숙인이 오히려 훌훌 창연하여 하더라.

차설且說, 빙랑이 장인匠人을 동독董督하여 역사를 마치니 수호문창繡戶紋窓과 기화요초 사치롭고 정치精緻함이 황성 청루 중 제일이라. 양생을 기다려 낙성연을 하고자 하더니 차환이 홀연 밖으로 들어와 고 왈,

"천비 아까 매랑 청루를 지나다니 장바람이 천비를 보고 붙들며 왈, '너의 낭자 청루를 일신一新한다 하니 내 한번 가 구경하리라.' 하니 만일 오거든 붙이지 마소서."

빙빙이 소 왈,

"네 무슨 숙혐宿嫌이 있느냐?"

차환 왈,

"전에 낭자 빈한하시매 장안 소년이 찾는 이 없고 장바람이 길에서 천비를 본즉 외면하

---

21) 삼십에 뜻을 바로 세우고, 사십에는 마음이 흔들리지 않아. 《논어》에 나오는 말.
22) 겉치레만 하고 속으로는 간사한 것.
23) 의관을 정돈하여 존경스럽고 우러러보임.
24) 한 가지 기준. 한 가지 법칙.

고 모르는 체하더니 금일 이같이 다정한 체하니 어찌 절통치 않으리오?"

빙랑이 소 왈,

"염량지태炎凉之態는 자고로 있는 바라. 내 전일은 빈곤한 고로 짐짓 교항驕亢[25]하였거니와 금일에 만일 사람을 업수이여기면 또한 장안 소년의 정태情態와 다름이 없을지라. 종금이후로는 내 마땅히 화평함을 힘쓰리라."

과연 수일 후 장풍이 부지불각不知不覺에 돌입 왈,

"낭이 장바람을 알쏘냐?"

빙랑이 소 왈,

"첩이 병이 있어 빈객을 사절한 고로 상공을 이제야 뵈니 불민하여이다."

풍이 일찍 빙랑을 먼빛으로 수차 보았으나 제일은 의복이 남루하고 둘째는 수작이 없으매 불안히 알았더니 금일 보매 첫째 거처 휘황하고 둘째 의식이 찬란하며 셋째 말씀이 온유하여 공손한 중 수삽하고 아담한 중 아리따운지라. 심중에 대경하여 생각하되,

'빙랑의 자색은 매랑에 지지 않을지니 만일 양생이 돌아오거든 내 중매하리라.'

이에 빙랑더러 왈,

"낭은 청루 세가世家요 대대 명기라. 재주를 말하나 가무 자색을 말하나 황성 내외 교방 백여 처 청루를 떨어도 빙랑 당할 자 없을지라. 그러나 소년을 택하여 친할지니 매랑의 곽 상서 친하듯 말지어다."

빙빙이 나이 어린 여자로 장풍의 거동을 보고 차마 우습되 짐짓 구경코자 하여 웃고 답왈,

"어떠한 이를 친해야 길하오리까?"

풍이 눈을 끔쩍이며 손바닥을 뒤집으며 왈,

"지금 장안 소년에는 출중한 자 없으나 내 심중에 일인을 머금어 두었으니 반악潘岳의 풍채와 두목지杜牧之의 문장으로 또 석숭石崇의 부富를 겸비하였으니 풍류 호걸이요 영웅 군자라. 연방 십사 세니 그러한 남자는 다시없을까 하노라."

빙빙이 생각하되,

'이는 반드시 양생을 이름이로다.'

하고 짐짓 문 왈,

"이는 어떠한 사람이뇨?"

장풍이 그 유의함을 보고 물러앉아 손을 저어 왈,

"아직 누설치 말라. 사람인즉 지금 연왕 상공의 제사자라. 청루에 비밀히 다니나니 얻어 친하기 극난할까 하노라."

빙랑이 웃으며 왈,

---

25) 교만하고 자존심이 강함.

"선생은 수단을 내어 소개하소서."

장풍이 반상半晌을 앉았다가 다시 오마 하고 가니라.

차설, 기성이 환가還家한 지 수일에 먼저 매랑을 찾아가니 뇌, 마 양인이 또한 재좌在座한지라. 매랑이 소 왈,

"근일 장안에 일개 거갑居甲한 청루 생김을 상공이 들으시니이까?"

생이 짐짓 모르는 체하여 왈,

"내 성중을 떠난 지 일삭이라. 없던 청루 생김을 어찌 알리오?"

뇌, 마 양인이 듣고 웃어 왈,

"빙빙이 구일舊日 청루를 중수하여 소문이 와자하나 우리 아직 가 보지 못하니이다."

매랑이 미미히 웃으며 뇌, 마 양인더러 왈,

"상공이 가 보고자 하실진대 좌상에 빙랑과 친한 사람이 있는가 하노라."

생이 차언此言을 듣고 매랑의 혜힐함으로 이미 짐작함이 있음을 알고 소 왈,

"빙랑은 국색이라. 아름다운 꽃에 봉접蜂蝶이 많은지라. 내 또한 면분이 있노라."

뇌생이 박장대소 왈,

"내 일찍 빙랑의 청루 중수함을 듣고 양 형을 의심하였더니 매랑은 어찌 들었느뇨?"

매랑이 소 왈,

"이는 첩이 중매함이라. 당춘대 시령詩令이 없던들 어찌 빙랑의 재주를 알았으리오? 다만 애달픈 바는 상공이 설중매를 일개 녹록한 기녀로 아사 구구 시기지심을 둘까 하여 빙랑 친함을 발설치 아니하시니 어찌 지기知己라 하리이까? 옛말에 성성猩猩이 성성을 아낀다 하니 동시 창녀로 빙랑 같은 가무지색歌舞之色을 청루 소년배 안목이 없어 수습지 않음을 매양 차석嗟惜하다가, 당춘대에서 상공이 글을 한삼에 써 주심을 보고 상공의 조감藻鑑을 더욱 흠앙 탄복하였더니이다."

양생이 소 왈,

"내 어찌 낭을 속이리오? 짐짓 한번 농락코자 함이러니 낭이 이미 먼저 알았으니 비록 재미없거니와 청루의 역사 어찌 되었다 하더뇨?"

뇌생 왈,

"일전 필역畢役하고 제도 굉치宏侈하여 청루 중 거갑居甲하리라 하더이다."

언미필言未畢에 장풍이 들어와 양생과 오래 못 봄을 말하고 소 왈,

"양 형이 향일 빙빙의 집을 묻더니 과연 가 보니 어떠하더니이까?"

생이 짐짓 답 왈,

"그날 가 보고자 하였더니 장풍 선생이 걸인으로 퇴짜 치기 가 보지 아니하였더니라."

풍이 묵묵 양구에 왈,

"인간 빈부 수레바퀴 돌듯 하여 걸인도 혹 부자 될지라. 우연한 말을 어찌 준신準信하시느뇨?"

생이 마침 취하여 매랑의 무릎을 베고 잠드는지라. 제인諸人이 흩어지니 매랑이 금금錦

衾을 다리어 생을 가만히 옮겨 뉘고 매랑이 역시 취하여 그 옆에 잠들었더니 생이 먼저 잠을 깨어 보매, 비단 장帳을 첩첩히 드리우고 향로의 차 끓는 소리 삼경 창외의 세우細雨 소소한 듯 일 미인이 옆에 누워 취교옥잠翠翹玉簪[26]은 침변枕邊에 떨어지고 보대나삼寶帶羅衫은 흉전胸前에 비꼈는데 도화양협에 취혼이 몽롱하여 기색이 맥맥한지라. 생이 불승춘흥不勝春興하여 취몽 중 운우를 희롱하니 매랑이 잠과 술이 깨어 의상을 거두고 차를 권하며 한담할새, 생이 소 왈,

"내 이제 빙랑을 이미 친하였으니 진개眞個 낭이 일호一毫 투심妬心이 없느냐?"

매랑이 소 왈,

"첩의 투심 유무를 알고자 하시거든 스스로 상공의 마음을 생각하여 보소서. 무편무당無偏無黨하던 왕도王道 탕탕蕩蕩이라[27]. 상공이 설중매를 더 사랑하신즉 빙빙이 시기할 것이요, 빙빙을 더 사랑하신즉 설중매 또한 시기할 것이니 이는 다 상공께 달림이라. 첩더러 묻지 마소서."

생이 소 왈,

"내 동서 청루에 빙, 매 양랑이 있으니 풍류장風流場 중의 능사필의能事畢矣로다[28]. 다만 풍류지비風流之費를 돕고자 하여 오천 금은 이미 빙랑을 주었으나 남은 오천 금은 낭이 사양치 말라."

매랑 왈,

"군자는 주급周急이요 불계부不繼富라, 급한 것을 구하고 부한 것을 보태지 아니한다 하니 빙랑이 청루를 중수하고 남은 것이 없을까 하오니 오천 금을 마저 주소서."

생 왈,

"이미 말하였으니 고사固辭함은 불가하도다."

매랑 왈,

"상공 말씀이 이에 미치시니 일천 금만 정표情表하시고 사천 금은 빙랑을 마저 주소서. 첩이 비록 가난하나 가무지비歌舞之費는 부족함이 없고 또 청루 기녀의 풍기 전혀 친한 소년의 낯을 내야 제 이름이 빛나나니 상공이 빙랑을 장발奬拔하심은 첩의 영행榮幸이라. 어찌 일호 불평지심을 두리이까?"

생이 허락하고 심중에 탄 왈,

'비록 창기나 천명擅名하는 자 다르도다.'

매랑이 다시 소 왈,

"금일 장풍의 눈치를 보매 상공을 빙랑에게 소개코자 하니 상공은 한번 농락하여 그 거

---

26) 취교는 머리꽂이의 하나이고, 옥잠은 옥으로 만든 비녀.

27) 어느 쪽으로도 치우치지 않으면 왕도가 앞으로도 순조로우리라.

28) 풍류 마당에서 할 일을 다 하였다.

동을 구경하소서."

생이 웃고 허락하니라.

익일 양생이 일천 금으로 설중매에게 보내고 사천 금으로 빙빙에게 주어 낙성하라 하고 빙빙의 집에 이르니, 주란화동朱欄畵棟과 요헌주란耀軒朱欄이 십분 화려한 중 당중當中하여 일좌 소루小樓를 덧지었으니 금장주렴을 면면히 걸었으며 백옥여의와 산호 갈고리 처처에 걸렸거늘 생이 빙랑과 의란倚欄하여 탄 왈,

"대대의 성쇠함이 이러하게 정함이 없거든 하물며 사람이리오? 석일 번화는 내 비록 못보았으나 깨어진 기와 부러진 기둥이 눈 깜짝일 사이에 이렇듯 일신一新하니 만일 인생이 이 청루같이 홍안이 백발 되고 백발이 다시 홍안이 되어 삼생 가연佳緣이 전전轉轉무궁하면 어찌 즐겁지 않으리오?"

빙랑이 낭연 소 왈,

"첩은 써 하되 천지 만물의 성쇠 애락이 없다 하나니 성자盛者는 쇠지본衰之本이요 애자哀者는 낙지본樂之本이라. 홍안紅顔이 부족희不足喜요 백발白髮이 부족비不足悲어늘 인정人情이 괴이하여 그 가운데 정을 붙이며 연분을 맺어 서로 성쇠 애락을 저버리지 못하니 어찌 가련치 않으리오?"

생이 그 물리의 오연奧然함을 칭찬하거늘, 빙랑이 갱고更告 왈,

"상공이 출입을 매양 야심 후 하시니 낙성연을 어느 날에 하리이까?"

생 왈,

"후 오일은 황상이 원릉園陵에 행행지일行幸之日이라. 내 올까 하노라."

빙랑이 대희하여 그 날로 정하더라.

익일 늦은 후 생이 매랑을 찾아가니 매랑이 못가의 난간을 의지하여 원앙 노는 것을 잠잠히 보더니 생이 가만히 걸어 낭의 뒤에 이르러 종용從容 어어語語 왈,

"매랑의 풍정이 불소不少하도다."

매랑이 대경大驚하여 돌아보니 이에 양생이라. 서로 손을 잡고 인하여 난두欄頭에 앉아 왈,

"후 오일 빙랑이 낙성하려 청루 제기를 다 청한다 하니 낭이 들었느냐?"

매랑 왈,

"미처 듣지 못하니이다."

말할 차 장풍이 들어오거늘, 생 왈,

"빙랑을 한번 보고자 하였더니 어찌 들으매 후 오일 낙성을 한다 하니 선생은 동왕同往하게 하라."

풍이 매랑의 기색을 보고 희희 소 왈,

"빙랑이 비단 누각이 일신할 뿐 아니라 그 용모 또한 일신하여 전보다 천상天上 선인仙人이라. 한번 볼까 하나이다."

매랑이 듣고 거짓 불열不悅한 기색이 있어 초연悄然 무어無語하니, 풍이 다시 소 왈,

"빙랑이 그러하되 지금 청루 중 공론이 매랑을 일등 치고 빙랑을 둘째 치나니 양 형은 후 오일 언약을 잊지 말라."

생이 응낙하니 풍이 몸을 일어 어디로 가거늘, 낭이 대소大笑 왈,

"장바람이 반드시 빙랑에게 상공 오시는 소식을 선통先通하러 감이라. 빙랑이 겉은 비록 좋은 듯하나 속은 다재多才하니 필경 장바람을 농락하는 수단이 있을까 하나이다."

하더라.

차시, 빙랑이 낙성연을 경영하노라 분분하더니 장풍이 들어오매 희색이 만면滿面하고 양양자득하거늘, 빙랑이 암소暗笑 왈,

'이 바람이 또 무슨 곡절이 있도다.'

하더니, 좌정 후 장풍이 소 왈,

"낭이 낙성연을 차린다 하니 응당 분요紛擾하리로다."

빙랑 왈,

"그러하니이다."

풍이 다가앉으며 가만히 왈,

"향일 천거하던 양생을 낭이 잊지 아니하였느냐?"

빙랑이 부끄리는 체하고 왈,

"어찌 잊으리오?"

풍이 소 왈,

"내 이미 중매하여 낙성일 오마 하였으니 그 친하는 수단은 낭에게 달렸으니 알아 하라."

빙랑이 어찌한고? 하회를 보라.

제62회 양생이 연하여 삼장 과거를 마치고
천자 친히 북흉노를 치다
楊生連中三場試　天子親征北匈奴

각설却說, 장풍이 빙랑더러 양생을 중매하여 낙성일 오마 하던 말을 하며 왈,

"친하기는 낭에게 달렸다."

하니, 빙랑이 발연변색勃然變色 왈,

"양생이 첩을 창기로 천대함이로다. 만일 정이 있을진대 먼저 조용 심방할지니 어찌 소년을 좇아 초면 여자로 조좌稠坐[1] 중에 친하리오?"

풍이 소 왈,

"그러함이 아니라 양생은 종시 백면서생이라. 졸한 마음이 혼자 옴을 부끄림인가 하노라."

빙빙이 소 왈,

"수졸羞拙은 여자의 본색이라. 남자 여차如此하여 무엇에 쓰리오? 선생은 다시 가 금야今夜에 조용히 데리고 오소서. 마땅히 배주杯酒를 준비하여 기다릴지니 만일 즐겨 오지 아니하거든 그만두소서."

풍이 낙낙諾諾하고 가더라.

차시此時, 양생이 매랑과 쌍륙을 쳐 술 내기할새 매랑이 연하여 두 판을 지고 일변 술을 사오고 일변 사아를 집어 판을 벌이더니 장풍이 황황히 들어오거늘, 매랑이 기색을 고치고 짐짓 소리를 높여 사아를 굴리며 왈,

"선생은 아무 말도 마소서. 내 오늘밤을 새워도 이 설치雪恥는 하고 말리라."

장풍이 빙랑의 말을 전코자 왔다가 마음이 심히 조급하되 말은 못 하고 옆에 앉았더니 또 매랑이 지는지라. 풍이 간신히 틈을 타 생더러 왈,

"풍이 지금 빙랑을 보고 오니 빙랑이 하는 말이 있더이다."

매랑이 빨리 사아를 던져 왈,

"빙랑인지 얼음랑인지 초한楚漢이 쟁봉爭鋒하여 승부를 결決하겠으니 지껄이지 마소서."

풍이 가장 황망하여 생각하되,

'빙랑이 기다리마 하였는데 어찌하면 좋으리오?'

하더니, 석양이 되어 가되 매랑이 사아를 놓지 않거늘 풍이 하릴없어 일어나고자 하거늘 생이 웃고 쌍륙판을 밀치며 왈,

"빙랑의 말이 무엇이더뇨?"

풍이 가만히 고 왈,

"여차여차하여 금야에 기다리마 하더이다."

생이 소 왈,

"내 부중에 들어가 혼정昏定을 맞고 갈지니 빙랑의 집을 가르치라."

풍이 손으로 방바닥에 그려 왈,

"이리로 간즉 서교방西敎坊 대로요 저리로 간즉 학상선 청루요 그 다음 새로 고친 집이니이다."

생이 점두點頭하고 헤어진 후 생이 환가하였다가 야심 후 다시 매랑을 찾아 같이 빙랑의 집에 가 장풍의 거동을 보자 하니 매랑이 응낙하고 한가지로 빙랑에게 이르매 빙랑이 소 왈,

---

1) 많은 사람이 함께 있는 자리.

"장바람이 황혼부터 와 상공을 고대하다가 혹시 집을 못 찾으신가 하여 상공 부중으로 가더이다."

매랑이 소 왈,

"바람이 불구不久에 또 올지니 첩의 속이는 것을 보소서."

하고, 생의 귀에 대고 가만가만히 말하니 생이 웃더라.

아이오 장풍이 들어오며 문을 열라 하니, 매랑이 즉시 촛불을 돌려놓고 마주 나아가며 손을 치거늘 풍이 당황 왈,

"낭이 어찌 여기 이르뇨?"

매랑이 웃고 풍의 소매를 이끌어 고요한 곳에 가 말하되,

"우리 장안 청루의 일동일정을 어찌 장 선생을 속이리오? 빙랑의 청루 중수함을 의심하였더니 일개 강남 부호를 친하여 오천 금을 얻음이라. 차차 소문이 난즉 일이 조용치 못할까 하여 빙랑이 아까 첩을 보고 이실고지以實告之하며 그 부호 또 첩의 허명虛名을 듣고 한번 봄을 말한다 하기로, 첩이 근일 곽 상서를 버린 후 가무지비歌舞之費에 부족함이 많은 고로 한번 보면 오천 금을 얻을지니, 선생은 부디 이 말을 양생의 귀에 가게 말라."

풍이 혀를 차며 탄 왈,

"낭이 오히려 이를 모르도다. 내 어찌 이러한 말을 양생에게 누설하리오? 다만 금야에 양생이 이리 오마 하였으니 어찌하리오?"

매랑이 소 왈,

"선생은 수단이 너무 없도다. 만일 양생이 오면 어찌 다른 침실이 없으리오?"

풍이 칭선稱善하고 왈,

"수연雖然이나 인심이 불측不測이라. 부호라 자칭하고 미인을 속이는 자 있으니 낭은 허신許身치 말라. 내 마땅히 먼저 수작하여 취맥取脈한 후 알게 하리라."

설파說罷에 방중房中에 들어가고자 하거늘 매랑이 놀라는 체하며 풍의 소매를 잡아 왈,

"선생은 다 된 일에 부질없이 화전충화花田衝火²⁾를 말지어다."

풍이 소 왈,

"장풍이 십 년 청루에 눈치로 늙은 사람이라. 수단만 보라."

하고 방중에 돌입하니, 일개 남자 촛불을 돌려놓고 향벽向壁하여 누웠거늘 풍이 기침을 연하여 크게 하며 가까이 들어가니, 그 소년이 흠신 기좌欠伸起坐³⁾ 왈,

"빙, 매 양랑은 어데 갔으며 장풍 선생은 어찌 아니 오는고?"

하거늘, 장풍이 수작이 황망하여 어찌할 줄을 모르다가 비로소 속은 줄 알고 웃으며 좌에

---

2) 꽃밭에 불 놓는 것.
3) 기지개를 키면서 일어나 앉음.

앉으니 일좌一座 박장대소하고 빙랑 왈,

"선생이 일개 미남자를 중매하마 하시더니 어찌 아니 하느뇨?"

매랑 왈,

"선생이 강남 부호를 취맥하러 들어오시더니 어찌하뇨?"

풍이 소 왈,

"미남자는 곧 강남 부호요 강남 부호는 즉 미남자라. 장주莊周가 호접蝴蝶이요 호접蝴蝶이 장주莊周니[4] 저기 앉으신 이가 즉 미남자라고도 하고 강남 부호라고도 할지니, 장풍이 평생 거짓말은 아니 하노라."

생이 이에 술을 가져오라 하여 장풍을 권하며 빙랑이 청루 중수한 일을 말하니, 풍이 청찬 왈,

"후 오일 낙성연에 소년과 장안 기녀를 가가호호家家戶戶 다니며 청할지니 그리 알라."

하더라

차시, 천자 택일하여 원릉園陵에 동가動駕하시매 연왕 부자 시위하여 발행하니 이 곧 빙랑의 낙성지일落成之日이라. 기성이 태미께 고 왈,

"능행陵行 구경을 하고 오리이다."

하고 바로 매랑의 집에 이르니, 장풍과 마둥, 뇌문성이 다 모이어 부연赴宴함을 의논하거늘, 생이 먼저 삼 인을 빙랑의 집에 보내어 연석을 주장하게 하니 삼 인이 응낙하고 가 보니 장안 소년과 청루 제기 이미 절반이나 모였는데 오류십 간 청루에 다시 부계浮階[5]를 매어 널리고 금장 화병錦帳花屏[6]은 운무雲霧를 둘렀으며 수인 기석繡茵綺席[7]은 화초를 가득 놓고 십이 상렴十二緗簾에 옥구玉鉤는 정동丁東하며[8] 칠보 금로七寶金爐에 향연이 몽롱하고 산호 상상珊瑚床上에 필연筆硯이 정치精緻하며 대모 안두玳瑁案頭에 금생琴笙이 청아淸雅한 중 조등채의彫藤彩椅를 남동여서男東女西로 배치配置[9]함에 착란치 않고 제 소년의 아관금의峨冠錦衣와 제기의 웅장성식이 휘황찬란하여 처음 오는 자 만화 총중萬花叢中에 들어선 듯 안목이 휘황한지라. 아이오 양생이 매랑과 오니, 전례 인사를 파한 후 금준 미주金樽美酒에 배반杯盤이 낭자하고 난가 봉취鸞歌鳳吹에 사죽絲竹이 요량하매 장풍이 일어나 소매를 떨치고 궁둥이를 둘러 준준蹲蹲히 춤추며 왈,

---

4) 장자莊子가 나비로 변한 꿈을 꾸었는데, 깨고 나서는 나비가 자기인지 자기가 나비인지 모르겠다고 했다.

5) 들마루.

6) 비단 휘장과 꽃 병풍.

7) 알록달록한 돗자리에 비단 방석.

8) 아롱진 대로 엮은 발 열두 개에 옥 갈고리는 댕그랑거리며.

9) 아로새기고 색을 칠해 곱게 꾸민 걸상을 남녀를 가려 동서로 놓음.

"백전노장의 남은 것이 창법槍法이라. 내 장단을 보라."

하니, 일좌 대소하고 제 소년이 청 왈,

"우리 일찍 빙랑의 춤을 보지 못하였으니 금일은 재주를 아끼지 말라."

생이 웃고 빙, 매 양랑더러 대무對舞하라 하여 예상우의무霓裳羽衣舞를 아뢰니, 여러 소년과 제기 중중첩첩히 위립圍立하여 풍류를 재촉하고 초장初場을 아뢰매 완만한 소매와 한아한 태도 북소리를 응하여 운간雲間 쌍학雙鶴이 나래를 벌리는 듯, 수중水中 쌍방雙蚌10)이 구슬을 토하는 듯. 제삼장에 이르매 취수翠袖는 선선躚躚하여11) 연화보蓮花步로 들어가고 홍군紅裙이 편편翩翩하여 능파보凌波步로 물러서니, 삼춘 호접胡蝶이 화향花香을 어르는 듯 구포봉황求飽鳳凰12)이 죽실竹實을 찍으란 듯 환패環珮는 요량하고 관현은 촉급促急하여 제오장에 이르매 양류楊柳 같은 가는 허리 풍전에 휘늘어졌고 섬총纖葱13) 같은 고운 손길을 공중에 번득여 평원 방초에 나는 제비 깃을 연하여 남남喃喃하고 녹수 부용에 노는 원앙이 목을 사귀어 관관關關하니14) 진퇴주선에 동규합도同規合度하여 채란상봉彩鸞祥鳳이 난형난제難兄難弟라. 한마디 북소리에 동서분립하며 맥맥 추파에 웃는 빛을 머금으니, 좌우 방관傍觀이 정신이 사라지며 마음이 무르녹아 비로소 빙랑의 가무 안색을 칭찬 불이不已하며 교방 청루에 성명이 자자하니, 재상 귀인들도 저마다 원일견지願一見之하더라.

배반을 물린 후 빙랑이 나와 모든 소년과 양생에게 고 왈,

"첩이 세전世傳하던 청루를 금일 수주하니 이는 다 제 상공의 주신 바라. 바라건대 다시 수항數行 상량문上樑文을 빌리사 금일 성사盛事을 후세에 민멸케 마소서."

장풍이 내달아 큰소리하여 왈,

"금일지회今日之會는 양 형이 주인이라. 하물며 양 형 같은 문장을 좌상에 앉히고 누가 감히 일자一字를 찬양하리오? 내 마땅히 고력사高力士의 탈화脫靴하던 수고15)를 사양치 아니하리니, 빙랑은 봉연奉硯하고 매랑은 마묵磨墨하며 연, 앵 양랑은 채전을 펴고선, 운 양랑은 촉燭을 잡아 양 형의 만복 소흥滿腹騷興16)을 돕게 하라."

차시, 양생이 십분 취중에 흥을 띠어 한 팔을 서안에 걸치고 우수右手로 홍옥 필관紅玉

---

10) 물속 한 쌍 조개.
11) 푸른 옷소매가 너울너울하여.
12) 먹이를 찾는 봉황.
13) 파 뿌리.
14) 원앙새가 서로 목을 어긋매끼며 끼룩끼룩 우니.
15) 당나라 현종이 술에 취한 이백에게 시를 지으라고 하며 고력사더러 신발을 벗기라 하고 양 귀비더러 벼루를 들라고 하였다는 데서 온 말.
16) 뱃속에 가득한 시흥.

筆管을 빼어 들매 연연, 앵앵이 설도薛濤[17]의 습양전을 펼쳐 들고 일변 봉주연鳳珠硯에 용향묵龍香墨을 가는지라. 생이 불로사색不露辭色[18]하고 일필휘지하니, 그 상량문에 왈,

　　기록하건대 대저 붉은 언덕의 붉은 티끌에 별로 긴 봄 세계가 있고 붉은 난간과 푸른 기와는 거듭 옛날 누대를 수리하도다. 처마의 꿩이 이에 나는 듯하고[19] 들보의 제비는 서로 하례하도다. 주인은 청루靑樓의 세벌世閥이요 홍규紅閨의 풍의風儀로다. 옛 명기 위오랑의 아름다운 아이니 가무歌舞는 기구箕裘[20]의 업을 전하고 지금 창가의 일등이 높은 인물이니, 지조 분대粉黛[21] 무리에 뛰어나도다. 금 기둥의 줄을 떨치니 아름다운 사나이의 곡조 돌아봄을 만나지 못하고 비단옷은 해진 것을 입으니 도리어 처녀의 정절 지킴을 본받도다.

　　드디어 금수錦繡의 번화하던 마당으로 하여금 마침내 풍우風雨 표요飄颻하는 지경에 이르도다. 무너진 담 깨어진 벽에 근심하여 버들잎 눈썹을 찡기고 기운 난간과 거친 대에 게을리 연꽃 걸음을 옮기기도 하다. 거마는 문 앞에 그림자도 없고 도리桃李는 동산 가운데 스스로 피고 스스로 떨어지도다. 그러하되 풀이 사향노루 지난 데 절로 향기 나고 꽃이 말하지 아니하여도 나비 오도다. 눈 깜짝할 사이에 달 땅과 구름 섬돌이 성하고 쇠함이 정한 것이 없고 손가락 튕길 동안에 연못과 대 언덕이 폐하고 일어남이 때 있도다. 이에 두 아름다운 것은 재자와 가인이 합하고 한 곡조는 고산과 유수를 타도다. 난만히 황금 백벽黃金白璧을 써서 거듭 자각紫閣과 단루丹樓를 세우도다. 구슬 마루와 비단으로 얽은 것이 어찌 그리 최외崔嵬[22]한고. 구슬 방과 수놓은 지게는 분분히 조요照耀하도다. 봉황은 다락을 지나고 원앙은 못에 나니 쌍쌍雙雙과 양양兩兩이요, 말은 구름 같고 사람은 달 같으니 밤마다 아침마다로다.

　　대개 한때 풍정을 인연하여 다시 십 년 문호를 정제하도다. 예도 이 같고 지금도 이같이 하여 어미의 옛 성가를 잇고 여기서 노래하고 춤추어 길이 교방의 성한 일을 전하라. 곧 여섯 위의 그림을 들어 써 여러 미인의 마음을 대답하노라.

양생이 수부정필手不停畢하고 쓰매 금석金石이 갱장鏗鏘하고 용사비등龍蛇飛騰하더니, 제랑더러 왈,

---

17) 당나라 때 기녀로 시도 잘 쓰고 종이도 잘 만들었다는 여인.
18) 사양하는 기색이 전혀 드러나지 않음.
19) 처마 끝이 꿩의 날개처럼 위로 치켜 올라갔다는 뜻.
20) 가업을 이어받는다는 뜻으로, 여기에서는 조상을 말한다.
21) 분을 바른 얼굴과 먹으로 그린 눈썹. 기생을 나타내는 말.
22) 집이 높고 큼.

"내 과취過醉하였으니 포량抛樑 육첩六帖[23]은 제랑이 이어 지으라."

설중매 왈,

에이어차 들보 동으로 던지니
부상 높은 곳에 일륜이 붉었도다.
거울을 대하여 단장을 재촉하여 보기를 맥맥히 하니
연지 무르녹고 분이 담담하여 꽃떨기를 헤치도다.
兒郎偉抛樑東　扶桑高處日輪紅
對鏡催粧看脉脉　脂濃粉粧擺花叢

빙빙 왈,

에이어차 들보 서으로 던지니
잔치를 파하매 밤빛이 처처하도다.
원앙 이불 속에 낭군을 좇아 누워
다시 깁창의 달그림자 낮음을 보도다.
兒郎偉抛樑西　宴罷高樓夜色凄
鴛鴦衾裡從郎臥　更看斜窓月影低

초운 왈,

에이어차 들보 남으로 던지니
앉아 남산의 첩첩한 푸른 멧부리를 대하도다.
남산을 잡아 무협巫峽[24]이 되어서
긴 때의 운우, 갠 아지랑이에 잠그기를 원하노라.
兒郎偉抛樑南　坐對南山疊翠岑
願把南山爲巫峽　長時雲雨鎖晴嵐

학상선鶴上仙 왈,

에이어차 들보 북으로 던지니

---

23) 포량은 들보를 던진다는 뜻으로, 집 들보에 동, 서, 남, 북, 상하 여섯 편을 붙인다.
24) 중국 사천성에 있는 무산의 골짜기. 초 양왕이 꿈에 무산선녀를 만났다는 곳.

북편 바람 한 모태²⁵⁾에 깁 적삼이 엷도다.
홍안도 자랑 말며 황금도 자랑 말고
시험하여 비파의 출새곡을 들으라.
兒郞偉抛樑北　朔風一陣羅衫薄
莫誇紅顔誇黃金　試聽琵琶出塞曲

앵앵 왈,

에이어차 들보 위로 던지니
하늘에 가득한 아름다운 기운이 어찌 그리 태탕駘蕩²⁶⁾한고.
봄바람이 불어 구슬발을 떨쳐 움직이니
푸른 학은 배회하고 제비는 힐항頡頏²⁷⁾하도다.
兒郞偉抛樑上　滿天佳氣何駘蕩
春風吹拂珠簾動　青鶴徘徊燕頡頏

연연 왈,

에이어차 들보 아래로 던지니
비단 자리와 깁돗²⁸⁾에 서로 베고 깔았도다.
상자 속의 여섯 폭 부용 치마를
낭군을 위하여 장속하고 낭군을 위하여 풀도다.
兒郞偉抛樑下　錦茵綺席相枕藉
篋裡芙蓉六幅裙　爲郞粧束爲郞捨

생이 또 그 글을 이어 마쳐 왈,

엎디어 원하건대 상량上樑한 후에 양류문楊柳門 앞에 길이 청총青驄과 자류紫騮²⁹⁾를
매고 부용 거울 속에 녹발綠髮과 홍안紅顔이 늙지 않게 하라.

---

25) 한 무더기, 곧 한 줄기.
26) 봄날 바람이나 날씨가 화창함.
27) 새가 날아올랐다 내렸다 하는 것.
28) 엷은 비단 돗자리.
29) 푸른 말과 붉은 말.

생이 쓰기를 맞고 제랑을 보며 왈,

"청루 인물이 오히려 초초草草치 아니토다. 제랑의 문장이 이같이 아름다우니 희귀한 일이라. 제랑은 일제히 읽을지어다."

매랑이 소 왈,

"첩은 들으니 상량문은 상량할 제 합력하여 제인諸人을 동독董督하는 소리와 일인이 먼저 부른즉 중인衆人이 화답하나니 첩 등이 먼저 일곡을 부르거든 제위 소년이 일제히 화답하여 흥치를 도우소서."

일좌 응낙하고 일시에 제랑과 수창酬唱하니 청아한 곡조와 호탕한 소리 청루를 흔드는 듯 금채 부러지고 옥호玉壺 깨어짐을 깨닫지 못하더라.

홀연 장풍이 팔을 뽐내며 왈,

"빙빙의 가무 재주로 오래 주인을 만나지 못하였더니 절대絶代한 재자才子를 좇으니 이는 천재일시千載一時라. 무너진 집이 일조一朝에 다시 고루 채각高樓彩閣으로 일신一新하니 천지간 만물의 성쇠번복盛衰翻覆함이 여차한지라. 종금이후로 빙, 매 양랑이 동서 청루에 문호를 나누어 지기 상합하고 투심妬心을 두지 않은즉 어찌 풍류장風流場 중의 아름다운 일이 아니리오? 만일 신룡神龍이 운우雲雨를 얻어 안탑雁塔[30]에 이름을 빛내어 황각黃閣[31]에 벼슬이 높은즉 청루 종적이 절로 끊일지니 어찌 즐거운 중 초창함이 아니리오?"

일좌 추연惆然 무어無語하고 빙, 매 양랑이 또한 함루含淚하니 양생이 웃고 다시 술을 마시며 사죽을 아뢰어 야심한 후 파연罷宴하니라.

차설, 연왕이 태야의 울적하심을 위하여 수십 일 전원田園에 소창消暢하실까 하였더니, 태야 경성京城이 열뇨熱鬧함을 괴로이 여겨 거연居然 수월數月이 되매 연왕이 망운지회望雲之懷를 이기지 못하여 거마를 보내어 모셔 오니라.

일일은 기성이 서당에 누워 상두床頭의 거울을 다리어 얼굴을 보매 용모 수척하고 기상이 방탕하여 전일과 대상부동大相不同[32]한지라. 궐연蹶然히 일어 앉아 구연瞿然히 탄 왈,

"내 부형자제로 소년 광심狂心을 제어치 못하고 일시 풍류장에 놀았으나 어찌 이다지 환형換形할 지경에 이르렀는고? 대장부 세상에 나매 사업이 무궁이라. 치국택민治國澤民하고 건공입업建功立業하여 명수죽백名垂竹帛하고 천추불민千秋不泯[33]하게 할지니, 어찌 청루 주색에 평생을 매몰하며 내 또한 부모의 총자寵子로 이때껏 속임이 없더니 일자

---

30) 당나라 현장玄藏이 서안西安에 세운 대자은사大慈恩寺 탑. 대안탑大雁塔이라고 하는데, 새로 과거에 뽑힌 진사들이 이 탑에다 이름을 썼다.
31) 상서들이 일 보는 집. 문에 누런 칠을 한 데서 온 말.
32) 조금도 같은 것이 없고 완전히 다름.
33) 이름이 역사책에 올라 오래도록 없어지지 않는다는 뜻.

방탕—自放蕩 이후로 종적이 허탄하고 동기同氣를 기망하여 위경危境을 자주 범하나 엄부자모嚴父慈母 망연茫然 부지不知하시고 불초지자를 일향—向 보옥같이 사랑하시고 믿으시니 어찌 효자지심에 태연할 바리오? 고운 계집과 좋은 풍류는 비하건대 맛나는 음식과 같아 한번 배불리 먹은즉 도리어 무미한지라. 내 이미 반년을 호탕하여 청루 제기의 유명한 자를 다 보았으니 만일 이때를 타 끊지 아니한즉 이는 버린 사람이 될지니 어찌 한심치 아니하리오?"

그 후로 출입을 희소稀少히 하고 학업을 힘쓰더니 차시는 삼년 대비지과大比之科[34]라. 천자 사방 다사多士를 모아 문무 시취試取하실새 기성이 부거赴擧함을 청하니, 연왕이 불허不許 왈,

"내 집이 본디 한미하므로 금일 성만盛滿함이 과하니 아자는 학업을 힘쓰고 조진지심躁進之心을 두지 말라."

기성이 유유唯唯 퇴거退去한 후 난성이 종용 고 왈,

"상공이 기성을 사랑하실진대 부거함을 허하소서."

연왕 왈,

"이 어쩐 말이뇨?"

난성이 침음 왈,

"기성의 천성이 적막지 아니하여 외물外物에 침혹沈惑함이 있을까 하나이다."

연왕이 본디 난성의 말을 무심히 듣지 아니하는지라. 머리를 숙이고 이윽히 생각하다가 기성을 불러 부거함을 명하니, 기성이 수명하고 서당에 물러나와 과구科具를 정돈할새 야심 후 천기天氣 청랑晴朗하고 월색이 만정滿庭이라. 기성이 혼정昏定을 맞고 뜰에서 배회하며 생각 왈,

'내 우연히 풍류장에 출입하여 제랑을 친하였다가 비록 본심을 찾아 잡심을 거두었으나 일종 정근을 오히려 맹렬히 끊지 못하고 만일 이번 과거에 참방參榜한즉 다시 제랑을 찾지 못하지니 이 또한 인정人情의 결연缺然[35]한 바이라. 한번 심방하여 내 뜻을 이르리라."

이에 월색을 타 빙랑 청루에 가며 먼저 매랑을 청하여 빙랑의 집으로 오라 하였더니 양랑이 내달아 맞으며 소 왈,

"근일 상공이 심방치 않으시니 첩 등을 잊으신가 하였더니 금야의 찾으심은 의외로소이다."

양생이 양랑의 손을 잡고 소 왈,

---

34) 삼 년에 한 번 보이던 시험. 지방에서 예선을 거쳐 뽑은 사람들을 서울에서 마지막 시험을 보인다는 뜻.

35) 서운함.

"부형 슬하의 구차 출입을 장구히 못할지라. 또 장차 부거코자 하노니 만일 천은을 입어 과방에 오른즉 결단코 청루에 다시 투족지 아니하려는 고로 금야에 양랑을 찾음이니 양 랑은 각각 소회를 말하라. 내 이번 등과함을 바라느냐, 아니함을 바라느냐?"

양랑이 부답不答하고 술을 가져오라 하여 수배씩 미취微醉하매 매랑이 일곡一曲을 불러 왈,

꽃 보고 오는 나비 오고 갈 줄 모르는가.
삼춘이 장모將暮하니 행락인들 매양 하랴.
아이야 술 한잔 바삐 부어라 가는 나비 멈추어 놀까 하노라.

빙랑이 또한 이어 불러 왈,

보거든 꺾지를 말고 꺾거든 버리지 마소.
보고 꺾고 버리니 도무지 내 길가에 선 버들 탓인가 하노라.

양랑이 가필歌畢에 빙랑은 초연 무어하고, 매랑은 혼연 소 왈,
"자고로 맥두陌頭의 양류楊柳[36) 부서夫婿의 봉후封侯를 뉘우쳐 하였으니[37) 남자 어찌 일생을 홍군紅裙에 취하여 공명을 뜻지 아니하리오? 다만 상공이 종적을 끊으시나 정 근을 잊지 마소서."
생이 그 쾌활함을 칭찬하고 밤든 후 돌아오니라.

과일科日을 당하매 기성이 장옥場屋에 들어가 삼장三場을 연중連中[38)하니, 상이 대열하 사 좌우 제신諸臣 더러 왈,
"구충신어효자지문求忠臣於孝子之門[39)이라 하니 양창곡의 아들이 어찌 보필지재輔弼 之材 없으리오?"

창명唱名하심을 재촉하시니 용방龍榜 제일인 양기성楊機星은 연왕 양창곡의 제사자요, 제이인 황승룡黃升龍은 상서 황여옥의 아들이며 호방虎榜 제일인 뇌문성雷文星은 대장군 뇌천풍의 제이손이요, 제이인 마등馬騰은 파로장군 마달의 아들이라. 탑전에 부르사 각각 채화 일지彩花一枝와 구마 보개廐馬寶蓋를 주시고, 별別로 기성은 이원 법악梨園法樂을 주시며 한림학사로 제수하시니 양 학사 홍포 옥대로 사은 후 어구마를 타고 법악을 앞세우

---

36) 언덕머리의 버들, 곧 기녀.
37) 낭군이 벼슬하면 헤어질 줄 알면서도 사귄 것을 뉘우치나.
38) 과거에 완전히 합격하려면 시험을 세 번 거쳐야 하는데, 그 세 번 시험에 연속해서 합격함.
39) 충신을 효자의 집안에서 구함.

고 부중으로 돌아올새, 연왕과 상서 형제 수후隨後하여 장안 대로로 길을 덮어 나오니, 중로 소년들의 구경하는 자 노방路傍 양편에 줄을 이루어 그 영화를 칭찬하며 교방 대로에 풍류를 아뢰고 지나올새 동서 청루에 주렴을 걷고 모든 기녀 다투어 구경하며 빙, 매 양랑에게 향하여 치하와 조롱하는 소리 낭랑히 지껄이니, 양 학사 추수양안秋水兩眼을 흘려 좌우고면左右顧眄하고 번화한 미첩에 은근한 풍정을 가까이 보내더니, 또 뇌, 마 양인이 말머리를 연하여 풍악을 울리며 대장군 뇌천풍과 파로장군 마달이 기구를 갖추어 솔행率行하는데 청루 제기 다투어 가리키며 실과를 던져 희롱하니 뇌, 마 양인도 은근히 알은체하더니, 장풍이 어데로서 나오며 마등의 말고삐를 잡으며 왈,

"네 일전 나와 주가酒家를 찾아 호기를 자랑하더니 금일부터 체모를 차리노라 청루를 그저 지나가니 네 공명이 좋다 하나 이 장풍 바람의 거칠 것 없이 방탕함만 못할까 하노라."

마등이 채를 들어 장풍의 어깨를 치며 서로 웃거늘, 뇌천풍이 혼연히 웃으며 마달을 돌아보며 왈,

"노부老父 일찍 십구 세에 등과登科하여 청루를 지날새 누상 제기 팔매를 던져 어사화 떨어지고 주붕酒朋 소년이 소매를 끌어 낙마落馬함을 면치 못하였더니 금일 아손兒孫이 이 경계를 또 당하는도다."

서로 기뻐하더라.

차일, 양 학사 부중에 도문到門하니 태야 태미 기뻐하심과 선 숙인의 좋아함은 비할 데 없더라.

차설, 천자 자녀 이 인에 맏은(맏이는) 숙완淑婉 공주니 연年이 십삼 세에 아직 하가下嫁치 아니하였더니 황후 상께 고 왈,

"작일昨日 궁인배宮人輩 신방新榜 창명唱名함을 보고 와 연왕의 제사자 기성의 풍채 오히려 장성보다 더하다라 하니 그 형을 보아 그 아우를 생각할지라. 연왕의 제오자 또 있다 하니 여아의 혼사를 구함이 좋을까 하나이다."

상이 소 왈,

"내 또한 이 생각이 있더니 물어보사이다."

익일 조반에 연왕을 별로 인견引見하사 한담하시다가 인하여 문 왈,

"경의 제오자 있다 하니 나이 몇이나 되뇨?"

연왕 왈,

"십삼 세로소이다."

상이 소 왈,

"짐이 또한 딸이 있어 방금 십삼 세라. 금일 군신이 다시 진진지의秦晉之義를 맺음이 어떠하뇨?"

연왕이 황공 돈수頓首한대, 상이 다시 웃으시며 왈,

"경의 아들 장성은 짐의 매제 사위 되었으니 짐의 딸이 또 경의 자부 됨은 아름다운 일이

로다."

황 각로를 보시며 왈,

"경의 외손이 짐의 사위 될지니 종금이후로 인아지의姻婭之誼 더욱 각별하리로다."

각로 대 왈,

"신의 외손이 비록 불초하오나 시생지초始生之初에 번화 기상이 있삽더니 금지옥엽의 하강下降하심을 허하시니 불승 황감하여이다."

상이 기쁘사 즉시 일관日冠으로 택일하여 행례行禮하니 위의의 번성함은 고사하고 공주의 덕용德容이 유한정정幽閑靜貞하여 무위부자無違夫子하며 효양구고孝養舅姑하니, 보는 자 다 연왕의 복력을 칭송하더라.

차설, 천자 춘추정성春秋鼎盛하시고 예성문무叡聖文武하사 고사古史를 열람하시다가 남북조南北朝의 혼일 천하混一天下 못 함을 통탄하시고 한 무제의 벽국척지關國拓地[40]하던 뜻을 두시더니 마침 북 흉노, 여진, 몽고의 백여 부락을 체결締結하여 변경을 자로(자주) 침략하매 여러 번 물리치나 종시 항복받지 못하고 수년 이래로 흉노 더욱 강성하여 제 아비를 시살弑殺하고 하란산賀蘭山에 웅거雄據하여 자로 마읍馬邑 삭방朔方을 침어侵漁하니 변경이 소연騷然한지라. 상이 심히 근심하시더니 일일은 상군 태수上郡太守의 장계狀啓 이르거늘 보니, 왈,

북 흉노, 몽고, 여진을 합세하여 장성 이북에 궁려窮廬를 웅거하고 상군上郡 안문雁門을 규시窺視하더니 홀연 격서를 보내어 흉담 패설凶談悖說이 구불가도口不可道라. 신이 은휘隱諱치 못하여 성화치보星火馳報[41]하나이다.

그 격서에 왈,

천도天道 순환하여 중국이 운쇠運衰라. 짐이 북해北海의 천일생수天一生水하는 왕운을 띠어 중국의 화덕火德을 극克하고 사해를 통일코자 하노니, 순천자順天者는 흥興하고 역천자逆天者는 망亡이라. 빨리 네 지방을 바쳐 항복하여 천운天運을 어기지 말라.

천자 남필覽畢에 대로하사 백관을 인견하시고 친정親征코자 하시니, 연왕이 주奏 왈,

"북적北狄이 남만南蠻과 달라 그 본성은 흉악하고 그 취산聚散은 섬홀閃忽하여 곧 금수禽獸와 일반이라. 중국을 욕하고 변경을 침노하여 득의得意즉 노략민축擄掠民畜하며 실수失手즉 고비원주高飛遠走하여[42] 인류人類로 책責하지 못할지라. 고로 고지명왕古之

明王명왕이 매양 은위恩威로 위무慰撫하고 병혁兵革을 숭상崇尙치 아니하나니 한 고제漢高帝의 웅략雄略으로 모신 맹장모신臣猛將이 전승공취戰勝攻取하나 백등 칠일白登七日의 위경危境을 지내고[43] 한 무제漢武帝의 궁병독무窮兵黷武로도 평성지치平城之恥를 쾌설快雪치 못하는지라.[44] 이제 폐하 만승지존萬乘之尊으로 일장 광언 패설狂言悖說에 분노하심을 참지 못하여 친정하신즉 그 위태함은 이르지 말고 완준頑蠢한 이적夷狄이 가벼이 알 바 아니리이꼬? 복원伏願 폐하는 본군 제장에게 신칙하사 군이 지키고 경솔히 용병을 말라 하시면 자연 물러가리이다."

천자 불청不聽하시고 친정親征하심을 결단하시니 연왕이 여러 번 다투지 못하는지라.
천자 하교하사 연왕으로 태자를 보호하여 감국監國하라 하시고 병부 상서 양장성으로 부원수를 삼고 대장군 뇌천풍으로 전부선봉前部先鋒을 삼고 천자 친히 도원수都元帥 되사 중군이 되시고 좌익장군 뇌문경과 우익장군 한비렴과 좌사마 동초와 우사마 마달과 후군 대장 소유경 등 일대 명장과 백만 대군을 조발하여 호호탕탕히 행군할새, 정기旌旗는 폐공蔽空하고 고각鼓角은 흔천掀天한데 엄숙한 군령軍令과 정제한 군용軍容이 천지진동하고 일월이 쟁광爭光하여 소과所過 지방에 천지 백성을 위로하시며 질고疾苦를 탐문하시니 민정이 안연하여 길가에 수초대백垂髫戴白이 연경안목延頸按目하여[45] 소년 천자의 성덕신무聖德神武하심을 칭송하더라.

이십여 일에 산서성에 이르니 황성서 이천여 리라. 수일 두류하여 대군을 호궤犒饋하고 다시 오류일에 안문 땅에 이르러 상군上郡 삭방군사朔方軍士를 부르시니 도합 군총이 수백만이라. 군기 치중軍器輜重이 백여 리에 연하여 산천초목이 군세를 도우니 천산 이남과 장성 이북에 비금주수飛禽走獸 그림자를 감추는지라. 천자 홍포 금갑으로 선우대單于臺에 오르사 흉노에게 하조下詔 왈,

네 불식천위不識天威하고 감범상국敢犯上國하매 짐이 창생도탄創生塗炭을 불인좌시不忍坐視하여 자장백만중自將百萬衆으로 금등선우대今登單于臺하니[46] 네 능히 싸우려 하거든 즉래卽來하고 불연不然즉 항복하라.

---

42) 뜻을 얻으면 백성들을 약탈하고, 실패하면 멀리 도망하여.
43) 백등에서 칠일 간 죽을 고비를 겪고. 백등은 산서성에 있는 산으로, 한고조 유방이 여기서 흉노에게 일 주일 동안 포위당하였다.
44) 끊임없이 전쟁을 하였으나 평성에서 당한 수치를 시원하게 씻어 버리지 못한지라. 평성은 백등이 있는 곳이다. 곧 한고조가 당한 수치를 씻지 못하였다는 말.
45) 아이며 늙은이가 다들 목을 늘이고 눈을 씻으며 구경하여.
46) 백성들이 고통스러워함을 차마 앉아서 볼 수 없어 스스로 백만의 군사를 이끌어 이제 선우대에 오르니.

흉노 조서를 보고 일야지간—夜之間에 군사를 거두어 종적 없이 달아나거늘 천자 대군을 몰아 장성 밖에 나서 미륵산彌勒山 하에 유군留軍하고 북으로 호왕성胡王城을 바라보매 천리 사막에 한 사람도 못 볼지라. 좌우는 만세를 부르며 천자는 웃으시고 부원수 양장성으로 정병精兵 일만을 거느려 천산 이북으로 몽고퇴蒙古堆를 바라보고 오라 하시고 동초, 마달로 정병 일만을 거느려 천산 이서로 옥문관玉門關까지 가 흉노의 종적을 탐지하라 하시고 남은 군사로 대렵大獵하시더니, 차시 흉노 하란산 북편에 몽고병 수만 군을 매복하였다가 일시 돌출하여 천자를 에워싸고 다시 여진병 백만 기로 삼 주야晝夜를 중중첩첩히 철통같이 에워싸고 양도糧道를 막으매 천병天兵이 죽은 자 만여 인이라.

뇌, 한 양장이 진력하여 호장 십여 원을 버히나(베나) 에워싼 것을 헤칠 길이 없고 대군이 주리며 천자 어공御供을 궐궐하사 사냥한 고기로 군사를 호궤하여 그 형세 십분 위급하더니 홀연 에워싼 동편이 요란하여 일지 군마 들어오니 아지 못게라 어떠한 군사뇨? 하회를 보라.

제63회 공을 의논하는 자리에 양 원수로 진왕을 봉하고
조회에 들어오는 날에 축융왕이 딸을 찾아 보다
論功席楊元帥封秦王　入朝日祝融王見嬌兒

각설却說, 양 원수 일만 기騎를 거느려 하란산賀蘭山 동편으로 몽고퇴蒙古堆에 이르러 호병胡兵을 보지 못하고 다만 처처에 군사의 거하였던 자리만 있으니 그 도망한 줄 알고 돌아오고자 할 차, 홀연 일개 호병을 생금生擒하니 회중懷中에 몽고병을 청하는 격서檄書 있는지라. 그 호병을 국문鞫問하며 버히려 한대 호병이 실상을 고告 왈,

"북 흉노 방금 미륵산 하에 명 천자를 에워싸고 다시 몽고병을 청하러 가노라."

하거늘, 원수 대경하여 그 호병을 버히고 급히 달려 미륵산에 이르러 보니 만산편야滿山遍野한 것이 도시 호병이요 중국 군사는 일인도 보지 못하고 천자 계신 곳을 알지 못할지라. 심중에 대로하여 즉시 진을 변하여 일조 장사진長蛇陣을 이뤄 호병 중간을 충돌할새 원수 부용검을 빼어 길을 열어 호장胡將 수인을 버히니 제군이 기세를 도와 함성 미륵산을 흔들 듯 개개 일당백—當百이라. 흉노 대경 왈,

"이는 막강지병莫强之兵이로다."

하고, 대군을 두 떼에 나누어 양 원수를 또 에워싸니 자연 호진 중이 요란하거늘, 천자 이에 소유경, 뇌천풍 양장兩將을 데리시고 승극乘隙하여 궤위남출潰圍南出[1]하여 급히 달려 돈황성燉煌城에 드시고 패군을 수습하니 사자死者 만여 명이라. 천자 한, 뇌 양장더러 왈,

"호병의 해위解圍함이 필유곡절必有曲折이라. 만일 동, 마 양장의 구함이 아니면 양 원

수의 군사 이름이니 연즉 또 호병에게 에워싸인 바 되리니 뉘 가히 구하리오?"

양장 왈,

"호진 동북간이 요란하였으니 이는 필연 양 원수의 군사 들어옴이라. 소장 등이 일지군을 거느려 가 구하리이다."

천자 허락하시다.

차시 양 원수 호진에 싸여 천자 계신 데는 모르고 황황망조遑遑罔措하여 군사를 경계 왈,

"우리 이제 황상 계신 곳을 모르니 몸을 돌아보지 못할지라. 너희 능히 나를 좇을진대 진력하여 따르고 만일 못 따르거든 각각 헤어져 돈황성으로 가 모이라."

설파說罷에 부용검을 높이 들고 말을 채쳐 다만 호병 둔취한 곳을 바라보고 충돌하며 호장 칠십여 원員을 버히고 휘하를 돌아보니 따르는 군사 백여 기라. 원수 앙천仰天 탄 왈,

"신이 불충하와 난진亂陣 중에 군부君父를 잃고 하면목으로 생환고국生還故國하리오?"

다시 칼을 날려 호장 십여 원을 버히니, 차시 흉노 진상에서 양 원수의 무적함을 보고 대로 왈,

"내 백만 대군으로 일개 구상유취口尙乳臭의 소장少將을 사로잡지 못하고 어찌 천하를 경영하리오?"

친히 몽고병 중 강맹한 오천 기를 뽑아 진중에 돌입하여 원수를 취하니 흉노 본디 만부부당지용萬夫不當之勇이 있고 또 일조一條 구겸창鉤鎌槍을 쓰니 기중其重이 수백 근이요 창끝에 미늘이 있어 사람과 짐승을 찌르고 잡아당기면 그 미늘에 걸려 빠지지 아니하고 끌리어 오니 이는 북호北胡의 맹수猛獸 잡는 기계라. 흉노 구겸창을 춤추며 양 원수와 접전 삼합에 원수 그 창법이 수상함을 보고 의심하여 자로 피신하더니 홀연 흉노 배후에 함성이 대진하며 양장이 대호大呼 왈,

"천조天朝 좌사마 뇌문경과 우사마 한비렴이 여기 있으니 호장은 빨리 항복하라."

양 원수 뇌, 한 양인을 보고 담기膽氣 더욱 장하여 전후 협공하니 흉노 창을 두르며 돌쳐 한비렴을 찌른대 비렴은 마상에서 몸을 솟으며 비렴의 말이 창에 절리매 흉노 창을 급히 빼지 못하여 창황하더니 두상頭上에 쟁연錚然한 소리 나며 나는 칼이 들어오거늘 흉노 마상에서 엎디어 피할 차, 또 한 칼이 날아들어 오며 흉노의 머리 땅에 떨어지니 양 원수 흉노의 머리를 버혀 마상馬上에 달고 양장과 합력하여 후진을 시살廝殺하니 호병이 흉노 죽음을 보고 일시에 토붕와해土崩瓦解하여 흩어지니, 몽고장蒙古將 삼릉발도三菱拔都는 신장이 십 척이요 용력이 절륜絶倫이라, 삼릉창을 쓰매 소향무적所向無敵함을 믿고 대호大呼 왈,

"나는 흉노의 휘하 아니니 어찌 흉노 죽음으로 낙담상기落膽喪氣하리오?"

---

1) 틈을 타서 포위망을 뚫고 남으로 빠져나옴.

다시 몽고병을 몰아 양 원수와 접전하려 하거늘, 원수 뇌, 한 양장더러 왈,

"아병我兵의 기운이 지치고 몽고는 막강지병莫强之兵이라. 경적輕敵지 못할지니 길을 찾아 나가 천자께 뵈옵고 다시 군사를 정돈하여 싸움이 늦지 아니하도다."

남으로 향하여 풍우같이 나오더니 일원 노장이 벽력부를 들고 필마단기로 삼릉발도를 취하거늘 자세 보니 대장군 뇌천풍이라. 천풍이 천자 앞에서 뇌, 한 양장을 보내실새 방심치 못하여 자기도 또 가 구함을 청한대 천자 불허不許 왈,

"장군은 노의老矣라. 경솔히 나가지 말라."

천풍이 벽력부를 들고 일어서 왈,

"신이 비록 충성이 없으나 항상 위국爲國하여 마혁과시馬革裹屍[2]할 뜻이 있삽고 뇌문경은 신의 손자라. 사생을 모르오니 신이 단기로 가 양장을 구하고 흉노의 머리를 어전에 바치리이다."

언필言畢에 상마上馬 향진向陣하여 달려가거늘 천자 노장의 확삭矍鑠[3]함을 칭찬하시고 다시 소유경으로 삼천 기를 거느려 뒤를 좇게 하시니 천풍이 호진을 바라보고 오다가 삼릉발도를 만나니 발도 대매大罵 왈,

"칠십 노졸老卒이 무단히 전장의 주검을 보태고자 하느냐? 천자 여북 장수 없어 너 같은 초혼입관招魂入棺할 귀물鬼物을 보내도다."

삼릉창을 들어 천풍에게 곧장 이르니, 천풍이 앙천 소 왈,

"요마幺麽 호추胡雛는 부리를 놀리지 말고 노장의 도채를 맞아 보라."

하며 벽력부를 둘러 발도의 뇌문(腦門, 정수리)을 치니 발도 미처 피치 못하고 도채 끝에 뇌후腦後를 맞아 토혈吐血하며 더욱 대로하여 삼릉창을 번개같이 두르며 천풍에게 달려드니, 차시 양 원수 뇌, 한 양장이 길을 찾아오다가 보고 뇌문경이 대경하여 말을 달려 구할새 원수와 한비렴이 일제 합력하고 또 소유경이 이르러 전후좌우로 우레같이 소리하며 별같이 달려들어 오되 삼릉발도 조금도 겁하지 아니하고 창법이 영악한지라. 원수 허리의 궁시를 내어 두 대를 연하여 쏘되 발도 창을 둘러 낱낱이 떨어치니 원수 소유경더러 일러 왈,

"호장이 가장 영특한지라. 내 그 머리에 쓴 것을 쏘아 벗길지니 형이 능히 뇌문을 맞힐쏘냐?"

소유경이 응낙하거늘 원수 거짓 활을 다리어 시위 소리를 내며 외쳐 왈,

"호장은 살을 받으라."

발도 창을 들어 막고자 할새 다시 나는 살이 들어와 머리에 쓴 홍도자를 맞혀 벗기며 또 한 살이 그 뒤를 이어 뇌문을 맞히니 발도 크게 소리하고 손으로 살을 빼며 말께 떨어져 다시 일어 달아나고자 하더니 뇌천풍이 달려들어 도채로 그 머리를 찍어 말에 달고 오장五將

---

2) 말가죽으로 시체를 쌈. 전쟁터에서 죽음을 말한다.

3) 기운이 솟아오름.

이 일시에 승승충돌乘勝衝突하니 몽고병이 적시여산積尸如山하고 유혈성천流血成川하니라.

아이오 동, 마 양장이 또 이르러 칠장七將이 하란산 하의 호병을 시살하고 돈황성에 돌아와 천자께 뵈올새 원수 복지伏地 주奏 왈,

"신이 무재 불충無才不忠하와 폐하 요마 호왕에게 곤함을 받으시니 사죄死罪, 사죄로소이다."

하고 흉노와 발도의 수급首級을 올리니, 천자 대회하사 제장 삼군을 크게 호궤하시고 익일 다시 선우대에 오르사 황봉기黃鳳旗를 세워 흉노와 삼룡의 머리를 달고 다시 몽고, 여진, 토번 왕에게 하조下詔 왈,

짐이 이미 흉노의 머리를 깃대에 달았으니 네 만일 십일지내十日之內에 항복지 아니하면 대군을 몰아 흉노와 동모同謀한 죄를 묻고 북해까지 가 호굴胡窟을 소멸하고 진려이환振旅而還[4]하리라.

삼국이 조서를 보고 막불진동莫不振動하여 일시에 이르러 계수청죄稽首請罪[5]하며 우양낙타牛羊駱駝로 대군을 먹이니 천자 그 죄를 사하시고 돈황성에 이르사 군신 제장과 세 호왕을 데리고 대연大宴하실새 몽고 왕이 좌우더러 문 왈,

"원수의 연기年紀 몇이시뇨?"

답 왈,

"이십 세시니라."

몽고 왕이 경 왈,

"벼슬이 무엇이뇨?"

답 왈,

"지금 병부 상서시니라."

몽고 왕이 송연 왈,

"제장의 말을 들으매 천조 명장 중 양 원수의 호용豪勇하심과 무예는 듣고 보지 못한 바라 하더니 이제 그 얼굴을 뵈오매 백면서생이요 부인 여자 같은지라. 어찌 이상치 않으리오?"

여진 왕이 문 왈,

"흉노 버힌 장수는 뉘시뇨?"

동초 왈,

---

4) 적국에 가 위세를 떨치고 돌아옴.
5) 머리를 조아려 죄를 청함.

"원수시니라."

여진 왕이 혀를 내둘러 왈,

"이는 천생 영웅이로다."

익일 천자 세 국왕을 데리시고 다시 사냥하실새 대군을 몰아 진세陣勢를 벌이고 세 왕더러 왈,

"중국 군용軍容이 북방과 어떠하뇨?"

세 왕이 돈수 왈,

"소국 잔병이 어찌 상국을 당하리이꼬?"

천자 미소하시고 양 원수를 명하여 다시 진을 고쳐 팔문진을 치고 기정합변지술奇正合變之術과 음양상생지묘陰陽相生之妙를 베풀어 뵈니 세 왕이 일제 돈수頓首 왈,

"신의 북방 풍속은 다만 치돌馳突을 장기로 알고 진법은 구경치 못하였더니 금일 보오매 망양지탄亡羊之歎[6]이 있나이다."

천자 점두點頭하시고 다시 무기武技를 시험하여 활을 쏘이실새 마침 일 쌍 백조 운간에 날아가거늘 동초, 호왕더러 왈,

"북방 사람이 새 쏘는 법이 신통하다 하니 한번 구경코자 하노라."

토번 왕이 웃고 말을 놓아 활을 다리어 연방 삼전三箭하되 그 백조 맞지 않고 더욱 높이 솟아 거의 뵈지 아니하거늘 양 원수 허리의 살을 빼어 들고 소 왈,

"내 왕을 위하여 한번 쏘리라."

시위 소리 나며 운간雲間 백조 공중에서 떨어지니 세 호왕이 일시에 놀라 손을 모아 칭찬 왈,

"원수는 신인이라. 북방 사람이 비록 사조射鳥[7]로 늙었으나 저같이 높이 나는 것은 쏘지 못하여 감불생의敢不生意하나니 원수의 궁법은 이광李廣[8]의 후신인가 하나이다."

뇌천풍이 대소 왈,

"대왕은 짐짓 북방지인이로다. 농서隴西 노장老將은 불과 필부지용匹夫之勇이니 다만 이름이 북방에 우레 같으나 어찌 양 원수를 당하리오? 양 원수는 십사 세에 출전하여 야선을 버히고 소울지를 항복받고 지금 십구 세에 벼슬이 병부 상서에 올라 천문지리와 육도삼략을 흉중에 품은지라. 어찌 낙척수기落拓數奇[9]한 이광 노장老將의 궁마지재弓馬之才를 족히 말하리오?"

---

6) 갈림길에서 양을 잃고 탄식함. 학문의 길이 여러 갈래라 길을 잡기 어렵다는 뜻으로 많이 쓰는데, 여기에서 그 경지를 감탄하는 말이다.

7) 새 사냥.

8) 한漢나라 문제 때 활 잘 쏘던 장수. 흉노와의 싸움에서 큰 공을 세운 것으로 유명하다.

9) 한 구석에 파묻혀 운명이 기구함.

세 왕이 숙연 무어하더니 홀연 임간林間의 이리들이 뛰어나와 호왕 앞으로 지나가거늘 호장 삼 인이 일제히 창을 들고 좇아 잡지 못하고 돌아오니 몽고 왕이 대로하여 군사를 풀어 뒤지니, 그 이리 놀라 다시 뛰어 나가거늘 몽고 왕이 창을 들고 말을 달려 좇은대 그 이리 성내어 돌쳐서 달려들며 기세 흉녕한지라. 토번 왕이 놀라 창을 들고 몽고 왕과 합력하여 에워싸고 찌르려 하나 그 짐승이 날래기 바람 같아 창을 받지 아니하고 일향 세 왕에게 범하려 하니, 양 원수 소 왈,

"내 들으니 북방 짐승이 사나워 잡기 어렵다 하더니 내 부용검을 시험하리라."

하고 말을 놓아 바로 이리를 향하여 우수의 칼을 공중에 번득이매, 그 이리 더욱 성내어 앞발을 들고 침떠 원수에게 범하려 하거늘 원수 말을 돌려 옆으로 달리며 양수兩手 쌍검雙劍을 일시에 던지니 일 쌍 부용검이 번개같이 들어가 두 마리 이리 일시에 땅에 엎더지거늘, 원수 웃으며 칼을 거두고 왈,

"북방 이리는 너무 무르도다."

하고 말을 달려 돌아오니, 세 호왕이 망연자실하여 소유경을 보며 왈,

"우리 절역絶域에 생장生長하며 중국 인물을 귀로만 듣고 눈으로 보지 못하였더니 금일 양 원수는 천신天神이 하강함이요 인세人世 인물이 아니라. 고지명장古之名將에도 없을까 하노라."

뇌천풍이 다시 대소 왈,

"대왕이 다만 양 원수를 보시고 연왕 노야와 난성후를 못 보도다. 그 웅재대략雄才大略을 양 원수로 어찌 우러러 바라리오?"

세 호왕이 경경驚 왈,

"연왕은 뉘시며 난성후는 뉘시뇨?"

천풍 왈,

"연왕 노야는 연전年前 남방을 평정하시던 양 승상이시고 난성후는 그 시時 부원수로 출전하셨던 장수시니라."

세 호왕이 대경 왈,

"이 두 상공이 나탁을 항복받고 남방에 화상畵像을 인하여 지금까지 유명하신 양 도독, 홍 원수 아니시냐?"

천풍 왈,

"연하니 지금 양 원수는 그 자제시니라."

세 호왕이 숙연肅然 변색變色 왈,

"홍 원수의 우레 같으신 이름이 북방까지 진동하니 어찌 이번 출전치 않으시뇨?"

천풍 왈,

"연왕과 난성후의 춘추 다 삼십여 세라. 방장지년方壯之年이언마는 이번은 천자 출전하러 오신 길이 아니라 북방에 순수巡狩코자 임하심이니 만일 연왕과 난성이 오셨던들 대왕의 귀순함이 어찌 오늘까지 이르리오?"

제왕이 송연 무어하더라.

익일 천자 미륵산에 오르사 입석기공立石紀功하시고 반사班師[10]하려 하실새 세 호왕이 양 원수에게 하직한대 원수 그 손을 잡고 작별 왈,

"싸운즉 적국이요 사귄즉 고인이라, 세 왕과 이러하게 뵈오니 비록 국가의 불행한 일이나 일후 다시 볼 기약이 없으니 창연하도다."

세 호왕이 원수의 영웅 무적함을 흠양하고 또 그 말씀이 다정 관곡款曲함을 감격하여 눈물을 뿌려 고별하며 세세 자손이 반복反覆지 아니함을 맹세하더라.

차설, 천자 환국하사 제장의 공을 의논하실새 부원수 양장성은 진왕秦王을 봉하고 전부선봉 뇌천풍은 식읍食邑 이만 호를 더하고 좌익장군 마달과 우익장군 동초와 좌사마 뇌문경과 우사마 한비렴은 각각 가자加資를 돋우어 식읍 오천 호를 더하고 후장군 소유경은 식읍 이만 호를 더하고, 천자 특별히 진왕의 대공을 포장襃獎하사 홍 난성을 난성후 겸 진국태미를 봉하시고 연왕더러 왈,

"경의 부자 위국爲國하여 남정북벌南征北伐에 짐으로 남북에 돌아보는 근심이 없게 하니, 이는 홍 난성의 공이 제일이라. 장성을 진국에 봉함은 진국이 북방에 가까워 진압鎭壓함을 위함이니 장성은 취국就國하게 하고 난성을 보내어 진국 태미의 영화를 받게 하라."

차시, 천자 남만을 평정하시고 또 북 흉노를 버히시매 사이팔만四夷八蠻이 천위天威에 습복慴伏하여 막불포복입공莫不匍匐入貢하니[11] 만왕 나탁과 축융왕이 또한 들어와 조회함을 청하니 천자 허하신대 나탁, 축융이 토지 물산을 받들어 입조하고 천자께 뵈오니 천자 원방 사람을 각별 예대禮待하시니 양왕이 황공 감축하여 배수 계수拜手稽首하고 봉상칭수奉觴稱壽[12]한 후 외국반外國班에 시립한대 천자 소 왈,

"경 등이 중국에 들어와 아는 자 없으나 오직 연왕이 숙면일까 하노라."

나탁이 복지伏地 주奏 왈,

"신이 일찍 왕화를 모르고 천조에 망사지죄罔赦之罪[13]를 짓사오니 스스로 수령首領을 보전치 못할 줄 알았삽더니 성조의 망극하신 은택과 연왕, 난성의 재생지덕을 입사와 지금 만왕蠻王 부귀를 누리오니 그 감격함을 말하면 천고지후天高地厚하고 하광해심河廣海深이라. 신이 연왕을 종용 심방하여 구구소회를 펴고자 하오나 외국지인이라 사사私事로 과종過從[14]함이 미안하온지라 감히 주달하나이다."

---

10) 군사를 이끌고 돌아옴.

11) 임금의 위엄에 두려워 굴복하여 엎드려 조공을 바치지 않는 이가 없으니.

12) 절을 하고 머리를 조아리며 술잔을 받들어 장수를 축복함.

13) 용서할 수 없이 큰 죄.

14) 찾아가 들르는 것.

상이 소 왈,

"짐이 들으매 축융의 딸이 연왕의 소실이 되었다 하니 정리情理로 말할지라도 축융은 불가불 연부燕府에 가 소교小嬌를 볼지라. 경도 함께 가 봄을 구애치 말라."

양왕이 퇴출하여 대루원에 나와 황, 윤 양 각로와 경재 제인卿宰諸人을 면면面面 서례敍禮[15]하고 연왕께 별로 은근 사례 왈,

"존안을 못 뵈온 지 오랜지라. 애각涯角 남북에 향모지성向慕之誠이 주소晝宵 간절하오나 원방지국遠方之國이 제산항해梯山航海하여 조근朝覲이 극난極難하기로[16] 이제야 들어와 뵈오니 그윽히 미안하여이다."

연왕이 답례 왈,

"대왕이 남방을 진정하여 조공을 불폐不廢하시니 이는 천은을 보답하고 만생의 부탁을 저버리지 않음이라 감사하여이다."

축융이 소 왈,

"아까 탑전에 성지聖旨를 뫼왔사오니 마땅히 부중으로 나아가 뵈옵고 또 여아의 적년積年 정회情懷를 펼까 하나이다."

익일 나탁과 축융이 함께 연부에 이르니 연왕이 빈주지례를 각근恪謹히 잡아 관곡款曲히 접대할새, 만왕이 상서 형제와 학사를 보고 공경 흠신欠身 왈,

"연왕 합하의 다복하심은 고금에 드문지라. 하물며 진왕의 영재웅략英才雄略이 북방에 진동하여 전설傳說을 들으매 흠앙하는 정성이 특별히 동동洞洞하더니 이제 용광을 뵈오니 홍 원수께 뵈온 듯하여 더욱 희행喜幸하여이다."

연왕이 미소하고 인성을 불러 축융께 배현拜見하니, 축융이 황망 답례 왈,

"이는 누구시뇨?"

연왕이 소 왈,

"만생의 제삼자요 대왕의 외손外孫이니이다."

축융이 인성의 손을 잡고 함루含淚 왈,

"군이 생어중국生於中國하여 고문갑제高門甲第의 시례대족詩禮大族[17]으로 오랑캐 할아비를 두어 엄연 성취하도록 골육지정을 펴지 못하니 어찌 부끄럽지 않으리오?"

인성이 손을 받들고 공경 대 왈,

"관산關山이 초체迢遞하고 도로 요원遼遠하와 생세生世 십여 년에 존안을 배알치 못하오니 극히 불민不敏하여이다."

---

15) 공경과 재상들을 일일이 인사함.

16) 남북 귀퉁이 끝에서 우러러 흠모하는 정성은 밤낮으로 간절하오나 먼 곳에서 산을 넘고 바다를 건너 천자께 뵈러 오기가 극히 어렵기로.

17) 예의를 숭상하고 세력 있는 집.

축융이 인성의 손을 어루만져 차마 놓지 못하며 연왕을 향하여 소 왈,

"합하의 청개淸介[18]하신 덕으로 만이지종蠻夷之種을 소실지열에 두시니 응당 측연지심이 계시려니와 하늘이 도덕군자를 내사 외가의 만풍蠻風을 설치雪恥케 하시니 이는 하늘이 과인의 여아의 인세의 복락을 정하심이요 연왕 상공의 애휼하신 덕택이라. 과인이 이제 외손이라 말하기 불감하도소이다."

나탁이 대소 왈,

"늙은 오랑캐 음흉하여 미녀로 천조天朝 대신大臣의 소실을 삼아 금일 영귀榮貴함을 낚는도다."

연왕이 또 미소하더라.

차시, 연 숙인이 천애 만 리에 생리사별生離死別하였던 부친이 이름을 듣고 반기는 말을 어찌 다 형용하리오? 난성과 선 숙인이 분분 치하하더니 연왕이 인성을 명하여 축융을 인도하여 별원에 이르매 연 숙인이 부친 품에 안기며 오열함을 깨닫지 못하거늘 축융이 또한 소매를 들어 눈물을 씻고 위로 왈,

"내 너를 보내고 존몰고락存沒苦樂을 막연부지漠然不知하여 북천을 바라고 촌장寸腸이 사라지더니 이제 와 보매 부귀영화함이 네 아비 홍도왕紅桃王으로 당치 못할지라. 노부 다시 여한이 없으리로다."

연 숙인이 눈물을 거두고 부친 얼굴 우러러보고 왈,

"십년지간에 존안이 더욱 쇠하신가 하나이다."

축융이 소 왈,

"이는 행역의 노록勞碌함이라. 천은이 망극하고 연왕의 고휼지은顧恤之恩을 입어 축융동을 버리고 홍도국에 온 후로 부귀 극하니 어찌 전일만 못하리오?"

연 숙인이 중국에 와 난성의 수습하던 말을 일일이 고하니, 축융이 감루感淚를 먹어 왈,

"홍 원수의 은혜는 백골난망이나 처지 전일과 달라 즉시 뵈옵지 못하니 어찌 결연缺然치 않으리오?"

연 숙인이 주찬을 권하니, 축융 왈,

"만왕蠻王이 밖에 있으니 마땅히 함께 먹을지라. 외당으로 나가노라."

다시 인성을 따라 나올새 나탁이 연왕께 고 왈,

"과인이 이미 중국에 들어와 어찌 홍 원수를 못 뵈옵고 가리오? 축융은 이미 외인과 다르고 나탁은 전일 장전帳前에 항복한 만장蠻將이라. 잠깐 뵈옴이 무슨 불가하리이까."

연왕이 소 왈,

"대왕이 굳이 보시려 하신즉 환국하기 전 한번 상면하소서."

나탁이 대회하더라.

---

18) 맑고 깨끗함.

차설且說, 초왕이 국사를 인연하여 오래 떠났다가 신년新年을 당하여 마침 입조入朝하매 연일 궁중에 잔치하시더니, 일일은 천자 편전에 초, 연 양왕을 조용히 인견하사 남매 군신이 담소 수작하실새 초왕이 웃고 연왕더러 왈,

"승상의 복력은 고지곽분양古之郭汾陽이라.[19] 양친이 재당在堂하사 범절이 강왕康旺하시고 오자五子 재전在前하여 여룡여호如龍如虎히 왕후지열에 벌였으며 다시 금지옥엽의 인아지의姻婭之義를 맺어 일문이 빛나고 팔역八域이 우러러보며 성천자를 뫼셔 제우際遇 융숭하시니 후복이 무궁이라. 다만 승상의 성품이 인색하여 한번 연석을 베풀어 우리 같은 원방지인遠方之人을 배불리 먹이지 아니하니 어찌 개연치 않으리오?"

연왕이 미처 답지 못하여 상이 미소 왈,

"초왕의 말은 구복口腹으로 토식討食[20]함이니 짐의 알 바 아니라. 국가에도 경사 있어 한번 설연設宴함은 떳떳한 일이라. 수월지간數月之間에 가경家慶이 여러 가지니 장성의 성공 봉왕成功封王함[21]과 기성의 등과登科함과 석성의 혼취婚娶함이 실로 불소한 경사요, 또 마침 초왕이 입조하고 만왕이 입조하니 초왕은 인친姻親이요 만왕은 악옹岳翁이라. 한번 잔치함은 단불가폐不可廢니 만일 연수宴需 소비所費를 아낄진대 짐이 부조하리라."

초왕이 성교를 듣고 더욱 연왕을 졸라 왈,

"과인 국사 있어 총총하여 수일 후 환국코자 하니 어느 날 설연設宴하려 하느뇨?"

연왕이 소 왈,

"성상이 우애지정으로 대왕을 먹이고자 하사 하교 정중하시니 수일 후 누추한 부중으로 왕림하심을 사양치 마소서."

하고 물러 나오니라.

익일 천자 호부로 황금 천 냥과 우양牛羊을 연부에 사송賜送하시고 다시 이원 법악梨園法樂과 교방 제기諸妓를 뽑아 연부 연석에 대령케 하시니, 이는 중국 기악으로 양 만왕蠻王을 보이시고 또 연왕을 예대하시는 뜻을 외국에 자랑코자 하심이라. 연왕이 어찌 천의를 모르리오? 상원일 잔치를 배설하고 초왕과 두 만왕을 청하고 황, 윤 양 각로와 뇌천풍, 소유경 이하 제인을 모아 놀고자 할새 시야에 영수각에 이르러 양 부인과 삼랑을 불러 왈,

"후 오일 상원上元에 연석을 열어 제장과 공경을 청하여 놀지니 놀음은 즉 삼랑의 경사라. 장성은 관작을 더하니 이는 난성의 경사요, 기성은 등과하여 한원翰院에 처하니 이는 선 숙인의 경사, 십 년 떠났던 부친을 만나 천자 연수宴需하시니 이는 연 숙인의 경사라. 삼랑은 각각 연수를 판비辦備하여 초초 태만草草怠慢치 말라."

---

19) 곽분양은 당나라 현종 때 재상 곽자의郭子儀. 자손도 많고 재산도 많았다고 한다.

20) 먹을 것을 달라고 졸라댐. 토식은 음식을 억지로 청하여 먹는다는 뜻.

21) 일을 이루고 왕에 오름.

삼랑이 혼연 응낙하거늘 다시 난성과 선 숙인더러 왈,

"황상이 기악을 사송賜送하시니 낭 등이 황성 청루의 물색을 구경하리로다."

난성이 기성의 일을 생각하고 심중에 소 왈,

'기성의 거동을 보매 필경 청루의 소친所親 기녀 있을지니 비록 젊지 아니하나 충동하여 오게 하리라.'

시야是夜에 학사 취봉루에 이르매 난성 왈,

"아까 상공의 말씀을 들으니 천자 기악을 보내신다 하시나 기녀 부중에 무수하니 구태여 교방 제기를 무엇 하리오?"

학사 소 왈,

"모친이 짐짓 부인 여자의 말씀이로소이다. 연부 제기 어찌 청루 물색을 당하리꼬?"

난성이 소 왈,

"그러하면 내 또한 구경코자 하노니 그중 유명한 기녀 누구라 하더뇨?"

학사 왈,

"가무歌舞는 설중매요 지조志操는 빙빙이라 하더이다."

난성 왈,

"빙, 매 양랑을 어찌 부르리오?"

학사 왈,

"황상이 사악賜樂[22]하시면 절로 올까 하나이다."

난성이 차언을 듣고 추파를 흘려 학사를 보며 미소하니 학사 바야흐로 난성이 취맥取脈함을 깨닫고 웃으며 나가더라.

차설, 빙, 매 양기兩妓 양 학사 등과登科 이후로 비록 은근한 정찰情札은 연속하나 봉장逢場이 회활稀闊하더니[23], 일일은 전일 다니던 창두 학사의 편지를 전하거늘 무엇이라 하뇨? 하회를 보라.

---

22) 임금이 신하에게 풍류를 보내 주는 것.

23) 편지는 계속 주고받으나 만나는 기회가 드문드문하더니.

제64회 난성부에 나탁이 뵈옵기를 청하고
백옥루에 보살이 꿈을 말하다
鸞城府哪咤請謁　白玉樓菩薩說夢

각설却說, 빙, 매 양랑이 양 학사의 소식을 망연히 모르다가 전일 다니던 창두를 보고 일변 반기며 일변 편지를 보니 왈,

　요지 청조瑤池靑鳥의 신식信息[1]을 띠었으나 은하 오작의 다리 끊어져 옥안玉顔이 묘묘香香하고 앵성鶯聲이 의의依依하니 초창지회怊悵之懷 영인소혼令人消魂이라[2]. 재명일再明日 상원上元에 천자 사연賜宴하시고 기악妓樂을 내리신다 하니 양랑이 자연 오려니와 미리 기다려 기뻐하노라.

빙, 매 양랑이 편지를 보고 서로 다투어 장속裝束하고 기다리더라.

상원일이 되매 연부에 연석을 배설할새 담담潭潭[3] 승상부에 문정門庭은 통개洞開하고 당실堂室은 심수深邃한데 누각 지대樓閣池臺의 제도 굉장하고 염막 병장簾幕屏帳의 금주생색錦珠生色[4]이라. 당하堂下 동서계東西階에 빈주賓主를 나누고 당상堂上 금석錦席에 좌차座次를 벌였는데 연왕은 자비 옥대를 주벽主壁하고 진왕과 상서는 오사 홍포로 좌우에 뫼시매 인성은 유관 청삼儒冠靑衫으로 빈객을 인도하고 학사와 도위는 자제지직子弟之職을 잡아 동동촉촉洞洞屬屬[5]하니 태야는 수응酬應이 괴로워 내당 별원에 처하더라.

시일是日 평명平明에 초왕이 먼저 이르고 그 뒤를 이어 황, 윤 양 각로와 여음후 소유경과 관내후 뇌천풍과 우익장군 동초와 좌익장군 마달과 신방新榜 무과武科 마등과 부마도위 곽우진霍禹鎭과 전 행어사대부 한응문과 만왕 나탁과 홍도왕 축융이 차례로 이르니, 황, 윤 양 각로는 태야 처소로 인도하고 초왕은 서으로 앉고 여음후는 동으로 앉고 곽 도위 형제는 초왕과 동좌同坐하고 윤, 황 양 상서는 여음후와 동좌하고 한 어사는 곽 도위 다음에 앉고 관내후 뇌천풍은 동초, 마달, 뇌문경, 한비렴, 마등을 거느려 서향西向 좌하고 나탁, 축융은 동향 좌하니 그 외 문무백관과 인아지친姻婭之親과 고구故舊 문객들을 일일이

---

1) 전설에 서왕모가 요지에 살면서 파랑새를 통해 전하는 소식.
2) 얼굴 본 지가 까마득하고 꾀꼬리 같은 소리가 어렴풋하니 안타까운 마음이 사람의 혼을 녹이는지라.
3) 깊고 넓음.
4) 주렴, 장막과 병풍, 휘장의 비단과 구슬이 제각기 번쩍번쩍함.
5) 공경하며 삼가며 매우 조심스러움.

청하여 좌상에 모였으니 의관이 제제濟濟하고 위의 질질秩秩이라[6].

차시, 제객이 진왕과 상서의 공수시립拱手恃立[7]함을 보고 불안하여 하는 자 많은지라.

뇌천풍이 몸을 일어 연왕께 고 왈,

"금일 좌석이 비록 사석私席에 모였사오나 황상의 명으로 조정이 다 참례하였사오니 또한 조정 체통을 아니 보지 못할지라. 진왕과 상서의 작품이 외외巍巍하시거늘 종일 시립하시니 천풍 등이 어찌 감히 좌상에 편히 앉으리오?"

연왕이 소 왈,

"아이 비록 비분지직非分之職[8]을 띠었으나 제 아비 여기 있으니 태만치 못할지라. 장군은 종편從便하라."

천풍이 종시 좌에 앉지 아니한대 초왕이 미소하고 연왕을 향하여 왈,

"관내후의 말이 그르지 아니하니 진왕 형제를 물러 보냄이 옳을까 하노라."

연왕이 웃고 진왕을 보며 왈,

"초왕과 뇌 장군이 신근히 청하니 너는 물러가 별설 일좌別設一座하고 좌중 빈객 중 소년은 그리로 접대하게 하라."

진왕과 상서 수명 퇴출하니 좌중 소년배 일제히 진왕을 따라 정당正堂 행각行閣에 모이더라.

아이오 천자 근신을 보내사 법주를 사송賜送하시고 별로 초왕에게 전교 왈,

"경이 금일 딸의 음식을 다정히 먹을지니 우형愚兄을 생각하라."

초왕이 황공 돈수하거늘 연왕이 즉시 진왕을 불러 왈,

"초초한 음식이 진어進御하실 바 없으시나 이미 경영함이 있으니 바삐 들여보내고 봉명奉命한 중사中使를 또한 대접하라."

아이오 또 이원 악공과 교방 제기 봉명하여 이르니 연왕이 불러 사좌賜座하고 제기諸妓를 가까이 오라 하여 각각 이름을 물으니, 제기 각각 대 왈,

"설중매, 빙빙, 초운, 학상선, 연연, 앵앵이로소이다."

연왕이 화열한 얼굴에 번화한 웃음으로 왈,

"내 일찍 잠깐 청루의 물색을 구경치 못하였더니 금일 제랑을 보니 또한 성은이로다."

초왕이 빙, 매 양랑을 앞으로 오라 하여 미소하며 설중매의 손을 잡고 연왕더러 왈,

"과인의 초국이 자고로 물색지향物色之鄕이라 이르나 종시 상국을 당치 못할지라. 환국지일還國之日에 매랑을 후거後車에 싣고 갈까 하노라."

차시 양 학사 옆에 시립하고 곽 상서는 좌상에 앉았더니, 이 말을 듣고 학사는 봉안을 흘

---

6) 사람들이 많고 위의가 엄숙하여라.

7) 손을 맞잡고 모시고 섰음.

8) 분수에 넘치는 직책.

려 매랑을 보며 미미히 웃고 곽 상서는 오히려 노색怒色이 앙앙하더라.

연왕이 악공과 기녀를 명하여 풍류와 가무를 아뢰라 하니, 빙, 매 양랑이 재주를 다하여 연편聯翩한 소매와 청아한 소리 반일을 질탕하매 초, 연 양왕이 칭찬 불이不已하며 양 만왕을 보아 왈,

"대왕의 남방 기악은 어떠하뇨?"

만왕이 소 왈,

"만향蠻鄉 격설鴃舌의 훤괄喧聒하는 모양[9]을 어찌 족히 말하리오? 이제 중국 가무를 보매 진실로 천상 선악天上仙樂인가 하나이다."

연왕이 웃고 가무를 파한 후 기녀와 악공을 불러 쉬라 하니 좌중 제객도 물러나와 혹 의란依欄[10]하여 담소도 하며 혹 바둑과 투호投壺로 결승決勝할새, 곽 상서 오히려 매랑에게 견권지정繾綣之情이 욕망난망欲望難忘하다가 좌중座中 가무歌舞를 보고 새로이 사랑하여 한번 말을 붙이고자 하여 말석의 백관 모인 중에 여 시랑, 우문 지부 등을 찾아 동좌同坐하여 매랑을 부르니, 차시 제기 들어와 가무를 마치니 진소위眞所謂 서시취무교무력西施醉舞嬌無力[11]이라. 틈을 얻어 쉬고자 하다가 곽 상서의 부름을 듣고 아미를 찡기며 마지못하여 나아갈새 추파를 흘려 보니 양 학사 연왕 앞에 시립하여 지란옥수芝蘭玉樹의 춘풍을 띰 같은지라. 잠깐 웃어 풍정을 보내고 곽 상서 앞에 가 불언불소不言不笑하고 초연히 서니, 곽 상서 정색 양구良久에 다시 웃어 왈,

"매랑을 못 본 지 몇 날이뇨?"

매랑이 새침한 기색으로 부답不答한대 여 시랑이 소 왈,

"곽 상서는 수일 후 한번 연석을 차리고 우리와 매랑을 청하라."

상서 흔연 웅낙하니, 뇌문경과 마등이 매랑을 보며 함소무언含笑無言하더라.

이윽고 배반杯盤과 음식이 나오니 옥액경장玉液瓊漿과 성순 타봉猩唇駝峰의 수륙진품水陸珍品[12]이 무불풍비無不豐備라. 배작杯勺을 기울이며 시저(匙箸, 수저)를 놓은 후 연왕이 제기더러 왈,

"낭은 내당에 들어가 보라. 혹 낭 등을 보고 무미치 않을 자 있을까 하노라."

빙, 매 양랑이 이미 난성의 소문을 양생에게 듣고 한번 뵈옴을 원하던 차 일제히 몸을 일어 내당으로 들어가더라.

연왕이 초왕을 보며 탄 왈,

---

9) 남만 지방의 때까치 소리같이 떠들썩한 모양.
10) 난간에 기댐.
11) 서시가 춤추기에 시달려 맥이 빠진 듯한 태도가 더 예뻐 보임.
12) 신선들이 마시는 술처럼 좋은 술, 원숭이 입술, 낙타의 등마루 고기 따위 물과 뭍에서 나오는 갖가지 진귀한 음식.

"만생이 본디 여남 한사寒士로 천은을 입사와 금일 부귀 포의에 극하매 항상 계구지심戒懼之心이 있어 성만盛滿함을 두려워하는 고로 비록 기악을 들으며 연석을 당하나 실로 전전긍긍하여 박빙薄氷을 밟은 듯한 마음을 놓지 못하나이다."

초왕이 개용改容 답 왈,

"승상의 말씀은 금석지언金石之言이요 또한 과인의 침폄지교針砭之敎[13]라. 대범大凡 사람의 복력은 하늘이 주시는 바도 있고 혹 인력으로 취하는 바도 있나니 하늘이 주신 자는 평생을 안향安享하고 인력으로 취한 자는 복과재생福過災生하여 장구함이 드문지라. 승상은 정녕 하늘이 내신 사람이라 재덕이 겸전兼全하니 어찌 후일을 근심하리오?"

관내후 뇌천풍이 소 왈,

"소장이 비록 불감不敢하오나 한 말씀이 있사오니, 소장은 무부武夫라 약간 고적古蹟을 보오매 고지명장古之名將이 매양 살육이 과하여 백기白起의 장평 갱졸長平坑卒[14]과 이광李廣의 오살 호병鏖殺胡兵[15]함이 비록 수기數奇[16]라 하나 천지신명께 득죄함이 있으니 연왕 합하는 백만 대군을 거느려 만 리 절역에 출전하사 반년을 시석矢石으로 지내시고 돌아오시나 일인一人을 살육하심이 없고 군사도 상함이 없사오니 이는 고금에 듣지 못한 일이라. 천지신명이 도우심이니 초왕 전하의 말씀이 참 옳은가 하나이다."

일모日暮 파연罷宴 후 돌아갈새 초왕이 다시 연왕을 보며 진왕을 불러 왈,

"금일은 황상이 주신 잔치라. 명일 다시 불속지객不速之客으로 이를지니 난성후의 진국 태미 되신 예를 폐치 못할까 하노라."

연왕이 흔연 응낙하더라.

차설, 빙, 매 양랑이 내당에 들어가 보매 일위 노부인이 당상에 앉았는데 인자한 얼굴과 다복한 기상이 불문가지不問可知 위연왕태미謂燕王太嫠요, 또 일위 부인은 좌편에 앉았으되 유한정정하여 빙호추월氷壺秋月 같으니 이는 윤 부인이요, 일위 부인은 우편에 앉았으니 교귀한 중 아리따워 짐짓 왕후 기상이니 이는 황 부인이요, 또 일위 부인은 담장 시복淡粧時服으로 시비를 지휘하여 배반杯盤을 차릴새 기색이 영발英拔하고 용광이 절대한 중 맑은 눈과 번화한 양협에 재치 풍정才致風情이 어리었으니, 매랑이 심중에 생각하되,

'이는 반드시 홍 난성이로다.'

또 일위 부인이 청수한 자질로 양개 시비를 데리고 음식을 간검幹檢할새 용모 동작이 심히 양 학사와 방불한지라. 빙, 매 양랑이 선 숙인인 줄 알고 무단히 반겨 정숙한 뜻이 있더

---

13) 침을 놓는 교훈, 곧 충고를 한다는 뜻.

14) 백기가 장평에서 병사를 묻은 일. 전국시대 진秦나라 장수 백기가 장평이란 곳에서 투항해 온 조趙나라의 군사 사십만 명을 생매장하여 죽였다고 한다.

15) 한 문제漢文帝 때 장수 이광이 오랑캐 병사를 몰살시킨 일.

16) 운수가 기이함.

니, 또 바라보매 일위 부인이 난간을 의지하여 앵무를 희롱하며 태도 가장 어린 듯하니 이는 연 숙인이라. 빙, 매 양랑이 문후 예필禮畢에 당에 오름을 명한대 양랑이 짐짓 난성의 앞에 나아가 살펴보니 때 묻은 의상에 태도 더욱 천연하고 거두지 아니한 운빈雲鬢에 탈속한 풍정이 있어 자기의 응장성식凝粧盛飾이 도리어 무광無光한지라. 양랑이 심중에 탄식하더니 홀연 난성이 추파를 흘려 빙, 매 양인더러 왈,

"양랑 중 뉘 빙랑이며 뉘 매랑이뇨?"

양랑이 심중에 대경 왈,

"첩의 천명賤名은 설중매요, 저 기녀의 명은 빙빙이로소이다."

난성이 단순호치로 미소 왈,

"낭 등이 방명芳名이 자자하더니 과연 명불허득名不虛得이로다."

태미께 고 왈,

"제기의 가무를 보고자 하시나니이까?"

태미 소 왈,

"나는 향곡鄕曲 늙은이라, 가무를 모르니 고자瞽者의 단청丹靑[17]이라. 현부賢婦, 제랑諸娘은 마음대로 시키라."

선랑이 즉시 시비를 명하여 외당에 나아가 학사를 부르라 한대 아이오 학사 들어오거늘, 난성이 함소含笑 왈,

"제기의 가무를 보고자 하노니 이원 악공을 잠깐 불러 풍류를 아룀이 어떠하뇨?"

학사 소 왈,

"어렵지 아니한 일이오나 제랑이 또한 음률에 생소치 아니하오니 악기만 가져오라 하사 제랑더러 소장所長대로 아뢰게 하소서."

난성이 허락하니 학상선, 초운, 앵앵, 연연은 풍류를 아뢰고 빙, 매 양랑은 일어나 대무對舞할새 양랑이 심중에 생각하되,

'관어해자 난위수觀於海者難爲水[18]라. 홍 난성, 선 숙인 앞에서 어찌 춤을 추리오?'

하며, 수법 체양과 진퇴주선을 일일 안법按法[19]하여 예상우의와 한 궁인漢宮人의 절요무折腰舞와 공손대랑公孫大娘의 혼탈무渾脫舞[20]를 차례로 아뢰어 회풍곤설지세回風滾雪之勢와 경홍유룡지태驚鴻遊龍之態[21]를 정묘히 하니, 난성이 칭찬 왈,

---

17) 장님한테 단청. 곧 보아도 모름.

18) 바다를 본 사람 앞에서 물 이야기를 하기는 어려움.

19) 법에 맞춤.

20) 공손대랑은 당唐 나라 때 기녀로 춤을 잘 추었는데 특히 혼탈무를 추는 것을 보고, 회소懷素가 초서草書의 묘妙를 터득했고, 장욱張旭도 초서에 크게 진보했다고 한다.

21) 회오리바람과 흩날리는 눈의 자세와 놀란 기러기와 늠실거리는 용의 태도.

"양랑은 가위 쌍연쌍접雙燕雙蝶이요 난형난제로다. 수연雖然이나 매랑의 춤은 번화 호방하여 무론無論 지여부지知與不知하고 아니 좋아할 이 없을 것이요, 빙랑의 춤은 정묘 근엄하여 고조古調에 가까우니 필연 전수함이 있도다."

매랑이 소 왈,

"첩은 어려서부터 교방에서 배워 약간 자득自得함이 있삽고 빙랑은 세세 국창으로 위오랑의 딸이라. 과연 가풍을 전수하니이다."

선 숙인이 반겨 왈,

"내 일찍 청루에 있을 제 위삼랑에게 가무를 배웠으니 삼랑은 즉 오랑의 형이라. 그러할진대 빙랑은 나와 시수師授 같도다."

전후 사적을 일일이 물은 후 각별 사랑하는 빛이 있거늘 난성이 미소하고 학사더러 왈,

"효자는 부모 소애所愛를 불감불애不敢不愛하나니 선 숙인이 빙랑을 저같이 사랑하니 너는 어찌 사랑하는 마음이 없느냐?"

빙랑은 불승수삽不勝羞澁하고 학사는 웃는지라. 난성과 숙인이 술을 가져 양랑을 먹이고 왈,

"우리 양인도 전일 번화장繁華場에 놀던 사람이라. 양랑은 왕왕 심방하여 심심한 때 와 파적하게 하라."

양인이 황공 수명受命하고 자차自此로 부중에 출입할새 학사 또한 가기家妓로 알아 총애함이 불쇠不衰하더라.

연왕이 잡채雜綵, 금백錦帛으로 제기와 악공을 주어 물려 보내고 난성더러 왈,

"초왕이 명일 다시 와 낭의 진국 태미 봉한 예를 먹자 하니 반드시 일찍 올지라. 낭은 알아 하라."

난성 왈,

"외객이 몇이나 오시리이까?"

연왕 왈,

"나탁 축융과 여음후 뇌장군이 다 전장戰場의 동고지인同苦之人이라. 신근히 낭을 보고자 하니 명일 함께 올까 하노라."

난성 왈,

"초왕과 축융은 자별하거니와 나탁은 구태여 보고자 아니 하나이다."

연왕이 소 왈,

"원방 사람일 뿐 아니라 만일 아니 본즉 만이지인蠻夷之人을 괄시하는 모양 같은 고로 내 이미 허하였노라."

난성이 눈을 찡기며 부답不答하더라.

익일 연왕이 난성부를 소쇄掃灑하고 빈객을 그리로 청하니 초왕과 여음후와 뇌 장군과 황 상서와 나탁과 축융 등 오륙 인이요 황, 윤 양 각로는 태야 처소로 모이니라. 난성이 태미께 고 왈,

"첩이 윤 각로 부인을 자모같이 알아 무간無間하온지라. 금일 마침 첩의 잔치로 손을 청하여 초초 배반을 차리오니 태미 말씀으로 황, 윤 양 각로 부인을 청하심이 좋을까 하나이다."

태미 대희하여 즉시 시비 양인을 양 부인에게 보내니, 양 부인이 흔연히 부연赴宴하더라.

난성이 음식을 장대하게 아니 하고 다만 연자병蓮子餠과 은설회銀雪膾 서너 가지를 정치精緻한 배반杯盤으로 제객을 다정히 접대하니 모두 칭찬하고 미취微醉한 후 만왕 나탁이 몸을 일어 연왕께 고 왈,

"과인이 환국지일이 불원하니 홍 원수께 뵈이지 못한즉 어찌 창연치 않으리오?"

연왕 왈,

"금일 좌상지인座上之人이 난성 못 볼 자 없도다."

진왕을 불러 왈,

"금일 좌객이 무비無非 구일 풍진에 동고지인이라. 너의 모친을 보고자 하니 이 뜻을 너의 모친께 전하라."

진왕이 즉시 내당에 들어가 모친께 보報한대 난성이 웃고 즉시 소세梳洗하여 단장을 정히 하며 수식 패물과 의상을 찬란히 장속하거늘, 선 숙인이 소 왈,

"난성의 화용월태는 갈수록 젊어 가니 진국 태미라 칭함이 자깝스러우니 다만 연국 소실이라 하라."

윤 부인이 소 왈,

"난성이 나탁 보기를 불긍不肯하더니 이제 단장을 저같이 함은 어인 일이뇨? 들으니 황 상서 재좌在座라 하니, 홍 난성의 석일 태도를 본즉 심사 어지러울까 하노라."

일좌 대소하니 황 부인이 무안하여 추파를 흘려 윤 부인을 보며 왈,

"가형家兄이 소시지과少時之過를 이미 고쳐 정인군자正人君子 되었으니 부인은 왕사往事를 제기하여 부끄럼을 돕지 마소서."

난성이 소 왈,

"강남홍이 일개 여자나 한번 장수 된즉 백만 대군이 불감앙시不敢仰視하고 한번 여자 된즉 영웅열사도 소혼단장消魂斷腸할지라. 이제 그 변화불측지수단變化不測之手段으로 좌객을 놀래고자 하나이다."

좌우 또 대소하더라.

난성이 손야차와 시비를 데리고 외당에 나오니 초왕 이하로 예필에 초왕이 종용 치하 왈,

"천은이 홍대弘大하사 진왕이 봉작封爵하고 태미지양太妃之養을 받으시니 과인의 마음도 불승감축不勝感祝이로소이다."

난성이 피석避席하며 수삽하여 사례 왈,

"아자兒子의 봉왕封王함이 이미 과분하거늘 비분지영非分之榮이 첩에게 밎사오니 황축

불안황률不安함을 어찌 형용하리이까?"

관내후 뇌천풍이 몸을 일어 다시 앉아 왈,

"소장이 칠십지년에 진왕을 뫼시고 풍진 동거하오니 진왕의 영웅하심이 홍 원수와 다름이 없사오나 삼릉발도三陵拔都와 북 흉노를 버히실 제 홍 원수의 부용검을 몇 번 생각한 지 알리이꼬?"

여음후 소유경 왈,

"이번 싸움에 흉노 천자를 미륵산 하에 에워싸 벗어날 방략이 없어 거의 위태할 뻔하였으니 난성이 만일 이 지경을 당한즉 어찌 할 뻔하리이까?"

난성이 추파를 나직이 하고 미소 왈,

"첩은 아녀자라. 무슨 방략이 있으리오? 다만 병법으로 말할진대 허즉실虛則實하고 실즉허實則虛라. 흉노, 여진 몽고 토번을 체결하여 중국을 경범輕犯하니 어찌 천병이 옴을 보고 용이히 도망하리오? 이는 반드시 허즉실, 실즉허라. 이를 방비치 아니하니 어찌 낭패 없으리오? 지혜 있는 장수는 미리 방비하나니 낭패한 후 방략을 물을진대 비록 사마양저司馬穰苴라도 무가내하無可奈何니 홍혼탈이 어찌 하리이꼬?"

소유경, 뇌천풍이 서로 보며 찬탄하더라.

나탁 축융이 좌석을 옮겨 예필에 나탁 왈,

"원수의 존안을 배별拜別하온 후 이미 십여 년이라. 재생再生한 몸이 북천을 바라고 영발하신 기상과 인자하신 도량을 죽기 전 다시 뵈옴을 축수하였다가 다행히 천조에 들어와 그저 돌아감이 창연하여 외람히 배알하오니 황감하여이다."

축융 왈,

"과인이 미거未擧한 딸로 원수께 이우貽憂하였삽더니 극진 수습하사 동렬에 두시니 이 은혜는 생전에 갚사올 길이 없나이다."

난성이 사 왈,

"양위 대왕의 입조하심을 듣고 반년 풍진에 노고하던 일이 어제 같사와 뵈옵고자 한 마음이 간절하오나 금일 홍 난성이 석일 홍혼탈과 달라 자연 수삽지심羞澁之心이 있어 이렇게 뵈오니 불안하여이다."

나탁이 소 왈,

"과인이 지금까지 분하고 창결悵缺한 바는 원수 연화봉 월야에 고告치 아니코 명진으로 가심이라. 기시其時 과인이 분함을 이기지 못하여 백운동에 가 도사에게 설분雪憤코자 하였더니 도사 부지거처不知去處라. 그 후 혹 도사의 종적을 들으시니이까?"

난성 왈,

"도사의 소식은 듣지 못하였으나 첩이 그때 대왕을 구하러 하산함은 고국에 돌아올 기회를 위함이라. 홍혼탈이 어찌 만방蠻方에 늙으리오?"

나탁이 다시 대소 왈,

"과인이 금일까지 차석嗟惜하는 바는 두 마리의 사자방獅子尨이라. 그 사자방 죽이던 칼이 지금까지 있나이까? 다시 구경코자 하나이다."

난성이 웃고 손야차더러 가져오라 하여 쌍검을 나탁에게 보인대, 초왕이 문 왈,

"사자방은 무엇이며 그 자세함을 듣고자 하노라."

나탁이 쌍검을 어루만지며 탄 왈,

"사자방은 과인의 궁중을 지키는 개라. 남중에 사자란 짐승이 있고 헐교獨狡라 하는 사냥개 있어 서로 교합하여 새끼를 낳으니 이름이 사자방이라. 얻기 극난하매 광구廣求하여 겨우 두 마리를 얻으니 그 날램은 비금주수飛禽走獸를 잡고 그 사나움은 시랑 호표를 사냥하고 그 총명함은 수백 보 밖의 수상한 자취를 알고 그 영악함은 창검이 들지 아니하더니, 홍 원수 일야지간에 기척 없이 눈 뜨고 앉은 과인의 머리 위의 산호 정자珊瑚頂子를 모르게 떼고 사자방 두 마리를 소리 없이 죽였는데 전신에 모두 칼 흔적이요, 뼈 부러져 가루 되었사오매 과인이 지금까지 모골이 송연하여이다."

초왕과 일좌 대경 탄식하더라.

수유에 난성이 들어올새 나탁, 축융 양왕을 향하여 관곡히 작별하니 양왕이 불승초창不勝怊悵하여 함루 왈,

"과인이 비록 만이지인蠻夷之人이나 오히려 눈이 있거늘 원수를 이 생전 다시 못 뵈올지라. 어찌 창결치 않으리오?"

난성이 또한 섭섭하여 하더라.

난성이 다시 내당에 들어와 태미와 양 각로 부인을 뵈서 잔치할새 양 부인과 제랑이 다 뵈셨더니 소 부인 왈,

"노신이 난성을 사랑하여 친생親生과 다름없음은 그 용모 자색과 총혜聰慧 영리함을 취함이 아니라 그 위인이 출중함을 위함이니 노신이 항주를 처음 보매 강남 중 제일 번화지지繁華之地요 인물이 또한 장안으로 당치 못할지라. 난성이 일개 여자로 소년 유협遊俠과 수령지인守令之人이 막불애모莫不愛慕하여 천금을 아끼지 아니하고 한번 웃음을 사고자 하거늘, 난성이 원치 않고 평생을 부중에 출입하되 눈을 거듭 떠 좌우를 살핌이 없더니 이미 재주 탁월하고 조감이 절인하거늘 다시 여아를 천거하여 백년 동거의 금석지교金石之交를 맺으니 어찌 일개 여자의 예사 수단이리오? 상공이 매양 말씀하되, '연왕이 아닌즉 난성의 장부 될 자 없으리라.' 하시니, 연왕 난성은 하늘이 내신 짝인가 하나이다."

태미 탄 왈,

"노신은 산야에 생장한 늙은이라. 만년에 독자를 두어 비록 부덕이 부족하고 추한 여자라도 자부지열子婦之列에 처한즉 다만 사랑할 따름이니 어찌 제부諸婦, 제랑의 우열을 의논하리오마는 난성이 가중에 들어온 후로 화기 융융하여 일문지내一門之內에 불목不睦함이 없고 일호一毫 잡설雜說이 내 귀에 들리지 아니하니 오가吾家의 금일 창성함이 난성의 복력인가 하노라."

위 부인이 소 왈,

"여아 매양 부중으로 돌아와 난성의 말을 미미 불이 媚媚不已[22] 왈, '난성은 아름다운 중 정일貞一하고 사랑스런 중 공경지심이 생긴다.' 하더니, 금일 보매 과연 심상한 자품이 아닌가 하나이다."

말할 사이에 연왕이 송객送客하고 내당에 들어와 태미와 빙모를 뫼셔 농추무반弄雛舞斑 하는 효성孝誠과 동상탄복東床坦腹하는 교태驕態[23]로 제랑을 대하여 회해 한담詼諧閒談 할새, 소 부인이 소 왈,

"승상의 저같이 개세 정직蓋世正直[24]하심으로 강남 청루의 홍랑을 찾아갔더니이꼬?"

연왕이 소 왈,

"색계상色界上에 영웅 열사 없다 하니 빙모는 저 홍랑의 월태화용을 보소서. 세간 남자 비록 철석간장이나 어찌 천성을 지키리이꼬?"

난성이 추파를 흘려 연왕을 보며 선 숙인을 향하여 왈,

"상공이 일찍 하향遐鄕 수재秀才로 고단한 종적이 중로中路에 봉적逢賊하사 갈 바 바이 없어 첩의 집에 무이無異 망문투식望門投食[25]이라. 어찌 풍정風情으로 찾으셨다 하리 오?"

선 숙인이 소 왈,

"난성은 이러한 말을 말라. 첩이 일찍 들으니 압강정 상에서 양 공자는 글을 지어 강남홍 을 읊고 강남홍은 노래하여 양 공자를 희롱하니 이 어찌 풍정으로 친함이 아니리오?"

소 부인과 위 부인이 박장대소하니, 연왕이 소 왈,

"나는 그 시 홍랑을 유의함이 없었으나 홍랑은 가만히 나를 유의함이 있던가 싶으니 뉘 이르되 강남홍이 지조 높다 하더뇨?"

난성이 또 소 왈,

"남들은 말하되 상공이 정직하사 풍류 방탕하는 마음이 아니 계시다 하나 황주 성중의 매주賣酒 노파에게 청루를 물으실 때 이 어찌 책상 앞에서 수졸하는 수재의 일이리오?"

선 숙인이 난성의 앞으로 다가앉아 문 왈,

"압강정 상의 일시 지나가는 수재를 무엇을 보고 허심하였느뇨?"

난성 소 왈,

---

22) 아름답다 칭찬하는 것을 그치지 않음.

23) 부모를 위해 늙어서도 새 새끼를 놀리고 색동저고리를 입고 춤추는 효성, 그리고 동쪽 사 랑에서 엎디어 방바닥에 배를 대고 누워 있는 태도. 진晉나라 때 왕회지 집에 청혼이 왔는 데 그 형들은 틀을 차리고 뽐내었지만 왕회지는 동쪽 사랑에 엎드려 모른 체한 것이 눈에 들어 사위로 삼았다는 이야기가 있다.

24) 세상을 덮을 만큼 정직함.

25) 밥을 얻어먹으러 찾아온 것이나 다름이 없음.

"낭은 벽성산 초당 월야에 우량 초창히 다니는 적객謫客에게 무엇을 탐하여 지기知己 상종하였느뇨?"

선 숙인 왈,

"자고自古 적객謫客이 풍류 인물이 많으니 소동파蘇東坡의 춘몽파春夢婆[26]와 백낙천白樂天의 비파녀琵琶女[27] 들이 그 물색을 알아보기 쉽거니와, 남루한 의관으로 일도 방백方伯 연석宴席의 남은 음식을 바라고 온 수재의 천심천심淺深을 어찌 알고 허심 무의許心無疑하리오?"

난성 왈,

"의관이 남루하나 조금도 수삽하지 아니하고 또 문장이 경인驚人하매 그 비범하심을 여러 가지로 시험하였거니와, 내 들으니 벽성선은 비파를 월야月夜에 안고 봉황곡鳳凰曲을 타다가 풍정을 걷잡지 못하여 일시 과객過客을 인유引誘하였다가 종시 조감藻鑑이 불명不明하여 추회지심追悔之心이 생기매 짐짓 동침함을 불허하오니 만일 불연하면 어찌 재자가인이 수월 상종하며 무사할 이 있으리오?"

위 부인이 탄식 왈,

"선 숙인의 심사는 노신이 말할지니 만일 비상臂上 홍점을 두지 아니턴들 어찌 환난을 벗어나리오? 이는 우리를 지도하사 우리 모녀를 다시 인류人類에 참여參與케 하심인가 하노라."

차시 윤 부인이 유모 설파 옆에 앉았더니 가만히 위 부인 앞에 이르러 앉으며 선 숙인을 가리키며 왈,

"저같이 착하신 낭자를 부인께옵서 어찌 그다지 해코자 하셨나니이까?"

윤 부인이 눈 주며 암책暗責 왈,

"제위 부인이 수작하시는데 파파는 어찌 그리 무례하뇨?"

위 부인이 소 왈,

"과거過去한 일이라. 일장춘몽 같으나 한번 말하여 파적破寂함이 무엇이 부끄릴 바리오?"

태미를 향하여 탄 왈,

"여자는 편성偏性이라 하릴없더이다. 선 숙인의 현숙함을 여아 모르는 바 아니요 여아의 그른 것을 노신이 모르는 바 아니로되, 그 현숙한 고로 투기심이 더하고 그 그름을 아는 고로 악심이 생기니 이 어찌 편협한 여자의 징계할 바 아니리오?"

---

26) 송나라 때 소식蘇軾이 늘그막에 시골에서 살 때 칠십이나 된 촌 할미가 "학사님의 예전 부귀가 한바탕 봄꿈이오." 한 데서 그 할미를 춘몽파春夢婆라 부른 고사가 있다.

27) 당나라 때 시인 백거이白居易가 심양尋陽에서 손님을 전송하다가 비파 소리를 듣고, 비파 타는 여인을 불러 사연을 듣고는 눈물을 흘리며 '비파행'이라는 작품을 썼다고 한다.

일좌 그 말을 듣고 그 숨기지 않음을 탄복하거늘, 연왕이 미소하며 연 숙인더러 왈,

"낭은 어찌 말이 없느뇨?"

난성이 소 왈,

"첩 등은 다 상공을 예로 만나지 않은 사람이라. 절로 발명發明함이 분분하려니와 연 숙인은 동방화촉의 예법을 갖추어 공자를 맞았으니 그 정대正大함이 앉아 묵묵무언默默無言하고 첩 등의 추졸醜拙함을 비웃지 않으리이꼬?"

연 숙인이 소 왈,

"첩은 만리 타국에 낭자를 남자로 알고 좇아온 사람이라. 어찌 예법을 말하리오? 첩이 부끄러워 말이 없나니이다."

연왕과 일좌 대소하고 인하여 술을 가져오라 하여 서로 마시고 연왕이 대취하여 각각 침소로 돌아가니라.

시야是夜에 난성이 침취沈醉하여 취봉루에 가 의상을 풀지 아니하고 서안을 의지하여 잠이 들었더니 홀연 정신이 황홀하고 몸이 표탕飄蕩하여 일처에 이르매 일좌 명산이라. 봉만봉巒이 참암巉巖하고 석색石色이 층릉嶒崚한대[28] 일종 옥련화 평지에 피었는 듯하거늘 난성이 중봉에 이르니 일위 보살이 눈썹이 푸르며 얼굴이 백옥 같고 금가錦袈를 입고 석장錫杖을 짚었다가 웃고 난성을 맞아 왈,

"난성은 인간지락人間之樂이 어떠하뇨?"

난성이 망연히 깨닫지 못하여 왈,

"존사는 누구시며 인간지락은 무엇을 이르심이니이꼬?"

보살이 웃고 수중 석장을 공중에 던지니 한 줄기 무지개 되어 하늘에 닿았거늘 보살이 난성을 인도하여 무지개를 밟아 공중에 올라가더니 앞에 큰 문이 있고 오색구름이 어리었는지라. 난성이 문 왈,

"이는 무슨 문인고?"

보살 왈,

"남천문南天門이니 그대는 문 위에 올라가 보라."

난성이 보살을 따라 올라 한 곳을 바라보니 일월이 명랑하고 광채 휘황한 중 일좌 누각이 허공에 솟았는데 백옥 난간이며 유리 기둥이 영롱 찬란燦爛하여 눈이 부시고 누하에 청란 단봉青鸞丹鳳이 쌍쌍이 배회하며 수개 선동仙童과 서너 개 시녀 하의예상霞衣霓裳으로 난두欄頭에 섰으며 누상을 바라보니 일위 선관과 다섯 선녀 동퇴서비東頹西妃[29]하여 난간에 의지하여 취하여 자는 모양이라. 보살께 문 왈,

"이곳은 어느 곳이며 저 선관, 선녀는 어떠한 사람이니이까?"

보살이 미소 왈,

"이곳은 백옥루요 제일위에 누운 선관은 문창성이요 차례로 누운 선녀는 제방 옥녀와 천요성과 홍란성과 제천 선녀와 도화성이니, 홍란성은 즉 그대의 전신前身이니라."
난성이 심중에 대경 왈,
"저 다섯 선仙은 다 천상의 입도入道한 선관이라. 저다지 취면醉眠하나니이꼬?"
보살이 홀연 합장 서향西向하여 글 한 구를 외워 왈,

> 정이 있으면 인연이 생기고
> 인연이 있으면 정이 생기도다.
> 정이 다하고 인연이 끊어지면
> 일 만 생각이 함께 비도다.
> 有情生緣　有緣生情
> 情盡緣斷　萬念俱空

난성이 듣고 정신이 상연爽然하며 돈연히 깨달아 왈,
"나는 본디 천상 성정星精으로 문창과 인연을 맺어 잠간 하계下界에 적강謫降함이로다."
다시 문 왈,
"저 모든 선인이 어느 때에 잠을 깨리이꼬?"
보살이 웃고 석장을 들어 공중을 가리켜 왈,
"저것을 보라."
난성이 찬찬히 살펴보니 십여 개 큰 별이 광채 황홀하며 모두 백옥루를 향하여 정기를 드리웠거늘 난성 왈,
"저 별은 무슨 별이며 어찌 광채를 누중에 드리우니이까?"
보살이 가리켜 왈,
"그중 큰 별은 하괴성河魁星이요 그 차는 삼태성三台星과 덕성德星과 천기성天機星과 복성福星이니 이미 인간에 탄생하고 그 차次 육칠 개 큰 별은 또 장차 차례로 하계에 적강하여 진연塵緣을 맺은 후 옥루玉樓의 취한 잠이 깨리라."
난성이 그 말을 의심하나 미처 묻지 못하고 또 남천을 바라보니 두 별이 광채 씩씩하거늘 보살께 문 왈,
"저 별은 무슨 별이니이꼬?"
보살 왈,
"이는 천랑성天狼星과 화덕성火德星이라. 그대와 일장一場 악연惡緣이 있으나 그대를

---

29) 동쪽에서 기울어지고 서쪽에서 무너짐. 이리저리 쓰러지는 것.

도울지니 이것이 다 인연이라. 타일 자연 알리라."

난성 왈,

"그러하면 제자도 또한 천상 성정星精이라. 이미 여기 왔으니 다시 인간에 귀심歸心이 없나이다."

보살이 소 왈,

"천정 인연을 인력으로 할 바 아니니 그대 인간 인연을 마치지 못하였으니 빨리 돌아가라. 사십 년 후에 다시와 옥황상제께 조회하고 천상지락天上之樂을 누릴지어다."

난성이 문 왈,

"보살은 뉘시니이꼬?"

보살이 소 왈,

"빈도는 남해 수월암 관세음이라. 여래如來의 명을 받아 그대를 지도하러 왔노라."

설파에 석장을 들어 공중에 던지니 채색 무지개 일어나며 홀연 벽력霹靂 일성一聲에 난성이 놀라 깨어 보니 몸이 취봉루 서안 앞에 누웠거늘 난성이 몽사를 의아하여 연왕과 양 부인 및 제랑에게 일일이 말하니 오 인이 또한 여일如一히 꿈꾸었는지라. 서로 탄식하며 의아하더니 태미 듣고 난성더러 왈,

"내 고향에 있을 적 늦도록 무자無子하여 옥련봉 석불에게 기도하고 연왕을 낳았으니 이는 즉 관세음불이라. 그 무량 공덕을 갚지 못하였더니 이제 너의 현몽이 어찌 관음이 불사佛事를 권선勸善함이 아니리오? 들으니 선랑의 부친 보조국사 자개봉 대승사에 있어 불법에 정통하다 하니 청하여 옥련봉 석불을 위하여 일개 암자를 짓고 일변으로 대승사에 백일재를 올려 관음보살의 대자대비하신 공덕을 갚고자 하노라."

선 숙인이 대희하여 즉시 보조국사를 청하여 재 올리기를 시작하고 재물을 후히 보내어 옥련봉에 암자를 창건하였더니, 과연 그후 사십 년을 부귀를 누리다가 태야 태미는 수壽를 팔십여 세 하고, 연왕은 다시 출장입상하여 또한 수를 팔십을 하고, 윤 부인 삼자 이녀三子二女에 수 칠십이요, 황 부인은 이자 일녀에 수 육십을 넘기고, 홍 난성은 오자 삼녀에 수 칠십이요, 선 숙인, 연 숙인은 각각 삼자 이녀에 수를 또한 칠십 세를 하니, 연왕의 자녀 합 이십육에 아들 십육 인은 각각 입신양명하여 부귀영화를 누리고 딸 십 인은 왕공 부인이 되어 다자다복多子多福하고 지어至於 연옥, 소청, 자연까지라도 다 복록이 장구長久하고 의식이 풍족하니 이 어찌 고금의 희한한 일이 아니리오?

〈옥루몽〉에 관하여

문예출판사 편집부

고전 장편 소설 〈옥루몽〉은 내용이나 규모에서 우리 나라에서 손꼽히는 작품이다. 창작 연대는 내용으로 보아 18세기 또는 그 이후로 추정된다.

이 소설의 작가에 대하여서는 여러 가지 설이 있지만 확증되지 못하였다.[*]

〈옥루몽〉은 장회체 소설이며 64회로 되어 있다. 한문본과 국문본, 그리고 원문에 토를 달아 놓은 국한문본이 함께 전해 온다. 줄거리는 다음과 같다.

양창곡은 본디 천상 세계의 선관이었다. 그는 옥제가 백옥루를 고쳐 짓고 베푼 낙성연에 참가하였다가 선녀들과 수작한 죄로 인간 세상의 가난한 처사 양현의 아들로 태어난다.

마흔이 넘어서야 비로소 자식을 본 양현과 안해 허 씨는 아들의 이름을 창곡이라 짓고 애지중지 키웠다. 양창곡이 열여섯 살 되던 해에 나라에서는 새 황제가 즉위하여 과거 시험을 베푼다. 창곡은 이 소식을 듣고 곧 집을 나섰다. 하늘소를 타고 서울로 가는 길에 뜻하지 않게 도적을 만나 행장을 다 털렸다. 수중에 노자 한 푼 없어 걱정하다가 동초와 마달이라는 두 젊은이를 만나 소주 자사 황여옥이 압강정에서 성대한 잔치를 베푼다는 소식을 듣게 되었다.

---

[*] 남쪽에서는 〈옥루몽〉의 작가가 남영로(1810~1858)인 것으로 보고 있다.

황여옥은 승상 황의병의 아들이고, 황태후의 외사촌인 마씨 부인의 외손자로 방탕하기 이를 데 없는 사람이었다. 그가 압강정에서 잔치를 연 것도 천하일색인 항주의 기녀 강남홍을 제 손에 넣고 한바탕 잘 놀아 보려는 속셈 때문이었다. 그래서 황여옥은 항주 자사 윤형문에게 강남홍을 데리고 잔치에 참여해 달라고 청하였으며 또한 소주와 항주의 이름 있는 젊은 선비들도 함께 불렀다.

양창곡은 경치 좋기로 이름난 압강정도 구경하고 강남홍도 볼 겸 초라한 행색으로 잔치가 벌어진 곳으로 찾아가서 끝자리에 조용히 앉았다. 잔치가 한창 흥이 나니 시 짓기가 시작되었다. 선비들이 다 압강정을 두고 시를 지어 바쳤다. 양창곡도 시를 지어 내놓았다.

양창곡의 아름다운 시에 감탄하여 낭랑한 목소리로 읊은 강남홍은 그의 행색을 보고 다른 고장 선비임을 알아차렸다. 여인은 그 선비가 시기심 강한 소주 고을 선비들한테 해를 당할 것 같아, 화답시를 지어 제 거처를 알려 주고 어서 자리를 피하라 권하였다. 그런 다음 자신도 변복을 하고 황여옥의 손에서 빠져나왔다.

이렇게 되어 양창곡은 강남홍과 인연을 맺고 강남홍의 소개로 항주 자사 윤형문의 딸 윤 소저에 대해서도 알게 되었다. 창곡은 며칠 뒤 과거를 보러 길을 떠나고 강남홍은 병을 핑계로 더는 기생방에 나가지 않고 윤 소저를 찾아가서 함께 지내었다. 이 과정에 강남홍과 윤 소저는 각별한 사이가 되었다.

압강정 잔치에서 뜻을 이루지 못한 황여옥은 다시 경치 좋은 전당호에 술자리를 벌여 놓고 항주 자사 윤형문과 강남홍을 청하였다. 윤형문은 황여옥의 속마음을 알고도 체면 때문에 거절하지 못하고 강남홍을 전당호로 가도록 준비시켰다. 강남홍은 만일의 경우 물에 뛰어들 비장한 결심을 하고 윤 소저를 만난 다음 윤형문과 함께 소주로 갔다. 드넓은 전당호에서는 곧 질탕한 뱃놀이가 시작되었다. 한동안이 지나 황여옥이 강남홍에게 손을 뻗자 강남홍은 서슴없이 깊은 물에 몸을 던졌다.

그 순간 물속에서 웬 늙은 여인이 나타나 강남홍을 구출해 주었다. 그는 헤엄 잘 치기로 이름난 손삼랑이라는 여인으로 강남홍의 몸종인 연옥의 이모였다. 윤 소저가 만약을 대비하여 미리 강가에 대기시켰던 것이다.

손삼랑과 강남홍은 쪽배를 타고 여러 날 떠다니다가 고국에서 수만 리 떨어진 남방의 탈탈국에 이르렀으며 깊은 산속 절간에서 백운도사를 만나 무술을 익힌다.

이때 황성으로 올라간 양창곡은 강남홍이 뱃놀이에 불려 가면서 죽을 각오를 담아 쓴 편지를 받고 슬픔에 잠겨 있었다. 그는 곧 과거 시험에 장원 급제하여 한림학사가 되었다. 양창곡의 아름다운 풍채와 뛰어난 재능을 보고 조정 원로들인 황 각로(황여옥의 아버지)와 상서 노균이 그에게 구혼을 해 왔다. 양창곡은 모두 거절하고 강남홍이 소개한 윤 상서(전 항주 자사 윤형문. 그동안 병부 상서가 되어 황성에 올라옴)의 딸 윤 소저와 혼인하였다.

이에 분이 치민 황 각로가 처 위 씨를 통해서 황제의 권력을 발동하였지만 창곡은 굽히지 않았다. 그 일로 양창곡은 황제의 명을 거역했다는 죄목으로 옥에 갇혔다가 또 노균의 참소를 입고 강주 땅으로 귀양 갔다. 그곳에서 기생 벽성선과 만나 지기知己를 맺는다.

다섯 달 만에 유배에서 풀려 병부 시랑의 관직을 받고 서울로 올라왔다. 거듭 강요하는 황제의 영을 더는 어길 수 없어 황 각로의 딸 황 소저와 혼인하고 벽성선도 데려오게 하였다.

이 무렵 남만 왕이 대군을 몰아 나라를 침범하였다. 조정에서는 적을 물리칠 방책을 논의하였으나 비겁하고 무능한 벼슬아치들은 서로 얼굴만 쳐다보며 누구도 선뜻 싸움에 나서지 않았다. 양창곡은 적과 싸우러 나갈 것을 분연히 자원하여, 병부 상서 겸 정남도원수가 되어 전장으로 떠났다.

황성으로 올라오던 중에, 전쟁터로 떠나는 양창곡을 뜻하지 않게 만난 벽성선은 헤어지며 부탁받은 대로 그의 집을 찾아 들어갔다. 양현과 허 부인, 윤 부인을 비롯하여 집안사람들이 모두 벽성선을 반겨 맞았으나 황 부인만은 달가워하지 않았다.

그럴 때 부지런히 길을 다그쳐 남방 익주 지방에 이른 양 원수는 군사를 중

강하고 적정을 파악하였으며 동초와 마달도 만난다. 그는 동초를 좌익장군으로, 마달은 우익장군으로, 익주 자사 소유경은 중군사마, 뇌천풍은 선봉장으로 삼았다.

양창곡은 이렇게 군사를 재편성한 다음 적의 소굴인 흑풍산을 공격하고 이어 오록동, 미후동에서 크게 싸워 남만 왕 나탁을 궁지에 빠뜨렸다. 급해맞은 나탁은 운룡도사의 안내로 탈탈국에 가서 백운도사에게 구원을 청하였다.

백운도사는 제자 홍혼탈을 나탁에게 소개하는데, 홍혼탈이 곧 강남홍이었다. 손야차 곧 손삼랑을 데리고 전쟁터에 이른 소년 장군 홍혼탈은 곧바로 적진을 파악하기 시작하였다. 그 과정에서 싸워야 할 대상이 바로 양창곡임을 알게 되었다. 기회를 보다가 나탁의 진지를 벗어나 오랫동안 헤어졌던 양창곡과 감격 어린 상봉을 하였다.

그 뒤 강남홍은 양창곡과의 관계를 비밀에 붙이고 계속 남복을 한 채 우사마 백호장군이 되어 싸움을 계속하였다.

홍혼탈을 잃고 거듭 패전하여 견딜 수 없게 된 만왕 나탁이 축융국에 지원을 청하니 축융 왕은 딸 일지련을 데리고 싸움터로 달려왔다. 하지만 그는 홍 사마에게 지고 딸을 내보냈다. 홍 사마와 칼을 어울린 일지련은 그 아름다운 용모며 검술에 탄복해 마지않았고 홍 사마 또한 일지련의 인물과 재능을 사랑하여 해칠 생각이 전혀 없었다. 싸움은 그리 오래 걸리지 않았다. 홍 사마는 그다지 큰 힘을 들이지 않고도 일지련을 교묘히 사로잡았다.

홍 사마의 넓은 도량에 감동한 데다가 양 원수의 사나이다운 풍모를 보고 연정을 품게 된 일지련은 본진으로 돌아가서 아버지 축융 왕을 항복하도록 설복하였다. 홍 사마는 축융 왕의 항복을 받은 다음 적의 철통같은 방비를 뚫고 들어가서 나탁 왕의 투구에 달린 산호 정자를 감쪽같이 떼 옴으로써 그가 스스로 무릎을 꿇도록 만들었다.

이렇게 적을 물리친 양창곡과 홍혼탈은 황제에게 승전보를 보내었다. 이때 홍도국이 교지 땅을 침범하였다. 홍도국을 징벌하라는 교서를 받은 양창곡은 군사를 이끌고 새로운 싸움마당으로 향하였다. 이즈음 전승 소식과 함께 양 원수가 돌아온다는 소문이 퍼지니 황 부인은 친정에 가 있으면서 어머니 위 씨와 함께 벽성선을 없애 버릴 흉계를 꾸몄다. 그들은 계집종 춘월을 시켜 여자 자객을 들여보냈지만 자객은 벽성선의 결백하고 아름다운 마음씨에 감동하여 오히려 제 잘못을 사죄하고 황 부인과 위 부인의 흉계를 폭로하였다. 그런 다음 춘월의 두 귀과 코를 잘라 버리고 몸을 감추었다. 그래도 황 씨 모녀는 간악한 마음을 버리지 못하고 황태후 앞에서 벽성선을 무함하였다.

그 일로 벽성선은 고향에 돌아가서 양 원수가 올 때까지 기다리라는 황제의 명을 받고 집을 떠나게 되었다. 하지만 벽성선은 고향에 가지 않고 깊은 산속의 산화암으로 가서 몸을 의탁하였다. 그러자 어느새 이 사실을 알아낸 황 씨 모녀는 우격이라는 방탕한 사나이를 불러서 벽성선을 안해로 삼으라고 꼬드겼다.

우격은 매우 기뻐하며 산화암을 습격하였으나 성공하지 못했다. 불한당의 마수에서 요행 벗어난 벽성선이 급히 도망하다가 황성에 갔다가 싸움터로 돌아가는 마달을 만나 목숨을 건지고 안전하게 숨을 곳으로 갔다.

홍도국 왕의 항복을 받고 돌아오던 길에 양 원수는 벽성선을 만나 뒷날 데리러 오겠다고 하고는 황성으로 돌아왔다. 그 뒤 황제는 양창곡을 연왕으로 봉하고 홍혼탈에게는 난성후의 작위를 내렸다.

그렇게 되니 노균을 비롯한 조정의 간신들은 양창곡을 모해하려고 온갖 비열한 짓을 다하였다. 노균은 우선 시정배 동홍을 사주하여 풍류와 아첨으로 황제를 현혹케 하면서 양창곡 등 대바르고 충실한 신하들을 모해하였다. 조정의 벼슬아치들은 청당과 탁당 두 파로 갈라지게 되었다. 옳고 그른 것을 바로 가려볼 줄 모르는 무능한 황제는 청당을 존중하고 그들의 의견을 들어주는 척하였으나 실제로는 탁당의 말에 귀를 기울였으며 은근히 그쪽을 두둔했다. 그러므로 조정에서 탁당이 득세하고 나라의 정세는 어지러워졌다.

연왕과 청당의 정직한 신하들은 노균을 위시한 탁당의 간사한 신하들의 그릇된 행동을 반대하고 어지러운 정사를 바로잡으려다가 오히려 황제의 미움을 사고 나중에는 변방으로 귀양을 가는 데 이르렀다. 노균 들은 무능한 황제를 끼고 방탕하게 지내면서 귀양 길에 오른 연왕을 암살하려 여러 차례 꾀하였으나 번번이 강남홍과 동초, 마달에 의하여 실패로 돌아갔다.

간신들의 문란한 정사로 인하여 나라의 곳간이 비고 국력이 약해지고 민심도 소란해졌다. 황제가 장생불사의 허황한 꿈을 꾸며 황성을 비우고 먼 바닷가로 떠나자 호시탐탐 틈을 노리던 외적이 쳐들어왔다. 북방 흉노가 곧 황성을 무너뜨리고 황제가 가 있는 곳으로 바람같이 몰려갔다.

이쯤 되니 노균은 적 앞에 무릎을 꿇고 그들의 앞잡이가 되어 황제를 위협하였다. 나라는 다시금 생사존망의 위기에 놓였다. 양창곡과 강남홍, 동초와 마달이 다시 떨쳐 일어나고, 한편 창곡의 아버지 양현과 윤형문, 일지련 들도 용감하게 싸웠다. 결국 노균은 뇌천풍의 벼락도끼에 맞아 죽고 흉노들은 쫓겨났다. 제 허물을 깊이 뉘우친 황제는 파직했던 충실한 신하들을 복직시켰다. 그리하여 조정의 무질서는 극복되고 당파 싸움이 근절되었으며 나라 안의 혼란 상태도 수습되었다. 그 와중에 벽성선은 풍류에만 빠진 황제를 음률로 깨우치고, 목숨이 경각에 달린 황태후도 구하는 등 공을 크게 세운다.

연왕 양창곡은 일지련을 다섯 번째 안해로 맞이하고는 벼슬을 버리고 다섯 안해와 함께 부모님을 모시고 시골로 내려갔다. 양창곡은 그곳에서 온갖 부귀와 영화를 다 누리다가 여든이 넘어 다시 천상으로 올라가 선인이 되었다.

고전 장편 소설 〈옥루몽〉은 17~18세기의 조선 봉건 사회 현실을 폭넓게 반영하면서 여러 가지 사회 정치적 문제들을 제기하고 있다.

여기서 특히 중요한 것은 반침략 애국 사상이다. 주인공 양창곡을 비롯한 긍정 인물들의 형상은 어느 것이나 다 외래 침략자들을 반대하는 투쟁과 결부되어 있다. 이것은 임진 조국 전쟁과 병자 전쟁을 겪고 나서 각성된 인민들과 일부 진보적인 양반 지식층의 사상적 지향의 반영이라 할 수 있다.

이러한 반침략 애국정신은 양창곡과 함께 강남홍, 뇌천풍, 동초, 마달, 손삼랑 등의 형상에 집중 구현되어 있다. 그들은 신분이 비천하거나 지체가 낮아 양반들의 수모를 받아 온 사람들이지만 나라가 위험에 빠지자 비겁한 양반 관료들과는 달리 싸움터로 달려 나가 목숨도 아끼지 않고 용감하게 싸운다. 여기에는 벌써 지난 두 차례의 전쟁에서 용맹을 떨친 인민 출신 영웅들의 모습이 은연중에 비껴 있는 것이다. 이런 의미에서 보면 비상한 재능과 용맹을 발휘하여 침략자들을 무찌르고 나라를 구하는 주인공 양창곡의 거인적 형상에도 참된 영웅들을 사랑해 온 당대 인민들의 사상 감정과 그처럼 훌륭한 인물이 나타나기를 바라 마지않은 인민들의 소박한 염원이 어느 정도 반영되어 있다고 할 수 있다.

이 작품에서 중요한 몫을 차지하는 것은 또한 제 한 몸의 부귀영화와 부패 타락한 생활만을 추구하는 봉건 통치배들과 모순으로 가득 찬 사회 현실에 대한 비판이다. 작가는 양창곡, 강남홍과 갈등 관계에 있는 간신들의 죄행을 하나하나 드러내 보여 주는 방법으로 봉건 통치배들의 부정면과 불합리한 사회 현실을 날카롭게 비판하였다.

그중에서도 당파 싸움과 봉건 통치배들 호상간 세력 다툼에 대한 비판은 더욱 날카롭다. 전쟁이 일어났을 때는 비겁하게 뒷걸음치고 일단 싸움이 끝난 뒤에는 당파를 무어 서로 끊임없는 싸움을 벌이는 조정의 벼슬아치들과, 옳고 그른 것도 가려보지 못하고 간신들의 꿍에 놀아나며 풍류와 주색으로 날을 보내는 황제의 모습을 보여 준 적지 않은 장면들에는, 당쟁으로 나라의 정사가 극도로 문란해지던 17~18세기 조선 봉건 사회 현실이 그대로 반영되어 있다.

작가는 소설에서 미약하게나마 불합리한 신분 제도를 비판하고 당대 인민들이 염원하던 개성 해방의 소박한 바람도 보여 주었다.

소설에는 황 소저, 윤 소저와 양반 출신의 적지 않은 인물들이 등장하고 있지만 그들은 당대 사회에서 가장 비천한 신분을 가진 강남홍보다 모든 면에서 훨씬 못하다. 강남홍은 깨끗한 마음과 아름다운 정서, 굳센 의지, 흔들림 없는 절개, 비상한 지혜와 재능을 가진 활달한 성품의 소유자이다.

소주 자사 황여옥의 음탕한 강요에 죽음으로 항거하며, 나라가 위험에 놓였을 때는 남복 차림으로 싸움터로 달려 나가며, 전투 공로를 평가하는 자리에서는 자기가 전쟁에 나간 것은 높은 관직이나 표창을 바람이 아니었다고 말하는 강남홍의 형상에는 당대의 신분 차별과 봉건 윤리 도덕의 불합리를 폭로하는 비판의 감정이 암암리에 표현되어 있다.

〈옥루몽〉은 구성과 생활 묘사, 인물 형상의 개성화, 언어 표현에서도 뛰어난 기법을 보여 주었다.

소설은 조정과 집안에서 벌어지는 여러 가지 복잡한 사건들을 빈틈없이 맞물려 보여 주고 사실주의적 형상 방법과 낭만주의적 방법을 배합하여 특색 있는 형상을 창조하였을 뿐 아니라 언어 표현에도 여느 소설들보다 훨씬 풍부한 내용을 담았다.

그러나 봉건 사회의 최고 집권자인 황제의 무능력을 보여 주면서도 그의 실책이 몇몇 간신들의 책동 때문인 듯이 그린 것을 비롯하여 당대 인민들의 비참한 생활 처지가 전혀 언급되지 않은 것 등 시대적 제한성과 작가의 세계관적 제한성으로 인한 모자란 점들도 적지 않다.

또한 주인공 양창곡이 다섯 여인들과 애정 관계를 맺는 것을 천생연분인 듯 그림으로써 일부다처제를 합리화하고 악덕의 체현자로 형상하던 황 소저, 위 부인 같은 인물들이 뒷부분에서는 뉘우치는 것을 보여 주어 비판성을 약화시킨 점도 있다. 이 밖에도 형상 수법에서 중세의 틀을 벗어 버리지 못한 것 등 여러 가지 부족한 점들이 있다.

〈옥루몽〉은 이러한 제한성을 가지고 있으나 폭넓은 생활 화폭과 째인 구성, 생동한 형상으로 봉건 통치 계급의 부패 타락한 생활과 사회적 불합리를 폭로 비판하고 당대의 진보적 사상을 반영한 것으로 하여 중세 장편 소설 발전에 커다란 영향을 주었다.

그러므로 이 소설은 우리 민족 문학의 유산을 풍부히 하고 중세 소설의 발전 면모를 보여 준 귀중한 자료로서 가치를 가진다.

글쓴이 남영로(南永魯, 1810~1857)

남쪽 학자들은 〈옥루몽〉을 남영로가 썼다고 보고 있다. 북의 학계에서는 확정을 못 내리고 있는 듯하다.
전하는 말에 따르면, 남영로가 과거에 거듭 낙방한 뒤 소설에 관심을 두었는데, 그러던 중 소실 조 씨가 병으로
늙자 위로차 이 소설을 썼다고 한다. 헌데 조 씨가 병이 나은 뒤 본디 한문본이던 것을 국문으로 옮겼다는 말도
전한다. 이 소설이 둘이 함께 쓴 합작품이라는 의견도 있다.

고쳐 쓴 이 리헌환

북의 학자이자 작가. 전설이나 소설 같은 옛이야기를 지금 세대에게 전하는 일을 해 왔다.

겨레고전문학선집 34

옥루몽 4

2008년 1월 25일 1판 1쇄 펴냄 | 2009년 6월 12일 1판 2쇄 펴냄 | **글쓴이** 남영로 | **고쳐 쓴 이** 리헌환 |
편집 김성재, 남우희, 전미경, 하선영 | **디자인** 비마인bemine | **영업** 김지은, 백봉현, 안명선, 이옥
한, 이재영, 조병범, 최정식 | **홍보** 조규성 | **관리** 서정민, 유이분, 전범준 | **제작** 심준엽 | **인쇄** 미
르인쇄 | **제본** (주)상지사 | **펴낸이** 윤구병 | **펴낸곳** (주)도서출판 보리 | **출판 등록** 1991년 8월 6일 제
9-279호 | **주소** 경기도 파주시 교하읍 문발리 파주출판도시 498-11 우편 번호 413-756 | **전화** 영업
(031) 955-3535 홍보 (031) 955-3673 편집 (031) 955-3678 | **전송** (031) 955-3533 | **홈페이지**
www.boribook.com | **전자 우편** classics@boribook.com

ⓒ 보리, 2008 | 이 책의 내용을 쓰고자 할 때는 보리 출판사의 허락을 받아야 합니다. | 잘못
된 책은 바꾸어 드립니다. | 값 22,000원

ISBN 978-89-8428-518-7 04810
ISBN 978-89-8428-185-1 04810(세트)

이 책의 국립중앙도서관 출판시도서목록(CIP)은 e-CIP 홈페이지(http://www.nl.go.kr/cip.php)에서 볼 수 있습니다.
(CIP 제어 번호: CIP2007004125)